현대시의 이념과 논리

현대시의 이념과 논리

The Ideology and Logic of Modern Korean Poetry

정 재 찬

도서출판 역락

책머리에

　현대시에 관한 첫 논문을 쓴 지 스무 해가 지나고 대학의 전임이 된 지도 십 년이 되는 올해, 연구년을 맞아 지난 세월을 정리해 보며 책 한 권을 또 세상에 내놓는다.

　시를 공부할 수 있었던 것이 내 인생의 큰 축복 중 하나임을 아는 데 그리 많은 시간이 걸렸던 것은 아니다. 시를 읽는 데 모자라지 않을 정도의 언어적 감각과 예술적 정서가 내게 있음을 발견하고 감사하기도 했다. 하지만 대학원에서 시를 공부하던 시절, 세상은 너무 어둡고 거칠기만 했다. 그 때 가장 힘겨워 했던, 그러면서 피할 수 없었던 것이 바로 이념의 문제였다. 체질적으로는 모더니즘에 가까웠건만, 도대체 이 리얼리즘 문제를 해결하지 않고는 배길 수가 없었던 것이다. 리얼리즘의 시각 없이는 모더니즘도 바로 볼 수가 없으며 그 관계를 제대로 파악하지 않고는 문학사 공부에 한 걸음도 진전할 수 없으리라는 생각이 당시의 나를 지배했다.

　그러나 그것은 감각과 정서만으로는 뚫고 들어갈 수가 없는 세계였다. 머릿속에 산문의 논리 정도는 마련해 두고 있었지만, 그것은 김수영의 표현대로 바로 온몸의 문제였던 것, 반면에 나는 몸이 준비되어 있지 아니하였던 것, 아니 정신과 몸이 일치하지 않았던 것, 그것이 정말 문제였던 것이다. 그나마 버틸 수 있었던 것은 균형감 덕택이었다. 달리 말해 그만큼 아슬아슬한 것이기도 했다. 몹시 버거웠지만, 쓰러지거나 기울지 않기 위해 무던히도 긴장을 유지하려 애썼던, 시련과 자긍이 교차하던 그 날의 기억들. 그래서일까, 부끄럽지만 솔직하게 말하자면 아직껏 나는 내 자신의 석사학위논문 이상의 글을 써 본 적이 없는 듯하다. 의당 그때보다 유연해지고 성숙해진 지금이지만 이념의 논리를 찾기 위해 매달렸던 그 시절의 실증과 분석 작업들, 적어도 그 열정만큼은 넘어서기가 힘들었기 때문이다. 책의 제목을 현대시의 이념과 논리로 단 이유가 거기에 있다.

현대시 연구와 현대시 교육 연구를 병행하고 있는 오늘날까지도 나의 바탕이 되어 주는 자산은 그때 형성된 것이라 해도 지나치지 않다. 그러면서도 정작 현대시 연구서는 한 권도 펴내지 못해 내심 부채의식을 지니고 있었다. 실은 이 책조차 기획을 하고 나서도 몇 번이나 출판의 뜻을 접기도 했다. 시효가 지난 듯한 느낌 때문이었다. 하지만 한때는 이념을 이유로 그 다음에는 이념의 해체를 이유로 또다시 문학사의 그늘 속으로 묻혀가는 시와 시인들의 운명이 너무 가혹하다는 생각에 다시 마음을 다잡았다. 이제야 그 빚을 조금이나마 갚는 기분이다.

이 책의 1부는 우리 현대시의 이념적 지향과 그에 따른 형식을 모색해 온 대표적인 시인들에 관한 시인론으로 구성하였다. 일제 강점기에서 최근에 이르기까지 리얼리즘과 모더니즘을 주축으로 삼아 되도록 다양한 스펙트럼을 드러내 보이고자 했지만 그 폭이 충분치 않아 여전히 불만이다. 앞으로 더 외연도 넓히고 속살도 채워갈 것을 다짐할 따름이다. 2부는 그 이념태들의 역사와 논리를 정리해 보이는 데 주력한 글들로 이루어져 있다. 다만 이 일반론에 터해 개별 시인론이 쓰인 경우도 있고, 거꾸로 시인론의 귀납을 통해 일반론이 쓰인 경우도 있어 이번 기회에 많이 수정하긴 하였지만 여전히 어떤 부분들은 부득불 겹칠 수밖에 없었음을 밝히고 이해를 구한다.

끝으로 이국에서 마음 편히 연구년을 보내도록 지원해 주신 청주교대 임용우 총장님과 미국 남가주 대학(USC) 한국학연구소(KSI) 소장 함재봉(Chaibong Hahm) 교수님, 그리고 동아시아연구원(EASC) 원장 스탠리 로젠(Stanley Rosen) 교수님과 킨 하우(Kin Hau) 양에게 감사드린다. 외국 나가면 애국자가 된다더니, 아니나 다를까 남가주 대학 캠퍼스 내 자리한 도산 안창호 선생의 생가를 볼 때면 절로 숙연함이 느껴지곤 했다. 이 땅의 시인들과 조국에 감사의 마음을 바친다.

2007년 6월

정 재 찬

차 례

제1부 현대시의 이념

제1장

|임화론|
단편서사시와 서정 정신

1. 클리오와 뮤즈

임화(林和). 본명 임인식(林仁植). 아호로는 청노(靑爐), 필명으로는 성아
(星兒)·임화(林華)·쌍수대인(雙樹臺人)을 사용했고, 일제 강점기하에서 진
보적 문화운동을 주도해 나갔던 시인이자 평론가. 1908년 10월 13일 서울
중산계급 가정에서 출생, 1921년 보성중학에 진학했으나 중퇴, 1929년 동
경 유학을 위해 현해탄을 건넜고 거기서 무산자사(無産者社)에 가담. 귀국
후 1931년 3월 27일 KARF 확대 대회 때 완전한 지도자의 입장에 서게 되
고 조직 개편을 통해 중앙위원회의 서기장이 됨. KARF 해산 이후 전향축
에 가담하면서 시작·비평·문학사 연구·잡지 편집·출판사 경영 등에
임하게 되고, 해방 직후의 소용돌이 속에서 문화건설중앙협의회(文化建設中
央協議會)를 조직·주도하였으며 1947년 겨울 자신의 정치노선에 따라 월
북, 1953년 8월 6일 이승엽·설정식 등과 함께 미제의 간첩이라는 혐의로
사형선고를 받고 그 생애를 끝마침.

한 인간의 생애를 이같이 소략하게 살펴보았음에도 불구하고, 그것이 우리의 어깨를 납덩이로 짓누르는 듯한 감을 던져주고 있는 것은 그 생애 위에 놓인 역사적 공간의 무게와 그 엄청난 역사적 문제를 한 몸에 지니고 살아간 그 생애의 무게가 서로 교차되는 데에서 비롯되는 터일 것이다. 그러기에 임화에 대한 최초의 본격적 연구 논문인 김윤식 교수의 「임화 연구」(『한국근대문예비평사연구』, 한얼문고, 1973)는 시대와 개성이 교차되는 이 문제에 대한 결론으로 이렇게 끝맺은 바 있다. "클리오는 뮤즈를 압살할 수 있는가? 있는 것 같다."라고. 물론 이 말은 스스로 택한 역사에 의해 처형된, 그 비극적 형태의 죽음에 대한 발언일 뿐이다. 그렇다면 임화의 전 생애와 그 역사적 공간과의 대응에 대해서는 어떤 해답, 나아가 어떤 평가를 내려야만 할 것인가? 그 해답을 찾아가는 과정은 비단 과거의 것에 대한 관심만으로는 이루어질 수 없을 것이다. 그것은 곧 오늘을 살아가는 바로 오늘의 모습에 대한 질문으로 뒤바뀌고 말 것이기 때문이다.

2. 다다에서 프로로

시인으로서의 임화를 다룸에 있어 가장 먼저 문제되는 것은 그가 소위 다다이즘 세례를 받은 시인으로 출발하였다는 점부터이다. 이에 논의의 출발점을 그 자신의 회고를 인용하는 것으로 잡아보도록 하자.

　　열아홉 살 때 가정의 파산과 더불어 그의 평화한 감상 시대는 끝이 났읍니다. 그는 전혀 입학 시험의 준비를 위하여 독실히 공부하던 영어와 수리학과 더불어 중학교를 졸업하기 직전에 이별했읍니다. (중략) 그 뒤로 그는 크로포트킨의 『청년에 고함』이란 소책자를 읽고 몹시 감동되었읍니다. 『개조』와 『중앙공론』의 고본을 자꾸 사들여 복전덕삼(福田德三)이란 이의 논문 속에서 리카아도란 이름과 더불어 '맑쓰'와 '엥겔스'라는 이름을 알았읍니다. (중략) 그동안 고교신길(高橋新吉)이란 이의 시집을 사 읽고 어느 틈에 '따따이즘'이란 말을 배웠읍니다. 일씨의량(一氏義良)이란 이의 『미래

파 연구(未來派硏究)』란 책 외에 아렉세이 깡이란 이의『구성주의 예술론』,
표현파 작가,『카레의 시민』과 더불어 로망 로오랑을 특히 민중 극장론과
『애(愛)와 사(死)의 희롱』을 통하여 알았읍니다. 한 일 년 전부터 공부하던
양화에서 그는 이런 신흥 예술의 양식을 시험할 만하다가 우연히 촌산지
의(村山知義)란 사람의『금일의 예술과 명일의 예술』이란 책을 구경하고 열
광했읍니다. 그때로부터 그는 낡은 감상풍의 시를 버리고 '따따'풍의 시작
을 시험했습니다.

● ● ● 임화, 「어떤 청년의 참회」(『문장』 13, 1940. 2)

이렇듯 그의 회고에 따르면 프로시의 형식을 도달하기 전까지 그는 감
상주의, 무정부주의, 미래파, 로망롤랑, 영화, 다다이즘 등 서구 문학의 혼
탁한 세례를 받아왔음을 알 수가 있다.

이 당시 그의 활동은 성아(星兒)라는 필명으로 이루어지고 있었다. 성아
라는 이름으로 발표된 「무산계급을 주제로 한 세계적 작가와 작품」(조선일
보, 1926. 12. 5~24)의 마지막 회의 필명이 임DADA로 바뀌고 그 속편인
「생명의 하(河)」(조선일보, 1927. 1. 30)에서부터는 임화라는 이름으로 발표된
다는 점에서 임화와 성아는 동일 인물임이 확인된다. 더구나 이 성아의
노정은 임화의 회고문에 나타나는 자신의 초기 모습을 그대로 반영하고
있다. 즉 성아는 감상성을 탈피하지 못한 「근대문학상에 나타나는 연애」
(매일신보, 1926. 1. 2)를 시발로, 원래 시각예술과 관계되는 모더니즘 운동의
하나인 소용돌이파에 대한 소개의 글 「폴테쓰파의 선언」(매일신보, 1926. 4.
4~10)을 남기기도 하며, 영화에 대한 관심을 표명한 「위기에 임한 조선
영화계」(매일신보, 1926. 6. 13) 등등을 발표한 바 있고, 한편 시작에 있어서
는 1926년까지에는 <서정소시>, <향수> 등 소품에 불과한, 내지는 민요
형식의 노래만을 제작하다가, 1926년 말부터 계급문학에의 경도를 보이
고 있는 것이다.

그러나 그가 본격적인 계급문학으로서의 프로시에 도달하게 된 것은
이보다 이후의 일로써, 이때까지는 <설(雪)>, <혁토(赫土)>, <초상(肖像)>,
<선시(宣詩)>, <혼광(昏光)의 아들>, <화가의 시>, <지구와 「쌕테리아」>
등을 통해, 구투의 시 형식에서 탈피하여 미래파라든가 다다적 경향이라

든가 하는 새로운 형식실험에 몰두하고 있었음을 보여줄 뿐이다.

태양(太陽)은
영원(永遠)히 도망(逃亡)을 가고
가리(街里)에는 눈보라—
                    폭풍(暴風)—
            (중략)
compasses의 반울은
방향(方向)을 손질하지 못하고
            (중략)
이때에—
어러터진 연못에
어름 틈박우니에서
눈이 눈이 목(目)……
반작한다.
어류(魚類)에
미래(未來)를 위협(威脅)하는
눈알이—

　　　　　　　　　　　　　　　　　　• • • 성아(星兒), 〈설(雪)〉

파열(破裂)된 유리창(琉璃窓) 틈박우에엔
목썰어진 노동자(勞働者)의 피비린내가 나고
은행소(銀行所) 벽돌담에는 처(妻)와 자식(子息)들의
말라부텃든 껍질 춘절(春節)의 미풍(微風)으로
구렁이탈가티 흐늘적어린다.

춘절(春節)의 풍경화(風景畵)는 나의 『칸바—스』우에서
이러케 화려(華麗)하고 양기(陽氣)잇게 되어간다.
유위(有爲)한 청년(靑年) 화가(畵家)의 고린내나는 권태(倦怠)와
육취(肉臭)가 코를 찔으는 『아트리에』속에서
이 천재 예술가(天才藝術家)는 풍경화(風景畵)를 색인다.
            (중략)

암만해도 나는 회화(繪畵)에서 도망(逃亡)한 예술가(藝術家)이다.

미래파(未來派) - 공적(功的)이고 난조미(亂調美)의 추구(追求)

그것도 아니다. 결(決)코 나의 그림은 예술(藝術)이 못 되니까-

하마트면 쏘는 1917년(一九一七年) 10월(十月)에 일어난 병정(兵丁)의 행
렬(行列)과 동궁(冬宮) 오후(午後) 3시(三時)와 9시(九時) 사이를 부조(浮彫)하
고 잇슬지도 모를 것이다.

사랑할 만한 『아카데믹』의 유위(有爲)한 청년(靑年)의 작품(作品)이-

오오 나의 그림은 분명(分明)히 나를 반역(反逆)했다.

그리고 새롭은 나를 강요(强要)하는 것이다.

뺑기- 냄새를 피우고 핏냄새를 달랜다.

그리할 것이다. 나는 이후(以後)부터는 총(銃)과 마차(馬車)로 그림을 그리
리라.

　　- 조형(造形) 예술가(藝術家)의 침언(寢言)-

　　　　　　　　　　　　　　　 ● ● ● 임화, 〈화가(畵家)의 시(詩)〉

이상으로부터 우리는, 그가 낭만주의적 문학관, 재래의 시가형식에서
출발, 'compass'가 아직 미래의 방향성을 제시해 주지 못하는 현실의 '눈
보라' 속에서도 '미래를 위협하는' 어떤 가치를 발견하려 하지만, 끝내는
그 '미래파'와도 결별을 선언하고, '총과 마차'로 그림을 그리고자 하였던
것, 그리하여 <지구와 「쌕테리아」>에서 잠깐 완연한 다다적 풍모를 보여
준 뒤 곧바로 프로시에 뛰어들어 <담(曇)-1927>을 남기게 되었다는 사
정을 이해할 수가 있다. 그러나 그 또한 당시의 프로시 경향에 비해서는
이질적인 모더니즘적 모습이 완전히 불식된 것은 아니었다. 아나키즘, 미
래파, 표현파, 구성주의, 다다이즘과 같은 아방가르드적 모더니즘의 영향
권 아래에 놓여 있었던 이 시기의 성과에 대해서는 비교적 많은 이야기가
가능할 것이다. 마야코프스키, 혹은 일본 문단과의 비교문학적 과제가 검
출된다든가, 근대문학사 속의 모더니즘 운동과의 연속성에서 살펴본다든
가 매개사상으로서의 아나키즘에 관한 연구 등이 그것이다.

이와 같이 전위적인 신흥 문예에 몰두하고 있었던 임화가 목적의식적
인 프로문학으로 방향전환을 하게 된 것은 1927년 이른바 아나키즘 논쟁

선상에 위치하는 「분화와 전개 ― 목적의식 문예론의 서론적 도입」을 발표하면서부터이다. 이 글에서 그는 자연발생기의 전반적인 신흥 문예 운동은 그 근본적 기초가 "이미 상실된 생존권의 요구로부터 일어나는 본능적인 반항 의식에서 출발한 것이 사실"이라고 보면서 이러한 반항 운동의 존재는 개인주의적 경향의 시인·작가 등이 주위의 사회에 대하여 대항을 지속하려는 단순한 정신적 결합에 불과해서, 그 투쟁 상태가 유리해지거나 대상 계급이 역사적으로 붕괴하게 되면 이 운동은 반항 계급의 역사적인 제1기를 종료하고 다시 조직적이고 적극적인 새로운 전개를 위한 준비를 하기 마련이라고 주장한다.

따라서 조선의 신흥 문예 운동도 초기인 자연발생기에는 일체의 반항 의식을 가진 각 파의 운동자가 공동 전선으로 모여 있었던 것, 곧 개인주의적 무정부주의자, 절망적인 허무주의자 등이 "반항 의식적인 투쟁 형태를 지지해왔을 뿐"이므로 지금 분열을 일으키고 있는 귀족적인 개인주의의 아나키즘 문예론자들과는 분화가 필연적인 사실이라고 주장하면서 당시 자신의 주된 문학 경향이던 전위예술에 대한 부인을 다음과 같이 드러내고 있다. "이 극단의 개인주의자 스칠넬[M. Stirner]의 '유일자와 그 소유'에 있는 '따따'의 개인론과 그 원시적 '폴텍쓰'의 혼을 요구하는 '아나키즘'의 문예는 필경 부르조아지의 악경향에 불과하는 것이다." 아울러 임화는 앞으로의 예술기능을 정치적 이데올로기에도 합치시킬 연구나 새로운 시적 정신의 무장이 이루어져야 한다고 주장하였거니와, 그러나 그와 같은 정신이 실제의 실천적 시작으로 반영되어 나타난 것은 <담(曇) ― 1927> 발표 이후 1년 남짓 손을 떼고 난 뒤의 일이었다. 1929년 1월 『조선지광(朝鮮之光)』에 발표된 <네거리의 순이>는 임화 개인으로선 본격적 프로시의 첫 작품이라 불릴 만한 것으로, 이 작품의 시적 양식은 임화 자신의 종래 경향과는 물론, 전통적 프로시가의 양식과도 확연히 구분되는, 성실한 반성적 사유의 산물이었다고 할 수 있겠다. 따라서 훗날 단편서사시 양식으로 불리게 되었던 이 시에 대한 논의는 이 양식에 도달하기까지 한국 경향시가가 걸어왔던 길을 검토하지 않고는 그 의의가 제대로 검출될 수가 없을 터이다.

3. 경향시의 서사 지향성

한국의 프롤레타리아 시는 1920년대 팔봉과 상화로 대표되는 신경향파 시가에서 그 첫 모습이 발견된다. 이들은 우리 근대시에 역사에의 방향성을 최초로 불어넣은 자로 기록되어야 옳다. 그럼에도 불구하고 이들 시의 어조로부터 능히 포착되는 애상적·감상적 풍모, 나아가 동시기에 전혀 경향성을 동반하지 않은 낭만주의적 작품 또한 팔봉 등에 의해 제작되었다는 점, 그리고 시의 양식적 성격에 관한 한 전대의 서정시가와 거의 차이를 보여주지 않는다는 점 등은 주목을 요한다. 여기서 우리는 백조파의 기질과 더불어 그들이 백조파의 서정시인이었다는 점에 강조를 둘 필요가 있다. 김윤식 교수는 백조파의 회월, 팔봉, 상화 등이 계급 이데올로기에로 이행해 간 것은 적어도 예술상으로는 저항의 동질성을 의미하는 것이며, 그 후 팔봉이 시를 포기하고 평론으로 나아간 이유와 상화가 붓을 꺾어버리게 된 사정은 장르와 사회 대응관계를 고려하면 설명이 가능한 것이라 한 바 있다. 하지만 여기서 좀더 명확히 말해야 할 것은, 백조파가 포기한 것은 시가 아니라 서정시였다는 점이다. 다만 그들에게 있어 시란 서정시만을 의미했기 때문에 서정시의 포기가 시 장르 자체의 포기로 나타났을 뿐이다.

일찍이 구라하라 고레히토(藏原惟人)는 "현재에 있어서 이 세계를 진실하게 그 전체성에 있어서, 그 발전 속에서 볼 수 있는 것은 전투적 프롤레타리아트, 프롤레타리아트의 전위 이외에는 달리 없다."라고 주장한 바 있다. 그렇다면, 단순하게 보면 프롤레타리아트의 시의 본래적인 길은 서정시의 개념을 포기해야 됨과 아울러 장르적 특수성으로 말미암아 전체성과 관련된 사건적 소설적 소재에로 기울지 않을 수 없었다고 할 수 있다.

시가 꼭 서정시일 필요는 없다. 시어가 정보 전달의 수단이라기보다는 표현 수단으로 작용될 뿐이라는 주장도 하나의 낡은 허구에 지나지 않는다. 오늘날 우리가 감동을 느끼는 시의 대부분은 시적 담화의 실존적 원리와 모방적 원리간의 상호작용의 결과에서 그 매력이 발생한다. 요컨대 전적으로 모방화, 허구화되지 않고서도 허구적 인물에 해당되는 시적 화자의 시점에서 시간과 공간을 지적한다거나 서사적 과거를 채용하는 등의 것이 시에서도 얼마든지 가능한 것이다. 즉 시에서 화자가 등장하여 어떤 이야기를 전달하고자 하는 것도 하나의 시적 태도라 할 만한 것이며 서사 장르와도 구분되는 시 자체의 독자적 효과도 기대할 수가 있는 것이다.

신경향파 시가를 거치고 난 뒤 한국의 프로시는 결국 서정시의 양식과 결별하기에 이르게 되는 것이 그 주종으로 보인다. 특히 문학적 유산이 풍부하지 못했던 한국 신문학사의 특수성 속에서 프로시인들에게 서정시란 곧 백조파(白潮派) 류의 센티멘털리즘으로만 비쳤을 것이기에 서정시로서의 가능성은 더욱 고려되기 힘들었을지도 모른다. 이렇듯 문학유산을 정당하게 고려하지 않을 경우, 선택이란 그 전통의 극단 쪽으로 기울기 마련이다.

목적의식기에 이르러, 강화된 형태로 나타난 새로운 프로시의 양식은 '아지프로(agitation propaganda)'를 목적으로 하는 개념적 서술시 혹은 개념적 교술시라고 명명할 만한 것이었다. 이러한 명칭은, 정보 전달의 기능은 갖되 추상에서 구체로의 형상화가 제대로 이루어지지 못한 개념적 또는 교술적 내용의 거시(擧示)가 시적 태도로 자리 잡은 것을 의미한다. 이 양식은 외형상으로는 장형화가 이루어지고 내적으로는 독자가 청자로 직접화되면서 서정 주체는 비개성화된 채 현실의 정치적 과제에 즉한 스트라이크, 데모, 국제 연대 등의 외부적 대상을 규환에 가까운 어조로 펼쳐내고 있다. 이러한 형식이 비록 시 자체의 가능성으로 당대 현실에 대응하는 길을 모색했던 것이라 인정한다 하더라도 아지프로를 목적으로 한 이 도구성의 문학은 현실의 반영이 아닌 이데올로기 및 정치적 과제의 반영에만 과도하게 집착하게 만드는 결과를 가져옴으로써 예술적 진실의 차원에서는 멀어져 갔던 것이라 할 수 있다.

이 같이 프로문학 운동은 곧잘 당면의 묘사해야 할 과제를 시인에게 강요함으로써 창작의 고정화를 야기했으며 그만큼 또한 프로시인 측에서도 혁명을 지나치게 안이한 형식으로 성급하게 관념화시킴으로써 스스로의 시야를 닫히게 하는 결과를 낳았다. 다시 말하면 프로시가 '의미의 문학성'을 취해 나갔다 하더라도, 그것은 정치 운동으로부터의 요청에 의해 외부 현실을 한정하고 소재 자체 속에서 시의 정치적 의미를 해소시키고자 한 시도이었으며 그와 동시에 시인이 조직의 요원으로 화하는 것에서 문제를 해결하고자 함으로써, 시인의 내면세계와 외부세계와의 대응성을 파헤쳐 규명해야 하는, 시적 리얼리즘의 정작 중요한 문제는 미결된 채 그대로 방기되었던 것이다.

4. 단편서사시의 서정과 서사

이때 종래의 목적의식론을 비판하고 대중화론을 전개하던 팔봉에 의해 주목됨에 따라 부각되기 시작한 시 양식이 바로 임화의 단편서사시이다. 이 단편서사시는 일반적인 서정시에 비해 비교적 선명한 서사적 골격과 배경을 지닌 일종의 이야기시라 할 수 있다. 단순하기 짝이 없는 기존의 서정시로서는 급변해가는 서사적 현실의 복잡성을 일정하게 반영하는 것이 아무래도 역부족이라는 양식적 자각, 여러 개의 지배적인 이미지들이 파편적 형태로 널려 있기 마련인 기존 서정시, 또는 정서적 감염이 아닌 교술적 형태로 인식을 강요하는 아지프로의 교술시를 가지고 미급한 인식 수준의 일반 독자들로부터 대중성을 확보해 나가는 데에는 상당한 난점이 뒤따른다는 인식 등이 복합적으로 작용, 그 결과로 나타난 것이 바로 단편서사시이다.

사랑하는 우리 옵바 어적게 그만 그렇게 위하시든 옵바의 거북문(紋)이 화로(火爐)가 깨어졋서요.
언제나 옵바가 우리들의 「피오닐」 족으만 기수(旗手)라 부르는 영남(永男)이가 지구(地球)에 해가 비친 하로의 모든 시간(時間)을 담배의 독기(毒氣) 쏙에다 어린 몸을 잠그고 사온 그 거북문(紋)이 화로(火爐)가 깨어졋서요.
그리하여 지금은 화(火)적가락만이 불상한 영남(永男)이하고 저하고처럼 똑 우리 사랑하는 옵바를 일흔 남매(男妹)와 가치 외롭게 벽(壁)에 가 나란히 걸렷서요.

옵바……

저는요 저는요 잘 알엇서요.

웨 그날 옵바가 우리 두 동생을 떠나

그리고 드러가실 그날 밤에

연겁허 말는 권연(卷煙)을 세 개식이나 피우시고 게섯는지

저는요 잘 아럿세요 옵바

언제나 철없는 제가 옵바가 공장(工場)에서 도라와서 고단한 저녁을 잡
수실 때 옵바 몸에서 신문지(新聞紙) 냄새가 난다고 하면 옵바는 파란 얼굴
에 피곤한 우슴을 우스시며…… 네 몸에선 누에 똥내가 나지 안니 하시든
세상(世上)에 위대(偉大)하고 용감(勇敢)한 우리 옵바가 웨 그 날만

말 한 마듸 없시 담배 연기(煙氣)로 방(房) 속을 메워 버리시는 우리 우리
용감(勇敢)한 옵바의 마음을 저는 잘 알엇세요

천정(天筇)을 향(向)하여 기여 올라가든 외줄기 담배 연기 속에서— 옵바
의 강철(鋼鐵) 가슴속에 백힌 위대(偉大)한 결정(決定)과 성(聖)스러운 각오(覺
悟)를 저는 분명(分明)히 보앗세요

그리하여 제가 영남(永男)이의 버선 한아도 채 못 기엇슬 동안에

문(門) 지방을 때리는 쇳소리 마루를 밟는 거치른 구두소리와 함께 가버
리지 안으섯서요

그러면서도 사랑하는 우리 위대(偉大)한 옵바는 불상한 저희 남매(男妹)
의 근심을 담배 연기(煙氣)에 싸두고 가지 안으섯어요

• • • 임화, 〈우리 옵바와 화로〉

팔봉은 임화의 이 시를 세밀히 분석하면서 이것이야말로 프로시가 나
아갈 '단편서사시'라 하고 이 양식은 프로시가의 참된 모습이자 동시에
대중화의 길이기도 하다는 것을 논증하고자 하였다. 종래의 목적의식론이
예술 운동 및 예술을 대중으로부터 유리시키는 결과를 초래한 것이 사실
이고, 따라서 예술과 정치의 갈등에 대한 문학사적 반성으로부터 예술의
대중화 문제를 제기한 팔봉의 주장은 타당한 것이었다. 그러나 시가대중
화론(詩歌大衆化論)과 관련하여 볼 때, 단편서사시의 예술성으로 팔봉에게
비쳤던 것은 아마도 그 시에 내포된, 그리고 팔봉 자신의 예술적 경향과

연관된 감상성이기가 쉬울 듯하며, 그 시 양식의 서사적 요소 또한 팔봉에게는 그가 대중화론에서 내세웠던 소설적 흥미로 간주되었기에 그것이 곧 대중화의 방향이라 결론짓게 된 것으로 보인다.

하지만 정작 임화 자신에게 있어 '사건적, 소설적 소재'란 시에서의 객관적 태도, 시에서의 사실주의를 의미하는 창작방법론의 일환으로써, 이는 장르 및 계급적 독자성에 대한 나름대로의 고려를 기초로 한 창작적 성과이었다. 이는, 임화의 단편서사시 양식으로 하여금 프로예술의 참된 방향성이자 대중화의 방향이라는 위치를 준 것이 팔봉의 득의의 영역이었음에도 불구하고 임화가 팔봉에 대해 대대적인 반발을 드러내게 된 임화 대중화론의 핵심이 무엇인가를 묻는 문제에 다름 아니다.

「탁류에 항(抗)하야」에서 드러낸 임화의 쟁점은 무엇이었는가. 그것은 적어도 창작방법론상으로는 부르주아 문학유산의 계승 문제가 아니었던가. 즉 목적의식의 과도한 강조를 부정, 극복함과 아울러 예술을 대중화시키는 문제에 있어 팔봉이 주장한 것이 예술의 기술 문제, 부르주아 문학유산의 무원칙적인 수용이었음에 항하여 과거의 시민계급이 지녔던 현실에 대한 객관적 태도로서의 사실주의를 계승하자는 것이 임화의 견해이었던 것이다.

팔봉의 분석은 확실히 이 계급적 원칙을 놓치고 있었다. 그것이 결여되어 있었기에 팔봉은 예술 창작적 원칙을 '극도로 재미없는 정세'라는 외적 조건에 종속시키고 연장으로서의 문학의 포기를 주장하였던 것이다. 그리고는 다만 감상성을 대중성으로, 나아가 문학 초년 시절부터 자신이 기대었던 예술성으로 전치시키는 오류를 낳았던 것이고, 반면에 정작 단편서사시를 담당했던 임화에게 있어서는 자기 시의 바탕에 흐르는 감상성이야말로 통렬한 자기비판의 대상을 구성하기에 이르고 말았던 것이다. 즉 「시인이여! 일보 전진하자」에서 임화는 "네거리의 순이를 부르고 꽃구경 다니며 동지를 생각했다. 이러한 프롤레타리아가 사실로 있을 수 있는가."라고 스스로를 비판했던 것이다. <우리 옵바와 화로>는 이 <네거리의 순이>보다 진전한 것으로 임화의 말마따나 리얼리스틱한 작품이며 이는 당시 소설계에 나타난 사실주의의 제창과 동궤의 것이었지만 이 또한 아무리 다소 리얼리스틱한 시가라 할지라도 "그 시의 소부분의 사실성은 감상주의 비○○적 현실의 예술화로 전화"되고 말았다는 것이다. 요컨대 여태 자신이 써 온, 이른바 단편서사시가 '소시민적 흥분'에 지나지 못하고, 그러한 흥분 또한 사태에 대한 과도한 반응이란 점에서 백조파의 센티멘털리즘과 다를 바가 없으며, 그렇다면 참된 프로시의 모델로 볼 수가 없다는 것이 임화의 자기비판이다.

이렇게 본다면 단편서사시를 선도한 임화의 개인적 기질 및 정신사적 윤곽은 대략 다음과 같이 떠올릴 수 있다. 우선 초기시 <설>에서 단편서사시에 이르기까지 "보성고보(普成高普)의 학모(學帽)에 반들반들하게 면도를 하고 휘파람을 불고 다니던 어린 시절의 임인식(林仁植) 군에 대하여, 또 따다이스트적 시작(詩作)에 대하여 그리고 또한 비상식적 애매한 미술적 이론을 가지고 심모(沈某)와 논쟁을 하던 그 시절의 혹은 「유랑(流浪)」, 「혼가(昏街)」 속의 미남 임화(林和), 그리고 윤기정(尹基鼎), 한설야(韓雪野) 등과 같이 영화이론의 논쟁"(김남천, 「임화에 관하여」, 『조선일보』, 1933. 7. 22)을 벌이던 임화가 대면한 서구문학에의 경도(傾倒)에 대하여, 그것이 그 이전의 선배들 가령 낭만파 혹은 데카당스파라고 불리는 백조파 등의 정신 구조와 거의 동질적인 것임이 문제로 제기된다. 임화가 후에 마르크스주의에 확고히 서면서도 문학사를 정리하면서 백조파에 많은 가치 부여를 한 것도 이 사실과 결코 무관하지 않은 것으로 파악된다. 달리 말하면 서구적 인간성의 해방을 서책 속에서만 발견한 세칭 화려한 백조파가 붕괴되면서 같은 뿌리의 서구 사조가 두 가닥으로 나뉘어졌던 바, 그 하나가 예술지상주의의 연속이었다면 다른 하나는 사회주의 문학이었으며 이 두 가닥이 갈라지는 접점에 임화가 놓여 있는 것이다. 적어도 인간 해방이란 면에서 그 둘은 같은 뿌리이었고 서구적이라는 점에서 또한 그러하다. 그러나 여기서 더욱 중요한 것은 바로 그 접점에 놓여 있었기에 적어도 시인으로서 임화는 양극단 어느 쪽으로도 함몰되지 않을 수 있었다는 점이다. 그리고 바로 여기에 시인으로서 임화가 갖는 공과(功過)가 함께 놓인다. 이에 단편서사시 형식은 임화의 개인적 기질과 대중화라는 논리적 세계간의 정합에 의해 대두된 것이라 결론지을 수 있다.

　　단편서사시에 관한 한, 이러한 양극 사이를 요동하는 임화의 낭만적 개성이 현실과 가장 절실하게 관계하는 것이 아마도 '이별'이라는 모티프이었을 것이다. '이별'은 과거의 추억과 현실 및 미래 사이의 긴장, 패배에 대한 감상과 미래의 승리에 대한 논리적 확신이 함께 놓이는 순간이요, 서정적 태도와 서사적 태도가 극적인 태도를 기반으로 결합하는 순간이기 때문이다. 그가 동경에서 소위 <우리동무>계에 소속되면서 나카노 시게하루(中野重治)의 <비 내리는 품천역(雨の降る品川驛)>에 대한 화답시로 쓴 것으로 보이는 다음 작품이 바로 그 대표적인 예라 할 것이다.

항구(港口)의 게집애야! 이국(異國)의 게집애야!
「독크」를 뛰어오지 마러라. 「독크」는 비에 저젓고
내 가슴은 떠나가는 서러움과 내어 쫓기는 분함에 불이 타는데
오오 사랑하는 항구(港口) 「요꼬하마」의 게집애야!
「독크」를 뛰어오지 마러라 난간은 비에 저저 잇다.

그남아도 천기(天氣)가 조흔 날이엇드라면?……
아니다 아니다 그것은 소용(所用)없는 너만에 불상한 말이다
네의 나라는 비가 와서 이 「독크」가 떠나가거나
불상한 네가 울고 울어서 좁드란 목이 미켜지거나
이역(異域)의 반역 청년(靑年)인 나를 머물너 두지 않으리라
불상한 항구(港口)의 게집애야 울지도 말어라
　　　　　　　(중략)

덕우나 너는 이국(異國)의 게집애 나는 식민지(植民地)의 산아희
그러나 오즉 한 가지 이유(理由)는
너와 나 우리들은 한낫 근로(勤勞)하는 형제(兄弟)이엇든 때문이다.

그리하야 우리는 다만 한 일을 위(爲)하야
두 개 다른 나라의 목숨이 한 가지 밥을 먹엇든 것이며
너와 나는 사랑에 사라왓든 것이다

오오 사랑하는 「요꼬하마」의 게집애야

비는 바다 우에 나리며 물결은 바람에 이는데
나는 지금 이 땅에 남은 것을 다 두고
내의 어머니 아버지 나라로 도라갈려고
태평양(太平洋) 바다 우에 떠서 잇다
바다에는 긴 날개의 갈매기도 올은 볼 수가 없으며
내 가슴에 날든 「요꼬하마」의 너도 오늘노 없어진다

그러나 「요꼬하마」의 새야—
너는 쓸쓸하여서는 아니 된다 바람이 불지 안느냐
한아뿐인 너의 조희우산이 부서지면 엇저느냐

어서 드러가거라
인제는 네의 「게다」 소리도 빗소리 파돗소리에 무처 사라젓다
가 보아라 가 보아라
　　　　(하략)

● ● ● 임화, 〈우산(雨傘) 밧은 요꼬하마의 부두(埠頭)〉

이와 대비하는 의미에서, 먼저 <우리 옵바와 화로>의 경우를 떠올려 보자. 그것은 편지의 형식 그대로, 현상적 화자가 현상적 청자를 향하여 이야기하는 경우에 해당한다. 이때 시인은 화자와 어느 정도 심리적 거리를 유지하고 있어서 자신의 어조가 드러나는 것이 아니라 화자의 목소리가 그대로 드러나도록 하고 있다. 이러한 직접화법의 사용은 작중 인물(화자)의 생각을 직접 재현함으로써 작중 인물과 독자 사이를 직접적으로 연결시킬 수 있는 장점을 지닌다. 단편서사시가 대중화의 방향으로 상정될 수 있었던 것은 바로 이러한 동일시 현상에도 힘입은 것인 바, 따라서 예술 운동상으로는 그 동일시의 대상이 되는 작중 인물이 얼마나 전형성을 획득하느냐가 중요시되지 않을 수 없었다. 요컨대 이 계열의 작품은 심리적 거리를 유지하고 시대의 전형을 확보해 나간다면 시대에의 응전력이 강화된 형태로서의 서사시적 가능성을 개진할 수 있었던 형식이다. 하지만 이와 동시에 시인이 곧 전형이 못 될 경우 시인은 마스크를 써야만 하는데, 따라서 그 마스크를 얼마나 성실히 수행해야 하는가가 전적으로 시

인 자신에게 부담을 지우는 형식이기도 하다.

반면 <우산 밧은 요꼬하마의 부두>의 경우, 이 경우에도 현상적 청자는 설정되어 있고 직접화법이 구사되고 있지만 정작 화자의 발화는 '불쌍한 항구의 계집애'에게 향한 것이라기보다는 화자의 내적 독백에 가까운 태도와 역할을 보이고 있다. 이는 시인과 화자의 심리적 거리가 부족하게 조정됨으로써 말하는 사람의 관점이 작중 인물의 심중으로 옮겨지고 독자는 거의 직접적으로 작중 인물의 내면에 가담해버리게 된다. 그런데 이같은 체험화법은 단편적 상념, 내면적 생활 감정을 묘사하는 데 제격으로 알려져 있는 바, 바로 이러한 '거리의 서정적 결핍'으로 인해 서사적 지향성은 약화된 채 감상적 정서 자체의 표현에 몰두하는 경향으로 빠져들기가 쉬웠던 것이다. 즉, 시인 자신의 주관적 변색에 무관할 수 있는 관점(perspective)의 유지가 실패된 형국이었다고 할 수 있을 것이다.

박완식이 단편서사시를 가리켜 "없지 못할 작품이면서도 비대중적"(「프롤레타리아 시가의 대중화 문제 소고」, 동아일보, 1931. 1. 10)이라고 지적한 것, 또는 카프의 볼셰비키파가 이 계열의 작품들을 가리켜 "많은 영향을 대중에게 준" 점을 인정하면서도 감상주의라 하여 아지프로의 시 제작에 힘쓸 것을 주장했던 것은 프로시가의 참된 방향과 대중화의 방향이 분열될 수도 있다는 이원론적 태도를 내포하고 있는 것이긴 하지만, 단편서사시가 성공할 수 있는 관건 중의 하나가 독자와 작중 인물 사이의 의식 수준이 어떻게 균형을 갖느냐가 됨을 지적한 것이기도 하다. 그런 점에서 이 같은 계열의 단편서사시가 볼셰비키파의 비판 대상으로 떠오르게 된 것은 충분히 이해가 가는 것이다. 그러나 이는 그만큼 이 작품 계열의 서정성이 돋보였다는 얘기로도 된다. 이 시의 등장인물과 시인 자신의 거리가 가깝다는 것은 그만큼 개인의 서정성에 기대는 것이 자연스러웠음을 의미하고 있는 것이기 때문이다.

그러나 앞서 밝혔듯 임화는 여기서 더 나아가질 못하고 그 감상성 및 볼셰비키 방침과의 관련 하에서 자신의 단편서사시 계열 작품들을 통렬한 자기비판의 대상으로 삼게 된다. 물론 그는 <양말 속의 편지>를 통해 매우 혁명적인 모습을 보여주기도 하였다. 스스로가 비판했듯이 단순한 사유를 통해서가 아니라 운동의 실천성을 통해서 혁명성을 획득했던 것이다. 카프의 실질적인 지도자가 되어 제1차 검거 사건에 연루되었다가 1931년 9월 중순 출감한 사실이 새삼 이를 증명한다.

하지만 이 혁명성도 지속적인 것은 못 되었다. 기질적으로 낭만주의자인 임화 곧 시인으로서의 임화의 개성이 때로는 혁명성으로 드러난다 하더라도, 이 또한 감상성과 의지성의 사이클을 표현하는 것일 뿐 그의 본래적 영역은 서정성과 대중성의 결합에 있었고 그것이 시에 드러날 때에는 인간의 강한 마음보다는 약한 마음을 향해 움직여 나가는 것으로 표출되었기에 그의 모든 성공과 실패는 이 속에 놓였다고 할 수 있을 것이다. 더욱이 자기비판에도 불구하고 단편서사시 제작에서 완전히 손을 뗀 것이 아니었음은 주목할 만하다. 실제 그것은 <오늘밤 아버지는 퍼렁 이불을 덮고>(1933)를 거쳐 <다시 네거리에서>(1935)에까지 뻗어 있는 것이다.

사정이 이와 같기에 단편서사시 양식은 임화의 원점 회귀 단위라고까지 불릴 수 있을 정도이다. 이 원점 회귀와 자기반성의 순환은 근본적 감각과 세계사적 논리, 시가적 세계와 마르크스주의의 이론, 즉 이질적인 것의 결합에서 비롯되는 갈등의 직접적인 표현이었다. 비유컨대 차축을 회전하는 것이 때로는 치명적인 위기를 부를 수도 있다는 것을 십분 알고 있으면서도 의도적으로 차축을 회전할 경우의 득과 실, 그것이 곧 단편서사시로 하여금 팔봉의 대중화론과 볼셰비키적 대중화론 사이에서 서로 엇갈린 평가를 받게 하였거니와, 결국은 시대의 역학이 개성을 교살해 버리는 치명적인 위기 앞에서 임화는 스스로를 비판함으로써 주체의 위기에 대응하였던 것이다. 임화의 자기비판은 나름대로의 정당성과 성실성을 수반한 것이지만 여하튼 이로 인해 시인의 개성 면에서는 상처를 받았다고 말해도 지나치지 않을 것이다. 아울러 그러한 자기비판에도 불구하고 그가 다시 원점 회귀를 보였다는 것은 이 형식이 그만큼 자신의 개인적 기질과 관련이 깊은 것이었음을, 혹은 조직이 소멸되어 가는 과정에서 개성의 세력 회복을 의미한다고 판단해도 좋을 듯하다.

그러나 시대의 역학이란, 카프라는 일개 조직의 힘보다는 큰 것이어서, 강화되어 가는 일제의 탄압 밑에선 그나마 그 접점에 서는 것마저 용납되지 않았고 이 단계에 이르러 결국 임화는 단편서사시 양식을 버리게 된다. 그리하여 시인 임화는 끝내 내성화의 길로 치닫게 되었을 것인 바, 시집 『현해탄』은 바로 이 시기의 소산이었다. 그가 또다시 <1945년, 또다시 네거리에서>를 들고 나올 수 있었던 것은 해방 이후에야 가능했던 개성의 회복 덕택임은 새삼 말할 것도 없다.

5. 현해탄을 넘어서

『현해탄』의 세계는 어떻게 설명될 수 있을 것인가. 일찍이 임화는 「세태소설론」에서 작가의 내부에 존재하는 '말하려는 것'과 '그리려는 것'과의 분열을 이렇게 지적한 바 있다.

> 현실을 있는 대로 그리면 작품 가운데선 작가가 인생에 대하여 품고 있는 희망이란 게 살지 못할 뿐만 아니라 오히려 암담한 절망을 얻게 되는 것이다. 그러므로 자연 작자의 생각을 살리려면 작품의 사실성을 죽이고 작품의 사실성을 살리려면 작자의 생각을 버리지 아니할 수 없는 「딜레마」에 빠지는 것이다.

객관적 외부 정세의 악화 및 프로문학의 퇴조로 말미암아 정신적 구조 일반의 공백 지대에 처하여 임화는 시대와 시 정신 사이의 부조화를 첨예하게 느끼고 있었음에 틀림없다. 이 부조화를 타개하기 위해 이 암울한 상황 하에서 어떤 글쓰기가 요청될 것인가. 임화 스스로 자기 작품의 새 영역의 출발점이라 못 박기까지 했던 <바다의 찬가>는 기실 자기 자신에게 던진 선언적 의미와도 같은 것이었다.

> 시인의 입에
> 마이크 대신
> 재갈이 물려질 때,

노래하는 열정이
침묵 가운데
최후를 의탁할 때,

바다야!
너는 몸부림치는
육체의 곡조를
반주해라!

          ● ● ● 임화, 〈바다의 찬가〉 일부

이 선언적 의미를 실행에 옮기고자 할 때, 그는 곧 '바다'이어야만 했다. 그는 더 이상 시인이 되지 말아야 했거나, 아니면 온몸으로 글 쓰는 행위만이 그에게 허락될 따름이었다. 그러나 정치의 내면화로서의 문학운동마저 출구가 막힌 상황에서 '바다'는 결코 자기 자신이 될 수가 없는, 하나의 대상으로서만 남을 수밖에 없지 않았겠는가. 그럼에도 그 '바다'를 눈감을 수만은 없었기에 〈해상에서〉 혹은 〈밤 갑판 위〉에서, 저 〈현해탄〉과 〈해협의 로맨티시즘〉을 노래하지 않고는 배겨낼 수가 없었을 것이다. 그러면 그럴수록, 작품 내에 이데올로기를 차단시키면서 출구를 찾아야만 하였으므로, 백철의 말마따나 '암시와 비유의 우화 및 회상과 불안과 우울적인 것'이 지배적으로 나타나게 되었다고 말할 수도 있으리라.

지금 이 여윈 창백한 새는 날개를 퍼덕이며,
숨소리조차 죽은 미지근한 가슴 위에 두 손을 얹고,
어둠의 공포 절망의 탄식에 떨고 있다.
          (중략)
그러나 빈사의 새여! 낡은 심장이여! 떨리는 사지여!
안 보이는가 안 들리는가
그렇지 않으면 이젠 아무것도 모르는가
          (중략)
오오! 새여! 그대 창백한 새여!
노래를 잊은 피리여!

너는 「햄릿」이냐? 「파우스트」냐? 「오네긴」이냐?
그렇지 않으면 유리제의 양심이냐?
            (중략)
영리한 새여! 아직도 불씨가 꺼지지 않은 조그만 심장이여!
불룩 내민 그 귀여운 가슴을 두드리면서
이렇게 소리쳐라!

「오라! 어둠이여! 울어라! 폭풍이여!」
노호하라! 사와 흑의 「마르세이유」여!

그렇지 않은가!
누구가 대지로부터 스며오르는 생명인 봄의 수액을
누구가 청년의 가슴 속에 자라나는 영웅의 정신을 죽엄으로써 막겠는가

암흑인가? 폭풍인가? 뇌명인가?

‧ ‧ ‧ 임화, 〈암흑의 정신〉

입에 재갈이 물린 카나리아와의 대화, 이는 우의적으로 성립되는 한갓
자기 독백, 자기 연민에 불과할 뿐이었다. 이것은 시인의 일방적인 표백이
그대로 독자의 감정에 호소되는 듯한 관계를 예상한, 즉 개인적인 것이
곧 사회적인 것과 일치할 수 있다는 선의를 전제로 쓴 것인지도 모른다.
하지만 이것은 그가 단편서사시에서 추구했던 바와는 역방향에 서 있는
것으로서-비록 단편서사시에서도 부분적으로 노정되어 있고, 그러기 때
문에 더욱 그것이 그의 개인적 기질과 연관된 것으로도 보이지만-결국
시인의 내면적인 리얼리티를 표현하는 것에서 그 출로를 찾았던 것이라
말할 수 있다.
시인으로서의 임화가 보였던 이러한 내성화(內省化) 경향은 비평가의 입
장에서 세태소설론에 비중을 두었을 때와는 판연히 다른 것이었다. 물론
내성소설이라 할 때의 내성이 갖는 의미와는 차질이 존재하는 것이지만은
어쩔 수 없는 현실에서의 작품화 실천 방법이라는 점에선 일치하는 것이
라 할 것이다. 여기엔 또한 시 장르의 특수성이 작용하고 있음도 사실일

것이다. 보다 관대하게 말하자면, 이러한 경향은 암흑기의 목전에서, 적어도 이 땅 안에서 시가 취할 수 있었던 확실한 길 중의 하나이었던 셈이다. 다만 소설에 있어서의 전향 문제의 처리 방식을 염두에 둔다면, 내성화 속에서도 얼마나 양심의 유지 또는 회복이 이루어지고 있는가 하는 것이 문제로 남을 것이다. 그 형태가 때로는 자부심, 자기 연민 등으로 나타나기도 하고 과거의 회상 혹은 미래에 대한 확신 등의 모습을 빌고 있음은 시집 『현해탄』에서 뚜렷이 확인된다.

오오! 어느 날
먼 먼 앞의 어느 날
우리들의 괴로운 역사와 더불어
그대들의 불행한 생애와 숨은 이름이
커다랗게 기록될 것을 나는 안다.

─1890년대의
─1920년대의
─1930년대의
─1940년대의
─19○○년대의
……………

모든 것이 과거로 돌아간
폐허의 거칠고 큰 비석 위
새벽 별이 그대들의 이름을 비칠 때
현해탄의 물결은
우리들이 어려서
고기떼를 쫓던 실내처럼
그대들의 일생을
아름다운 전설 가운데 속삭이리라

그러나 우리는 아직도
이 바다 높은 물결 위에 있다.

● ● ● 임화, 〈현해탄〉

새벽 별들이 그 이름을 비추고 현해탄이 그 생애를 속삭이는 날이 오리라는 것, 그러나 그것은 꿈으로 존재하고 있었다. 백철이 고민과 불안을 강조함에 대해 임화는 이 꿈을 붙들고 현실에서 버티어가려 했는지도 모른다. 소위 그의 '위대한 낭만 정신'론이, 진실한 꿈은 미래에의 지향, 창조를 체현한다는 전제 위에서 출발하였다 할 때 그것은 다분히 시인으로서의 목소리였음을 충분히 알아차릴 수 있기 때문이다. 반면에 그가 '사실주의의 재인식'을 통해 다시 한 번 준열한 자기비판을 감행하게 된 것은 문학의 경향성을 완강히 지켜야 할 의지성으로서의 회귀를 보여준 것임에 다름 아니다. "당시 유형적 만네리즘에 빠졌든 시의 상태가 대단히 딱했든 사정"에서 그의 낭만주의론이 펼쳐졌던 것임을 인정할 때, 이론가로서의 임화에 있어서는 다시 부인될 수밖에 없었음은 실로 자명하기까지 한 것이다. 앞서 인용한 시가 '아직도 이 바다 높은 물결'에 서 있음을 인정하는 현실 인식을 보여주는 것으로 끝맺는다 하더라도, 정작 그 시에 담겨져야 했던 것은 그 높은 물결 이전이거나 너머도 아닌, 그렇다고 높은 물결 위에서 현기증을 일으키는 자기의 심정도 아닌, 그 높은 물결의 동인이 되는 바다 속의 힘이었어야 할 것이다.

서사의 양식이었다면 그것이 어느 정도 가능했을지 모른다. 그러나 이 단계에선 이미 단편서사시 양식도 임화의 손에선 떠나 있었다. 그렇다고 단편서사시 자체가 사라진 것은 아니었다. 그것은 창작의 고정화를 파기시키는 효과를 낳으면서 여러 시인들에게 직접적인 영향을 발휘하였으니, 그 시인들에는 김기진, 김병호, 김용호, 김우철, 김창술, 김해강, 박아지, 박완식, 백철, 양운한, 유적구, 윤곤강, 이정구, 이주홍, 이찬, 정용산 등이 포함된다.

하지만 이러한 양적인 의미에도 불구하고 임화 이후 단편서사시의 전개과정이 발전적인 것이었다고 말할 수는 없다. 이는 시인들의 개별적 질적 차이에만 기인하는 것이 아니라 단편서사시 양식의 장르 미정 상태 자체에 그리고 예술 운동이라는 특수성과의 관련 속에서 기인한 결과이었다. 즉 서정과 서사 양식의 중간 형태에 위치하는 단편서사시 양식은 그 자체가 장점을 지니면서 동시에 언제든지 한계로 전화될 수도 있는 미정

형의 상태였던 것이므로, 그것이 시가적 특성을 한껏 활용하게 되지 못할 때는 긴장을 잃어버린 지루한 줄글, 혹은 산문 양식의 하위에 속하는 것으로 떨어져버리기 마련이었던 것이다. 또한 예술 운동과의 관련에 있어 지적되어야 할 사항은, 본래 이 양식이 동반자적 경향의 시인들 속성에 잘 부합될 수 있었고 실제 시 작품의 생산도 그 같은 호응도를 반영하고 있는 것으로 나타나거니와, 볼셰비키화의 방침은 다시금 이들의 자유주의적 감상주의적 체질을 억압시킴으로써 단편서사시의 형식은 그대로 유지된 채 내용 혹은 주제를 강화시키는 방향을 취하게 만드는 시도가 일어나고, 이는 결국 작품의 내적 구조의 파탄에 이르게 하고 말았다는 점이다.

그러나 그들에게 있어 단편서사시의 제작 경험은 매우 소중한 것이었다. 1930년대 후반기에 이르러 박아지(朴芽枝)가 시극을 제작한다든가, 김해강 등에 의해 장시 제작의 길이 열렸다든가 하게 된 것은 이때 얻은 경험의 소산이라 보아도 무방할 것이기 때문이다. 더욱이, 나카노 시게하루(中野中治)를 비롯한 일본 문단과의 비교 등 좀 더 섬세한 작업이 요구되긴 하겠지만, 임화 스스로 격찬한 안용만의 작품, 또는 이용악의 이야기시 등은 임화란 존재 없인 가능하지 않았던 것이라 할 수 있다. 말하자면, 임화 자신이 시인한 것처럼 비록 시적 대상에 대한 감상성을 노출시킴으로써 사실성에서 후퇴하기 쉬웠던 내적 구조상의 단점을 보여주기도 하였지만 그럼에도 불구하고 이념이나 사건을 세계관에 의하여 설명한 개념적 교술시를 극복하여 새로운 지평을 타개하였던 임화의 단편서사시 양식은, 이러한 시사적 경향성을 정당하게 연결한 후대 시인들, 안용만, 이용악, 오장환 등에 의해 그 후속 작업으로서의 작품적 결실이 이루어졌던 것이다. 모더니즘과 리얼리즘의 중간에 그 시인적 좌표가 설정되기도 하였던 이용악이 모더니즘에의 유혹을 극복하고서 튼튼한 서사적 골격 위에 당대의 한 전형을 드러내고 있는 가령 <낡은 집> 속에서 우리는 능히 임화의 몫을 읽어낼 수가 있다. 그리고 이는 다시 신동엽, 신경림, 김지하 등으로 그 뿌리와 줄기가 이어져, 우리 문학사에 감추어진 그러나 굳건한 하나의 전통으로 자리잡아 왔다고 해도 지나침이 없을 것이다.

|권환론|
시학과 정치학 사이의 긴장

1. 시와 정치

해방 이후 이 땅에 광범위하게 유포되어 온 냉전 이데올로기와 이에 기반을 두고 내면화된 분단 의식의 영향은 문학사 기술에 있어서도 예외는 아니었다. 나아가 이 반쪽짜리 문학사는 문학에 대한 사유마저 반쪽만을 강요해 왔던 바, 그 나머지 반쪽을 바라보는 행위는 그만큼 낯섦을 동반할 수밖에 없었던 것이 사실이다. 따라서 우리 문학사에 그 낯선 부분을 채워 넣는다는 것은 비단 문학사의 양적인 의미를 확보하는 차원을 넘어서 문학 자체에 대한 새로운 이론 틀의 획득을 요구하는 것이요, 그 경우만이 우리 문학사의 온전한 전체성을 조망해 줄 수 있을 것이다.

권환(權煥), 본명 권경완(權景完), 이명 권윤환(權允煥)은 우리 시사에 있어 바로 그 낯선 존재의 한 전형이다. 그는 1904년 1월 6일에서 경상남도 창원군 진전면에서 출생하여 일본 야마가타 고교(山形高校)를 거쳐 1929년 교토 제국대학 독일문학과를 졸업, 동년 5월경 KAPF에 가입, 안막·임화 등과 함께 <무산자사>에서 활약하다가 1930년 볼셰비키 대중화론을 주장하면서 소위 제2차 방향 전환을 주도하였으며, 중외일보·조선일보 기자, 조선여자어학강습소 강사, 경성 제대 도서관 사서 등을 전전하다가 해방을 맞이하였고, 해방 이후 조선문학가동맹 집행위원을 지낸 것으로 알려져 있다.

여기서 우리는 그가 『자화상(自畵像)』(조선출판사, 1943. 8), 『윤리(倫理)』(성문당서점, 1944. 12), 『동결(凍結)』(건설출판사, 1946. 8) 등 세 권의 시집을 남기고 있는 시인이란 점에 주목할 필요가 있다. 시기상으로만 볼 때, 이 경우 그는 1930년대 후반기 혹은 암흑기의 시인이라고 규정될 수도 있을 것이다. 이렇게만 본다면 문제는 의외로 쉬워질는지도 모른다. 정치는 물론 문화운동의 출구도 막혀 버린 자리에서 시로써 살아남는 방법을 택했다거나, 그런데 그 시적 성과는 당대의 시인들, 가령 임화·이찬·박세영·이용악 등의 것에 비해 뛰어나지는 못했다거나 하는 점을 지적하는 것으로 충분하겠기 때문이다.

그러나 그의 시의 핵심은 이 시집들에는 실려 있지 않은 저 『카프시인집』(집단사, 1931)시대에 놓여 있음이 문제로 제기된다. 적어도 그 시기의 시편 속에서는 시의 기능, 시와 정치에 관한 문제가 첨예하게 드러나고 있는 것이다. 이 점을 떠나고서 권환 시의 의의를 따지는 것은 도무지 소용없는 일이다. 이 사실을 가장 잘 알고 있었던 사람 또한 바로 그 자신이었기에, 해방 후 시집 『동결』을 펴내는 마당에서 굳이 이 점을 못 박지 않을 수 없었으리라.

나의 시작(詩作)에 있어 해방이전(解放以前)의 본격적(本格的) 활동 시대(活動時代)는 1932~3년(一九三二~三年) 전후(前後)의 프로예술운동(藝術運動) 전성시대(全盛時代)였다. 그러나 그때 신문 잡지(新聞雜誌)에 발표(發表)된 나의 시고(詩稿)는 그 후(後) 거익우심(去益尤甚)했던 일제(日帝)의 탄압(彈壓)으로 일편(一篇)도 시집(詩集)에 발표(發表)되지 못하고 또 대부분(大部分) 보존(保存)되지도 못하였다. 이것이 나의 가장 통분(痛憤)히 여기는 바이다.

  그렇다면 우리가 검토해야 될 문제는 다음과 같이 요약될 수 있다. 다시금 정치적 출구가 열린 해방공간에서 그가 '가장 통분(痛憤)히' 여기지 않을 수밖에 없었던 그 시들의 정체는 무엇이었는가. 여기에는 1930년대 초반 그의 시의 구체적 면모 및 그에 대한 분석은 물론이고 프로시사 전반에 관련된 문제가 포함되지 않을 수 없다. 대중화의 시기에 처해 권환과 임화가 보인 그 대비적인 모습은 프로시사의 가장 중요한 한 대목이었으며 오늘날의 시점에서도 여러 가지 시사점으로 그득 찬 부분이다. 미리 지적해 둔다면, 권환 류의 시를 가리켜 선전 삐라로 평가하는 측도 있고 진짜 시의 기능이라 평가하는 측도 있을 수 있는 것이요, 실제로 있어 왔기도 하다. 이는 직접적으로 말하면 체제 선택에서 평가 기준이 좌우될 따름이라고 할 수 있다. 여기서는 다만 1930년대의 하나의 문학사적 진실을 밝히는 작업에 우선을 두고, 그 뒤 시의 기능 문제, 다시 말해 현실 대응과 관련한 서정 장르 자체의 폭과 가능성 문제를 검토해 보기로 하겠다. 그것은 곧 우리에게 오늘날의 시를 읽는 한 방법 내지는 인식의 준거틀을 마련해 줄 수도 있을 것이다.

  이렇듯 프로시사에서 권한이 차지하는 위치가 밝혀진 연후에야 권한이라는 한 시인의 작가적 성실성을 묻는 쪽으로 돌아갈 수 있다. 즉 '거익우심(去益尤甚)했던' 시대 환경 속에서 시인으로서의 개성은 어떻게 작용되었는가 하는 것이 그것이다. 시대와 개성이 교차하는 이 순간에서 1930년대 후반 권한의 시적 변모가 설명될 수 있을 터인 바, 넓은 의미에서 본다면 이 또한 시와 정치, 시학(poetics)과 정치학(politics)의 대응 혹은 갈등 문제가 아닐 수 없다. 그렇다면 해방공간 속에선 다시 어떤 다른 모습을 보여주어야 하지 않겠는가 하는 요구가 자연스럽게 대두되기 마련이다. 그 해답을 찾아가는 것이 이 글의 또 하나의 목적이다.

  이제 그 출발을 한국의 프로시사가 걸어온 길을 되밟아가는 것으로 시작하려 한다. 다소 길어지더라도 이 길을 우회하지 않고는 프로시사에서 권환이 차지하는 위치가 제대로 검출될 리 없을 것이기 때문이다.

2. 권환 시의 등장 배경

한국에 있어서의 경향시가는 1920년대 팔봉과 상화로 대표되는 신경향파의 시에서 그 첫 모습이 발견된다.[1] 이들은 우리 근대시에 역사에의 방향성을 최초로 불어넣은 자로 기록되어야 옳다. 팔봉의 <한 개의 불빗>(『백조』 3호, 1923. 9)은 그 대표적인 예이다. <가련아(可憐兒)>(『동아일보』, 1920. 4. 2)[2]에 대한 막연한 감상(感傷)에서 떠나 바로 이 지점에 이르기까지 팔봉이 찾으려 하고 있었던 것이야말로 저 '건너편에 있는 한 개의 불빗'이었다. 그 대상으로서의 '불빛'은 브나로드 운동일 수도 있고 클라르테 운동일 수도 있는, 요컨대 시대정신, 이데올로기로 비쳐졌던 것이기에, 신흥계급의 성장을 바라본 이러한 역사에의 방향성 획득이야말로 당대의 예술지상주의와는 물론이요, 빈궁이라는 소재주의 차원 또한 뛰어넘는 신경향파 시가의 위상이자 선행 시가와 차별되는 뚜렷한 정신적 거리인 것이다.

물론 이러한 자연발생적인 단계에서는 계급투쟁의 목적이 전면적으로 나타나지 못함으로써 운동으로는 성립될 수가 없는 것이었다. 그러나 프로문학의 이 같은 일반적 전개과정상의 한계를 충분히 감안하고서도 팔봉과 상화 시의 어조로부터 능히 포착되는 애상적 풍모, 나아가 동시기에 전혀 경향성을 수반하지 않은 낭만주의적 작품 또한 그들에 의해 여전히 제작되고 있다는 점 등은 주목을 요한다. 이렇게 본다면 신경향파 시의 형성에 있어 백조파의 의미 설정 문제가 부각되지 않을 수 없기 때문이다.

일찍이 김윤식 교수는 백조파의 회월, 팔봉, 상화 등이 계급 이데올로기에로 이행해 간 것은 적어도 예술상으로는 저항의 동질성을 의미하는 것이며, 그 후 팔봉이 시를 포기하고 평론으로 나아간 이유와, 상화가 붓을 꺾어 버리게 된 사정은 장르와 사회의 대응관계를 고려하면 설명이 가

---

1) 이하 경향시의 전개과정에 대해서는 졸고, 「1920~30년대 한국 경향시의 서사지향성 연구」(서울대 대학원, 1987)를 참조 바람.
2) 이 작품은 팔봉이 도일(渡日)하기 직전 동초(東初)라는 아호로 발표된 것임.

능한 것이라고 한 바 있다.3) 이는 비록 개인적 기질 및 환경을 사상(捨象)한 자리에서 성립하는 것이라 하겠지만, 장르의 일반성과 특수성을 동시에 파악할 수 있다는 점에서 타당성을 획득할 수가 있는 것이며 더욱이 이 같은 논리는 비백조파 서정시인이었던 조명희가 시를 포기하고 소설을 선택한 경우에 대해서도 설득력을 지닐 수 있는 것이다.

그러나 초기 카프를 리드했던 이들 파스큘라 계와는 달리 염군사 계열의 시인들 및 김창술, 유적구 등이 그 이후에 이르러서도 계속적이고 주도적인 시작 활동을 보여주고 있는 데에는 하나의 논리가 더 추가되어야 할 듯하다. 즉, 백조파 출신의 신경향파 시인들이 이미 시를 포기하였을진대 이들에 의해 시 창작이 계속되었다는 것은 무엇을 의미하는가. 정확히 말해 그들이 포기한 것은 시가 아니라 서정시일 뿐이 아니었던가. 그들에게 시란 서정시만을 의미했기 때문에 서정시의 포기가 시 장르 자체의 포기로 나아가기 마련이었지만, 김창술, 유적구 등은 서정시의 길이 막혀 버린 단계에서 새로운 길의 시 개념을 받아들였기에 계속적인 시 창작이 가능했던 것이 아니겠는가. 이러한 논의는 곧 서사의 시대에 서정 장르의 응전력을 묻는 것에 다름 아니다. 그것은 또한 프로문학사에 있어 목적의식기 논쟁과 자연히 연결되는 것이기도 하다.

본래 서정시란 연속적이고 역사적인 또는 서사적인 시간에 관심이 적은 것이 그 본질이다. 즉 서정시는 외부 사건의 연속보다도 체험 의식, 내적 체험의 순간적 통일성에 의존하는 것이며 여기에 서정 장르와 서사 장르의 본질적 차이가 놓이는 것이다. 가령 장르란 표현 형식이 아니라 인식의 형식이라 할 때, 서사문학에서 취급하는 것이 '현실의 전체성'에 상응하는 것이라 한다면 서정시의 그것은 '한 순간의 개인' 혹은 '파편적 체험'에 상응하는 것이라 할 수가 있는 것이다. 이때 예술을 형상에 의한 현실 인식이라 보는 입장이라면, 동시에 현실을 부분과 전체에서, 그리고 동적 개념으로 파악하는 것이 이른바 변증법적 방법이라면 이는 곧 현실을 전체성에서 그려야 한다는 뜻이 된다. "현재에 있어서 이 세계를 진실하

---

3) 김윤식, 『한국근대문학양식논고』, 아세아문화사, 1980.

게 그 전체성에 있어서 그 발전 속에서 볼 수 있는 것은 전투적 프롤레타리아트, 프롤레타리아트의 전위 이외에는 달리 없다."4)라고 구라하라(藏原惟人)가 주장한 것도, 루카치가 전 생애에 걸쳐 전체성의 개념을 부여잡았던 것도 이 점에 관련된다. 그렇다면 단순하게 보아 프롤레타리아 시의 본래적인 길은 파편성에 대응되는 서정시의 개념을 포기해야 됨과 아울러 사건적 소설적 소재를 담아낼 수 있는 양식 모색의 길로 기울지 않을 수 없었다고 할 수 있다.

결국 신경향파 시가를 거치고 난 뒤의 한국 프로시는 서정시의 양식과 결별하고 넓은 의미에서 서술시(이야기시, narrative poetry)의 개념에 도달한 것으로 보인다. 그러나 서정시와 결별하여 곧바로 이러한 이야기시를 이룩해 낼 수는 없었으리라. 1930년대 들어 극적 태도가 내포된 이야기시로서의 임화의 단편서사시, 권환 등의 아지프로 서술시, 나아가 1930년대 후반기의 서사시, 장시, 서정화된 이야기시 등등의 모습을 보이기 전까지는 많은 시행착오와 우회의 길을 프로시는 걸어야만 했던 것이다.

목적의식기의 시가 바로 그러한 경우이었다. 이 양식은 아지프로를 목적으로 하는 개념적 교술시라고 명명할 만한 것으로서, 이러한 명칭은 정보전달의 기능은 갖되 추상에서 구체로의 형상화가 제대로 이루어지지 못한, 개념적 및 교술적 내용의 직접적 거시가 그 시적 태도로 자리 잡은 것을 의미한다. 아마도 신경향파의 시가 막혀 버린 단계에서, 그리고 고려할 만큼의 풍부한 문학유산도 없었던 상황 아래에서 이들이 선택할 수 있었던 길은 전대의 서정시 양식으로부터의 반대극 쪽으로 빠져나오는 길이기 십상이었을 것이다.

하지만 이것은 무엇보다도 목적의식론과의 관련 속에서 살펴보아야 한다. 이른바 목적의식론을 통해 예술운동 또는 운동으로서의 예술이 확립되었다는 것은 '투쟁 행동의 문예'라는 말이 지시하듯, 프로 문예는 그 자체의 예술적 형식의 확립보다는 사회·정치운동이 지향하는 정치 투쟁의 임무를 담당해야 한다는 인식이 확립되었다는 것을 의미한다. 물론 이미

---

4) 藏原惟人, 『藝術論』, 東京 : 中央公論社, 1931, p.62.

내용·형식 논쟁에서 "선전문학도 문학으로서의 요건을 구비하지 않으면 안 될 것이다."5)라는 팔봉의 정당한 견해가 회월에 의해 논박당하면서, 결국은 "프로문예는 무산계급과 노동자를 묘사하는 것이 아니라 그 투쟁을 선동하고 지시하는 것"6)이라는 회월의 견해가 프로문학의 지향점으로 분명하게 자리 잡은 바 있다.

문제는 그 정도가 극좌적인 후쿠모도주의[福本主義]에 의거한 목적의식론의 도입 이후 한층 심화되고 확대되었다는 점에 있다. 이러한 입장에 서면 문학은 '무산 계급 운동의 행진곡'7)이 되어야 하며 더 나아가 "포스타도 예술품이오 인민위원회 정견발표문도 예술 될 자격"8)이 있다는 의견까지 가능하게 된다. 시 장르로 시대 현실에 대응하고자 했던 노력에도 불구하고, 요컨대 문학과 정치를 대립 구조로만 인식했던 이러한 예술운동의 정치주의화 단계에 있어 그 전형적인 한 반영이었다는 점에, 김창술의 <전개(展開)>(『조선일보』, 1927. 8. 12), 유적구의 <가두(街頭)의 선언(宣言)>(『조선일보』, 1927. 11. 20) 등 목적의식기 개념적 교술시의 한계가 놓이게 되는 것이다.

1930년대의 프로시는 전개과정상의 이러한 문제점에 대한 반성에서부터 출발한 것으로 보인다. 즉, 단순하기 짝이 없는 기존의 서정시로서는 급변해 가는 현실의 복잡성을 일정하게 반영하는 것이 아무래도 역부족이라는 양식적 자각은 이미 오래된 터이고, 또한 정서적 감염에 의해서가 아니라 교술적인 형태로 일정한 의식을 강요하는 목적의식기의 개념적 교술시의 경우도, 그것을 가지고는 대중성을 확보해야 할 시대적 요청에 미급하다는 인식 등이 1930년대의 프로시에 작용되었던 것이다.

범박하게 보아 1930년대 초반 프로시의 주류는 팔봉의 대중화론과 연결된 서정적 서술시의 일종으로서의 소위 단편서사시 계열과 볼셰비키적 대중화론에 따른 아지프로 서술시의 확대하는 두 가지 경향으로 단순화시

---

5) 김기진, 「문예월평」, 『조선지광』, 1926. 12.
6) 박영희, 「투쟁기에 있는 문예비평가의 태도」, 『조선지광』, 1927. 1.
7) 박영희, 「문예운동의 목적의식론」, 『조선지광』, 1927. 7.
8) 조중곤, 「비맑스주의 문학론의 배격」, 『중외일보』, 1927. 6. 23.

켜 볼 수가 있다. 서술적, 혹은 서사적 경향에서의 이러한 두 가지 태도가 어느 정도나 공존·대립하고 있었는지는 1931년 프로시의 한 정리라 할 수 있는『카프시인집』을 훑어보는 것만으로도 충분할 것이다. 이 두 가지 흐름 중 1930년대 프로시의 선편을 잡은 것은 임화의 소위 단편서사시 작품이었던 바, 이것이 직접적으로 프로시단에 부각되기 시작한 것은 바로 팔봉에 의한 시가대중화론부터의 일이라 할 수 있다.9)

팔봉은 「단편서사시의 길로」(『조선문예』, 1929. 5)에서 임화의 <우리 옵바와 화로(火爐)>(『조선지광』, 1929. 2)를 분석하고 이것이야말로 프로시가가 나아갈 '단편서사시'라 명명하면서 이 양식이 프로시가의 참된 모습이자 동시에 대중화의 길이기도 하다는 것을 논증하고자 하였다. 팔봉에 의해 임화의 단편서사시가 부각되었다는 것은 거꾸로 말하면 임화란 존재 없이는 팔봉의 시가대중화론은 가능하지 않았다는 것을 말해 주는 것이기도 하다. 그러나 팔봉이 주목한 단편서사시의 특징적 면모는 장르의 본질에 대한 고려 및 계급적 원칙과의 관련이 결여된 창작 기술만을 의미하는 것이었다. 반면에 임화에게 '사건적·소설적' 소재란 시에서의 객관적 태도, 당대의 소설 성과에 대한 대응으로서의 시적 사실주의를 의미하는 창작방법론의 일환이었다.10)

그렇다면 이른바 단편서사시란 어떠한 것이었는가. 주지하는 바대로 단편서사시란 기존의 단형 서정시에 비해 비교적 선명한 서사적 골격을 지닌 일종의 이야기시, 아울러 극적 태도를 지닌 배역시(配役詩)11)의 일종이라고 말할 수 있는, 요컨대 서정과 서사의 중간 단계적 양식이라고 할 만한 것이다.

이 양식에 관해서는 비교적 많은 이야기가 가능하다. 첫째, 이 양식이

---

9) 대중화론에 관해서는 유보선, 「1920~30년대 예술대중화론 연구」(서울대 대학원, 1987)를 참조할 것.

10) 임화, 「시인이여! 일보전진하자」,『조선지광』, 1930. 6.

11) W. Kayser(김윤섭 역),『언어예술작품론』, 대방출판사, 1982. 배역시(Rollengedichte)란 어느 특정한 인물의 입을 통해 표현되는 시로서, 서정시가 본질에 있어 시인의 심혼적인 자기표현이라고 하는 견해가 낭만주의 이후 지배하게 됨으로써 배역시가 뒷걸음치게 되었다고 한다.

당대의 소설계에 대응하는 바로서의 시적 사실주의를 의도한 창작적 성과였다는 점, 둘째, 프로시의 창작을 위축시켜 왔던 창작의 고정화 양상을 파기시키는 결과를 가져왔고 이에 따라 수많은 아류가 형성되면서 시단의 중대한 한 경향을 확립하였다는 점, 셋째, 프로시의 고질적 취약점으로 불려 왔던 예술성의 결여를 어느 정도 극복하면서 시로써 당대 현실에 대응하는 방향을 모색하였다는 점, 넷째, 1930년대 후반기 장시 또는 서사시적 세계의 길을 개진시켜 준 의의가 인정된다는 점 등등은 이 양식이 갖고 있었던 미덕으로 지적될 수 있을 것이다.

그러나 단편서사시가 대중화의 길로서 성공할 수 있었던 관건 중의 하나가 독자와 작중 인물 사이의 의식 수준이 어떻게 균형을 갖고 있는가라고 할 때, 임화의 경우 그것은 언제나 소시민 인텔리 계층에만 부합될 수 있는 것이었다는 점, 아울러 시인 자신의 측에서도 등장인물에 대한 '거리의 서정적 결핍'을 드러냄으로써 서사적 지향성은 약화된 채 감상적 정서 자체의 표현에 몰두하는 경향으로 빠져들기 쉬웠다는 점 등은 적어도 예술운동상으로는 결함을 뜻하는 것이었다. 이 점은 임화도 잘 알고 있었다. 훗날 임화는 「시인이여! 일보 전진하자」(『조선지광』, 1930. 6)에서 통렬한 자기비판을 감행하게 되는데 그 첫째는 그 "소부분의 사실성은 감상주의, 비 ××적 현실의 예술화로 전화"되고 말았다는 것, 둘째 이 '악경향'이 단시간에 프로시인 거의 전체에게 영향된 것은 시인 자체의 소시민적 허약에 원인이 있다는 것, 즉 "대중적인 ××의 사실, 생성하는 ×××××의 감정의 그 요소 등을 자기의 예술로 하는 대신 ××의 소시민적 부분, 그 일화견적 표피만을 떠다가 시로 만든 것"이며 이는 시인이 "직접 ××의 생활 속에 없는 것이 그 최대의 원인이며 자기의 예술을 직접 프롤레타리아트의 성장과 결합하지 못한 데" 있다는 것이다.

이러한 점들은 단편서사시의 등장인물 분석만으로도 어느 정도 설명이 가능해진다. 편차들이 약간씩 존재하기는 하지만 대개의 경우 그 양식은 (1) 화자인 '나'가 (2) 순이, 오빠, 어머니 등의 정서적(情緒的) 의존 대상에게 (3) 감옥에 간, 혹은 싸우다 죽은 노동자라는 의지적(意志的) 의존 대상의 이야기를 서술하는 것으로 볼 수 있는데, 이때 (1)과 (2)는 거의 동일시가 가능할 만큼 거리가 가까워 이들이 시적·주관적 주제 제시 방식 혹은 감정적·감성적 논리화를 위한 장치로서의 서정 주체에 해당되는 것이요 (3)은 서사 대상에 대응됨을 알 수가 있다.

그런데 이 서사 대상은 서정 주체의 주관적 감정의 틀 속에서만, 서정 주체의 주관적 감정, 주관적 시선 속에서만 형상화되고 있다. 다시 말해 작품 전면을 지배하고 있는 서정 주체의 감정이 서사 대상을 해체·편집함으로써 서사 대상은 역사 발전 단계의 객관적 전형화를 이루지 못하고 있는 것이다. 따라서 서술되는 줄거리조차 화자적 시간 속에 해체되어 있으며 서사적 자존심은 포기된 채 지극히 주관적인 영상만이 독자의 뇌리에 남게 될 뿐인 것이다. 하지만 이렇게 되면 굳이 시에다 스토리를 집어넣는 의미는 상당히 삭감될 수밖에 없다.

바로 이 단계에서 권환의 시편들이 등장하게 된다. 그 배후에는 볼셰비키적 대중화론이라는 든든한 받침대가 있었음은 잘 알려진 사실이다.

3. 권환 시의 전개 과정과 양상

소장파의 대중화론은 팔봉의 대중화론을 비판하는 자리에서 출발한다. 소장파는 팔봉의 대중화론이 대중화해야 할 이데올로기 및 계급적 원칙을 명확히 하지 못했다는 점, 대중화의 대상을 당이 조직해야 할 광범한 노동자 농민으로 하지 않고 막연한 독자 대중으로 삼았다는 점에 비판을 가한다. 그럼 그들이 주장하는 대중화론이란 어떤 것인가? 그것은 "노동자(勞動者) 농민(農民)에게 ××××를 선전(宣傳)하며 ×(당－인용자)의 슬로간을 대중(大衆)의 슬로간으로 하기 위한 광범(廣凡)한 아지·푸로"12)를 목적으로 하는 문학을 만들어서 그것을 "조선(朝鮮) 프롤레타리아트와 그 ×(당－인용자)이 현재(現在) 조선(朝鮮)의 ××적(的) 프롤레타리아트가 그 전력(全力)을 집

---

12) 안막, 「푸로 예술의 형식문제」, 『조선지광』, 1930. 6.

중(集中)시키고 있는 대공장(大工場) 노동자(勞動者), 빈농(貧農)"13)에게 보내져야 한다는 것으로 압축된다.

이러한 견해는 1929년 5월 동경 무산자사의 간부인 김두용에 의해 이미 그 윤곽이 드러난 바 있다. 「정치적 시각에서 본 예술 투쟁」(『무산자』, 1929. 5)이라는 논문에서 김두용은 정치 투쟁의 외부에서 행해지는 일체의 예술 투쟁은 관념적 공식주의를 넘어서지 못한다고 보고 있다. 그에 의하면 진정한 의미의 프로 예술은 프로의 생활을 관찰하는 것이 아니라 그들의 생활에 동참하여 정치 투쟁을 하는 가운데 그 정치 투쟁의 예술적 부면을 담당하는 데에서 나오는 것이므로 프로의 생활로부터 유리되어 관념적으로 공식에 따라 제작된 작품을 가지고 노동 대중을 아지프로 하고자 했던 종래의 예술 투쟁은 종식되지 않으면 안 된다는 것이다.

이러한 입장은 일단 과거 목적의식기의 공식주의적 관념적 예술을 비판하는 점에서는 올바르다. 또한 임화의 단편서사시의 경우 확실히 프로의 생활로부터는 유리된 일면이 있었다. 하지만 김두용의 주장은 프롤레타리아의 정치적 입장만을 강조한 나머지 직접적인 프롤레타리아 정치 투쟁이 아닌 일체의 투쟁 방식을 부정하기에 이른 점에서, 아울러 예술을 정치 투쟁의 한 기능으로만 이해함으로써 예술의 가능성을 편협하게 축소시키고 있는 점에서 그 또한 관념론적 오류를 범하고 있다. 이것은 예술을 정치로부터 떼어내 생각하는 입장만큼이나 위험한 극단적 태도이다.

여기서 우리의 관심을 끄는 것은 볼셰비키적 대중화론에 있어 예술의 형식 문제에 관한 그들의 견해이다. 김두용은 미술에 있어서는 포스터, 만화, 커트 등을 권장하고 있고 문학에서는 적포탄(赤砲彈)의 「메-데-는 준비되었느냐」와 전맹(全猛)의 「잇디 말어라」를 예를 들어, 이들은 삐라적이며 생활 감정이 박약하나 오히려 선전 선동적이어서 혁명적 노동자 농민에게 환영받을 것이라고 쓰고 있다.14) 이쯤 되면 우리는 팔봉의 대중화론과 볼셰비키 대중화론의 가장 큰 차이 중의 하나가 곧 대중화의 대상에 관한 것임을 알 수가 있다. 일반대중과 혁명적 대중, '있는 대중'과 '있어

---

13) 안막, 「조선 프로 예술가의 당면한 긴급한 임무」, 『중외일보』, 1930. 8. 20.
14) 김두용, 「우리는 엇더케 싸울 것인가」, 『무산자』, 1929. 7.

야 할 대중'의 차이가 그것이다.

권환 역시 '있어야 할 대중'을 향한 선상에 위치한다. 예술은 당의 이념을 전달하는 것에 그 존재 의의가 있다고 파악하고, 완결된 예술 형식보다는 대중이 감동받기 쉬운, 그들의 수준에 적합한 단순한 형식을 취해야 한다고 역설하면서—그러나 예술의 대중화와 비속화는 엄밀히 구분할 것 또한 잊지 않고 있지만— 특히 조선에서는 문맹자가 많으므로 연극 영화가 활용되어야 하며 투쟁·르포·세계정세를 수집·설명하는 간명한 문예 형식을 높이 평가하고 있는 것이다.15)

따라서 중요한 것은 당의 이념이 되고, 그것을 형상화하는 방법은 부차적인 것으로 떨어지고 만다. 권환의 이러한 경색된 논리와 현실 변혁에의 조급한 욕구는 문학과 사회 실천과의 변증법적 관계를 단순화시키고 결국은 당의 이념을 실현한 제재까지 강요하기에 이른다.

1. ××의 활동을 이해하게 하여 그것에 주목을 환기시키는 작용
2. 사회민주주의 민족주의 ×치활동적(×治活動的) 본질을 하는 것
3. 대공장의 ×××× 제너랄 ×××
4. 소작××
5. 공장 농촌 내 조합의 조직, 어용조합의 ×× 쇄신 동맹(刷新同盟)의 조직
6. 노동자 농민의 관계를 이해케 하는 작품
7. ××××의 조선에 대한 ××××(예하면 민족적 ××, ××××확장, ××××× 결합 등의 역할) 등 ××시키며 그것을 맑스주의적으로 비판하여 프롤레타리아트의 ××을 결부한 작품
8. 조선 토착 부르조아지와 그들의 주구가 ×××××와 야합하야 부끄럼없이 자행하는 적대적 반동적 행위를 폭로하며 또 그것을 맑스주의적으로 비판하여 프롤레타리아트의 ××에 결부한 작품
9. 反×××××의 ××을 내용으로 하는 것
10. 조선 프롤레타리아트와 일본 프롤레타리아트의 연대적 관계를 명확히 하는 작품, 프롤레타리아트의 국제적 연대심을 환기하는 작품

권환은 위와 같은 제재가 현재 조선의 프롤레타리아가 국내적, 국제적

---

15) 권환, 「조선예술운동의 구체적 과정」, 『중외일보』, 1930. 9. 12.

정세에 의하여 당면하고 있는 문제들이며, 따라서 카프의 예술가들은 이 가운데서만 선택 취급하여 그려내야 한다는 것인 바, 그 스스로가 이 제재를 받아들여 작품 활동을 감행함으로써 그 실천적 성과를 보여주는 몫까지 감당하고자 하였던 것이다. 그것이 소설로는 <목화와 콩>(『조선일보』, 1931. 7)으로 드러나며 시의 경우는 아지프로시의 형태로 나타나게 된다. 이제야 비로소 그의 작품을 보일 차례이다.

소(小)부르조아지들아
못나고 비겁(卑怯)한 소(小)부르조아지들아
어서 가거라 너들 나라로
환멸(幻滅)의 나라로 몰락(沒落)의 나라로

소(小)부르조아지들아
부르조아지의 서자식(庶子息) 프롤레타리아의 적인 소(小)부르조아지들아
어서 가거라 너 갈 데로 가거라
홍등(紅燈)이 달린 「카페」로
따뜻한 너의 집 안방구석에로
부드러운 복음자리 녀편네 무릎 위로

권환, 〈가랴거든 가거라〉(『조선지광』, 1930. 3) 일부

젓다 기어만 지고 말엇다
기어만 지고 말엇다
금번(今番) 지면 두번재
두번재나 기어만 지고 말엇다

허기야 작년 금년 두번이 모다
그 ××자와 마찬가지로 죄만코 미운 타락간부(墮落幹部)
배반자(背叛者)
우리 ××을 타협(妥協)으로 팔아먹은 그놈들
그놈들 때문에 지기야 젓지만
그러치만 그놈들은 미더 일을 맛기고
그런 놈들을 진작 안쫓고 둔 것은

우리의 책임이다 우리의 허물이다

젓다 기어만 지고 말었다
두번재나 지고 말었다
그러치만 우리는 지고 난 ××을 공연히 짮하다만 하지 말고
다시 이러날 준비(準備)나 하자

타락간부(墮落幹部)
배반자(背叛者)
그놈들을 모조리 모라내버리고 쪼차내버리고
이놈의 ××에나 이기도록 하자
그래서 열 번을 지면 열 번을
백번을 지면 백번을
일으나고 일으나서
익일 때까지 싸워 보자
××× 머리를 땅까지 숙일 때까지

　　　●　●　●　권환, 〈머리를 땅까지 숙일 때까지〉(『음악과 시』, 1930. 8) 일부

　　앞서 설명된 바 있는 프로시 전개과정상의 제 문제점들을 고려에 둘 때
이 작품들은 과거의 서정시가 지녔던 감상성이 현저히 제거됨과 아울러
서술성(이야기성)의 강화가 나타나는 한편, 자신의 주장대로 제재 내지는
목표의 구체화가 이루어지고 있다고 할 수 있다. 뿐만 아니라 단편서사시
양식이 지니고 있었던 감상성을 지양하면서 구체적 노동 현장에 보다 근
접해 있음도 사실이다.

　　그러나 이러한 시 양식이라면, 기실 그것은 목적의식기 시의 직접적인
연장 확대선상에 있는 것임 또한 사실이다. 계급적 필요의 집중적 표현이
정치이고 정치의 집중적 표현이 슬로건이며 예술은 이 같은 슬로건과 결
부되어야 한다고 파악하는 권환이 이같이 직접적으로 아지프로적인 형식
에 호소할 수밖에 없었던 것은 어찌 보면 당연한 귀결이라 할 수도 있지
만 아지프로의 형식이라면 목적의식기 제 논의에서, 더욱이 그보다 훨씬
전 박영희의 논리에서 이미 정식화되었던 것임이 지적될 수 있는 것이

다.16) 따라서 앞서 팔봉·임화의 논의가 아지프로적 형식이 예술을 대중으로부터 유리시키고 있다는 점에 대한 올바른 반성의 산물이라면 권환의 경우는 창작방법 혹은 형식 문제의 측면에서 볼 때 이러한 예술사적 반성과는 무관한 자리에 서 있는 것이라 하겠다. 다시 말해 제재를 강요하기까지에 이른 계급적 원칙의 강조는 임화와 어느 정도 공통된 것이었음에도 불구하고 예술의 형식문제에 관한 한은 권환의 그것이 훨씬 더 폭력적·관념적인 것이었음을 알 수가 있는 것이다. 문제의 해결은 제재에만이 아니라 형식에도 달려 있던 것이다. 이에 대해서 다음과 같은 말은 시사하는 바가 크다.

> 그러나 무산계급 해방의 현 단계에 있어서의 무산계급 예술의 임무가 선동 예술로써 그 전부를 다할 수 있다고 생각하는 자가 있다면 그것은 큰 오류를 범하는 것이라 아니 할 수 없다. (중략) 선동이나 선전은 물론 필요하다. 우리는 어떠한 경우에서일지라도 이것을 회피해서는 아니 된다. 허나 이것은 팸플릿이나 연설회 등으로도 할 수 있는 바임에 대하여 이 현대 생활의 객관적 서사시적 전개만은 어떠한 것으로도 대치할 수 없는 예술의 중요한 임무인 것이다.17)

그 임무는 결국 지켜지지 않았다. 객관적 서사시적 전개는 차치하고서라도, 선전 선동 문학의 경우 팸플릿과는 구분되는 문학의 독자적 형식적 장치를 갖추는 길마저 충분히 추구되지 못했던 것이다.

그렇다면 권환 시의 형식은 어떠한 것이었는가. 그에 대한 해답은 언어 형식, 시적 화자와 청자의 기능 등을 검토해 가는 과정에서 드러날 수 있을 것이다.

언어란 세계에 대한 이해와 그것의 표현을 가능하게 해 주는 수단이며 그 언어를 사용하는 언어 의식 주체의 관점을 드러내 준다는 점에서, 각각의 분화된 언어 형식을 검토한다는 것은 그 세계관의 검출을 넘보는 행

---

16) 그 대표적인 예로 박영희, 「신경향문학과 무산파의 문학」(『조선지광』, 1927. 2)을 들 수 있다.

17) 藏原惟人, 앞의 책, p.34.

위이기까지 한다. 이때 일상 담론에 있어 발화자, 담화 상대자, 대상의 삼자의 관계는 하나의 구체적 문학 텍스트와 관련시켜 볼 때, 작가, 독자, 주인공의 관계로 각각 대응될 수 있을 것이다. 이러한 문학 텍스트와의 관련에 있어 중요성을 갖는 것은 일상 담론의 형식 중에서도 화법이라는 언어 형식이다. 왜냐하면 타인의 언어를 인용 전달하는 소위 화법에 있어 타인의 언어(reported speech)는 '나'의 발화의 내용(테마)으로 되는 것만이 아니라, 그 발화의 통사적 구성 자체 속으로 침입하는 특질을 갖고 있는 바, 이는 문학 텍스트 내에 있어 서술자와 등장인물 간에 이루어지는 <담론의 대화화>에 다름 아니기 때문이다. 즉 문학 텍스트 속에서 서술자와 등장인물 간에는 화법의 관계가 놓여 있는 것이다. 여기서 등장인물의 발화와 그것을 전달하는 맥락 사이에는 복잡하고 긴장된 동적인 상호관계가 지배하고 있으며 이 과정의 메커니즘은 사회 속에 있고 세계관에 달려 있는 것이라 바흐찐에 의해 논술된 바 있다.[18]

이것을 시인과 시적 화자의 관계로 치환해 놓고 보면, 시인의 언어와 시적 화자의 언어 사이의 상호관계가 갖는 동태(動態)는 어떤 방향을 취하는가가 우리의 관심으로 떠오른다.

권환의 시에 나타나는 언어 형식은 작가(시인)와 등장인물(시적 화자)이 완전히 동일한 언어를 사용하는 경우이다. 이 사이에는 갈등이 존재하질 않는다. 이것은 그만큼 시인이 전달하고자 하는 언어가 완결성(integrity)과 신뢰성(authenticity)을 보존하고 있는 경우이다. 따라서 시인은 그 언어에 개성적인 윤색을 할 필요도 없었고 발화의 내용 자체만을—"소부르조아지야 가거라."는 것만을 수취하면 될 뿐이다. 이러한 비개성적 비인칭적 직접화법의 배후에는 권위주의적 교조주의의 세계관이 지배하고 있는 것으로 알려져 있거니와, 이는 곧 그가 대중화를 대중으로 하여금 당파성과 규율에 종속되는 방향으로 생각한 하나의 반영이었던 것이다. 물론 이 비인칭적 화법은 화자의 개성보다는 집단의 목소리를 대변한 결과로 해석될 수도 있다. 그리고 적포탄이나 전맹의 경우보다는 상대적으로 권환의 시

---

18) Volosinov, V. N.(L. Matejka & I. R. Titunik trans.), *Marxism and the Philosophy of Language*, New York : Seminar Press, 1973.

에서 훨씬 더 집단의 목소리가 개성화되어 나타나고 있는 것 또한 사실이다. 그러나 시가 누구에게 말을 할 때 그 청자는 작품 그 자체의 요소로 존재하는 것이며 독자가 시를 읽을 때 그는 청자의 역할만을 하는 것이 아니라 작품 속의 인물 혹은 화자의 역을 하게 되는 것이므로, 청자의 기대를 의식한 수준에서 설정된 화자의 역할이 얼마나 전형적이었나 하는 것이 그 시의 성공을 가늠해 주는 길이라 할 것인 바, '있어야 할 대중'에 속하는 이를 제외하고는 그 화자에 동일시를 불러일으킬 만한 어떠한 장치도 마련되어 있지 않았다는 점에서 권환의 시는 독자로부터 유리될 측면을 다분히 내포하고 있었던 것이다.

물론 시적 화자의 시인, 시적 청자와 독자는 자전적(自傳的)으로 동일시되어야 할 것이 아니라 상상적(想像的)으로 동일시되어야 한다. 이때 굳이 동일시란 용어를 사용하는 것은 자전적 동일시의 경우와 반대로 시적 화자를 경험적 자아로부터 지나치게 분리시켜 오직 텍스트의 기법과 시적 문법의 차원에만 시적 화자를 고정시키는 경우와도 구분되어야 함을 의미한다.[19] 즉 시적 화자는 서정적 주체의 특수한 발현이면서 동시에 시 속에서 또는 시의 심층 속에 숨어서 퍼스나(persona)로서의 입장과 역할까지 담당하는 것이며 이를 통해 경험적 자아의 특수성들이 보편성으로 끌어올려지는 것이다.[20]

그러나 권환의 시는 이러한 시적 화자에 지향을 두고 있지는 않다, 오히려 그것이 지향한 바는 화자와 청자 사이에 놓인 메시지, 즉 텍스트 쪽이었다. 이는 권환이 시에 있어 표현 기능보다는 정보 전달 기능, 다시 말해 어떤 사태에 대한 사실적, 명시적, 교술적 거시(擧示)에 치우쳐 있었다는 것을 의미하고 있다. 그와 동시에 함축된 청자를 향한 능동 기능(能動機能)도 빼놓을 수 없는 것이었기에 아지프로시의 어조는 언제나 명령, 요청, 권고, 질문의 양상을 보이기 마련이었던 것이다.[21]

---

19) Mukarovski의 견해가 이에 해당한다. V. Erich(박거용 역), 『러시아 형식주의』, 문학과지성사, 1983, p.114.
20) 신범순, 「소월시의 서정주체에 대한 연구」, 서울대 대학원, 1985.
21) 이러한 관계는 R. Jakobson과 R. R. Magliola에 의해 설정된 바 있다. T. Eagleton(김명환 외 역), 『문학이론입문』, 창작사, 1986, pp.124~126.

이렇게 되면 아지프로시는 운동에 있어 시사적(時事的)인 사건을 표출해 내는 데에 발이 빠른 장점을 갖추게 된다. 더구나 이런 형식은 대상과의 거리를 부족한 독백적 표현 양식의 서정시적 경향에 대해, 대상과 일정한 거리를 두고 묘사하는 어느 정도의 객관성을 띨 수도 있었다. 그러나 그 객관성이라 하는 것이 집단 속의 구체적 전형적 개인의 형상화로 이룩되지 못하고 한갓 개념 전달의 수준으로 떨어질 때 독자에의 감염과 교화는 기대되기 힘들다.

아마도 권환이 노린 것은 시에서 드러나는 특수한 공간으로부터 환기되는 논리적 설복을 바탕으로 정신적 여과 과정을 허락하지 않은 채 흥분 어린 선동을 유도해 내려는 것이었는지도 모른다. 아울러 이처럼 인물의 개별성을 의도적으로 사상시키는 것은 공동운명체로서의 노동자의 단결을 당연한 것으로 인식시키는 효과를 노리고 있었다고도 볼 수 있다. 이렇게 보면, 이후 권환이 가장 손쉽게 취할 수 있었던 길은 그 공동체적 운명에 대해 긍정적인 인물과 부정적인 인물을 그려내는 일이었을 것이다. 다음의 두 작품은 그 사정을 드러내 주고 있다.

우리는 그대를 이때ㅅ것
다만 한 우리들의 조흔 동무만으로 알엇덧니라
다만 우리들과 가치 괭이들고 石炭파는 한 鑛夫만으로 알엇더니라

우리들이 일 마치고 모혀 안즌 자리 한 구석에서
X들이 엇더케 엇더케 우리들의 ×××××어 먹는가
또 우리 로동자는 엇더케 엇더케 그들과 싸워야 한다를
차근차근하게 잘 알어듯게 친절하게 말해주는 다만 한 조흔 동무만으로
알엇더니라

(중략)

그러다가 인제야 알엇다
그대를 ×들의 손에 뺏기고 난 이제야
그대를 다른 만흔 용감한 동무들과 가치
×××에 끌녀 보내고 난 뒤 한 달된 인제야 알엇다
그대도 우리의 가장 미더운 지도자의 한 사람

> 땅미틀 파고 다니는 숨은 지도자
> 조선(朝鮮)의 ××의 한 사람인 줄을

● ● ● 권환, 〈그대〉(『군기(群旗)』 2호)[22]

> 지도자의 자리는 가지고 십다
> 일흠도 넓히고 십다
> 그리고 소(小)뿌루 생활(生活)도 하고 십다
>
> 그러나 딱하다 가엽다
> 희생심(犧牲心)은 업다
> 용감성(勇敢性)도 없다
> 지식(知識)의 명기도 다 되엿다
>   (중략)
> 오! 딱하다 가엽다
> 미웁다 무섭다
> 그들은 가만이 안젓기나 하면
> 죄나 없스련만

● ● ● 권환, 〈타락(墮落)〉(『조선지광』 1931. 1)

특히 〈그대〉에서 보듯 권환의 서정적인 근본태도는 서정적 거시에 있은 듯하다. 서정적 거시의 근저에는 서사적 태도가 내재해 있는 것이어서, 즉 존재하는 어떤 것과 자아가 서로 대립되어 그것을 파악하고 말하고자 하는 것이어서 최종적으로는 사태의 객관적 성질을 진술하려 함이 일반이요, 이때 거시되는 것이 권위를 지니고 있다면 그 발현 형태는 포고적 표현이 되기 마련인 것이다.[23]

하지만 대상성을 향한 서술만이 시에서의 리얼리즘을 보장해 주는 것은 아니다. 주어진 상황의 객관적 의미와 인간의 상상 속에서 주관적으로 경험된 상황 사이의 일치, 요컨대 현실 자체의 실제적인 규모·비율과, 자신의 시적 소우주의 적당한 요소들 중에서 시인이 정한 규모·비율 사이

---

22) 『카프시인집』(집단사, 1931)에서 인용.
23) W. Kayser, 앞의 책, pp.524~531 참조.

의 일치에 시적 리얼리즘이 달려 있다 할 때[24] 권환은 이 중에서 전자만
을 강조한 나머지 후자의 추구엔 다소 등한히 한 것으로 보이기 때문이다.
달리 말해 외적 현실의 제 현상과 인간의 내적 주관적 경험이 시에 의해
서 재현된다 할 때 그 각각은 서로 격리되어 나타나는 것이 아니라 객관
적인 리얼리티와, 그 리얼리티의 반영에 입각하여 시인이 창조해낸 세계
가 일치되는 가운데 나타나야 하는 것임에도 불구하고 권환의 경우는 팸
플릿과도 같은 외부의 객관적 사실을 교술적으로 풀어나가는 데에 집중하
고 있을 뿐인 것이다.

더욱이 그가 파악하고 있는 현실 인식이라 하는 것마저 당대의 객관적
현실과는 커다란 괴리가 있었던 것으로 판단된다. 근대화의 초입, 그것도
일제 식민지 정책에 의해 봉건적 성격이 더욱 강화되고 있었던 일제 강점
기하의 조선은 반봉건적 농업경제에 기반을 두고 있었음에도, 그는 마치
당시 사회를 선진 자본주의 사회처럼 인식함으로써 조선의 특수한 계층적
성격을 파악하지 못하고 있었던 것이다. 이러한 현실 인식은 현실에 대한
과학적 사실과 객관적 법칙에 의해 추출된 구체적 현실 상황이 아니라 마
르크스주의의 기계적 도입에 의한 추상적 현실인 것이다.

이렇듯 현실이 매개되지 않은 미래에의 지향이 보일 때 전망(perspective)
의 과장이 일어난다.[25] 이는 토대가 되는 이론과 일상생활, 일상적인 정
치활동의 필요성 사이의 복잡한 관계를 변증법적 관계로 파악하지 못하고
마르크스주의를 직접적으로 실천적 일상적 문제에 적용할 때 발생한다.
그 결과 전망과 현실의 조정자적 요소를 무시하고 그릇되게 단순화할 경
우 개별적 사실을 전체적인 연관 속에서 볼 수 없게 되며 문학은 추상적
진리를 해설하는 '해설로서의 문학'이 되는 것이다. 아울러 이러한 경향은
현실 분석, 선전, 선동의 올바른 관계를 역전시켜 선동이 문학을 규제하는
원리, 선전과 현실 분석의 지침이 되어 버리기까지 하는 것이다.

권환의 아지프로시가 갖는 이 같은 공과는 임화의 단편서사시가 갖는
장단점을 뒤집어 놓은 형국이라 할 수 있다. 단편서사시의 이야기성이 시

---

24) G. M. 프리들렌제드, 『리얼리즘의 시학』, 열린책들, 1986, p.235.
25) G. LuKács, *Realism in Our Time*, Harper & Row, 1971, pp.116~119.

의 소외를 극복하고 대중화를 획득하기 위한 수단이 될 수 있는 근거는 그것이 객관적 흥미를 가진 사건엔 기초할 때만이 가능한 것이었다. 즉 청자로 하여금 이야기 속에 살게 하고 인물들과 함께 느끼게 하고 인물들의 모험을 대리 경험토록 함으로써 이야기가 서술자와 청자 사이에서 살아 있어야 했던 것이다.26) 그러나 단편서사시는 어느 정도 서사시의 길을 개진하고 있었음에도 불구하고 그 스토리의 단순성으로 말미암아 충분한 서사적 공간이 확보되지 못하였다. 즉 시에다 사건적 소설적 소재를 도입한 점이 인정된다 하더라도 그것은 그 소재 자체에 대한 인식을 전해 주기 위해 설정된 것이라기보다는 오히려 작품의 서정성을 강화시키기 위한 방향, 정서 유발에 필요한 일반적 공감대와 분위기(mood) 형성을 위한 배경 장치로만 기울어져 갔던 것이다. 따라서 텍스트 지향성보다는 화자의 표현 기능을 추구하게 되고 그나마 감정의 전형을 유지해내지 못한 채 감상성으로 떨어질 위험을 내포하게 되었던 것으로서, 혁명성 고조의 문제가 부각되면서는 결국 이 양식을 포기하는 자기비판의 길을 걸어갈 수밖에 없었던 셈이다. 이러한 서정과 서사의 갈등, 달리 말하면 근본적 감각과 세계사적 논리, 시가적 세계와 마르크스주의의 이론, 요컨대 이질적인 것의 결합에서 비롯되는 갈등의 한 표현을 단편서사시와 아지프로시는 서로 다른 각도에서 보여주고 있었던 것이다.

이 두 경향은 1930년대 『카프시인집』 속에 고스란히 반영되어 있다. 거칠게 보아 김창술, 임화, 박세영이 한 축이라면 권환, 안막이 그 다른 한 축이었다 할 것이다. 그렇다면 당대의 평가는 어떠했는가가 우리의 관심이 아닐 수 없다.

먼저 박세영은 『카프시인집』의 성과를 극찬하는 자리에 서 있었기 때문에 비판은 일단 삼가는 태도에서 공평히 혹은 무원칙하게 논하고 있다. 그에 의하면 권환의 <타락>은 청산파와 영웅주의적 소부르조아에게 읽힐 작품으로 여기서 작가는 "명석한 관찰의 눈"을 보여주고 있으며, <그대>는 "구상이 크고 실감을 주며 선이 말할 수 없이 굵은 것"이라고 평

---

26) Langer, Susam, K., *Feeling and Form*, New York : Charles Scrbner's Sons, 1953, p.262.

가된다. 이것은 어느 면에서 작품의 평가를 그 작품에 규정적인 독자 대
중의 측면으로부터 행하고 있는 것인데 정작 임화의 시에 대해서는 언급
이 없어 아쉬움을 남긴다. 하지만 박세영은 자신의 작품 경향도 그러하려
니와, 은근히 임화 쪽에도 기대를 저버릴 수는 없었던 듯싶다. 가령 단편
서사시 계열 작품인 김창술의 <가신 뒤>를 놓고 그는 이것이야말로 "리
얼리즘에 입각한 선동적 작품"이며 "1931년도 우리들의 대표작"으로 손
꼽고 있었던 것이다.27)

　박영희 역시 다소간은 미묘한 입장을 보인다. 그는 형식 문제를 언급하
면서 새로운 계급문학이 "새로운 형식의 만족한 기술을 얻기는 난사(難事)
일 것"을 전제로 논의를 시작한다. 프로시에 있어 정서적 감염의 작용을
중시한 박영희는 임화의 시에서 '정서적 조직', '정서적 조화'의 가능성을
발견하고 "시적인 점에서 우수하다."라고 못 박으면서도, 그러나 "근로 대
중의 감정을 조직하기에는 너무도 무기력할" 것이라는 지적을 잊지 않았
던 반면, 권환의 시는 확실히 '프로시의 한 계단'을 보여주는 것으로서 일
부에서 비록 정치적 슬로건이라 비난하지만 비난이 아니라 비판을 통하여
"이 조악(粗惡)한 형식에서 일반의 진전을 촉진"해야 한다고 주장하였다.
형식 문제를 정서적 감염의 작용 측면에서 다루고 그 가능성을 단편서사
시에서 발견하였으면서도, 그리고 아지프로시가 그 형식은 조악한 것이라
인정하면서도 프로시의 진전을 권환·안막의 시 형식에서 촉진해야 한다
는 이 자기 모순적 견해는 문학주의와 정치주의의 갈림길에 서게 될 박영
희가 적어도 이때까지는 정치주의를 포기할 수 없었던 것임을 새삼 말해
주는 것이기도 하다.28)

　반면에 일본에서 프로시인으로 활약한 바 있는 백철은 비록 양측을 다
비판하고 있으나 자신의 시적 경향상으로도 다분히 임화를 두둔하는 쪽에
이미 확고한 자리를 마련해 두고 있었다. 즉 그는 애정 문제를 적확한 계
급적 분석 위에서 유물변증법으로 정리하지 못하고 다만 두뇌에 기억된
지식의 기계적 적용의 오류를 범했다면서 임화·김창술의 시를 비판하고

---

27) 박세영, 「일구삼일년 시단의 회고」, 『중앙일보』, 1931. 12. 7.
28) 회월, 「1931년판 캅푸시인집을 읽고」, 『중앙일보』, 1931. 12. 15.

있으나, 그러나 "과거의 기계주의적 편향, 즉 작품의 취재는 계급의 ××화
된 장면에 국한된다는, 작품의 적극성은 순전히 이 제재의 ××성에 의존
한다는 것과 같은 고정화·화석화를 넘어서 일거전진하려는 노력이 실천
적으로 보여진 것"이라 그 시사적 의미를 고평한 반면, 권환·안막의 시
는 기계적·공식적·슬로건적 형식에서 벗어나지 못했다는 점을 지적하
면서 이는 결국 "우리들의 평상 행동이 대중의 일상 ×× 생활과 너무나
각리(却離)되어 있음을 의미하는 것"이라고 비판했던 것이다.29) 그에 의하
면 조선 현실에 현실적으로 움직이고 있는 구체적 존재를 구상화시키지
못하고 다만 개념 중에 추상된 일반적 존재를 기계적·모형적·추상적
성질의 나열 등 일반화된 관념적 설명적 문구로 작품을 출발시키는 것은
"현실과 격리되어 있는 부르조아 문학 혹은 프로레타리아 문학의 초기 시
대의 이데올로기 시에서나 있을 수 있는" 것이다.30)

그러나 프로 문단에 있어 당대 평가의 주류는 백철의 견해와 달리 임화
의 시를 비판하고 권환의 소위 '뼈다귀 시'를 취했던 것으로 보인다. 이정
구,31) 윤곤강,32) 박승극33) 등이 그 예가 되겠으나 그것은 앞서 보았듯 임
화의 자기비판에서 가장 극명히 드러난다. 여기에는 권환 자신도 예외일
수 없었다.

권환의 「시평(詩評)과 시론(詩論)」(『대조』, 1930. 6)은 임화 시의 비판을 통
해, 객관적 인식을 격렬한 선동으로 전달하고자 하는 자신의 시형에 대하
여 그것이 나름대로의 고려에 따른 산물이었음을 우리에게 드러내 주는
글이다. 이 글에서 그는 임화의 시가 프로시단으로부터 "가장 많은 평가
를 받고 가장 많은 영향을 대중에게 준" 점은 인정하면서도 김창술, 유적
구, 김병호 등의 아류작을 포함한 단편서사시 계열의 작품들을 그것이 갖
는 감상주의적 내용으로 인해 결코 높이 평가할 수는 없다는 입장을 취하
고 있다. 그는 과거의 시들이 너무도 구체성이 없는 추상적 시, 그저 "막

---

29) 백 철, 「창작방법문제 — 계급적 분석과 시의 창작문제」, 『조선일보』, 1932. 3. 6.
30) 백 철, 「문예시평」, 『신동아』, 1932. 11.
31) 이정구, 「시에 대한 감상」, 『조선일보』, 1933. 9. 23.
32) 윤곤강, 「현대시평론」, 『조선일보』, 1933. 9. 30.
33) 박승극, 「최근의 푸로 시단」, 『조선일보』, 1933. 9. 30.

연한 명일(明日)의 동경(憧憬)"으로만 이루어져 "서사시의 길로!"라는 말이 제창된 듯하다고 그 배경을 설명한 뒤, 그러나 반드시 서사라야만 구체성을 가진 시가 되는 건 아니라는 점을 주장하고자 하였다. 즉 "어떤 사실을 소설적으로 서사적으로 순서 있게 서술치 않더래도 그 사실이 구체적 사실인 이상 그것으로 인하야 일어나는 감정—비록 폭발적이라도—을 표현하는 시는 얼마든지 구체적인 것"이라는 주장이다. 따라서 "같은 서사에도 어떤 서사인가가 보다 중요한 것"인 바, '쎈티멘탈한 동정심'보다는 '강렬한 ×× 고취'가 더 소중한 것으로 되는 법이다. 여기까지는 단순한 소재주의로 떨어질 위험을 내포한 것이었고 시의 평가를 시 외적인 태도의 문제로 귀착시키는 오류를 낳을 수 있었던 것이었다.

그러나 그는 "아지프로할 만한 서사이라도 표현 방식의 여하에 의하여" 효과가 좌우되리라는 것만은 틀림없이 알고 있었다. 다만 "시란 가장 단축(短促)하고 간약(簡約)한 말 가운데 가장 강렬한 감정을 담아 그것을 다른 그것을 다른 대중에게 전달 취입 ××시킬 수 있는 것"인데 "조선 대중의 수준상 보다 더 대중화시키기 전에는 아지프로 역할 이행이 불가"하기 때문에 시의 비속화와는 구분되는 의미에서, 보다 노동 대중의 수준에 맞는 시의 대중화가 필요하다는 것이다. 그것이 권환 자신의 시 형식을 가리키는 것임은 말할 것도 없다.

그렇다면 이러한 논쟁은 창작방법론상의 의미를 지니고 있었는가? 있었던 것 같다. 이는 임화가 <양말(洋襪) 속의 편지(片紙)>(『조선지광』, 1930. 3)를 통하여 매우 혁명적인 단계로 변신한 모습을 보여 주게 된다는 점에서 확인된다. 스스로가 비판했듯이 단순한 사유를 통해서가 아니라 운동의 실천을 통해서 혁명성이 획득된 셈이다. 카프의 실질적인 지도가 되어 제1차 검거사건에 연루되었다가 1931년 9월 중순 출감한 사실인 새삼 이를 증명한다. 그 결과 극적 태도를 내포한 바로서의 단편서사시 양식은 그대로 유지된 채, 패배에 대한 회고·감상보다는 혁명의 성공에 대한 결의와 확신을 강화하기에 이르렀던 것이다. 권환은 그 같은 경향을 가리켜 "프롤레타리아 사실주의적으로 전환"된 것이라 지적하면서 이는 "시에 대한 비평을 보고 강작(强作)으로 전환한 것보다 동지의 그 동안 훨씬 더 고양된 의식, 훨씬 더 많은 경험을 세운 ××생활이 그러한 시를 쓰지 않고는 안 되게” 한 결과의 덕택이라면서 매우 긍정적인 만족을 표하기도 하였다.[34]

하지만 임화의 이 혁명성이 지속적인 것이 될 수는 없었다. 그의 본래적 영역은 서정성과 대중성의 결합에 있었고 그것이 시에 드러날 때에는 인간의 강한 마음보다 약한 마음을 향해 움직여 나가는 것으로 표출되었던 바, 결국 그는 「오늘밤 아버지는 퍼렁 이불을 덮고」(『제일선』, 1933. 3)를 통해 단편서사시 세계로 다시금 회귀하였으니 그의 모든 성공과 실패는 이 속에 놓였다고 할 수 있을 것이다.

조직이 소멸되어 가는 시점인 1932~1933년경부터는 권환의 시도 자기 변모를 꾀하게 되었다. 자기 시에 있어 혁명성의 결여를 메워 보려 한 것이 임화의 노력이었다면, 그러나 그것이 지속적으로 유지될 수 없었다는 점이 임화의 그리고 그 시대의 한계이었다면,[35] 앞서 밝힌 대로 “조선 대중의 수준상” 유보할 수밖에 없었던 “표현 방식의 효과 문제”를 자신의 시작(詩作) 속에 다시금 제기하게 된 것으로 보이는 권환의 경우도 시대의 틈바구니에 낀 시인의 갈등이라 아니 할 수 없을 것이다.

그런데 임화에겐 단편서사시라는 돌아갈 곳이 있었던 반면 권환의 경우엔 자기 시로부터 직접적인 아지프로성, 혁명성, 교술성을 제거하는 뼈아픈 선택밖에 없었다. 그러나 아이러니컬하게도, 혹은 당연하게도 그 같은 선택이 권환 시의 대표작을 구성하게 된 것으로 보인다.

> 활동사진 광고지ㄴ가
> 엇던 놈이 언제 이런데다 끼워뒀서?
> 아―니 광고지는 아닌게야
> 그는 너덧동무가 머리를 맛대고 잇는 창고 뒤로 가서

---

34) 권환, 「시평과 시론」, 『대조』, 1930. 6.

35) 1934년에 들어서면서 임화는 「33년을 통하여 본 현대조선의 시문학」을 통해 낭만주의의 무비판적 배격을 오류라 지적하고 이정구(李貞求)의 비난으로부터 은근히 자기 시의 옹호를 표명하는 변신을 보인다. “그것은 프롤레타리아 시로부터 부르조아적인 요소인 낭만주의를 비판한다고 우리들의 시로부터 시적인 것, 즉 감정적 정서적인 것을 축출해 버리고 말았다. 그리하야 말라빠진 목편(木片)과 같은 이른바 뼈다귀 시가 횡행했던 것이다.”

폭켓트 속 꾸겨너흔 그것을 내여 보앗다

순언문으로 굵직굵직 박힌 글을 가만가만 다 읽어 보앗다
　히－ㅁ
　히－ㅁ
　히－ㅁ
그것을 끗까지 다 읽기도 전에
엇전지 가슴속이 찌르듯하엿다
　그것 차－ㅁ
　그것 차－ㅁ
그는 다시 한 번 우아래를
한 자도 안 빼고 읽어 보앗다
　이런 게다 이런 게다
　참 이런 게로군 이런 걸
　세상에 못난 놈은 우리고 어리석은 놈은 우리구나
　에잇참 우리가 이러케 어리석나?
　그러치만 대관절 이걸 뉘가 썼슬가
　이 안에 잇는 놈일가
　이 안에도 이러케 지식잇고 잘 아는 놈이 잇슬가?
　아－니 뉘가 썻는지 그건 알어뭣해
　우리가 뉘한데 엇더케 속힌 것만
　우리는 어떡해야 된다는 것만 알면 그만이지
　이런게다 이런게다
　참 이런게로군 이런걸!
　가슴속이 펄덕펄덕 뛰엇다
　마치 사랑하는 처녀의 편지를 바러 본 것처럼
　얼골 위까지 확근확근하엿다
(중략)
　나도! 나도다!

나도 못할 게 무엇잇나 안할 게 뭣잇나

내 한 몸 하고 안한 게 ××을 이리저리야 안치마는

한 놈 그것이 뭉쳐서×고 풀어저×는 것 아닌가

나도! 나도다!

하면 되는 것 아니냐 안될 것 뭣잇나

아무것도 거진 것 업는 검은 손 이놈이라도 꿈적이고 안 꿈적일 것
이놈의 자유아니냐

그의 가슴은 확근확근 타올랏다 그리고 결심과 만족이 빈틈업시 찻다.

• • • 권환, 〈삼십분간(三十分間)〉(『제일선』, 1932. 9)

임화 시에 있어 시적 화자(등장인물)가 소시민 지식인층에 그 전형을 못
박은 것임에 반해 권환 시의 그것은 노동대중에 밀착하고 노동대중의 시
각에 그 계층적 기반을 두고 있음이 당대 프로시의 입장에서 미덕으로 통
하고 있었음은 이 경우에도 마찬가지로 지적될 수 있을 것이다. 하지만
그가 예술의 형식 문제에 관한 한 전망의 과장을 통하여 너무도 관념적,
기계적, 도식적이었음은 비난을 면할 길이 없었다. 반면, 이 시에서는 그
같은 결점을 부분적으로 극복하면서 대중에게 강요하기보다는 대중과 호
흡을 같이하는 방향으로 나아가는 데에 어느 정도 성공할 수 있었음이 발
견된다. 이런 시를 놓고 수사니, 표현기교니 하는 것을 따지는 것은 별 의
미가 없다.

1933년 들어 권환은 구고(舊稿) 중에 하나를 발표하게 되는데 이때는 이
미 프로시는 쇠퇴하는 과정에 들어섰기 때문에 평자들에 의해 단연 돋보
이는 작품이 되고 말았지만 앞서 〈삼십분간(三十分間)〉의 연장선상으로는
보기에 어려운 일면을 지니고 있었다.

오늘은

기어만

간판이 떼이고 말엇다

2년동안이나 셋집 셋집으로 울러메여 다니든 이 간판이

2년 전 그때의 ××부원 지금은 서울서 ×××고 잇는 朴이 손수 쓰고 간

그 굵다란 먹글자가

벌서 바람에 쓰치고 비에 씻겨 희미하게 된 이 간판이
오늘은 기어만 떼이고 말엇다
                    (중략)
그러치만 어린 동무들아 늙은 동무들아
두 눈은 웨 그리 둥그래지고
멕은 웨 그리 풀어지나?
용감하게 꿋꿋내 할 일을
석 자도 못된 이 나뭇조각 간판이 떼여젓다고
이간(二間)밧게 안 된 이 낡은 초가집이 닷겨젓다고 못할 것은 업는데
먹글자 쓰인 간판이야 갓건 말앗건
나무간판 달린 회관 집이야 잇건업건
용감하게 꿋꿋내 할 일을 못할 것은 업는데

● ● ● 권환, 〈간판(看板)〉(『조선일보』, 1933. 6. 22)

이 시는 "젓다, 기어만 지고 말엇다"로 시작되는, 앞서 인용한 바 있는 〈머리를 땅까지 숙일 때〉와 그 꼴을 같이한다. 〈간판〉은 그것이 구고(舊稿)라고 밝힌 점에서도 그러려니와 바로 1930년도의 아지프로시 연정선상에 위치해 있는 것이다. 하지만 〈간판〉까지 떼어져 버린 시점에선 권환 또는 힘을 잃을 수밖엔 없었다. 행동을 강요하던 종래의 시와는 달리 이 시의 마지막 시구는 처량하다 못해 자못 비감하기까지 하다. 전망의 과장이 사라졌기 때문이다. 그렇다고 전망마저 버렸던 것은 아닌 듯싶다. 〈간판〉까지 떼어 버린 상황에서 시가 나아갈 길이 무엇이었던가. 임화가 단편서사시로 회귀해 버렸다면, 권환은 풍자를 통해서라도 그 전망을 잠시나마 붙잡아 보고자 하였다. 김수영을 빈 김지하의 말처럼, 이른바 "풍자가 아니면 자살"이기 때문이다.

갈(褐)빗 샤쓰 입은 동무들아
쇠투구 눌어 쓴 동무들아
독일적(獨逸的) 곡조(曲調)를 높히 불러라
그리고 모조리 태워 버려라
· 무에든지 독일 것이 아닌 글

> 께루만 혼(魂)이 업는 책은
> 「엥겔쓰」 「고리키」의 것이야 말할 것도 업고 「레마르크」 「씽클레아」의
> 것도 성해방(性解放)을 짓거리는 「히투슈에르드」의 것도 모조리 쓸어 버리라
>
> ● ● ● 권환, 〈책(冊)을 살우면서〉(『조선일보』, 1933. 7. 29)

일제와 마주서는 대신 히틀러, 장개석 등을 풍자하는 방법으로 시대 현실을 노래하려 했던 이 노력은, 그러나 풍자의 의도만 있고 풍자의 장치가 마련되어 있지 않다는 점에서 실패로 끝나고 만다. 이쯤 되면 정말이지 앞길은 절망적이다. 일찍이 임화의 경우 시대와 개성이 교차하는 진정한 주체 확립에 있어서 시대의 역학이 개성을 교살해 버리기란 어렵지 않은 일이었음을 우리는 보았다. 그가 〈1945년, 또 다시 네거리에서〉라는 단편서사시에 가까운 작품을 또 다시 들고 나올 수 있었던 것, 즉 또 다시 원점회귀를 보일 수 있었던 것은 해방 이후에야 가능했던 시대와 개성의 회복 덕택임은 새삼 말할 것도 없다.

이 같은 사정은 권환의 경우에도 적용될 수 있다 하지만 시대와 개성이 교차하는 순간에, 굳이 나누자면, 시대 쪽에 서 있었던 권환의 입장에서 보면, 일제 탄압이 강화되는 가운데 시를 유지해 나간다는 것은 임화에 비해 상대적으로 더욱 힘들었을 것임에 틀림없다. 정치를 버려야 되겠는데 그러고서는 그의 시가 성립되기 어려웠기 때문이다. 시학과 정치학의 모순 속에서 이제 그에게 남은 길은 현실적 패배를 인정하되 다만 과거의 당위성을 통해 자긍심을 회복하고 확보하는 길뿐이었다.

> 동무야
> 여기두 지금
> 봄밤이 깁헛다
> 놉흔 창 박게는
> 구즌 비 오는 소리가 투득투득 들닌다.
> 이런 때엔 언전지 쎈치멘탈하게 되는구나
>
> 나는 지금 멀둥멀둥헌 눈으로

놉다란 천정에 적은 말뚱갓치 붓터잇는
히미한 전등불을 치다보면서
그러고 투덕투덕하는 봄비소리를 들으면서
모든 지내간 옛일을 생각고 잇다

언젠가 내가 시외 ○○동에 잇슬 때에
삼월인지 사월인지 그 어느날 밤
지금과 갓치 굵은 봄비방울이
들창 박게 양철자를 타당투당 뚜다리는데 비둘기통만한 적은 토막방에
늬, 내, 남숙(南淑)이 그리고 다른 동무 다섯이
신문지에 싼 「마메콩」을 가운데 노코 안저서
열에 타는 젊은 눈들을 서로 마주 반적이면서
막코 연기를 뭉게뭉게 품으면서
쩌른 봄밤이 깁허질대로 깁허진 줄도 모르고
이일 저일을 의론하든 그날 밤이 생각난다.

그러다 내하고 홍(洪)하고 크지도 아니흔 의견이 맛지 안허
둘이 다 제도 모르게 낯빗이 붉어지고
조심스럽게 하든 말소리가 커질 때에
늬가 웃으면서 양쪽 손으로
두 사람 입을 막든 그날 밤 일이 생각난다.

그래서 이웃집 벽시계가 열두시 치는 소리를 듯고도 한참 지나서
일곱 동무가
소리 업시 가만가만 헤여질 때에

다 낡어빠진 우산 한 개를
남숙(南淑)이와 조(趙)가 가치 바치고 줄나란이 가는 것을
헌 만또를 머리 위까지 둘러쓰고 가는 늬가
뒤에서 농으로 놀려주든 그날 밤 일이
오늘밤 유달히도 쎈치멘탈하게 생각난다.

● ● ● 권환, 〈비오는 봄밤〉(『문학창조』, 1934. 6)

시 속에다가 시인 자신이 '쎈치멘탈'하다고 표 나게 밝힘으로써 오히려 센티멘털리즘에서 벗어나 보이려고 애를 쓰고 있지만, 하지만 이 시야말로 그가 비판하여 온 소위 감상적인 단편서사시 바로 그 모습이 아니겠는가. 대상성으로서의 '너'를 요구한다든가, 그 인물이 노동 대중이라기보단 지식인의 모습에 흡사하다든가, 사건의 내용인 구체적이라기보다 암시적이라든가, 비오는 날의 낡아빠진 우산 한 개의 세팅(setting)이라든가 하는 것은 그가 그렇게 경계해마지 않았던 양식 그대로이다. 이러한 사실은 단편서사시 양식의 선택이 비단 시인 개인의 기질적 요인에만 관련되는 것이 아니라 또 한편으로는 전체성을 바탕으로 한 공동체 지향의 소설과 개성을 바탕으로 한 서정시를 연결하는 그 중간 단계적 장르의 성격으로 말미암아 시대와 개성의 문제가 교차하는 순간에서 어느 정도 최소한의 균형을 확보할 수 있었다는 점에도 기인한 것임을 시사해 주는 것이다. 이렇듯 장르와 현실간의 대응 문제를 고려할 때 장르 미정 상태에 처해 있었던 이 단편서사시가 장르적 성격을 확보하기 위해서는 현실의 성장이 뒤따라야만 했던 것인 바, 따라서 우리가 갖고 있는 단편 서사시 작품 또한 그 현실적 한계로 말미암아 프로시의 내적 형식의 완성에까지는 이를 수 없었던 것이요, 다만 그 유력한 하나의 가능태였다고 해야 할 것이다.

그러나 앞서 밝혔듯이 시대와 개성, 정치와 시의 접점에 서는 것마저 용인되지 않을 땐 이 양식마저 포기될 수밖에 없었다. 여기에 시적 재능마저 부족했던 권환의 고민이 놓인다. 아예 붓을 꺾을 수도 없었고, 평론으로 나갈 수도 없었기에, 비록 상식 수준의 시인으로 전락하더라도 시 속에서나마 자기의 모습을 찾아보는 행위는 어두워져 가는 시대현실 속에서 피할 수 없는 고뇌에 찬 필요이며 결단이어야 했던 것이다. 시 속에서 자기를 찾아가는 행위, 그것이 곧 시집 『자화상(自畵像)』의 세계이다.

Ⓐ
거울을 무서워하는 나는
아침마다 하ー얀 벽(壁)바닥에
얼굴을 대보았다

그러나 얼굴은 영영 안 보엿다
하―얀 벽(壁)에는
하―얀 벽(壁)뿐이었다
하―얀 벽(壁)뿐이었다

Ⓑ
어떤 꿈많은 시인(詩人)은
「제 이(第二)의 나」가 따라 다녔드란다
단 둘이 얼마나 심심하였으랴
나는 그러나 「제 삼(第三)의 나」……「제 구(第九)의 나」……「제○○의
나」까지
언제나 깊은 밤이면
둘러싸고 들복는다

• • • 권환, 〈자화상(自畵像)〉(『자화상』, 조선출판사, 1943. 8)

자기를 찾는다는 일은 어려운 일이었다. 거울과 마주설 수 없었기 때문
이다. 이상(李箱)의 거울이었다면 차라리 속 편했을지 모를 일이다. 그러나
권환의 앞에 놓인 거울은 실존적인 것도, 무역사적인 공간도 아닌 시대와
현실의 거울이었다. 거기에는 오직 실천과 행위가 요구될 뿐이다. 그 두려
움이 거울이 아닌 벽과 마주서게 만들었다. 그것은 양심이다. 두려움뿐이
었다면 거울도 벽도 필요치 않다. 현실과 적당히 살아가면 그뿐이다. 이러
한 보고 싶음과 보고 싶지 않음 사이엔 이미 의식이 작용하고 있다. 그래
서 현실의 의식이 깨어난 아침엔 그 둘 간의 갈등이 영상을 매번 흩어 놓
는다. 그러나 꿈이 지배하는 깊은 밤만 되면 현실의 의식 속에 묻어 두었
던 수많은 얼굴들이 그를 둘러싸게 되는 것이다.

사정이 이와 같기에 이 시집 속에 비록 산과 구름, 달, 별, 눈이 자주 등
장한다 하더라도, 자기 자신이 도피를 용인하지도, 할 수도 없었기 때문에
순수한 맨얼굴로 드러나진 않는다. 이 자연과 천체는 그냥 자연과 천체가
아니다. 자기를 찾는 행위는 그 근원적인 것 앞에서마저 성취되지를 못한
다. 이 시집 속에서 그가 '어머니'를 부를 때[36] 그것은 비단 그의 시세계
속에 굳건히 자리 잡고 있던 남성적인 것의 상실을 의미하는 것이 아니라

자기의 본래적 모습은 과거에 있었고 다시 돌아올 수 없음을 나타내기 위해서다. 그리고 보면 그는 이미 자기를 찾아놓고 있었는지도 모른다. 다만 은폐시킬 뿐이다. 말하자면 감춰 놓고 찾는 척하는 행위, 그렇기 때문에 감추어진 곳 가까이에 가서 감춤과 찾아냄의 갈등을 드러내고 있는 것이다. 일련의 근원적 모티브에서도 직서(直敍)가 불가능했던 것은 이 때문이다. 문제는 그 '감춤'이 자기가 의도한 바가 아니라 강요된 바이기에 괴로움이 있었던 것이다. 이 시집에서 단시와 산문시가 시도되고 있는 것은 별개의 문제다.

   현실에서 새 생활을 시작하려면 그 모든 의식에서 벗어나야 함이 물론이다. 그런데 그것은 개인적으로는 '윤리'의 문제를 거치지 않고는 이루어질 수 없는 것이었다.

       떫은 사랑
       쉰 사랑
       깨끗이 다 씻어 버리고
       살렵니다 아침 대공(大空)을 나는 제비같이

       한 냥(兩) 빚 두 냥(兩) 빚도
       모조리 다 갚어 버리고
       살렵니다 흐르는 한강(漢江)물같이
               (중략)

       어머니! 들려주옵소서
       황소 우름같은 게느린 자장가를

       긴 해안선(海岸線)을 혼자 달아가는
       범선(帆船)같은 고요한 자장가를
               (중략)

---

36) 이 시집 속엔 '어머니'가 자주 등장하는데, 시적 대상이 변한 점에서, 그리고 당시 여러 프로측 시인들에게 어느 정도 공통적인 현상이란 점에서 주목을 끈다.

나는 지금 괴롭습니다
맹렬히 돌아가는 푸로펠러의 파문(波紋)이

* * * 권환, 〈윤리(倫理)〉(『윤리』, 성문당서점, 1944. 12)

모성애로 비롯되는 보다 근원적인 것으로부터의 자장가를 듣고 현실의
의식을 포기해야 되는 심정은, 그러나 쉽사리 잠들 수 없기 때문에 괴롭
다. 그 의식이 마치 동심원의 파장마냥 소용돌이를 일으키며 자신에게 육
박해 오기 때문이다. 이런 불면증이 지속적인 것이 될 때 죽음이 찾아온
다. 매우 시니컬한 입장에서 쓰인 것이긴 하나, 다음의 작품은 이 현실에
서 완전히 벗어나는 죽음 이후의 시간에서마저 끝내 현실로부터 눈을 돌
릴 수 없었던 자기의 심경을 토로해 내고 있다.

언제든지 시(詩)를 내리봐도 치봐도 바로봐도 모로봐도
자신(自身)도 모르게 쓰는 천재시인(天才詩人) A B에게는 「파우스트」의
유령 장면(幽靈場面)의 그림 한 폭(幅)과 제웅 한 개를 주노라
그대의 시(詩)는 아마 유령(幽靈)이나 제웅만이 참 가치(價値)를 발견(發見)
할 수 있을 테니까

그리고 이도(二度)의 근시용(近視用) 안경(眼鏡) 한 개는 현실(現實)을 있는
그대로 똑똑히 보지 못하고
안개 속의 신기루같이 요지경속의 그림같이 보는
천재작가(天才作家) XY에게 특(特)히 물려주노라
새 축전지(蓄電池) 넣은 회중전등(懷中電燈) 한 개도 함께 끼워서
(중략)
마지막으로 이상(以上)의 받는 자(者)들의 대상(代償)으로 이행(履行)할 의
무(義務)는
나의 육체(肉體)만 남은 몸둥이를
화장(火葬)도 표본용 박제(標本用剝製)도 방부제 응용(防腐劑應用)의 「미—
라」는 더구나 그만두고
두 귀와 두 눈알만큼
북악산(北岳山) 꼭대기에 달아두는 것 그뿐이다.

* * * 권환, 〈유언장(遺言狀)〉(『동결(凍結)』, 건설출판사, 1946. 8)

　　이러한 지경에 처해 있던 권환에게도 해방은 찾아왔다. 이 부활의 의미
는 문학적으로는 '진보적 세계관의 회복'과 그 '현실적 실천'의 문제 제기
에서 드러난다.[37) 임화 등이 자기비판의 심도 있는 시적 형상을 창조해냄
으로써 자신의 진실한 내면적 감정으로부터 대중에게 다가가고자 했다면
권환은 직접 대중적 현실을 시에 담아 자신의 세계관과 대중적 현실을 결
합하고자 하였다. 이 모습은 흡사 1930년대 초반의 모습을 닮았다. 시의
대중화 운동과 조직 운동에 다가가서야 할 시적 실천의 문제에 있어 권환
의 경우는 이때도 역시 소시민성에 대한 자기비판과는 거리가 멀었던 것
이다.

　　그러나 비록 몇몇 작품의 경우엔, 예컨대 <어서 가거라>(『햇불』, 우리문
학사, 1946. 4) 등의 경우 1930년대 초반의 <가랴거든 가거라>에서 보이는
분노의 직접적 표출이 드러나 있다 하더라도, <고향(故鄕)>과 같은 작품은
1930년대 그가 안고 있었던 형식적 문제는 상당히 극복된 차원에서, 특히
그의 농민 대중적 기반을 여실히 드러내 주는 작품이었다.

　　　십(十)년 전 양주가
　　　등에는 괴나리 봇짐
　　　두손엔 바가지 들고
　　　북우로 북우로 멀리 간 박(朴)첨지도
　　　어제 만주(滿洲)서 돌아왔다
　　　동리 어구에 들자말자 연신
　　　용감한 아라사 병정 이야길 하면서
　　　도수장에 목을 옭혀간 소처름
　　　구주(九州) 탄광으로 끌려갔던 김춘보(金春甫)도
　　　이년(二年)만인 그저께야 돌아왔다
　　　우아랫이 (齒)를 부득부득 갈면서
　　　쫓겨가고 고향(故鄕)을 파먹던 모진 야수(野獸)들은
　　　찾어왔다 고향(故鄕)을 잃은 백성들은

---

37) 김승환·신범순 엮음, 『해방공간의 문학―시』, 돌베개, 1988, p.7.

야학교(夜學校) 좁은 강당에선
박수소리가 요란하게 일어나다
학병(學兵)서 돌아온 덕수군(德洙君)의
각모(角帽)를 휘드르며 부르짖는 연설회(演說會)다
이 넓은 삼거리 들(野)도 모두
우리들 땅입니다 인젠
제등(齊藤)이 논도 영목(鈴木)이 밭도 아닙니다

원 들에 구수하게 풍기다
익은 곡식의 향내가

만세소리가 때때로 바람결에 들리다
이마을 저마을이

유달리 맑고 푸른
자유조선의 가을하늘이었다

· · · 권환, 〈고향(故鄕)〉(『횃불』, 우리문학사, 1946. 4)

해방이라는 공간, 그것은 혼돈이요, 동시에 수많은 가능성이 열린 자유의 공간이었다. 투쟁을 통하여 혹은 은폐의 고통을 통하여 지켜와야 했던 '맑고 푸른 하늘' 아래서 시인은 드디어 자유의 의미를 온몸으로 느낄 수 있었다. 그것은 정치가 열린 공간이었으며 민족문학이 확립될 수 있었던 공간이었다. 그러기에 무매개적으로 정치를 포용해야 할 문학의 이상 상태도 이젠 더 이상 있어야 할 것이 못되었고 적어도 권환으로선 민족문학의 주체가 될 자격에 대한 자기비판의 필요도 뛰어넘을 수 있었다. 윤리를 논할 이유 없는 이러한 자화상의 회복 속에서 그의 시는 다시 시작될 수 있었고 또한 그래야만 했다.

그런데 이번 경우에도 그를 배반한 것은 정치 쪽이었다. 세계사가 그로부터 등을 돌렸을 때 이번 경우엔 아예 그의 시를 이 땅으로부터 없애고야 말았다. 그의 시가 되살아나게 될 때 그때 이 땅의 정치적 의미를 묻는 것은 그래서 단순한 흥밋거리일 수는 없는 것이다.

4. 시의 세계와 시가의 세계

이 글의 주된 관심사는 프로시사 속에 차지하는 권환의 위상을 검토하는 것이었다. 그러기 위해서는 1920~1930년대 프로시의 전개과정을 살펴보아야 했던 바, 범박하게 보아 그것은 시에다가 서술적 요소를 도입하는 길, 서정시 양식에서 서술시 양식으로의 전이 과정이라 요약될 수 있는 것으로 특히 1930년대에 이르러서는 서술시 경향 중에서도 아지프로를 목적으로 한 개념적이고 교술적인 서술시 양식과 단편서사시 양식이 그 주류를 차지하게 된 것으로 보았다. 권환은 이 가운데 노동대중을 기반으로, 확고한 볼셰비키적 방침을 내세우면서 전자의 계열을 대표하는 시인이 되었다. 이 양자 간의 대립은 적어도 논쟁상으로는 전자가 주도권을 쥐게 되는 것으로 나타나지만 바로 그러한 시 양식으로 말미암아 권환은 근골이 강한 시인, 또는 과격한 시인이라 불릴 만한 존재가 되고 말았다.

그의 시가 갖는 격렬함에 대해 비판하기는 비교적 손쉬운 일일 것이다. 예술적 진실의 차원에서 후퇴된 도구적 문학이라거나, 대중으로부터 시의 소외를 극복하기 위해 시에 행위와 사건을 도입했고 설명체의 언어를 구사한 것이 결과적으로는 반시적(反詩的)인 형태로 작용되어 시로부터 대중을 소외시켰다든가 하는 지적이 그것이다. 권위주의적, 교조주의적 세계관이 지배하고 있었던 볼셰비키 방침의 관념론적 급진성은 그런 비판의 소지를 남기고 있음이 명백한 사실이다. 그러나 권환의 시가 지닌 격렬함이라는 것이 강화되어 가는 일제의 탄압 밑에 서게 된 당대의 민족적 현실에 대응코자 한 노력의 소산이었음만은 인정되어야 한다. 정치가 불법화된 상태에서 문학마저 그렇게 될 위험을 앞에 둔 단계에서 시가 그나마 정치에 대신하기를 바라는 요구는 급진적인 성격을 이미 내포하고 있는 것이었다. 이 요구를 받아들이기란 적어도 시인의 개성이라는 입장에선 상처받기가 쉬웠을 것이다. 그럼에도 불구하고 이를 감수하였다는 점에서 권환은 가장 성실한 시인 중의 한 사람이거나 아니면 아예 시인이 아니었음을 말해 주고 있는 것인지도 모른다.

그렇다고 그가 이념적인 시만 남긴 것이 아님은 이미 보아온 터이다. 그가 오로지 시인으로만 존재하도록 강요당한 그 시절에 대하여서는 시인으로서의 섬세한 부분이 드러나고 있는 바, 이에 대해서는 전기적인 사실이 보다 보완되지 않고는 불충분한 기술이 될 수밖에 없을 것이다.

해방 이후 그의 새로운 변모는 시와 정치의 긴장관계가 단순히 관념상으로가 아니라 창작방법론의 문제에 관련된 것임을 또 한 번 말해 주는 것이다. 권환에게 그 문제는 시에서의 리얼리즘 문제로 귀착될 수 있을 것이다.

그러나 우리는 시와 소설의 발달에서 통일적이고 보편적인 경향이 존재한다고 말할 수 있는 근거를 가지고 있는가? 혹은 이 시대에 시적 장르와 산문적 장르들의 발전의 길은 일치하는 것이 아니라 원칙적으로 서로 상이한 것일까? 리얼리즘적인 산문이 형성되고 개화된 시기에 서정적 시문학의 내용과 형식이 진보적인 발전과 새로운 가능성을 이룩할 수 있는 객관적 존재란 무엇인가? 시인과 소설가에 의해 묘사되는 현실현상의 평가는 다소 조건적이고 이미 규정된 규범이 갖는 힘에 예속되는 것일까? 혹은 주관적인 것일까?

이에 대한 해답은 우리 시사에 낯선 부분들이 회복되면서부터 비로소 그 시도가 시작될 수 있을 것이다. 새로운 사고란 새로운 모델로부터 비롯될 가능성이 많기 때문이다. 권환의 시는 어떠한 의미를 지닌 모델이겠는가. 그것은 시에 있어서의 의미 전달성, 시를 통한 의사소통을 지향하면서, 집단적인 사상과 감정을 시에 담고 또 그 시를 통해 나누고자 하는, '시가'의 모델이라고 할 수 있을 것이다. '시'가 아닌 '시가'의 세계는 현대 서정시에 익숙한 우리에게는 낯설 수밖에 없다. 하지만 공동체를 꿈꾸었던 그들에게 있어 이 '시가'란 의미는 본래적이고 각별한 의미가 있다. 이 글이 권환의 시 작품에 대한 구체적 비평보다 그 시가적 세계를 형성하고 있는 무리들의 문학사적 의미망 쪽으로 기울어야 했던 이유의 일단이 여기에 있다.

|양주동론|

노래, 논쟁, 그리고 이야기

1. 양주동과 나

이른바 386세대에 속하는 나는 양주동(梁柱東) 선생과 사제(師弟)의 연(緣)도, 아무런 개인적 친분 관계도 맺은 바가 없다. 그러면서도 선생과 동렬(同列)에 감히 '나'를 놓는 무례(無禮)를 범하고자 하는 데에는 그만큼 각별한 사연이 있다.[1] 선생은 나와 아무런 연관이 없는 것 같지만, 실상은 내

---

[1] 치기 어리게 보일 수 있음을 잘 알면서도 지금 나는 회고적(回顧的)인 사적(私的) 에세이 취향에, 동서고전(東西古典)을 인용하고 패러디하기를 즐겨 했던 선생의 풍(風)을 애써 흉내 내 보고 있다. 감히 '양주동과 나'란 제목을 붙인 것부터가 그러하고, 괜히 한자(漢字)를 섞어 쓰는 것도 그러하다. 하지만, 선생도 감히 춘원(春園)과 맞서지 않았던가. 또한 선생은 내가 응당 패러디할 만한 하나의 고전(古典)이 아니던가. 그러니 이 서문에서 '나'라는 대명사를 쓰더라도 독자제현(讀者諸賢)께서는 그것이 교만(驕慢)이나 거만(倨慢)의 표현이 아니라 도리어 친밀감(親密感)과 존경심(尊敬心)의 표현으로 받아들여 주었으면 싶다.

인생의 시기 시기마다 중대한 관련을 맺어 왔기 때문이다. 이때 '나'는 1950~1960년대에 태어나 대략 1970년대에 중·고교 생활을 보낸 이 땅의 웬만한 사람들을 가리키는 일반 명사로 이해되어도 좋다. 그런즉, 다음과 같은 '나'의 사적인 이야기는 우리 시대의 한 문화적 양상에 대한 일련의 문화기술지(文化記述誌, ethnography)로 이해해 주기를 바란다.

내 기억 속에 자리 잡고 있는 선생의 첫 모습은 TV 화면에 비친 그것이었다.[2] 선생이 주로 무슨 말을 했고, 그 말이 무슨 뜻이었는지, 유년기(幼年期)의 내가 알 턱이 없었지만, 넓은 이마에 희끗희끗한 옆머리를 짧게 쳐 올린 채, 선생은 늘 구수하게, 매사에 막힘이 없이, 온갖 전고(典故)를 들이대며 달변(達辯)을 구사하는, 뭔가 깊이 있는 듯싶은데, 어김없이 사람들을 웃게 만드는, 무척 희한한 어른이었다. 그러나 내가 확실히 기억하고 있는 것은 TV 프로그램 사회자가 선생을 곧잘 국보(國寶)라 불렀다는 것, 그리고 다른 출연자와는 달리 유독 선생에게만은 꼭 양주동 '교수'나 '선생'이 아니라 '박사'라 불렀다는 것이다. 그러니까 선생은 내가 처음 알게 된 '박사'의 모델이었던 셈이다. '박사'는 그 프로그램에서 자주 쓰인 말처럼 박학다식(博學多識)한 '만물박사(萬物博士)'이어야 하며, 말을 잘하는 '재치박사(才致博士)'이어야 한다는 인상을 선생은 내게 심어 주었다. 선생이 지식의 보급이라는 차원, 곧 지식의 대중화라는 차원에서 TV와 라디오에 출연했는지, 부와 명성을 추구해서 그리하였는지, 그리하여 그 당시 상찬(賞讚)의 대상이었는지, 비판(批判)의 대상이었는지, 그것은 지금도 내 관심사가 아니다. 그런데 자꾸만 선생의 모습에 도올 김용옥의 모습이 겹쳐드는 것만은 ─ 굳이 그가 선생에 빗대어 자신을 '우주보(宇宙寶)'라고 칭하였던 것을 들먹이지 않더라도 ─ 막을 길이 없다. 학자의 방송 출연이 더 이상 낯설지 않고, 오히려 일종의 특권이나 의무처럼 받아들여지기도 하는 오늘날의 시점에서 보건대, 여하한 의미에서든 선생이 이 방면에서도 선구자(先驅者)의 역할을 했던 것만큼은 어느 누구도 부인할 수 없을 것이다.

---

2) 이에 대해서는 부족하나마, 『양주동박사 프로필』(탐구당, 1973) 및 전영우, 「양주동 선생의 인간적 면모─'유쾌한 응접실의 단골 손님'─」(『양주동 선생의 학문과 인간』, 국어국문학회·동국대 국어국문학과, 2003) 등을 참고할 수 있다.

이제는 선생을 대중적(大衆的) 지식인(知識人)이란 점에서도 재조명해야 할 시점이다.

엄밀히 따지자면, 나는 TV에서 선생을 뵙기 이전에도 이미 선생의 영향을 받고 있었다. 해마다 '어머니날'이 되면, 나와 형제들, 나와 친구들은 누구나 할 것 없이 선생이 지은 <어머니 노래>를 부르곤 했다. 훗날, '어머니날'이 '어버이의 날'로 바뀌었을 때 어색함을 느껴야 했던 데에는 아마도 <어머니 노래>에 필적할 만한 <어버이 노래>가 없었다는 것도 한 이유가 되었을 것이다. 다만, 어린 시절, 나는 그 노래의 작사자가 선생인 줄을 까맣게 모르고 불렀을 따름이다. 그리고 그 노래가 본디 일제 말기 '가정 가요'로 제작되었다는 것은3) 아주 뒤에 가서야 알게 된 사실이지만, 이 역시 몰라도 좋은 일일 뿐이다. 중요한 것은 선생의 그 노래가 어릴 적, 아니 지금도 가장 중요한 노래 중의 하나로 남아 있다는 사실이다.

그러다가 중학교에 가고 고등학교에 가게 된 '나', 곧 우리들은 다시 선생과 조우(遭遇)하게 된다. 나는 지금도 '기하(幾何)'의 뜻을 찾아 헤매던 선생의 추억담이 담긴 <몇 어찌>를 기억하며, '꼬꾀요 도(陶), 당국 당(唐)'의 웃지 못할 이야기가 담긴 <노변(爐邊)의 향사(鄕思)>를 가끔씩 떠올린다. 그러나 그 중에서도 역시 압권(壓卷)은 바로 <면학(勉學)의 서(序)>를 꼽아야 할 것이다. "「내」가 일인칭(一人稱), 「너」는 이인칭(二人稱), 「나」와 「너」 외엔 우수마발(牛溲馬勃)이 다 삼인칭야(三人稱也)라."라는 구절을 기억 못할 자가 누구랴? 어디 그뿐인가? "「남아수독오거서(男兒須讀五車書)」는 전자(前者)의 주장이나 「박이부정(博而不精)」이 그 통폐(通弊)요, 「안광(眼光)이 지배

---

3) 원래 제목은 <어머니 마음>(『삼천리』 148호, 1941. 9)이었다. 그러나 <어머니 노래>의 작곡자 이흥렬의 기억(『양주동박사 프로필』, 탐구당, 1973, p.99)에 의하면, 『삼천리』에 실리기 이전인 1937년경에 이미 작시된 것으로 보인다. 양주동 선생은 다음과 같이 회고한 바 있다. "해마다 오월 「어머니」 날 전후가 되면 나의 구작(舊作)인 「어머니 노래」가 도처에서 부러짐을 듣고 흐뭇한 마음과 감개로운 회포를 가지곤 한다. 아마 내가 지은 시가 중에서 가장 통속적이요 또 제법 인구(人口)에 회자(膾炙)된 작품인가 보다. 이 노래는 일제 말기에 저들 당국이 「가정가요」로 작사를 청하기에 다른 주제의 시사적(時事的)인 노래와는 달라 내 양심에 어긋남이 없겠기로 지어 보냈던 것이 뜻밖에 정식 「가정가요」로 제정되었던 것이라 기억되는데, 그야말로 모성애는 국경을 초월했는가 보다(『양주동 전집 5 : 지성의 광장』, 동국대학교 출판부, 1995, p.37)." 이하 『전집』으로 표기함.

(紙背)를 철(徹)함」이 후자(後者)의 지론(持論)이로되 「나무를 보고 숲을 보지 못함」이 또한 약점(弱點)이다."를 위시하여 각종 동양 고전이 인용되는가 하면, 워즈워드, 키이츠, 에머슨 등등의 서구 문인이 줄줄이 등장하고, 뿐만 아니라 그 글 속에 나오는 '진부(陳腐), 모두(冒頭), 현학(衒學), 안두(案頭), 일수(一穗), 경건(敬虔), 섭렵(涉獵)…' 따위는 한자 문제로 즐겨 출제되곤 하였었다. 그 시절, TV 속의 박사님이 다르긴 다르다고 여긴 탓인지, 교과서와 시험의 위력 덕택인지 분명하진 않지만, 여하간 나로서는 이 글이 대단한 글이라 여길 수밖에 없었다.

아이러니한 것은, 이러한 기억의 각인(刻印)이 너무도 강한 나머지, 정작 향가를 배울 적에는 선생의 위업에 대해서는 무지한 채, 그저 외국시의 역자와 같은 정도로만 알고 넘어갔다는 사실이다. 하지만 그동안 수많은 새로운 어석(語釋)과 해석(解釋)이 학계에 제출되었어도, '나'와 '우리'의 기억 속에 <찬기파랑가(讚耆婆郞歌)>는 늘 "열치매 나타난 둘이 흰 구름 좇아 떠가는 아니야."로 남아 있으며, 이러한 사정은 심지어 오늘날의 학교 교육에서도 여전하기만 하다. 그런 면에서, 즉 영향력과 권력이란 측면에서, 선생은 국어교육계에서도 중요한 연구 대상이 되지 않으면 안 된다.

한편, 선생이 근대시 초기를 담당한 시인이요, 일대의 비평가였으며, 최초의 시 전문지로 평가받는 『금성(金星)』을 주재하였다는 점 등은 그나마 대학에서 근대 문학을 공부하게 된 덕에 내가 얻을 수 있었던 사실이다. 그리하여 선생은 '나' 같은 이를 제외한 '우리'들의 기억 속에서 서서히 멀어져 갔던 것이다. 아니, 실은 이 글을 쓰기 전까지만 해도, '나' 역시 그러했음을 고백해야겠다. 근대 문학을 공부하는 동안, '나'는 선생을 대수롭지 않게 여겼고, 때로는 비판적인 시각으로만 대하곤 했었기 때문이다.

허나, 새삼 기억을 들추다 보니 처처(處處)에 선생이 있었음을 발견하게 되면서 내 스스로도 적이 놀라지 않을 수가 없었다. 그리고 급기야 선생을 연구 대상으로 삼게 되면서 열두 권의 방대한 전집을 마주하고 있노라니, 나로선 여간 망연자실(茫然自失)한 일이 아닐 수 없었으며, 원고 청탁을 수락한 나의 어리석음을 통탄하지 않을 도리가 없었던 것이다. 다만, 근대 문인으로서의 선생을 다루도록 요청 받았으니, 선생의 그 폭넓은 경력과

활동 분야 가운데, 영문학자요, 번역자로서의 공로는 물론, 특히 나의 깜
냥으로는 접근조차 불가능한 선생의 국어학 및 향가 연구 분야[4]를 연구
대상에서 제할 수 있다는 것이 그나마 다행한 일이겠으나, 그 또한 별로
큰 위안이 되어주지는 못한다. 시인, 비평가, 수필가로서 그가 보인 행적
만 해도 그 각각의 여느 문인 세 사람의 몫을 합친 것보다 크기 때문이
다.[5]

그러니 현재의 능력으로서는 선생의 시 세계에 국한해서라도 그나마
조금 정밀히 살펴보는 일이 최선의 방책이라 여겨진다. 이러한 판단에는
선생의 시에 대한 본격적 연구가 의외로 잘 발견되지 않는다는 점도 한
몫을 한다.[6] 이에, 선생의 시적 전개 과정을 날줄로 삼고, 비평 활동을 씨
줄로 삼아, 근대 문인으로서 선생이 걸어온 길을 조명해 보고자 한다.[7]

2. 양주동의 금성 시대

무애 양주동의 시작 활동은 1920년대 초두부터 비롯한 것으로 보인다.

---

4) 이에 대해서는 고영근, 「양주동 선생과 국어학 연구」(『양주동 선생의 학문과 인간』, 국어
   국문학회 · 동국대국어국문학과, 2003), 김완진, 「양주동과 국어학」(『양주동 연구』, 민음
   사, 1991), 임기중, 「무애 양주동 선생의 생애와 한국 고시가 연구」(『양주동 선생의 학문
   과 인간』, 국어국문학회 · 동국대 국어국문학과, 2003) 등을 참고할 것.
5) 가령 김시태, 「양주동 선생의 문학 활동과 그 업적」(『양주동 선생의 학문과 인간』, 국어
   국문학회 · 동국대 국어국문학과, 2003)을 볼 것.
6) 양주동의 시세계에 관한 고찰로는 김선학, 「양주동 시 연구 서설」(『동악어문논집』 17집,
   동국대학교, 1983), 김용직, 「무애 양주동의 시작 세계」(『양주동 연구』, 민음사, 1991), 김
   장호, 「무애 양주동 선생의 시와 역시」(『양주동 연구』, 민음사, 1991), 홍기삼, 「무애 선
   생의 창작과 비평」(『한국문학연구』 22집, 한국문학연구소, 2000) 등을 들 수 있음.
7) 여기에서 양주동의 수필에 관해서는 제대로 밝힐 수가 없었다. 양주동 수필에 관해서는
   그의 수필이 대중성을 갖게 된 과정과 그 의미, 즉 고고학적 연구가 필요하다고 본다. 아
   울러 양주동 수필에서 발견되는 그의 상반된 지향성, 즉 고와주의(高臥主義)와 인정 투쟁
   (認定鬪爭)의 요소를 심리학적으로 분석하는 작업이 요구된다. 현재로서 양주동 수필에 관
   해서는 채수영, 「양주동의 수필 세계」(『양주동 연구』, 민음사, 1991)가 가장 참고에 값한
   다. 양주동 수필에 관한 실증적인 목록은 이동철, 「무애 양주동 수필 연구」(『인문학연구』
   5집, 관동대학교 인문과학연구소, 2002)의 부록에 실려 있다.

그의 회고에 따르면 그의 처녀시는 <월하음(月下吟)>으로 기록되나 이 '언문 시(詩)'로 된 '신시(新詩)'는 신문사에 투고하였으나 실리지 않은 채 '연실(煙失)'되어 그 모습을 알 길이 없다 하고, 와세다 대학 예과 시절 교지에 투고하였다 하나 그것은 한시(漢詩)이었고, 잡지 『알』8)을 발간하였다 하였으나 이에는 또 김성탄(金聖嘆)의 「불역쾌재(不亦快哉)」를 번역한 글 혹은 잡문이 실렸을 뿐이다. 따라서 현재 확인 가능한 그의 첫 시는, 비록 『금성』 창간호(1923. 1)에 실린 시편들보다 한 달 정도 늦게 선을 뵈었으나, 창작 시기로만 볼 때는 『개벽』(1923. 2)에 등재된 <어느 해>로 보아야 하지 않을까 싶다. 『문주반생기(文酒半生記)』에는 다음 같이 적혀 있다.

> 나의 처녀작 신시(新詩)가 미발표로 없어진 「월하음(月下吟)」인 것은 앞에 말하였다. 예과 재학 때 「매미」라 제(題)한 한 편(篇)의 시(詩)를 지어 잡지 「개벽(開闢)」에 보내어 편집자에게 편지로 자꾸 졸라 게재되었던 일을 기억한다. 아마 무슨 실연(失戀) 비슷한 것을 「날아난 매미」에 비유하여 지은 시(詩)인데, 나는 그것을 아주 「상징시(象徵詩)」의 「걸작」이라 생각하여 얼른 실어 주지 않는다고 편집인의 「시(詩)에 안목(眼目) 없음」을 힐난하는 편지를 여러 번 써 보낸 것이다.
>
> ● ● ● 『문주반생기』, p.41

하지만 『개벽』을 통해 확인할 수 있는 시는 <매미>가 아니라 <어느 해>(『개벽』, 1923. 2)이다. 그가 시제(詩題)를 <매미>로 착각한 것인지, 편집 과정에서 제목이 바뀐 것인지는 알 수 없지만, 그가 회고한 내용으로 미루어 보건대 그의 기억 속에 있는 <어느 해>는 바로 <매미>라는 작품이었으리라 추정하는 데 별 무리가 없어 보인다. 그렇다면 과연 스스로 '상징시'의 '걸작'이라 여겼던 그의 작품은 어떤 모습이었을까?

---

8) 이는 양주동이 붙인 이름으로 "지(知)·란(卵)·립(粒)·나(裸)"의 의미를 아우르는 것이다. 한편, 김용직, 「무애 양주동의 시작 세계」(『양주동 연구』, 민음사, 1991, pp.63~64)에는 『앞』이라고 나와 있으나 이는 출판사측의 오식으로 보인다. 김용직은 선행 연구에서 이미 『알』과 『금성』의 관계에 대하여 명확히 기술한 바 있다. 김용직, 『한국근대시사』 1부(새문사, 1982, p.252) 참조 바람.

머ㅡㄴ, 먼, 어느 햇 여름이다ㅡ

어떤 날, 나는 매암이 우는 소리를 처음 듯고,
그 아릿다운 목소리에 쓰을려,
한거름에 뒷동산으로 쮜어 올라갓섯다.
그러나 내가 매암이 우는 나무 엽해 갓가이 갓을 때에
매암이는 노래를 뚝그치고,
어대로 날어 갓는지, 맵시조차 보이지 안핫다.

뒷동산에 나려오는 길에,
나는 족으마한 개 한 마리를 보앗다.
개는 잠간(暫間) 나를 물그럼이 건너다 보더니,
자취업시, 저ㅡ편 솔나무 사이로 가고 말앗다.

마을에 돌아오니까, 동무 아이들이 무엇하려 갓섯느냐고 뭇기로,
내가 뒷동산에 올라갓든 말을 한즉, 그 애들은 나를 비웃는 듯이
「그래, 매암이 멋마리나 잡앗느냐?」 하얏다.
그리고, 족음 잇다가 어떤아이가
「너의들, 누구, 우리 개 못 보앗늬?」하는 말을 나는 들엇다.

어쩐일인지 나는 그때 갑작이 설에젓다.
그래서, 남모르게 혼자 실컷 울엇다.

아아, 그것은 분명(分明)히 어느해 여름이거니……

• • • 양주동, 〈어느 해〉

　이것이 '상징시'의 '걸작'이 아님은 말할 것도 없다. '걸작'은커녕, '상
징시'도 아니며, 좀 더 노골적으로 말하면 '시'라고 부르기조차 꺼려지는
것이 사실이다. 실연(失戀)의 설움을 날아간 '매미'로 드러내고자 했다면,
그것은 상징이 아니라 비유나 우의에 불과하며, 그런 비유로 읽히기를 꺼
려 원의를 감추고자 하였다면, 그 역시 몽롱이나 모호한 분위기에 불과한
것이지 상징이라 볼 수는 없기 때문이다. 위 작품에 이어 실린 〈환상(幻

想)>이란 작품은 그 정도가 더욱 심하다. 마치 몽타주나 형태주의를 실험
하는 듯한 파격적인 형식에, 1연과 2연이 정확히 대칭 구조를 이루는 작
위적 모습이 눈길을 끌지만, 정작 무엇을 말하고 싶었는지는 도무지 갈피
가 잡히지 않는 것이다.

시골,
촌가(村家),
골방,
피마자 등잔(燈盞),,
부인(婦人),
  －아기 못나 소박 마즌－
한숨,

…………

눈물,
노처녀(老處女),
  －앗가운 청춘(靑春)－
전등(電燈)불,
내실(內室),
기와집,
도회(都會),

…………

환상(幻想)!

…………

그들,
나………….

• • • 양주동, 〈환상〉

하지만, 우리 시단의 초창기에는 이런 정도의 몽롱체(朦朧體)를 곧 상징시로 이해하는 경우가 많았음을 감안하지 않으면 안 된다. 1920년대 초반에도 이러한 수준의 작품은 수다하게 발견되는 것이 사실일 터, 초창기 시의 형성 과정에서, 이처럼 가능한 모든 시형(詩形)과 시체(詩體)를 실험하고 시도하는 정신은 오히려 그 결과의 과(過)를 덮어주는 공(功)으로 인정받을 수도 있다.9) 다만, 이 시기의 작품들은 역시 습작(習作) 정도로 간주하는 편이 온당하다고 하겠다. 양주동이 『조선(朝鮮)의 맥박(脈搏)』(1932)을 펴내면서 이 두 작품을 누락시킨 것10) 역시 그와 무관하지는 않을 것이다.

그래서 그는 『문주반생기』를 통해, 위 작품들과 "대략 같은 시절에 지은 것"으로 "당시의 나로서는 대단한 「상징 시(詩)」로 여겼"다고 밝힌 <꿈 노래>를, 『인생잡기(人生雜記)』에서는 자신의 "신시(新詩) 처녀작(處女作)"이라고 소개하고 있는 것이다. 그러나 이 또한 그의 마음에 썩 드는 작품은 아니었던 듯한데, 『문주반생기』의 동일한 글에서 그는 이 노래에 대해 "사뭇 개념적인 비유 체(體)의 것으로 지금 읽어 보면 유치하기 그지 없"다고 하였거니와, 시집 『조선의 맥박』에서도 유독 그 작품에 대해서만은 창작 시기를 밝히는 작품 말미 부분에 굳이 '1922(一九二二)·시작(試作)'이라 하여 이것이 본격적인 작품은 아니라는 뜻을 전하고자 하였던 것으로 보인다. 실제로 이 <꿈 노래>는 창작 시기상으로는 처녀작에 해당함에도 불구하고, 정작 『금성』 창간호가 아닌 제2호(1924. 1)에 실리게 된다.

『금성』 창간호(1923. 1)에는 <기몽(記夢)>, <영원(永遠)한 비밀(秘密)>, <무제(無題)>, <소곡(小曲)> 등이 실린다. 앞서의 <어느 해>, <꿈 노래>와 마찬가지로 모두 1922년에 창작된 이 작품들에는 '시작(試作)'이란 꼬리표가 붙어 있지 않다. 하지만 이 중 <무제>는 뒤에 『조선의 맥박』에 실리면서 <어느 밤>으로 개제(改題)되는데, <소곡>과 마찬가지로 실상은 소

---

9) 김장호는 앞의 글에서 양주동 시의 완성도 미달 현상을 '감수성의 분열'로 설명하는 한편, 그의 시적 편력은 단기간의 시작 활동에도 불구하고 매우 다양한 것이 특징이라 지적하면서, 근대시의 여명기에 다양한 시 형식을 발굴하고 실험한 개척자로 자리 매김 하고자 한다. 실제로 양주동은 <춘소애가(春宵哀歌)>를 통해 성경의 시편 풍의 산문시를 시도하기도 하였거니와, 이 글의 다음 절에서 그의 다양한 실험 정신을 확인하게 될 것이다.
10) 시집에 제외된 작품 목록은 김장호, 위의 글을 참고할 것.

품(小品)에서 벗어나지 못하는 수준의 것이었다. 따라서 양주동의 초기 시편을 대표하는 작품은 역시 <기몽>과 <영원한 비밀>을 꼽아야 할 것이다.

싫검은 뫼를 넘고 넘고, 진흙빛 물을 건느고 또건너
님과 나와 단둘이 일음모를 나라에 다다르니,
눈앞에 끝없이 깔린 황사장(黃沙場)—
석양(夕陽)은 아득하게도 지평선(地平線)을 넘도다.

난데없는 일진음풍(一陣陰風)이 흑포장(黑布帳)을 휘날리고
주린가마귀 어지러이 떼울음 울자
모래우에 산같이 쌓인 촉루(髑髏)들은
일시에 닐어나 춤추고 노래하며 통곡(痛哭)하도다.

달이 서산(西山)에 기울어, 만뢰(萬籟)는 다시 잠들고
동편한울 오죽 별하나—
영원의 신비로운 눈을 깜빡일때에,
나는 님과함께 상아(象牙)의 높은탑(塔)우에 올나가도다.

고요한 바다 한가온대 크나큰 꽃한송이 떠올라
다섯낱 붉은닢이 장엄(莊嚴)히 물우에 벌어지며,
새벽안개속에 깊이깊이 감초인 대지(大地)로서
풍편(風便)에 종ㅅ소리 한두번 들려오도다.

● ● ● 양주동, 〈기몽(記夢) : 「금성」지 발간 서사(序詞)〉

도일(渡日) 이전에 그는 '시(詩)'는 도무지 시 같지 않다고 여겼다. 너무나 한시(漢詩)와 표현법이 다르고 세계가 달랐기 때문이다. "문학이란 대체 한문학밖에 없다는 생각이 머리에 박혀 있었기 때문에, 그것은 여가에나 즐길지언정 전문으로 공부할 거리는 못된다고 생각"하였던 그가, 그러나 동경 유학 시절 본격적으로 신문학을 접하고 나서 "완전히 신문학 때문에 제 이(二)차 중독을" 일으키기에 이른다.[11] 그래서 그는 "'Fin de Siécle'

---

11) 『전집4 : 문주반생기』, pp.22~23.

[세기말(世紀末)], 'Tour d'ivoire'[상아탑(象牙塔)] 및 「데카덩」(decadent)이란 참으로 매력 있는 세 프랑스 어(語) 단어"를 만나고, "어쩐지 「썩은 송장」을 아름답다 노래한 「악(惡)의 꽃」의 작자 보오들래르"를 좋아하게 되었으며, 그 결과 "서구(西歐) 문학의 신입생인 다감(多感)한 이 청년(靑年)은 서구 문학 중에서도 주로 세기말적(世紀末的)인 퇴폐(頹廢) 사상과 탐미주의-곧 예술지상주의에 감염"되었던 것이다.[12]

그러므로, 우리가 위의 시에서 '상아'와 '촉루'를 발견하게 되는 것은 지극히 자연스러운 일이다. <기몽>은 특히 『금성』의 발간 서사라는 부제를 달고 있거니와, 이는 곧 『금성』의 정신적 지향을 선언하는 것으로 보아도 무방할진대, 『금성』이란 이름이 "「여명(黎明)」을 상징하는 「샛별」의 뜻과 「사랑」의 여신(女神) Venus 두 가지 뜻"[13]을 담고 있노라 그가 밝힌 바와 같이, 이 시는 결국 '상아탑'과 '샛별', 곧 이상을, '님', 곧 사랑, 예술, 아름다움의 여신과 더불어 동경하고 희구하는 낭만적 정조의 노래로 이해될 수 있을 것이다.

이에 비해 <영원한 비밀>은 보다 개인적이고 서정적인 면모를 보인다. <기몽>이 『금성』을 주재하는 이로서 일종의 발간사를 대변하는 목적성에 연관된 것이라면, 이 작품은 『금성』이 추구하는 그 정신의 연장선상에서 한 개인의 시인으로서 자신의 면모를 드러내기에 족한 것이기 때문이다. 따라서 이 작품에도 '상아'가 등장함은 전혀 어색한 일이 아니며, 반면에 정작 시집 『조선의 맥박』에서는 <영원한 비밀>은 1부에, <기몽>은 3부에 각각 수록된 것도 알고 보면 전혀 이상한 일이 아니다. 왜냐 하면 『조선의 맥박』을 편하면서 양주동은 1부에는 "청춘기(靑春期)의 정애(情愛)를 주제(主題)로 한 서정시(敍情詩)"를, 3부에는 "사색적(思索的), 반성적(反省的) 경향(傾向)을 띄인 인생시(人生詩)"를 수록한다는 원칙을 갖고 있었기 때문이다.[14]

---

12) 앞의 책, pp.38~39.
13) 앞의 책, p.49.
14) 『전집6 : 조선의 맥박』, p.6.

> 님은 내게 황금(黃金)으로 장식한 적은 상자와
> 상아(象牙)로 만든 열쇠를 주시면서,
> 언제든지 그의 얼굴이 그리웁거든
> 가장 갑갑할때에 열어보라 말슴하시다.
>
> 날마다 날마다 나는 님이 그리울때마다,
> 황금상(黃金箱)을 가슴에 안고 그우에 입맞호앗으나,
> 보담더 갑갑할때가 후일에 있을까하야
> 마츰내 열어보지 않앗섯노라.
>
> 그러나 어찌 알앗으랴, 먼 ― 먼 후일에
> 내가 참으로 황금상(黃金箱)을 열고싶엇을때엔,
> 아아 그때엔, 이미 상아(象牙)의 열쇠를 잃엇을것을.
>
> (황금상(黃金箱) ― 그는 우리님께서
> 날바리고 가실때 최후에 주신
> 영원의, 영원의 비밀(秘密)이러러.)

• • • • 양주동, 〈영원한 비밀〉

양주동은 이 '소네트'를 당시에 "열렬히 사랑했던 S라는 여성에게 바친"
다. 그는 스스로에게 감격할 정도로 이 시를 아꼈다. 『조선의 맥박』 1부의
제목이 바로 '영원한 비밀'이었다는 사실이 이를 증명한다.

실상 이 시는 〈기몽〉보다 앞서 지은 것으로 보인다. 『문주반생기』에
서 그는 전기(前記)한 〈꿈 노래〉와 더불어 이 작품을 '신문학(新文學)에의
전신(轉身)' 절에서 다루고, 〈기몽〉은 그 다음 절, 곧 '「금성」 시대'에서
소개하고 있기 때문이다. 그렇게 본다면 양주동은 〈영원한 비밀〉을 통해
개인의 시적 취향을 시험하고, 그에 입각해 『금성』을 공간(公刊)하고, 〈기
몽〉을 통해 그 같은 시 정신, 곧 세기말적이고 탐미주의적인 정신을 공적
(公的) 담론화하고자 하였던 것으로 판단할 수 있다.

하지만 과연 위의 시들이 퇴폐적이고 탐미적이며 예술지상주의적인지에
대해서는 자못 회의가 든다. 실제로 그 스스로도 이렇게 회고하고 있다.

우리들의 당시 시풍(詩風)이 자칭 상징주의요 퇴폐적임은 누술(屢述)한
바와 같다. 그러나 세 사람(양주동, 백기만, 유엽—필자 주)—, 뒤에 고월(古
月)까지를 합한 네 사람의 시풍(詩風)은 결코 정말 세기말적(世紀末的)·「데
카덩」적은 아니었고, 차라리 모두 이상(理想)주의적·낭만(浪漫)적·감상(感
傷)적인 작품이었다.

● ● ● 『문주반생기』, p.51

양주동의 작품 가운데 '데카덩'적이라고 할 만한 작품은 다음의 것이
거의 유일한 예로 보인다.

> 벗은 나를 무릎위에 올려 앉히고
> 나의 머리를 쓰다듬으면서,
> 「너의 마음은 언제든지 어린애와도 같고나」 하였습니다.
> 나는 그때 까닭도 없이 그저 좋아서
> 어리광을 피어가며 웃었습니다.
>
> 나는 벗의 손을 굳게도 쥐이고
> 그의 가슴을 어르만지면서
> 「이몸이 계집애나 되었더라면」 하였습니다.
> 벗은 아무 말없이 나를 꼭 끼어안고
> 하염없는 눈물만 흘렸습니다.

● ● ● 양주동, 〈벗〉(『동명』 제2권 제17호, 통권 34호, 1923. 4)

일찍이 그는 "일(一)대의 소년 기재(奇才)로 저 천재 시(詩) 「모음(母音)」의
작자 램보와 그 동성(同性) 애인으로" "「데카덩」의 화신(化身) 베를랜느"[15]
를 좋아했다. 이 시가 그와 연관됨은 말할 나위 없다. 그러나 그렇다고 해
서 양주동으로부터 동성애적 경향을 추적해 보려는 어리석음을 범할 필요
는 없다. 다만, 식민지 문학청년의 이러한 관념에의 경도와 포즈에 대해서
는, 이해는 하되 지적할 필요는 있다.
　　양주동은 자신을 다감(多感)하다고 여겼다. 감상적(感傷的)이라고 여겼다.

---

15) 『전집4 : 문주반생기』, pp.38~39.

그것이 거짓만은 아닐 것이다. 하지만 '주격 나(I)'와 '목적격 나(me)'는 분리해서 이해해야 할 필요가 있다.[16] 동성애는커녕, 실제로 대부분 그의 시는 도덕적으로 건강했다. 초기시는 하늘, 바다, 산, 별, 꿈이 간단없이 등장하고, 후기시는 계몽적이고 교술적이기까지 했다. 『금성』 시대를 마감하고 난, 다음 작품을 보라.

> 이나라ㅅ사람은
> 마음이 그의 집보다 가난하고,
> 평화(平和)와 자유(自由)를
> 그의 형제(兄弟)와같이 사랑합니다.
> 　나는 이나라ㅅ사람의 자손이외다.
>
> 외로웁고 쓸쓸하고
> 괴로움많고 눈물많으나,
> 숨ㅅ결잇고 생명(生命)잇는
> 　이나라ㅅ사람―
> 　아아 나는 이나라ㅅ사람의 자손이외다.
>
> • • •　양주동, 〈나는 이나라ㅅ사람의 자손이외다〉(『개벽』 56호, 1925. 2) 일부

　술을 즐기는 정도의 낭만을 제외하곤, 그의 삶 또한 건강했다.[17] 짐짓 퇴폐연(頹廢然)하던 문학청년 시대를 넘기고 나서는, 그는 의욕적인 학자요, 성실한 생활인으로 일관했다.[18] 5살 때 아버지를 잃고, 12살 때 어머니를

---

16) 양주동에 관한 심리학적 연구가 필요하다. Adler의 열등감 컴플렉스와 우월성 추구, Maslow의 동기 이론 등이 도움 될 것으로 보인다. 아울러 Hegel의 인정 투쟁과 관련하여 사회 심리학적 측면에서 제기한 G. H. Meads의 '자기 정체성' 형성 과정 이론도 주목할 필요가 있다. '주격 나'는 타인이 나에 대해 가지고 있는 어떤 상이나 기대를 인지하면서 '목적격 나'에 대한 심상을 얻게 되는 것이다. 악셀 호네트(문성훈·이현재 역), 『인정투쟁』, 동녘, 1996.

17) 다음의 회고를 참고하라. "나는 원래 고독한 경우에 놓인 사람이었다. 이는 하필 혈연적으로 고독함을 말함이 아니요 모든 환경적으로 그러하다 함이 아니다. 물론 그도 일인(一因)은 되는 것이로되 그보다는 나의 예민한 고독감이 몇 배나 원인됨을 안다. 나는 처음으로 이 고독감을 물리치기 위하여 향락에 몸을 바치고자 하였다. 그러나 나는 다행히 미리부터 이러한 세기말적 방법이 아무러한 효용 없을 줄을 알았다. 육적(肉的) 향락은 도리어 고독감을 더하게 하는 것이다(동아일보, 1927. 12. 2)." 『전집12』, pp.29~30.

여원, 그의 말대로 '천애 고아'인 그를 이른바 '고아 콤플렉스'로 설명하기가 쉽지 않은 까닭이 여기에 있다.[19]

그로 인해, 그 자신의 말과는 달리, 그의 시에서 어떤 뛰어난 시적 감수성을 발견하기란, 아무리 좋게 보려 해도 힘든 일이다. 시인으로서의 초기 단계를 훌쩍 뛰어넘어 실질적으로 그의 마지막 작품으로 보아야 할, <님께서 편지왔네>(『조선문단』 26호, 1935. 12)[20]를 보면—물론 같은 곳에 실린 주요한(朱耀翰)의 작품도 수준면에서는 대동소이하지만—시인으로서의 그의 재능은 도무지 인정하기가 어렵게 되고 만다.

　　님께서 편지왔네
　　날사랑한다고 쓰여잇네
　　그러나 사랑 애(愛)ㅅ자는 잘못 썻든지
　　근심 우(憂)ㅅ자를 만들어 노왓네

　　글자야 무슨 자이든
　　마음만알면 그만안이리
　　함물며 사랑이 근심인 줄을
　　님도 나도 아는 배어늘

　　　　　　　　　　　　● ● ● 양주동, 〈님께서 편지왔네〉

---

18) 단적인 예로, 해방 후 연구 저서 및 교재용 등으로 그가 펴낸 책의 목록을 보라. 1946년도 : 『여요전주(麗謠箋注)』, 『국문학청화(國文學菁華)』, 『영시백선(英詩百選)』, 『세계기문선(世界奇文選)』, 『One Hundred Best English Poems』 / 1947년도 : 『국문학고전독본(國文學古典讀本)』, 『Contemporary One Act Plays』 / 1948년도 : 『문장독본(文章讀本)』, 『British & American Poems of Today』, 『British & American Short Stories of Today』, 『What is Literature?』 이 목록은 김완진, 「양주동과 국어학」(『양주동 연구』, 민음사, 1991, p.375)을 참고한 것임.

19) 김윤식, 『한국근대문학사상비판』, 일지사, 1978, pp.34~53.

20) 1935년은 이미 양주동이 향가 연구에 발심한 해이다. 『조선의 맥박』 이후 발표된 양주동의 시편은 <님께서 편지왔네>와 <어머니 마음>뿐인데, 이 중 후자는 "나의 구작(舊作) 통속 가요 한 편. 작곡을 위한 단순한 「글자 맞춤 노래」로서 개념적·평판적(平板的)인 평범한 일편(一篇)"(『전집4 : 인생잡기』, p.100)이라 회고한 데서 알 수 있듯이, 시로서 의식되지 않은 듯하다. 그런 점에서 <님께서 편지왔네>를 양주동의 마지막 시로 볼 수 있을 것이다.

이 상태에서 더 이상의 시작(詩作)은 무의미하다. 실제로 그는 만년(晚年)의 '희문(戲文)'투의 수필을 통해 학생들의 웃지 못할 한자(漢字) 오기(誤記) 사례를 두고두고 써먹었거니와, 애(愛)라는 글자와 우(憂)라는 글자의 유사함과 그로 인해 벌어지는 촌극(寸劇)은 이야깃거리, 곧 수필감은 될 수 있을지언정, 시의 모티브로는 미달을 면치 못한다. 2연조차도 시적 통찰과는 거리가 멀다. 그러기에 향가 연구에 몰두하는 등의 다른 사연은 제하고서도, 여기서 그의 시는 정지될 수밖에 없었던 것이다.

이상에서 보듯, 시단의 초창기를 담당한 공적에도 불구하고, 그는 시인으로 발전하는 데 치명적인 어떤 결함이 있었다. 1920년대 중반을 넘어서면, 그는 이미 후배 시인들에게 추월당하고 만다. 제법 다양한 변화를 시도했지만, 이번에도 역시 문제는 그 관념의 과잉과 감수성의 부재에 있었다. 그것을 밝히기 위해 우리는 부득불 그가 세기말 사상의 세례로부터 벗어난 이후로 다시 돌아가야 한다.

3. 양주동의 비평 시대

3호 발간(1924. 5)을 마지막으로 『금성』 시대를 마감한 양주동은 1925년 다시 동경으로 돌아가 불문과에서 영문과로 적(籍)을 옮겨 학업을 계속하게 된다.[21] 하지만 이듬해, 대학 1학년생의 신분으로 그는 일약 문단의 중심 자리로 진입하는 계기를 맞이하게 된다. 그것이 바로 춘원(春園)과의 「중용(中庸)과 철저(徹底)」 논쟁이다.

1926년 1월 벽두, 춘원은 프로문학을 비판하는 내용의 「중용(中庸)과 철

---

21) "「금성(金星)」 발간의 일로 나는 일부러 귀국하여 그 첫호를 내기에 골몰하였고, 예과 삼(三)년을 졸업한 뒤에도, 마침 동경(東京) 대진재(大震災)의 관계도 있었지만, 나는 일(一)년 동안 학업을 중단하면서까지 이 「시(詩)문학 운동」에 열중하였다. (중략) 나만이 이(二)년 간을 「신문학 운동」에 바치고 나서 1925(一九二五)년 다시 도동(渡東)하여, (중략) 불(佛)문과로부터 다시 영(英)문과로 전학하여 학업을 꾸준히 계속"(『전집4 : 문주반생기』, p.50)

저(徹底)—조선(朝鮮)이 가지고 십흔 문학(文學)」(『동아일보』, 1926. 1. 2~3)을 발표한다.22) 이 글에서 춘원은 '상적(常的) 문학론'을 내세우면서, 비록 상적(常的)은 아니라 할지라도 혁명문학(革命文學)이 때로는 필요하나, 극도로 허약한 현재 민족의 상황에서 강렬한 자극제와도 같은 혁명은 병(病)이 될 뿐이요, 따라서 그 같은 변적(變的) 문학에서 벗어나 상적(常的) 문학, 곧 중용(中庸)의 문학을 취할 것을 주장한다. 한국 문학의 방향을 지도하려는 의도가 확연한 이 글에 대해 프로문학 측에서도 비판이 제기됐지만, 문단의 반향은 정작 양주동의 비판을 둘러싸고 일어난다.

양주동은 「철저(徹底)와 중용(中庸)」(『조선일보』, 1926. 1. 10~12)을 통해 춘원을 반박한다. 텐느(Taine)를 빌어 "문예가 시대의 산물이라는 단안 밑에서" 그는 "우리의 생활이 이미 상적(常的)이 아닌" 이상, "우리의 문학이 변적(變的)이 될 것은 당연한 일"이라고 주장한 것이다. 나아가 그는 "우리의 현재 문학이 그 출발점으로 혹은 일과정으로 퇴폐 문학, 혁명 문학 두 가지가 있을 것을 단언한다. (뿐만 아니라 우리는 이미 그 양자의 맹동(萌動)을 보았다.)"라고 하면서, 이렇게 말한다.

무릇 중용의 도덕은 평화로운 상태에서만 타당한 진리란 말이다. 도덕상 심미상 비극단의 조화 '씸메트리'의 미요, 덕인 것은 상식적으로도 진(眞)이라 할 것이다. 그러나 이것은 '헤겔'의 소위 Synthesis로서의 진(眞)임으로 우리는 그 '씬테씨쓰'를 얻기 전에 먼저 Thesis와 및 그의 Antithesis를 찾아야 할 것이다. (중략) 우리는 지금 '안테시쓰'의 과정에 있다. 우리는 먼-혹은 가까운 장래에는 중용의 도가 사회적 편리적 내지 예술적으로 진리가 될 것을 잊지는 않는다. 그러나 현하의 도(道)로서는 오직 '철저'와 '극단'이 있음을 역설코저 한다. All or Nothing임으로 절규코저 한다.

---

22) 양주동의 비평 활동에 대해서는 다음을 참고할 것. 권영민, 「양주동과 절장보단의 논리」, 『한국근대문학과 시대정신』, 문예출판사, 1983 ; 김승환, 「양주동의 절충주의와 신간회의 민족협동전선론과의 상관관계에 관한 고찰」, 『한국학보』 49집, 일지사, 1987 ; 김시태, 「양주동의 비평 활동」, 『양주동 연구』, 민음사, 1991 ; 김윤식, 『한국근대문예비평사연구』, 일지사, 1976 ; 김윤식, 『한국근대문학사상비판』, 일지사, 1978 ; 이정현, 「양주동의 절충론 연구」, 홍익대대학원 석사학위논문, 1996 ; 장영우, 「무애 양주동의 문학론 연구」, 『한국문학연구』 11집, 한국문학연구소, 1988 ; 최승호, 「양주동 문학론 연구」, 서울대 대학원 석사학위논문, 1988.

다시 말해, 춘원의 중용(中庸)에 대하여 무애는 철저(徹底), 곧 래디컬(radical)한 사상을 주장하고 있는 것이다. 물론, 양주동은 춘원의 주장에 대해 원론적 측면에서 동의함을 잊지 않았다. 다만, "조선의 문학이 그 궁극적 의미에서 인류보편의 문화적 통성(通性)에 의하야 상적(常的)이래야 한다는 결론에는 양자가 일치"하지만, "영원성과 시대 정신의 표현은 서로 인과되고 서로 표리되는 '방패의 양면'"이되, "영원성의 출발점이 시대 정신 그것부터에 있는 것"이므로, 현 시대 정신에 충실한 문학은 변적(變的)인 문학, 곧 "소극적으로 퇴폐적 문학, 적극적으로 혁명적 문학"이 되어야 한다는 것이다.

당시 문단에서 차지하는 춘원과 무애의 지위는 비교할 수 없을 정도의 것이었다. 문학 청년 시절, 양주동은 춘원의 "애독자의 한 사람으로 익명(匿名)으로 감격된 편지를 써서 춘원(春園)에게 보내었"을 정도였다. 그러나 다른 한편, "가뜩이나 춘원(春園)의 호호(浩浩)한 재량(才量)에 대하여 일종의 선투(羨妒)를 느껴 기회만 있으면 한 번 쳐 보리라 생각하던" 양주동은 "선배(先輩) 대가(大家)의 글을 앙큼하게 논박하여 그 덕분에 「큰 이름」을 얻어 날린" 셈이 되었던 것이다.23)

이 논쟁 과정에서 양주동의 논리는 빛이 났다. 확실히 그는 감수성보다는 논리에 승했다. 그리고 이로써 그는 『금성』의 공백을 일거에 회복하는 것은 물론, 문단의 중심부로 부상함과 동시에 시에서 비평의 세계로 나아가는 영역 확대까지 이룰 수 있게 된 것이다.

그런데 여기서 우리가 주목해야 할 것이 있다. 그것은 곧, 현 시대 상황에서 우리 문학의 나아갈 방향이 바로 "소극적으로 퇴폐적 문학, 적극적으로 혁명적 문학"이라 제안한 대목이다. 그렇다면 "이미 그 양자의 맹동(萌動)을 보았다."라는 지적에서 알 수 있듯이 이제 남은 길은 데카당스로 되돌아가느냐, 프롤레타리아 문학과 같은 혁명적 문학으로 나아가느냐 하는 것뿐이다. 정답은 정해진 셈이다. '소극적·적극적'이라는 표현에서 알 수 있는 것처럼, 또 춘원의 주장이 프로문학에 대한 비판에 초점이 놓여

---

23) 『전집4 : 문주반생기』, pp.45~46.

있었다는 데에서 알 수 있듯이, 양주동은 결국 프로문학의 손을 들어주는 셈이 되고 만 것이다. 더욱이 그에게 데카당스는 이미 경과(經過)해 버린 대상일 따름이었다.

그러나 그것은 어디까지나 논쟁의 논리적 귀결일 뿐이다. 춘원을 비판하기 위해서는 관념상으로는, 논리상으로는 그렇게 될 수밖에 없었던 것, 아니, 굳이 춘원을 비판하지 않더라도, 그가 관념적으로는 프로문학에 동의했을 수도 있었던 것, 하지만 문제는 그것이 자신의 체질과 맞지 않는다는 데서 발생한다. 이것은 확실히 그에게 딜레마로 작용했음 직하다. '철저'를 주장하였지만, 그의 체질은 오히려 '중용'에 가까웠기 때문이다. 아니, 조작적인 층위가 아닌 본질적 층위에서 볼 때, 그의 관념 자체가 중용에 가까웠다고 말해도 좋다.

여기서 우리는 다시 관념의 과잉과 감수성의 부재 문제와 만나게 된다. '철저'를 주장하고, 동시에 퇴폐 문학은 소극적이라 단언한 이상, 그렇다고 프로문학으로 나아갈 수도 없는 상태에서 그의 문학은 어떻게 전개될 것인가?

> 나의 생활상(生活上) 신조는 "낙이불음(樂而不淫), 애이불상(哀而不傷)"이란 여덟 자에 극(極)하였다. 진실로 이 여덟 자는 나의 인간적 태도요, 또한 예술(藝術) 관조상(觀照上)의 태도이었다. (중략) 그러나 내 생활은 이 여덟 자에 배반됨이 많다. 특히 후자에 있어서 그러하다. '감상(感傷)'은 내 생활을 여지없이 침범한다. 지배한다. (중략)
>
> 나는 '감상(感傷)'이란 것이 미상불 사람으로서 피치 못할 것임을 안다. 사람이 온전히 목석화(木石化)하기 전에는 좀처럼 이에서 벗어나기가 어렵다. 뿐만 아니라 나는 감상이 나의 현업(現業)인 문학의 중요한 조건임을 느낀다. 문학적 술작(述作)에서 감상적 조건을 빼내면 과연 무엇이 얼마나 남으랴.
>
> ● ● ● 『동아일보』, 1927. 12. 1.[24)]

자신의 딜레마를 그대로 노출하고 있는 이 글에서 양주동은 지금 자신

---

24) 『전집12』, p.27.

이 관념상으로는 중용이요, 체질상으로는 철저인 것처럼 말하고 있다. 그러나 이것은 거짓은 아니지만 착각일 수는 있다. 그는 자신이 감상적이라고 '생각'하는 것이다. 그의 시들이 이를 증명한다. 그의 시에 드러나는 감상성마저 감수성보다는 관념이 작동한 소산으로 이해하는 편이 더 적절할 것이다. 그러니 "문학적 술작(述作)에서 감상적 조건을 빼내면" 창작상 위기가 닥칠 것이나, 그로서는 원래 뺄 것이 없으므로 손해 갈 일도 없는 셈이 된다.

「철저와 중용」의 논리적 연장선상에서 그가 얼마나 고심하였는지는 아래의 글이 잘 보여준다. 나름대로의 비장함마저 느끼게 하는 이 글에서 양주동은 소극적 문학, 곧 감상주의와 낙천주의 모두로부터의 결별을 선언한다. 마치 「철저와 중용」에서 자신이 주장한 바를 여하히 실천할 것인지에 대한 출사표(出師表)처럼 말이다.

그러나 감상은 결국 소극적이다. 인생적 태도에서 감상의 순간은 확실히 소극적 방면이다. 설사 그것이 아름다운 꿈이요, 달콤한 눈물이요, 내지 다정다한(多情多恨)한 종류의 문학의 중요한 동기가 된단들 과연 그것이 내게 무엇이랴. 감상은 사람의 활력을 자극시킴보다 오히려 방심케 함이 많다. 감상 많은 개인이나 사회가 얼마나 무력한가.

나는 몇 번이나 얼마 안 되는 과거 인생의 도정상에서 감상의 유혹을 받았다. 나는 그럴 때마다 낙천주의적 인생관을 가지고 그것을 피하려고 하였다. 그리하여 지금 또 다시 감상의 유혹을 받았다. 낙천주의는 일개 미봉책에 불과하던 것이다. 감상주의나 낙천주의나 요컨대 소극적 인생 태도란 방패의 양면에 불과하다.

나는 이제부터 힘써 감상적 경지에서 벗어나려 한다. 그 결과 내가 의식적으로 '시(詩)'를 분실한다 하여도 방심에 겸연(慊然)함이 조금도 없으리라 한다. 새로운 용기를 가지고 적극적 생활 태도를 가지고 일전기(一轉期) 이후의 '나'를 창조하는 것은 지금 나의 전적 노력이다. 아마 이는 나뿐만이 아니라 현금의 조선이 그러할 것이요, 모든 인(人)의 생활과정이 그러할 것이다.[25]

---

25) 앞의 글, p.28.

그러나 여기서 말하는 적극적 문학이란 것이 프로문학이 아님은 물론
이다. 이때는 이미 프로문학에 대해 비판적 평문을 곳곳에 발표하고 있었
기 때문이다. 이 글을 쓰기 몇 달 전, 그는 당시 한국의 비평계를 1) 순수
문학파, 즉 정통파와, 2) 순수사회파, 즉 반동파, 그리고 3) 이 양자를 조
화·절충시키려는 중간파의 3분야로 나눈 다음, 중간파를 다시 좌·우로
나누어 양주동 자신은 우익 중간파라 천명한 바 있다.26)

그렇다면, 과거의 감상주의와 결별하고 적극적 문학을 추구하되 중간파
로서의 주장에 걸맞게 시작(詩作)을 하려면 어떻게 해야 할 것인가?

> '삶'의 든든함을 느끼는 때
> 가사 총알 한 방이
> 지금 내 머리를 꿰어 뚫는다 하자
> 그로 인하여 나의 피와 숨결이
> 과연 끊어질 것인가
> 끊어질 것이면 끊어지라 하자
> 아 그러나 나의 위대한 생명의
> 굳센 힘과 신비로운 조직이여
> 어이 총알 한 방에 해체될 것인가

이것은 나의 근작시 한 편이다. 인생의 허무한 것과 나란 존재의 미약함
을 느끼던 나도 때로는 이러한 생명의 충실감을 가지게 된다. 사람은 나의
생각을 비상식(非常識)임을 웃을는지 모르거니와 나는 참으로 나의 '삶'이
얼마나 위대하고 신비로움을 때로는 절실히 느낀다. 또한 유물론적 안목으
로 보아 이것이 한낱 '관념의 유희'라 비난하더라도 나는 조금도 부끄러움
이 없다. 나는 이러한 생명감을 확실히 파악할 때에 비로소 내 자신을 인
식하고 거기서 출발할 수 있기 때문이다. 나는 기쁨 속에서 이 한 편을 써
놓았다.

● ● ● 『동아일보』, 1927. 12. 3.27)

---

26) 양주동, 「문단여시아관(文壇如是我觀)」, 『신민』, 1927. 5.
27) 『전집12』, p.33.

이 시는 여러모로 양주동의 전대(前代)의 시와는 다른 느낌과 표현의 묘를 보인다. 물론 관점에 따라 평가는 달라질 수 있다. 교술의 기운을 못마땅해 할 수도 있는가 하면, 오히려 모던해 보일 수도 있고, 생명이라는 주제에 눈길을 둘 수도 있다. 그러나 한 가지 확실한 것은, 감상적 경지에서 벗어나 적극적 생활 태도를 견지해 나갈 때, 그가 닿은 곳은 결국 또 관념의 세계가 되고 말았다는 점이다. 여기에 우익 중간파로서의 건강성과 이념이 더해지면, 이번엔 계몽주의의 표정을 띄우게 되기가 십상이다. 1929년 『문예공론』 창간호에 실린 다음의 두 작품을 보라.

> 한밤에 불꺼진 재와같이
> 나의 정열(情熱)이 두눈을 감고 잠잠할 째에,
> 나는 조선의 힘없는 맥박(脈搏)을 짚어 보노라.
> 나는 님의 모세관(毛細管), 그의 맥박(脈搏)이로다.
>
> 이윽고 새벽이 되야, 훤한 동(東)녁 한울 밑에서
> 나의 희망(希望)과 용기(勇氣)가 두 팔을 뽑내일 때면,
> 나는 조선의 갱생(更生)된 긴 한숨을 듯노라,
> 나는 님의 기관(氣管)이오, 그의 숨ㅅ결이로다.
>
> 그러나 보라, 일은 아츰 길ㅅ가에 오가는
> 튼튼한 젊은이들, 어린 학생(學生)들, 그들의 공던지는 날내인
> 손발, 책보낀 여생도(女生徒)의 힘잇는 두팔
> 그들의 빗나는 얼골, 활기(活氣) 잇는 걸음거리―
> 아아 이야말로 참으로 조선의 산 맥박(脈搏)이 아닌가.
>
> 무럭무럭 자라나는 갓난 아이의 귀여운 두볼,
> 젖달나 외오치는 그들의 우렁찬 울음,
> 적으나마 힘찬, 무엇을 잡으려는 그들의 손아귀,
> 해죽해죽 웃는 입술, 깃붐에 넘치는 또렷한 눈동자―
> 아아 조선의 대동맥(大動脈), 조선의 폐(肺)는, 아기야, 너에게만 잇도다.

　　　　　• • • 　양주동, 〈조선의 맥박〉(『문예공론』 창간호, 1929. 5)

조선아, 잠들엇는가, 잠이어든
숲속의 이리와같이 숨ㅅ결만은 우렁차거라.

비ㅅ바람 모라치는 저녁에
이리는 잠을 깨여 울부짖는다.
그소리 몹시나 우렁챠고 위대(偉大)하매
반(半)밤에 듯는이 가슴을 서늘케 한다.
조선아, 너도 이리와같이 잠깨여 울부짖거라.

아아 그러나 비ㅅ바람 모라오는 이 「세기(世紀)」의 밤에
조선아, 너는 잠ㅅ귀무딘 이리가 아니냐.
그렇다, 너는 번개한번 번쩍이는 때라야,
우뢰ㅅ소리 한울을 두갈래로 찢는 때라야
비롯오 성나날뒤며 울부짖을 이리가 아니냐.

● ● ● 양주동, 〈이리와 같이〉(『문예공론』 창간호, 1929. 5)

이 노래, 특히 〈조선의 맥박〉에서 육당(六堂)의 목소리가 들리는 듯한 것은 전혀 어색하지 않다. 위의 시가 실린 『문예공론』 창간호에는 양주동이 이미 1927년에 내세운 바 있던 절충주의(折衷主義)가 다시 주창되고 있었고, 민족문학론이 상당히 유포되어 있었던 터, 이에 김기진이 「비평적 수언」(『조선지광』, 1929. 6)을 통해 육당의 국민문학론 때보다 이론이 진보된 것이 무엇이며, '조선심'이란 과연 무엇인가를 묻고 있었던 것이다.

여기서 절충주의 논쟁에 관한 상세한 설명은 생략하도록 하자. 다만, 절충주의는 이른바 진테제(Synthesis)로 볼 수는 없는 것이었음은 지적해 두어야 하겠다.28) 앞서 「철저와 중용」의 논리대로라면, 그것은 중용과 상통

---

28) 이 점은 양주동 자신도 충분히 파악하고 있었다. "그러나 나 역시 절충적 이론가의 단점을 모름이 아니다. 절충적 이론은 온건(穩健)하고 현명하기는 하지만 결국은 보수적이요 언짢게 말하자면 소극적이다. 유래(由來) 절충론(折衷論)은 Synthesis로서만 필요가 있다. 그렇기 때문에 새로운 대담한 주장으로서는 언제나 극단론을 요구한다. 다시 말하면 thesis나 Antithesis를 요구한다. 절충론은 새로운 발명이나 시험에는 소용이 없다. 많은 극단적 의견을 조직하고 수정하고 재건하는 데만 소용이 있다. 그러므로 이 혼돈(混沌)한 사상적 조류 중에서 나는 절충파에 섰노라고 자위나 하여 둘까. (중략) 절충적 사색은 이렇듯이 평온(平穩)하다. 그러나 이렇듯이 쓸쓸하다."(『전집12』, pp.44~45)

하는 터, 그렇게 된다면 "'중용'은 오직 평화로운 안정된 상태에서만 수용될 도덕"이라 하였으므로, 현 정세의 객관적 정황상 절충주의가 요구된다는 주장과는 모순되기 때문이다. 요컨대 절충주의는 중용일 수도 없었고, 민족주의와 계급주의를 지양 극복하는 진테제가 될 수도 없었던 것이다. 그러니 잘못하면, 단순한 종합주의가 되거나 혹은 이도 저도 아닌 것이 되고 말 위험에 절충주의는 놓이게 된 셈이라 하겠다.

그렇다면 <조선의 맥박>이나 <이리와 같이>에서 엿보이는 구민족주의적 계몽주의와 차별되면서 계급주의 또한 지양 극복하는 방법은 무엇일까? 이 시기에 쓰인 작품들은 주로 시집『조선의 맥박』가운데, 같은 이름의 2부 '조선의 맥박'에 수록되어 있거니와, 이에 그 시집의 서문에 주목해 보도록 하자.

> 이 시집(詩集)은 전후 삼부작(前後三部作)으로 난호여 잇다. 흔히 청춘기(青春期)의 정애(情愛)를 주제(主題)로 한 서정시(敍情詩)와 및 가벼운 소곡(小曲) 따위는 「영원(永遠)한비밀(秘密)」 속에 포함(包含)되엿고, 사상적(思想的)이오 주지적(主知的)인 제작(諸作)은 「조선(朝鮮)의 맥박(脈搏)」 속에 수집(蒐集)되엿다. 전자(前者)와 후자(後者)와의 차이(差異)는 주(主)로 나의 시경(詩傾)이 개인적(個人的) 정감(情感)의 세계(世界)로부터 차차 사회적(社會的) 현실(現實)로 전향(轉向)한 것을 보인다. (중략)
>
> 나는 이로써 나의 시작상(詩作上) 한 시대(時代)를 완전(完全)히 끝내이고저 한다. 나는 이로부터 시적 관조(詩的觀照)의 분야(分野)를 좀 더 사회적(社會的), 현실적(現實的), 대중적(大衆的) 방면(方面)으로 옮기려 한다. 그러한 의도(意圖)의 일단(一端)은 이미 본권(本卷) 제2부(第二部)에 잇는 수삼 편(數三篇)의 시풍(詩風)에서 발견(發見)되리라 믿거니와, 그것을 좀 더 확충(擴充)하고 보담 심화(深化)함은 오히려 금후(今後)에 속(屬)한 과제(課題)이다.

'개인적 정감의 세계'에서 '사회적 현실로 전향'한 작품들, 더구나 앞으로 더 '확충하고 보담 심화'할 작품 세계의 '일단(一端)'을 보여주는 작품들이라고 양주동 스스로 칭하고 있는 작품들은 어떤 것들이었을까? 그가 말한 '제2부(第二部)에 잇는 수삼 편(數三篇)의 시풍(詩風)'은 바로 이런 것들이었다. 1930년에 쓴 <정사(情思)>(『동광』 20호, 1931. 4) 수편(數篇) 가운데 일부를 예로 들어 보자.

2. 격론(激論)한뒤

　　그렇다, 우리의 이론(理論)이 정당하고,
　　우리의 주장이 모다 확실타하자. ―
　　우리의 말하는 대중이 어느곳에 잇는가,
　　우리들중에 과연 대중이 잇는가.

　　대중은 저긔저 교문을 드나드는 학생의무리,
　　그보다도 손발에 흙묻은 농부의무리,
　　아니다, 도회에 헤매이는 지게꾼들,
　　공장에 헐떡이는 직공들이 아니냐.

　　동지여 테―블을 그만 두다리라,
　　우리사이의 주장은 모도다 옳은것이다. ―
　　만은, 그대여, 천의 리론을 무삼하리,
　　돌아가 어린애 글ㅅ자한자 가르키려한다.

4. 나부터몬저 적(敵)인줄알라

　　고식(姑息)과 고의(孤疑)와 주저(躊躇),
　　리기적타산과 그리고 보수,
　　말좋은 중립, 고답, 기실은 회피,
　　의식적 무의식적 반동(反動)의 정체―
　　그의 지사연한 리론가연한 가증한 풍모―
　　　　아아 이는 현대 지식계급의
　　　　소뿌르근성(根性) 가진자의 필연의 운명일러라.

　　궤변과, 허위, 호도(糊塗),
　　헛되히 벌린 성세(聲勢)와 그의 무내용, 무기력,
　　력사를 감히 창조치는 못하고
　　나아가는대로 쯔을려가는 가련한 「동반자」―
　　실행에 림하야는 지설(持說)로 표변(豹變)하는 「캐멜레온」―
　　　　아아 이는 지나가는 세기(世紀)의,

　물려가는 계급의 덮을수없는 본색일러라.

여명에 돌진하는 행렬에
알거나 모르거나 고의로 눈감으려하는,
어슬렁 어슬렁 뒤나 딸으려하는,
시대의, 민중의, 보잘것없는 기생류—
진군에 도로혀 장애나될 진취성의 불구자—
　아아 나의아들아, 너의아비 그러하거든,
　나부터 몬저 새세계의 너의 「적(敵)」인줄 알라.

5. 「일체(一切)의 의구(疑懼)를 버리라」

(딴테 「신곡(神曲)」 진혼편(地獄篇))

원칙(原則)은 서잇다, 남은것은 세목(細目)뿐이다.
목표는 정하여잇다, — 문제는 다만
지식(認識)의 조만(早晩)과 출발의 시각뿐일다!

그러나, 어이하랴, 아아 어이하랴
민중의 감각 이다지도 무디이고,
민중의 의지와 긔개 이다지도 침체한것을.

아아 민중아, 귀를 씻으라!
눈을 부뷔라! 머리를 닦으라! 활개를 치라!
회색의 꿈에서 깨어 현실에 보조(步調)를 맞호라!

민중아, 자각하라, 아아 그러나,
『너부터 몬저 일췌의 겁나(怯懦)를 버리라,
일췌의 의구(疑懼)를 헌신짝같이 내여버리라.』

인용이 길었지만, 만일 우리가 위 시 저자의 이름을 밝히지 않았던들, 과연 이 시편이 프로문학파가 아닌 자에 의하여 쓰인 작품이라고 상상이나 할 수 있었을까? 실로 이 시는 프로문학 측의 권환(權煥) 등이 쓴 이른바 아지-프로시나 '뼈다귀 시', 혹은 개념적 교술시와 그 모습이 다를 바가 없다. 아울러 그 내용 또한 당대 프로문학이 자체 내 비판의 취지로 쓰곤 했던, 일부 프로 문인의 소부르주아지 근성을 경계했던 것과도 다를 바가 없다. 민족문학파의 권내(圈內)에서 이러한 모습을 보인 문인은 양주동이 거의 유일한 예로 판단되거니와, 이는 절충파로서의 다음과 같은 선언을, 단순한 선언 차원이 아닌 실천으로 옮겨 보인, 하나의 웅변이 아니었을까?

민족문학(民族文學)과 사회문학(社會文學)이 빙탄불상용(氷炭不相容)이라 보고 상호 배격(相互排擊)하는 제류(諸流)는 소위(所謂) 종파주의(宗派主義)의 여독(餘毒)이다. 그러나 우리는 둘 다 현정세(現情勢)에 타당(妥當)한 것으로 보고 더구나 양자(兩者)는 서로히 그 합치점(合致點)을 연관(連貫)하야 합류(合流)함이 필요(必要)하다고 본다. 현계단(現階段)의 정세(情勢)에 잇서서, 민족관념(民族觀念)과 계급정신(階級精神)을 서로 배치(背馳)한다 보는 것은 그야말로 현실(現實)과 이상(理想)에 대(對)하야 아울러 색맹(色盲)이다. 더구나 무산문학파(無産文學派)에서 민족관념(民族觀念)을 의식적(意識的)으로 포기(抛棄)하고 무시(無視)하고 심지어(甚至於) 배격(排擊)코저 하는 경향(傾向)은 무던히 착각적(錯覺的) 이론(理論)에 속(屬)하는 것이다. 현정세(現情勢)에 잇서서는 민족(民族)을 초월(超越)한 계급 정신(階級精神)도업고 계급(階級)에서 유리(遊離)한 민족 관념(民族觀念)도 잇슬 수 업다. 우리는 「조선민족인(朝鮮民族人)인 동시(同時)에 무산계급(無産階級)이 안이냐?」 우리의 문학(文學)은 민족적(民族的)인 동시(同時)에 무산계급적(無産階級的)이어야한다.

● ● ● 『문예공론』, 1929. 5, p.44

민족문학파에서든, 프로문학파에서든, 양자의 합치점을 창작 차원에서 실천해 본다는 것은 양주동과 같은 절충파가 아니고서는 시도조차 불가능한 것이었으므로 양주동의 이러한 시작(詩作) 행위가 이채(異彩)를 띠는 것임에는 분명하다. 하지만 과연 이것이 민족적인 동시에 무산계급적 작품인가 하는 데에는 강한 의문이 든다.

일찍이 그는 프로문학을 비판하면서 (1) 그들의 작품에 남의 것 모방이 많고, (2) 취재에 모방이 많고, 게다가 작품의 단안이 늘 소극성이 되는 것, (3) 창작 동기에 고의성이 많은 것, (4) 표현 수단이 부족한 점 등을 든 바 있다.[29] 특히 그는 프로 문사들의 상투성과 관념성을 정확히 공박하곤 했다. "실제에 잇어서 우리는 과연 얼마나한 민중문학을 민중에게 제공하엿는가. 우리는 얼마나 민중의 생활과 정서를 대하엿는가, 안이 일보 나아가 우리는 과연 어느 점까지 민중생활을 이해하고, 그 정신에 즉하엿는지 의문이다."30)라고 했을 때, 이러한 문제 제기는 실제적으로 프로 문단 내에서도 대중화 논쟁과 더불어 심각하게 제기되었던 것이다.

그러나 이러한 비판은 <정사(情思)>에도 그대로 적용된다. 앞서 말한 대로, 이것은 기존의 프로시의 경향과 차별되지 않으며, 표현의 면에서도 당대 프로문학의 단편서사시류보다도 오히려 뒤지는 것으로 보아야 하겠기 때문이다. 더구나, 만일 차별이 된다면, <정사>의 내용이 프로문학의 허구성, 즉 그들의 민중적 기반의 허구성을 공박하고 있다는 점에서 발견될 터, 그렇다면 그것이야말로 창작 동기의 고의성이라 아니할 수 없을 것이다. 따라서 이 경우는, 양자의 절충이 되지 못한 채, 오히려 적의 칼로 적을 치는 꼴이 되는 형국이 되어버린 셈이라 하겠다.

이 한계를 그가 몰랐을 리 없다. 이에 양주동은 1931년 「문단측면관(文壇側面觀) - 좌우파(左右派) 제가(諸家)에게 질의(質疑)」(『조선일보』, 1931. 1. 1~13)를 통해 민족문학의 방향을 12항목에 걸쳐 제시하였다. 즉, (1) 민족문학은 재래와 같은 봉건적 보수적 태도를 양기(揚棄)하고, (2) 민족의 계급적 사실을 회피 은폐하지 말며, (3) 될수록 광범위한 사회층의 의식을 포용할 것, 아울러 (4) 민족적 문화재의 보존과 향상, (5) 민족적 단결 통일 역량 고조, (6) 계급과 교차하는 입장을 취하기 위해 노력할 것이며, (7) 부득이 대립할 경우엔 보다 큰 사실을 신중히 할 것, (8) 민족적 감정의 선동이나 과장을 삼가고, (9) 계급 쪽에서도 계급적 사실 이외에 민족적 사실이 있음을 잊지 말며, (10) 현 단계에서 계급적 사실을 무시하는 이론 및 실천의 현실성을 폭로할 것, (11) 현 단계에서 계급적 사실을 은폐하는 자체의 비겁성을 양기(揚棄)할 것, (12) 민족의식이 궁극적 이상이 아님을 대중에게 보일 것 등을 들었던 것이다.

이것이 어떻게 시작(詩作)의 방법론이 될 수 있을까? 이번에도 여지없이

---

29) 양주동, 「문단잡설(기2) - 신기문학과 프로문학」, 『신민』 19호, 1926. 11.
30) 양주동, 「문단전망」, 『조선문단』 19호, 1927. 2.

양주동은 자신의 주장을 실천에 옮긴다. 위 글을 발표한 바로 그 날에 양주동은 다음의 시를 남긴다.

> 사나운 권력의
> 억제하는 명령앞에서
> 때로는 양과같이 무릎을 꿇기쉬운 대중의비겁—
> 혹시는 털끝만한
> 더러운 리욕의 밋기에 물려
> 물ㅅ고기같이 꼬리치며 생명을 애걸하는 개체의무력—
>   동지여, 그대는 낙심하는가, 아즉 참으라,
>   한숨을 거두고 쾌히 책상을 뒤지라.
>
> 아아 어인일가, 양과같이
> 그리도 온순하든「작일」의 민중이
> 하로아츰「정의」의 기ㅅ발아레 범같이 날뛰며 갓도다.
> 저보아, 바로전에 물ㅅ고기같이
> 그리도 불상히 파닥으리든 수많은 개체가
> 하로ㅅ밤「부정」의 낙시ㅅ대를 두동강에 분질럿도다.
>   동지여, 놀람을 그치라, 이렇므로사
>   비롯오 이한권이 인류의 력사가 아니뇨.

● ● ● 양주동, 〈사론(史論)〉(1931. 1. 1)[31]

이것은 광주학생 의거 이후, 1931년 원단 아침, 양주동이 교수로 재직하던 평양 숭실 학교에서 학생들의 의거가 벌어졌을 때, 그 광경을 교수실에서 비분강개해 바라보며, 아울러 인텔리겐챠의 무기력을 뼈저리게 느낀 나머지 그 날 밤에 쓴 시로 알려져 있다.[32] 앞서의 여러 시에서 보듯, 학생은 그에게 민족이요, 민중이다. 따라서 이 작품 속에는 민족과 계급의 대립이 없다.

그러나 이것이 절충인지, 종합인지, 그도 저도 아닌 것이 될지는 자신

---

31) 『전집6 : 조선의 맥박』, pp.94~95.
32) 『전집4 : 문주반생기』, pp.281~282.

있게 말하기가 힘들어진다. 이럴 정도라면 굳이 왜 절충이 필요한 것인지, 양자가 각각 자신의 길을 충실히 걸어가는 것과 작품 실천상 어떻게 차별되는지 의문이 제기되는 것이다. 요컨대 주장 차원에서가 아니라 창작 차원에서 볼 때, 절충주의의 치명적 결함은 그 자체의 미학적 이론이 부재하다는 데 있다.

그 결과, 시집『조선의 맥박』서문에서 약속했던, 즉 이러한 창작 경향을 "좀 더 확충하고 보담 심화"하는 "금후에 속한 과제"는 결국 수행되지 못한다. 앞서 인용했던 <님께서 편지왔네>를 예외로 하고는, 여하한 후속편도 제작되지 않은 채, 이 <사론>은 사실상 절필시로 남게 되었던 것이다.[33]

4. 양주동과 우리 시대

관념의 과잉과 감수성의 부재가 낳은 결과는 이와 같았다. 사실, 그의 시를 비판하기는 쉬운 일이다. 그의 시 세계에 대한 정밀한 연구가 부재했던 데에는 양주동 자신의 책임도 적지 않은 것이 사실이다. 연구자의 입장에서 볼 때, 시사(詩史)를 정리하는 데 필요한 매력 이외에 그의 시가 별다른 연구 의욕을 불러일으키지는 못하기 때문이다.

그러나 그의 성실성과 치열함을 인정하는 데 결코 인색함이 있어서는 안 된다. 시에서 비평의 세계로 나아갔을 때, 그의 두뇌와 논리가 빛을 발했음에도 불구하고, 그는 결코 시를 버리지 아니하였다. 오히려 그는 자신의 이론과 실천을 병행하고자 끊임없이 고뇌하고 노력했던 것이다. 비평적 논쟁과 시적 실천을 그처럼 부단히 연계하며 병행한 근대 문인은 매우 드물다. 설령, 그로 인해 논리가 시를 지배하는 결과를 가져왔다 할지라

---

33) 김장호(위의 글, p.27)는 <사론>을 사실상 창작시의 절필이 된 작품으로 규정한다. 아울러 그는 양주동이 '입버릇처럼' 개념시라 부른 이러한 시를 가리켜 관념이 승하여 몸체보다 머리가 더 무거운 가분수 시체(詩體)라 칭한다. 김장호, 위의 글, p.11.

도, 양주동이 스스로에 대한 자부심만큼이나 그것을 증명하기 위한 책임감도 남달랐던 문인이었다는 점만큼은 부인될 수 없는 사실인 것이다. 이 글이 그의 이론과 실제 시작 행위를 꾸준히 대비하며 증명하는 데 주력했던 사연 역시 이와 관련이 깊다. 그것은 양주동에 대한 우리 세대의 예의이자 책임이기 때문이다.

사실, 이 글을 쓰기 위해 양주동에 대한 연구사를 검토해 보니, 대부분의 경우, 그와 동시대인들의 회고담 류와 후학들의 찬사가 대종을 이룸을 알 수 있었다. 이에 필자는, 이러한 현실에 대한 미묘한 설명이 뒤따라야 할 것이긴 하나, 여하튼 양주동의 공적과 영향력을 인정하는 데 세대와 학파가 따로 있을 수 없다는 점은 새삼 강조하고 싶다. 서문에서 밝힌 것처럼, 우리 세대 누구나 선생에게 갖은 영향을 받았기에 나름대로의 존경심과 추억이 담긴 회고담이 있으며, 선생의 직계가 아닌 후학도 선생에 대한 진지한 연구를 수행해야 한다는 점을 지금껏 필자는 보이고 싶었다.

반면에, 이제는 선생을 둘러싼 담론과 권력으로부터 공히 자유로워져야 할 필요성이 압박감처럼 다가온다. 선생에 대한 평가는 세대와 학파에 따라 곧잘 필요 이상으로 상치하는 양상을 보인다. 하지만 평가는 차치하고, 선생의 문학 세계에 대해 정밀한 분석조차 별로 발견되지 않는 형편이다. 좋으면 좋은 대로, 싫으면 싫은 대로, 그의 세계를 밝혀 우리의 정신적 자산으로 삼는 일, 그것 역시 우리 세대의 책무이자, 하나의 상식인 것이다.

|김수영론|
허무주의와 모더니즘

1. 신화의 소멸

김수영만큼 접근이 까다로운 시인도 드물다. 그의 실상을 온전히 드러내기 위해서는 적어도 다음과 같은 사항들이 논의되지 않으면 안 되기 때문이다. 첫째, 그가 이른바 순수－참여 논쟁선상에 대표격으로 서 있다는 점. 둘째, 시와 시론을 겸비한, 그것도 일급의 시인 비평가였다는 점. 셋째, 일본어 교육을 받고 자라나 모국어의 회복 자체가 문제시되고 의미를 갖는 세대에 속해 있다는 점. 넷째, 다양하고 방대한 서구문학의 독서 체험에 기반을 둔 시인이라는 점. 다섯째, 크게는 모더니즘이라는 울타리 안에 거주함으로써 당대의 모더니즘 운동과는 물론이려니와 해방 전 이상, 김기림 등과의 대비가 필수적으로 요청된다는 점. 여섯째, 그가 시인으로 존재했던 공간 자체의 역사적 의미, 즉 해방과 전쟁과 혁명, 나아가 그가 지속적으로 영향을 미쳤던 이 땅의 왜곡된 시간대에 이르기까지 그 역사적 의미가 다른 어느 시인보다도 각별한 바가 있다는 점. 이러한 것들은 김수영 시의 본질을 이해함에 있어 직접적인 통로 구실을 하기도 하고 동시에 어떤 의미에서는 그 본질에의 접근을 방해하는 하나의 외피로 작용하기도 한 사항들이다.

"70년대의 문학적 공간을 지속적으로, 그리고 폭포처럼 겁도 없이 메아리치게 한 김수영 신화"[1]는 1980년대를 거쳐 오늘에 이르는 그 세월 동안 역사적 시간 속으로 편입되어 들어간 감이 적지 않다. 한 시인에게 신화라는 이름이 허여되는 것이 그다지 소망스러운 바도 아니며 명예스러울 것도 없을 일이거니와, 신화로 작용되었다는 사실 자체가 정작 지시하는 바는 아마도 신화를 허용하게 된 그 현실 쪽에 놓여야 할 것이다. 따라서 이 신화의 소멸은 오히려 반길 일에 속한다. 다만 그것이 오늘날에 얼마간 이루어진 현실 자체의 성장에 힘입은 것임에 눈 돌릴 때, 이미 많은 비평들이 존재함에도 불구하고 이제야말로 비평가의 몫이 발견됨을 알아차릴 수가 있다.

신화가 제거된 김수영의 내면은 무엇일까. 그의 외피를 통해 그를 바라보는 것 대신에, 혹은 그만큼, 그 내면 풍경 속에서 그의 체험과 역사의 충격과 그리고 시가 만들어지는 모습을 찾아낼 수는 없을까. 더욱이 김수영이라는 실체가 주는 압도감이라는 것이 흔히 정직으로 표상되는 김수영의 김수영다움, 즉 분리할 수 없을 만큼 그 겉과 속이 맞붙어 있음에도 연유하는 것일 터, 이러한 형국을 타개해 냄에 있어 그의 시와 그 시를 둘러싼 변증법적 대화에 기대는 것 외에 달리 할 일은 없을 듯하다.

김수영에 관한 한 많은 연구가 행해져 왔다. 그 중에는 방법론이 승하게 내세워짐으로써 오히려 그의 시세계를 제한시킨 경우도 적지 않았다 하겠다. 이제 새삼스레 이 같은 비평적 태도를 취하는 사정은 그의 실체를 다시 더듬어 보고 거기에서부터 앞서 지적한 문제들을 포괄할 수 있는 본격적인 연구의 촉발을 기대함에 있을 뿐이다. 그때 다시 방법론이 부각

---

1) 김윤식, 「김수영 변증법의 표정」(황동규 편, 『김수영 전집 별권』, 민음사, 1983), p.295. 이하 『전집』은 민음사 간을 의미함.

되면서 진정한 문학사적 자리매김이 가능할 것이다. 이에 그의 전기시 한 편으로부터 그의 실체를 추려 보는 실마리를 잡아 보고자 한다.

2. 모더니티 콤플렉스

꽃이 열매의 上部에 피었을 때
너는 줄넘기 작란(作亂)을 한다

나는 발산(發散)한 형상(形象)을 구(求)하였으나
그것은 작전(作戰) 같은 것이기에 어려웁다

국수ー이태리 어(伊太利語)로는 마카로니라고
먹기 쉬운 것은 나의 반란성(叛亂性)일까

동무여 이제 나는 바로 보마
사물(事物)과 사물(事物)의 생리(生理)와
사물(事物)의 수량(數量)과 한도(限度)와
사물(事物)의 우매(愚昧)와 사물(事物)의 명석성(明晳性)을

그리고 나는 죽을 것이다

● ● ● 김수영, 〈공자(孔子)의 생활난(生活難)〉

김수영의 초기를 대표하는 이 작품은 김수영 스스로에 의하면 ＜아메리 칸 타임지(誌)＞와 함께 『새로운 도시(都市)와 시민(市民)들의 합창(合唱)』에 수록하기 위해서 '급작스럽게 조제남조(粗製濫造)한 히야까시[희롱—인용자 주] 같은 작품'이어서 자신의 '마음의 작품 목록'으로부터 깨끗이 지워버 린 것이라 한다.2) 하지만 이와 같은 그의 변명에도 불구하고 이 작품 속

---

2) 『전집 2』, p.227.

에는 그의 내면 풍경을 엿볼 수 있게 해 주는 비교적 투명한 창(窓)이 열려져 있다.

이 작품 자체에 대한 분석은 논외로 하자. 원래가 전형적인 모더니즘 계열의 난해시로 평가되어 온 마당에, 이 시가 주는 의미의 혼란과 단절, 급격한 전환, 엉뚱한 비약, 그리고 '마카로니'와 같은 시어를 풀이하는 데에 그리 많은 힘을 쏟을 필요는 없을 듯하다.[3] 이것을 '조문도석사가의(朝聞道夕死可矣)'로 패러프레이즈하거나[4] 식물의 성장과 결실 과정에 대입해 본다고 해서 얻어지는 것은[5] 결국 독자의 낭패를 바라보며 우롱의 쾌감을 맛보는 경박한 모더니스트로서의 김수영의 포즈를 떠올리는 것뿐이다. 만년의 김수영이 힐난해 마지않던 이 '난해의 포우즈'야말로 이 작품을 처녀작의 계열에서 제외시키고 싶었던 심사의 한 가지 이유이었을 터이다. 다만 독자의 의도적 농락을 꾀했던 이 포즈만 제거할 수 있다면 정작 이 시가 갖는 의미를 우리는 발견할 수 있을 것이다.

이 작품에는 우선, 이후 그의 시를 지탱해 준 반복이 있고 또한 그 반복에 의해 그의 주된 시적 주제인 '바로 보기'가 전면에 나타나고 있음이 눈에 뜨인다. "바로 본다."라는 것, 그것은 대상을 사람들이 그 대상에 부여한 의미 그대로 이해하지 않고 그 나름으로 본다는 것을 뜻한다. 그것은 도식적이고 관습적인 대상 인식이 아니다. 그런 의미에서 그것은 상식에 대한 '반란성'을 가리킨다.[6]

하지만 문제는 여기에서 그치는 것이 아니다. 사실 "바로 본다."는 것은 모든 예술 행위의 근본 태도일 뿐이다. '바로 보기'를 포기한 예술은

---

3) 염무웅, 「김수영론」, 『전집 3』, p.142.
4) 유종호, 「시의 자유와 관습의 굴레」, 『전집 3』, p.245. 유종호 교수는 이러한 분석의 시도가 시인의 의도적 농락에 말려들어가는 셈이지만, 우롱당하면서 그 속셈을 알아보는 것도 유쾌한 전략이라 한다. 그러한 견해에 동감하는 바이지만, 그 분석 결과의 정확성 여부에 따라 전략의 성패가 갈릴 것이다. 다시 말해 '퍼스나'론으로부터 공자에 주목하여 "조문도석사가의(朝聞道夕死可矣)"를 끌어낸 것은 분명 하나의 성과로 기록되어야 할 것이나, 거기서 해석이 멈춘다면 그야말로 김수영에게 농락당하는 것이 되고 만다는 것이다. 이 점에 관해서는 후술될 것이다.
5) 유재천, 「김수영의 시 연구」, 연세대 대학원 박사학위논문, 1988, pp.37~38.
6) 김현, 「자유와 꿈」, 『전집 3』, p.106.

이미 예술 축에도 끼지 못하는 것이 상식이다. 그런데 김수영은 이 상식을 하나의 선언마냥 작품 표면에 당당하게 노출시키고 있다. 그것은 작품 속에 감추어져야 마땅할, 그것이야말로 포즈인 것을 그는 시적 주제로까지 삼고 있는 것이다. 그렇다면 이것은 그만큼 이 주제가 그 자신에게 절박했던 것임을 의미함과 동시에 그 같은 상식이 주제가 될 수 있었을 만큼 그를 둘러싼 사회가 비상식적인 사회이었음을 노정하는 것이 된다. 하지만 여기서 우리가 선입견과 비약을 삼갈 용의가 있다면, 그가 부정하고 있는 비상식적 사회를 당시 우리 사회 전반을 의미하는 것으로 곧장 나아가지는 않음이 옳을 듯싶다. 사실 그러한 측면이야말로 김수영 신화가 강요한 김수영 독법의 하나이다. 이에 우리는 이 작품 내에서 김수영의 바로 보겠다는 선언이 오직 '동무'를 향한 것임에 유의할 필요가 있다.

핵심은 여기에 있다. 그 '동무'가 도대체 누구냐는 것이다. 그들은 장난을 치고 있다. 장난이란 무엇이겠는가. 일상의 모습이 비극적이며 기괴하기까지 할 때, 그 복잡다단한 현실은 실존적 자각을 마친 한 개인으로 볼 때는 그야말로 장난에 지나지 않겠는가. 따라서 이 장난을 기호화 한다는 것은─이상(李箱)이 그렇고 1950년대 일부 모더니스트들이 그렇다─소외된 일상 세계의 사이비 구체성을 파괴하려는 의도를 이미 내포하고 있는 것이다.[7] 그런데 이 '작란'이 김수영에게는 철저히 '너'의 것으로 비쳐질 뿐이고 그 '작란'을 흉내 내고자 함이 자신에게는 "작전 같은 것이기에 어려웁다."는 것이다. 그것이 곧 '국수'가 '마카로니'와 갖는 공통점이자 차이다. 여기에 이 시를 해석하는 두 갈래의 갈림길이 놓인다. 즉, '동무'의 '작란'에 동참하는 '바로 보기'로 볼 것인가 혹은 '나'의 '반란성'에 기초하는 '바로 보기'로 해석할 것인가의 기로인 것이다. 요컨대 그가 자신에게는 '작전처럼 어려웁'던 '마카로니'의 장난을 부러워하면서 앞으로 자신도 '마카로니'처럼 바로 보겠다고 동무로서 서약한 것인가 아니면 '마카로니'는 '작란'이므로 그에 '반란'하여 '국수'로서의 바로 보기를 선언함인가 하는 것이다. 그 어느 쪽이든, 중요한 것은 바로 그 '동무'가 그

---

7) 조영복, 「1950년대 모더니즘 시에 있어서 '내적 체험'의 기호화 연구」, 서울대 대학원 석사학위논문, 1992.

의 행동양태를 규정지어 주는 존재라는 점이다. '반란'이란 것도 결국은 대타적(對他的) 인식에 힘입는 것임은 말할 나위 없다. 과연 김수영이 그토록 꾸준히 의식해야만 했던 그 '동무'는 누구인가.

이때 자연스레 떠오르는 것이 아마도 「마리서사(茉莉書舍)」[8]의 존재일 것이다. 결론부터 말하자면 이 작품은 철저히 그것을 염두에 두고 그것만을 의식하고 쓴 것이라 해도 별로 틀림이 없다. 앞서 잠시 언급한 대로 예술가의 상식을 문제시 삼았다는 것부터가 이 시의 발화 대상이 예술가 그룹의 권내(圈內)에 한정됨을 지시하고 있는 것이며,[9] 박인환이 주도한 『새로운 도시와 시민들의 합창』에 수록하기 위해 조제남조(粗製濫造)했다는 경위 또한 그 저간의 사정을 이해한다면 예사로운 일이 아니기 때문이다. 그 사정을 그는 이렇듯 극명하게 기록하고 있다.

그 당시에 우리 집은 충무로 4가에서 <유명옥(有名屋)>이라는 빈대떡집을 하고 있었는데 치질 수술을 하고 중환자처럼 자리보전을 하고 가게 뒷방에 누워있는 나는 벽지 위에 「아메리칸 타임지(誌)」라는 일본말 시를 써놓고 처다보고 있었다. 그때 자주 우리 집엘 찾아온 병욱(秉旭)이가 어느 날 찾아와서 이 시를 보고 놀라운 작품이라고 하면서 촌야사랑(村野四郎)에게 보내서 일본 시잡지에 발표하자고까지 칭찬을 해주었다. 병욱(秉旭)이가 경상도 기질의 과찬벽이 있다는 것은 모르는 바 아니었지만, 나는 그의 말을 듣고 눈물이 날 지경으로 감격했던 것 같다. 그 후 인환(寅煥)이가 「새

---

8) 해방을 맞아 평양의전을 중퇴하고 서울로 온 박인환은 부친과 이모에게 빌린 돈 5만원으로 오장환(吳章煥)이 경영하던 낙원동의 서점을 인수한다. 이후 화가 박일영(朴一英)의 도움으로 간판을 새로 달고 다시 문을 여는데, 이것이 한국 모더니즘 시운동의 모태 역할을 했던 헌 책방 마리서사(혹은 말리서사)이다. 서점 이름은 일본 현대시인 안자이 후유에(安西冬衛)의 시집 '군함 마리(軍艦 茉莉)'에서 따왔다는 설과 프랑스의 화가이자 시인인 마리 로랑생의 이름을 땄다는 설, 두 가지로 전해진다.

9) 그런 의미에서 다음과 같은 지적은 매우 타당하다. "이 시에서 사물을 똑바로 보겠다는 시인의 의지는 꽃과 열매를 가진 것처럼 생각된 문화와 그 향수층이 사실에 있어서는 사물을 제대로 파악하지 못하고 본질에 대한 탐구 대신 '작란'만을 일삼는 데에 대한 반란의 형태로 나타난 것이다. '국수―이태리 어(伊太利語)로는 마카라니라고'라는 유치한 표현도 그리고 보면 시인 자신이 화자가 아닌, 이를테면 간접화법의 인용으로, 여기서 그 화자는 작란을 일삼는 '너'인 셈이다." 김주연, 「교양주의의 붕괴와 언어의 범속화」, 『전집 3』, p.263.

로운 도시(都市)와 시민(市民)들의 합창(合唱)」을 계획했을 때 병욱(秉旭)도
처음에는 한몫 끼일 작정을 하고 있었는데, 경린(璟麟)이와의 헤게머니 다
툼으로 병욱(秉旭)은 빠지게 되었다. 그러지 않아도 인환(寅煥)의 모더니즘
을 벌써부터 불신하고 있던 나는 병욱(秉旭)이가 빠지게 되었다는 말을 듣
고, 나도 그만둘까 하다가 겨우 두 편을 내주었다. 병욱(秉旭)은 이때 내가
일본말로 쓴 「아메리칸 타임지(誌)」를 우리말로 고쳐서 내주라고 했던 것
같다. 그래서 그에 대한 반발로 히야까시적인 내용의 작품을 히야까시쪼로
내준 것 같다.10)

이 '히야까시쪼로 내준 것'에 걸려든 자는 김병욱이라기보다는 오히려
박인환이었다. 아울러 김수영이 '눈물이 날 지경으로 감격'해야 했던 사정
도 그와 연관이 깊다. 박인환은 김수영에게 희롱 당하는 줄 모른 채 희롱
당한 것이다. 적어도 김수영 자신은 그렇게 여겼다. 그것이 "인환의 모더니
즘을 벌써부터 불신하고 있던" 김수영의 장난이었던 셈이다. 이 사실을 우
리는 그의 또 다른 은밀한 내면 고백으로부터 다시 한 번 읽을 수가 있다.

> 그 후 이 작품(「묘정(廟庭)의 노래」—필자 주)이 개재된 『예술부락』의
> 창간호는, 박인환(朴寅煥)이가 낸 <말리서사(茉莉書舍)>라는 해방 후 최초
> 의 멋쟁이 서점의 진열장 안에서 푸대접을 받았고, 거기에 드나드는 모더
> 니스트 시인들의 묵살의 대상이 되고, 역시 거기에 드나들게 된 내 자신의
> 자학의 재료가 되었다. (중략)「묘정(廟庭)의 노래」가 『예술부락』에 실려지
> 지만 않았더라도…… 「묘정(廟庭)의 노래」가 아닌 다른 작품이 『예술부락』
> 에 실려지거나, 「묘정(廟庭)의 노래」가 『예술부락』이 아닌 다른 잡지에 실
> 려졌더라도…… 나는 그 당시에 인환(寅煥)으로부터 좀더 <낡았다>는 수
> 모는 덜 받았을 것이라고 생각되고, 나중에 생각하면 바보 같은 컴플렉스
> 때문에 시달림도 좀 덜 받을 수 있었으리라고 생각된다.11)

적어도 당시로서는 '바보 같은' 콤플렉스로 그 자신에게 여겨지지는 않
았을 것이다. 김수영은 진실한 의미에서 박인환 콤플렉스에 사로잡혀 있

---

10) 『전집 2』, pp.227~228.
11) 『전집 2』, p.227.

었다.12) 그것이 바보 같은 것이었음은 나중에서야 안 일이고, 그러기에 그가 이 시기의 작품을 자신의 작품 목록에서 제외시키고자 하는 것은 작품 자체의 미흡함 뿐만이 아니라 어쩌면 그 바보 같은 기억이 연상되는 것을 회피하고자 하는 일종의 심리적 방어에 해당되는 것이며, 그렇게 본다면 종내 그는 엄밀한 뜻에서 그 콤플렉스로부터 완전히 벗어나지 못한 셈이 된다. 여하튼 당시의 그로서는 <아메리칸 타임지>나 이 <공자의 생활난>이 제법 모던한 작품으로 여겨졌음에 분명하며 이것이 <묘정의 노래>가 안겨준 패배감을 일거에 회복시켜 주리라는 감격에서 눈물이 나지 않을 도리가 없었을 것이다. 병욱에 관한 한 '애증동시병발증(愛憎同時倂發症)'에 걸려 있던,13) 그래서 한편으론 신용하면서도 또한 경멸하기도 했던 그가 그토록 병욱의 평가에 감읍해야 했던 이유는 바로 그 초조감 말고는 없다. 병욱의 평가가 곧 그 그룹의 평가로 받아들여졌던 것이다. 그래서 그는 이번만큼은 모던한 작품을 모던한 방식으로, 히야까시쪼로 내어준다. 하나는 '아메리칸 타임지'라는 최고도의 모던한 포즈로 제목을 뽑고 다른 하나는 '묘정(廟庭)'만큼이나 낡은 '공자(孔子)'를 타이틀로 삼았다.

이러한 직·간접의 공세는 다름 아닌 그 패거리, 그중에서도 특히 박인환을 향한 것이었다. 김수영이 꾸준히 의식하고 또 노리고 있었던 것은 그에 대한 자기 수준의 과시에 지나지 않았다. '너'의 실존적 포즈는 '코스츔(costume)'에 지나지 않는다는 것, 그것은 '바로 보기'가 아니라는 것, 한마디로 가짜라는 것이다. 이러한 내용의 작품을 '나'는 '너'가 주도하는 사화집에 내어준다. 이것이 곧 '히야까시적인 내용의 작품을 히야까시쪼로 내준 것'의 참의미이며 이로써 <공자의 생활난>의 해석의 갈림길도 어느 정도 해명이 가능해지는 셈이다.

<공자의 생활난>은 김수영의 자긍심 회복 선언일 뿐이다. 그리고 이 우쭐댐의 기억이 그를 늘 부끄럽게 했다. 그에게 새로운 시의 세계가 개진되었을 때 이러한 기억이 괴로울 수밖에 없었음은 당연하기까지 하다.14) '코스츔'을 비난하기 위해 '난해의 포우즈'를 취했으니 그 둘은 동

---

12) 「박인환」, 『전집 2』, pp.63~64 참조 바람.
13) 『전집 2』, p.229.

급일 수밖에 없기 때문이다. 하지만 적어도 이 단계에서 김수영은 '인환의 모더니즘을 벌써부터 불신'한 결과에 만족했던 것으로 보인다. 그렇다면 진짜 모더니스트는 누구인가. 아울러 진짜 '바로 보기'는 무엇인가. 그것이야말로 모더니스트로서의 '공자'의 경지가 아니겠는가. 그것을 알기 위해서는 또 한 번의 인용이 필요하다.

인환(寅煥)의 최면술의 스승은 따로 있었다. 박일영(朴一英)이라는 화명(畵名)을 가진 초현실주의 화가였다. 그때 우리들은 그를 <복쌍>이라는 일제 시대의 호칭을 그대로 부르고 있었다. 복쌍은 싸인 보드나 포스터를 그려주는 것이 본업이었는데 어떻게 해서 인환이하고 알게 되었는지는 몰라도, 쓰메에리를 입은 인환을 브로드웨이의 신사로 만들어 준 것도, 꼭또와 쟈꼬브와 동향청아(東鄕靑兒)의 「가스빠돌의 입술」과 부르똥의 「초현실주의 선언(超現實主義宣言)」과 트리스탄 짜아라를 교수하면서 그를 전위시인으로 꾸며낸 것도, 말리서사의 <말리>를 시집 「군함(軍艦) 말리」에서 따준 것도 이 복쌍이었다. 파운드도 엘리어트를 이렇게 친절하게 가르쳐 주지는 않았을 것이다. 나는 복쌍을 알고 나서부터는 인환에 대한 그나마 얼마 남지 않은 흥미가 전부 깨어지고 말았다. (중략) 그는 그럴 때면 나한테만은 농담처럼 불평을 하기도 했다. 『인환이놈은 너무 기계적야.』하고. 그러나 그가 기계적이라고 욕한 것은 인환이한테만 한 욕이 아니었다고 생각된다. 그는 인환의 주위에 모이는 유명 인사들의 허위가 더 우습고 더 기계적이고 더 유치하게 생각되었다. 『병욱이가 걸핏하면 아주 심각한 명상이라도 하는 듯이 고개를 숙이고 있지. 그게 무슨 생각을 하는 줄 알아? 돈 생각을 하고 있는 거야』하고, 그는 곧잘 빈정댔다.
지금 생각해 보면 오늘날의 문학청년들에게는 그때의 복쌍 같은 좋은 숨은 스승이 없다. 복쌍은 인환에게 모더니즘을 가르쳐 준 것이 아니라 예술가의 양심과 세상의 허위를 가르쳐 주었다. (중략) 인환은 그에게서 시를 얻지 않고 코스츔만 얻었다. 나는 그처럼 철저한 은자(隱者)가 되지 못한 점에서는 인환이나 마찬가지로 그의 부실한 제자에 불과하다.
나에게는 아직도 해결하지 못하고 있는, 그리고 앞으로도 좀처럼 해결

---

14) 김수영은 이렇게 고백하고 있다. "그 말을 듣고 프로이트를 읽어 보지도 않고 모더니스트들을 추종하기에 바빴던 나는 얼마나 오랫동안을 너의 그 말을 해석하려고 고민을 했는지 모른다. 그리고 그 후, 네가 죽기 얼마 전까지도 나는 너의 이런 종류의 수많은 식언(食言)의 피해에서 벗어나려고 너를 증오했다."(『전집 2』, p.64)

하지 못할 것 같은 세 가지 문제가 있다. 죽음과 가난과 매명(賣名)이다. (중략) 말리서사 시대에, 복쌍은 나한테도 이런 비유의 말을 했다―『이 속(속세)에서는 얄팍한 가면이라도 쓰고 다녀야 해. 그러니까 수영이두 옷 좀 깨끗하게(인환이처럼 데뷰를 하려면 맵시 있는 옷차림을 하라는 뜻) 입구 다니라구.』 그러나 복쌍은 인환이를 속이듯이 나까지도 속인 것이 분명하다. 그는 나한테는 가면을 쓰라고 하면서 내가 보기에는 그 가면을 자기는 오늘날까지 쓰지 않고 있기 때문이다. 국전심사위원의 명단 속에 박일영(朴一英)이라는 이름이 날 리가 만무하고, 어느 산업미술전에도 그의 이름은 나타나 있지 않고, 그 흔한 간판점 하나 그의 이름으로 날 성싶지 않은 그런 성인에 가까운 생활을 그가 하고 있는 것을 볼 때 (중략) 나는 인환의 만년처럼 비뚤은 길에 빠져 있는 게 아닌가 하는 반성이 들고, 지(知)와 행(行)이 일치하기가 어렵다는 것이 새삼스럽게 느껴지고, 17년 전과 비해서 아웃사이더의 생활이 얼마나 하기 힘들어졌는가가 새삼스럽게 통절히 느껴지고, 이상한 가슴의 동계(動悸)를 느끼게 된다.15)

인용이 길어졌지만 이 글에서 일단 우리는 김수영이 자신의 17년 전 생활에 대해 드러내는 은근한 자부심을 엿볼 수가 있다. 그것은 단지 박인환에 대한 상대적 우월감에 그치는 것이 아니다. 오히려 그는 그것을 자신의 스승격인 박일영으로부터 얻어내고 확인해냈다는 점에서 더욱 자부심을 갖고 있다. '나한테만은' 박인환이 기계적이라고 스승이 일러주었다는 대목은 그래서 쉽게 지나칠 부분이 아닌 것이다. 박일영이라는 존재는 김수영을 둘러싸고 또한 압도하고 있던 표준이자 잣대였다. 그리고 그 박일영이 가르쳐 준 것은 '예술가의 양심과 세상의 허위'였다. 이 점을 그에게서 얻지 못했다면 그것은 가짜요, 고작해야 '코스츔'만을 얻은 격이다.

아마도 이 '예술가의 양심과 세상의 허위'라는 말은 김수영이 박일영을 정리한 말일 것이다. 그러나 그것은 또한 그 자신을 정리하는 것이기도 했다. 적어도 17년 동안을 그는 이 명제로부터 벗어나 본 적이 없음을 우리는 위의 글로부터 넉넉히 읽어낼 수가 있다. 그것의 실천 여부는 오히려 별개의 문제이며, 중요한 것은 17년 후에도 이 명제 앞에 서노라면 '새

---

15) 『전집 2』, pp.72~74.

삼스럽게 통절히 느껴지고, 이상한 가슴의 동계(動悸)를 느끼게' 될 수밖에 없을 정도로 이 명제가 그의 내부를 규정짓고 있었다는 점에 있다.

김수영이 이렇듯 박일영의 지배권 하에서 벗어날 수 없었던 이유는 무엇보다도 이 명제의 가장 철저한 실천의 모범이 곧 박일영으로 비쳐졌다는 데에서 찾아야 할 것이다. 그것은 곧 '은자(隱者)'의 삶이며, 아웃사이더의 생활, 지(知)와 행(行)이 일치하는 실천의 모습이었다.

이쯤해서 우리는 문득 앞서 제시된 시의 표제가 <공자의 생활난>이었음을 떠올리게 된다. 박일영에 심리적 투사를 마친 김수영으로서 자신이 지향해야 할 삶은 지와 행의 실천자, 바로 공자의 삶이 아니었던가. 물론 이때 공자란 예술가의 양심을 지닌 채 세상의 허위를 꿰뚫어 보는 자, 그리고 그것을 실천하는 자를 의미하게 될 것이다.

그것을 흉내 내는 것은 곧 '코스츔'만을 걸친 자의 장난하는 포즈에 지나지 않는다. 세상의 허위를 놓고 장난처럼 여기는 행위, 실존적 고뇌를 기호화하는 척 하면서 정작 예술가의 양심이라는 한 쪽 기둥은 외면하는 것, 그것은 가짜일 수밖에 없다. 실존의식이 내면화 단계에 이르지 못할 때, 그러고서도 자신이 실존주의라는 의장에 철저하다고 여겨질 때, 오히려 창작행위는 자기반성이 곧잘 생략된 채의 자동화 단계에 도달하기 마련이다. 다시 말해 '줄넘기'도 처음에는 넘어지거나 걸리지 않기 위해 대단한 '작전'이 필요했던 것이지만 익숙해지고 나면 그저 하나의 '장난'에 지나지 않게 되기가 십상인 것이다. 이같이 '줄넘기'의 '작전'성이 몰각되고 하나의 '장난'으로 자동화되는 것, '국수'와 본질상 하나인 것을 바로 보지 못한 채 그저 '마카로니'의 그럴듯한 코스츔을 걸치고 안주하는 사이비 모더니티,16) 이 점을 박일영은 기계적이라고 비난했다. 더욱이 그들은 예술가의 양심보다는 돈 생각에 더 급급했다고 박일영은 빈정댔다. 그

---

16) 김수영의 다음과 같은 회고는 이 점을 매우 직접적으로 드러내는 것이라 할 수 있다. "내가 6 · 25 후에 포로수용소에 다녀나와서 너를 만나고, 네가 쓴 무슨 글인가에서 말이 되지 않은 무슨 낱말인가를 지적했을 때, 너는 선뜻 나에게 이런 말로 반격을 가했다 —『이건 네가 포로수용소 안에 있을 동안에 새로 생긴 말야.』 그리고 너는 눈 하나 깜짝하지 않았고, 물론 내가 일러 준대로 고치지를 않고 그대로 신문사인가 어디엔가로 갖고 갔다."(『전집 2』, p.64)

리고 그 박일영의 생각은 그대로 김수영의 생각이었다.[17]

그렇다면 '사물과 사물의 생리와 사물의 수량과 한도와 사물의 우매와 사물의 명석성'을 바로 보면 어디에 도달할 것인가. 그것을 바로 보면 왜 죽어야 하는 것일까. 이제까지의 논의를 바탕으로 한다면 아마도 정답은 허무밖에는 없을 듯하다. 세상의 허위를 바로 보는 것, 그것은 허무를 낳을 뿐이다. 박일영에게서 우리는 허무주의자의 냄새를 지울 수가 없다. 그 허무는 장난 정도에 그쳐야 하는 것이 아니라 필경 죽음을 요구하는 것이 아닐 수 없으며 적어도 세속적 삶은 죽어야 하는 것이 사물의 생리를 바로 본 예술가의 양심이어야 하는 것이다. 그렇지 못한 박일영처럼 아웃사이더로 살지도 못하고 은자의 경지도 구현하지 못하는 '너', 곧 '나'의 '동무'들은 사물의 생리조차 바로 보지 못한 가짜들이다. 따라서 '바로 보기'란 기실 바로 보는 태도의 문제뿐만이 아니라 바로 본 결과까지도 강조됨에 그 의미가 놓이는 것이다. 그것은 죽음이었다. 사물의 생리를 바로 보면 그때 죽어도 좋다는 '조문도석사가의'의 의미만이 아니라, 공자는 하나의 패러디일 뿐, 사물의 생리를 바로 보면 남은 일이라고는 죽음뿐인 것이다. 이 시의 마지막 행이 의지형으로 끝나고 있음은 그래서 결코 우연의 소산이 아니다. 이 죽음이라는 문제가 그를 또 얼마나 지배하였는가 하는 것은 그의 시집과 산문집 전반을 훑어보는 것만으로도 충분할 터이다.

그러므로 여기까지의 김수영에게서 이 '바로 보기'가 부조리한 사회현실에 대한 인식을 의미하는 것이었으리라고 기대하는 것, 바꿔 말해 김수영 신화가 요구해 온 독법은 극히 그릇된 것이었음이 증명되었다 하겠다. 이 '바로 보기'가 넓은 의미에서 현실인식을 의미한다는 것, 그리고 그것은 모든 예술가의 양심에서 비롯되는 것이라는 점에서는 전혀 이의가 있

---

17) 이런 점에서 김수영의 당대 모더니즘 운동에서의 위상은 보다 섬세해질 필요가 있다. 그는 모더니즘에 동행코자 노력하면서 한편으로는 그에 대한 은밀한 혐오를 드러내고 있기 때문이다. 김주연은 이렇게 지적하고 있다. "김수영이 날카롭게 지적했듯이 국수를 마카로니라고 부르는 식의 교양주의는 50년대 시단의 한 특색이라고 보아도 무방한데, 이 시인은 이 같은 교양주의적 경향을 가장 많이 띠던 이른바 모더니즘에 가담하고 있으면서도 그로부터의 은밀한 탈출의 마음을 지녔던 것이 아닌가 여겨진다."(김주연, 앞의 글, p.263)

을 수 없다. 하지만 유독 이 사항이 김수영에게서만 증폭될 이유는 발견되지 않는다. 이러한 사정은 한 시인을 둘러싼 사회를 대단히 추상적이고 무차별하게 적용시키는 데에서 연유하는 것이며 아울러 전체로부터 부분을, 즉 그의 후기시로부터 전기시를 추단하는 결과인 것이다. 적어도 여기까지의 김수영에게 있어 보다 직접적인 영향을 끼치고 있는 존재는 이제껏 논의되어 온 「마리서사」의 존재일 뿐이다. 그들에 대한 '바로 보기'의 선언일 따름이며, <공자의 생활난>은 오직 그 틀 안에서만 존재하고 의의를 지니는 것으로 이해될 수 있는 것이다.

물론 이 또한 하나의 비약이라든가, 혹은 작품 해석의 폭을 또 다시 제한하는 것이 아니겠는가는 견해도 성립될 수 있겠다. 아울러 본인 스스로가 처녀작 계열에서 제외시키고자 했던 작품을 놓고 너무 긴 논의를 했는지도 모른다. 필자 역시 이 처녀작에 원점회귀형의 의의까지 부여하고 싶지는 않다. 다만 심리학적 설명을 빌면, 작품이란 작가의 심리적 외상(外傷)과 깊은 관련이 있다는 것, 그 정신적 외상을 치유하고 스스로의 고통을 해소키 위한 방편으로 창작행위가 존재한다는 점에 유의하고자 했을 따름이며 그러므로 이 작품 자체의 해명보다는 이 작품을 통해 그의 내면을 바라다보는 것이 주된 관심사였을 뿐이다.

한 작품을 지극히 사적(私的)인 방식으로 읽는 것, 다시 말해 이 작품이 지극히 사적인 방식으로 쓰였다는 가정에서 출발한 논의는 결국 김수영이 이 작품을 지워버리고 싶어 했다면 그만큼 이 작품이 어떤 정신적 외상과 관련이 깊음을 드러낼 뿐이라는 결론에 도달케 한다. 그 외상은 박인환에 대한 강박관념일 수도 있으며 박일영으로 대표되는 허무주의일 수도 있을 것이다. 그리고 그 외상들의 속성은 무엇보다도 그가 살아왔던 시대와 환경으로부터 부여받은 점이 클 수밖에 없을 것이다. 이중 사상에 값하며 지속적으로 창작에 관여할 수 있는 것은 박인환보다는 박일영에 대한 콤플렉스일 것으로 보인다. 그렇다면 이제 해야 할 일은 이 허무주의에 대한 해석을 묻는 일, 그것이 김수영에게 있어 얼마나 내면화의 단계를 거쳤느냐 하는 점, 또한 그것이 어떻게 시적 변용을 거쳤는지, 그리고 후기시와는 어떤 관련을 맺는지에 관한 일이 될 것이다.

3. 허무주의와 예술가의 삶

허무주의란 말은, 가치와 의미를 지닌 것은 아무것도 없다고 여기는 정신 상태를 가리킨다. 그러한 상태를 형성하는 가장 뚜렷한 원인은, 어쩌면 개인적인 비애나 우울한 성격에 있다고 여겨질 수도 있지만, 그러나 만일 그렇다면 허무주의란 말은 구태여 쓰일 필요도 없을 것이다. 허무주의란 말이 사용될 수 있는 것은 그것이 보다 특수한 사회적·지적 요소와 연관되고 있기 때문이다. 허무주의는 결코 자연발생적인 개인적 불만의 표현이 아니다. 허무주의는 적어도 어느 정도까지는 다른 사람으로부터 배운 개인적 불만의 표현이기도 한 것이다. 다시 말하면 허무주의는 문화의 한 요소이며 제도적 속성을 갖는 것이다.[18]

사실 허무감이라는 것은 누구나 일상의 생활 속에서 가끔씩은 만나게 되는 친숙한 것이기도 하며 특히 문학청년 시절이라면 한 번씩은 심각하게 겪는 것이기도 하다. 그러나 그것이 하나의 세계관으로 자리 잡게 된다면 허무주의는 단순히 비난되거나 거부되어야만 할 것은 아니다. 인간이 사회 내에서 평안하다고 느끼고 있는 한, 그들은 지배적인 규범을 따르며 존재와 행복에 대한 사회적 개념에 동의한다. 그러나 사회적 다양성과 가변성이 많은 사회에 있어서는 많은 사람들이 그들의 사회적 환경을 바꿀 기회를 가지게 되며, 그때 그를 둘러싼 각양의 준거집단들이 개인의 편에 서서 경쟁을 벌리게 된다. 이제 그에게는 행동이 요구된다. 하지만 그에겐 분명히 그려진 사회의 모델이 없다. 그의 사상 속에 존재하는 다양한 문화 양식은 어슴푸레한 안개 속에 휩싸이고 그는 결국 모든 행동을 실존적 결단에 맡기게 된다.[19] 이때 김수영의 실존적 자각 역시 당대의 시대적 영향에 힘입은 것이기도 하겠지만 실존주의를 허무주의의 형태로 받아들였다는 점에서 그의 구체적 준거집단, 즉 그의 스승 박일영으로부터 배운 것임을 우리는 이미 보아왔다.

---

18) 고드스블롬(천형균 역), 『니힐리즘과 문화』, 문학과지성사, 1988, p.11.
19) 앞의 책, pp.140~141.

그러나 그렇다고 해서 김수영의 시에서 허무하다든가, 모든 게 그저 그렇다는 진술을 발견하려는 사람들은 곧 실패를 겪고 말 것이다. 그의 허무주의는 시 속에서 내면화의 단계를 거쳐 드러날 뿐이기 때문이다. 그에게는 어느 정도의 내면이 성립되어 있었다. 아마도 그 내면은 동경 유학을 비롯한 일제 말기의 교육과, 한때 휴학을 할 정도의 병약한 신체조건, 만주 체험 및 해방공간의 혼란, 그리고 서구문학에의 노출이 뒤엉켜진 모습이었을 것이다. 그에게 해방은 허무이었을 가능성이 크다. 해방은 동경 유학을 무효화시켰으며 학병을 피해 달아난 만주로부터 서울로의 귀환 역시 뿌리 뽑힌 자의 상실감을 더해 주게 되었을 뿐인 것이다. 이 모든 삶의 역정이 일본 탓인지 일본의 패전 탓인지 그런 걸 따지는 것마저 무의미할 따름이었을지 모른다. 연희전문 영문과 4년에 편입해 놓고서도 졸업을 하지 않은 것이 단지 그의 가정 형편 탓만은 아니었을 거라고 우리는 추측해 볼 수 있다. 아울러 허무주의라는 말의 근본 개념이 일종의 결핍 증세, 즉 여전히 무엇인가 상실되어가고 있다는 사실에 그 지배적 관심을 두는 태도로 비교적 명확히 설명되듯이, 이 당시의 김수영으로서도 그러한 범주에서 거의 벗어나기는 어려웠던 정신 상태였으리라는 추정 또한 큰 무리는 없을 것이다.

이때 그는 박일영을 만났다. 이제 혼란스러웠던 그 내면은 비로소 자아의 주체적 확인으로서의 의미를 지니게 되었으며 그 실존적 자각은 예술가의 양심을 전제로 하게 되고 그 전제는 세상의 허위와 기만을 스스로에게 폭로시키고 말았던 것이다. 적어도 그 모든 것이 김수영 자신에게 있어서는 코스츔일 수가 없다고 그는 스스로 확신했을 것이다. 박일영을 통하여 전위의 본질이 허무주의임을 간파한 그로서, 자신은 이미 허무를 맛보았기에 가짜일 수 없었으며 예술가의 양심은 다른 모든 것을 지불하고도 남음이 있는 하나의 자부심이었던 것이다. 이제 세상의 허무는 자신만을 괴롭히는 낯선 이방인이 아니라 자부심을 갖고 바라볼 수 있는 예술가의 대상으로 전치될 수 있었다.

허무주의란 자칫 잘못하면 권태와 체념을 낳고, 도처에 편재해 있는 무의미성으로부터 벗어날 수 있는 방도를 찾지 못하게 하며, 만성적인 환멸의 상태를 촉진시키게 될 뿐이다.[20] 그러나 김수영에게 있어 세상의 허무가 예술가의 대상으로 자리 잡게 된 이상, 이로부터 그의 허무주의는 진리에의 욕구가 변형된 형태를 띠게 된다.[21] 이른바 인문주의의 이상은 부르주아의 생활 양식을 초월하여 보편적인 인간의 가치를 표현하고 고귀한 정신 영역에 이르는데 그 목적이 있거니와, 이 목적을 달성하기 위해서는 범인(凡人)들의 의견과 야망으로부터 자신을 분리시켜야 하듯이, 그가 지향한 아웃사이더의 삶이란 바로 진리를 위해 생활이 비켜서야 하는 모습이었던 것이다. 박일영에게서 보았듯 속물 근성의 거부로 나타나는 이 같은 허무주의의 보편적 양태, 그것은 곧 허무주의의 문제가 사상과 행동과 감정의 한 구성 요소임을 보여주는 것이다. 문자 그대로의 순수한 허무주의, 곧 모든 가치의 평가절하는 받아들일 수도 없고 존재할 수도 없는 것이며, 그러기에 허무주의는 새로운 가치와 진리에의 절실한 욕구가 변형된 모습일 뿐인 바, 그럴 때만이 허무주의는 지성사(知性史)의 영역으로 편입될 수가 있는 것이다.

> 나는 너무나 많은 첨단(尖端)의 노래만을 불러왔다
> 나는 정지(停止)의 미(美)에 너무나 등한(等閑)하였다
> 나무여 영혼(靈魂)이여
> 가벼운 참새같이 나는 잠시 너의
> 흉하지 않은 가지 위에 피곤한 몸을 앉힌다
> 성장(成長)은 소크라테스 이후의 모든 현인(賢人)들이 하여온 일
> 정리(整理)는
> 전란(戰亂)에 시달린 이십세기(二十世紀) 시인(詩人)들이 하여놓은 일
> 그래도 나무는 자라고 있다 영혼(靈魂)은
> 그리고 교훈(敎訓)은 명령(命令)은
> 나는
> 아직도 명령(命令)의 과잉(過剩)을 용서할 수 없는 시대(時代)이지만
> 이 시대(時代)는 아직도 명령(命令)의 과잉(過剩)을 요구하는 밤이다

---

20) 디디에 레이몽, 「쇼펜하우어, 권태의 철학자」, 『문학과 비평(특집 : 니힐리즘)』, 1991 여름호 참조.
21) 고드스블롬, 앞의 책, 2장 참조 바람.

나는 그러한 밤에는 부엉이의 노래를 부를 줄도 안다

지지한 노래를
더러운 노래를 생기(生氣) 없는 노래를
아아 하나의 명령을

● ● ● 김수영, 〈서시(序詩)〉

지성사의 용어를 빈다면 진리에의 명령은 소크라테스 이후 철학계를
지배하는 하나의 단위 관념(unit idea)에 해당된다. '진리에의 명령', 소크라
테스가 처음으로 간결하게 형식화한 이 욕구에 한없이 매달리는 것은, 그
러나 판단의 중지 또는 모든 확신에 대한 부정으로 이르게 할 수도 있는
것이다. 인간은 어떻게 행동할 것인가를 이해하기 위해서 진리를 알아야
하지만 진리는 스스로를 드러내지도 않으며 알 수도 없다는 것, 허무주의
라는 문제의 근저에는 바로 이러한 딜레마가 놓여 있는 것이다.22)

'첨단'에는 무엇인가가 있는 것처럼, '첨단'이 진리인 것처럼 종일 지저
귀던 '참새'가 '피곤'을 느끼고 '정지의 미'에 거하는 것, 그것은 곧 판단
중지를 의미하는 것일 수밖에 없다. 중요한 것은, 그런데도 진리에의 '명
령'은 계속해서 지나칠 정도로 들리고, 사실 '나'도 '참새'의 노래만이 아
니라 '부엉이의 노래를 부를 줄도 안다'는 것, 이때 '부엉이'는 헤겔적 이
성의 세계인 미네르바의 올빼미를 연상케 하거니와, 보다 중요한 것은
'부를 줄도' 알지만 그것은 지지하고 더럽고 생기 없는 노래에 지나지 않
기에 부르고 싶지 않다는 것이며, 요컨대 이 '시대'가 진리와 이성의 '명
령'을, 그것도 '과잉'하게 요구할 수 있느냐는 강력한 회의론의 반영인 것
이다. 따라서 김우창의 다음과 같은 지적은 본질을 꿰뚫은 것이라 하겠다.

김수영에 있어서 시인의 양심은 사실과 감정의 정합(整合)을 기하는, 말
하자면 데카르트의 비판적 회의의 기능을 수행한다고 할 수 있다. 이때 시
인의 양심의 근거가 되는 것은 무엇인가? (중략) 어떤 사람은 양심의 자기

---

22) 앞의 책, 같은 곳.

기만성을 우려하는 수도 있겠지만 김수영에 있어서 예술가적 양심이 어떤
적극적인 원리, 따라서 어떤 초월적인 독단의 원리, 따라서 폭력적인 원리
가 아니라 주로 소크라테스의 다이몬이나 마찬가지로 금지의 원리, 부정의
원리라는 점은 이런 우려를 감소시켜 줄 것이다. 그는 어떤 원리를 부과하
려는 것이 아니라 정당화되지 않는 질서에 봉사하기를 거부하려는 것이
다.[23]

이른바 진리에의 명령은 문화의 긴장으로부터 일어나며 문화의 긴장은
진리에의 욕구로 하여금 이중적 가치, 즉 개인주의와 보편주의를 지니도
록 요구한다. 다시 말해 진리에의 욕구가 지니는 이중성은 문화의 발전
과정에 내재하는 경향과 일치하는 것이다. 전통사회의 유대가 무너지고
사회 접촉의 범위가 확대되어 감에 따라 생활에서 차지하는 개인의 독창
성도 그만큼 중요해진다는 것, 그와 동시에 집단의 제한된 도덕적 지침에
만 의존할 수 없기 때문에 개인은 타인과의 접촉에 적용되는 보편타당성
을 지닌 규범 체계를 요구하게 된다는 것, 이러한 개인주의와 보편주의의
경향을 반영하고 촉진시키는 것이 곧 진리에의 욕구인 것이다. 그러나 전
위적인 형태의 욕구는 극단적인 경향을 유발시키게 마련이며 그 결과 곧
잘 회의론과 허무에 빠져들게 되는 것이다.
　김수영에 관한 한, 여기서 우리는 다음과 같은 점을 지적해 두고 넘어
가기로 하자. 그것은 그의 허무주의가 단순히 개인적 체질에만 의존하는
성격은 아니라는 점, 위의 전제를 받아들일 경우 그의 허무주의에는 그가
살던 시대에 대한 지적인 태도가 내재해 있었다는 점, 따라서 그것이 어
떤 방향으로 튀어나갈지 하는 것 역시 시대의 발전 방향에 민감하게 연결
되는 문제라는 점 등이 그것이다.
　그러나 아직도 김수영의 내면이 그리 단단하지는 못했던 듯싶다. 그는
이 허무주의를 지성의 원동력으로도 삼지 못했고 그렇다고 박일영처럼 철
저한 아웃사이더로 일관하지도 못했던 것이다. 진리를 추구하는 것은 위
험한 일이기 때문이다. 가장 본질적인 지적 행동에는 어떤 불길한 면이

---

23) 김우창, 「예술가의 양심과 자유」, 『전집 3』, pp.193~194.

있다. 그것은 안일한 삶의 종말을 알리는 신호이며 침묵해야 하는 순간까지도 포함한다. 이런 의미에서 모든 회의론은 삶에의 한 모험이다. 결국 폐쇄되고 고립되는 인텔리겐챠로서의 은자 혹은 아웃사이더의 삶을 김수영은 감당하기가 어려웠던 것이다. 그 이유는 아마도 그의 앞에 일찍부터 놓여 있었던 생활의 문제, 더 정확히는 생계의 문제에서 찾아져야 할 것이다. 김수영은 그 문제를 도무지 외면할 수가 없었다. 그에게 생활이 부끄러움이어야 했던 이유가 바로 거기에 있는 것이다.

> 『내달부터 신문사 일을 보게 되었읍니다.』
> 구두끈을 매면서 나는 어머니한테 이렇게 이야기할 수밖에 없었다. 이것은 밤낮 나의 약한 성격이 시키는 일로서, 언제나 상대편에게 지고 들어가는 치욕의 언사라는 것을 의식하고 있기 때문에 그렇게 기분이 좋은 감을 주지 않는 것이었다마는 내가 이렇게 하는 말에 어머니는 『무엇으로 들어가니?』하고 선뜻 물어본다. 이러한 물어봄도 필요 없는 일이거니 느끼면서, 나의 증오감은 이중으로 되고, 그래도 나는 여전히 대답을 한다.
> 『번역도 하구, 머어 별것 다아 하지요, 내가 못하는 일이 있나요!』
> 참패의 극치다. 인제는 완전히 내 자신을 버리고 들어가는 것이라 알면서 어머니의 다음 말이 나올 것을 기다린다.[24]

이 인용문에서 김수영이 드러내고 있는 혐오감의 내용은 본질적으로는 가부장제를 향한 것이라 말할 수 있다. 그리고 그것은 그가 소속된 서울 중산층의 계층 의식, 쁘띠 부르주아의 의식과 밀접한 연관을 갖는 것이기도 하다. 가족에서 벗어나지 못하는 한, 아웃사이더는커녕 섣부른 회의론조차 배부른 이야깃거리밖에 되질 못한다. 진리에의 욕구 입장에서 보면 생계란 혐오의 대상일 수밖에 없고 가부장으로서의 입장에서 보면 진리란 얼마나 힘이 없는 것인지 모른다. 강릉 누이와 매부의 부(富)가 뿜어내는 힘에 그가 충격을 느껴야만 했던[25] 이유도 그의 계층 의식과 떨어져 생각할 수는 없는 노릇이다. 이쯤 되면 다소간의 타협은 피하기가 어려워진다.

---

24) 『전집 2』, pp.321~322.
25) 『전집 2』, p.82.

아마도 그는 직업을 가지긴 가지되 글쓰기라는 자유 직업을 택함으로써 어느 정도의 자긍심을 유지할 수 있다고 여겼는지도 모른다. 그가 늘 값싼 원고료를 타박하고 양계장의 곤란한 실정을 늘어놓는 것 또한 한편으로는 중산층의 의식을 드러내는 것이라 읽을 수도 있겠지만 다른 한편으로는 그의 절묘한 균형 감각을 유지하는 하나의 방식이었다고 우리는 말해도 좋을 것이다.

그러나 여기서 절묘하다 함은 동시에 위태롭다는 의미를 내포하는 것이기도 하다. 이러한 딜레마를 타개하기 위해서, 게다가 예술가의 양심을 전제하는 한에서, 채택될 수 있는 방법론은 결국 자서전적이랄까, 사소설적이랄까, 아무튼 고백체의 일종을 동원하는 것 외에는 달리 있을 수가 없었으리라 판단된다. 그의 시와 산문에서 이 점만은 다를 수가 없었다.

도회(都會)안에서 쫓겨 다니는 듯이 사는
나의 일이며
어느 소설(小說)보다도 신기로운 나의 생활이며
모두 다 내던지고
점잖이 앉은 나의 나이와 나이가 준 나의 무게를 생각하면서
정말 속임 없는 눈으로
지금 팽이가 도는 것을 본다
그러면 팽이가 까맣게 변하여 서서 있는 것이다
누구 집을 가보아도 나 사는 곳보다 여유(餘裕)가 있고
바쁘지도 않으니
마치 별세계(別世界) 같이 보인다
팽이가 돈다
팽이가 돈다
팽이 밑바닥에 끈을 돌려 매이니 이상하고
손가락 사이에 끈을 한끝 잡고 방바닥에 내어던지니
소리 없이 회색빛으로 도는 것이
오래 보지 못한 달나라의 장난 같다
팽이가 돈다
팽이가 울리면서 나를 울린다
제트기(機) 벽화(壁畵) 밑의 나보다 더 뚱뚱한 주인 앞에서

　　나는 결코 울어야 할 사람은 아니며
　　영원히 나 자신을 고쳐가야 할 운명(運命)과 사명(使命)에 놓여있는 이
　밤에
　　나는 한사코 방심(放心)조차 하여서는 아니 될 터인데
　　팽이는 나를 비웃는 듯이 돌고 있다
　　비행기 프로펠러보다는 팽이가 기억이 멀고
　　강한 것보다는 약한 것이 더 많은 나이 착한 마음이기에
　　팽이는 지금 수천 년 전(數千年前)의 성인(聖人)과 같이
　　내 앞에서 돈다

● ● ● 김수영, 〈달나라의 장난〉 일부

　허무주의에 대한 가장 적절한 표현이 자서전적인 형태를 취하고 있다
는 것은 주목할 만한 사실이 아닐 수 없다. 도스토예프스키의 『지하생활
자의 수기』나 사르트르의 『구토』가 그것이다. 그것은 그들이 자신의 개성,
인격, 또는 내면의 한 특성을 살피기 위해서 취해진 형태이며, 허무주의적
인식에 대한 스스로의 사념을 정리할 수 있도록 허무주의자로서의 '제2의
자아(alter ego)'에 명확한 형태를 부여하기 위한 의도에서 나온 것이다. 이
러한 작가들은 허무주의라는 문제에 둘러싸여 있었으면서도, 그것에만 사
로잡혀 있지는 않았다. 입증하려고 말하려는 욕망이, 허무감 때문에 나타
나는 나태를 압도하기 때문이다.[26]

　그리고 보면 이러한 예를 그리 멀리서 구할 것도 없다. 이상(李箱)이 바
로 그런 경우이다. 이상의 고백체는, 그가 유독 무슨 고백할 거리가 있어
서가 아니라, 내면의 확립이 그로 하여금 고백하도록 강요한 것이다. 그러
기에 그의 고백 자체는 별다른 의미가 없고 고백하는 행위 자체가 소중한
의미를 갖는다.[27]

　김수영도 이에서 크게 다를 바가 없다. 그렇다면 이 시에서 김수영이
고백하고 있는 바가 무엇인지 역시 그다지 중요하지 않다. 우리의 관심은
그의 행위에 있기 때문이다. 설령 〈공자의 생활난〉을 이 작품에 연계하

---

26) 고드스블롬, 앞의 책, pp.274~275.
27) 김윤식, 『이상 연구』, 문학사상사, 1987, p.327.

여, '장난'과 '작전'을 여유와 궁핍으로, '마카로니'와 '국수'를 '비행기 프로펠러'와 '팽이'로 해석한댔자 필자로서는 앞서의 생각을 수정할 용의가 없다. 그것은 기껏해야 박인환이라는 구체적 인물을 일상인의 범주로 확대하는 지극히 온당한 해석법이므로 한갓 부연에 지나지 않으며, 더욱이 박인환을 속물로 기왕에 전제하고 쓰인 바에야 더 다른 얘기가 있을 리 없기 때문이다.

변한 것은 그의 진리에의 욕구가 타협의 몸짓을 보이고 있다는 점에 있다. 더 정확히 말해서는 '달나라 장난'같은 '팽이'의 모습에서 설움을 자제하며 '나보다 더 뚱뚱한 주인' 앞에서 '방심조차' 하지 않으려고 해도 이미 자신의 삶이 '팽이'의 모습을 닮아갔다는 자각, 마치 작전과도 같이 어려웠던 그 '팽이'의 중심잡기가 장난으로 변하듯 '팽이'의 기억이 멀어져 갔다는 자아의 확인이야말로 그가 이 작품을 만드는 행위 속에서 스스로에게 드러내고자 했던 참의미인 것이다. 그러므로 이러한 반성적 행위로서의 글쓰기는 그 행위 자체가 의미를 지니는 것이며, 그 행위로 인하여 세상 사람들에 대한 그 나마의 우월감, 즉 고민 없는 속물은 아니라는 자긍심이 유지될 수 있는 것인 바, 이것이 아니라면 균형 감각이란 무너짐을 피할 수 없었을 것이다. 이 같은 글쓰기 방식의 의의를 놓치고 섣불리 그의 시에서 소재의 다양성을 운위한다든가, 일상성의 확대를 강조한다든가, 그저 정직이라는 다분히 윤리적인 용어로 규정지어 본다든가 하는 것은 별 의미가 없다. 그의 내면 풍경은 오로지 예술가적 세계, 즉 예술가로서의 초상을 어떻게 그려 가느냐 하는 것에 한정되어 있었음에 우리는 유의할 필요가 있다.

4. 사소설적 태도와 포즈의 시학

그의 사소설적 태도가 어떻게 균형 감각을 유지해갔는지, 다음의 작품들을 통해 좀 더 살펴보도록 하자.

Ⓐ

그렇지만 / 구차한 나의 머리에 / 성(聖)스러운 향수(鄕愁)와 우주(宇宙)의
위대감(偉大感)을 / 담아주는 삽시간의 자극(刺戟)을 / 나의 가족(家族)들의 기
미 많은 얼굴에 / 비(比)하여 보아서는 아니 될 것이다

제각각 자기 생각에 빠져있으면서 / 그래도 조금이나 부자연(不自然)한
곳이 없는 / 이 가족(家族)의 조화(調和)와 통일(統一)을 / 나는 무엇이라고 불
러야 할 것이냐

차라리 위대(偉大)한 것을 바라지 말았으면 / 유순(柔順)한 가족(家族)들이
모여서 / 죄(罪)없는 말을 주고받는 / 좁아도 좋고 넓어도 좋은 방(房)안에서 /
나의 위대(偉大)의 소재(所在)를 생각하고 더듬어보고 짚어보지 않았으면

거칠기 짝이 없는 우리 집안의 / 한없이 순하고 아득한 바람과 물결……
/ 이것이 사랑이냐 / 낡아도 좋은 것은 사랑뿐이냐

• • • 김수영, 〈나의 가족(家族)〉 일부

Ⓑ

뮤우즈여 / 용서하라 / 생활을 하여 나가기 위하여는 / 요만한 경박성(輕薄
性)이 필요(必要)하단다 / 시간(時間)의 표면(表面)에 / 물방울을 풍기어가며 /
오늘을 울지 않으려고 / 너를 잊고 살아야 하는 까닭에 / 로날드 골맨의 신
작품(新作品)을 / 눈여겨 살펴보며 / 피우기 싫은 담배를 피워 본다 (중략)

그러나 사람들이 웃을까 보아 / 나는 적당히 넥타이를 고쳐 매고 앉아있
다 / 뮤우즈여 / 너는 어제까지의 나의 세력(勢力) / 오늘은 나의 지평선(地平
線)이 바뀌어졌다 (중략)

사과와 수첩(手帖)과 담배와 같이 / 인간(人間)들이 걸어간다 / 뮤우즈여 /
앞장을 서지 마라 / 그리고 너의 노래의 음계(音階)를 조금만 / 낮추어라 / 오
늘의 우울(憂鬱)을 위하여 / 오늘의 경박(輕薄)을 위하여

• • • 김수영, 〈바뀌어진 지평선(地平線)〉 일부

ⓒ

만약에 나라는 사람을 유심히 들여다본다고 하자 / 그러면 나는 내가 시
(詩)와는 반역(反逆)된 생활을 하고 있다는 것을 알 것이다

먼 산정(山頂)에 서있는 마음으로 / 나의 자식과 나의 아내와 / 그 주위에
놓인 잡스러운 물건들을 본다

그리고 / 나는 이미 정하여진 물체만을 보기로 결심하고 있는데 / 만약에
또 어느 나의 친구가 와서 나의 꿈을 깨워 주고 / 나의 그릇됨을 꾸짖어 주
어도 좋다 (중략)

방 두 간과 마루 한 간과 말쑥한 부엌과 애처로운 처(妻)를 거느리고 / 외
양만이라도 남과 같이 살아간다는 것이 이다지도 쑥스러울 수가 있을까
(중략)

나는 지금 산정에 있다…… / 시를 반역한 죄로 / 이 메마른 산정에서 오
랫동안 / 꿈도 없이 바라보아야 할 구름 / 그리고 그 구름의 파수병인 나

● ● ● 김수영, 〈구름의 파수병〉 일부

ⓓ

시장(市場) 거리의 먼지 나는 길 옆의 / 좌판 위에 쌓인 호콩 마마콩 멍석
의 / 호콩마마콩이 어쩌면 저렇게 많은지 / 나는 저절로 웃음이 터져 나왔다

모든 것을 제압(制壓)하는 생활(生活) 속의 / 애정(愛情)처럼 / 솟아오른 놈

(유년(幼年)의 기적(奇蹟)을 잃어버리고 / 얼마나 많은 세월(歲月)이 흘러갔
나)

여편네와 아들놈을 데리고 / 낙오자(落伍者)처럼 걸어가면서 / 나는 자꾸
허허 웃는다

무위(無爲)와 생활(生活)의 극점(極點)을 돌아서 / 나는 또 하나의 생활(生
活)의 좁은 골목 속으로 / 들어서면서 / 이 골목이라고 생각하고 무릎을 친다

생활(生活)은 고절(孤絶)이며 / 비애(悲哀)이었다 / 그처럼 나는 조용히 미쳐 간다 / 조용히 조용히……

• • • 김수영, 〈생활(生活)〉

(A)에서 김수영은 '위대'한 것과 '가족'을 서로 모순되고 화해할 수 없는 관계로 파악하고 있다. 한마디로 '가족'은 위대한 것이 못 된다는 인식이다. 그리고 이때 '위대'하다는 것이 진리의 세계, 박일영다운 세계임은 더 말할 것도 없다. 그 세계는 본래적 속성상, '가족들의 기미 많은 얼굴'에 견줄 것도 아닌 '성스러운' 것이다. 그래서 표층적으로는 '성(聖)과 속(俗)', '미(美)와 추(醜)'의 대립 구도가 성립된다. 그런데 '가족의 얼굴'이 아니라 굳이 '가족의 기미 많은 얼굴'이라는 표현을 사용한 것, 그것은 추함보다는 동정심과 연민을 유발하는 쪽으로 작용하도록 의도된 계산이기가 쉽다. 그가 단지 그 성스러운 세계와 가족을 비교하지 않겠다는 의지의 표명보다는 '비하여 보아서는 아니 될 것'이라는 당위의 제시로 연을 맺고 있는 것은 이미 '그럼에도 불구하고'의 전개를 상정하고 있는 것이라 할 수 있다. 말하자면, 가족이란 속되고 추하지만 '그럼에도 불구하고' 적어도 자신에게는 성스러운 세계와 함께 비교될 수 있고 선택될 수 있는 하나의 세계라는 의미가 행간에 내재해 있는 것이다.

심층 구조에 내재해 있는 이러한 설명을 교묘히 생략시킨 채, 그는 이 가족이 나름대로 '조화와 통일'을 갖춘 하나의 세계로서의 모습에 갑자기 유념한 듯, 이것을 '무엇이라고 불러야 할 것이냐'고 낭황해 한다. 그러나 사실 그 대답이야말로 그 자신이 가장 잘 알고 있듯, '세계'라고 불러야 함이 지당한 것이었다. 하지만 아직 그의 내면에서는 가족을 진리의 세계와 동등하게 취급하며 떳떳이 하나의 세계로 인정할 만한 준비가 되어있지는 않은 듯하다. 선뜻 인정할 수 없는 그 머뭇거림은, 그리하여 '차라리'라는 말로 표상되어 나타나게 되며 그것은 곧 이제껏 그가 추구해 온 세계의 포기에 대한 아쉬움을 견지하는 자세이기도 한 것이다. '차라리 위대한 것을 바라지 말았으면' 이러한 갈등도 없었을 것을, 그 '낡아도 좋은' 가족에 대한 '사랑'이 이념의 위대성을 힘없게 만들고 있다는 것, 이 시는 그러한 인식의 합리화보다는 그러한 선택이 강요되는 현실에 대한 자탄을 드러내는 것이라 할 수 있다.

이러한 포즈는 (B)에 이르러 제법 당당한 목소리를 내려 한다. '뮤우즈'에게 일방적인 용서를 구하며 그 이유를 '경박성'에서 찾는다. '로날드 골맨의 신작품'을 번역하는 것은 '너(뮤즈)'를 잊고 살아야 하는 것을 전제로 하기 때문이다. 그리하여 뮤즈에게 '음계'를 '조금만' 낮추어 달라고 부탁한다. 그를 따라 이 세상을 살기엔 그 음이 너무 높다는 뜻이다. 이 경우에도 물론 생활은 경박한 것이고 뮤즈는 진지하다는 것이 된다. 이것은 '뮤우즈'가 삶의 제반 조건과 형식으로부터 독립된 존재, 무관한 존재, 심지어는 멀어질수록 좋은 존재임을 드러내는 것이다. 여기에는 물론 상황을 극단적으로 몰고 가려는 경향이 바닥에 깔려 있다. 즉, 본래 그가 추구했던 모더니즘이 반드시 이러한 '뮤우즈'를 요구하는 것이 아니었음에도 불구하고 이상을 극단적으로 상정하는 경향, 이와는 반대로 자신의 생활을 극단적으로 범속화하는 경향 등이 그것이다. 이러한 경향은 바로 예의 '예술가적 양심과 세상의 허위'론, 또는 '지와 행의 합일'론에서 비롯되는 것일 테지만, 무릇 시적 이상이란 것이 시 속에서의 성취를 전제한다고 할 때, 이러한 삶과 문학의 미분화 의식은 자칫 잘못하면 또 하나의 허위의식에 빠져들기가 쉬울 것이다.

그러나 우리가 보다 더 주목해야 할 것은 이 같은 극단적 경향을 작품 내에 대비시키는 그의 의도에 있다. 사실 번역 행위조차 '뮤우즈'를 훼손하는 것이라는 인식은 지나친 자학에 가깝다. 이것은 곧 그의 이상과 현실로 하여금 화해할 수 없는 지경으로 몰고 감으로써 결국 하나의 선택, 실존적 결단이 불가피함을 역설코자 하는 장치로 보아야 할 것이다. 그 결과 그는 '뮤우즈'가 '어제까지의 세력'이었고 이제는 기대의 '지평'이 바뀌었다고 선언까지 한다. 또한 그는 자신의 이 같은 자학이 '사람들이 웃을까 보아' 염려하는 결벽성에 기인하는 것으로 드러내면서, 이제 그는 '적당히 넥타이를 고쳐' 맬 줄도 알게 되었다고 고백한다. 이것은 예전에 박일영이 시니컬하게 권유했던 '가면'의 포즈일지도 모른다. 그렇다고 이 시를 시인의 자기합리화로 읽는 것은 이번 경우에도 역시 잘못이다. 그가 말하고자 한 것은 이러한 지경으로 몰고 가는 '오늘의 우울'과 '오늘의 경박'에 있기 때문이다.

그럼에도 불구하고 이 시가 드러내 보이는 내적 파탄은 자신의 진정한 내면 고백에 실패해 있기 때문이거나 혹은 진정한 내면 자체가 성립되어 있지 못한 때문일 것이다. 종종 그의 고백은 시니시즘을 벗어나지 못하는 경우가 있다. 또한 제 아무리 정직하더라도 그 정직의 내용이 진정한 노동과 생활의 의미를 상실하고 구체와 추상의 질적 변화를 수반하지 않았을 때 감동은 증발되고 만다. 단순한 이분법, 그것도 비교적 선명히 구분되는 선악의 대립 구도는 비애를 드러내는 데에 알맞을 뿐, 그것을 극복할 수 있는 사유는 곧잘 중단되었던 것이다. 이렇게 되면 그의 시도 장난이 되기 쉽다.

이러한 시의 단순 상태가 어느 정도 극복되어 나타난 것이 (C)과 (D)의 경우다. 먼저 (C)의 경우, "나는 내가 시와 반역된 생활을 하고 있다는 것을 알 것이다"에서 주어의 쓰임에 유의해 보자. 여기에서 '나'는 이중으로 분리되어 있는 바, 전자의 '나'가 고백의 주체이자 이상적 자아요, 후자의 '나'는 서술의 대상이자 현실적 자아임을 우리는 알 수 있다. 또한 셋째 연과 마지막 연에는 '꿈'이 서로 다른 이중적 가치를 지니고 나타나 있다. 전자의 경우 '꿈'은 오히려 현실을 말하고 있고 후자가 희망 혹은 이상에 해당되는 것이다. 단순하게 말해 이러한 것들이 시적인 긴장을 유발해 낸다. 그러나 이 긴장이야말로 그의 내면을 닮은 것이라 아니할 수 없으며, 그러기에 여기서 그가 아예 시와 반역된 생활을 하고 있다고 말하더라도 사정이 그리 단순치 않음을 우리는 그의 '쑥스러움'이라는 표현에서 능히 읽고 인정할 수가 있게 되는 것이다. 이것이 고백이 갖는 힘이자 독자에게 주는 시의 덕성이다. 하지만, 그럼에도 불구하고, 그것은 여전히 정도의 문제에 그칠 뿐이다.

(D)에 이르러서는 이것이 변증법적 표정마저 지니게 된다. '무위와 생활의 극점을 돌아서' 도달한 또 다른 '생활'의 의미는 인간적으로는 성숙을 의미하거니와, 지난날 생활이 안겨준 '고절'과 '비애'로부터 벗어나는 길이기도 한 것이다. 하지만 이 시의 요체는 마지막 부분의 극적 반전에

있다. 그 새로운 생활은 자신이 미쳐버리는 것을 전제로 가능했다는 고백이야말로 소중한 것이기 때문이다. 고절과 비애는 과거시제로 표현된다. 따라서 이제 고절과 비애를 느끼지 않아도 된다. 그런데 그 방법은 비정상적 정신 상태, 즉 미치는 방법뿐인 것이다. 스스로는 비정상이라 여기는 이 태도를 정상적 생활의 소유자인 사람들은 아마도 정상이라 부를 것이다. 이 정상과 비정상의 도치, 이것이 허무주의의 끝 간 곳이 된다. 여기서 더 나아갈 곳은 별로 없는 셈이다.

이상에서 보듯 김수영에게 있어 현실은 억압이었다. 자유는, 특히 예술가로서의 자유는 유지될 수 없었으며, 이는 또한 자존심의 문제이기도 하였다. 허무주의의 역동적 잠재력도 퇴색해지고, 남는 것은 비애나 설움 같은 것뿐이었던 것이다. 그러나 어떤 방법으로든지 허무라든가 무의미성을 행위로 나타내려는 순간, 허무주의는 그 본래의 의미를 상실하게 된다. 가장 엄격한 의미에서 허무주의는 어떠한 행위의 실천적인 결과에도 책임을 지지 않는다. 그것은 무(無)를 정당화할 뿐만 아니라 자살까지도 방어하는 것이다.

그런 의미에서라면 그의 허무주의는 <공자의 생활난>으로부터 사실상 빛이 많이 바랜 형편이다. 말하자면 그는 결코 박일영일 수가 없었던 것이다. 하지만 이것은 그만큼 또 그의 현실인식이 제자리를 찾아가는 모습이라고도 할 수 있다. 무릇 진리를 사랑한다는 것이 무서우면서도 당당한 것이어야 할진대, 이 당당함의 상실은 곧 현실의 두터움을 바로 본 결과이기도 할 것이기 때문이다.

현실성을 획득하지 못하는 진리가 얼마만큼 인간을 버티게 할 수 있겠는가. 아웃사이더가 되기 위해서는 현실이 비켜서야 될 터인데, 오히려 현실로 인해 아웃사이더의 삶을 양보 또는 훼손시키고 나서 그 전말(顚末)을 고백한다는 이 사소설적(私小說的) 태도는 그 자신으로서는 필수불가결한 존재방식이요, 자위(自慰)의 한 수단은 될지언정, 이 또한 고고(孤高)의 포즈라는 비난을 면할 수는 없는 일이다. 그의 현실 인식이 가족이라는 테두리를 벗어나지 못하고 그 속에서 오로지 예술가의 초상만을 그려 나갈 때, 그러기 때문에 남는 것은 오직 포즈의 드러냄뿐이었던 것이다.

주목할 것은 그의 허무주의가 세상의 허위로부터 출발한 것이면서도, 그 어떤 모종의 콤플렉스가 예술가로서의 양심으로 심리적 대치를 이루게 되면서, 애꿎게도 스스로의 세계를 한정시켜 놓고 그 속에서 자유의 상실에 대해 비애를 느끼도록 작용하고 있다는 사실이다. 사회로부터 고립되고 유폐됨으로써 오히려 가질 수 있는 정신적 자유성은 망각되었고 강렬한 진리에의 욕구는 행위 하기도 전에 패배의식에 무너져 갔다. 아웃사이더의 비판적 건강성은커녕 아웃사이더가 되지 못하는 설움만이 어느덧 시적 주제로 자리 잡게 되었던 것이다.

이때 진보성은 사라진다. 자기를 소재로 함으로써 냉소적 자학적 충족을 이루고 소재의 빈곤을 극복하기도 하였지만, 결국은 그 역작용으로 도리어 소재의 한정 상태가 빚어지게 되었던 사연 역시 진보성의 상실 외에 다른 것이 아니다. 아무래도 김수영은 아웃사이더의 콤플렉스만 갖고 있었던 것 같다. 아웃사이더가 되어야 하는 진정한 의미가 몰각되고 그저 아웃사이더의 삶의 양태만이 관심이 될 때, 남는 것이라고는 그야말로 그가 그렇게도 경계해마지 않았던 포즈뿐이었던 것이다. 이러한 결과는 그의 허무주의가 '배운 것', 학습된 허무주의라는 데에 있다. 이 말은 달리 말해 박일영의 환영이 너무 컸거나 그의 내면 공간이 허술했음을 일컫는 말이다.

만일 여기서 그쳤다면 김수영이라는 존재는 1950년대의 허다한 군소 시인의 하나로 남게 되었을지도 모른다. 제법 내면을 갖추었고 또 그것을 고백체로 담아낼 수 있는 방법적 장치를 가지고 있었다 하더라도, 이전에 이미 그의 시대 앞에 존재했던 이상(李箱)이 있는 한 말이다. 다시 말해 그의 허무주의는 형이상(形而上)의 깊이로 나아가지도 못했고 현실 국면의 타개를 향한 길로도 이어지지도 않았다는 것, 그것은 내면화가 철저히 이루어지지 못한 채, 그저 삶의 형식으로만 직역되고 비판적 지성으로도 활용되지 못했다는 것, 그 결과 정작 시에서는 허무주의의 진정한 시적 육화를 이루지 못하고, 그저 그것을 실천하지 못하는 넋두리만 가득하게 되면서 그 본질과 기능은 추구되지도 발현되지도 못했다는 것, 따라서 그가 비록 예술가가 자신을 대상으로 삼는 사소설적 고백을 시에 도입하였다

하더라도 퇴색한 산문의 의미만이 개인적 서정과 맞물리는 데 그쳤을 뿐
이라는 것, 이러한 것들이 이 시기 김수영 시의 한계를 구성하는 본질적
요소들일 것이다. 한 마디로 현실의 왜곡에 대한 저항의 의미로 선택된
허무주의가 스스로 왜곡되면서 이번엔 또 다른 의미에서 현실을 왜곡시키
는 사태로 나아갔다고 우리는 결론지을 수 있다.

5. 허무주의의 극복

　김수영에게 있어 4·19는 질적 변화를 의미하는 것으로 이해된다. 그
러나 그것은 또한 그의 변화가 외적 계기에 의해 주어진 것일 뿐, 내면 세
계를 지배해 오던 그 허무주의가 양에서 질로 전화되지 못했다는 의미로
도 해석될 수 있을 것이다. 진리에의 충동(urge for truth)과 생계 유지의 과
오(life-sustaining errors)28) 사이에서 갈등을 겪는 사람이 비단 그 자신만일
수는 없었음에도, 그는 그 첨예한 갈등에 내재해 있는 더욱 본질적인 것
에는 무관심해지게 되면서 그 갈등의 과정만을 계속적으로 쌓아 갔던 것
이다. 어쩌면 그 갈등의 드러냄만이 그가 할 수 있었던 정직의 공간이거
나, 예술가의 양심이었는지는 모른다.
　그러나 예술가이기 이전에 한 실존적 인간으로서의 자신을 규제하고
관리하고 있는 제도적 측면에 대한 천착이 없이 세상의 허위를 바라본다
는 것은 허망한 노릇이었음을 우리는 간과할 수 없다. 따라서 「마리서사」
시대가 규정지어온 그의 시기에 관한 한, 변증법은 없었다고 말해도 좋을
것이다. 나아가 만일 그 시기의 시가 4·19 이후의 이른바 그의 참여시에
자양분이 되지 못했다면, 김수영은 진정한 의미에서의 자기 혁신을 이루
지 못한 것으로 된다. 그러므로 4·19가 진정한 질적 변화를 의미하는 것
이 되려면, 그의 참여시에서 우리는 마땅히 전기시가 자양분으로 작용하

---

28) 고드스블롬, 앞의 책, p.46.

는 요소들에 주목해야 할 것이다.[29] 소위 '지양(止揚)'이란, 모순점을 없앰이 아니라 보다 높은 차원 속에 내포되어야 하는 것을 의미하기 때문이다.

김수영의 정직은 오히려 4·19 이후의 성실한 변화과정에서 강조될 필요가 있다. 그만큼 자신의 자각에 성실했던 시인은 드물었다. 그리고 그의 이러한 변모는 김수영 특유의 날렵함에 기인하는 것으로 설명될 수 있다.

> 내가 시에 있어서 영향을 받은 것은 블란서의 쉬르라고 남들은 말하고 있는데 내가 동경하고 있는 시인들은 이마지스트의 일군이다. 그들은 시에 있어서의 멋쟁이였기 때문이다. 그러나 이들 이마지스트들도 오든보다는 현실에 있어서 깊이 있는 멋쟁이가 아니다. 앞서가는 현실을 포착하는 데 있어서 오든은 이마지스트들보다는 훨씬 몸이 날쌔다. 그것은 오든에게는 어깨 위에 진 짐이 없기 때문이다.[30]

「마리서사」 시절, 그 역시 이데올로기 문제에 관심을 가지지 않았을 턱이 없지만, 좌익이나 우익의 소용돌이 속에서 어느 정도 몸을 비껴 설 수 있었던 곳이 곧 예술의 자리임은 간파하였던 것 같다.[31] 그의 시가 오직 예술가 세계에 한정됨은 그 하나의 반영이다. 그 세계 속에서 그가 '시에 있어서의 멋쟁이'인 이미지스트들과 '현실에 있어서 깊이 있는 멋쟁이'인 오든에 이끌린다고 한 것은 몸의 가벼움을 티내는 것이 아닐 수 없다. 가족이 없었다면 보다 가벼울 수도 있었을 테지만, 그가 그 짐을 버티어 낼 수 있었던 유일한 원천이 바로 활발한 정신적 자유성에 있었던 것이다. 그러나 그 지성의 분방함을 예술가의 세계에 한정해 놓고 있던 그에게, 지성의 자유를 억압하고 있는 실체가 그저 생활로 번역되었던 그에게,

---

29) 김윤식, 「김수영 변증법의 표정」, 『전집 3』, p.308.

30) 『전집 2』, p.24.

31) 김윤식, 앞의 글, p.299.
다음의 글도 주목을 요한다. "기림(起林)은 이것을 <영웅>으로 고치면 어떠냐고 했다. 나는 그의 말을 듣지 않았다. 영웅—나는 그가 말하는 영웅이 무슨 뜻인지를 알 수 있었다. 그러나 그 작품에서 <귀족(貴族)>을 <영웅>으로 고칠 수는 없었다. 그것은 모독이었다. 앞으로 나의 운명이 바뀌어지면 바뀌어졌지 그 말은 고치기 싫다고 생각했다. 이러한 체질과 고집이 내가 좌익이 되는 것을 방해했다."(『전집 2』, p.229)

4·19는 뇌를 뒤흔드는 충격이 아닐 수 없었다. 그는 자신의 전제로 다시 돌아와야 했다. 니힐리즘의 교훈은, 그리고 예술가의 교훈은 현실이어야 했던 것이다. 그러기에 그는 "시의 스승은 현실"이라고까지 하게 되었던 것이다. 역시 그는 이번에도 몸이 가벼웠다. 그리고 그것은 이번에는 정직이 준 미덕이었다.

물론 부르주아 혁명에 노출되면서 이룬 그의 변증법은 자체의 발전법칙보다는 외적인 충격에 매개된 것임이 사실이다. 하지만 이런 외적인 계기는 그 전에도 있었다. 포로 생활까지 치러야 했던 전쟁 체험이 그것이다. 그러나 그것은 기표와 기의가 일치해 주질 않았다. 적어도 시의 언어로서는 불가능했던 것이다. 이 점은 그나마 전쟁시라고 불릴 만한 것이 <조국(祖國)에 돌아오신 상병 포로(傷病捕虜) 동지(同志)들에게> 한 편뿐이라는 것, 그리고 비록 미완에 그쳤지만 그가 장편소설 <의용군(義勇軍)>의 집필을 시도하였다는 점이 웅변으로 말해준다. 하지만 단지 시와 산문의 대립만은 아니었을 것이다. 그것은 오히려 체험의 질에 기인한다. 전쟁이 그의 허무주의를 강화하였다면, 혁명은 그 허무주의의 극복을 요구하였던 것이다. 그것은 곧 인간을 둘러싼 제도가 인간에 대해 갖는 억압적 측면에 대한 시각으로부터 인간이 제도를 개혁할 수 있는 능동적 주체라는 시각으로의 전이를 의미한다.

그 눈뜸을 가져다 준 스승은 이번에는 현실, 역사, 그리고 민중이었던 것이다. 김수영이 그토록 경원시해야 했던 삶의 왜곡은 부르주아적 현실에 기인하는 것이었지만, 사실 이 땅에는 부르주아 사회도 제대로 이루어져 있지 않았다는 점, 그저 서구사회와의 동시대성으로 번역된 채로의, 더구나 남으로부터 배워온 그의 관념이 아웃사이더로서의 삶을 요구하였을 뿐이라는 것, 그렇다면 자신은 매우 전위에 서있는 듯했지만 사실은 현실에 대한 매우 뒤늦은 자각에 불과하다는 것, 그것을 그는 오히려 민중에게서 배우게 된 것이다.

그러나 이러한 외적인 충격에 매개된 그의 자각이 한갓 그의 날렵함에 기인한다고 볼 수만은 없다. 그가 자신의 시의 모습을 바꿔야 했던 까닭은 시인으로서보다는 지식인으로서의 몫이 더 크게 작용하고 있다고 판단

되기 때문이다. 혁명의 진행과 함께 자신의 낡은 시세계를 내던진 그의
정직함이 혁명의 열기와 희망이 수그러드는 시점에서 보일 수 있는 또 하
나의 날렵함을 능히 이겨내고 있다는 것은 무엇을 의미할까.

여기서 이런 역사적 교훈을 들어보는 것도 괜찮을 것이다. 니힐리즘의
각도에서 종종 설명되는 러시아 모더니즘의 경우, 그 토대가 유럽 자본주
의의 결정적인 쇠퇴와 그 세계 지배 체제의 상실에 있었음은 주목을 요하
는 대목이다. 제1차 세계대전은 미국 자본주의의 결정적인 지배 체제와
소련 혁명의 완성을 준비하고 있었던 것이다. 따라서 이 당시 온갖 형태
의 전위주의는 유럽의 쇠퇴를 예감한 쁘띠 부르주아지의 현실적인 자각을
반영하는 것이었다. 그들은 부르주아 지배 질서에의 상승감에 의해 예술
의 본질이라는 낡은 영광을 지키기에는 너무나 현실주의적인 눈을 가졌
고, 전쟁에 의해 극도로 피로해진 프롤레타리아 계급의 윤리적인 현실을
직시하기에는 또한 너무도 부르주아적이었다. 이 사실은 그들이 공산주의
나 아나키즘으로 나아가거나 부르주아 예술의 장식성에 침윤되는 방향으
로 분열되어 가는 과정에서 첨예하게 드러난다.[32] 그 접점에 서는 것은
그야말로 위태로운 모습이 아닐 수 없는 것이다.

비유컨대, 그 접점을 간파하고 진작부터 허무를 표방한 이가 박일영이
라면, 그 접점에서 부르주아의 삶으로부터 비켜나 아웃사이더의 삶을 지
향하되 그 구현을 예술적 행위로부터 찾고 있던 이가 김수영이었던 것이
다. 그러나 삶의 내용과 예술의 형식 사이에서 근근이 균형을 유지해 오
던 그에게도 이제 더 이상 비켜설 수 없을 정도로 현실의 변혁에 대한 요
구가, 그것도 어느 정도의 변혁적 가능성을 내보이면서 전면적으로 다가
서고야 말았던 것이다. 따라서 그의 변모는 허무주의의 본래적 속성, 즉
현실주의의 측면이 현실의 변혁에 촉발되어 그 회복을 이룬 것으로 이해
될 수 있다. 그러므로 박인환과 박일영 사이의 균형 감각이 예술가 시인
으로서의 존재 방식을 전제로 하는 것이었다면, 이제 지식인 시인으로서
의 위상이 문제시됨에 있어서 현실과 예술의 긴장이 그 모습을 달리 해야

---

32) 조지 기비안·찰스마 편(문석우 역), 『러시아 모더니즘』, 열린책들, 1988.

함은 두말할 나위도 없는 것이다. 그리고 허무주의로부터 잠재해 있던 거대하고도 풍부한 지적 에너지의 자원이 현실로의 방출구를 찾기에 이른 이 사태를 놓고 변증법 외에는 달리 할 말이 없을 것이다. 그 변증법의 한계를 묻는 것은 또 다른 차원에 속한다. 다만 그의 후기시가 이루어낸 성과 속에는 이 같은 정신의 내적 연관성이 있었다는 것에만 일단 유의해 두기로 하자.

그런 의미에서라면 김수영은 시인으로서는 행복한 삶을 누렸음에 틀림없다. 앞서 지적하였듯, 그의 시가 막다른 골목으로 향해가고 있을 때, 현실은 그에게 새로운 길을 열어주고 있었기 때문이다. 그 길을 따라 갈 수 있었던 것은 지식인의 몫이 한결 강하게 작용한 편이었을 것이겠지만, 하지만 그 갈림길에서 또 한쪽으로 치달아가는 행위는 적어도 시의 입장에서는 상처받기가 쉬운 것이 또한 사실이다. 김수영의 산문은 그런 의미에서 또 다른 하나의 차원으로 이해되어야 할 것이다. 그러기에 김수영으로서는 또 다른 변증법을 준비해 두어야만 했다. 그 하나의 성과가 바로 「온몸의 시학」이었다면, <풀>은 그 실천이었다고 말할 수 있을 것이다.

6. 시인 지식인의 소명

김수영의 신화가 요구해 온 독법은 크게 두 가지 경향, 즉 1950년대와 1960년대를 무매개적으로 분할하고 그 중 후기시에만 집착하는 경향과, 전기시를 오로지 후기시의 맥락에서 읽어내는 경향을 낳았다고 볼 수 있다. 그에 대한 문제의식에서 출발한 이 글의 경우, 정작 후기시에 관한 논의는 구체성을 잃은 소략한 수준에 머묾으로써 김수영의 전면적인 내면 풍경의 묘파에는 미달한, 미완의 성격을 지닐 수밖에 없게 되었다. 현재로서는 고(稿)를 달리하는 것 외에는 별 도리가 없다. 다만 해방기와 1960년대를 잇는 매개 고리로서 그의 전기시를 살펴본 이 경험이 그의 후기시를 설명하는 데에 중요한 안목으로 작용되기를 기대할 뿐이다.

이제 하나의 대비를 보이면서 이 글을 마무리하고자 한다. 김수영이 최후의 시 <풀>을 남기기 십여 년 전, 이승만 정권하에서 목이 졸린 이 땅의 지식인 중의 하나였던 함석헌은 '할 말이 있다'(『사상계』 44호, 1957. 3)면서 이런 말을 남긴 바 있다. 이 글은 뜻하지 않게 당시 천주교단의 윤형중 신부와 『사상계』 지상을 통하여 커다란 논전을 일으켜 세인의 주목을 끌기도 했다.

> 나는 아무것도 못되는 사람이다. 그저 사람이다. 민중이다. 민은 민초라니, 풀 같은 것이다. 나는 풀이다. (중략) 태평양 저쪽 대평원(大平原) 풀나라에는 정말 피풀, 풀사람이 나와 <풀잎> 노래를 읊었건만 이 풀밭에는 언제 노래가 올라올까?
>
> 밟아도 밟아도 사는 풀, 비어도 비어도 또 돋아나는 풀, 너는 무한의 노래 아니냐? 다 죽었다가도 봄만 오면 또 나는 풀, 심은 이 없이 나는 풀, 너는 조물주(造物主)의 명함 아니냐? 푸른 너를 먹고 소는 흰젖을 내고 사람은 붉은 피가 뛰고 소리도 없는 너를 먹고 꾀꼬리는 노래하고 사자는 부르짖고 썩어진 물에서나 마른 모래밭에서나 다름 없는 향기를 너는 뿜어내니 너는 신비의 곳 아니냐?
>
> 풀, 네 이름을 누가 다 알 수 있느냐? 네 수(數)를 누가 헬 수 있느냐? 빽빽히 서도 다투는 법이 없고 드물게 서로 홀로 차지하는 법이 없고, (중략) 함께 나서 함께 자라 함께 썩어 함께 부활(復活)하는 풀, 너는 평화의 왕관 하나님 뭇 아들들의 돗자리, 겸손한 자 땅을 차지한다니 너 두고 한 말 아니냐? 너를 참말 아신 분은 너를 솔로몬보다 더 영광스럽다 하고 하나님이 너를 기르신다 했건만 그 너를 아는 자가 없구나. (중략)
>
> 나는 아무 것도 아닌 사람이다. 풀이다. 풀 사람이다. 민중이다.[33]

이러한 대비를 놓고 꽤 할 말이 많으리라. 그러나 그 어느 경우에도, 그것은 시와 산문의 기능, 시인과 지식인론으로 집약될 수 있을 것이다. 여기서는 함석헌이 대망(待望)해 온 그 '풀잎'의 노래가 바로 김수영에게서 불리어졌다는 사실에만 충실해 두기로 하겠다. 그리고 김수영은 죽었다.

---

33) 함석헌, 「할 말이 있다」, 『함석헌 선집』 3권, 한길사, 1999.

|박인환론|
모더니스트 예술가의 초상

1. 문학성과 대중성

박인환은 1926년에 태어나 1956년까지, 31살까지만 살았다. 따라서 그는 일본 제국주의의 지배와 해방의 혼란, 그리고 전쟁의 비극이라는, 철저히 우리 근현대사의 거친 파도만을 체험한 시인으로 기록된다. 어느 면에서 그것은 꼭 비극만은 아니었을지도 모른다. 바로 이 점으로 인해 그의 요절을 둘러싼 신비화가 가능했고 그로 인해 많은 대중적 인기를 누릴 수도 있었음이 사실이기 때문이다. 그러나 이는 곧 그를 풍문 속의 시인으로 만드는 결과를 빚기도 하였던 바, 그 풍문의 진실을 밝히고자 하는 노력들이 이어질수록 시인으로서의 그의 존재는 점차적으로 빛바래져 가야만 하는 처지에 놓이고 말았던 것이다. 결국 그의 생애를 그 자체 완결된 것으로 바라볼 수밖에 없는 한, 그는 자신이 속한 세대의 한계 속에 고스란히 갇혀 있었던 범상한 존재에 지나지 않게 되었던 셈이다. 무엇보다도 시인으로서의 그의 불운은 자기 극복을 시도할 만한 여유도 얻지 못한 채 그토록 일찍 생을 마감한 데에 일차적으로 기인할 것이다. 그에겐 장년의 원숙함도, 현대성의 난숙함도, 4·19혁명조차도 경험할 기회가 주어지지 않았던 것이다.

박인환에 관한 연구는 최근 들어서야 활기를 띠기 시작했다. 하지만 그것 역시 박인환 자체에 관한 관심에서 촉발되었다기보다는 현대문학 연구의 중심축이 1950년대 문학으로 넘어옴에 따른 자연스러운 소이라고 봄이 타당할 듯하다.[1] 이는 그와 같은 세대에 속하는 김수영이 비교적 이른 시기에 학계의 관심의 대상이 되었던 것과 커다란 대비를 이루는 것이다.[2] 대중들과 문학 연구자의 관심이 일치해 주지 않은 이 현상은 주목을 끌기에 족하다. 그런 면에서 우리가 취해야 할 중요한 연구 방향 가운데 하나는 박인환 시의 대중적 요소가 과연 어디에 기인해 있는가 하는 점을 밝히는 것이 되어야 할 것이다. 아마도 앞서 언급한 신비화 작업에 대한 해명부터가 선행되어야 할지도 모른다. 거기에는 저널리즘적 요소라든가 대중문화의 영향력[3] 등이 쉽게 지적될 수 있을 것이나, 더욱 중요한 것은

---

1) 박인환에 관한 주요 연구서로는 다음과 같은 업적들을 들 수 있는데, 이외에도 주로 전후시 관계 특집의 연구서에 박인환에 관한 단편적 언급이 발견된다. 이동하 편저, 『박인환 평전』, 문학세계사, 1986 ; 한계전, 「전후시의 모더니즘적 특성과 그 가능성」, 『시와 시학』 여름호, 1991 ; 송기한, 「역사의 연속성과 그 문학사적 의미—박인환의 경우」, 『1950년대 문학연구』(문학사와 비평연구회 편), 예하, 1991 ; 조영복, 「1950년대 모더니즘 시에 있어서의 '내적 체험'의 기호화 연구」, 서울대 대학원 석사학위논문, 1992 ; 최승호, 「역사의 문학사적 의미 : 박인환론」, 『한국현대시인론Ⅱ』, 다운샘, 2005 ; 김영철, 「한국 모더니스트의 기수 : 박인환론」, 『말의 힘 시의 힘』, 역락, 2005.

2) 2007년 현재 1979년 이후 국회도서관에 소장된 김수영 관련 학위논문이 총 222편인 데 반해, 박인환 관련 학위논문은 27편에 불과한 형편이다. 최근의 박인환 관련 학위논문은 정유미, 「박인환 시의 모더니티 연구」, 전북대 석사학위논문, 2007 ; 이소영, 「1950년대 모더니즘 시 연구 : 박인환, 전봉건, 김수영의 시를 중심으로」, 명지대 박사학위논문, 2004 ; 박슬기, 「한국 전후시의 그로테스크 시학 연구 : 박인환, 고석규, 전봉건을 중심으로」, 서울대 석사학위논문, 2004 ; 이홍섭, 「박인환 시연구」, 경희대 석사학위논문, 2001 ; 안수진, 「모더니즘 시의 부정성 형성 연구 : 박인환과 김수영을 중심으로」, 1997 ; 장수철, 「박인환 시 연구」, 한양대 석사학위논문, 1996 ; 신정은, 「박인환 김수영의 1950년대 시 대비 연구」, 경북대 석사학위논문, 1995 ; 윤향아, 「박인환 시 연구」, 성균관대 석사학위논문, 1995 ; 양일웅, 「박인환 시 연구」, 전남대 석사학위논문, 1994.

문학담론과 지배문화 담론과의 정합적 측면을 밝히는 작업이어야 할 것이며, 그 점을 그의 시 텍스트에서 검출하는 일이라 할 것이다. 이러한 접근 방식은 풍문의 근원을 밝히고자 했던 기존 성과물들의 대타의식적 한계와 급진성을 극복해 줄 수 있을 것으로 여겨진다.

그러나 이제껏 그의 작품에 대한 면밀한 검토는 의외로 적은 것이어서 정작 그의 실체조차 제대로 파악되지 못한 형편이다. 따라서 여기에서는 우선 그의 작품에 대한 전반적 검토에 주력하고자 하며, 그 기반 위에서 그의 대표작 <목마와 숙녀>에 대해 고찰해 봄으로써 위의 문제의식에 대한 하나의 접근을 시도해 보고자 한다.

2. 희망과 불안의 이항대립

일반적으로 대중에게 알려진 이미지에 비해, 박인환의 초기시는 매우 낯설기만 하다. 그에 관한 연구서 역시 한결같이 그의 이 같은 경향을 예외적인 것으로 취급하여 한갓 유행취미로 풀이하거나, 혹은 "이러한 작품 세계를 좀 더 끈질기게 추구했더라면, 그는 우리의 현대시에 좀 더 큰 자취를 남길 수 있었을"[4] 것으로 이해하기도 한다. 그러한 지적은 대체로 옳을 것이다. 문학사가 우리에게 가르쳐 주는 일반론에 의하면, 마르크시스트에서 모더니스트로의 전이는 그 역방향에 비해 흔치 않다는 점인데, 그런 점에서 그의 마르크시스트적 표정이 유행에 불과했으리라는 추정은 일단 그럴듯해 보이기 때문이다. 하지만 그의 후기시가 보이는 우울의 근

---

3) 사실 박인환의 시가 대중적인 인기를 얻게 된 데에는 소위 '명동 백작'이라 불린 그의 잘 생긴 외모와 낭만적 행적뿐만 아니라 대중가요의 역할이 무엇보다도 컸다. 박인환의 즉흥시에 이진섭이 즉석에서 곡을 붙이고 가수이자 배우인 나애심(혹은 테너 임만섭)이 노래했다고 전해지는, 훗날 가수 박인희가 취입한 곡 <세월이 가면>, 그리고 김기웅이 작곡한 경음악 반주에 역시 박인희가 시낭송을 하여 국내 음반 시장에 시낭송 붐을 일으키기까지 했던 <목마와 숙녀>가 그 대표적인 예이다. 이 두 곡만으로도 박인환의 이름은 대중성을 획득하기에 충분했다.
4) 이동하, 앞의 책, p.35.

원이 초기시로부터 그리 멀어 보이지는 않는 것 같다. 그런 점에서라면 박인환에 대한 우리의 일반적 심의(審議) 경향이 먼저 검토되어야 할 사항인지도 모른다.

먼저 그의 초기시 <남풍(南風)>5)을 보도록 하자.

거북이처럼 괴로운 세월이
바다에서 올라온다

일찌기 의복을 빼앗긴 토민(土民)
태양 없는 말레이
너의 사랑이 백인(白人)의 고무원(園)에서
자스민[素馨]처럼 곱게 시들어졌다

민족의 운명이
쿠멜신(神)의 영광(榮光)과 함께 사는
앙코르와트의 나라
월남 인민군(越南人民軍)
멀리 이 땅에도 들려오는
너희들의 항쟁(抗爭)의 총소리

가슴 부서질 듯 남풍(南風)이 분다
계절(季節)이 바뀌면 태풍(颱風)은 온다

아세아(亞細亞) 모든 위도(緯度)
잠든 사람이여
귀를 기울여라

눈을 뜨면
남방(南方)의 향기가
가난한 가슴팍으로 스며든다

• • • 박인환, 〈남풍〉

---

5) <남풍>은 『새로운 도시와 시민들의 합창』(1949)에 재수록하였다는 점에서 박인환에게 있어서는 매우 유의미한 작품이었던 것으로 보인다.

<인도네시아 인민에게 주는 시>와 함께 이 작품은 소박한 의미에서 일종의 프롤레타리아 국제주의의 양상을 드러내고 있다.6) 이 작품이 실린 것이 1947년 7월 『신천지』 17호를 통해서의 일이니, 이른바 10월 인민항쟁을 겪은 지 불과 1년이 채 지나지 않은 시기의 것이었다. 여기서 나타나는 낙관적 전망은 '조선문학가동맹'의 창작 지도 노선인 진보적 리얼리즘을 연상케도 하거니와, 그런 면에서 그의 시가 보여준 이 같은 표정은 역시 해방이 가져다 준 산물이라 할 만할 것이다. 이것이 그의 확고한 세계관에서 비롯된 것인지, 좌우익의 격동 속에서 일시적 유행으로서 나름대로 취한 선택일 따름인지는 분명치 않지만, 그 어느 쪽이든 그의 현실인식이 어느 정도의 통찰력을 지니고 있었음은, 같은 시기의 다른 작품 <인천항>이 명확히 보여 주고 있다.

이 시는 제국주의가 물러가고 이에 따라 새로운 가능성으로 표상되던 인천항이 다시금 제국주의 산물들의 집결지로 변해버리고 마는, 즉 독립국가의 열린 가능성으로서의 인천항이 부정적 상황의 식민지항으로 바뀌고 있는 아이러니를 묘파해 내고 있다. 조영복에 따르면, "당시의 가장 '현대적'인 것이 미국식 자본주의의 세례였음을 감안하고, 모더니스트로서의 '현대적인 것'에의 지향성을 감안해 보면 그의 당대 현실에 대한 이만한 통찰력은 놀라운 것"7)이다. 적어도 그의 이러한 면모는 '현상적인 것'의 모더니즘이나 '기교적인 것'으로서의 모더니즘이 아니라 '부정성'으로서의 모더니즘을 간취해 낸 것으로 보인다.8)

그런 점에서 위에 인용한 작품에서 정작 주목을 끄는 것은, "거북이처럼 괴로운 세월이 / 바다에서 올라온다."와 같은 모더니즘적 의장을 이 시기에 이미 획득하고 있었던 점에 있는 것이 아니라, 바로 "태풍"의 이미지라 할 수 있다. 먼저 이 "태풍"의 이미지는 그의 초기시뿐만이 아니라

---

6) 송기한, 앞의 글, p.156 참조. 송기한은 이 시의 배경 자체가 국내 현실로 설정되어 있지 않아 구체적인 리얼리티를 확보하지 못했다고 평가한다. 반면에 조영복은 이를 우리 상황의 알레고리로 파악하여 뚜렷한 현실인식에 대한 자각과 시적 리얼리즘의 자취를 보여 준 예로 이해하고 있다. 조영복, 앞의 글, p.12.

7) 조영복, 위의 글, p.13.

8) 안수진, 「모더니즘 시의 부정성 형성 연구 : 박인환과 김수영을 중심으로」, 1997.

이후의 시에서도 다음과 같이 간단없이 이어지고 있었다는 점에 유의할
필요가 있다.

밤은 깊어가고 / 나의 찢어진 애욕은 / 수목이 방탕하는 포도에 질주한다.

나팔 소리도 폭풍의 부감도(俯瞰圖) / 화판(花瓣)의 모습을 찾으며 / 무장한
거리를 헤맸다.

* * * 박인환, 〈장미의 온도〉 일부

그러나 창 밖 / 암담한 상가 / 고통과 구토가 동결된 밤의 쇼우 윈도우 /
그 곁에는 / 절망과 기아의 행렬이 밤을 새우고 / 내일이 온다면 / 이 정막(靜
寞)의 거리에 폭풍이 분다.

* * * 박인환, 〈세 사람의 가족〉 일부

나는 너희들의 마니페스트의 결함(缺陷)을 지적(指摘)한다 / 그리고 모든
자본(資本)이 붕괴(崩壞)한 다음 / 태풍(颱風)처럼 너희들을 휩쓸어갈 / 위급성
(危急性)이 / 파장(波長)처럼 가까워진다는 것도

옛날 기사(技師)가 도주(逃走)하였을 때 / 비행장(飛行場)에 구진 비가 내리
고 / 모두 목메어 부른 노래는 / 밤의 말로(末路)에 불과하였다.

그러므로 자본가(資本家)여 / 새삼스럽게 문명(文明)을 말하지 말라 / 정신
(精神)과 함께 태양(太陽)이 도시(都市)를 떠난 오늘 / 허무러진 인간(人間)의
광장(廣場)에는 / 비둘기 떼의 시체(屍體)가 흩어져 있었다.

* * * 박인환, 〈자본가(資本家)에게〉 일부

폭풍이 머문 정거장 거기가 출발점 / 정력과 새로운 의욕 아래 / 열차는
움직인다 / 격동의 시간 …… / 꽃의 질서를 버리고 / 공규(空閨)한 너의 운명
처럼 / 열차는 떠난다 / 검은 기억은 전원에 흘러가고 / 속력은 서슴없이 죽
음의 경사를 지난다

(중략)

가난한 사람들의 슬픈 관습과 / 봉건의 터널 특권의 장막을 뚫고 / 피비

린 언덕 너머 곧 / 광선의 진로를 따른다 / 다음 헐벗은 수목의 집단 바람의 호흡을 안고 / 눈이 타오르는 처음의 녹지대 / 거기엔 우리들의 황홀한 영원의 거리가 있고 / 밤이면 열차가 지나온 / 커다란 고난과 노동의 불이 빛난다 / 혜성보다도 / 아름다운 새날보다도 밝게

● ● ● 박인환, 〈열차〉 일부

그의 '태풍' 혹은 '폭풍'은 부정의 정신이며, 또한 낭만적 열정의 다른 이름이다. 그것이 초기에는 사회주의 사회 건설을 의미했는지도 모른다. 그런 의미에서 특히 우리가 〈자본가에게〉로부터 임화의 초기시 〈지구와 박테리아〉를 떠올릴 수 있다는 것은 결코 놀랄 일이 못된다. 중요한 것은 그 폭풍이 어느 시점에서 그만 머물게 되거나 지나가 버리거나 내지는 아득히 멀어 보이게 되었을 때, 그 열정과 희망만큼이나 커다란 허무가 다가온다는 사실이다. 그 결과 열정(熱情)과 감상(感傷), 희망(希望)과 불안(不安)은 서로의 위치를 바꾸게 된다.

영원한 바다로 밀려간 반란의 눈물 / 화산처럼 열을 토하는 지구의 시민 / 냉혹한 자본의 권한에 시달려 / 또다시 자유정신의 행방을 찾아 / 추방, 기아 / 오 한없이 이동하는 운명의 순교자 / 사랑하는 사람의 의상(衣裳)마저 / 이미 생명의 외접선에서 폭풍에 날아갔다.

● ● ● 박인환, 〈정신의 행방을 찾아〉 일부

시달림과 증오의 육지 / 패배의 폭풍을 뚫고 / 나의 영원한 작별의 노래가 / 안개 속에 울리고 / 지난날의 무거운 회상을 더듬으며 / 벽에 귀를 기대면 / 머나먼 / 운명의 도시 한복판 / 희미한 달을 바라 / 울며 울며 일곱 개의 층계를 오르는 / 그 아이의 방향은 / 어디인가

● ● ● 박인환, 〈일곱 개의 층계〉 일부

쉴 새 없이 내 귀에 울려오는 것은 / 불행한 신(神) 당신이 부르시는 / 폭풍입니다. / 그러나 허망한 천지 사이를 / 내가 있고 엄연히 주검이 가로놓이고 / 불행한 당신이 있으므로 / 나는 최후의 안정을 즐깁니다.

● ● ● 박인환, 〈불행한 신〉 일부

폭풍의 존재는 의식의 수준에선 뚜렷한 듯하면서도, 맑은 하늘 아래에
선 그 현존이 의심스러운 법이다. 기대 또는 열정과, 절망 또는 불안은 현
실적 감각으로는 근친관계에 있다. 그의 시에서 수없이 등장하는 '정막(靜
寞)'함의 쓰임새가 결코 평화로움을 나타내기 위함이 아니라 마치 폭풍의
눈처럼 불안을 드러내는 데 있음은 유념할 필요가 있다.

폭풍에 배반당하거나, 혹은 폭풍이 '패배'할 때, 그래도 '불행한 신'은
폭풍을 전하고, 그 신 앞에서 '운명의 순교자'가 되어야 할 때, 희망과 불
안은 서로의 경계를 넘나들게 마련이다. 따라서 그가 『새로운 도시와 시
민들의 합창』에 <남풍>을 수록하며 남긴 다음의 발문이 「불안과 희망
사이에서」라는 제목을 달고 있음은 매우 자연스럽다. 아울러 다음 글에서
쓰인 '영원의 일요일'이나 '장미의 온도'란 말은 동시에 그의 작품명이기
도 한데, 두 작품 모두에 '폭풍'이라는 시어가 쓰였음 또한 그래서 결코
우연이 아닌 것이다.

> 나는 불모(不毛)의 문명(文明), 자본(資本)과 사상(思想)의 불균정(不均整)한
> 싸움 속에서, 시민정신(市民精神)에 이반(離反)된 언어(言語) 작용(作用)만의
> 어리석음을 깨달았다.
>
> 자본(資本)의 군대(軍隊)가 진주한 시가지에는 지금은 증오와 안개 낀 현
> 실이 있을 뿐…… 더욱 멀리 지낸 날 노래하였던 식민지(植民地)의 애가(哀
> 歌)며 토속(土俗)의 노래는 이러한 지구(地區)에 가란져 간다.
>
> 그러나 영원의 일요일이 내 가슴 속에 찾어든다. 그러할 때에는 사랑하
> 던 사람과 시(詩)의 산책(散策)의 발을 옮겼든 교외(郊外)의 원시림(原始林)으
> 로 간다. 풍토(風土)와 개성(個性)과 사고(思考)의 자유(自由)를 즐겼던 시(詩)
> 의 원시림(原始林)으로 간다.
>
> 아 거기서 나를 괴롭히는 무수한 장미(薔薇)들의 뜨거운 온도(溫度)

이 글은 산문적 자아의 글쓰기와 서정적 자아의 글쓰기가 단절적으로
병치되어 있다.9) 전반부의 핵심은 '시민정신'임을 알 수 있다. 여기서 그
는 세계 자본주의 체제의 각축장이 된 한반도의 상황을 '안개 낀 현실'로

---

9) 이동하, 앞의 책, pp.36~37.

제대로 파악하고서, '식민지의 애가며 토속의 노래'로는 더 이상 불가능하다는 것, 곧 시의 방법적 자각을 드러내고 있는 것이다. 하지만 '그러나'라는 한마디로 역접된 후반부에 이르면 그 시민정신이라는 것은 사라지고 다분히 예술지상주의적인 어휘들이 전면으로 튀어나온다. '영원의 일요일'이란 무엇인가. 아다시피 태초에 창조주께서 6일 동안의 노동으로 세상을 만드시고 휴식을 취한 것이 제7일째 곧 일요일이 아니던가. '영원의 일요일'이란 현실의 피로로부터 휴식하는 순간의 영원성을 가리킨다. 그곳은 '교외의 원시림'으로 불리는 피안과 초월의 세계이고, 그곳에 피어있는 '뜨거운 온도'의 '장미'는 예술적 창조적 에네르기의 표상이다. 아마도 그는 전반부의 '불안'을 후반부의 '희망'으로 극복하고자 하였는지도 모른다. 그러나 결국 이 '영원의 일요일'에도 그는 안식하지 못한 것으로 보인다.

> 날개 없는 여신이 죽어버린 아침 / 나는 폭풍에 싸여 / 주검의 일요일을 올라간다. / (중략) / 오늘은 일요일 / 너희들은 다행하게도 / 다음날에의 / 비밀을 갖지 못했다. / (중략) / 상풍(傷風)된 사람들이여 / 영원한 일요일이여
>
> ● ● ● 박인환, 〈영원한 일요일〉 일부

여기까지의 그의 변신에 대해 우리는 시대적 한계라는 변명을 갖고 있다. 즉 해방기라는 현실이 만들어낸 리얼리즘과 모더니즘의 변증법적인 시적 현실이 그 이후 전쟁과 반공 이데올로기의 양산 속에서 그 자리를 상실하게 되고 이에 따라 진보적 지식인이 선택할 유일한 출구가 실존주의였으며, 그리하여 이후의 시는 현실과의 일정한 역동 관계를 보여주지 못하고 고통의 회피 혹은 숨김의 문제로 나아가면서 이데올로기적 선명도를 상실해 갔다든가,[10] 혹은 그에게 있어 외적 대상화와 공동체로 향하는 연대 의식이 가능했던 것이 해방기의 부산물이라 할진대 단독 정부 수립과 점증하는 제국주의의 압력이 그에게 소박하게나마 존재하고 있던 공동체 의식을 탈각하게 만들었다는 것, 그리하여 불안과 모색의 시대에 처해

---

10) 조영복, 앞의 글, p.14.

시의 원시림이라는 내면 공간에 안착하고 함몰하게 되었다는 설명11) 등이 그것이다.

이러한 설명 뒤에는 항상 모종의 아쉬움이 깔려 있게 마련이다. 그가 말하는 시의 원시림이란 곳, 그 구체적 정체는 아마도 <마리서사>쯤이 될 것이다. 김윤식 교수가 "좌익이나 우익의 소용돌이에서 몸을 비껴 예술을 논의하고자 했던"12) 곳으로 <마리서사> 그룹을 파악하였던 것은 그런 의미에서 적절한 지적이다. 혼탁한 것('시가지') 속에서 속화의 길을 거부하고 예술의 세계('교외의 원시림')로 가는 것, 현실에서 벗어나 '영원한 일요일' 속에 거하는 것, 그것이 바로 박인환이 택한 길이었던 것이다. 그의 문학과 예술을 논하는 자리에서 우리가 표하는 그 같은 아쉬움이 단지 그가 예술의 세계를 택했다는 데 있다면 이는 분명 하나의 아이러니가 될 것이다. 하지만 지금 문제 삼고 있는 것은 그가 예술의 세계를 택했다는 것이 아니라 예술과 현실과의 긴장을 상실했다는, 그럼으로써 예술 자체를 상실했다는 데 놓여 있는 것이다.

박인환에게도 긴장은 있었다. 그의 긴장은 주로 '외접선'이라는 시어에 의해 선명히 표상되는 바, 이는 곧 그의 긴장이 삶과 죽음, 현재와 미래의 경계에서 발생하는 것임을 가리켜 준다.

> 오 한없이 이동하는 운명의 순교자 / 사랑하는 사람의 의상(衣裳)마저 / 이미 생명의 외접선에서 폭풍에 날아갔다.
>
> ● ● ● 박인환, 〈정신의 행방을 찾아〉 일부

> 청춘의 복받침을 / 나의 시야에 던진 채 / 미래에의 외접선을 눈부시게 그으며 / 배경은 핑크빛 향기로운 대화 / 깨진 유리창 밖 황폐한 도시의 잡음을 차고 / 율동하는 풍경으로 / 활주하는 열차
>
> ● ● ● 박인환, 〈열차〉 일부

> 생(生)과 사(死)의 눈부신 외접선(外接線)을 그으며 / 하늘에 구멍을 뚫은

---

11) 송기한, 앞의 글, p.157.
12) 김윤식, 「김수영 변증법의 표정」, 『김수영 전집』 별권, 민음사, 1983.

신호탄 / 그가 침묵한 후 / 구멍으로 끊임없이 비가 내렸다 / 단순(單純)에서
더욱 주검으로 / 그는 나와 자유의 그늘에 산다

● ● ● 박인환, 〈신호탄〉 일부

'외접선'은 앞서의 '폭풍'과 밀접한 연관을 맺는다. 방금 인용한 시 가운데 앞의 두 작품이 '폭풍'을 얘기할 때 이미 소개된 바 있음에 주목해 보라. '폭풍'이란 우리의 힘으로 거부할 수도 없고 조작할 수도 없는 그 무엇과도 같다. 그것은 세계사적 필연일 수도 있고, 개인적으로는 운명과도 비슷한 그 무엇이다. 그것은 우리에게 조금만큼의 폭도 부피도 없는 외접선의 한계 상황으로 내몬다. 거기엔 오로지 선택만이 강요될 뿐이며, 때로는 그 선택마저 필연이나 운명에 의해 이미 틀 지워져 있다. 낭만적 열정과 희망이냐, 허무와 불안이냐의 선택을 놓고 그는 운명론적 경향에 탐닉해 들어감으로써 결국 후자를 선택하게 된 것으로 보인다. 그것은 시대 혹은 운명의 몫이며, 결과적으로 우리는 '운명의 순교자'가 될 따름인 것이다. 그의 시대 인식이 그러하기에, 그에게서 죽음은 곧잘 '복잡'에서 '단순'으로, 곧 '자유'로의 이행으로 표현된다.[13]

이렇듯 '외접선'을 경계로 한 선명한 대립은 사실상 순간성, 찰나성을 강조하는 것이고, 또한 죽음을 자유로까지 이끌어감으로써, 그는 인간의 실존이라 하는 것이 얼마나 허무한가 하는 것을 표상하는, 허무주의적 색채마저 드러내고 있는 것이다. 그의 말대로라면, 현실은 물론이려니와, 미래 또한 절망이다. 따라서 '그저 죽기 싫은 예술가'가 '옛날로 가는 것'은 '센티멘털 쟈니'일 뿐이며(〈센티멘털 쟈니〉), '허망한 천지 사이를' 살고 있는 것은 다만 '최후의 안정'을 즐기는 노릇에 불과하다는 것이다(〈불행한 신〉). 이쯤해서 우리는 이것이 과연 '식민지의 애가며 토속의 노래'로는 더 이상 불가능하다는 스스로의 판단에 대하여 책임질 만한 대안인가를 그에게 물어야 한다. 그는 이렇게 대답한다.

---

13) 위에 인용한 시 〈신호탄〉과 함께 다음 작품의 예를 보라. "그가 서부전선 무명의 계곡에서 / 복잡으로부터 / 단순을 지향하던 날 / 운명의 부질함과 / 생명과 그 애정을 위하여 / 나는 이단의 술을 마셨다." 박인환, 〈어떠한 날까지〉 일부.

여하튼 나는 우리가 걸어 온 길과 갈 길, 그리고 우리들 자신의 분열한 정신을 우리가 사는 현실 사회에서 어떻게 나타내 보이며 순수한 본능과 체험을 통해 본 불안과 희망의 두 세계에서 어떠한 것을 써야 하는가를 항상 생각하면서 작품을 발표했다.[14]

이것이 바로 그의 방법론이었다. 그것은 곧 '외접선의 사상'이라 이름 지을 만한 것이었다. 우리들의 정신은 분열되었다는 것, 통합의 대안은 없으며, 그러므로 단지 '순수한 본능과 체험을 통해 본 불안과 희망의 두 세계' 사이의 갈등을 드러내기 위해 고민하는 것이 그의 시작의 요체이었던 셈이다. 이것이 '태풍(颱風)'에 대한 인식 때문인지 '태풍 무망론(颱風 無望論)'의 인식 때문인지는 그다지 석연치 않다. '여하튼' 그로서는 이러한 방법론이야말로 다소 정직한 방편이 되리라고 여겨졌는지도 모른다. 따라서 앞서 우리가 언급한 '태풍'이 현실적 표상으로서의 의미를 지니고 있다면, 그의 현실과의 긴장은 '여하튼' 인정해야 할 것이다.

하지만 정작 중요한 문제는 그것이 외접선이라는 비극적 구도에 의해 추상화되고 단순화될 때 오히려 현실과의 긴장은 상실당하고, 단지 비애미만을 표출하는 데에만 적합할 따름이라는 것, 그리고 그러한 사실을 인식하지 못한 채 이 같은 비극적 인식이야말로 '순수한 본능과 체험'에 의한 것이라고 스스로 확신하는 데에서 발생한다. 그러한 인식 내지 사유를 우리는 허무주의라 부른다.

주지하다시피 허무주의란 말은, 가치와 의미를 지닌 것은 아무것도 없다고 여기는 정신 상태를 가리킨다. 그러나 그것이 하나의 세계관으로 자리 잡게 된다면 허무주의는 단순히 비난되거나 거부되어야만 할 것은 아니다. 인간이 사회 내에서 평안하다고 느끼고 있는 한, 그들은 지배적인 규범을 따르며 존재와 행복에 대한 사회적 개념에 동의한다. 그러나 사회적 다양성과 가변성이 많은 사회에 있어서는 많은 사람들이 그들의 사회적 환경을 바꿀 기회를 가지게 되며, 그때 그를 둘러싼 각양의 준거집단들이 개인의 편에 서서 경쟁을 벌리게 된다. 이제 그에게는 행동이 요구

---

14) 박인환, 「여언(餘言)」, 『박인환선시집』 후기, 산호장, 1955.

된다. 하지만 그에겐 분명히 그려진 사회의 모델이 없다. 그의 사상 속에 존재하는 다양한 문화양식은 어슴푸레한 안개 속에 휩싸이고 그는 결국 모든 행동을 실존적 결단에 맡기게 되는 것이다. 즉 인간은 어떻게 행동할 것인가를 이해하기 위해서 진리를 알아야 하지만 진리는 스스로를 드러내지도 않으며 알 수도 없다는 것, 허무주의라는 문제의 근저에는 바로 이러한 딜레마가 놓여 있는 것이다.15) 그러므로 박인환이 처했던 시대를 이해한다면 그의 외접선 사상은 그러한 가닥에서 이해될 수 있을 법한 일이기도 하다. 하지만 허무주의는 새로운 가치와 진리에의 절실한 욕구가 변형될 때만이 지성사(知性史)의 영역으로 편입될 수가 있다. 그런 점에서 허무주의는 문화의 한 요소이며 제도적 속성을 갖는 것이기도 하다.16)

박인환의 허무주의는 우리의 지성사 영역으로 편입되기에는 아무래도 미달이다. 그의 외접선이란 사실 일련의 이항대립에 지나지 않는다. 희망 / 불안, 미래에 대한 기대 / 과거의 추억과 회상, 이러한 대립 가운데 그는 항상 후자의 위치에 처해 있다. 따라서 그것은 진정한 외접선에 값하지 못하며, 갈등 해결의 치열한 모색은 거세된 것이라 볼 수 있다. 즉 그에게서 우리는 새로운 가치와 진리에의 절실한 욕구를 찾아 볼 도리가 없는 것이다.

갈등이란, 균형 감각의 유지 가능성이 먼저 승인될 수 있는 자리에서 굳이 균형 감각의 포기를 선택해야만 하는 상황이 전제될 때가 제격이다. 오로지 외접선상에만 놓이게 될 때 균형 감각은 원천적으로 불가능하다. 이제는 다만 양자택일만이 남게 되는 것이다. 이는 변증법적 가능성을 상당히 희생하는 대가로 지불하고 나서야 가능한 선택이다. 이로 인해 갈등은 추상화되고 관념화된다. 이를 달리 말하자면 그는 단지 허무라는 결론을 이미 내린 자리에서 외접선을 상정해 두고서는 현재의 비극성을 강화할 따름인 것이다. 불안과 희망 사이의 변증법은 애당초 그에게 없었다. 따라서 그가 그 두 세계 가운데서 고민했다고 여겼던 그것은 진정한 의미에서의 갈등이라고 부를 수는 없는 것이었다. 외접선의 단순 상태는 기실

---

15) 고드스블롬(천형균 역), 『니힐리즘과 문화』, 문학과지성사, 1988, pp.140~141.
16) 고드스블롬, 위의 책, p.11.

연민 혹은 비애 등으로 불리는 것에 적합한 것이었을 뿐이다.

그에게 현재는 훼손된 세계이며, 순결의 상실 시대로 표상된다. 현재는 미래와 대비될 때만이, 미래에 대한 과거로서만이 간신히 그 의의를 인정받을 뿐이다. 그러므로 다음의 시편에서 우리는 일종의 순결 콤플렉스마저 읽을 수 있을 것이다. 순교자 의식은 그 한 변형일 따름이며, 그러므로 현재가 신부(新婦)라면, 미래는 창부(娼婦)인 것이다.

나와 나의 청순한 아내 / 여름날 순백한 결혼식이 끝나고 / 우리는 유행품으로 화려한 / 상품의 쇼우 윈도우를 바라보며 걸었다. / (중략) / 그러나 창 밖 / 암담한 상가 / 고통과 구토가 동결된 밤의 쇼우 윈도우 / 그 곁에는 / 절망과 기아의 행렬이 밤을 새우고 / 내일이 온다면 / 이 정막(靜寞)의 거리에 폭풍이 분다.

• • • 박인환, 〈세 사람의 가족〉 일부

아름답고 사랑처럼 무한히 슬픈 / 회상의 긴 계곡 / 그랜드 쇼우처럼 인간의 운명이 허물어지고 / 검은 연기여 올라라 / 검은 환영(幻影)이여 살아라 // 안개 내린 시야에 / 신부(新婦)의 베일인가 가늘은 생명의 연속이 / 최후의 송가(頌歌)와 / 불안한 발걸음에 맞추어 / 어디로인가 / 황폐한 토지의 외부로 떠나가는데 / (중략) / 이 회상의 긴 계곡 속에서도 / 열을 지어 죽음의 비탈을 지나는 / 서럽고 또한 환상에 속은 / 어리석은 영원한 순교자 / 우리들.

• • • 박인환, 〈회상의 긴 계곡〉

여윈 목소리로 바람과 함께 / 우리는 내일을 약속하지 않는다. / 승객이 사라진 열차 안에서 / 오 그대 미래의 창부(娼婦)여 / 너의 희망은 나의 오해와 / 감흥(感興)만이다.

• • • 박인환, 〈미래의 창부(娼婦)―새로운 신(神)에게〉

이러한 인식을 그는 '순수한 체험과 본능'의 산물이라고 믿었다. 만일 세상이 허무뿐이라면, 기다리는 건 오직 죽음뿐이다. 하지만 생존이 가능한 영역이 하나 있었다. 세상이 온통 허무하고 훼손되었을지언정, 그 허무함을 그리는 방식으로서의 예술의 세계, 이른바 '시의 원시림'이 바로 그

곳이었다. 그는 이제 죽음의 과제를 예술의 세계에서 해소해 낼 수 있었다. 그의 시에 일관된 주제가 죽음에 관한 것이었음은 겉멋도 아니며, 전혀 어색한 일도 아니다. 그렇다면, 나름대로 그는 예술의 자율성을 알아차리고 있었던 것은 아니겠는가. 단순한 예술지상주의의 표명이 아니라 현실과 맞대 있는 예술가의 초상을 문제 삼고 있는 것이 아니겠는가.

그것은 곧 제도 예술이라는 개념으로 이어진다. 제도 예술은 시민사회에서는 사회, 즉 실제적 생활과 대립되는 것으로서만 규정될 수 있다. 이때 사회라는 것은 일상성으로서, 각 개인을 실제적인 생활에 예속시키는 상황이라는 것이 지니는 강제성으로서 나타난다. 따라서 시민 사회에서 예술의 자율성이란 제반 사회적 이용에의 요구들에 맞서는 예술의 상대적인 독립성을 가리킨다.[17]

박인환이 찾아간 '시의 원시림'이란 바로 그곳이다. 하지만 확실하게 해 둘 필요가 있는 점은, 예술의 자율성 상태는 전혀 논쟁의 여지가 없는 것이 아니라 바로 전체 사회적 발전 과정의 한 불안정한 산물이라는 사실이다. 예술이 현실에 대한 해석을 제공해 주거나 혹은 잔여적인 욕구들을 관념적으로 만족시켜 주는 한, 예술은 비록 실제 생활로부터 유리되어 있을지언정 이 실제 생활과 여전히 관계를 맺고 있는 셈이다. 문제는 유미주의에 이르러 비로소 그때까지 계속 존속해왔던 사회와의 결합 관계가 해체된다는 점이다. 분명, 박인환은 그럴 '징후'를 보인다. 외접선에 의해 날카롭게 경계가 나뉜 두 영역 사이에는 한 치의 교집합도 존재하지 않고 존재할 수도 없는 것이다. '순결'은 절대의 영역이기 때문이다.

혹자는 그럼에도 불구하고 그가 현실에 대한 지속적인 관심을 보여 오지 않았던가 하는 점을 들어 반박할 수도 있겠다. 다음의 시가 그 한 예로 될 것이다.

녹슬은 / 은행(銀行)과 영화관(映畵館)과 전기세탁기(電氣洗濯機)

럭키이 · 스트라이크 / VANCE호텔 BINGO 께임

---

17) 페터 뷔르거(최성만 역), 『전위예술의 새로운 이해』, 심설당, 1986, p.17.

영사관(領事館) 로비이에서 / 눈부신 백화점(百貨店)에서 / 부활제(復活祭)의
카아드가 / RAINIER 맥주가

나는 옛날을 생각하면서 / 테레비죤의 LATE NIGHT NEWS를 본다 / 카
나다 CBS 방송국(放送局)의 / 광란(狂亂)한 음악(音樂) / 입 맞추는 신사(紳士)
와 창부(娼婦)

조준(照準)은 젖가슴 / 아메리카 워신톤 주(州)

비에 젖은 소년(少年)과 담배 / 고절(孤絶)된 도서관(圖書館) / 오늘 올드 미
스는 월경(月經)이다

희극 여우(喜劇女優)처럼 눈살을 피면서 / 최현배 박사(博士)의 <우리말
본>을 / 핸드백 옆에 놓는다

타이프라이터의 신경질(神經質) / 기계(機械) 속에서 나무는 자라고 / 엔진
으로부터 탄생(誕生)된 사람들

신문(新聞)과 숙녀(淑女)의 옷자락이 길을 막는다 / 여송연(呂宋煙)을 물은
전 수상(前首相)은 / 아메리카의 여자(女子)를 사랑하는가?

식민지(植民地)의 오후(午後)처럼 / 회사(會社)의 기(旗)ㅅ발이 퍼덕거리고 /
페케이·코모의 <파파·러브스·맘보>

찢어진 트람벳트 / 꾸겨진 애욕(愛慾)

　　　　　　　　　　　　　　　■ ■ ■　박인환, 〈투명(透明)한 바라이에티〉

　보들레르는 "현재를 경멸할 권리가 우리에겐 없다."라고 했다. 푸코에
의하면 이러한 현재의 찬양은 역설적인 것이다.[18] 현대적인 태도는 스쳐
지나가는 순간들을 그대로 유지하거나 영속화하기 위해서 신성한 것으로

---

18) 미셸 푸코(장은수 역), 「계몽이란 무엇인가」(김성기 편, 『모더니티란 무엇인가』, 민음사,
　　1994) 참조. 이 글은 윤평중에 의해, 『푸코와 하버마스를 넘어서』(교보문고, 1990)에도
　　번역되어 실려 있음.

다루지 않으며, 순간적인 호기심이나 흥미 때문에 수집하는 태도와는 다른 것이다. 그러한 태도는 보들레르가 구경꾼, 혹은 산책자의 자세라고 불렀던 것, 반면 보들레르는 산책자보다 훨씬 고결한 목적의 소유자, 즉 현대성이라고 부를 수밖에 없는 것을 찾는 이로 현대인을 묘사한다.

박인환의 위 시에서 우리는 문명에 대한 비판을 읽는다. 하지만 1955년 3월 5일 부산을 출발하여 22일에야 드디어 워싱턴 주에 도착한 박인환에게 그간의 엑조티시즘이 구체적이고 직접적인 면모로 다가섰을 것임은 예상하기 어렵지 않다. 산문으로 된 그의 기행문 「19일간의 아메리카」가 그 점을 잘 보여준다. 따라서 우리는 다른 한 편으로 위 시에서 문명에 대한 호기심을 엿볼 수 있는 것이다. 일단 그는 산책자와 현대인 사이를 동요하는 존재로 보인다.

다시 한 번 푸코에 따르면, 현대인은 무엇보다도 온 세계가 잠들어 있을 때 일하기 시작하며 그래서 그 세계를 변형시킨다. 그 변형 작용은 현실성을 폐기 처분하는 것이 아니다. 그것은 현실의 진실과 자유의 실행 사이를 오가는 힘겨운 상호작용이다. 현대적 태도에 따르면, 현재가 높은 가치를 가지고 있는 것은 그것을 통해 무엇인가를 상상하려는 필사적인 열망, 이 순간의 그것과는 다른 것을 한번 상상해 보려는 필사적인 열망, 그것을 파괴해 버리지 않고 있는 그대로 포착함으로써 그것을 변형시키려는 필사적인 열망과 분리해서 생각할 수는 없는 것이다. 그런데 박인환은 이번에도 너무 쉽게 현재를 폐기하고 만다. 거기엔 조금의 갈등도 보이지 않는다. 그는 더 이상 산책자도 현대인도 되지 못한다. 그러기에 평자들은 이를 가리켜 도식적이고 상투적인 문명 비판이라 하지 않았던가.

결과적으로 그나마 존재했던 현실과의 긴장이 단순화되고 추상화됨에 따라, 바라지 않던 길로 그는 접어들고 만다. 자율성의 허구를 간파할 수는 없었기 때문이다. 그 결과 그는 전위로 나아가기는커녕, 명백한 퇴보를 자행하기에 이른다. 허무주의의 긍정적 가능성도, 부정 정신으로서의 모더니즘도 사라지고 만다. 결국 일상성의 권태로움과 낡은 센티멘털리즘이 그 자리를 대신하고 말았던 것이다. 어쩌면 그것은 예정된 수순이었다.

물론 그것 또한 예술의 일종일 수 있으며 예술가로서의 초상을 지켜나

가는 방식 중의 하나일 수도 있다. 그렇다면 그는 그러한 예술가의 초상에는 충실하였던가. 김수영의 편에서 말하자면 그것 역시 아니다. '예술가의 양심과 세상의 허위'를 제대로 보지 못하고, 예술과 세상 사이의 긴장을 인식하지 못하는 것, 그것이 곧 김수영이 박인환을 가리켜 '코스츔'만 얻은 가짜요, 속물이라 비난한 부분이 되는 것이다. 한 연구자에 의하면 "풍문적이고 세속적인 '피난 문단' 시대의 여러 편린들과 환도 이후의 '명동시대'의 일화적인 모습들은 이러한 고통의 기억에 대한 망각 작용이거나 내면의 응축과 대응되는 혼란스런 현실의 알레고리일 것"19)이라고 하였지만, 그 고통에 찬 듯한 모습이 진짜냐 가짜냐 하는 데에 관한 관심은 단지 호사 취미에만 속하지는 않는다.

물론 그것이 진짜 '순수한 체험과 본능'에서 연유한 것인지, '코스츔'만 걸친 가짜인지에 대해 판단할 권리는 우리에게 없다. 박인환과 김수영은 각각 스스로 진짜라 생각되는 길을 걸어 나갔고, 그 결과를 다만 우리는 평가할 수 있을 따름이다.20) 불리한 쪽은 물론 박인환이다. 운명이 그를 먼저 손짓하지 않았던가. 그것이야말로 그의 불운이었다고 말하는 것은, 따라서 그에게 표할 수 있는 하나의 예의가 될 것이다. 하지만 그의 운명이 예정된 수순이었다는 지적은 여전히 유효할 것이다.

3. 〈목마와 숙녀〉와 〈등대〉

이제껏 필자는 초기시의 열정이 후기에 이르러 불안에 이르는 길을 보

---

19) 조영복, 앞의 글, p.14.

20) 그런 점에서 박인환의 〈잠을 이루지 못하는 밤〉, 〈서적(書籍)과 풍경(風景)〉 등은 소시민의 무력함을 노래한 김수영의 초기작과 비교 연구될 가치가 있다. "나의 재산―이것은 부스러기 / 나의 생명―이것도 부스러기 / 아 파멸한다는 것이 얼마나 위대한 일이냐 // 마음은 옛과는 다르다. 그러나 / 내게 달린 가족을 위해 나는 참으로 비겁하다 (중략) // 이 넓고 개체(個體) 많은 토지에서 / 나만이 지각(遲刻)이다. / 언제 죽을지도 모르는 나는 / 생에 한없는 애착을 갖는다." 〈잠을 이루지 못하는 밤〉 일부

인 셈이다. 아울러, 적어도 그에게는 현실과의 직접적인 긴장이 현실의 강요에 의해 포기됨에 따라 예술의 자율성이라는 안전지대에서 그 긴장을 간접화하여 드러내는 방식, 즉 외접선이라는 경계에 처해서의 갈등을 드러내는 방식이 취해졌던 것으로 보이거니와, 실제적으로는 그것이 갈등의 본질에 값하지 못하는 고로, 정직한 방편이라기보다는 포즈에 가까웠음을 밝혀 보고자 하였다.

그에게 있어 무엇보다도 중요한 것은 예술가로서의 초상이었다. 이러이러한 현실에 처해 예술가는 무엇을 어떻게 해야 하는가 하는 고민이야말로 그의 시를 이끌어온 추동력이라 할 수 있다. 거기서 우리는 그가 불안과 우울증에 이를 수밖에 없는 인식론적 한계를 이미 지적한 바 있거니와, 이제는 우울함의 극을 보여주는, 그의 후기작이자 대표작, '단 한편의 기적 같은 예외',21) <목마(木馬)와 숙녀(淑女)>에 대해 검토할 차례다.

> 한 잔의 술을 마시고
> 우리는 버지니아 울프의 생애와
> 목마(木馬)를 타고 떠난 숙녀(淑女)의 옷자락을 이야기한다
> 목마(木馬)는 주인을 버리고 그저 방울 소리만 울리며
> 가을 속으로 떠났다 술병에서 별이 떨어진다
> 상심(傷心)한 별은 내 가슴에 가벼웁게 부숴진다
> 그러한 잠시 내가 알던 소녀(少女)는
> 정원의 초목 옆에서 자라고
> 문학이 죽고 인생이 죽고
> 사랑의 진리마저 애증(愛憎)의 그림자를 버릴 때
> 목마(木馬)를 탄 사랑의 사람은 보이지 않는다
> 세월은 가고 오는 것
> 한때는 고립을 피하여 시들어가고
> 이제 우리는 작별하여야 한다
> 술병이 바람에 쓰러지는 소리를 들으며
> 늙은 여류 작가(女流作家)의 눈을 바라다보아야 한다
> ……등대(燈臺)에……

---

21) 이동하, 앞의 책, p.63.

불이 보이지 않아도
그저 간직한 페시미즘의 미래를 위하여
우리는 처량한 목마(木馬) 소리를 기억하여야 한다
모든 것이 떠나든 죽든
그저 가슴에 남은 희미한 의식을 붙잡고
우리는 버지니아 울프의 서러운 이야기를 들어야 한다
두 개의 바위 틈을 지나 청춘(靑春)을 찾은 뱀과 같이
눈을 뜨고 한 잔의 술을 마셔야 한다
인생(人生)은 외롭지도 않고
그저 잡지(雜誌)의 표지처럼 통속(通俗)하거늘
한탄할 그 무엇이 무서워서 우리는 떠나는 것일까
목마(木馬)는 하늘에 있고
방울 소리는 귓전에 철렁거리는데
가을 바람 소리는
내 쓰러진 술병 속에서 목메어 우는데

● ● ● 박인환, 〈목마와 숙녀〉

인구(人口)에 회자(膾炙)되는 시이건만, 사실 이 시를 구절구절 풀이한다는 것은 생각만큼 쉽지가 않다. 이 시는 단어들이 논리적이라기보다는 감정적인 친연성에 의해 결합되어 있고 사물들의 윤곽이 뚜렷하지 않은 경우에 해당되는 바, 티니야노프 식으로 말한다면, 이 같은 시에서 기호는 지시(reference)가 아니라, 어휘의 어조(lexical tone), 곧 분위기로 된다.[22) 일상 언어의 평범한 단어들조차 이차적 특성, 즉 시행이나 문구의 일반적인 분위기가 부과하는 강렬한 감정적 윤색을 위해서 그 외연적 의미를 실제로 포기할 수도 있는 것이다. 그러므로 분위기 시의 대표격이라 할 만한 이 작품은 부분적으로는 난해할지언정, 전체적으로는 대략의 이해가 가는 경우라 할 수 있다. 그때 이해란 물론 분위기의 이해를 가리키며, 그 분위기란 한마디로 우울함 그 자체이다. 이 우울함에 대해서는 한계전 교수의 다음과 같은 지적이 최적의 경우라 할 수 있다.

---

22) 빅토르 어얼리치(박거용 역), 『러시아 형식주의 — 역사와 이론』, 문학과지성사, 1983, p.290.

　　그의 시 <목마와 숙녀>는 바로 그 우울을 전편에 깔고 있는 작품이다. 이 작품에서 감상주의의 구슬픈 어조는 비극의 심각한 어조로 승화하지 못하고 그러한 것들이 이미 소진된 채 잔잔한 물결만으로 이루어져 있다. 이러한 잔잔함은 어떠한 이상주의적 동경에 대한 격렬한 추구도 소멸되었음을 의미한다. (중략) 목마는 미이라처럼 박제화되는 환상을 가리킨다. 이미 말의 등에 있어야 할 이상적 존재는 이 시에서 어렴풋한 암시의 안개 속에 그림자로 비칠 뿐이다. 나르시즘적 자아의 시선을 뭉개버리는 현실의 바람이 모든 것을 물결치게 하여 날려버린다. 마치 호리병 속에서 솟아나는 괴물처럼 나르시스의 연못에서 냉엄한 현실의 괴물이 솟아오른다. 목마의 미이라적 박제성은 바로 이러한 괴물의 마법에 의한 것이 아니겠는가? 박인환은 결코 이 현실의 괴물이 무엇인가에 대해 집요한 시선을 던지지 않았다. 그것은 그의 시의 우울증이 품고 있는 안개 너머에 단지 어두운 그림자로만 비칠 뿐이었다. (중략) 이렇게 불쌍한 자아를 중심으로 펼쳐지는 드라마를 엮어내는 것이 박인환의 시의 주제이다. 그리고 그것이 그의 재산이자 한계이다.[23]

　　다소 인용이 길어져야 했던 것은 이 시의 시적 의미나 주제에 관한한, 아마도 자자구구의 논리를 풀어가면서 자기모순을 밝혀내는 해체주의의 논법을 추구하지 않는 한, 구성의 원리에 입각한 해석으로는 이 이상의 논의가 거의 불요함을 역설키 위해서였다. 하지만 박인환에게서 그토록 즐겨 반복된 이 주제가 어떻게 이 시에서만은 다른 작품들보다 월등한 진경[24]과 시적 긴장을 성취할 수 있게 되었는지는 여전히 의문이다. 동일한 주제의, 동일한 분위기의 다음 시와 비교해 보라.

　　그러한 잠시 / 그 들창(窓)에서 울던 숙녀는 / 오늘의 사람이 아니다

　　木馬의 방울 소리 / 또한 번갯불 / 이지러진 길목 / 다시 돌아온다 해도 / 그것은 사랑을 지니지 못했다

　　해야 새로운 암흑아 / 네 모습에 / 살던 사랑도 / 죽던 사람도 / 잊어버렸고나

---

23) 한계전, 「전후시의 모더니즘적 특성과 그 가능성」, 『시와 시학』 여름호, 1991.
24) 이동하, 앞의 책, p.64.

침울한 바다 / 사랑처럼 보기 싫은 / 오늘의 사람

그 들창(窓)에 / 지나간 날과 침울한 바다와 같은 / 나만이 있다

• • • 박인환, 〈침울한 바다〉

목마가 있고, 심지어 목마의 방울 소리마저 있고, 숙녀가 있고, 바다가 있다. 여기서도 숙녀는 떠났다. 이 숙녀야말로 순결성을 간직한 신부의 표상과 다를 바 없을 것이다. 하지만 이 시는 한갓 넋두리에 지나지 않는다. 〈목마와 숙녀〉에 비해 이 시가 결여하고 있는 것은 무엇일까.

여기서 우리는 '버지니아 울프'와 '등대'의 역할이 매우 만만치 않았음을 발견하게 된다. 〈침울한 바다〉는 〈목마와 숙녀〉를 향한 도정에 지나지 않는다. 웬만한 이미지는 이미 완성되어 있었던 것, 여기에 숨결을 불어넣어 준 존재가 곧 버지니아 울프라는 객관적 상관물이었던 것이다. 물론 어지간한 독자가 아니고서는 사실 버지니아 울프가 누구인지, 그녀가 어떤 삶을 살았고, 그리고 이 시와 무슨 상관이 있는지를 알지 못한다. 하지만 이 시를 읽으면서 우리는 그것을 몰라도 좋았다. 잘은 몰라도 그 대강쯤은 시의 분위기가 가르쳐 주며, 중요한 것은 시의 분위기 자체였기 때문이다.

이 시의 독백이 연극의 독백과 유사한 인상을 주는 것은 분위기의 연출이란 점에서 주목할 만한 일이다. 그러나 단지 목마와 숙녀만이 남았을 때와 비교해 본다면, 우리는 버지니아 울프로 인해 그 우울함에 비로소 육체가 부여됨을 간파할 수 있다. 한갓된 넋두리 상태에서 벗어나, 그로써 이 시는 구체적인 이미지를 통한 공감을 획득하게 되고, 동시에 엑조티시즘의 멋마저 한껏 부릴 수 있게 되었던 것이다. 달리 말하면, 버지니아 울프라는 낯선 이미지는 낯선 대로의 효과를 그대로 간직하면서 동시에 시 전체의 분위기에 의해 그 의미가 낯설지 않게 떠받쳐짐으로써 극적인 효과를 연출해내게 되었던 것이다. 심지어 버지니아 울프는 예의 그 우울함에 일련의 지적 권위마저 더해 주면서, 이 시의 분위기에 우리를 엄숙하게 동참하도록 만든다.

아울러 대중교육으로서의 우리의 시교육은 또한 어떠하였던가. 서정시 일변도의 교육, 게다가 우울과 같은 정조에 문학성을 부여하고, 특히 시란 뭔가 멋진 언어의 쓰임이라 주입하였을 때, 이 시의 멋과 분위기에 대중들은 스스로 동의하고 동화하였으니, 이는 교육적 담론의 효과상 너무도 당연한 귀결이 아니었겠는가.

그러나 지금 우리의 관심은 일단 작가 박인환에게 한정해 두도록 하자. 위 두 시의 비교를 통해 우리는 그의 창작 과정상의 한 비밀을 엿본 셈인데, 그것은 곧 텍스트 체험이 그로 하여금 시를 쓰게 만든다는 사실이다. 스티븐 스펜더가 그렇고 버지니아 울프 등이 그렇다. 다만 당장의 관심은 그 영향 관계를 살펴보는 데 있는 것이 아니라, 그의 텍스트 체험이 '침울한 바다'와 같은 원체험에 어떻게 관여하고 있는가 하는 점이다. 왜냐하면 <목마와 숙녀>에 등장하는 '등대'란 단순히 바다 한 가운데 있는 인공물, 혹은 그로부터 유비되는 어떤 상징성에만 국한되는 것이 아니라, 바로 버지니아 울프의 대표작 <등대(*To the Lighthouse*)>와 직접적인 연관성이 있으리라 판단되기 때문이다. 이에, 다소 먼 길을 우회할지언정, 버지니아 울프의 <등대>부터 해명하지 않으면 안 될 듯하다.[25]

이 소설의 줄거리를 요약한다는 것은 거의 무의미하다. 그저 스코틀랜드 해안의 어느 섬이라고 추측되는 별장에서 8명의 자녀와 다수의 손님들과 여름을 보내는 늙은 철학교수 램지씨 부부의 생활 중에서, 등대 구경을 가기로 했지만 날씨 관계로 뜻을 이루지 못하는 어느 하루의 사건이 제1부에서 전개되고, 그 뒤 10년의 세월이 매우 짧은 지면 속에서 흐르는 사이에 이 가족 중 세 사람이 사망한다는 삽입적인 보고가 제2부에서 제시되며, 제3부에서 램지교수는 그 10년이 흐른 후 다시 등대 여행을 결행하고, 이 집의 손님인 화가 릴리 브리스코우는 10년 전에 시작했던 그림을 거의 동시에 완성한다는 내용이 줄거리라면 줄거리다.[26] 하지만 이 소설의 핵심 역시 줄거리에 있지 않다.

---

25) 이하 버지니아 울프에 관해서는 주로 박혜선, 「*Virginia Woolf*의 *To the Lighthouse* 연구」 (서울대 석사학위논문, 1985)를 참고하였음.
26) 버어지니아 울프(강혜경 역), 『등대』, 서원, 1991.

20세기에 들어와 제1차 세계대전과 더불어, 빅토리아조 이래 소위 '위대한 낙관'이라는 영국민의 깊은 잠재의식적 사회 인식은 완전히 빛을 잃었고, 의혹과 불안과 혼란의 시기가 도래한다. 1910년부터 1920년대 초기에 걸쳐 영국의 시와 소설은 인간의 희망이나 행동에 대해서 '새로운 리얼리즘'을 요구하게 된다. 그들은 복잡한 감정과 기억의 내면 세계에 언어를 주고 시대 또는 환경에 따라 다양한 정의를 내릴 수 있는 리얼리티를 확립하는 데 관심이 있었다. 버지니아 울프는 삶의 리얼리티란 인간의 내면 의식에 존재한다고 믿었다. 삶은 무엇이라 한 마디로 정의할 수 없는 것이고, 반드시 어떤 질서에 의해 정돈되어 있는 것도 아닌 것이다.

<등대>의 주요 인물인 램지 부인은 인생이란 다소 비극적이고 적대적이라는 것을 잘 인식하고 있다. 하지만 램지 부인은 인생의 모든 비극적인 면까지 수용하려고 노력하면서 인생 그 자체를 그대로 받아들이고 있다. 그러면서 절망에 빠지지 않고 좀 더 나은 삶을 영위하고자 몸부림친다. 자기 세계밖에 모르는 남편을 이해하려고 애쓰며, 아이들의 소중한 꿈과 희망을 부수지 않으려 노력하고, 집에 온 손님들의 흩어진 자아를 함께 모으고 화해시키려 애쓴다. 그리하여 인간의 육체는 비록 유한하지만, 그가 점유했던 시간과 거기에 얽혀진 의식들이 나누어 갖는 기억 등, 마음의 영역은 거의 무한에 이르게 된다.

한편 화가 릴리 브리스코우는 램지 부인이 죽은 뒤에도 그녀의 영혼의 위대함을 인식하게 된다. 릴리는 비록 자신의 그림이 다락방에 걸려 어느 누구의 시선도 끌 수 없을지라도 그것을 통해 램지 부인의 기억을 재생시키고 그녀의 의미를 깨달으며 그녀의 영혼과의 화합을 갈구한다.

제1부의 끝에서 등대 여행 계획이 취소된 램지 부인은 등대의 세 번째 불빛에 자신을 동일시하는데, 이때 램지부인은 마치 신의 은총처럼 부어지는 충족감을 이기지 못하고, "It is enough! It is enough!"라고 자신에게 소리친다. 이 순간에 자아와 대상과의 구별이 허물어지면서 사물의 본질을 경험하게 된 것이다. 이와 함께 인간의 유한함에서 오는 모든 부족함이 가득 채워지는 충만감을 순간적으로 느끼게 되고, 유한과 무한이 공존하는 인간 정신의 진정한 승리의 경지에 도달하게 된다. 하지만 램지 부

인이 삶의 비전(vision)을 통해 모처럼 이룩한 통합의 순간을 유지하지 못하고, 그것을 깨뜨리는 죽음과 갑작스런 삶의 사건들에 의해 중단되고 마는 것과는 별도로, 미학적인 조화가 이야기의 다른 한 쪽 틀에서 전개되고 있는데, 이것이 바로 릴리의 비전이다.

그녀는 이 소설에서 비교적 객관적인 코멘트를 하는 인물로서 비록 누군가의 다락방에 처박혀 있을 삼류 작품을 만들지라도 진지하게 창작하려는 태도를 보여준다. 그러나 처음에 그녀는 주관과 객관의 구별을 뚜렷이 하는 미숙한 단계에서 안타까워 할 뿐, 그림을 완성하지 못한다. 더구나 바라봄의 대상이 되면 곧 사라져 버리는 영혼을 작품에 담으려고 하는 까닭에 이 작업은 무척 힘든 것이다. 이것은 작품의 구조와도 긴밀한 관계에 놓여 있다. 즉 제1부에서는 삶이 중심이 되어 사랑에 의한 조화의 창조를 다루는 반면에, 제2부에서는 인간에게 미치는 자연의 힘, 시간과 죽음의 의미를 거쳐, 제3부에서는 완전히 예술의 문제로 초점을 옮겨 모든 총체적 경험을 바탕으로 비전을 추구하면서 조화된 예술의 탄생을 기다리게 되는 것이다. 램지 부인이 "It is enough!"라고 말하고 나서 놓쳐버리는 비전의 순간을 릴리는 예술 속에서 영원화하는 것이다.

여기까지 일단 우리는 박인환이 왜 버지니아 울프에 동화되어 있는지를 거칠게나마 이해할 수 있을 듯하다. 그 첫째가 시대 상황의 유사성, 그리고 그로 인한 내면화 지향성이라면, 다른 하나는 삶과 예술의 관계에 대한 관심이라 할 수 있을 것이다. 그녀 소설의 중요한 주제적 측면 가운데 하나가 바로 예술가로서의 삶의 문제였듯이, <목마와 숙녀> 또한 그 같은 측면에서 읽어 볼 수가 있는 것이다. "문학이 죽고 인생이 죽고"라는 대목이 결코 허튼 췌사만은 아니었을 터이다.

그러나 박인환과 마찬가지로, 비록 죽음과 고독의 주제가 울프의 삶에 대한 인식에 있어 커다란 부분을 차지하고 있다 하더라도, 램지 부인을 통해서 보듯 비극적 성격은 제거되고 긍정적으로 수용되고 있음에 우리는 주목해야 한다. <등대>에 따르면, 인간이 숙명적인 유한함과 그것으로부터 인간을 얽어매는 일체의 제약을 끊어버리고 비전이라 부르는 무한의 경지에 도달할 수 있을 때, 이는 인간 승리의 한 형식이며, 그 결과 창조를 할 수 있게 되고, 이는 곧 나아가 예술이 되는 것이다. 즉 버지니아 울프는 그와 같은 비전에 도달함으로써 피할 수 없는 죽음의 공포로부터 해방되는 상태를 제시하였던 것이다. 하지만 박인환의 경우, 삶의 비극, 죽음의 문제는 삶 속에서는 결코 해결될 수 없는 운명일 따름이다. '불이 보이지 않아도' '모든 것이 떠나든 죽든' '인생은 외롭지 않고 잡지의 표지처럼 통속하거늘'이라고 하였을 때, 이 양보의 조건절들은 모두 삶의 긍정이라기보다는 자조적이고 숙명적인 승인으로서의 긍정일 뿐이기에, 결론은 항상 부정의 강화, 곧 허무에 도달하고 마는 것이다.

물론 버지니아 울프가 삶을 예술과 같이 조화롭고 영원한 것으로 만들려 했다는 것 자체가 역설적으로 우리의 삶이 실제로 얼마나 부조화하고 공허한 것인가를 절감하게 해 준다는 점에서, 그녀와 박인환의 출발점은 그다지 거리가 멀어 보이지 않는 것이 사실이다. 그러나 박인환은 삶의 개선에 관해서는 거의 무관심해 보인다. 어차피 인생은 잡지의 표지처럼 통속할 수밖에 없기 때문이다. 거기에는 타협의 여지도 변증법적 사유의 가능성도 제거되어 있다. 그는 램지 부인일 수도 없었고, 램지 부인을 승인하지 못하는 이상, 삶과 예술을 통합하고자 하는 릴리 브리스코우도 될 수가 없었던 셈이다. 그의 시 속에서 '소녀'와 '숙녀'는 동일인물의 성장사로 비쳐진다. 그러나 그 인물이 구체적으로 누구인지, 그래서 그 모종의 숙녀와 박인환의 관계를 의심하고 이 시를 실연이나 사별과 연관 지어 바라보는 것은 어리석다. 우리는 이 소녀와 숙녀의 이미지에 '늙은 여류작가' 버지니아 울프가 투영됨을 주목해야 한다. 소녀와 숙녀의 이미지는 버지니아 울프라는 구체적 개인의 등장을 통해 육체를 부여받는다고 이미 말하였거니와, 젊음과 늙음의 이미지 또한 그 대립적 측면보다는 연속적 측면이 더욱 강조되는 것이다. 인생의 성장 단계를 각각 대표하는 소녀와 숙녀와 늙은 여인 버지니아 울프는 모두 순수 내지 순결의 상징물이다. 그리고 그들은 결국 이 세계에서는 죽거나 떠나가거나 하는 존재일 수밖에 없다. 순수가, 그리고 예술이 왜 죽어야 하는지 우리는 버지니아 울프의 서러운 이야기를 통해 들어야 하는 것이다. 따라서 이 시점에서 시인이 "한탄할 그 무엇이 무서워서 우리는 떠나는 것일까"라고 자문하였을 때, 그때의 '우리'는 통속적인 일상인을 가리키는 것으로 보아야 한다. 예술가로서 바라보자면 인생은 외로울 수밖에 없고, 잡지의 표지처럼 통속한 현실이 괴로운 것이며, 그래서 삶과의 조화를 꿈꾸다가 끝내는 죽을 수밖에 없다는 것, 그것을 이해하지 못하는 일상인을 향해 바로 그러한 예술가의 초상을 시인(예술가)은 결국 시(예술)로써 말하고자 하였던 것이다.

그가 찾아간 '시의 원시림'이란 이런 곳이었다. 예술가의 초상은 현실적인 삶과의 관계 속에서 비로소 승인되고, 그로부터 예술가의 고난과 영광이 함께 하는 법이겠거니와, 박인환의 경우, 그러한 점을 인식했음에도 불구하고, 그래서 단순한 예술지상주의는 스스로 용인하지 않았던 것으로 비쳐짐에도 불구하고, 실제는 서러운 비애미의 표출밖에 가능하지 않았던 것이다. 현실은 그저 허무한 것으로만 고정되어 있고 따라서 개선할 수도 없는 것으로 파악되는 상태, 그 결과 막연하고 추상적인 긴장만 있고 진지한 갈등이 부재한 상태, 산책자도 현대인도 못되는 상태, 이성과 욕망이 서로 멀리 떨어진 곳에서 각각 팽팽하게 모종의 해결을 요구하는 상태 속에 갇혀, 끝내 그는 출구를 찾지 못하였던 것으로 판단된다, 요컨대 아무런 전망과 해답도 보이지 않는다는 이유에서 그저 허무만을 남발하는 상태, 이것이 모두 자신을 옥죄는 현실의 '괴물' 탓임을 민감하게 파악하면서도 그로부터 벗어나고자 노력해 보지도 못하는 상태, 이것이 앞서 한계 전 교수가 지적한 대로 그의 재산이자 한계가 아니었겠는가. 왜 그는 현실에 천착하지도 못하고, 그러면서도 왜 현실로부터 떠나갈 수가 없었던가. 이 점을 밝히기 위하여, 필자는 그의 초기시적 지향으로부터 여기까지 밟아 온 셈이다.

4. 시인 예술가의 초상

앞 장에서 우리는 버지니아 울프의 「등대」와 박인환의 <목마와 숙녀> 간의 대비를 보았다. 하지만 상관도가 매우 높을 듯함에도 불구하고 그 둘이 노정하는 주제 내지 세계관의 차이점을 어떻게 받아들여야 할 것인가 하는 것은 문제로 남는다. 이는 외국문학에 관한 박인환의 독해력에 문제가 있어서가 아니라, 그의 궁극적인 관심이 '버지니아 울프의 <등대>'라기보다는 '버지니아 울프의 생애' 쪽이었기 때문인 것으로 보인다. 창작 동기와는 분명 관련이 있으리라 추정됨에도 불구하고 <목마와 숙녀>에서의 '등대'는 버지니아 울프의 작품명이 갖는 의미론적 기능을 전혀 발휘하지 않는다. 사실상 버지니아 울프의 <등대>는 서럽지 않다. 다만 버지니아 울프의 '생애'가 서러운 것이다. 와병과 요양의 연속, 중년 이후로는 신경쇠약 증세까지 보이다가, 제2차 세계대전 중인 1941년 우즈 강에 몸을 던져 자살, 말하자면 이런 것이 박인환에게는 더 문제적으로 보이지 않았을까. 사정이 그러하다면, <등대>의 내용 그 자체에는 오히려 초연할 수 있었던 것, 바로 이러한 경우를 김수영은 포즈요, 코스츔이라 비난했던 것이 아니겠는가.

이제껏 그에 관해 '예술가의 초상'을 문제 삼았을 때, 항상 필자는 예술지상주의자의 그것으로서가 아니라 김수영의 정의대로 '예술가의 양심과 세상의 허위'라는 범주 구도에서 바라보아왔다. 요체는 곧 그 둘 사이의 '긴장'이었다고 할 수 있다. 앞서의 논의에서 보았듯, '여하튼' 박인환에게도 나름대로의 긴장이 의식되고 있었음은 인정해야 할 듯하다. 따라서 그의 초기시를 유행 취미로만 간주하는 것은 편벽된 판단으로 보인다. 하지만 그 긴장이 시적 긴장으로 발전되기보다는 매우 기초가 박약한 관념의 상태에 그치고 말았다는 것은 그 스스로 책임져야 할 대목이기도 하다.

그래서 그는 점차 전위로부터 멀어져 간다. 그 긴장이 점차 약화될수록 그의 시는 유미주의의 징후를 보였다. 하지만 그는, 비록 스스로가 감당할 수는 없을지언정, 현실을 향한 한쪽 눈을 도저히 감을 수가 없었다. 적어도 포즈는 그래야 한다. 그래야만이 예술가의 초상을 멋있게 유지할 수 있기 때문이다. 그의 시는 오히려 김수영의 시보다 색깔이 무겁다. 하지만 무게는 가볍다. 둘 다 죽음의 문제를 시적 주제로 삼았고 둘 다 예술가의 초상을 문제 삼았다.

1950년대의 시는 이 두 시인이 그려낸 지형도를 떠나서는 설명하기 어렵다. 동시에 그것은 연구자에게는 하나의 족쇄이기도 하다. 특히 김수영식 구도의 간섭은 박인환을 논할 때면 그로 하여금 항상 모종의 혐의를 걸게 만든다. 그로부터 자유롭기는 당분간 매우 힘들 듯하다. 시대적 한계를 변명으로 제공하기엔 김수영이라는 존재가 너무 강적이기 때문이다. 이 글 역시 그 같은 기본적 구도로부터 멀리 벗어나지는 못했다는 점에 그 한계가 놓일 것이다.

고로, 마지막으로 궁금한 것은 박인환의 불운이 그의 운명 탓만일까 하는 점이다. 그가 계속해서 새로운 지형도를 그려내었더라면 그 모습이 어떠했을까. 아마도 외접선의 이항대립적 구도에서 벗어나지 못하는 한, 예술을 위한 예술의 자율성 개념으로 치닫거나, 자율성을 예술 제작자의 단순히 주관적인 상상으로 파악하는 실증주의적 자율성 개념에 도달하지 않았을까.

이런 가정은 물론 예의에서 어긋나는 일일 것이다. 하지만 시민사회에서 예술이 무엇이냐 하는 것을 규정할 때에, 자율성이라는 카테고리가 갖는 예술의 사회적 피제약성이 밝혀지지 않는 한에 있어서는, 바로 그 '괴물'과의 대결을 회피한 그로서는 그리 되었을 가능성이 크지 않았겠는가. 그 점은 그의 운명이 다한 뒤로도 지속적으로 이데올로기적 왜곡을 이어온 우리 문학의 지배적 담론이 방증하는 편이라 할 것이다. 시민사회에 있어서의 예술작품이 실제 생활로부터 비교적 유리되어 있다는 성격은 사회로부터의 예술 작품의 완전한 독립성이라는 그릇된 관념으로 변형되어 버린다. 정녕코 이 점이 없었더라면, 우리 대중들이 김수영보다 먼저 박인환을 사랑했을 성싶지는 않다.

반면, 그동안 또 다른 한 축에서는 김수영적 담론을 부지런히 성장시켜 왔고, 이제는 국정교과서에 김수영이 먼저 실려 있으니, 그렇다면 이러한 경쟁적 담론 속에서 앞으로 박인환의 운명은 또 어떻게 전개될 지 자못 궁금한 터, 이에 관해서는 결국 박인환론을 넘어선 자리, 즉 우리 대중과 학계를 포함한 문화 연구 차원에서 그 해명을 기대해 봄이 옳을 듯싶다.

|김남주론|
닫힌 세계 속의 열린 시

1. 임을 위한 진혼가

1994년 2월 14일 새벽, 시인(詩人) 김남주(金南柱)는 48세의 나이로 그의 생을 완결하였다. 그러나 그에게 바쳐지는 어떠한 조사(弔辭)도 정작 그 자신에게는 아직 마땅치 않을지도 모른다. 지금 우리에게 필요한 것은 다만 그를 위한 진혼가(鎭魂歌)일 따름이다. 시인이 되면서부터 그는 살아있는 그 스스로에게 이미 진혼가를 준비해 놓지 않았던가.

총구가 나의 머리숲을 헤치는 순간 / 나의 양심은 혀가 되었다 / 허공에서 헐떡거렸다 똥개가 되라면 / 기꺼이 똥개가 되어 당신의 / 똥구멍이라도 싹싹 핥아 주겠노라 / 혓바닥을 내밀었다 / 나의 싸움은 허리가 되었다 당신의 / 배꼽에서 구부러졌다 노예가 되라면 / 기꺼이 노예가 되겠노라

(중략)

삽살개 삼천만 마리의 충성으로 / 쓰다듬어 주고 비벼 주고 핥아 주겠노
라 / 더 이상 나의 육신을 학대 말라고 / 하찮은 것이지만 육신은 나의 / 유
일(唯一)의 확실성(確實性)이라고 나는 / 혓바닥을 내밀었다 나는 / 무릎을 꿇
었다 나는 / 손발을 비볐다 나는

(중략)

참기로 했다 / 어설픈 나의 양심과 나의 / 미지근한 싸움은 참기로 했다 /
양심이 피를 닮고 / 싸움이 불을 닮고 / 피와 불이 자유를 닮고 / 자유가 시
멘트바닥에 응집된 / 피 같은 불 같은 꽃을 닮고 / 있다는 것을 배울 때까지
는 / 응집된 꽃이 죽음을 닮고 / 있다는 것을 알 때까지는 / 온 몸으로 죽음
을 / 포옹할 수 있을 때까지는 / 칼자루를 잡는 행복으로 / 자유를 잡을 수
있을 때까지는 / 참기로 했다

어설픈 나의 양심 / 미지근한 나의 싸움 / 양심아 싸움아 너는 / 차라리 참
아라 차라리 / 참는 게 낫다고 참아라

• • • 김남주, 〈진혼가(鎭魂歌)〉 일부

고문의 공포가 정신과 의지와 영혼의 무너짐에 대한 공포라고 말하지
말자. 하찮은 것이 육신이라고 말하지도 말자. 그것은 모두 고문이 지나고
난 뒤의 일이다. 그리고 그때야말로 영혼의 위무가 필요한 때다. 시인은
눈물겹게도 스스로에게 참으라 했다. 그 정직함과 그 엄정한 의지가 우리
를 감명케 하였거니와, 이제 그 육신마저 없고 '온 몸으로 죽음을 포옹할
수' 있게 된 그에게 이 진혼가 말고 또 무슨 노래가 필요하겠는가. 따지고
보면 그의 삶 전체가 고문이었다. 감옥에 나와서마저도 그를 둘러싼 세계
의 변화는 차라리 고문이었던 것이다. 이제 우리는 그에게 또 참으라고
말할 수도 있다. 혹은 이제는 참지 말라고, 참지 않아도 좋다고 말할 수도
있다. 말이 달라도, 그의 영혼을 진혼코자 하는 우리의 마음은 한결같을
것이기 때문이다.

아직도 그의 시는 완료형이 아니다. 그래서 아직은, 아직도 그를 위한
조사를 쓸 일은 아니다. 다만 그가 남긴 유산에 대한 비판적 전유는 미룰
수 없을 따름이다.

2. 삶과 시의 정신

김남주 자신의 고백에 따르면 그의 시는 네루다와 브레히트에 많은 영향을 받았다고 하지만—사실 그의 시 속에는 전시기에 걸쳐 패러디라든가 인유라든가 하는 등등의 상호텍스트적 요소가 적잖이 발견되며 이는 하나의 창작방법으로 자리했다는 점에서 반드시 검토되어야 할 바라 할 것이다—그의 초기 시가 취하는 시적 긴장이나 조사법(措辭法)의 모습에서 우리는 김수영 경향을 발견할 수도 있고, 황토로 대표되는 파괴된 고향과 그 고통을 형상화하고 체화하는 점에서는 김지하 경향을, 또는 농민 대중적 기반이라는 점에서는 신동엽이라든가 신경림 경향을 엿볼 수도 있다. 다만 이것은 1970~1980년대 민중 시인들의 일반적 경향이라 불릴 만한 것이기도 함에 주의할 필요가 있다.

따라서 이러한 보편항과 개인의 편차가 이 시기의 대표작들을 구성한다면 그때 비로소 우리는 김남주가 차지하는 몫이 무엇인가를 물을 수 있게 된다. 그의 진정한 차별성은 1980년대에 있지 않았던가. 그것은 어떻게 가능했던가. 그의 초기시와 1980년대 시 사이에는 과연 어떠한 변증법이 놓여 있었을까.

꽃이다 피다 / 피다 꽃이다 / 꽃이 보이지 않는다 / 피가 보이지 않는다 / 꽃은 어디에 있는가 / 피는 어디에 있는가 / 꽃 속에 피가 잠자는가 / 핏속에 꽃이 잠자는가

꽃이다 영혼이다 / 피다 육신이다 / 영혼이 보이지 않는다 / 육신이 보이지 않는다 / 꽃의 영혼은 어디에 있는가 / 피의 육신은 어디에 있는가 / 꽃 속에 영혼이 깃드는가 / 핏속에 육신이 깃드는가 / 영혼이 꽃을 키우는가 / 육신이 피를 흘리는가 / 꽃이여 영혼이여 / 피여 육신이여
(중략)
그대는 겨울을 / 겨울답게 살아 보았는가 / 그대는 봄다운 / 봄을 맞이하여 보았는가 / 겨울은 어떻게 피를 흘리고 / 동토(凍土)를 녹이던가 / 봄은 어떻게 폐허(廢墟)에서 / 꽃을 키우던가 겨울과 / 봄의 중턱에서 / 보리는 무엇

을 위해 이마를 맞대고 / 눈속에서 속삭이던가 / 보리는 왜 밟아줘야 더 / 팔
팔하게 솟아나던가 / 잡초는 어떻게 뿌리를 박고 / 박토에서 군거(群居)하던
가 / 찔레꽃은 어떻게 바위를 뚫고 / 가시처럼 번식하던가 / 곰팡이는 왜 암
실(暗室)에서 생명을 키우며 / 누룩처럼 몰래몰래 번성하던가 / 죽순은 땅속
에서 무엇을 준비하던가 / 뱀과 함께 하늘을 찌르려고 / 죽창을 깎고 있던가

아는가 그대는 / 봄을 잉태한 겨울밤의 / 진통이 얼마나 끈질긴가를 / 그
대는 아는가 / 육신이 어떻게 피를 흘리고 / 영혼이 어떻게 꽃을 키우고 / 육
신과 영혼이 어떻게 만나 / 꽃과 함께 피와 함께 합창하는가를

꽃이여 피여 / 피여 꽃이여 / 꽃 속에 피가 흐른다 / 핏속에 꽃이 보인다 /
꽃 속에 육신이 보인다 / 핏속에 영혼이 흐른다 / 꽃이다 피다 / 피다 꽃이다
/ 그것이다!

● ● ● 김남주, 〈잿더미〉

1974년 『창작과 비평』 여름호를 통해 김남주는 이렇게 시인으로서 첫
모습을 내비쳤다. 10년 징역형을 구형받아 10여 개월의 옥고를 치루고 난
뒤 집행유예로 풀려난 것이 1973년 12월 28일의 일이었고 1974년은 이
른바 민청학련 사건으로 떠들썩하던 한 해였다. 이런 소용돌이 속에서,
'잿더미'로 화해버린 영혼과 육신을 싸안고 거기서 시인으로서의 내면을
가다듬기란 좀체 용이한 일이 아니다. 그래서 그는 자신의 내면의 변화
과정, 즉 절망으로부터 어떻게 구원되는가를 그대로 보여주는 방법을 택
했는지도 모른다. 인용된 위 시의 전반부는 '꽃'도 '피'도 '영혼'도 '육신'
도 보이지 않는 절망으로 가득 차 있다. 고문이 패배가 아니듯, 집행유예
도 승리일 수만은 없었다. 그 자괴감과 절망감 내지는 죄책감이 이 시기
그의 시의 원동력이었으며 이 시기 그가 시를 써야 했던 이유 역시 자신
의 영혼의 치유책이었다고 보아 크게 틀림이 없을 것이다.

얼핏 구약 성경 『욥기』의 구절을 연상시키기도 하지만, 이때 그를 절망
으로부터 구원하고 있는 것은 역사에 대한 변증법적 인식 외에 다른 것이
아니었다. '겨울과 봄의 중턱'에서 '보리'와 '잡초'와 '찔레꽃', 혹은 '곰팡

이’와 ‘죽순’의 생태는 무엇을 가르쳐 주던가. 자연의 법칙에 유추하는 이 인식 형태는 물론 참신하다 할 것이 없다. 중요한 것은 이로써 보이지 않던 꽃과 피와 영혼과 육신이, 그것도 서로 통합된 상태로 보이게 되었다는 시인의 개안(開眼)에 있다. 고문이 가져다 준 영혼과 육신의 분열 상태, 그 잿더미에서 시인은 이로써 구제될 수 있었던 것이다. 이 시의 전반부가 확산형인 반면, 후반부가 수렴으로 표현됨으로써 이루어낸 시적 긴장 역시 극적일 수밖에 없었던 시인의 내면적 추이가 정확히 반영됨으로써 가능했던 것임은 말할 나위 없다.

문제는 그의 내면과 환경의 처리 방법에 있다. 거칠게 보아 그의 변모는 내면 쪽에서 환경을 향하는 방법론으로부터 환경이 아예 내면을 포괄하는 방법론으로 나아갔다고 할 수 있을 것이다.

여기서 중요한 또 하나의 시인을 더 거론해야 하겠다. 윤동주의 친구요, 또한 누구보다 김남주를 사랑했던, 그리고 얼마 전 그보다 앞서 세상을 떠난 문익환은 자신을 굳이 시인이라 가리키면서 김남주의 시집 『진혼가』 말미에 이렇게 적은 바 있다. “그런데 나는 이 시인의 시를 읽으면서 이건 영락없는 동주의 시라는 느낌이 들었다”라고. <진혼가>를 읽고 받은 이 느낌은 결코 우연이 아니었다. 동주와 남주가 그리는 동심원, 그 두 개의 원이 겹치는 지점에 문익환이 서 있었기 때문이다. 아마도 그 체감의 확실성이 선생으로 하여금 시인되기를 가능케 했는지도 모른다.

차마 부끄러워
밤으로 찾아든 고향
달도 부끄러워 숨어 버렸나
보이는 것은 어둠뿐
들판도 그대로 어둠으로 깔리고
어둠으로 보이는 것은 농민의
농민에 의한 농민을 위한
허수아비뿐이다

차마 부끄러워

어둠으로 기어든 마을
똥개도 부끄러워 짖지를 않나
길은 넓혀졌지만 지붕도 벗겨졌지만
개똥불처럼 전깃불도 가물거리지만
원귀처럼 소소리처럼 들리는 한숨
소리 껍데기뿐이다

차마 부끄러워
도둑처럼 밀어 여는 사립문
고양이도 부끄러워 엿보지 않나
텅빈 마당이 허전하고
텅빈 마굿간이 허전하고
발길에 밟히는 것은 소스라치게 놀라
달아나는 쥐새끼뿐이다

• • • 김남주, 〈달도 부끄러워〉

그러한 체감을 유발시킨 구체적 동인은 부끄러움과 죄의식이라는 두 사람의 공통항에서 찾아야 할 것이다. 훼손된 고향의 모습이 불러일으키는 정신적 상흔, 이것은 농촌의 희생을 전제로 한 경제적 근대화가 지식인 시인에게 가져다 준 정신적 외상(外傷)이다. 그러나 남주가 몰래 찾은 고향에는 '지조 높은 개'마저 없다. 그의 소시민적 부끄러움은 이내 고향의 황폐함에 주된 자리를 내어준다. 말하자면 자신의 부끄러움에서 시작한 시가 시대의 아픔으로 확장되어 나아가는 것, 그래서 이 시를 읽고 난 뒤 우리에게 남는 것은 주체의 내면 쪽이 아니라 주체의 환경에 대한 분노 내지는 분개감이라는 것, 이러한 방법론이 남주의 동주에 대한 여집합이 된다. 다음 작품도 또 하나의 예증이라 할 만하다.

불을 노래하는 녀석들이 있다 / 놈들의 주둥이를 비틀어라 그들의 눈은 / 사슬에 묶인 시인(詩人)의 간(肝)과 닮고 있지 않다

타오르는 시인의 가슴 속에서 / 불은 신이 되어 너를 기다린다 / 불은 바

위가 되어 너를 기다린다 / 불은 거꾸로 걷는 활자(活字)가 되어 너를 기다
린다 / 불은 비뚤어진 꽃잎이 되어 너를 기다린다 / 불은 불결한 나체(裸體)
가 되어 너를 기다린다 / 불은 노동자의 절단난 팔이 되어 너를 기다린다 /
불은 농군의 굶주린 얼굴이 되어 너를 기다린다 / 불은 겨울의 이빨이 되어
너를 기다린다 / 불은 약탈이 되어 너를 기다린다 / 불은 끝나지 않는 고난
(苦難)이 되어 / 죽음으로써만 끝장이 나는 / 신화(神話)가 되어 너를 기다린다

· · · 김남주, 〈불〉 일부

윤동주의 <간(肝)>이 절로 떠오르는 작품이다. 프로메테우스를 모티브
로 삼았다는 점부터가 그러하다. 동주의 것이 1인칭을 화자로 삼고 있고,
남주의 이 작품이 '시인의 가슴'을 문제 삼는다는 점에서도 기본적인 인
식은 같이 하고 있는 셈이라 할 것이다. 그러나 이번에도 역시 정작 남주
의 시에서 지시하고 있는 메시지는 노동자와 농군 등의 세계를 향한 것이
라 봄이 타당하다. 그의 초기시에서 윤동주마냥 내면으로만 '침전(沈澱)'하
는 경향은 흔치 않다. 그의 정신적 순결성이란 상처받기 쉬운 영혼의 형
태가 아니었다. 이 점에서 그는 동주와 엄밀히 구별되며 도리어 바로 그
런 류의 정신적 순결성이 이후 타협을 모르는 혁명성으로 전화될 수가 있
었던 것이다. 다만 위 시에서 보듯 이 시기 그의 시작 출발점은 여전히 시
인으로서의 내면에 있었으며, 적어도 그 기다림의 자세라는 측면에서는
소시민적 경향을 불식시키지 못하고 있는 편이었다고 지적함이 옳다.
　이에 비추어 이제『나의 칼 나의 피』시기를 살피건대, 그 시집의 첫머
리에 실린 다음 작품은 저간의 사정을 썩 잘 드러내어 주고 있다. 먼저 이
시에는 다음과 같은 에피그램이 달려 있음에 유의해 두자 : 신으로부터
불을 훔쳐 인류에게 선사했던 프로메테우스가 인류의 자랑이라면 부자들
로부터 재산을 훔쳐 민중에게 선사하려 했던 나 또한 민중의 자랑이다.

　　나는 듣고 있다 감옥에서 / 옹기종기 참새들 모여 입방아 찧는 소리를 /
들쑥날쑥 쥐새끼들 귀신 씨나락 까는 소리를 / "왜 그런 짓을 했을까, 왜 그
렇게 일을 했을까 / 좀더 잘할 수도 있었을 텐데, 경박한 짓이었어 / 그 때문
에 우리의 역사가 한 10년 후퇴되었어 / 한마디로 미친 놈들이었어 미친 짓

이었어 / 이에 상당한 책임을 그들은 져야 할 거야" 하는 소리를
(중략)

불을 달라 프로메테우스가 / 제우스에게 무릎 꿇고 구걸했던가 / 바스티
유 감옥은 어떻게 열렸으며 / 센트 피터폴 요새는 누구에 의해서 접수되었
는가
(중략)

혁명은 전쟁이고 / 피를 흘림으로써만이 해결되는 것 / 나는 부르겠다 나
의 노래를 / 죽어가는 내 손아귀에서 칼자루가 빠져나가는 그 순간까지

나는 혁명시인 / 나의 노래는 전투에의 나팔 소리 / 전투적인 인간을 나
는 찬양한다

• • • 김남주, 〈나 자신을 노래한다〉 일부

임헌영이 "그때 운동권에서조차도 얼마나 남민전 사건을 편견적이고
선입견에 차서 냉정하게 대했던가를! 남주의 시는 이런 시대적 분위기를
반영한다."라고 했을 때, 그 가장 직접적인 표현이 바로 이 경우에 해당한
다. 이 시기에 이르러 이제 내면의 갈등은 별반 찾아보기 어렵다. 그 어떤
대상에 대해서도 부끄러움이 없다. 그러나 그 확신에 찬 어조에서 오만을
발견하기란 더욱 더 어렵다. 환경과 내면은 이제 분리될 수 없는 관계로
정립되기에 이른다. 물론 남성적 목소리로 일관되는 듯한 이 시기의 시
속에서도, 감옥 안 통방(通房)으로 들려오는, 감옥보다 더한 감옥 밖의 고
통에 대해 처절한 흐느낌을 흘려보내는 노래가 없는 것이 아니었다.
  하지만 그의 엄정함이 자신을 다시 어떻게 다스려나가고 있는지, 그래
서 어떻게 동주와 이별하게 되는지, 우리는 『조국은 하나다』에 실린 다음
작품에서 그 지점을 선명히 확인할 수 있으리라.

이루지 못한다 나는 잠을
밤새 엎치락뒤치락 뒤척인다 포승의 몸을
증오와 사랑의 갈증으로 내 목은 타고
벌떡 일어나 나는 새벽의 철창 앞에 선다
서서 어둠 한 가운데 서서

담 너머 산 너머 서으로 스러져 가는 별을 헤이면서
너희들의 이름을 불러본다
토지와 자유와 조국의 이름으로 하나씩 하나씩 불러본다

● ● ● 김남주, 〈별〉 일부

그뿐이 아니었다. 그는 <달라 2, 3>에서 보이던 김수영적 의장마저 흔쾌히 벗어젖히게 된다. 그리하여 그는 "바람에 지는 풀잎으로 오월을 노래하지 말아라 / 오월은 바다처럼 그렇게 서정적으로 오지도 않았고 / 오월은 풀잎처럼 그렇게 서정적으로 눕지도 않았다"(<바람에 지는 풀잎으로 오월을 노래하지 말아라>)고 강렬하게 외친다. 그렇다. 이제 그의 노래가 무기로 선언된 마당에, 설령 내면에 흔들림이 있었다 한들, 흔히 정직함이라는 윤리를 들어 그것을 고백하는 것이 시적 미덕인 양 하는 것은 제 칼에 베이는 모양이 되기 십상인 것이다. 그가 시인이기만 했다면 그것은 상처가 아닐 수도 있었을 것이다. 그러나 그는 전사로 불리길 원했고, 그러기에 그의 칼은 철저히 밖으로 쥐어진 칼날일 뿐이었다.

사실 그리고 해서 흔들림이 없었겠는가. 하지만 그가 "서른 일곱의 어쩌지도 못하는 / 이 기막힌 나이 이 환장할 청춘 / 솔직히 말해서 나는 / 무덤을 지키는 지조 높은 선비는 아니다"(<전향을 생각하며>)라고 했을 때조차, 진실로 그가 겪었을 흔들림은, 비록 그 시가 "기대해 다오 나의 피 나의 칼을 / 기대해 다오 투쟁의 무기 나의 노래를"로 결구를 맺었을지언정, 과연 이런 표현을 시에 담아도 좋을까 하는 흔들림이었을 게다. 그렇다손 그가 흔들림을 드러낸다는 것이 용이한 일이 아니었을 텐데 어째서 이 시에서는 가능했을까 하는 의문마저 사라지는 것은 아니다.

이때 이 작품이 그의 죽마고우이자 평생 동지인 이강(李岡)에게 헌사 하는 형식을 빌고 있음에 주목을 요한다. 이 시의 독자는 이강 혹은 그와 같은 류이어야 하고 바로 그(들)에게 영향력을 끼쳐야만 하는 것이다. 이 시기 그의 시작의 최고 원리는 독자에게 정당한 영향력을 발휘하는 것이었다. 따라서 그것을 위해서라면 절친한 사이에서는 그 같은 고백이 가장 효력이 강할 것임은 당연하고 이는 전사가 취해야 할 매우 전략적인 태도에 속하는 것이라 할 수 있다.

일찍이 그는 "시는 혁명을 이데올로기적으로 준비하는 문학적 수단"(윤여탁 편, 『나의 시, 나의 시학』, 공동체, 1992)이라고 못 박으면서 다음과 같이 설파한 바 있다.

> 시가 예술의 한 범주라고 할 때 일리치의 이 말에는 시의 원리가 밝혀져 있습니다. 그것은 대중성의 원리입니다. 이것을 혁명과의 관계에서 고찰하면, 시에 있어서 대중성이란 시가 혁명의 편에 서서 대중의 이익을 옹호한다는 뜻입니다. 그것은 대중의 생활 현실과 투쟁을 당파성의 원리에 입각해서 표현함으로써 가능합니다. 그것은 대중에 의해 쉽게 이해되고 사랑받음으로써, 대중의 감정과 사고와 의지를 혁명적으로 통일시켜주고 고양시켜줌으로써 혁명을 이데올로기적으로 도와주는 것입니다.

여기서 그가 말하는 대중성이란 계급적인 개념임과 동시에 전투적인 개념이다. 특히 전투적인 개념으로서의 시의 대중성은 대중으로 하여금 진취적이고 혁명적인 정서를 배양하도록 하는 것을 의미한다. 그래서 "시는 생활의 궁핍과 고달픔에서 오는 대중의 자포자기적인 감정의 산물인 푸념과 넋두리 따위를 대중의 정서에서 없애야 할 뿐만 아니라", 그 대신 대중들이 가지고 있는 다른 감정, 다른 정서를 주도적으로 표현하고, 그것을 다른 방향으로, 즉 대중의 진보적이고 전투적인 측면으로 유도, 고양시켜야 하는 것이며, 이런 의미에서 "시는 투쟁을 호소하는 나팔소리"가 되어야 하는 것이다. 시가 계급적이고 전투적이어야 하는 이유는 매우 명쾌하다. 그것은 "혁명 자체가 그러하기 때문"이다. 시를 시인의 소유로 바라보는 것이 아니라 철저히 독자 쪽으로 규정하는 이 태도는 문학을 오로지 인민에게 복무하는 것으로 볼 때만이 가능한 것이다. 그러고 보면 대중성의 기준은 해당 작품 자체의 장절(章節) 속에서만 탐색할 것이 아니라 그 작품이 대중에게 미치는 긍정적 영향의 결과에서 판단해야 할 것으로 된다. 이 원리가 있는 한, 자칫 패배주의적이거나 자유주의적인 정서를 유발할 수 있는 시인의 내면은 양보되어야 하고, 하지만 같은 내용이라 하더라도 독자 대중에 따라 긍정적 영향력을 유발할 수 있는 경우에는 앞서의 예(<전향을 생각하며>)에서 보듯 기꺼이 표출이 가능해지는 것이다. 이렇듯 환경은 내면에 대하여 포괄적 규정성을 갖는다.

　이제 남는 것은 전술의 다양성이다. 그의 시가 취한 주된 전술 가운데 하나가 이른바 풍자라는 것이었고 이는 많은 평자들에 의해 주목받은 바 있다. 그때 풍자는 현실을 돌려 말하는 형식이나 기법 정도를 가리키지 않는다. 오히려 풍자적 현실의 적확한 반영과 폭로에 가깝다는 점에서 그것은 시적 리얼리즘의 한 성취로 기록되어야 한다. 실로 그는 '적'들에 관한 한, 무차별적인 폭로를 감행했다. 하지만 그는 현실의 표면에만 집착하는 경우가 결코 아니었다. 그가 꾸준히 칼날을 세워온 대상은 현실의 배면에서 교묘히 은폐되어 온 지배계급의 온갖 허위 이데올로기였다. 아울러 그것은 그가 옥중에서 시를 써야 했던 조건을 고려해 볼 때, 현실의 풍부하고도 구체적인 반영 문제로부터 비교적 자유로울 수 있었던, 그러면서도 정확성을 유지할 수 있었던 확실한 방법 가운데 하나였다고 볼 수도 있을 듯하다. 여하튼, 그러한 지배 이데올로기가 담론의 형태를 취하고 있음은 더 이상 낯선 발견이 아니겠지만, 시를 통해 그것을 폭로하고 분쇄함에 있어 김남주만한 존재가 매우 드물었음은 인정해야 할 사실이다.

　　그리하여 학식과 덕망이 / 선착으로 통대에 당선되어 / 서울에 가 체육관에 가 99% 찬성으로 / 박통인가 전통인가를 대통령으로 뽑아내니 / 고무신 한 켤레 값으로 막걸리 한 사발 값으로 선달이와 그 마누라는 / 대통령이 친애하는 국민 여러분이 되었다네 / 어절씨구 좋아라 밤샌 줄도 모르고 / 선달이와 그 마누라는 / 아랫목 뜨뜻한 방에서 떡방아를 찧었다네.

　　　　　　　　　　　• • • 김남주, 〈친애하는 국민 여러분〉 일부

　　전쟁이 터지고 나는 / 쌈터로 끌려갔다 / 앞장 세워져 맨 앞 부자들의 총알받이가 되었고 / 사람들은 그런 나를 두고 / 나라 국경 지키는 용사라 했다

　　쌈질이 끝나고 고향은 쑥밭이 되고 / 나는 건설대로 끌려 갔다 / 소나 말이 되어 게거품을 흘렸고 / 사람들은 그런 나를 두고 / 나라살림 일으키는 역군이라 했다

> 겨울이 오고 한파가 밀어닥치고 / 굶주림과 추위 혹사에는 더는 못견뎌 /
> 에헤라 가더라도 내일 삼수갑산 들고 일어섰다 / 그러자 이번에는 감옥으로
> 끌려갔고 / 사람들은 그런 나를 두고 / 나라 팔아먹은 역적이라 했다.
>
> • • • 김남주, 〈읽을 줄도 쓸 줄도 모르는 어느 백성 이야기〉 일부

대중들은 '친애하는 국민 여러분'으로, '용사'로, '역군'으로 호출된다.
이러한 호출을 통해 구성된 주체들, 가령 '선달이와 그 마누라'는 자신들
에게 주어지는 이미지에 자유롭게 동의하는 '착한 주체'들이라 할 수 있
다. 이러한 지배 이데올로기 실천은 계속해서 대중들을 지배하고 대중 각
자가 무엇보다도 '역적'으로 호출되기까지는 자기 자신의 정체성을 소유
하고 있는, 자유롭고 책임 있는 주체라고 주장하게 되는 것이다. 시인은
앞질러 이 담론의 이데올로기를 폭로하고자 한다. 그것은 교묘하기에 더
욱 폭로되어야 한다. 우리는 누구나 이 시의 결정적 풍자대상이 '선달이
와 그 마누라'가 아님을 안다. 그들이야말로 사실은 개인화를 통한 지배
등, 온갖 절차를 통해 부르주아 규범에 종속되도록 구성된 존재들이다. 현
실에 대한 일정한 지식을 내면화시키도록 강요하는 권력의 힘, 이를테면
학교교육 같은 것이 그 대표적 규율이라 할 만하다. 시인은 이제 독자대
중들이 '나쁜 주체'가 되기를 희망하고 있다. 그 자신부터가 감시와 처벌
로부터도 종속을 거부하지 않았던가.

> 희망을 가지라 한다 / 시인은 서재에서 시를 쓰면서 / 이를테면 이렇게
> 쓰면서 / 시는 분노가 아니나니 신의 입김이나니. / 희망을 가지라 한다 / 선
> 생은 학교에서 군자를 가르치면서 / 이를테면 이렇게 가르치면서 / 수신제가
> 하야 치국평천하고. / 희망을 가지라 한다 / 목사는 교회에서 설교하면서 /
> 치마를 걷어올리거든 고쟁이까지 벗어줘라 한다. / 그러나 무슨 희망을 가
> 져야 하나
>
> • • • 김남주, 〈희망에 대하여 1〉 일부

그런데 알고 보면 시 또는 예술에 대한 일반인의 통념부터가 그러하다.
여기서 우리는 그가 시의 형식 자체에서부터 지배 이데올로기에 대한 저

항을 시도하고 있다는 점에 유념해야 한다. 따라서 문제는 이제 자연스레 시의 형식 문제로 넘어오게 되는 것이다.

3. 이념과 형식

그가 시의 형식 문제에 관해 제출했던 기본 사항은 다음과 같다. 시의 형식은 민족적 형식을 취해야 한다는 것, 이와 관련해서 시는 또한 민족적 정서와 문화유산, 사고와 관습 등을 비판적인 자세로 수용하여야 한다는 것이 그 첫째이다. 둘째는 긴장과 압축을 잃어서는 안 되겠다는 것, 그래서 혁명의 적과 혁명의 원동력인 노동 대중의 관계에 대한 전략적인 고려에서, 구체적으로 말하면 혁명의 적의 노동 대중에 대한 착취와 탄압의 강도, 그리고 노동 대중의 궁핍과 시간 없음을 고려해서 시는 가능하면 짧아야 한다는 것, 요컨대 "시는 촌철살인의 풍자여야 하고 백병전의 단도이어야 하고, 밤에 써서 붙였다가 아침에 떨어지는 벽시(壁詩)이어야 하고, 치고 달리는 유격전의 형식"이어야 한다는 것이다. 셋째는 시의 난이도 문제로서, 글의 이해의 난이도는 반드시 표현 기법의 다름이나 문장의 장단에만 있는 것이 아니라는 것, 그러므로 반드시 상투적이고 일상적인 말투나 어법을 고집할 필요는 없고, 대중은 자기의 계급적 이해관계를 다루는 글이면 표현 기법이 조금 낯설고 문장 구성이 복잡하여도 어렵지 않게 이해하리라는 것이다.

이러한 원칙론에 바탕을 둔 그의 시작 행위에 대해 가해진 비판은 거의 예외 없이 둘째 항을 향한 것들이었던 바, 그 요체인즉 구체적 형상화의 문제, 곧 관념적 도식적이라는 비판들이었다. 그러한 지적은 물론 타당한 것이었다. 사실 그의 시에는 현실의 형상화, 현실의 반영이라기보다는 현실의 정치적 과제 및 이데올로기의 반영에 집착하는 경향이 없지 않았다.

이러한 시가 갖는 격렬함에 대해, 단지 그것이 혁명이라는 정치적 과제에 즉(即)한 문학이었기 때문에 필연적인 것이었다고 말할 수는 없다. 계급

투쟁이 혁명으로서 성공해 가기 위해서는, 투쟁은 사회의 전면에서 널리
또한 깊이, 그리고 장기간에 걸쳐 진행해 가지 않으면 안 되는 것이기 때
문이다. 무릇 어떤 소재의 현실적 역사적인 위대성은 그 속에 형상화된
민중 운동이 갖고 있는 내적인 위대성에 달려 있다 할 때, 그가 이 소재를
계속 붙들어 잡고자 하는 한, 그가 가야 했던 길은 현재의 관점으로도 전
형의 형상화 외에 별 도리가 없는 듯하다. 후술하겠지만, 우리는 물론 그
의 체험이 제한될 수밖에 없었던 점을 충분히 이해하고 있다. 다만 고유
한 체험으로부터 일반화에 이르는 도정이, 상이한 형상들의 체험으로부터
나온 다양하고 분화된 도정들이 집약될 때보다, 필연적으로 더 빈약하고
더 직선적이며 더 단순화된 추상성을 자체 내에 지닐 수밖에 없다는 것만
큼은 분명한 사실이다.

그렇다고 해서 그가 이데올로기만을 담기에만 급급했기 때문에 문학의
영역을 편협하게 축소시켰다거나 문학을 현실에 대한 인식이라는 예술적
진실의 차원에서 후퇴시켰다거나 하는 비판은 성립되지 않는다. 일반적인
선입견과 달리, 그의 시는 대단히 폭넓고 다양하다. 그의 시적 착목은 대
단히 날카로우며 군더더기를 발라내고 대상을 언어화하는 솜씨 또한 예사
롭지가 않았다. 그의 시적 재능은 다음 한 편으로 간단하게 예증할 수 있
다. 만일 그를 단지 시인의 재능으로서만 평가하고자 하는 사람이 있다면,
그의 시의 본령이라 할 혁명시가의 모습은 다만 시적 지향이 변화하고 그
에 충실하고자 했던 전사 시인으로서의 모습임에 유의해 두어야 할 것이다.

> 찬 서리
> 나무 끝을 나는 까치를 위해
> 홍시 하나 남겨둘 줄 아는
> 조선의 마음이여

● ● ● 김남주, 〈옛 마을을 지나며〉

요컨대 그가 제기한 시의 형식 문제는, 시는 대중에게 긍정적 영향력을
끼쳐야 한다는 대원칙에서 비롯되어 나타난 것이며, 그것을 통해 시를 진

정 대중의 것으로 만들고자 하는 성실한 노력의 일환이었다는 점에서 대단히 지적인 통제 전략이었던 것이다. 그리고 만일 그의 시의 형식 문제를 혁명과의 관계라는 점으로부터 일단 벗어나서 말하는 것이 허용된다면, 어쩌면 그것의 의의는 우리 시사에서 시의 폭을 넓히는 데 기여했고 또한 시에 대한 관념을 흔들어 놓은 데에서, 나아가 시의 대중화와 관계되는 측면에서 발견된다고 말하는 쪽이 보다 분명할 지도 모른다. 이것은 물론 초점을 옮김으로써 논란을 벗어나는 형국이 되기도 하겠지만, 편협한 시사의 의미를 제거하고 난다면 그다지 그에 대한 예의에서 벗어나는 일은 아닐 성싶다. 그는 곧잘 실제 시작 행위를 통해 자신의 시적 지향점을 이렇게 알려주곤 했다.

> 창비에 실린 시를 보고 / 이따위 시는 나도 쓰겠다 싶어 / 나는 처음으로 시라는 것을 써보았다 / 나의 칼 나의 피에 실린 나의 시를 보고 / 이따위 시는 나도 쓰겠다 싶어 / 노동자와 농민이 또는 전사가 / 시라는 것을 처음으로 써보았으면 한다 / 그것이야말로 나의 보람이고 나의 자랑이다

● ● ● 김남주, 〈이따위 시는 나도 쓰겠다〉 일부

> 나는 나의 시가 / 오가는 이들의 눈길이나 끌기 위해 / 최신유행의 의상 걸치기에 급급해하는 것을 바라지 않는다 / 나는 바라지 않는다 나의 시가 / 생활의 현실에서 눈을 돌리고 / 순수의 꽃으로 서가에 꽂혀 / 호사가의 장식품이 되는 것을 / 나는 또한 바라지 않는다 자유를 위한 싸움에서 / 형제들이 피를 흘리고 있는데 나의 시가 / 한과 슬픔의 넋두리로 / 설움 깊은 사람 더욱 서럽게 하는 것을

● ● ● 김남주, 〈나는 나의 시가〉 일부

시의 대중성이 무엇이었던가. 앞서 우리는 전투적 개념으로서의 시의 대중성을 적시한 바 있다. 다시 말하거니와 이 시기 김남주가 생각하는 작품성이란 오히려 작품 너머에 존재하고 있다. 그것이 곧 대중에의 영향력이다. 따라서 김남주의 경우, 그가 혁명적 요청에 의해 시적 내용을 제한했다 하더라도, 적어도 소재 자체 속에 시의 정치적 의미를 해소시키고

자 한 것은 아니었으며, 그가 "시인은 혁명투쟁에 몸소 참가함으로써 가장 혁명적인 시를 쓸 수 있는 것"이라 했을 때조차 단지 시인이 조직의 요원으로 화하는 것에서 문제를 해결하고자 한 안이한 태도라고 볼 수는 없는 일이었다. 더구나 앞에서 그가 시의 형식 문제에 관하여 둘째항의 원칙을 제시했을 때 이런 단서를 붙인 것이 망각되어서는 안 된다.

물론 이것은 적의 탄압이 최악의 상태일 때이고 혁명적 분위기가 최고의 절정에 달하는 때입니다. 혁명의 퇴조기, 침체기, 준비기에는 또 그에 상응하는 시의 형태가 있겠습니다.

그는 그 시기를 혁명의 최고조기로 파악했을 따름이다. 그것도 감옥에 들려오는 소문에만 근거한 것이었다. 그 시기에는 바깥사람들도 그러했다. 그러기에 그는 옥중시선집 『저 창살에 햇살이』를 펴내는 자리에서 이렇게 발명도 해보고 항변도 해보았던 것이다.

그러나 내 시는 역사와 현실을 구체적으로 반영해야 한다는 문학적 요구에 효과적으로 대응하지 못했다. 이것은 내 능력의 부족이 그 주된 탓이겠지만 다른 한편으로는 혁명의 경험이 거의 전무했고 그것의 문학적 실천 또한 전무할 수밖에 없었던 시대에서는 불가피하지 않았을까 하는 생각도 든다.
내 시의 정서가 너무 전투적이라는 독자의 역겨운 반응에 대한 나의 대답은 이렇다. 80년대는 '피와 학살과 저항의 연대'였고 나는 그 연대에 '인간성의 공동묘지'인 파쇼의 감옥에 있었다고. (중략) 오늘의 현실이 어제와는 다르다고 해서 어제의 역사적인 실천과 그것의 문학적 대응을 오늘의 잣대로 잰다는 것은 무책임할 뿐만 아니라 어떤 저의마저 감지케 한다.

4. 프로메테우스를 위하여

이상에서 우리가 얻는 문제의식은 적어도 두 가지다. 그렇다면 혁명적 분위기가 최고의 절정에 달하지 않은 시기의 혁명적 시가의 모습은 어떠해야 하는가 하는 것이 그 하나라면, 다른 하나는 혁명 문학의 전범(典範)을 갖지 못했던 김남주의 사정을 십분 이해할 때(그가 카프문학이나 해방기 진보적 문학 유산을 고려했더라면 어떤 결과를 가져왔을지 궁금하기도 하거니와), 그렇다면 앞으로 김남주의 문학적 유산은 당대의 노동시가 열었던 지평과 비교해 볼 때 어떻게 정리되고 반성되고 섭취되어야 하는가 하는 것이다. 이것은 김남주론을 위한 각서(覺書)로 담보되어야 할 사안이다. 이 문제를 극복하지 못하는 한, 이 글을 포함한 모든 김남주론은 우회일 따름이다.

우리는 이 문제마저 김남주가 스스로 해결해 주었으면 하는 아쉬움을 가져 본다. 『사상의 거처』에서 보이는 몇몇 시편 역시 아쉽기는 매한가지다. 이 시집에서 그는 바깥세상을 산책해 보면서 세태와 내성, 신념과 회한 사이를 오가기도 하거니와, 그러다 우리는 여기서 뜻하지 않게 또 한 번 윤동주를 만나게 되고 마는 것이다. 다음 시의 종결 부분을 눈여겨 보라.

> 그동안 내 심장은 십 년 이십 년
> 바위 끝을 자르는 칼바람의 벼랑에서 굳어 있었다
> 너무 굳어 있었다
> 이제 그만 내려가자
> 등성이를 타고 에움길 돌아
> 종다리 우는 보리밭의 아지랑이 속으로
> 가서 내 심장 춘삼월 훈풍에 녹이자
> 그동안 몇 십 년 동안
> 때라도 묻은 것이 있으면 고개 넘어
> 불혹의 강물에 가서 씻어 내리고
> 그러자 그러자 잠시
> 찬바람 이는 언덕에서 내려와
> 찔레꽃 하얗게 아롱지는 강물에
> 내 심장 깊이깊이 담그고 거기
> 피 묻은 자국이라도 있으면 그것마저 씻어내고
> 내 마음의 거울 손바닥만한 하늘이라도 닦자
> 맑게 맑게 닦아 그 자리에

무엇 하나 또렷하게 새겨 넣자
이를테면 별처럼 아득한 것
절망의 끝이라든가
내가 아끼는 사람 이름 석 자 같은 것이라든가

● ● ● 김남주, 〈절망의 끝〉

원점회귀는 문제 해결의 단초로 인정되기 어렵다. 그럴 양이면 그토록 험난한 길을 돌아왔어야 할 일이 없지 않은가. 그러면서도 우리에게 익숙한 소위 문학성이라는 것이 주는 매력 또한 이 작품에서 쉽사리 떨쳐버리기가 어려운 듯도 하다. 이것이 혁명의 퇴조기에 상응하는 시인가. 이것이 우리에게 주는 교훈인가. 이 아쉬움은 어디에서 연유하는가. 그러나 이제 그는 그 짐을 벗어 우리에게 넘겨주고 갔다. 더욱 아쉬운 것은 그의 생전 마지막 시집이 된 『이 좋은 세상에』의 발문 끝 구절 때문이다. 이 시기 들어 그는 피곤했거나 변화하려 했던 것 같다.

> 그 동안 내 시의 독자들은 나의 시가 현실의 상황을 매개로 해서 형상화하지 않고 이념과 사상, 다시 말해서 관념을 가지고 현실의 여러 관계를 도식적으로 설명하려 했다고 지적하곤 했다. 나는 이 지적에 감사하고 이 시집을 끝으로 해서 그런 지적으로부터 해방되어야겠다. 그러기 위해서는 노동과 투쟁이 행해지고 있는 농촌·어촌·광산촌·공장지대 등으로 부지런히 발걸음을 옮겨야겠다.

그러나 그는 그럴 수가 없었다. 감방 안에서도 그토록 눈물겹고 치열하게 지키고자 했던 그의 건강이(<건강만세1, 2>) 결국 그간의 폭압이 안겨준 병마에 배겨날 도리가 없었던가. 감방이라는 닫힌 세계로부터는 나왔더라도, 끝내 그는 새로운 세계로 걸어 나갈 수가 없었다. 어둠으로 뒤덮인 닫힌 세계를 부수었으면서도, 그 어둠 속에서 그린 광명의 세계는 보지 못했고, 끝내 그는 자신의 세계로부터도 외출해 보질 못했다. 그는 우리를 열어주고자 노래해 왔는데, 탐색의 시점에서 운명은 그를 그 세계 속에서 완결시키고 말았던 것이다. 하지만 그가 남겨 놓은 이 위대한 유산이 우리에게 남아 있는 한, 그는 여전히 우리 곁에 살아 있으리라. 그러니 당분간은 그를 향해 조곡(弔曲)을 부르지 말자.

이제 필자로서는 요령부득과 지면의 제한은 차치하고라도, 그가 남긴 6권의 시집, 그 다양성은 물론이려니와 그 방대한 분량부터 견뎌낼 수가 없었음을 고백해야 하겠다. 하여 그의 후기 작품들을 정당히 다룰 수 없었다는 점에서 이 글은 정확히 반편을 넘어서지 못한다. 아울러 이 글은 그의 본격적인 풍자시도, 서사적 경향도, 시적 호흡에 대해서도 언급하지 못했고, 다산(茶山)이라든가 동학(東學)에 대해서도 검토하질 못했다. 그 닫힌 세계 속에서도 그는 어찌 이리도 광대한 시의 경지를 열어놓았던가. 그러니 이번에도 그를 위한 진혼가는 역시 그 자신이 부르도록 함이 옳겠다. 하여 그의 시 <나 자신을 노래한다> 가운데 한 구절을 되돌려 드림으로써 이 글을 끝맺도록 하겠다. 프로메테우스의 고통은 고통으로 끝났던가.

|유하론|
욕망과 환멸의 시학

1. 시적 변신에 관한 질문 방식

유하의 세 번째 시집 『세상의 모든 저녁』에 대해, 곱지 않은 시선이 먼저 허용된다면, 아마도 그것은 독자의 기대를 배반하고 말았다는 데 있을 것이다. 하지만 그는 당당히 말한다. 좋은 작가는 독자의 기대를 배반하여야 하는 것, 예술이란 자기 내키는 대로 하는 것이라고.[1] 물론 이때 배반이란 것을, 자기 세계에 대한 회의감 없이 자기가 익숙해져 있는 세계를 되풀이해서는 안 된다는 의미로 읽게 된다면, 우리로서는 그러한 측면 또한 시인의 성실성이라는 문제에 관계되어 있는 것임을 부인할 도리가 없다. 그런 의미에서 기대란, 그것이 아무리 선의의 것이라 하더라도, 작가

---

1) 함민복과의 대담, 「욕망의 다비식, 그 이후, 세상의 모든 저녁」, 『한국문학』, 1994년 1 · 2월 합병호, p.48.

에 대한 도식적이고 고정적인 선입관일 수 있기 때문이다.

그러나 다른 한편으로 독자 / 비평가에 대한 작가의 의도적 배반이란 그만큼 그가 독자 / 비평가를 의식하고 있음을 드러내는 징표이기도 하다. 그가 '예술이란 자기 내키는 대로 하는 것'이라 강변할 때, 거기서 우리는 이른바 지도 비평(指導 批評)에 대한 저항을 쉽게 읽을 수 있다. 그의 기존 시를 둘러싼 비평 담론들을 떠올려 보면 충분히 이해가 가기도 한다. 하지만, 그래서인지 실상 이번 시집에서 그의 기존 시세계와 달리 서정성이 마구 펼쳐지는 것을 보노라면 일종의 자기 현시욕마저 감지된다. 그것은 소극적 인정 투쟁이라기보다 과시에 가깝다. 그러니까 그로서는 독자의 기대를 배반했다기보다는 시인에 대한 독자들의 값싼 규정을 거부하고자 한 것이라고 표현함이 더 사정에 어울리는 셈이다. 가장 심하게 말해 그것은 곧 기호 혹은 상품의 차별성이라는 틀에 알게 모르게 시인이 가담한 형국이라 할 수도 있다.

여기에는 시인의 자존심이라는 문제가 미묘하게 걸려 있다. 센세이셔널한 측면에서의 천박한 기대는 물론이려니와, 제도 문학에 대한 거부에서 시작된 그의 시적 행보에 있어, 소위 제도적 비평의 기대를 따르기란 실로 난감한 일이 아닐 수 없다. 모든 시인에게 그런 자존심은 있어 마땅하다. 문제는 그런 사정이 그의 경우에는 더욱 증폭될 수밖에 없다는 점, 고로 그로서는 운신의 폭이 매우 제한되고 말았다는 점에 있다.

그의 어깨에 걸어놓은 비평가들의 짐이란 무엇이었던가. 그것은 곧 '압구정동'과 '하나대' 사이의 긴장이 병렬적일 것이 아니라 통합적이어야 한다는 것으로 요약될 수 있다. 이제 그는 그것을 거부했다고 말한다. 하지만 '자기 내키는 대로' 할 수 있는 일은, 예술을 포함하여, 거의 없다. 그러기에 필자는 이번 시집 『세상의 모든 저녁』을 그 같은 기대에 대해 썩 우회하는 답변으로서 읽어 보고자 한다. 우회의 답변은, 정공법이 아닌 이상, 그의 말대로 기대에 대한 거부라 할 수도 있을 것, 그러나 독자에 대한 의식에서조차 자유로울 수는 없으리라는 것, 그리고 사람의 삶에 설명 못할 단절은 좀체 일어나지 않으리라는 상식, 필자의 가설은 단지 이것, 이 시인의 태도 외에 달리 없는 셈이다.

그 가설의 입증을 위해, 그의 무늬와 결을 드러내기 위해, 필자는 이제
『바람 부는 날이면 압구정동에 가야 한다』와 『세상의 모든 저녁』[2) 사이
의 직물을 짜내기로 한다. 그 결과, 만일 그 우회의 답변을 읽어낼 수 있
게 된다면, 앞서의 온갖 '곱지 않은 시선'은 거두어 들여야 함이 물론이다.

2. 압구정동의 저녁

압구정동은 체제가 만들어낸 욕망의 통조림 공장이다
국화빵 기계다 지하철 자동 개찰구다 어디 한번 그 투입구에
당신을 넣어보라 당신의 와꾸를 디밀어보라 예컨대 나를 포함한 소설가
박상우나 시인 함민복 같은 와꾸로는 당장 곤란하다 넣자마자 띠―소리와
함께
거부 반응을 일으킨다 그 투입구에 와꾸를 맞추고 싶으면 우선 일 년간
하루 십 킬로의
로드웍과 섀도 복싱 등의 피눈물 나는 하드 트레이닝으로 실버스타 스
탤론이나
리차드 기어 같은 샤프한 이미지를 만들 것 일단 기본 자세가 갖추어지면
세 겹 주름바지와, 니트, 주윤발 코트, 장군의 아들 중절모, 목걸이 등의
의류 액세서리를 구비할 것 그 다음
미장원과 강력 무쓰를 이용한 소방차나 맥가이버 헤어스타일로 무장할 것
그걸로 끝나냐? 천만에, 스쿠프나 엑셀GLSi의 핸들을 잡아야 그때 화룡
점정이 이루어진다
그 국화빵 통과 제의를 거쳐야만 비로소 압구정동 통조림통 속으로 풍
덩 편입할 수 있게 되는 것이다
이곳 어디를 둘러보라 차림새의 빈부 격차가 있는지 압구정동 현대아파
트는 욕망의 평등 사회이다 패션의 사회주의 낙원이다
가는 곳마다 모델 탤런트 아닌 사람 없고 가는 곳마다 술과 고기가 넘
쳐나니 무릉도원이 따로 없구나 미국서 똥구루마 끌다 온 놈들도 여기선

---

2) 유하, 『세상의 모든 저녁』, 민음사, 1993. 이하 『세상』으로 표기함.

재미 많이 보는 재미 동포라 지화자, 봄날은 간다―

해서, 세속도시의 즐거움에 동참하고 싶은 자들 압구정동의 좁은 문으
로 들어가길 힘쓰는구나

투입구의 좁은 문으로 몸을 막 우겨넣는구나 글쟁이들과 관능적으로 쫙
빠진 무용수들과의 심리적 거리는, 인사동과 압구정동과의 실제 거리에 비
례한다

걸어가면 만날 수 있다 오, 욕망과 유혹의 삼투압이여

자, 오관으로 느껴보라, 안락하게 푹 절여진 만화방창 각종 쾌락의 묘지,
체제의 꽁치 통조림 공장, 그 거대한 피스톤이, 톱니바퀴가 검은 기름의 몸
체를 번득이며 손짓하는 현장을

왕성하게 숨막히게 숨가쁘게

그러나 갈수록 섹시하게

바람이 분다 이곳에 오라

바람이 분다 이곳에 오라

바람이 불지 않는다 그래도 이곳에 오라

• • • 유하, 〈바람 부는 날이면 압구정동에 가야 한다 2 :
욕망의 통조림 또는 묘지〉(『바람』)

그의 말을 빌지 않더라도, '압구정동'은 반드시 압구정동만은 아니다.
또한 거부와 매혹, 이 둘 중 어느 하나만 없어져도 압구정동은 이미 압구
정동이 아니다. 이 욕망과 환멸의 동시 병존 상태는, 알고 보면, 대부분의
우리 마음속에 있다. 하지만 우리의 일상은 욕망 쪽에 더 가깝다. 바람이
불건 혹은 불지 않건, 다시 말해 매일매일 우리는 '세속도시의 즐거움에
동참'하고 싶은 욕망에 갇혀 있다는 것, 물신화와 상품―기호화를 통해
'체제'의 권력이 우리의 의식과 몸을 마치 '통조림통' 만들 듯 지배하고
있다는 것, 따라서 그의 고발은 압구정동의 타자(他者)에 대해서가 아니라,
그 자신을 포함한, 바로 우리를 향해 있는 것이었다. 같은 요설처럼 보여
도 김지하의 담시가 가져다 준 그 풍자의 일방통행성을 위 시를 읽으면서
는 느낄 수 없는 것, 그것은 차라리 자연스러운 일이다. "적게 먹고 적게
마시고 책을 적게 살수록―적게 생각하고 적게 사랑하고 노래와 그림도
덜하면 덜할수록―다시 말해 인간으로서 존재하지 않으면 않을수록, 더

많은 것을 소유하게 된다.”3)라는 마르크스의 비판론보다, 오히려 “우리 시대는 사실보다는 이미지를, 원본보다는 사본을, 실재보다는 표상을, 존재보다는 형상을 더 좋아한다. …… 우리 시대에 있어서는 성스러운 것은 환상일 뿐이며, 범속한 것 그것이 진실이다.”4)라는 포이어바흐의 사실 진술이 먼저 떠오르는 것 역시 이상할 것은 없다.

유하, 그는 결코 세계만을 회의하지는 않는다. 그는 자기 자신마저 회의하고 불신한다. 그리고 그 혐오는 일종의 도덕적 감수성이라 할 수 있다. 하지만 도덕적 감수성만 갖고 시를 만들 수는 없는 일이다. 더구나 정신의 대상으로서의 세계가 기호만을 끊임없이 생산하고 소비할 뿐, 그 실재성을 상실하게 되었을 때, 그의 표현대로5) ‘환(幻)’만이 존재하게 되고, 따라서 시인이 그 표상을 발견할 수 없게 될 때, 그때는 차라리 침묵이 정직의 방편이 된다. 세계에 대한 불신은 언어에 대한 불신을 낳게 마련이기 때문이다.

그러므로 침묵이 아니면 요설이다. 그것은 곧 끝없이 기호들을 두드려서 ‘환(幻)’을 잡는 고통스런 방식이다. 그것은 결코 정상적인 언어가 아니며, 세계를 즉각적으로 선취할 수 없는 비극적인 언어이다. 달리 말해 요설은 세계의 거대함과 자아의 왜소함 사이, 그 거리와 괴리를 드러내 주는 것이 된다. 위트니 패러디니 하는 것 역시 거기서 벗어나지 않는다. 그들 모두는, 모든 정상적인 방법이 패배한 자리에 존재하는 정신의 표현 형식이다. 요컨대 이들 모두는 세계에 대한 패배를 고백하고, 그와 동시에 자신을 패배하게 한 세계를 고발·폭로한다는 점에서 하나의 형제가 되는 것이다.

그러나 거대함에 맞서는 이 가벼움의 방식이란 실로 지적인 것이며, 지적인 만큼 아이러니의 긴장을 요구한다. 하지만 비극은, 그 긴장이 낭만적 아이러니의 긴장으로 될 수 없다는 점에 있다. 단절의 초극을 꿈꾸는 상

---

3) 박재환, 「일상생활에 대한 사회학적 조명」, 『일상생활의 사회학』, 한울, 1994, p.34에서 재인용.
4) L. *Feurbach, L'essence du christianisme*, Paris : Maspero, 1968, p.108.
5) 함민복, 앞의 글, p.48.

상력조차도 이 체제 속에서는 좀체 허용되질 않는다.

하지만 '압구정동'에도 환(幻)이 멸(滅)하는 반성의 노을이 지고, 저녁은 온다. 『세상』에 이르러 그는 거리의 산책자에서 내면 풍경의 산책자로, 혹은 추억의 여행자로 자리를 바꾸었다. 『바람』이 보여준 소묘의 속도는 현저히 떨어졌고, 요설을 발견하기란 거의 어렵다. 적어도 이러한 외형은 우리의 기대를 배반한 것임에 틀림없다. 그러나 세계에 대한 패배와 세계의 폭로가 갖는 비극적 운명만큼은 더욱 철저히, 또한 가시적으로 드러내고 있는 것이 『세상』의 시편들이다. 그 비극성은 『바람』에서처럼 희화화(戱畫化)에 의해 가리어지지 않는다. 사실 『바람』의 경우, 관찰자로서의 시인과 대상과의 거리감은 그다지 석연치 않은 구석이 있었고, 바로 그 점이 이 시인을 의구의 눈초리로 바라보게 한 원인이 되기도 하였거니와, 욕망의 이중성이 갖는 그 같은 아이러니야말로 『바람』의 모든 공과(功過)를 규정했던 셈인 것이다.

그러나 『세상』은 오로지 정직을 무기로 투명하게 대상을 그려내는 데 성공하고 있다. 침묵하지도 않고, 요설을 구사하지도 않는다. 이 투명성은 어디에서 오는가. 그것은 일차적으로, 시적 대상이 외적 세계로부터, 외적 세계와 긴장하고 있는 내면으로 옮겨 온 데에 기인한다. 이제 그는 욕망의 이중성, 그 흔들리는 내면을 그대로 드러낼 따름이다.

> 정신없이 호박꽃 속으로 들어간 꿀벌 한 마리
> 나는 짓궂게 호박꽃을 오므려 입구를 닫아 버린다
> 꿀의 주막이 금세 환멸의 지옥으로 뒤바뀌었는가
> 노란 꽃잎의 진동이 그 잉잉거림이
> 내 손끝을 타고 올라와 가슴을 친다
>
> 그대여, 내 사랑이란 그런 것이다
> 나가지도 더는 들어가지도 못하는 사랑
> 이 지독한 마음의 잉잉거림,
> 난 지금 그대 황홀의 캄캄한 감옥에 갇혀 운다

● ● ● 유하, 〈사랑의 지옥─서시〉(『세상』)

‘나가지도 더는 들어가지도 못하는 사랑’, 이 어정쩡함이야말로 시인의, 나아가 우리의 마음 속 풍경의 정확한 반영이 된다. 그것은 ‘마음의 잉잉거림’이라는 감각적 표상을 얻게 되며, ‘황홀의 캄캄한 감옥’이라는 역설을 성립케 해 준다. 하지만 이 욕망의 이중성이 세상 탓만은 아니다. ‘나’는 ‘정신없이 호박꽃 속으로 들어간 꿀벌’과 같은 존재이기도 하지만, 그리고 ‘나’를 정신없게 만든 것이 곧 체제의 폭력이기도 하지만, 정작 주목해야 할 것은, ‘꿀벌’을 ‘호박꽃’ 속에 가두어 놓고 있는 존재 또한 바로 ‘나’라는 사실이다. ‘꿀벌’의 ‘잉잉거림’과 ‘내 손끝’의 ‘잉잉거림’, 자아와 또 다른 자아는 서로 분열되어 서로 교감한다. 그 단절은 교감 없는 단절보다 차라리 더 비극적이다.

그 회복을 꿈꿀 때, 그래서 주체와 객체의 간격 부재를 희구할 때, 그는 회감(Erinnerung)6)에 이를 가능성이 크다. 하지만 여전히 이 시가 순정한 서정성에 미달하는 것으로 비쳐지는 것은 시인이 동화해야 할 대상 또한 여전히 불안정한 상태에서 유동하고 있기 때문이다. 그러므로 세상의 모든 저녁을 ‘반영’하는 것이 아니라, 세상이 가져다 준 내면세계의 모든 저녁을 ‘노래’하고자 하나, ‘노래’될 수 없는 것, 그리하여 이 시집의 전편이 안타까움의 정조로 가득 차게 된 사연 역시 동일하다.

‘꿀벌’의 욕망도 알고, ‘내 손끝’의 환멸도 안다. 하지만 욕망과 환멸의 닫힌 회로를 벗어날 수는 없다. 이러한 운명에 대한 인지는 세계를 자꾸만 거대하게 만든다. 그때 자아는 한없이 왜소해져 간다. 따라서 이 시집의 비가적(悲歌的) 세계를 견고하게 구축하고 있는 것이 곤충 이미지임을 아는 것은 그다지 어렵지 않다.

> 선운사 대웅전 지나는 산길
> 나무 백일홍 꽃잎들 어둠 속 백열등처럼
> 환하게 떨어져 있다
> 탄성보다 먼저 한 마리 날벌레가 되어 아득하게
> 그곳으로 안기는 몸

---

6) E. 슈타이거(이유영 · 오현일 역), 『시학의 근본 개념』, 삼중당, 1978, pp.95~96.

꽃자리 속에 한 이틀 푹 꺼지고 싶다
개울물이 쌀뜨물 같은 트림을 하며 넘어오고
닿을 듯 말 듯
수평목의 손바닥이 보여주는 손금
죽음은 눈이 멀어서
손에 짚이는 건 날벌레의 욕정인 것을,

이제 어디로 가야 하는가

• • • 유하, 〈한 마리 날벌레가 되어〉(『세상』) 일부

'꿀벌'(<사랑의 지옥>), '매미'(<여름 숲에서 부르는 노래>), '여치'(<당신>), '거미'(<거미, 혹은 언어의 감옥>), '잠자리'(<7월의 강>) 등, 『세상』은 벌레들로 가득 차 있다. 이 이미지들은 때로는 훼손되지 않은 자연의 이미지로 나타나기도 하고, 때로는 작고 섬세한 시인의 내면적 결을 나타내기도 한다.

하지만 이들은 모두 맹목적이고 본능적인, 다시 말해 숙명적인 욕망의 주체를 그리는 데 바쳐지고 있으며, 욕망의 대상은 흔히 '꽃' 이미지로 표상되고 있다. 여기서 우리는 불현듯, 낯익은 부나비의 속성과 만나게 된다. '백일홍 꽃잎'들이 '백열등'처럼 보이고 '나'는 '날벌레'가 되어 '꽃자리 속에 한 이틀 푹 꺼지고 싶'을 때, '내'가 '죽음'을 연상하게 되는 것은, 그래서 어색하지 않다. 죽음은 이 시집의 전체적 주제 가운데 하나다.

그는 불을 몽상하고 있다. 정신병리학은 불의 꿈과 성(性)의 연관을 밝혀 주었다. 불은, 그리고 꽃은 욕망의 다른 이름이 아닌가. 불 앞에서의 몽상, 그 행복을 의식하는 달콤한 몽상이란 가장 자연스럽게 집중된 몽상이다. 누구나가 그로부터 떠날 수 없는 매력을 불은 부여하고 있다. 그 앞에서 그는 벌레를 연상하고 있다. 무릇 몽상은 큰 것보다는 무한히 작은 것에 관련을 맺고 있으며, 세계를 축소시켜 보게 하는 그 무한히 작은 것은 그 내면적 거대성 때문에 무한히 큰 것을 부정하는 것이 아니라 그것을 오히려 인지시키는 역할을 하는 법이다. 역설은 작은 것에서 큰 것으로 작용한다. 따라서 일단 우리는, 압구정동의 거대한 세계에 대한 긴장이 몽상의 형태로 변형되었을 뿐, 사라지지 않았음을 확인할 수 있다.

이쯤 되면 우리는 어쩔 수 없이 바슐라르의 말에 귀를 기울여 보게 된다.

제아무리 시대를 소급해 보아도 미식학의 가치는 영양가보다 우선한다. 즉 인간이 그 정신을 발견한 것은 기쁨 속에서지 고통 속에서는 아니다. 잉여의 정복은 필요의 정복보다 더 큰 마음의 흥분을 준다. 인간은 욕망을 창조하는 것이며 결코 필요를 창조하는 것은 아니다. 하지만 난롯가에서의 몽상은 철학적인 축을 가지고 있다. 불은 그것을 관상하는 인간에게 있어서는 신속한 생성의 한 예이며, 또 완벽한 생성의 한 예이다. (중략) 변해가는 불은 시간을 변화시키고, 끓어오르는 욕망의 전 생명을 그 종말로 그 피안으로 이끌어가고자 하는 욕망의 한 암시인 것이다. 몽상이 실로 매혹적이 되고, 극적이 되는 것은 바로 그 순간이다.[7]

삶에의 본능과 죽음에의 본능을 서로 연결하는 콤플렉스, 그것을 바슐라르는 '엠페도클레스 콤플렉스'라고 부른 바 있다. 하지만 우리가 유념해야 할 것은 유하의 시가 단지 그 콤플렉스에 맹목이지 않다는 점에 있다. 그는 이미 '날벌레의 욕정'이 끝나는 자리와 '꿀벌'의 운명을 '손끝에서' 감지하고 관조하고 있다. 그래서 그는 불 앞에서 행복할 수만은 없다. 불의 교훈은 명백하다. 욕망의 법칙, 모든 것을 얻기 위해서 모든 것을 잃는 것, 농간에 의해서, 사랑에 의해서, 또는 폭력에 의해서 모든 것을 손에 넣은 후에 그 모든 것을 양도해야 하며 몸을 망쳐버려야 한다는 것,[8] 그것을 그는 절규에 가까운 목소리로 이렇게 말하고 있다.

> 난 외로움의 힘으로 집을 짓는다 몸의 내부 깊은 곳
> 음습한 욕망을 나는 은빛 유혹으로 바꿀 줄 안다
> 꽁무니에서 나오는 가녀린 실의 끈적거림
> 나는 그만큼 삶에 집착한다
> (중략)
> 나는 안다 자기 몸이 결국 자기 덫이었음을
> 적어도 나는 그 죽음의 덫을 내 식으로 육화시킬 줄 아는

---

7) 바슐라르(민희식 역), 「불의 정신분석」, 삼성출판사, 1975, p.25.
8) 앞의 글, p.26.

교활함을 지녔다─ 저주받았으므로, 난 즐겁다
자, 내 분신 같은 새끼들아, 날 남김없이 먹어 해치워 다오
난 내 욕망의 무늬를 끝없이 확대 재생산 하고 싶다
그리하여 모든 너 안에 내가 살고 싶다

　　　　　　　　　• • • 유하, 〈거미, 혹은 언어의 감옥〉(『세상』)

이러한 모습은 전혀 낯설지 않다. 일찍이 그는 『바람』의 첫머리를 다음의 시로 연 바 있다. 여기 등장하는 '오징어'도 주광성(走光性)이란 점에선 벌레와 매 일반이다.

눈앞의 저 빛!
찬란한 저 빛!
그러나
저건 죽음이다

의심하라 모오든 광명을!

　　　　　　　　　• • • 유하, 〈오징어─여는 시〉(『바람』)

그러나 이 서시의 직설법은 그의 시에서는 예외적이다. 이번 시집에서도 역시 그는 계몽의 지위를 거부하고 있다. '압구정동'과 '불/꽃'에 대한, 저 욕망에 대한 경고는 그의 시의 효과일 수는 있어도 본령을 구성하는 것은 아니다. 계몽주의는 단일한 담론이다. 그에 반해 욕망의 이중성은 '나가지도 더는 들어가지도 못하는 사랑'마냥 항상 시인을 위기 속에 몰아넣는다.

그의 이번 시집은 대부분 비가(悲歌)를 넘어서기가 어렵다. 그의 위악적인 포즈조차 이번엔 즐거움의 반대편에 서있는 것이다. 하지만 마치 『바람』 속에 '압구정동'과 '하나대'가 병존했던 것처럼, 『세상』 또한 욕망과 '불/꽃' 건너편 저켠으로 '물/숲'의 세계를 남겨 두고 있음은 하나의 즐거운 대비가 된다. 이번에도 서정성은 바로 그쪽 편이다. 욕망으로 표상되는 이 거대한 세계에 대한 강박관념이 끊임없이 인유의 형태를 요구하는

한, 그의 '불/꽃' 시편은 서정성의 온전한 획득으로부터 멀어져 가기가
십상인 때문이다.

3. 하나대의 저녁

난 서울에 살고 있지만 실은 남서밭의 정기를 받고
태어났었네 한 백년 묵은 감나무 그늘 아상에서
증조할머니가 이빨 빠진 소리로 나비 하면 깨복장구인 난
넘서밭 매는 할머니 귀청 떠날라가도록 나―비 따라 읽었네
이랴낄낄 음메 소리 노랑나비 떼 무시로 넘나들던 넘서밭엔
땡볕 얼음과자 같은 외하며 아욱 상추 강냉이
단수수 돔부 가지 가지가지 넘쳐났네
나 귀빠지기 전부터 그 넘서밭엔 할머니 웅크리고 있었네
백년 묵은 감나무에 닳고 닳도록 감이 열리듯
대나무 바람에 몸 낮추지 않는 날 엇듯
할머니 호미는 늘 넘서밭 잠들지 않게 일깨웠네
그리하여 한 알의 돔부에도 할머니 온 생애가
일일이 맺혀 있었네 그 넘서밭 한 광주리 머리에 이고
할머닌 해년마다 손자에게 달려왔지만 일썽
할머니와 넘서밭 울타리에 삐져나온 돔부처럼 쓸쓸했네
이제 할머니의 호미 늙고 지쳤네
무성한 잡초 주인 잃은 호박 덩굴에 파묻혀 그 넘서밭
마침내 영원히 잠들려 하네 잠들려 하네
어느덧 내 몸을 감쌌던 그 넘서밭의 푸른 흔적
뙤약볕 얼음과자 같던 외의 쓸쓸한 맛으로 사라져 가고
나―비 나―비 따라 읽던 그 옛날의 음성만 입 안에 무성하네

● ● ● 유하, 〈할머니와 넘서밭〉(『바람』)

　유하 시의 가능성이 주로 '압구정동'에서 찾아질 때, 실상 그로서는 관
찰자 내지 산책자의 틀을 감내해야만 했다. '압구정동'에서는 자기 자신에

대한 시선이 아무래도 섬세하게 유지될 수가 없었던 것, 하여, 그는 자신만의 내면 공간 하나쯤은 마련해 두어야 했다. '하나대'의 시편들은, 그래서 '압구정동' 시편들의 여집합으로 자리 잡게 되었다. 그 공간은 하나같이 작고 연약한, 그러나 부드럽고 안정된 공간이었다. 이 안정성과 투명성은 '압구정동'의 거대함에 비해 대단히 이질적이다. 하지만 그 안정성은, 지나가 버린 과거, 기억, 추억의 견고함에 기인한다. 과거는 굳어지게 마련이고, 상투성과 손잡기 쉽다. 모어(母語)의 회복에 강한 집착을 보이지만, '압구정동'의 요설과 마찬가지로, 그것은 작위성을 풍기고, 언어의 과잉을 느끼게 하고 만다. 그러기에, 그에게 기대된 개성은 오히려 '압구정동' 쪽이었다. 그에게는 스타일로서의 개성만이 강요되고, 정작 내면의 개성은 상투적인 것으로 취급되고 말았던 셈인 것이다.

앞서 우리는 그의 도덕적 감수성을 지적한 바 있다. 일상이 언제나 극복되어야 할 상태로 파악된다면, 그 극복의 방향은 공동체에 바탕을 둔 전인적 존재로서의 인간에 놓이게 된다. 르페브르의 견해를 따를 때,9) 서구 자본주의 사회가 끊임없이 시장경제에 의해 조장되고 창출되는 여가 욕망과 개인의 사적 생활에로의 침몰로 상징화될 수 있다면, 동구의 공산 사회는 노동과 생산 속에 일상이 잠식되는 형국이라 할 수 있다. 반면, '하나대'의 '할머니의 넘서밭'에는 노동과 일상이 함께 간다. 이것이 그의 자랑스러운 추억이다. '압구정동'의 뿌리 뽑힌 산책자에 비해 볼 때, 이것은 얼마나 안정적인가.

하지만 그는 여전히 정착하지 못하고 유동한다. 이제 정착할 '하나대'는 존재하지 않고, 단지 추억 속에서만 살아 있을 뿐이기 때문이다. 완결된 과거의 추억으로 이 거대한 세계에 맞설 수는 없는 노릇, 하나대 시편에 깔린 우수는 바로 그 '넘서밭'이 단지 '푸른 흔적'으로만 남아 있다는 데 놓인다.

이 '흔적'은 '압구정동'에서도 발견된다. <압구정동>의 연작 첫 번째가 '어떤 배나무 숲에 관한 기억'을 부제로 달고 있음은 결코 우연이 아니

---

9) 앙리 르페브르(박정자 역), 『현대세계의 일상성』, 세계일보, 1990.

다. 그 여섯 번째의 시에서도, 그는 '온갖 심혜진 최진실 강수지 같은 황홀한 종아리를 뚫어져라' 바라보다가, '마음속에 영원히 썩어 문드러지지 않을 것 같은 다리 하나'를 기억해 낸다.

> 배나무 숲을 노루처럼 질주하던 원두막지기의 딸, 중학교 운동회 때
> 트로피를 휩쓸던 그애, 오천 원짜리 과외공부 시간 책상 밑으로 내 다리
> 를 쿡쿡 찌르던,
> 오천 원이 없어 결국 한 달 만에 쫓겨난 그애, 배나무들을
> 뿌리째 갈아엎던 불도저를 괴물 아가리라 부르던 뚱그런 눈망울
> 한강다리 아래 궁글던 물새알과 웃음의 보조개 내게 던지고 키들키들
> 지금의 현대백화점 쪽으로 종다리처럼 사라지던, 그후로
> 영영 붙잡지 못했던 단발머리 소녀의 뒷모습
> 그 눈부시던 구릿빛 종아리

• • • 유하, 〈바람 부는 날이면 압구정동에 가야 한다 6)(『바람』)일부

배나무 원두막지기 딸의 이 '구릿빛 종아리'는 배나무를 갈아엎고 세워진 '현대백화점' 네거리, 그곳을 지나는 '구찌 핸드백을 든 다찌들'의 '저 흐벅진 허벅지'에 선명하게 대비됨으로써 건강성을 획득하게 된다. 그러나 이 건강성은 이제 힘이 없다. 그것은 단지 흔적에 불과하다. '하나대'에도 저녁은 찾아든다. 아니, '하나대'는 이미 저녁이고 언제나 저녁이다.
기억은 본질적으로 유한하다. 한계가 없는 기억은 기억이 아니다. 기억은 망각과의 관계에 의하여 합법화된다. 망각의 가능성을 배제한 기억은 이미 기억이 아니다. 기억은 그런 점에서 망각의 부재, 비현존의 회상을 이미 그 자체 속에 담고 있다. 언제나 기억은 그 기억이 필연적으로 관계를 갖는 비현존적인 것을 회상하기 위하여 이미 기호를 필요로 하고 있다.

> 생선을 발라 먹으며 생각한다
> 사랑은 연한 살코기 같지만
> 그래서 달콤하게 발라 먹지만
> 사랑의 흔적
> 생선가시처럼 목구멍에 걸려

넘어가질 않는구나
나를 발라 먹는 죽음의 세상에게
바라는 게 있다면
내 열애가 지나간 흔적 하나
목젖의 생선가시처럼
기억해 주는 일
소나무의 사소한 흔들림으로
켁켁거려 주는 일

● ● ● 유하, 〈사랑의 흔적〉(『세상』) 일부

　'생선'을 '발라' 먹는 일, '연한 살코기' 같은 '사랑'의 '달콤'함은, 이내 '흔적', '목구멍', '목젖' 등의 폐쇄음에 '켁켁' 걸리고 만다. 유하 득의의 솜씨를 발휘하고 있는 이 시에서 우리는 그가 필요로 하고 있는 것이 '가시'와 같은 기호, 즉 흔적일 뿐임을 발견하게 된다. 『바람』의 경우가 국부적이었다면, 『세상』은 그 흔적에 대한 논의를 전면에 내세우고 있다. 작위성 또한 많이 가셔지고, 전반적으로 보아 성숙해 보인다는 것도 첨기할 일이다.

　하지만, 현재의 순간이 현재의 순간으로 인정받기 위하여 그것은 다른 현재의 순간, 조금 전에 있었던 그 다른 현재의 순간에 영향을 받고 그 순간을 다시 잡아당겨야만 가능하다. 이것은 현존의 사고방식이 아니고 흔적의 사고방식이다. 흔적이 없는 지금, 생생한 지금은 불가능하다. 따라서 현존은 부정되며, 자기동일성이나 자아의 통일성은 허구나 신화에 지나지 않게 되는 것이다.

　흔적이 현존을 가능케 한다. 흔적이 없으면 자기동일성은 해체되고 마는 것이다. 그러나 이 시인의 시선이 낭만적인 것은 이번에도 역시 아니다. 그는 흔적의 확실성을 '목구멍'의 '가시'마냥 실감한다. 하지만 그 흔적은 단절된 과거일 뿐, 현존과의 연관성을 상실한 것이며, 거대한 현실 세계의 자기 발전과도 거리가 멀다. 더구나 흔적은 기억의 본질과 함께 조만간 사라질, 바로 '하나대'와 동일한 운명의 것이다. 그러므로 흔적의 실감이 더하면 더할수록 시인의 비애는 환멸, 또는 죽음에 이르도록 심각

해져 간다. 흔적은 때론 상처이기도 하지만, 오염되지 않은 욕망, 사랑의
다른 이름이기도 하기 때문이다. 그래서 이 시집의 절반은 비와 강물에
젖어 있고, 물의 자리엔 곧잘 숲이 등장하곤 한다.

> 매미가 숲의 두 뺨에 앉아 노래를 시작하면
> 난 어느새 시퍼런 나무즙의 강물에 잠기네
>
> 들리는가, 매미들 저 보리피리 같은 입 속으로
> 여름 숲 온 가슴이 빨려 들어가는 소리
>
> 푸른 날의 전율을 작은 입술에 담고
> 가벼운 울음으로 날아간 사람이여
>
> 이 밤, 두 뺨에 노래처럼 되살아나는
> 그대 손길의 흔적
> 낯익은 아픔으로 나를 길어 올릴 때,
> 조용한 몸의 떨림 깊은 곳으로부터
> 그리움의 수액 폭포처럼 솟구쳐 올라
> 저 별까지 적시리

● ● ● 유하, 〈여름 숲에서 부르는 노래〉(『세상』)

　흔적에 대한 이 회억의 비가는, 그러나 절망인 듯하면서도 한결 목소리
가 따습다. 이것은 '물'이 주는 미덕이다. '물'은 열려진 상상력이며 또한
동적인 상상력이기 때문이다. 이 시의 후반부가 얻어낸 신화적 역동성은
분명 '물'의 상상력 덕택이다.
　'시퍼런 나무즙의 강물', 그 약간 흐릿하고 창백한 반사는 합리화를 암
시한다. 자신의 영상을 반사하는 물 앞에서 유하는 자기의 사랑이 계속될
것과, 그것이 완성되지 않으리라는 것, 그러나 그것을 마무리해야 한다는
것을 느낀다. '그대 손길의 흔적'이 '노래처럼 되살아나는' 한, 그의 사랑
은 바로 자신에 의해서 마무리되어야 할, 계속 열려 있는 것이다.
　이와 같이 그의 시는 욕망의 시편이 갖는 이중성에 비례하여 흔적에 대

해서도 이중성에서 벗어나지 못한다. 그는 흔적을 원한다. 하지만 흔적의 무력함도 잘 안다. 뒤집어 말하면 흔적의 무력함을 알면서도 흔적을 원한다. 또한 그에게 있어 흔적은 그리움을 되살아나게 하는 그림자인 동시에 상처를 확인시켜 주는 고통의 기호가 되기도 한다. '불'의 몽상이 행복을 보장해 주지 않았던 것처럼 '물'의 몽상 또한 그렇다. 때로 그의 '물'은 다음 시에서처럼, 일약 화해와 성숙의 포즈를 과시하는 데 기여하기도 한다. 그러나 어딘가 절실함이 느껴지지 않는 것은 일단 그 이중성의 시적 해결이 아직은 제대로 성취되지 않았기 때문으로 보인다. 그 점을 대비적으로 드러내기 위해, 다음 장의 첫머리도 한 편의 시를 인용하는 데서 시작하기로 하겠다.

강은 온몸을 버리면서
그대로 온전한 강을 이룬다
버림과 얻음이
온갖 탄생과 소멸이
갈대의 무심한 휘어짐처럼
한 몸으로 만나는 그곳에서
강은 비로소 은빛의 생애를 관통한다
누군가를 눈시리게 그리워하며
탕진해 버린 세월
문득, 살아온 날의 상처가
돌이킬 수 없이 엎질러진 어둠처럼
허허롭게 만져질 때,
강은 어느새 저문 날의 끝에서
하늘의 목젖을 젖히며 새 살인 듯 일어선다

• • • 유하, 〈환멸을 찾아서7 – 저문 강가에서〉(『세상』) 일부

4. 세상의 모든 저녁

여의도로 밀려가는 강변도로
막막한 앞길을 버리고 문득 강물에 투항하고 싶다
한때 만발했던 꿈들이 허기진 하이에나 울음처럼
스쳐간다 오후 5시 반
에프엠에서 흘러나오는 어니언스의 사랑의 진실
추억은 먼지 낀 유행가의 몸을 빌려서라도
기어코 그 먼 길을 달려오고야 만다
기억의 황사바람이여, 트랜지스터 라디오 잡음같이 쏟아지던
태양빛, 미소를 뒤로 모으고 나무에 기대 선 소녀
파르르 성냥불처럼 점화되던 첫 설레임의 비릿함, 몇 번의 사랑
그리고 마음의 서툰 저녁을 불러모아 별빛을 치유하던 날들―
나는 눈물처럼 와해된다
단 하나의 무너짐을 위해 생의 날개는 그토록 퍼덕였던가
저만치, 존재의 무게를 버리고 곤두박질치는 물새떼
세상은 사는 것이 아니라 견디는 것이기에
오래 견디어 낸 상처의 불빛은
그다지도 환하게 삶의 노을을 읽어 버린다
소멸과의 기나긴 싸움을 끝낸 노을처럼 붉게 물들어
쓸쓸하게 허물어진다는 것,
그렇게 이 세상 모든 저녁이 나를 알아보리라
세상의 모든 저녁을 걸으며 사랑 또한 자욱하게 늙어가리라
하지만 끝내 머물지 않는 마음이여, 이 추억 그치면
세월은 다시 흔적 없는 타오름에 몸을 싣고
이마 하나로 허공을 들어 올리는 물새처럼 나 지금,
다만 견디기 위해 꿈꾸러 간다

＊＊＊ 유하, 〈세상의 모든 저녁1〉(『세상』)[10]

---

10) 연전에 프랑스 영화 <세상의 모든 아침>이 상영된 적이 있다. 제목의 유사성은 물론,
'첫 설레임의 비릿함'이라든가, '몇 번의 사랑', '생의 날개는 그토록 퍼덕였던가', '삶의
노을', 혹은 '세상의 모든 저녁을 걸으며 사랑 또한 자욱하게 늙어가리라'든가 하는 대
목은 패러디의 암시를 주는 듯도 하다. 하지만 우리는 이 시에서 요설과 기지에 찬, 유
하 특유의 패러디를 발견할 수가 없다. 그래서 심지어는 패러디를 읽어내지 못하게 되

앞장의 마지막 인용시에서 우리가 듣는 것은 '탄생과 소멸'의 만남에 대한 '설명'이었다. 그러나 정작 '탄생과 소멸'이 '비로소 은빛의 생애를 관통'하는 장면은 위 시가 보여주고 있다. 물은 아름다운 젊은 죽음, 꽃으로 뒤덮인 죽음의 원소다. 삶과 문학의 드라마에서 물은 마조히스트적인 자살의 원소다. 그는 '강물에 투항하고' 싶어진다. 하지만 그를 건져 주는 것은 '먼지 긴 유행가의 몸을 빌려서라도' 달려오는, '첫 설레임의 비릿함'같은 '추억'과 '기억의 황사바람'이다. 현존하지 않는, 그래서 추억의 형태로서의 흔적은 '나'를 절망케 하지만, '나'를 '치유'하고 구원해 주는 것 역시 예의 그 추억이 아니던가. 그 추억은 '파르르' '점화되던' '성냥불', 바로 행복의 몽상이 아니던가. 그리고 지금은 '노을' 지는 '세상의 모든 저녁'이 아니던가. 그 앞에서 그는 드디어 '눈물처럼 와해된다.' 이 깨달음이야말로 '탄생과 소멸'이 '비로소 은빛의 생애를 관통'하는 순간이다. 그 깨달음을 얻기까지 그는 '생의 날개를 그토록 퍼덕'이는 절실함이 필요하지 않았던가.

다만 그 깨달음의 내용만큼은 그다지 믿음직스럽게 보이질 않는다. '세상은 사는 것이 아니라 견디는 것'이라는 진술 앞에서 우리는 삶의 긍정을 읽어야 할지, 자조를 읽어야 할지, 내지는 성숙이라 불러야 할지에 대해 머뭇거리게 된다. 특히 '세상의 모든 저녁을 걸으며 사랑 또한 자욱하게 늙어 가리라'로 끝나지 않는, 도대체 그렇게 끝낼 수가 없는 그의 종결 방식은 자못 지나칠 정도로 정직한 지적 처리 방식이 아니겠는가. 그래서 이 시 또한 비가(悲歌)를 넘지 못한다.

그는 수렴하는 데에는 약한 시인이다. 수많은 이중성과 다가성(多價性)을 벌여 놓고 어느 한 편 손들어 줄 수 없는, 해체주의자의 고뇌에서 그는 한 발 벗어나지 못한다. 그것은 지적이고 정직한 태도이긴 해도, 곧잘 시의 구조적 완결미에 해를 끼치게 되며, 그로 인해 자신의 상처조차도 '일시적으로 아주 일시적으로(<자서(自序)>, 『세상』)'밖에 치유할 수 없음을, 이젠

거나, 거기서 패러디를 찾아보려는 이를 짐짓 시인이 우롱하고 있는 것이 아닌가 하는 생각마저 들게 된다. 어쩌면 그는 드디어 아우라(Aura)의 패러디를 시도하고 있는지도 모른다.

한번쯤 숙고해 보아야 할 단계로 보인다. 수렴을 거부하려 들 뿐, 아직 그에겐 발산의 미학이 완성되어 있지 못한 형편인 것이다. 2장의 끝자리에서 욕망으로 표상되는 이 거대한 세계에 대한 강박관념이 서정성의 온전한 획득을 방해한다고 지적하였거니와, 이 경우에도 역시 우리는 서정성과 지적 간섭의 관계에 관한 본질적 질문을 던지게 되는 것이다.

단순하게 말해 이 시는 유하적 개성의 종합편이라 할 수 있다. 삶과 죽음, 욕망과 환멸, 현존과 흔적 등의 주제적 국면은 물론, 불과 물의 이미지 대립, 도시시적 조사법과 서정적 어조의 유지 등 그가 발휘할 수 있는 개성은 거의 모두 등장하지 않았나 싶다. 그러나 물론 그러한 종합성이 시적 성취를 보장해 주는 것은 아니다. 앞서 말했듯, 적어도 이 시의 성공은 시적 자아의 내면적 추이를 정확히 반영한 데서 찾아보아야 할 것이다. 다만 그 정확성을 위해 그의 풍부한 제 개성(諸 個性)들이 전개과정 속에서 서로 절제되고 통일될 수밖에 없었다고 한다면, 그 긴장의 시작(詩作) 체험만큼은 스스로의 교훈으로 삼아도 좋을 것이다. 그 부분이야말로 이번 시집이 확인해 준 가능성의 새 지평이기 때문이다.

'압구정동'과 '하나대'의 긴장이 통합적으로 해결되기란 말처럼 쉽지가 않은 법이다. 하지만 적어도 그가 그 긴장을 쉽게 해소하거나 외면하려 하지 않았음을 우리는 이제껏 살펴 볼 수 있었다. 결코 '세상의 모든 저녁'이라는 이름 아래 모든 것이 갑자기 화해를 거두거나 흐지부지될 수는 없는 터, 오히려 그는 새로운 영역을 개척해 두고 있는 것 같다. 그래서 『세상』은 '압구정동'이면서 '압구정동'이 아닌가 하면, '하나대'이면서 '하나대'가 아니다. '압구정동'이고 '하나대'이기도 하면서 '압구정동'도 '하나대'도 아닌 것이다. 어느덧 그는 꽤나 노회해져 있다. 하지만 그에게 '저녁'은 다소 이르지 않은가. 그런데도 그는 자꾸 세상 밖으로 나가려 하고, 그의 운명은 자꾸만 구름을 닮아가려 한다.

이것은 그의 시가 일부 저널에서 받아들여지는 것처럼 1990년대식 신세대의 시만은 아니라는 점을 말해준다. 그의 문제의식은 어느 면에서 1980년대식이라 할 수 있다. 문제는 1980년대식 도덕성과 1990년대식 감수성 사이에서 여전히 부유하고 있다는 데에서 발견된다. 이 어정쩡함이야말로 그가 속한 세대의 정체성의 한 반영일지도 모르지만, 반복해 말하거니와, 작품의 완성도라는 입장에서는 내용의 불확정성에서 혼류하고 있는 그에게 모종의 형식적 결단을 요구하는 것으로 보인다. 그가 보여준 일부 형식의 파격성 정도로는 그 자신에게도 언제나 불만족스러울 수밖에 없다. 그것은 고작해야 대타적이고 한시적인 대응방식에 지나지 않기 때문이다. 어쩌면 작품의 완성도라는 개념조차 거부할 수 있을 때 그의 시는 비로소 완성될지 모를 일이다. 이것이야말로 유하에 대한, 진정한 독자 / 비평가의 기대일 것이다.

|김영무 · 박철론|
1990년대 전환기 시의 두 모습

1. 일상의 경이와 시적 감동

평론가로 더 잘 알려진 김영무가 첫 시집 『색동 단풍 숲을 노래하라』 (민음사, 1993. 이하 『색동』)를 상재했다. 이럴 때면 그의 평론 활동을 통해 그의 시를 바라보는 방법이 유익할 것처럼 보이기도 하겠지만, 언젠가는 필요할 수밖에 없는 그 작업을 굳이 거부하는 데에는 사실 다른 이유가 앞서 있다.

시인이 평론을 겸하는 경우는 그리 드문 편이 아니다. 반면 평론가가 시인을 겸하기란 좀체 쉽지가 않다. 이건 단지 선후의 문제만은 아닌 듯 싶다. 김영무 또한 이런 사정을 의식하지 못했을 리 없으며 머뭇거리지 않았을 리 없다. 그렇다면 우리의 관심은, 그럼에도 불구하고 그가 시를 쓰지 않으면 안 되었던 그 저간의 사정에 놓이게 된다. 어떤 절박감이, 어떤 충격, 어떤 경이가 그로 하여금 시를 쓰게 하였던가. 물론 이는 모든 시인에게 두루 적용되는 것이기도 하겠지만, 그의 평론가라는 약력이 그에 대한 관심을 더욱 증폭시킨다는 점, 적어도 그가 시인이 되고자 했던 것은 평론가가 되고자 했던 것과는 또 다른 원체험에서 기인하리라는 점이 강조되지 않으면 안 된다. 그러니 그의 평론 활동에 비추어 그의 시를 바라보는 일은 뒤로 미루어도 좋으리라는 판단이 섰다. 적어도 그의 이번 시집은 대단히 투명하다.

> 시 평론을 주로 하다가 느닷없이 시쓰기에 몰두하게 된 것은 지난 이태 동안의 캐나다 생활 탓이다.
>
> 그곳에서 아내는 큰 수술로 딴 세상을 넘어갔다 돌아왔고, 아이들은 캄캄한 소음의 암벽을 뚫고 조약돌 캐어내듯 새로운 말들을 하나하나 귀에 담아 자기의 세계를 새로 열었다. 경이로운 일이었다. 그곳에서 만난 몇몇 이민들은 헉헉대는 생활 중에도 철지난 모국어를 부둥켜안고 끙끙대며 시쓰기에 매달려 있었다. 이들이 어느 날 내 길을 가로막고 자신들의 이름을 일러주었다. 저는 소나무예요, 저는 민들레예요, 저는 차돌맹이예요. 너무나 낯익은 이름들이었지만 아주 고요한 이 숲의 나라에서 만나니 그것 또한 경이였다.

● ● ● 김영무, 「자서(自序)」(『색동』)

낯선 이역 땅에서 낯익은 것을 대할 때의 경이, 그것은 그 존재의 소중함을 새삼 일깨우는 것이 아닐 수 없다. 알고 보면 가족이, 알고 보면 주변의 자연이, 그리고 우리의 일상 언어, 이 모든 것들이 경이가 아닐 수 없었던 것이다. 생명이 외경스럽고 삶 자체가 경이스럽기 그지 없었던 것, 그는 이 경이를 끝내 묻어둘 수가 없었다. 그 체험은 도리어 그로 하여금 겸허와 감사의 마음을 갖게 했으며 고백하게 했다. 따라서 그의 고백은 위대한 시인으로서의 내면과 영혼을 들추어내는 쪽이 아니라 낯익고 소중한 것들, 그러나 잊혀지고 버려진 것들에 대한 새삼스런 감사에 다름 아니다. 시집 말미에서 이종숙 교수는 그를 가리켜 '천주학쟁이'라 이름하였거니와, 이런 눈으로 바라보면 세상에 경이 아닌 것이 없는 법이다.

이 같은 시적 태도는 일단은 주변 인물들에 대한 추억과 회상에서 출발할 것을 요구하기 마련일진대, 그것은 또한 가장 확실한 길 가운데 하나이기도 하다. 돈박하게 살아가는 이들, 그 대상은 '어머니', '큰누나' 등 가족으로부터, 친구 '이은희', 이웃 '대전 박서방', '전서방 전찬규', 그리고 '홍정희 여사' 등을 비롯하여 이국 캐나다에서 만난 교민뿐만 아니라 '앤디 엄마', '로스 할머니', '수잔 구바' 등등의 외국인에 이르기까지 무차별적으로 이어져 나간다. 하지만 외견상의 그 무차별성을 뚫고 존재하는 공통점이 있다면, 그것은 인간성이 넘치는, 보다 구체적으로 표현하자면 잔정 많은 이들이라 할 수 있다. 그러므로 이들을 대하는 시인으로서는 연민이 동반되지 않을 수 없는 것이다.

'대전 박서방'은 꼭 그 사람이 아니어도 좋다. 그것은 고유명사가 아니다. 물론 '그'는 "식전에 일어나면 말없이 자리 개고 / 손발 잘 붓는 준호 엄마 손뼈 저릴라 / 얼른 찬 물에 걸레 빨아 / 방바닥 구석구석 훔치는 사람 / 잔정 많은 사람(<대전 박서방>)"으로 나타나듯, 그 자신의 고유한 삶의 이야깃거리를 안고 있는 사람이지만, 정작 중요한 것은 "겨울날 오후 / 추녀 끝에 고드름들 / 다시 얼 무렵— / 창호지 문에 비쳐드는 햇살— / 고요하고 아늑해라— 그 햇살 같은 사람"이면 모두 우리의 '박서방'으로 집약되는 것이다. 하지만 '그'는 "준호 엄마도 알아보지 못하고 / 환갑 여러 해 앞두고 눈감았"고, 그런데 "손가락 으스러지는 그 장작개비 손길"이 "아직 얼얼한" 느낌으로 남아 있다고 시인은 덧붙인다.

이것은 통속적인 스토리에서 항용 등장하는 방식이다. 하지만 바로 이 점이 이 시인이 시를 써야 했던 이유의 하나가 된다. 주변에 실재하는 이런 이야기가 통속성으로 전락해 버린 사태, 거기에서 오는 무감각함, 시인은 우리에게 그 감각의 회복을 불러일으키고 있는 것이다. 도무지 안쓰럽고 애잔하지 않을 도리가 없는 그런 삶들에 대해 연민조차 잊혀지고, 어렵게 기억 속에서 찾아냈을 때는 이미 감사할 기회마저 잃어버린, 그리하여 회억과 후회가 밀려올 때, 아마도 이럴 때 시인은 시라도 쓰지 않고는 배길 수 없었으리라.

이 시집에 등장하는 거개의 인물이 모두 그런 존재들이다. '전서방 전찬규'가 누구더냐. 그 역시 "아랫말 아낙 식전바람에 달려와 / 윤재 아버지 우리집 수도가 얼어터졌어라우 하면 / 첫 순갈 뜨다 말고 휑하니 앞서 가는" 사람이며, 그 역시 "환갑 몇 달 앞두고 / 희끗희끗 성긴 눈 내리던 날 / 양력설 다음날 흙 속에 파묻혔"으며, 박서방이 햇살 같은 사람이라면 그 역시 "자기 놀던 자리— / 검불 하나 없이 맑게 씻고 간 사람(<전서방 전찬규>)"이다.

<이은희>에서도 이 공식은 변함이 없다. "다들 5분 걸리는 산수 문제" "1분이면 척척이었"던 이은희, "너만 못한 나도 경기여중 갔는데" 끝내 학교를 떠나 이민 간 이은희, 이제는 이가 다 빠지고 "화투치는 재미로" 사는, 그러나 "나 시집가던 날 / 양장 차림 친구들 / 모두 모여 깔깔댈 때 / 처녀 포대기에 애 업고 / 서성서성 쭈뼛거리다 / 예쁘게 수놓은 상보 하나 / 놔두고 / 사라진 내 단짝", 박서방 손길 아직 얼얼한 것마냥 "연둣빛 꼭두서니 / 그 예쁜 상보 하나 / 바다 건너 먼 나라 / 내 집 벽에 걸렸는데" 이제서야 낯선 이국땅에서 만난 이은희, 반드시 슬픈 이야기들은 아니지만, 슬퍼할 줄 아는 사람들의 이야기, 그래서 "눈물 많은 큰누나"는 말 그대로 '큰 누나'가 될 법하고, "전직 국어 교사 홍정희 여사"는 "구멍가게 주인"이 되었어도 캐나다에서 "모국어"로 시를 쓰는 위대한 시인이 될 법한 것이다. 여기서는 국적을 따지는 것이야말로 우습기 짝이 없는 노릇이 된다.

이 모든 것이 다 무엇이겠는가. 그는 지금 위대한 개인들을 늘어놓고 있는 것이 아니다. 그러나 이 모든 것은 무릇 집단적인 것이다. 다만 집단의 텃밭을 먼저 꽃밭으로 만들고 나서 그 다음에 개개의 꽃송이에 이름 지우려는 거대 담론, 곧 '큰 이야기'를 향한 것이 아니라, 개개의 꽃송이들이 개화하여 꽃밭을 이루는 '작은 이야기'들을 만들어 가고 있는 것이다. 따라서 이것은 단순한 모자이크 이상(以上)이다. 그런 점에서는 고은의 『만인보』와 내통하는 바 있음을 감추기 어렵다.

이처럼 주변의 소담스런 이야기들을 그러모으면서 애잔한 눈길을 멈추지 않는 이 시인은 결국 시 나부랭이를 쓰고자 한 것이 아니라 '노래'를 하고자 했던 것이라 볼 수 있다. 즉 그가 전해 주고 있는 이야기는 저 잘난 이야기도 아니고 어느 이만의 각별한 사연도 아니기에 설화에 가깝고 또한 노래에 가까운 것이다. 우선은 전 시집을 관통하는 '요적(謠的) 리듬'부터가 그러하다. 그의 리듬은 어릴 적 동요만큼이나 정겹다. 말차림부터가 친솔(親率)하다. 무엇보다도 기교에 거의 무심하다 싶은 이 태도는 섣부른 시인 흉내보다 믿음직스러워 좋다. 설화와 노래는 공동체적 세계를 꿈꾼다. 그러기에 시인의 말 그대로 "가난한 생명들의 별 볼 일 없는 착한 사연에 겸손되이 귀 기울"이면서 이 시인은 우리로 하여금 슬픔과, 슬픔으로부터의 희망을 노래해 주고 있을 따름인 것이다.

이제는 우리가 그의 "별 볼 일 없는 착한" 노래에 귀 기울일 때이고, 우리가 노래할 때이다. 그러나 아직 그의 노래가 합창이 되지는 못한다. 현실의 성장이 따라 주지 않는 한, 합창이 어디서 제 홀로 터져 나올 수는 없기 때문이다. 따라서 이는 그의 역량 문제와는 거의 무관하다. 하지만 거창한 이야기조차 그의 입을 통하고 나면 투명해진다. 어쩌면 거창한 이야기라는 것이 애당초 그에게는 따로 존재하는 것이 아닐지도 모른다. 이는 어떤 거창함과 사소함도 '거듭남' 아래에선 모습이 달리 비치기가 십상인 때문이다. 그의 시 속에 '심청이'와 '인당수'와 '연꽃'이 자주 등장하는 것도 그래서 결코 우연일 수 없다.

오월 어느 날
나무도 풀잎도 숨죽여 울던 날
그 열흘 무덥던 날
미치광이 발길
군화처럼 밀려와

로마 베드로 대성당 한밤중에
미켈란젤로의 걸작 중의 걸작
삐에타상(像)
죽어 늘어진 아들— 어머니 품에 안겨 있는
이 조각품 쇠망치로
깨부순 뒷날

(중략)

깨어진 돌조각 팔 다리
품에 안아
내 새끼로 쓰다듬고 바라보며
범인 눈에 못 박을 생각 아니라
대자대비 꽃향기 맡으며
이런 세월 석삼 년- 한 십 년-
심청이 마음으로 치열했더니

옛날 큰 석공의 망치질-
미켈란젤로의 그 솜씨
연꽃으로 환하게 비치더란다
아픈 상처에서
빛나는 새살 돋아날 날
오월 어느 날- 그 뒷날

• • •   김영무, 〈오월 어느 날 그 뒷날〉

십자가가 패배가 아니라면 이것 역시 결코 거짓 화해가 아니다. 심청이
의 환생이 인과율에 의한 것이든, 대자 대비한 원력 덕택이든, 중요한 것
은 거듭남 그 자체에 있다. 그 거듭남의 원리는 "아픈 상처에서 / 빛나는
새살이 돋아"나는 원리와 일치한다. 심청이 공덕 쌓듯 할 때, "인당수 노
을에 연꽃은 피고 지"듯(<알몸 믿음>), 우리의 상처는 이전보다 더 빛나는
새살이 돋아 치유가 되고, 우리가 미켈란젤로가 될 때, 우리는 연꽃을 타
고 거듭나게 되리라는 것, 그때 우리는 비로소 꽃밭을 이루리라는 것, 시
인이 감지한 것은 바로 이 점이다. 지금 시인의 눈엔 모든 것이 새롭다.
그의 눈은 거듭난 눈이다. 그 전제는 희생과 사랑을 요구한다.
　허나, 사랑할 수 있는 사람을 사랑하는 것만으로 꽃밭이 이룩될 리는
만무하다. 따라서 그가 캐나다라는 낯선 땅, 우리가 사랑하기에는 무척이
나 낯선 그 땅의 풍광(風光)을 노래한다 하더라도 거기서 천박한 이국정조
를 기대하는 것은 어리석은 일이다.
　"세상에서 제일 큰 나라"가 무너지고 "호주머니에 두 손 찌르고 고르비
가 떠"난 지금, 세계는 캐나다의 단풍 숲으로 만난다. 거기서는 앵글로 후

손과 인디언이 만나고 유고슬라비아와 조선도 만난다. 그러니 "노랑머리—
고수머리— / 전라도라— 경상도라— / 흰둥이라— 검둥이라—"하여 딴 살
림 차린다는 것은 당치도 않은 일이 된다.

> 강화나루 갈대밭 아니면 어떠냐
> 조선 물결아 노래하라
> 소나무 숲 저희끼리 독야청청
> 바람소리 일사불란하여 시원도 하다만
> 그러나 노래하라 조선 시인아
> 눈 속에 파묻히는 토론토 망망 지평선
>
> 거기 붉은 댕기로 저무는 저녁놀
> 황홀하지 않느냐 그 너머
> 인류의 꿈…조선 조각보 같은…
> 색동…단풍숲…

● ● ● 김영무, 〈색동 단풍숲을 노래하라〉

캐나다, 거기도 사람 사는 곳이다. 그가 잔정 많은 사람들을 노래할 때
국적을 따지지 않았듯, 자연과 풍경에도 차별이 없다. 오히려 "조선 조각
보"마냥 서로 깁고 보태고 어우러지는, 또 그래야만 하는 것, 시인은 거기
에서 황홀경을 맛보았다. 다양성의 공존을 상징하는 데 조선의 조각보보
다 더 좋은 소재가 있었을까? 퀼트의 화려함보다 굳이 조선의 조각보를
택한 것은 물론 그 겸비함과 자연스러움에 있을 것이다.

우리가 떠안아야 할 소중한 것은 바로 우리 자신과 우리가 사는 이곳이
었던 것, 바로 거기에 "인류의 꿈"이 스며들어 있음을 그는 깨달았다. 이
때 그것은 인류로, 지구로 확장된다. 그것은 관념이 아니라 실재이며, 미
래가 아니라 현실 그 자체이다.

이 실재성을 너무도 당연시하여 잊어버리고 있었던 당사자가 바로 그
자신이기에 "아메리카 대륙에서 인디언이 / 멸종되는 날 / 사람이란 이름의
지구생물이 / 땅에서 사라지는 날"은 몹시도 두렵다. 결국 그는 "사람은

사람을 통해서만 구원된다(<휴론 호숫가 인디언 마을에서>)"는 명제를 확신하기에 이른 것으로 보인다. 그러나 이 명제는 당위에 대한 요청이자 하나의 방법론이기도 하다. 그의 방법론이란 앞서 이야기했듯, 낯익고 소중한 것들, 그러나 잊혀지고 버려진 것들에 대한 감사에서부터 출발한다. 새삼 경이를 불러일으키는 낯익고 소중한 것들, 그러나 잊혀지고 버려진 것들, 그가 갚아야 할 빚들은 가깝게서부터 멀리로 확장되어 나아간다. 가족과 친구만이 아니었고 이웃만이 그들이 아니었던 것이다. 인간 모두가 그렇고 자연 모두가 그렇고 지구세계 모두가 그러하다. 그것을 생명이라 불러본다면, 이쯤해서 그와 김지하 사이의 상관성을 의심해 볼만도 할 것이다. 하지만 그 사이보다는 아마도 그 둘레를 더듬어 보는 것이 나으리라. 그 파장들은 의외로 크다. 그 파장들이 노래가 되고 합창이 되어 퍼져 나갈 그날, 어쩌면 그는 더 이상 시인이 아니어도 좋을 것이다. 그는 다사한 시인이다.

2. 현실 수용의 고통과 시적 정직

이른바 '민중문학의 막차'를 탔다는 꼬리표, 이 꼬리표를 박철 자신은 어찌 여길 지 궁금한 마당에, 시집 『밤거리의 갑과 을』(실천문학사, 1993. 이하 『밤거리』)이 얼굴을 내밀었다. 1987년 『창작과 비평』을 통해 등단한 그는 이미 『김포행 막차』를 펴낸 바 있다. 저 꼬리표가 내비치듯, 사람들은 벌써, 마치 유물마냥 그를 대하려나 보다. 어떤 일간지는 이원규의 『지푸라기로 다가와 어느덧 섬이 된 그대에게』와 함께 박철의 이 시집이 동시에 간행된 것을 놓고 「문학 화제」란의 기사로 삼았다. 그것이 '화제'가 될 수 있는 근거는 "지금은 사라져버린 '전망'에 안타까움을 느끼며 새로운 시적 모색을 위해 방황하고 있는 젊은 민중시의 현주소를 보여주고 있다."는 점에 있다.

그러나 방황이란 말은 목표의 상실, 과거의 무화(無化)에나 어울리는 말이다. 그는 끈질기게 김포에 매달려 있다. 그에게서 '전망'은 사라져 본 적이 없다. 그것은 마치 흐린 날의 밤하늘에도 별이 떠 있음과 한가지이다. 그래서 그는 김포를 손에서 놓을 수 없었다. 그에게 김포는 아직도 어둠이다.

"김포 벌판에 어둠만을 벗삼아 / 서리꽃이 피(<강화운수를 타고>)"는데, "어두운 세상 / 나만 홀로 서럽다<꽃잎을 열면>)"고 그는 노래한다. 사실 어둠이라 하는 것도 혼자가 아니라면 견딜 만한 것이다. 그리고 그렇게 이제껏 살아온 것이 시인의 숙명과도 같은 것이었다. 그런데 이제는 서럽고 무서워졌다. 전망이 사라진 것이 아니라, 전망이 가져다 준 힘이 사라진 것, 따라서 두려운 것은 전망의 상실이 아니라 고독이라는 이름의 공포인 것이다.

많은 것을 시인은 잃었고 많은 것이 시인을 떠나갔다. "70년대를 아쉬워하는 세대들과 / 80년대를 그리워하는 세대들과 / 이쯤만으로도 가슴 뿌듯해 하는 몇몇이 모여 / 흘러간 가요를 부르듯 노래를 부르다" 모두들 흩어지고, 오직 선배 하나와 술집의 마지막 손님이 되어 시인은 새벽을 걷는다. 그날 밤 시인은 "우리의 목청이 낮아질 때까지 / 기다려온 저들의 칼날이 얼마나 날카로운지 / 하늘의 별조차 무서운 밤"이라 되뇌이며, 이제 하나 남은 선배와 함께 "아현동 고개를 넘어설 때쯤 / 멀리 동이 터오기 시작하고 / 선배는 후배의 어깨를 움켜쥐"고 외쳐댄다. "그 누가 막을 수 있을 것인가 / 저 떠오르는 해를(<농성을 끝내고>)." 이것을 우리는 전망이라 흔히 부르거니와, 그리고 이것이 그들이 이제껏 희망을 품고 살아온 삶의 방식이건만, 하지만 예전 같지가 않다. 그것은 바로 고독 때문이다.

그렇다. 그는 무서운 거다. 고독이 무서운 거다. 그의 모습은 어느새 "선산이랄 것도 없지만" "조상들이 묻힌 땅을 팔아버리고" 다리를 휘청거리며 언덕을 내려오는 아버지의 모습을 닮아가고 있다.

　　아버지는 점점 더 작아졌다
　　그만큼 먼지도 작게 일어나 바닥으로 흩어지고
　　당신이 한때 산만큼 커 보였다는 것을

당신은 까맣게 잊고 계실 것이다
나는 사내의 이마에 그어지는 주름살에 대해서
휘청거리는 몸짓에 대해서 생각했다
그는 지금 두려워하고 있구나

••• 박철, 〈언덕을 내려오는 먼지〉

신산한 삶에 지친 사람들, 그도 그중에 한 몫을 차지하고 있다. 그도 지치고 아이도 아내마저도 지쳐버리고 말았다. "창녀는 몸만 판다 하는데 / 영혼까지 팔고 돌아와 벽을 보고 누운 밤 / 아이가 울다 지치면 아내가 운다〈아이가 우는 밤〉)." 이 표현은 다른 작품들 속에 또 반복되어 나타나기도 하거니와〈꽃밭에서〉, 〈밤이면 가끔 꽃을 꺾고 싶다〉), 이 지친 가정의 역사에 급기야 "일과 돈에 끌려다니"던 "힘겨운 소시민"인 형의 실종 사건마저 벌어지기도 한다. 그것은 과연 누구의 탓인가. 구조의 힘이란 그 구조 속에 갇혀 사는 사람들에겐 언제나 실재적이다.

어느 날 그 소시민이 가히 혁명적으로
처자식을 버리고 집을 뛰쳐나갔으니
가족은 모여 대책회의를 하였다
그러나 무엇을 누구를 탓해야 할지 몰랐다
갈기갈기 찢어진 형제애만이 세월처럼 나부꼈다
늘어진 어깨로 다시 그 소시민이 돌아온 날
진정 실종된 것은 어느 누구의 얼굴이 아니라
그래도 발붙여 사는 이 땅
우리의 용감한 형제들 푸른 눈동자임을 알았다

••• 박철, 〈실종1〉

그렇다면 "처자식을 버리고 형이 집을 나간 후 / 그만큼 집안은 든든해졌다〈실종2〉)"는 역설조차 실재적이다. "우리의 용감한 형제들 푸른 눈동자"의 실종이 실재화된 것으로 입증된 마당에, 시인은 그들에 대한 애정만큼이나 원망도 해 본다. 이제 이 시대는 "이제 그만 돌아오너라 아들아 / 어머니의 편지를 벽에 붙여놓고 / 읽고 또 읽고 하다가 차라리 / 그 애잔한 사랑이 원망으로 돌아오는 날들(<여름, 그 돌아오지 않는 날들>)"이 되어 버리고 말았다. 김포 하늘의 따오기조차 "가슴 아픈 이 몇몇은 돌아누워 먼 옛날만 쳐다보고 / 노동에 지친 손목들 아직 편히 쉬지 못하는 밤"에 "아무런 용서도 없이 / 갈라진 거리에 줄지어 우리를 세워놓고" "아련한 노랫가락만 남"긴 채 떠나가 버렸다. 이제 남은 것은 없다. 아내와 "서로를 보듬고 그늘에 걸리어 섰"건만, "누구 하나 손길 주는 이 없어 / 즐거운 밑반찬조차 못되는 잔챙이는 / 뒷광 한 구석 지푸라기에 매달려 오늘도 / 어둠을 지키고" 서 있을 따름이다.

이러한 자학에 가까운 포즈는 위태롭다. 세상은 갑자기 낯설어졌다. 그래서 그는 흔들리고 있는지도 모른다. 더 정확히 표현한다면, 흔들리지 않기 위해 흔들리고 있는 것이다. 난데없이 그는 "고등학교 미술시간에 배운 기억을 되살려 / 신문지 위에 난을 친다." 그의 말대로라면 "옛 사람의 풍류를 탐해 보"는 것이라지만, 그의 손끝이 흐려지는 것은 "정작 눈 내리는 밤의 고요를 이기지 못해"서만은 결코 아니다.

> 이제 예배당 새벽 종소리조차 없구나
> 그 시절 눈 내리는 창밖을 지키고 섰다가
> 눈 속을 헤치고 오던 하얀 종소리
> 누군가 잠 못 이뤄 뒤척이다 벽에 기대어
> 담배 연기에 긴 숨을 던져보는 시간
> 구겨버린 신문지를 펼쳐 놓고
> 언 손으로 붓을 움켜쥐고
> 눈 내려 멀리 쌓이는 이 밤을 잊으려 해도
> 이곳 저곳 서툴고 힘겨운
> 어둠만이 번진다
>
> • • • 박철, 〈눈 오는 밤〉

먹이 번지는 것이 아니라 어둠이 번지는 것이다. 난(蘭)을 치는 것 역시 그의 균형 감각을 회복시켜 주지는 못하고 말았던 셈이다. 난을 칠수록 번져만 가는 어둠 때문이다. 볕이 없기에 어둠은 춥다.

  그런데 이토록 춥기만 한 어느 날 시인은 "문병 온 친구" 하나가 "자
반아…하며 주먹을 내"밀기에, 펴 본즉 빈주먹뿐이라, 이때 그 친구가 "물
러서 앉으며 / 봄이야〈봄〉" 했다는, 한 편의 정감어린 일화 한 토막을 소
개하고 있다. 그러고 보면, '전망'이란 꼭 '봄' 같은 것이다. 엄밀하게 말
해, 그건 봄이기도 하고 봄 아니기도 하다. 어느 쪽이 실재인 지는 정말이
지 간단치 않다. 이 상태를 가리켜 그는 정직하게시리 '위기'라고 불렀다.
진실로 그는 정신과 육체가 모두 '위기'였다.

> 나는 요즘 위기에 놓여 있다
> 문학이 살든 죽든, 생명이 있든 없든
> 우리는 살아야 하니까
> 살아남아야 비겁자가 아니니까
> 육체가 정신을 배반하고
> 정신이 지난날을 배신하는 길거리에서
> 우리는 구걸하면서도 살아야 하니까
> 그들 말대로 생명은 소중하니까
> 창녀는 몸만 판다지만
> 몸과 영혼 그 무엇마저 다 팔아 조지면서도
> 살아야 하는
> 생명 따위니까

● ● ● 박철, 〈밤이면 가끔 꽃을 꺾고 싶다〉

  그의 말에 의하면 "김지하는 너무 멀리 날고 있다." 그래서 "많은 것을
보겠지만 춥지 않을지" 모른다고 걱정도 해본다. 생명의 위기까지 스스로
체험한 그로서는 자부심 같은 확신조차 들었을는지도 모른다. 그의 병원
체험은 생명조차 계급적인 것임을 간파하도록 하였기 때문이다. "세상은
견습의사가 이끌어 간다." 그들이 "얼마나 발 빠르게 움직이느냐에 따라 /
생명이 하나둘 피기도 하고 지기도 한다."는 것, 시인은 그로부터 생명에
대한 애정의 조건을 바라보고 있는 것이다. 그의 애정은 이 땅을 향한 것
인데, 그 애정도 변한 바 없고 그 조건도 변한 바 없는 것 같은데, 전위더
러 갑자기 후위에 서라 할 때의 위기의식, 아울러 고독마저 홀로 감내하

라는 요구는 아무래도 가혹하다. 결국 병이 그를 이 땅의 저편, 호주로 데
려갔다. 박부득이 김포를 통해 김포를 떠나야 했다. 그날도 김포는 어두웠
으리라. 하여, 그는 울었다.

> 나는 울었네
> 그 해 여름 비바람 몰아치는 둑길을 따라
> 걸으며 살아 말없는 이들의 눈길이 아쉬워
> 멀리 김포 벌판의 서치라이트 아직 까맣게 숨죽이고
> 허전한 내 청춘의 푸른 옷깃만 나부낄 때
> 나는 뒤돌아보지 않았네 걷다가
> 지치면 돌아가면 되지 그러나 못내
> 내 손등 엎어놓은 개화산 작은 언덕을 바라보며
> 떠나고 싶다 버리고 말리라
> 저 뒤틀어진 소나무 얼크러진 텃밭을 떠나
> 벌판의 피뢰침 되리 걷고 걸으며
> 울었네 그날이 내 삶의 변두리쯤 되었으니

● ● ● 박철, 〈눈물의 시드니〉

"떠나고 싶다 버리고 말리라" 하였건만, 시드니에까지 가서도 그는 "떠
나오기 이틀 전만 해도 가투를 하고 / 동료들 매 맞는 데 앞장서지 못한
제가 / 사람입니까 시인입니까" 하며 '현기영 선생'에게 편지를 쓰고서는
"편지를 접고 다리를 접고 고개를 묻고" 또 울어야 했다. '복지국가'에서,
오랜만에 친구를 만나고 친구와 술자리를 하고서도, 급기야 사태는 심각
해져 멱살을 잡히고, "시드니의 뒷골목 킹스 크로스에서 / 일어날 줄 모르
고 하늘을 향해 그대로 누워 있었"을 때, 그때 그는 "알 수 없는 서러움에
고개를 돌"려야 했다. "왜 고향의 별이 여기 있는가(<밤거리의 갑과 을>)."
　나는 그의 눈물이 낡은 감상(感傷)이 아님을 보이려 했다. 과잉이 아니라
정직이라는 소이에서 말이다. 허약하다고 말하는 것이 건강에 좋을 때도
있다. 병은 감출 것이 아니라 했거니와, 전망이 사라진 시대에 처해 강한
척 아픔을 참는 것도 좋은 일은 아니다. 다만 마음의 병은 스스로 병석을

떨쳐 일어설 때만이 치유될 수 있을 것이다.

3. 자명성의 해체와 시인의 숙명

칼 만하임의 말대로라면, 인간은 자신이 몸담고 있는 현실상황을 자신이 잘 적응하고 있는 동안에는 이론적으로 파악하지 않는다. 그 같은 존재조건 속에서는 인간은 자신의 환경을 아무런 의문점이 없는 자명한 세계질서의 하나로 간주할 뿐이다.

이 두 시집은 그러한 자명성이 흔들려버린 세계의 산물이다. 그런 의미에서 이들 모두 새로운 자명성을 추구하는 과정의 한 결산이라고 말할 수 있다. 그것이 개인의 심리학에 의존하는지, 사회학에 의존하는지, 과연 그것을 분리할 수 있는지는 감히 말할 수 없다.

분명하게 구분되는 것은 아니지만, 김영무의 경우, 대체적으로 그 변화의 계기가 내부적이고 또 그 방향이 그동안 너무도 자명해서 상식화되었던 세계에 대한 새삼스런 경이 쪽으로 틀지워져 있다면, 박철의 경우는 그 변화가 외부에서 강제된 것이고 또한 거부하기도 껄끄러운 것이어서 그 방향이 여전히 주변을 선회하는 경향을 노출한다는 점에서 어느 정도 대비가 가능한 것으로 보인다.

캐나다와 호주라는 이국땅에서 펼쳐지는 대비 역시 한갓 홍밋거리만은 아니다. 정착지를 꿈꾸는 과정에 있다는 점에서, 그래서 개별 시편들의 완성도에 대해서는 따지지 않기로 했다. 다만 김영무는 이미 거듭난 눈을 계속 지켜나가면서 한편 한편의 농익은 노래를 만들고자 할 것 같고, 박철은 한 쪽 발목을 걸어둔 채 당분간은 주춤하는 표정을 지어갈 듯하다.

김영무의 건강함이 상식의 허위에 걸려들기 바라지 않으며, 박철의 착한 눈물이 과거에 대한 부채의식이나 미래에 대한 허무로 흘러가지 않기를 바란다. 자명해지면 또 시큰둥해 보는 것도 시인의 숙명 같은 것이 아니겠는가.

|이종문론|
현대시조의 전통과 모더니티

1. 시적 품위와 노래의 즐거움

지금 우리는 해체주의 시대에 살고 있다. 전통적인 문학 장르들도 해체되고 있다. 그래서 기대(期待)와 위구(危懼)가 한데 섞인 목소리들이 들려온다. 전통의 권위만 의심스러운 것이 아니라 권위를 해체한 다음 차례의 것에 대해서도 미심쩍긴 마찬가지기 때문이다.

이에 비해 시조는 진작 해체를 겪은 바 있지 않느냐고 생각할 수도 있다. 아닌 게 아니라 현대시조의 성립 여부는 전적으로 전통 시조 양식의 해체적 변용 가능성에 달린 듯이 여겨지기도 하였기 때문이다. 그래서 시조이면서 시조 아닌 듯한, 또는 시조 아니면서 시조인 듯한 형식과 느낌을 찾기에 많은 이들이 골몰하는 것 같은 인상을 주었던 것도 사실이다. 하지만 그 정도를 두고 해체라 부름은 온당치 않다. 해체는 양식의 문제라기보다는 정신의 문제요, 권력의 문제이기 때문이다.

이종문은 시조의 양식성을 자신의 작품 내에 '흔적'으로 다룰 수 있는 시인이다. 여기에서 다루게 될 그의 시조집 『저녁밥 찾는 소리』(태학사, 2001)를 일별하다 보면, 그는 시인이되 시조를 쓰는 시인이라고 함이 온당할 정도로, 그에게 중요한 것은 오직 '시' 그 자체이고 다만 자신의 '시'의 원형질을 '시조'에서 구할 따름인 것으로 보일 정도로, 시조의 원형은 흔적처럼 남아 시의 밑바닥에서 아우라로 작용하고 있음을 느낄 수가 있다. 시조의 음색은 시의 저층에 깔려 흐르는 낮은 베이스음과도 같다.

달리 말하면 그는 '시조'를 쓰지 않는다. '시'를 쓰되 '시조'에서 시성(詩性)을 구할 따름인 것이다. '시조이면서 시조 아닌 듯함'의 추구가 아니라 '시이면서 시조인 듯함'을 추구한다고나 할까. 전자가 형식 콤플렉스를 동반하기 쉬운 반면, 후자와 같은 태도는 시의 형식에 관한 한, 적극적인 발상을 낳는다.

양식에 주목해 보면 그의 시는 크게 두 가지 경향으로 나뉜다. 평시조나 한시로부터 원형질을 뽑아내는 것으로 보이는 작품들의 경우, 그의 시는 일반적으로 품격이 느껴진다. 반면에 사설시조의 아우라를 이끌어내는 작품들은 말 그대로 즐겁다. 이러한 두 경향은 시와 노래의 성격으로 대별될 수 있다고도 여겨진다. 시적 품위와 노래의 즐거움을 추구함으로써 그는 자신의 창작 욕망을 적절히 분화해낸다.

그 어느 경우든 실제로 그는 다양한 종류의 양식상 실험을 보여주고 있지만 그 같은 그의 도전에서도 파괴의 냄새는 별로 느껴지지 않는다. 그에게도 해체를 통한 권력 지향이 있다면, 아마도 그것은 무위권력으로서의 자연과 도에 가까울 것이다. 그가 시 속으로 끌고 들어오는 일상조차도 알고 보면 거기에 가깝다.

2. 이미지의 여운과 파격

시조의 품격은 역시 압축과 절제에서 비롯된다. 이종문은 이를 위해 설명보다는 보이기에 치중하여 이미지 제시에 심혈을 기울인다.

다 저문
골기와 집에

오동꽃,
떨어지고,

다 저문
골기와 집에

오동꽃,
떨어져서,

다 저문
골기와 집에

오동꽃,
수북하다

◦ ◦ ◦ 이종문, 〈오동꽃〉

오동꽃이 떨어지고 쌓이는 모습을 동어반복에 가까운 방식으로 제시하고 있는 이 시에서 무슨 심각한 주제의식을 찾는 일은 거의 무의미하다. 산에 꽃이 피고 진다는 말을 반복하는 것 같지만 그 이상의 사연을 담고 있는 김소월의 <산유화>와 비교해 보면, 도무지 이 시인은 그저 사실이 그렇다는 것일 뿐, 그 이상의 뭔가를 얘기하고 싶어 하지 않는 것 같다. 그렇다. 오동꽃이 떨어지고 떨어져서 수북하다는 것, 그것이 전부다.

하지만 이 시에는 기막힌 역전이 있다. '다 저문 골기와 집'에 떨어지는 '오동꽃', 이 시인은 유독 낙조(落照)와 낙화(落花) 같은 것에 관심을 잘 보이곤 하거니와, 그러나 이 시는 그 같은 소재가 곧잘 유발하게 마련인 애상적(哀傷的) 정조(情調)를 간단히 뒤집는 데 성공하고 있는 것이다. 초장에서 중장에 해당하는 부분까지는, 해도 다 저물고, 심지어 골기와 집마저 몰락한 가문 같은 인상을 주고, 거기에 더해 오동꽃이 떨어지고 또 떨어지는데, 종장에 이르게 되면 바로 그처럼 떨어지기 때문에 비로소 오동꽃이 수북하게 쌓이는 행복과 풍요로의 변전(變轉)이 벌어지게 되는 것이다. 그런 점에서 중장의 말미가 '떨어져서'로 끝나는 것은 주목할 가치가 있다. 중장에서 종장으로 넘어가는 그 휴지 기간 동안 우리는 상투적인 인과관계를 예상하게 되지만, 종장을 통해 벌어지는 그 유쾌한 반전은 우리를 새로운 인식으로 이끌어주기 때문이다. '떨어져서' 축복받는 존재가 될 수 있다는 것을 두고 역설이라 부르곤 하지만, 그것이 역설로 비쳐진다는 것 자체가 바로 우리 인식의 상투성과 편협성을 말해 주고 있는 것은 아닐까. 소위 '잘 나가서' 행복한 사람이 과연 얼마나 많을까. 그것이야말로 오히려 역설은 아닐까. 단순한 사실을 통해 진리를 발견해 내는 시인을 두고 통찰력이 있다 말한다면, 분명 이 시인은 통찰력이 그득한 자임에 틀림없다.

이처럼 상큼한 이미지 제시 이상을 넘어서는 경우가 그의 시에서는 자주 발견된다. 때때로 어떤 이미지들은 선적(禪的)이어서 이미지 자체가 다시 화두(話頭)로 변하기도 한다.

> 그 무지개 잡으려고 벼랑 타고 오르다가 그 아찔한 벼랑 끝에 뿔을 걸고 매달렸던,
>
> 그 기린 뿔 위에 세운 절 한 채가 저문다
>
> ● ● ● 이종문, 〈가을 인각사(麟角寺)〉

개목사(開目寺) 원통전(圓通殿)에 열흘 비가 걷히던 날 엄청 늙은 스님 더

늙은 보살님이 새로 핀 채송화 꽃을 헤아리고 있었고,

● ● ● 이종문, 〈절경(絕景)·1〉 일부

박목월의 시풍을 연상케 하는 이 일련의 작품들이, 그러나 박목월과 차별되는 지점은 체언 종결형과 용언 종결형의 대비에서 찾아 볼 수 있을 것이다. 박목월과 달리, '나그네'가 초점이 아니라 '나그네의 행위'가 초점이 되는 것, 이종문은 그 행위의 의미를 묻고 있는 것이다. 물론 채송화 꽃을 헤아리는 행위의 의미는 독자 각자가 채워나가야 할 부분으로 남는다. 그것이 바로 선적(禪的) 이미지의 제시를 통해 시인이 독자와 소통하고자 하는 바가 될 것이다.

행위가 없는 풍경의 제시가 아니라 풍경을 그려도 행위를 통해 제시하고자 하는 것, 따라서 그가 종결형 어미를 사용하지 않고 종장을 끝맺을 때에도 종종 용언의 관형사형 어미를 취하는 것 역시 그로서는 당연한 선택이라 할 수 있다.

봄날이다!

붉은 복사꽃 지천으로 떨어져서 그 중에 죄 없는 놈은 극락으로 날아가고

그 무슨 죄를 지은 놈

측간으로

처박히는,

● ● ● 이종문, 〈봄날·2〉 일부

일반적 어순으로 바꾸어 놓으면 이 시는 당연히 '봄날이다!'로 끝이 난다. 그 경우 이 시는 상태, 곧 장면 정지로 인상에 각인된다. 하지만 이 시는 상태를 먼저 제시하고 그 상태를 전후한 사정을 늘어놓는다. 이러한 그의 장면 제시 방법은 마치 카메라에 포착된 순간적 장면에 약간의 시간

지속이 허용되는 듯한 효과, 말하자면 사진보다는 길고 동영상보다는 짧은 장면 효과를 갖는다. 그의 시가 동적이라 하기엔 다소 정적이고, 정적이라기엔 다소 동적으로 읽히는 이유가 여기에 있다.

이것은 단순히 여운을 늘이기 위한 장치로만 기능하는 것은 아니다. 그럼으로써 우리의 관심은 봄날 그 자체보다는 봄날의 의미에 대한 탐색으로 이어지게 되기 때문이다. 그의 시에서 의미는 늘 행위 속에 담겨져 있는 것이다. 그리고 그 행위는 시간의 의미와 다시 만나게 마련이다.

흐르는

그 절 속에

한 스님이 살고 있어

이승에 왔던 흔적

남 모르게 지우고 있고,

지우는 그 한 스님도

지워지고

있느니……

● ● ● 이종문, 〈만추(晩秋)·1〉

시간에 대한 이러한 관심이 시의 품위를 가져온다고 한다면 지나친 비약일까? 모든 것은 변하기 마련이라는 것, 이것은 당연하다 못해 낡아 보이기까지 하다. 하지만 그것을 달리 표현하면 곧 고전적이라는 의미로 이해된다. 마치 일제 강점기하 시조 부흥기에 선비 기질이 시조 속에 자주 표출되었던 것과 연관하여 이해해 봄직하다. 선비 기질, 그것은 그 시대의 품위를 지키는 중요한 한 방식이었을 터이다. 그러기에 당시의 시조 속에 등장하는 골동품 역시 단순한 골동품일 수 없었던 것, 그것은 곧 정신의 문제였던 것, 그런고로 이를 두고 귀족적이니 회고 취미니 단정하기는 어렵다는 것, 마찬가지로 이종문의 시에 등장하는 약간의 비의적 표현 역시 시의 품격을 확보해 주는 측면으로 작용하고 있음은 부인하기 어렵다.

이렇게 되면 전통 속에 거함으로서 시적 안정을 찾기가 쉬워지는 장점이 있는 반면, 그만큼 이른바 매너리즘의 문제로부터 자유롭기도 힘들어진다. 그것은 시적 긴장을 해친다. 이 사태를 막기 위해서인지 이종문은 이미지의 충돌을 의도적으로 꾀하기도 한다. 이미지의 여운을 통한 고상함만을 추구하지는 않는 것이다. 오히려 그로테스크의 미학을 시도하기도 하는 것이다. 이 경우 시는 고상함을 포기하는 대신 역동적인 이미지를 창출해 내는 데 성공하게 된다.

칼날에 처형당한 채 요리조리 꿈틀대는 산낙지 접시 속에 동백꽃

뚝,
　　뚝,
진
　　다.

시퍼런 봄날 백주(白晝)에 붉은 피 낭자하다.

● ● ● 이종문, 〈봄날·3〉

동백꽃이 산낙지와 충돌한다. 복사꽃이 극락과 더불어 측간과 대비되었던, 앞서 인용한 〈봄날·2〉도 주목해 보라. 이러한 이미지 충돌 기법은 현대 시조가 갈등의 한 양상을 의도적으로 제거함으로써 쉽게 화해하고 쉽게 고상할 수 있었던 측면을 혁신할 수 있는 한 방법이 된다. 즉 이종문은 존재의 드러냄에 있어 갈등의 긴장에 주목함으로써 존재에 새 형식을 부여하고 있는 셈인 것이다.

그러나 이것은 쉽지 않은 선택이다. 그가 두 가지 이미지 제시 방식을 병행하고 있는 것은 그 같은 고뇌의 자연스러운 드러냄이다. 은폐와 개진

사이의 긴장을 한 작품 내에서 통합적으로 다루기 위해서는 보다 시적인 그 무엇을 찾아내야만 한다. 이는 실로 난제(難題)라 아니할 수 없다.

3. 요설의 형식과 흥취

여기서 이제는 다소 진부하게 들리는 논의를 들여와야겠다. 시(詩)와 가(歌)의 결합 형태로 존재했던 시조는 개화 이후 그 곡조의 측면을 상실한다. 곡조의 분리 내지 소멸이란 시조 양식의 불구 상태는 물론, 자칫 시조 양식 자체의 해체를 가져올 수도 있었다. 그래서 그 곡조의 자리를 대신할 대치물의 발견 여부가 근대 이후 시조 양식의 사활을 다투는 문제라 할 때 육당(六堂)은 조선주의(朝鮮主義)라는 관념을, 가람은 난(蘭)으로 대표되는 예도(藝道)를 내놓은 것으로 평가되곤 한다.

그러나 곡조, 곧 노래란 구체이다. 구체의 대치물을 구체 아닌 어디에서 찾을 수 있는가. 노래다움의 회복이 관건이 아니겠는가. 흥미로운 사실은 이종문의 경우 아예 '시'를 추구하는가 싶을 때는 평시조의 흔적에 기대는 듯하더니, '노래'를 부르고 싶은 욕망은 사설시조의 전통을 주조 저음(主調低音)으로 삼아 해소하고자 한다는 점이다. 이 경우에도 앞서와 마찬가지로 전자가 주로 은폐라면 후자는 개진에 가깝거니와, 전자가 자연(自然)과 도(道)에 주로 착목하는 반면 후자는 일상(日常)과 감정(感情)에 주목하고 있어 이 역시 흥미로운 대비를 이룬다.

그 하도

무덥던 날에

난분(蘭盆)이나
갈자 할 때

지내 새끼 한 마리가 갑자기 툭, 튀어나와 난분 쥔 손을 탁 놓고 기절초
풍하는 판에,

환장컷네, 지내 새끼 저도 기절초풍하여 엉겁결에 팔뚝 타고 겨드랑에
쑥 들어와 혈압이 팍 치솟것네, 혈압이 팍, 치솟것어, 헐레벌떡 웃통 터니
아래통에 내려가서 거기가 어디라고 거길 감히 들어오네. 너 죽고 나 죽자
이놈 망할 놈의 지내새끼

....
....
....
....

마당귀에 툭 떨어져 이리저리 숨는 놈을 딸딸이 들고 따라가 타악, 때렸
더니,

으―?.!, 하고 입적하셨네.

이것 참,

머쓱하네.

● ● ● 이종문, 〈입적(入寂) · 1〉

시에 일상을 도입하면서 거친 시어가 동원되고 형식적 파격이 벌어지
는, 심지어 실험시에서나 봄 직한, 마치 지네의 행보를 따라 그린 듯한 점
선 등의 그래픽 요소가 추가되는 이 사태를 두고 이것이 시조냐 아니냐
묻는 것은 부질없어 보인다. 단지 이러한 형식이 과연 시인 자신의 표현
의도를 성취하는 데에 얼마나 기여하고 있느냐만 관심사가 될 따름이다.
만일 이 시를 점잖은(?) 형식으로 달리 표현했다면 어떤 차이가 벌어졌을
지 생각해 보는 것은 그런 점에서 유익하다. 그렇지 않고서 단지 이러한
경향들에 대하여 그와 같은 시도는 참신성을 금세 잃어버리게 되어 시의
감상을 일회적으로 만들 우려가 있다거나, 작가에 따라서는 신기 추구로
떨어지게 하는 폐단이 있다는 식으로 지적하는 일은 온당치 못하다.

실제로 이 시인의 경우, 비록 한때의 치기어린 시도조차 없는 것은 아니되, 그 때에도 그의 주된 관심은 어디까지나 형식미의 개척에 있고 그 형식미 추구의 핵심은 시조의 음보가 흔적으로 깔려 이루어내는 미학에 닿아 있다. 그래서 그의 형태적 형식미 추구는 시적 제재가 무엇이든, 그것이 자연(自然)과 도(道)의 품위에 맥이 닿은 것이든, 일상(日常)과 감정(感情)에 충실한 것이든 차별이 없다.

앞에서 다룬 시에서도 엿보인 바이지만, 그 단적인 예를 들어 보이면 다음과 같다. 이 시에서 그는 낙조와 낙화의 모습과 강물의 움직임을 수직과 수평 방향의 형태 상징을 통해, 나아가 그 속도감의 대비마저 여실히 포착해 그려내고 있다.

다

저문

강 마을에

매화

꽃,

떨어진다.

그 꽃을 만들기 위해 이 강물이 달려가고

다음 질,

꽃 다칠세라

저 강물이 달려오고……

● ● ● 이종문, 〈매화꽃, 떨어져서〉 일부

이제 「입적(入寂)」으로 다시 돌아가자. 필자의 경우, 이 시가 대단히 재미있다거나 웃음을 유발하는 시라는 생각은 잘 들지 않는다. 사실 이 시는 즐거운 웃음이나 웃는 즐거움을 궁극적으로 겨냥한 것 같지는 않아 보인다. 어떤 논자의 구분에 따르면 대상이나 상황이 즐겁고 우스워서 웃음이 이루어지는 경우를 즐거운 웃음이라 하고, 반면에 대상이 우습거나 즐겁기는커녕 오히려 웃음과 정반대되는 질료이며 상황일 때 유발되는 웃음은 웃음의 즐거움에 속한다고 하거니와, 이 시는 우스운 상황이 잠시 연출되는 듯하더니 그야말로 '머쓱'하게 끝나버리고 말기 때문이다. 이 머쓱함을 위해서 이러한 형식이 동원되어야 했다면 이것은 혹시 형식의 과잉은 아닐까?

그렇지 않다. 이 시의 요설(饒舌)이 없었다면, 그 '머쓱함'이 살아났을 리 없다. 여기서 우리는 다시 왜 이 시의 화자가 '머쓱함'을 느꼈는지 자세히 물어보아야 한다. 우선, 비록 미물일지언정 지네 한 마리 잡아 죽이겠답시고 그 소동을 일으키는 것, 그것이 머쓱했을 터이다. 하지만 더욱 머쓱했을 법한 것은 지네 잡기 위해 이 시의 화자가 보여준 그 집요함이야말로 실은 지네가 보여준 바의 집요함과 다를 바가 없었다는 것, 아니 오히려 지네에 비해 더욱 저열한 종류의 것이었다는 점에 있을 것이다. 화자는 죽이기 위해 집요했지만 지네는 살기 위해 집요했기 때문이다. 그래서 '딸딸이' 슬리퍼에 맞아 죽는 지네가 던진 외마디 "으―"에 물음표와 느낌표가 이어지는 것조차 그냥 지나쳐지지가 않는 법이다. 물음표는 마치 지네가 왜 자신이 죽어야 하는지 항변하는 것도 같고, 느낌표는 벌레이기에 인간에게 죽어야 하는 운명을 승인하는 것 같기도 하기 때문이다. 이 광경 앞에서 '머쓱'해지지 않는다면, 그야말로 사람도 아니다.

따라서 이 시는 많은 사설시조의 전통답게 상황의 아이러니를 잘 연출하고 있는 시이다. 특히 지네에 대해 흥분하기 직전 이 화자가 하던 일에 주목해 본다면 이 시의 상황적 아이러니는 더욱 강하게 다가올 것이다. 화자는 고상하게도 난분(蘭盆)을 갈고자 하던 이가 아니었던가. 난초를 소중히 여기는 그 고상한 마음씨는 어디로 가고 지네에는 흥분한단 말인가. 그리하여 한 생명을 죽이며 그 잔혹함에 대해서는 생각조차 들지 않는,

그러나 그것이 우리의 습관이요 일상을 지배하는 관념이 아니던가. 이러한 깨달음을 주었은즉, 그 지네의 죽음이야말로 이 시의 제목 그대로 입적이 아니고 무엇이랴. 이처럼 이종문이 우리에게 주는 웃음과 즐거움은 은근한 것이다.

이 은근함이 일상의 친숙함으로 작동함으로써 그의 시에는 미소가 감돈다. 그의 요설에는 남을 해코지하는 날카로움은 들어 있지 않다. 그저 친한 이웃의 수다처럼, 따스함이 잔뜩 배어나올 뿐이다. 그래서 그의 노래는 어떨 때는 육자배기 가락을 닮았고, 어떨 때는 아이들의 구구단 소리나 놀이 소리를 닮았다. <입적>의 지네를 죽이고 얻은 깨달음이 배추벌레에는 어떻게 작동하는지도 그는 아이들 놀이소리마냥 너스레를 떨며 우리에게 이렇게 알려주고 있는 것이다.

> 주말 농장에 가서 조리개로 물을 주니
> 숟갈만한 배추 잎들이 꼼지락거립니다
> 숟갈 속 배추벌레도 꿈틀꿈틀 거립니다.
> 꿈틀꿈틀 대는 놈을 젓갈로 집었더니
> 배추 잎 그 푸른 영혼, 그런 汁을 흘리면서
> 어디가 불편하신 지 온몸을 뒤틉니다.
> 요리조리 트는 놈을, 돌 위에 놔줬더니
> 친애하는 議員 여러분 요놈 좀 보십시오
> 온몸을 둥글게 말고 시치미를 딱 뗍니다.
> 너 봐냐?, 물었더니 죽은 체 한답니다.
> 너무도 살고 싶어 죽은 체 한다기에
> 돌로 칵, 쳐죽이려다…… 그냥 놓아줍니다

● ● ● 이종문, 〈그냥 놓아줍니다〉

그는 이렇듯 작고 꿈틀거리는 것에 유난히 관심이 많다. 때로는 정겨움을, 때로는 안쓰러움과 연민을 불러일으키는 존재들, 가령 "노을 산을 넘고" 있는 "오른쪽 / 더듬이가 / 반도 넘게 뚝, 부러진 / 불구(不具)의 귀뚜라미"(<만추(晩秋)·1>)와 같은 것들, 그러나 그것이 비단 곤충만을 의미하지는 않을 게다. '너무도 살고 싶어 죽은 체' 하는 배추벌레는 그대로 우리 민중의 모습과 다를 바가 없다. 인간이 배추벌레만도 못했던 시대가 있었으니까.

이러한 소박(素朴)함과 정밀(靜謐)함이 그의 시의 미덕이 되어 준다. 그래서 그에게 정작 '큰 일'은 정치도, 경제도, 민족도, 세계도 아니다. 그래도 그것은 결국 정치가 되고 민족이 될 게다. 일이 없는 것이 일을 이루듯, 작은 일에 정밀하면 큰일도 어렵지 않을 것이기 때문이다. 이종문이 「큰 일」이란 제목의 시를 쓰면서 경허(鏡虛)의 어록(語錄)으로부터 "무사역성사(無事亦成事)"란 구절을 뽑아 제사(題詞)로 삼았은즉, 그 본시는 이러하다.

일없는 그 일 말고는 다시는 더 일없는 날,

지척엔 감을 곳 없는 비온 뒤 호박 넝쿨 제 몸을 칭칭 감는 데 드는 시간 재어 본다. 넝쿨 손 그 앞에다 내 손가락 세워놓고 감을까, 안 감을까, 먼 산을 보는 동안 넝쿨손 내 손을 감아 간지러워 못 살겠네. 간지러워 못 살 일 생겨 일 없는 줄 몰랐더니, 내 새끼 손 칭칭 감아 이것 참 큰 일 났네.

이것 참 큰 일이 났네, 집에 못 가 큰 일 났네.

• • • 이종문, 〈큰 일〉

일없음이란 일상의 노동으로부터 벗어나는 시간. 그 시간에 그가 저지른 일은 호박에 대한 연민으로 인해 손가락 내밀어 넝쿨 감게 하는 일. 그 일로 인해 큰 일이 벌어졌으니 그것은 집에 못 가는 일, 곧 일상으로 복귀하지 못하는 일.

그러나 우리는 이 시의 엄살을 안다. 집에 못 가서 큰일은 아니라는 것을. 오히려 우리는 이 시를 통해 집에 못 갈 정도의 큰일이란 진정 어떤 것인지를 새삼 일깨워주는 듯하다. 이번에도 역시 호박을 상징으로 읽고 싶음은 왜일까. 그래, 하루하루 제 몸을 칭칭 감으며 일어서야 하는 존재들이 어디 호박뿐이랴. 지척에 제 몸 감을 곳 없는 신세가 어디 호박뿐이랴. 그들을 돕는 것은 손가락 하나 내미는 정도의 작은 일이다. 그런데 우

리는 집에 가는 일이 더 큰일이라 생각해 그 작은 일을 하지 못한다. 그런
일 하면 큰일 나니까 말이다. 그렇다면, 마찬가지 이유로 해서, 그의 이
소박한 시편들은 위대하다.

4. 정밀(靜謐)한 정밀(精密)의 세계

상황의 역설, 또는 아이러니를 통해 이 시인이 진지하게 보여주고자 하
는 세계는 아마도 '생명'의 위대성일 것이라고 필자는 생각한다. 바라건대,
필자는 그것이 우의적으로 읽혀진다고 말하지는 않았다는 점에 유념해 주
었으면 싶다. 우의(寓意)의 문법에서 벗어나 상징(象徵)으로 향하는 것, 그것
이 시조의 형식을 흔적으로 깔면서 그가 가고자 하는 시의 세계라 이해하
였을 따름이요, 거기서 은폐와 개진의 긴장을 엿볼 수 있었기 때문이다.
　이제까지 보았듯, 그의 시세계는 정밀하다. 작은 것을 향하는 그의 정
밀(精密)함. 관찰과 묘사까지 정밀하다. 그러나 그것은 현기증을 일으키는
기계의 정밀함이 아니다. 자연의 섭리를 향한 그의 정밀한 관심은 우리를
둘러싼 세계에 정밀감(靜謐感)을 준다. 그래서 그의 시를 읽노라면 정말이
지 고요하고 편안해진다.
　다음 시를 읽어 보라. 체험 그 자체를 체험의 감각까지 그대로 정밀하
게 전하는 시, 그것으로 시가 전해 줄 수 있는 사상의 미덕까지 고스란히
간직한 시, 그냥 가만히 조용하고 편안하게 느껴 보아야 하는, 또는 느껴
보면 되는 시, 필자는 이 시를 해설할 길이 없어 그대로 다시 전한다.

　　　일없는 그 일 말고는 다시는 더 일없는 날
　　　탱자나무 울타리의 달팽이를 손에 놓고
　　　오른 뿔 눌러나 보려, 왼 뿔을 또 눌러보랴

　　　왼 뿔 누르는 순간 솟아나는 오른 뿔의,

손에 닿지도 않은 그 촉감을 만져보랴
일없는 그 일 말고는 다시는 더 일없는 날

                                        이종문, 〈일없는 날〉

일없는 날, 이런 시를 읽는 것은 행복한 일이 될 것이다. 이 시의 왼쪽과 오른쪽을 눌러가며 다시 읽어 보라. 그 촉감이 느껴진다면 우리도 마음속에 달팽이 한 마리쯤 기를 일이다.

제2부 현대시의 논리

제 1 장

경향시의 역사와 논리

1. 경향시에 관한 시각

사고의 역사는 그 모델들의 역사이다. 일정한 모델들로부터 귀납된 이론은 당분간은 언제나 자명한 것으로 보인다. 그러나 모델이 바뀌면 그 자명성 또한 흔들리게 된다. 이때 모델이란 제도적 장치 또는 시대 약호라 해석되어도 무방할 것이다. 칼 만하임은 『이데올로기와 유토피아』에서 이렇게 말했다.

인간은 자신이 몸담고 있는 현실 상황을 자신이 잘 적응하고 있는 동안에는 이론적으로 파악하지 않는다. 그 같은 존재 조건 속에서는 인간은 자신의 환경을 아무런 의문점이 없는 자명한 세계 질서의 하나로 간주할 뿐이다.

우리 시사에 경향시가를 추가하고자 할 때 부딪히는 당혹감이 바로 이러한 경우일 것이다. 이것은 단지 경향시가 해방 이후 문학보다는 정치적인 이유로 우리 시사에서 제외되었던 사실만을 상기시키고자 하는 것이 아니다. 그런 외적인 조건을 감안하고도 경향시가의 모습은 낯설게 보이는 것이 사실이다. 이 경우 경향시가의 낯섦에 대한 질문은 우리 시사에 대한, 아울러 서정 장르 자체의 폭과 가능성에 대한 새로운 사고 또는 이론을 요구하는 것이 된다. 따라서 교과서 류의 시 또는 소위 '한국의 명시'에 안주하고 있는 독자들에 대해서나 혹은 오늘날의 민중시를 접하면서도 그 전범을 시사 속해서 발견하지 못하고 있는 독자들에 대해서나, 우리 시사의 감추어진 한 기둥인 경향시가의 모습을 제시한다는 것은 적어도 그가 처한 환경에 의문을 던지고 새로운 이론을 요구하게 되리란 점에서도 그 의미가 매우 깊은 작업이라 할 것이다.

경향시가에 관한 연구는 우리 시사에 있어 단지 양적인 확대만을 지향하는 것이 결코 아니다. 그것은, 예컨대 모더니즘과의 매개 고리 등을 탐구함으로서 시사 자체의 새로운 논리와 이론 틀을 수립하는 쪽으로 발전되어야 할 것이다. 그럼에도 불구하고 경향시가를 다룬 기존 연구에서마저, 우리 시사 전체와의 관련성은 차지하고라도 대부분의 경우 시 외적인 조직론 내지는 비평사적 맥락에 귀착시킴으로써, 혹은 심정적 단편적 수준에서만 언급됨으로써, 경향시사 자체의 내면적 변모가 제대로 파악되질 못하였다. 이에 이 글은 우선 1920년대에서 1930년대에 걸친 경향시가 자체만의 닫힌 테두리에서 그 낯섦의 논리 또는 변모 과정의 맥락을 잡아보고자 하는 시도로 국한하고자 한다.

한편 그 시사적 의미를 현재와 관련시키는 점에 있어 우리는 이들 경향시가가 예술운동 속에서 시 장르 자체의 독자적 가능성을 모색한 의식의 소산이었음에 주목할 필요가 있다. 일제 강점하의 문학운동과 오늘의 문학적 판도는 서로를 재조명하고 비판할 수 있어야 한다. 이러한 점에서 문학 연구는 역사에 대한 사색일 수 있는 것이다. 다만 실천적 혹은 전략적인 태도가 지나치게 앞설 때 오히려 역사적 사색이 제한될 수 있다는 점도 또한 고려되어야 할 것이다. 이 글은 이 점을 염두에 두고 있거니와

엄격한 사색을 통해 보다 다양하고 보다 올바른 평가가 후속되길 기대하는
마음에서 가능한 한 많은 실제 작품들을 보이는 데에 지면을 아끼지 않고
자 한다. 이 글의 최소한의 요건과 의의는 바로 그것에서부터 출발한다.

2. 신경향파 시의 성립과 그 위상

(1) 신경향파 성립 이전의 시가들

1910년대에서 1920년대로의 역사적 이행과 함께 변환된 시문학의 경
향을 계몽주의로부터 낭만주의 또는 상징주의로의 전환이라고 파악하거
나 혹은 문학의 사상성으로부터 순수성으로의 이행이라고 설명해 온 관점
은 상당한 기간 동안 통용되어 왔다. 이러한 관점은 우리의 문학적 경향
을 단지 서구에서 이식된 것으로 이해하게 만들고 창작 주체의 사유 형식
을 역사적 맥락과 무관한, 단순한 문예사조의 이름으로 국한시키는 오류
를 낳았다.

그러나 식민지 경제의 예속적 구조 속에서 점차 몰락해 갔던 시민계급
이 3·1운동 이후 그 진보성을 상실하게 되었던 바 그들의 세계관에 대응
하게 되었던 존재는 정작 예술지상주의였다고 봄이 옳은 것이다. 임화의
말대로 이들이 신시의 창조자이었을 때, 다시 말하면 역사적인 진보의 체
현자이었을 때, 이들은 봉건적인 시조와 구가요에 대하여 대단히 비판적
적이었다. 그러나 시의 순수성의 옹호자이었을 때 이들은 역사적 세대의
내용이 되는 진보적 사상의 반대자로서 전진을 정지하였던 것이다.

이에 반하여 새로운 계급의 등장은 첨차 자신의 진보적 정신을 표출하
는 신경향파 문학을 탄생시키기에 이르렀다. 우리가 흔히 '자연발생적'이
라고 일컬을 때 이 말은 사회의 분화 과정, 그 사회사적 배경에 따른 필연
적인 현상을 의미하는 것으로도 보아야 할 것이다. 즉 발생 초기 단계에
있어 신경향파는 주로 '신생활사'와 '서울청년회' 등의 사회단체에 이미

그 토대를 두고 있었던 것이다. 그리고 타협해 가고 있던 이광수, 최남선 등의 민족개량주의 노선이 지식층에게 설득력을 잃었기 때문에 신경향파의 성공은 더욱 용이했던 셈이라고도 할 것이다.

이에 신경향파 시가의 성립 이전 단계에서도 그 토대, 그 전초적 모습이라 할 만한 다음의 몇 작품을 예거해 볼 수 있겠다. 이는 작품의 수준보다도 당대 예술지상주의와 판연히 다른 성향을 보여준다는 점에서 주목을 요한다.

물가(物價)가 나렷다나?
종(鍾)소리는 낫지마는
해는 도다 퍼젓지마는
입어야 먹어야 나가지
되쌀 팔아 먹기에
뭇사람의 눈 뒤집히인 이판에
별장(別莊)이 무엇이며 예술(藝術)이 무엇인가
우리의 발등에 떨어진 급(急)한 불덩이는
배고픈 증(症)이다.

(하략)

● ● ● 약수(若水)[1], 〈생활난(生活難)〉(『공제(共濟)』 제2호, 1920. 10)

무거운 바람 흔들니는 황혼(黃昏)에
우는 듯 찬비가 하염업시 내린다.
이름없는 가난한 마을에ー

오막살이들 씰그러진 대문(大門) 안고서
것츠로 찬 비를 마저
안으로 누렁물 흘니는 저 속에
때맛처 이러나는 기아(飢餓)의 무도(舞蹈)를

---

1) 이때 약수(若水)는 동경조선고학생동우회 및 흑도회(黑濤會)의 주요 멤버였던 김약수, 곧 김두희(金枓熙)로 보인다. 이 작품이 실린 『공제(共濟)』는 그가 상무간사로 일한 조선노동공제회의 기관지였다. 그의 다른 시로는, 역시 그 자신이 주도한 북성회(北星會)의 기관지였던 『척후대(斥候隊)』 7호에 실린 〈무엇 말을 하랴느냐〉가 발견된다.

누구라 알리오 아는 이 업서―

그러나 집집이 숨은 촉루(髑髏)는 알런마는

「빈궁(貧窮)은 비밀(秘密)이라」고.

　　　　　(중략)

빈궁(貧窮)의 촉루(髑髏)는

배속브터 한 평생(平生)을 두고두고

일터로 일터에 뒤을 쫏다가

허리가 꼽으라지면 앞장을 서서는

아사(餓死)를 최후(最後)의 선사로 싸들고

내던지는 자선(慈善)을 주어 먹인다

　　　　　(중략)

비에 흘는 오막사리

쓰러지는 울타리 맛붓들고서

추녀 끗마다 쑤룩쑤룩 흘니나니

줄기줄기로 눈물이어라

　　　　노초생(路草生), 〈비오는 빈촌(貧村)〉(『신생활(新生活)』 제6호, 1922. 6)

　이들 작품들은 신경향파 시가의 성립을 예견하게 하는 전초적(前哨的) 시가로서, 이후 한동안 경향시를 지배하게 되는 양대 경향, 즉 논리 대 감성, 서술 양식 대 서정 양식의 구도를 벌써부터 드러내 보인다고 볼 수 있다. 그러나 여기에서 확보된 연속성이 그리 적극적인 의의를 지니는 것으로 보기는 힘들다. 그것은 단지 빈궁 의식의 표출이라는 모티브 차원에 불과할 뿐만 아니라, 또한 범박한 의미에서의 궁핍 현상 및 하층 계급의 생활 감정을 담은 것으로 과거 우리 주변의 민요나 민담도 거론할 수 있다는 점 등이 지적되기 때문이다. 요컨대 모티브의 연속성[2]에 대한 검토가 한갓 나열 취미에 떨어지는 것을 경계하기 위해서는 동일한 모티브를 갖는 문학사상 상이한 두 점 간의 정신적 거리가 보다 중요시되어야 할 바인데,

---

2) 모티브란 반복적이고 전형적이며 인간적으로 의미심장한 상황으로서의 구조적 단위란 점에서 중심 모티브의 유사성에 대한 인식이 문학사에 있어서 내적인 여러 관계망을 파악하는 데 도움을 줄 수 있는 것이 사실이다. 그러나 그런 시각이 소재주의에 함몰하거나, 모티브의 유사성에 대한 강조가 그들 사이의 정신적 거리를 은폐하는 쪽으로 작용하는 우를 범해서는 안 된다.

이때 그러한 관계망의 구성을 보여주는 존재로 드러나는 것이 곧 다음에서 보일 동초(東初)가 팔봉(八峰)에 이르는 거리, 그것이다. 그 거리 사이에서 우리는 신경향파 시가의 성립을 발견할 수가 있을 것이다.

(2) 신경향파 시의 전개 양상

오, 가엾은 너야
사람은 모두 더웁게 입었으나
너 홀로 벗었으니
돌아오는 한설(寒雪)을 어찌 견듸나
            (중략)
오, 불쌍한 너야
우러라, 부르지저라
너도 사람이오 너도 남아(男兒)이니
남 갖는 만족(滿足)과 남 받는 즐김이
쓸쓸한 네 가슴에 안기기까지

* * * 동초, 〈가련아(可憐兒)〉(『동아일보』, 1920. 4. 2)

팔봉 김기진이 도일(渡日)하기 직전, 동초라는 아호로 발표한 이 작품은 앞서의 약수(若水)나 노초(路草)의 것보다도 시기상 앞서는 것으로 이 역시 헐벗고 굶주린 자에 대한 소박한 연민을 직설적으로 토로하는 데 그치고 있을 뿐이다. 그러나 여기서 요구된 막연한 '부르짖음'이 1923년 일본 유학에서 돌아왔을 때에는 얼마나 명징한 대상을 갖게 되는지 다음의 작품과 비교해 보면 알 수 있다.

저자 바닥에 박혀 잇스면서
연못아! 얼마나 오래
너는 말업시 지내여 왔느냐
오오 얼마나 오래
너는 색색(色色)이 이것을 긁어 모으며 지내여 왔느냐!
─나온 지 며칠 안 되는

피투성이의 간난아이를
몃 개나 몃 개나 먹고 왔느냐
            (중략)
―계집과 씨안고 정사(情死)한 사내
―눈보라치는 어느 날 밤에 싸저어 죽은 불상한 거지,
―주인(主人)에게 쫒기어난 젊은이, 그러구는 스트라익크가 화(禍)가 되
어서 집업시 된 사람들의 눈물
―주권자(主權者)에게 반항(反抗)한 용사(勇士)의 부르지즘
―그러고는 나가튼 밥벌러지의 고금(古今)을 생각하고 내뱃는 한숨―
            (중략)
연못아! 오래동안 너는 담을고 왔다!
아아 그러나, 지금에 이르러
너는 얼마나 큰 이약이를 하더냐
―오늘 이 밤에
   건너편에 서잇는 한 개의 불빗이
   너에게 열쇠를 준 것이다!―
오오, 너는 얼마나 큰 이약이를 하고 잇느냐
지금
나는 너에게 귀를 기울여―

아아, 들어라 이 크나큰 부르지즘을!

　　　　　　　　• • • 팔봉, 〈한 개의 불빗〉(『백조』 제3호, 1923. 9)

　막연한 감상에서 떠나 바로 이 지점에 이르기까지 팔봉이 찾으려 하고
있었던 것이야말로 이 '연못' 밑바닥에 감추어진 힘이 아니었겠는가.[3] 따
라서 '연못'의 밑바닥에 방향을 주는 것을 발견하려 할 때, 그리고 그것이
곧 "건너편에 있는 한 개의 불빛"으로 선명히 대상지어질 때 비로소 앞서
의 '부르짖음'이 경향성을 동반할 수 있게 되었던 것이 아니겠는가. 그 대
상으로서의 '불빛'은 우 나로드 운동일 수도 있고 클라르테 운동일 수도

---

3) 김윤식은 이 시를 평하면서 '너'가 "대상의 비인칭, 즉 '연못'이 하나의 대상으로 사용"되
   어 즉물성(卽物性)으로 객관화시켜 주고 있다고 설명한 바 있다. 김윤식, 『한국현대시론비
   판』, 일지사, 1975, p.231.

있는 요컨대 시대정신, 이데올로기, 시대를 극복하는 열쇠로 비쳐졌던 것
이기에 신흥계급의 성장을 바라본 이러한 역사에의 방향성 획득이야말로
당대의 예술지상주의와는 물론이요 빈궁이라는 모티브의 동일성 차원 또
한 뛰어넘는 신경향파 시가의 위상이자 선행 시가와의 뚜렷한 정신적 거
리인 것이다.

이제 더 이상 궁핍은 개인적 층위로도 운수소관의 탓으로도 기록되지
않는다. 이러한 인식이 팔봉만의 것이었다고는 말할 수 없다. 오히려 그것
은 당시 인식 수준의 반영이었다는 점에서 의의를 갖는다. 팔봉에 의해서
신경향파가 가능했던 것이 아니라 당대의 역사적 토대에 의해서 팔봉이
가능했던 것이라 봄이 보다 적절한 것이다. 그러한 저간의 사정을 극명히
드러내고 있는 다음의 작품은 비록 그 질은 수준이 떨어지는 것이었지만,
팔봉이 아니고서도 가능했던 하나의 인식 표출이었다.

> 무거운 쇠사슬과 착고에 억매어
> 학사(虐使)와 모멸(侮蔑)의 채찍을 밧는 몸 되엿스니
> 그를 맛당히 바들 숙명적(宿命的) 천벌(天罰)로 돌리는 자(者) 잇스니
> 그 일흠은 가로되 '피정복자(被征服者)'!

> ● ● ● 천월(泉月), 〈정복자(征服者)와 피정복자(被征服者)〉
> (『신천지(新天地)』 제9호, 1923. 8) 일부

이렇듯 빈궁을 역사적 사회적 모순에 기초한 현상으로 인식하는 기반
이 마련된 이후, '한 개의 불빛'으로 드러나는 역사에의 방향성 획득은 팔
봉의 경우 〈백수(白手)의 탄식(歎息)〉을 낳게 되고, 이는 다시 〈화강석(花崗
石)〉의 세계로 이어진다. 이시카와 타쿠보쿠(石州啄本)의 〈끝없는 논의의
뒤〉의 번안에 가까운 것으로 알려진 전자의 경우, 그것이 우-나로드만
외치고 행동으로 실천하지 못하는 인텔리를 표상한 것이라면, 후자는 그
와 대조적인 화강석과 같은 인민의 모습을 그린 것이었다.

> 정치가(政治家)나 시인(詩人)보다도
> 꾹담을고 있는 화강석(花崗石)과 갓흔

인민(人民)이야말로 더 훌륭한 편이 아닐넌지—

오오 역사(歷史)의 페지에 낫하나 있는 화강석(花崗石)과 갓흔
인민(人民)의 그림자를, 최후(最後)의 심판자(審判者)를
나는 지금 눈압혜 놋코 생각하고 잇다

        팔봉, 〈화강석〉(『개벽』 제48호, 1924. 6)

정치가나 시인이 '탄식'의 대상이라면 화강석, 곧 인민이야말로 역사의 최후의 심판자가 되는 것이며, 그러기에 〈지렁이의 죽음〉(『생장』 제5호, 1925. 5)에서 보듯, '지렁이'와 같은 인민은 '광명' 속에서 '죽음'을 당할지언정 '지층'을 뚫고 현재의 역사에로 나아가야 한다고 팔봉은 노래했던 것이다.4)

이러한 동초에서 팔봉으로의 이행은 이상화(李相和)의 경우에도 그대로 적용된다. 세칭 화려한 백조시대의 일원이었던 상화가 신경향파로의 전신(轉身)을 보일 때, 그 또한 소박하고도 막연한 정조를 토로하는 데에 그칠 수밖에 없었다. 즉 프로문학의 사상성을 미학적인 차원에서 논할 수준이 확보되어 있지 않았던 터이기에 그의 신경향파 초기 작품은 소재주의에 빠져들지 않을 수가 없었던 것이다. 계급적 관점이 아니라 다분히 빈궁문학이라는 소재적 차원에서 이루어진 〈가상(街相)—구루마꾼, 엿장수, 거지—〉와 같은 경우가 바로 그 적절한 예이다.

그러나 팔봉이 〈가련아〉에서 끝나지 않았듯 상화 또한 시에다 역사의 숨결을 불어넣게 되었던 바, 그것이 곧 자신의 대표작이자 신경향파 시의 가장 뛰어난 유산 중의 하나인 〈빼앗긴 들에도 봄은 오는가〉이다. 〈나의 침실로〉와 비교해 보면, 침실에서 들판으로, 밤에서 낮으로, 개인에서 이웃으로, 꿈에서 현실로의 극적인 변화가 그 사이에 존재함을 알 수 있

---

4) 이 〈지렁이의 죽음〉은 상당한 분량의 대화체 방식을 구사하고 있다. 후술할 바처럼 팔봉이 임화의 단편서사시를 고평한 이유가 이러한 그의 시적 취향과 무관할 것 같지는 않다. 실제로 팔봉이 프로문학의 퇴조기에 처해 잠시나마 다시 시를 쓰게 되었을 때(〈비오는 날 회관(會館) 앞에서〉, 『청년조선』, 1934. 10) 단편서사시적 양식을 구사한 것도 이와 관련해 주목할 필요가 있다.

다. 저 마돈나와의 침실이라는 몰역사적 공간에서 헤매고 있는 한, 그에게 있어 <빼앗긴 들에도 봄은 오는가>와 같은 작품은 가능하지도 않았을 것이다. 빼앗긴 들, 그 현재적 역사에 대한 통찰에로의 사유 형식의 변혁이 없었던들 그의 시는 언제나 수밀도 같은 단꿈에서 깨어나지 못했을 것이다. 그렇다면 팔봉과 상화로 대표되는 초기 신경향파 시가의 의의는 이상에서 본 바와 같이 역사적 방향성의 획득과 비판적 측면, 그리고 역사를 시에 도입한 구체적 측면으로 정리될 수가 있을 것이다.

물론 이러한 자연발생적인 단계에서는 계급투쟁의 목적이 전면으로 나타나지 못함으로써 운동으로는 성립될 수가 없는 것이었다. 목적성이 결여된 채 당대 역사적 현실, 프로의 모습을 그리는 것만으로는 개인적 만족의 도를 넘어서기가 힘들었을 것이다. 그러나 프로문학의 이 같은 일반적 전개 과정을 감안한다 하더라도 앞서 인용한 시들의 어조로부터 능히 포착되는 애상적 감상적 풍모, 나아가 동시기에 전혀 경향성을 동반하지 않은 낭만주의적 작품 또한 팔봉 등에 의해 여전히 쓰이고 있었다는 점,5) 그리고 시의 양식적 성격에 관한 한 전대의 서정시가와 거의 차이를 보여주지 않는다는 점 등은 주목을 요한다.

이렇게 본다면 신경향파 시의 형성에 있어 백조파의 의미 설정 문제가 부각되지 않을 수 없다. 김윤식 교수는 백조파의 회월, 팔봉, 상화 등이 계급이데올로기에로 이행해 간 것이 적어도 예술상으로는 저항의 동질성을 의미하는 것이며, 그 후 팔봉이 시를 포기하고 평론으로 나아간 이유와 상화가 붓을 꺾어버리게 된 사정은 장르와 사회의 대응관계를 고려하면 설명이 가능한 것이라 한 바 있다.6) 이러한 설명은 데카당스 혹은 다다이즘으로 규정되는 유미주의적 경향의 시 형태의 존재 근거가 부르주아 사회에 대한 일종의 예술적 저항이자 도덕적 항의라는 가설, 그리고 장르가 외부적 정시 형식(呈示 形式)이 아니라 인식의 문제라 할 때, 한 사회에

---

5) 이 시기 팔봉의 시작품으로는 위에 인용된 시 외에도 <애련모사(哀戀慕思)>(『개벽』, 1923. 8), <A Protest>·<고대(苦待)하는 마음>(『생장』, 1925. 3), <애욕시(愛慾詩) 삼 편(三篇)>(『생장』, 1925. 4), <짜뭉개여진 얼골>(『생장』, 1925. 5) 등이 있다. 이 중 <애련모사>와 <애욕시 삼 편>은 전혀 경향성을 동반하지 않은 작품이다.
6) 김윤식, 『한국근대 문학양식논고』, 아세아문화사, 1980.

있어 방향성의 지표가 드러나지 않을 땐 소설장르가 선택될 수 없고 생의 순간적 지각에 의거하는 시의 선택이 놓이게 된다는 일반론적인 전제를 승인할 경우에만 가능한 것이다. 이는 비록 개인적 기질 및 환경을 사상(捨象)한 자리에서 성립되는 것이라 하겠지만 장르의 일반성과 특수성을 동시에 파악할 수 있다는 점에서 타당성을 인정할 수가 있다. 더욱이 이 같은 논리는 비백조파 시인이었던 조명희(趙明熙)[7]가 시를 포기하고 소설을 선택한 경우에 대해서도 설득력을 지닐 수 있는 것이다.

그러나 백조파의 시가 정말 자본주의에 대한 예술적 저항이라고까지 읽힐 수 있는 근거는 무엇인가. 그것은 저 카프카에게나 해당될 수 있는 것이 아니겠는가. 이에 대한 해명은 별도의 논의를 요한다 하더라도, 적어도 초기 카프를 리드했던 이들 파스큘라계와는 달리 염군사 계열의 시인들 및 김창술, 유완희(유적구) 등이 그 이후에 이르러서도 계속적이고 주도적인 시작 활동을 보여주고 있는 데에는 하나의 논리가 더 추가되어야 할 듯하다. 즉 백조파 출신의 신경향파 시인들이 이미 시를 포기하였을진대 이들에 의해 시창작이 계속되었다는 것은 무엇을 의미하는가.

정확히 말해 백조파가 포기한 것은 시가 아니라 서정시일 뿐이었다. 그들에게 있어 시란 서정시만을 의미했기 때문에 서정시의 포기가 시 장르 자체의 포기로 나아가기 마련이었지만, 김창술, 유완희 등은 서정시의 길이 막혀 버린 단계에서 새로운 길의 시 개념을 받아들였기에 계속적인 시 창작이 가능했던 것이 아니겠는가. 이러한 논의는 곧 시의 응전력을 묻는 것에 다름 아니다. 그것은 또한 프로문학사에 있어 목적의식기 논쟁과 자연히 연결되는 것이 되겠다. 다음 장에서는 목적의식기 시의 모습을 시 양식의 현실 대응 문제라는 점에 초점을 두어 기술해 보고자 한다.

---

7) 포석(抱石) 조명희는 이미 1924년에 사화집『봄 잔디밭 위에』를 발행한 바 있다. 여기에는 43편의 서정 소곡들이 수록되어 있고, 경향 문학으로 이행해서는 <농촌(農村)의 시(詩)>(『문예운동』 2호, 1926. 1) 이후의 시작은 보이지 않다가 1933년에 가서 <무제(無題)>(『조선문학』, 1933. 10)가 보일 뿐이다.

3. 목적의식기 이후 프로시의 변모 과정

(1) 목적의식기 시의 서술화 경향

서정시란 연속적이고 역사적인 또는 서사적인 시간에 관심이 적은 것이 그 본질이다. 그러기에 아리스토텔레스의 모방론의 시학에서 서정시는 제외될 수밖에 없었다. 그의 모방의 대상은 성격과 행위인데 서정시는 이 순간의 파악을 본질로 하기 때문에 줄거리가 없고, 있을 필요도 없는 것이다. 즉 서정시는 외부 사건의 연속보다도 체험 의식, 내적 체험의 순간적 통일성에 의존하는 것이며 여기서 서정 장르와 서사 장르의 본질적 차이가 놓이는 것이다.

> 장르의 근저에는 따라서 인간 묘사의 일정의 형(型), 성격 묘사의 일정한 방법이 가로놓여 있다. 만일 인간이 발전에 있어 줄거리의 도움을 빌어 완결된 성격으로서 묘출하는 경우엔 우리들 앞에 서사 문학이 놓인다. 만일 그 인간이 자기 개개의 상태에 있어, 체험에 있어, 줄거리 없이 묘출하려 할 땐, 우리들 앞에는 서정시가 놓인다.
>
> ● ● ● 치모프예브, 『문학이론』

장르란 표현 형식이 아니라 인식의 형식인 셈이다. 말하자면 서사문학에서 취급되는 것이 '현실의 전체성'에 상응하는 것이라 할 때, 서정시의 그것은 '한 순간의 개인', 혹은 '파편적 체험'에 상응하는 것이라 할 수 있다.

여기서 예술은 형상에 의한 현실 인식이라 보는 입장이라면 현실을 부분과 전체에서, 그리고 동적 개념으로 파악하는 것이 이른바 변증법적 방법이라면, 이는 곧 현실을 전체성에서 그려야 한다는 뜻이 된다. "현재에 있어서 이 세계를 진실하게, 그 전체성에 있어서 그 발전 속에서 볼 수 있는 것은 전투적 프롤레타리아트, 프롤레타리아트의 전위 이외에는 달리 없다"라고 장원유인(藏原惟人)이 주장한 것도 루카치가 전생에 걸쳐 이 전체성의 개념을 부여잡았던 것도 이 점에 관련된다.

  그렇다면 단순하게 보아 프롤레타리아트 시의 본래적인 길은 파편성에 대응되는 서정시의 개념을 포기해야 됨과 아울러 사건적 소설적 소재를 담아낼 수 있는 양식 모색의 길로 기울지 않을 수 없었다고 할 수 있다. 우리의 경우, 이 단계에 이르러 아예 시 장르 자체를 포기한 쪽이 바로 백조파 출신의 신경향파 시인들이었다면 다른 일군의 시인들은 시의 응전력을 확보하기 위한 그 길들을 모색해 나갔다고 볼 것이다.

  시가 꼭 서정시일 필요는 없다. 시어가 정보 전달의 수단이라기보다는 표현 수단으로 작용될 뿐이라는 주장도 하나의 낡은 허구에 지나지 않는다. 발라드라든가, 오늘날 우리 주변의 많은 시들은 시적 담화의 실존적 원리와 모방적 원리간의 상호작용의 결과에서 그 매력이 발생한다. 요컨대 전적으로 모방화, 허구화되지 않고서도 허구적 인물에 해당되는 시적 화자의 시점에서 시간과 공간을 지적한다거나 서사적 과거를 채용하는 등의 것이 시에서도 얼마든지 가능한 것이다. 즉 시에서 어떤 이야기를 전달하고자 하는 것도 훌륭한 하나의 시적 태도인 것이며, 동시에 이는 서사 장르와도 구분되는 시 장르 자체의 독자적인 미적, 인식적 효과를 기대하고 있는 것이다. 바로 이런 경우를 넓은 의미에서 서술시(이야기시)라 칭할 수가 있다.

  결국 신경향파 시가를 거치고 난 뒤의 한국 프로시는 서정시의 양식과 결별하고 이러한 서술시의 개념에 도달한 것으로 보인다. 그러나 곧바로 이러한 이야기시를 이룩해 낼 수는 당연히 없었으리라 훗날 극적 태도가 내포된 이야기시로서의 단편서사시, 나아가 1930년대 후반기의 서사시, 장시, 서정화된 이야기시 등등의 모습을 보이기 전까지는 많은 시행착오와 우회의 길을 프로시는 걸어야만 했던 것이다. 목적의식기의 시가 바로 그러한 경우이다.

  목적의식기에 이르러 나타난 이 새로운 프로시의 양식은 아지프로를 목적으로 하는 개념적 서술시, 혹은 교술시라고 명명할 만한 것이었다. 이러한 명칭은 정보전달의 기능은 갖되 추상에서 구체로의 형상화가 제대로 이루어지지 못한 개념적 또는 교술적 내용의 거시가 그 시적 태도로 자리잡은 것임을 의미한다. 아지프로를 목적으로 한 이 도구성의 시문학은 현

실의 반영이 아닌 이데올로기 및 정치적 과제의 반영에만 과도하게 집착
하도록 만드는 결과를 가져옴으로써 예술적 진실의 차원에서는 멀어졌던
것이라 미리 밝혀둠이 좋겠다.

그러나 그와 동시에 이 양식은 시 자체의 가능성으로 당대 현실에 대응
하는 길을 모색하고자 한 결과이었던 바, 그 점의 의의를 인정하는 데에
는 조금도 인색해서는 안 될 것이다. 신경향파의 시가 막혀버린 단계에서
고려할 만큼의 풍부한 문학유산도 없었던 상황 하에서 이들이 선택할 수
있었던 길은 전대의 서정시가로부터 극단 쪽으로 빠져나오는 길이기 십상
이었던 점을 이해해야 하겠기 때문이다.

한편, 이 같은 시양식의 전이를 염군사 계열의 시인들 및 김창술, 유적
구 등만이 받아들일 수 있었던 이유는 무엇일까. 여기서 그들의 초기 지
향성을 검토할 필요가 떠오른다. 그러나 현재로서는 그 면모를 정확하게
는 확인할 수가 없고 다만 송영의 회고[8] 대로 1922년 당시 잡지『염군』
에 발표된 시제(詩題)가 <노동자(勞動者)야 단결(團結)하자>, <지주(地主)를
물리쳐라> 등이었음이 사실이라면 이들의 초기 시적 경향은 앞서 팔봉으
로 대표되는 것들과는 이질적인 매우 직설적이고 급진적인 것이었으리라
추단해 볼 수 있을 것이다.[9]

그래서 "염군이 비교적 높은 사회적 관심과 좀 얕은 문화적 교양을 가
지고 있던 대신 파스큘라는 사회적 관심에서 전자에 미급했고 문화적 교

---

8) 송영, 「신흥예술이 싹터 나올 때」, 『문학창조(文學創造)』, 1934. 6 및 송영, 「조선프로예술
운동소사」, 『예술운동』, 1945. 12.

9)『염군』의 목차는 김윤식, 『한국근대문예비평사연구』(일지사, 1972, p.30)와 김용직, 『한
국근대시사(하)』(학연사, 1986, p.53)에 잘못 소개된 바 있다. 거기에서 1호 목차로 소개
된 것은 염군사가 결성되기 이전 적효(赤曉)의 『황금탑(黃金塔)』이란 잡지 발간 계획과 송
영(宋影)의 『새누리』란 잡지 발간 계획이 서로 합치하여 이루어진 『새누리』 창간호의 목
차였고, 2호로 소개된 것이 바로 『염군』지의 창간호에 해당한다. 송영의 위 두 회고문을
종합하여 볼 때 『염군』 1호에는 송영의 희곡 <백양화(白洋靴)>와 동화 <자매(姉妹)>, 홍
파(紅波)의 소설 <어두운 마을>, 그리고 적효의 소설과 두수(斗洙), 이호(李浩), 세영(世永),
인숙(仁淑)의 시가 실려 있었으며, 2호에는 최현(崔鉉)의 논문「직업부인(職業婦人)에게 격
(檄)하노라」, 지정신(池貞信)의 논문「부인(婦人) 데ー의 의의(意義)」, 적효(赤曉)의 소설「씰
녀가는 부인(婦人)」, 송영의 소설 <侍女 '五月'>, 그 외에 두수(斗洙), 화수(華秀), 흑도(黑
濤), 경허(耕墟), 이호(李浩) 등의 시가 들어 있다.

양에서는 높았다.”(임화, 「외우(畏友) 송영(宋影) 형(兄)께」)라고 알려지는 것이며,
파스큘라계가 전향에서 돌아간 곳이 소위 부르주아 예술관이었다고 불리
는 것이다. 말하자면 염군계 시인들은 전대의 문화적 전통에 상대적으로
덜 감염된, 따라서 좀 더 자유로운 처지에서 문학과 사상을 바라보았던
셈이라 할 수 있다. 그런 까닭에 팔봉과 상화가 시 장르 자체를 포기하는
시점에서도 염군계의 시인 이호(李浩)는 의연히 서정시와 결별할 조짐을
보인다.

짓밟히고 주리고 쫓겨 가면서
숙명(宿命)과 전통(傳統)의 지평선(地平線) 밑에서 자는
동면(冬眠)의 생(生)과 반역(叛逆)이 자라나오게

민중에게로

짓밟히고 쫓겨가는
억울(抑鬱), 숙명(宿命), 절망(絶望)으로 싸인 누더기를 벗기자
무지(無知)의 뺄을 벗기자
잠자는 연염(煙焰) — 뿜는 핏발이
가두(街頭)의 햇빛을 쉬이게 신세기(新世紀)의 자유(自由)를 호흡(呼吸)하게

● ● ● 이호, 〈행동(行動)의 시(詩)〉(『개벽』 제72호, 1927. 8) 일부

여기서 ‘반역’이란 말에 주의를 둘 필요가 있다. 팔봉의 시에서 나타나
는 미래지향이 감상성을 동반한 막연한 정조로 가능한 것이었다면 이들
시의 내용에 나타나는 미래지향은 대부분 현실에 대한 반역과 반항을 기
초로 한 것이었기 때문이다.

봄은 되얏다면서도 아즉도 겨울과 작별을 짓지 못한 채
— 낡은 민족의 잠들어 잇는 저자 우에
새벽을 알리는 공장(工場)의 첫 고동소리가
그래도 세차게 검푸른 한울을 치바드며
삼천만(三千萬) 백성의 귓겻에 울어나기 시작할 때

목도메다 치여죽은 남편의 상식상을
밋처치지도 못하고 그대로 달려 온
애젊은 안악네의 갓븐 숨소리야말로……

악마(惡魔)의 굴속가튼 작업물(作業物)안에서
무릅을 굽힌 채 고개 한 번 돌니지 못하고
열 두 시간이란 그 동안을 보내는 것만 하야도— 오히려 진저리나거든
징글징글한 감독(監督)놈의 음침한 눈짓이라니……
그래도 그 놈의 쯧을 바더야 한다는 이 놈의 세상(世上)—
(하략)

　• • •　적구(赤駒), 〈여직공(女職工)〉(『개벽』 제68호, 1926. 4) 일부

이 반역이란 막연한 자기감정의 표출이 아니라 구체적 외부적 대상과
의 관련 속에서 발생하는 것이므로 반역을 내용으로 하는 작품은 그 대상
을 서술하는 이른바 '이야기성(性)'의 형식을 획득하기에 이르렀던 것으로
보인다. 그러나 이러한 서사지향의 조짐은 끝내는 과도한 목적의식과 결
부됨으로써 그 골자만이 추려진 개념적 교술시에 귀착되고 만다. 물론 이
때는 이미 팔봉과 상화의 시는 더 이상 존재하지 않는다.

나오라! 시인(詩人)이여! 미술가(美術家)— 음악가(音樂家)
거리로 나오라! 나와서 소리치라!
언제까지나 탑(塔) 안의 올챙이 떼 되지 말고……

민중(民衆)— 민중(民衆)— 민중(民衆)
굳세게 나가라! 앞으로— 앞으로—
도시(都市)의 민중(民衆)— 향촌(鄕村)의 민중(民衆)
"모—터—"의 음향(音響)을 좀 더 확대(擴大)하라!
태양(太陽)의 호흡(呼吸)을 좀 더 깊게 하라!

　• • •　적구(赤駒), 〈가두(街頭)의 선언(宣言)〉(『조선일보』, 1927. 11. 20) 일부

"전개(展開)"!
동무야 살피라…… 모순의 전개를

나아가는 우리의 길에 광명(光名)이 비추인다
프롤레타리아의 광명 이 때는 점점 가까와 온다
장갑차(裝甲車)의 고동이 뚜− 뚜−
노래하자! 기쁨의 노래 인터내셔널의 노래
삼삼(三三) 오오(五五) 떼를 진 모든 동무여

• • • 김창술, 〈전개(展開)〉(『조선일보』, 1927. 8. 12) 일부

훗날 대중화 논쟁 이후 볼셰비키 방침이 확립되면서 이러한 시 양식은 보다 서술이 강화된 형태로 발전하게 되거니와, 적어도 이 단계에서는 서정시냐 서술시냐에 대한 질문은 더 이상 질문을 갖지 아니한다. 이것은 다만 교술적 내용이 시적 의상을 걸치고 나타난 형태이기 때문이다. 이때 이 양식의 의의는 문학주의의 입장을 취하는 한은 검출될 수가 없다. 그러므로 당대 예술운동에 대한 이해가 없이는 어떻게 이것이 시로서 가능했던 것인지 알 길이 없는 터이다.

1927년 초 카프는 '자연생장으로부터 목적의식성으로, 경제투쟁에서 정치투쟁으로'라는 사회주의 운동의 방향 전환에 발맞추어 소위 제1차 방향 전환을 감행하게 된다. 이 제1차 방향 전환, 즉 목적의식론의 도입은 팔봉의 지적대로 문예운동 자체의 내적 성숙 없이 일방적으로 사회주의 운동 노선에 끌려감으로써 이론 투쟁의 전성과 창작의 침체를 가져오는 역효과를 수반하기도 하지만 그보다 중요한 것은 이것이 프로문단 전반을 뒤바꾸어 놓는 계기가 작용된다는 점이다. 그 이유는 무엇보다도 프로예술의 확립에서 프로문예운동의 전개로 그 초점이 옮겨간다는 점에 있다.

여기서 예술운동 또는 운동으로서의 예술이 확립되었다는 것은 '투쟁 행동의 문예'라는 말이 지시하듯 프로문예는 그 자체의 예술적 형식의 확립보다는 사회·정치운동이 지향하는 정치 투쟁의 임무를 담당해야 한다는 인식이 확립되었다는 것을 의미한다. 물론 이미 내용·형식 논쟁에서 "선전 문학도 문학으로서의 요건을 구비하지 않으면 안 될 것이다."[10]라는 팔봉의 정당한 견해가 회월에 의해 논박당하면서 결국은 "프로문예는

---

10) 김기진, 〈문예월평〉, 『조선지광』, 1926. 12.

무산계급과 노동자를 묘사하는 것이 아니라 그 투쟁을 선동하고 지시하는 것"[11])이라는 회월의 견해가 프로문학의 지향점으로 선명하게 자리 잡은 바 있다. 문제는 그 정도가 극좌적인 후쿠모도주의(福本主義)에 의거한 목적의식론의 도입 이후, 한층 심화되고 확대되었다는 점에 있다. 그리하여 태도의 선명성만을 강조하는 것에 그치는 것이 아니라 문학을 사회·정치운동의 보조적, 도구적인 수단으로 인식하는 태도가 고정되기에 이르렀다. 이러한 입장에서 서면 문학은 "무산계급운동의 행진곡"[12])이 되어야 하며 더 나아가서는 "포스타도 예술품이오 인민위원회정견발표문도 예술될 자격"[13])이 있다는 의견까지 가능하게 된다. 이것은 한 마디로 예술과 정치를 동일한 것으로 보는 예술운동의 정치주의화 경향이라 할 수 있는 바, 이러한 경향을 카프는 그들의 공식적인 입장으로 취하게 되었던 것이다.

따라서 이 같은 절대적 정치우위론 하에서는 문학성이 우선이냐 정치성이 우선이냐의 선택적인 질문은 거의 무의미한 것이다. 기실 문학의 당파성을 말할 때에는 정치는 예술이라는 특수한 형식에 숨어 있는 것이라는 전제가 깔려 있는 것이지만 당시 카프로서는 그러한 방법론이 마련되어 있지 않았던 것이다. 요컨대 문학과 정치를 변증법적 통일관계로 파악하지 못하고 그저 선명한 대립구조로만 인식했던 이 단계의 전형식인 한 반영이라는 점에, 앞서 인용한 목적의식기 개념적 서술시의 의의와 한계가 함께 놓여있는 것이다.

(2) 서술시 양식으로의 고정화 과정

1930년대 프로시의 주류는 팔봉의 대중화론과 연결된 단편서사시 계열과 볼셰비키화에 따른 아지프로시의 확대라는 두 경향으로 단순화시켜 볼 수 있다. 시기상으로만 본다면 대중화론을 검토하고 나서 볼셰비키화 단계의 프로시를 알아봄이 순서겠으나, 그 논쟁은 다음 장에서 다루기로 하

---

11) 박영희, <투쟁기에 있는 문예비평가의 태도>, 『조선지광』, 1927. 1.
12) 박영희, <문예운동의 목적의식론>, 『조선지광』, 1927. 7.
13) 조중곤, <비맑스주의 문학론의 배격>, 『중외일보』, 1927. 6. 23.

고, 적어도 시의 양식상 변모란 점에서는 볼셰비키방침 하의 프로시의 모습에 대해서 먼저 알아봄이 나을 듯싶다. 이는 그것이 앞서의 목적의식기 개념적 교술시와 양식상으로는 거의 동일한 것이라 판단되기 때문이다.

먼저 볼셰비키 주창론자들에게 모범으로 보인 개념적 서술시의 한 예를 들어 보도록 하자. 그러면 외형적으로는 정형화가 이루어지고 내적으로는 독자가 청자로 직접화되면서 서정주제는 비개성화된 채, 어떤 대상 혹은 어떤 사건에 대한 서술이 이루어지고 있음을 확인할 수 있을 것이다.

동무들아!
우리는 이러한 행동(行動)으로
××을 삼을 조련(調練)의 행동(行動)을!
××적(的) 행동(行動)을 닥거쌋차!
메-데-는 온다. 메-데-를 준비(準備)하자!
보복(報復)이다! ××이다! ××전(戰)!
(중략)
그러면 동무들아!
1929년(一九二九年)의 메-데-는 무엇을 준비(準備)하며
어쩌한 우리의 행동(行動)으로 의의(意義) 잇게 할여느냐?
올타! 우리는 우리의 그 열악(劣惡)한 노동조건(勞動條件)!
생활조건(生活條件)!
이에 대(對)한 제(諸)×의 항쟁(抗爭)으로 메-데-를 직히자!
원산쟁의(原山爭議)의 무참(無慘)한 실패(失敗)의 보복(報復)을 1929년(一九
二九年)의 메-데-의 투쟁(鬪爭)으로 작정(作定)하지 안흐러느냐?
이 날에의 전 국제적(全國際的) 전 계급적(全階級的) 휴업(休業)과 데-몬은
다시 다시 겹쳐 우리가
우리의 ××을 어더쌋는 ××적(的) 행동(行動)으로-
(하략)

   ●●● 적포탄(赤砲彈), 〈메-데-는 준비(準備)되엇느냐〉
(『무산자(無産者)』, 1929. 5)

원산(元山)의 삼천(三千) 동무가 사자(獅子)갓치 니러섯슬 째에
두려웟던 것은 그들의 압헤 잇지도 안엇섯다

(중략)

이러케 원산(元山)의 동무가
노(怒)한 맹호(猛虎)갓흔 철(鐵)과 갓흔 자위대(自衛隊)와
데―몬의 발굴느던 영웅(英雄)의 소리가
원산(元山)의 아니 전 조선(全朝鮮)의 전 일본(全日本)의 서양(西洋)의 자본
가(資本家)의게
적포탄(赤砲彈)을 던진지도
한 달의 삼십 일(三十日)이 지나는 동안에
우리의 선두(先頭)에서 가장 날내게 싸우던 일쑨 일곱 동무들
놈들은 놈들의 ×창(窓)에 집어넛고

(중략)

남어 있는 놈은 전 파업 동모(全罷業同牟)의 ×을 빠러 먹는
자본가(資本家)의 어사용자(御使用者)!
개량주의자(改良主義者)!
계급적(階級的) 배역자(背逆者)! 멘쉬비키, 이놈들이 제 판을 쳤다오!
이놈들은 원산 노동자(元山勞動者)의 승리(勝利)(?)를 획득(獲得)한다고
놈들은 총독부(總督府)로 가서 안락의자(安樂椅子)를 타고
원산부청(元山府廳)에서 원산부윤(元山府尹)과 가치 ×을 먹고
마즈막은 우리 원산(元山) 삼천 동모(三千同牟)의 ×을 먹엇다

(중략)

그러나 원산(元山)의 동모(同牟)여! 전 조선(全朝鮮)의 형제(兄弟)여!
동모(同牟)의 시체(屍體) 우에 꼬쳐진 저 백기(白旗)를 뽑아다가
'저놈'의 대가리에다 다시 꼬자주라!

(중략)

이때를 준비(準備)하자!
잊지를 말고!
왓사! 왓사! 왓사!
왓사! 왓사!
왓사!……

• • •   전맹(全猛), 〈잊지 말어라〉(『무산자』, 1929. 5)

비록 이러한 개념적 서술시의 형식이 시 자체의 가능성으로 당대 현실

에 대응하는 길을 모색했던 것이라 인정한다 하더라도, 그리고 후술할 임화의 단편서사시가 감상성을 내포하고 있었던 점에 비해 이 시는 당대의 노동현장에 밀착한 노래라는 점에서 그 의미를 찾는다 하더라도, 프로시가 갖는 이 같은 격렬함에 대해, 단지 그것이 계급투쟁이라는 정치적 과제에 즉한 문학이었기 때문에 필연적인 것이었다고 말할 수는 없다. 그들에 따르면, 이른바 프롤레타리아트 해방 운동은 계급적 투쟁의 과학적 인식 위에 선 운동이며 프로문학은 그 인식에 의한 광명 있는 미래를 안으로 지니면서 현실의 다양한 국면을 묘사해 가는 것이 본래의 모습일 것이다. 그럼에도 불구하고 이 당시의 프로시는 현실의 형상화, 현실의 반영이라기보다는 현실의 정치적 과제 및 이데올로기의 반영에만 과도하게 집착했던 것으로 보인다.

프로시의 성공은 어떤 조건 하에서 가능한 것인가. 일단은 서사시적 세계를 상정해 볼 수도 있겠고 다른 한편으로 서정시의 경우는 시인의 자기 내면을 바라다보는 깊이와 표출된 외부적 대상이 얼마나 부합되는가 하는 그 성실성에 성공 여부를 놓을 수도 있을 것이다. 그러질 못한 채, 현실의 정치적 과제에 즉한, 스트라이크, 데모, 국제 연대 등 외부적 대상만이 억제 없이 넓혀져 나갈 때, 시는 그 긴장을 잃어버리고 형해화된 규환에 가까운 것으로 되고 마는 법이다. 이렇게 되면 우리가 듣는 것은 시인의 목소리도 아니요, 굳이 시인의 내면이 필요한 것도 아니며, 따라서 독자의 내적 경험의 참여에 의한 감동력과도 거리가 멀어지게 되는 것이다. 인격이 없는 곳에 감동은 없다.

그럼에도 불구하고 한국의 프로문학운동은 곧잘 당면의 묘사해야 할 과제를 시인에게 강요하여 작품 세계를 좁게 만들고 창작의 고정화를 야기했으며 그만큼 또한 프로문학의 시인 측에서도 혁명을 지나치게 안이한 형식으로 성급하게 관념화시킴으로써 스스로의 시야를 닫히게 하는 결과를 낳았다. 요컨대 프로시가 '의미를 문학성'을 취해 나갔다 하더라도, 그 문학성이라 하는 것은 정치운동으로부터의 요청에 의해 취재 대상으로서의 외부 현실을 한정하고 소재 자체 속에 시의 정치적 의미를 해소시키고자 한 시도였으며 그와 동시에 시인이 조직의 요원으로 화하는 것에서 문제를 해결하고자 한 안이한 태도였던 것이다.

그 결과 내부 세계와 외부 세계와의 대응성을 파헤쳐 규명해야 하는 시적 리얼리즘의 문제는 미결된 채 그대로 방기되었다. 그렇게 될 때 신경향파 이래 옳게 제기되었던 시 장르 자체의 독자적 가능성 문제는 다시금 무화되어 버리고 마는 것이다. 말하자면 서정 주체의 능동성마저 소멸되어버리는 이른바 도구로서의 문학은 집단의 이익을 위한 적극적 실천의 영역으로 편입하게 되는 바, 허나 문학은 집단의 이익과 관련된 수단과 도구라는 외적인 규정으로부터는 자신의 본질 영역을 드러내지 않는 법이요, 오히려 그러한 외적인 규정은 문학의 고유한 특성을 인식하지 못한 채, 자신들의 이데올로기를 담기에만 급급하게 만들기 때문에 문학의 영역을 편협하게 축소시켰으며 문학을 현실에 대한 인식이라는 예술적 진실의 차원에서 후퇴시키고 말았던 것이다.

따라서 시적 진실은 사라지고 시는 다만 다른 여타의 인식 영역에서 그것들을 반영하고 보족해야 하는 부차적인 영역으로 떨어지게 된 것이다. 문학주의와는 너무도 먼 자리이었기에 시는 더 이상 시가 아니어도 좋았다. 선전삐라가 되어도 좋았던 것이다. 문학유산의 섭취에 대한 정당한 반성이 결여된 채 스스로 빚은 이 같은 전통이 시형식의 유연성을 상실하게 함은 쉽게 지적될 수 있는 터이다. 그 전통의 대표적인 예로 1930년대에는 권환과 안막의 것을 들 수가 있다. 여기서는 안막의 시를 살펴보자.

> 동지(同志)야! 너는 혼자가 안이다. 수(數)업는 대중(大衆)의 물결 속에
> 용감(勇敢)한 노동자(勞動者) 농민(農民) 속에 잇다
> 네가 연설(演說)을 할 제, ×를 뿌릴 제 ×들의 눈을 속여 가며 우리들의
> 인쇄물(印刷物)을 박을 제
>
> (중략)
>
> 소리 찬 공장(工場)속에 농촌(農村)속에……
> 철공소(鐵工所) 인쇄소(印刷所) 광산(鑛山) 기선(汽船) 속에
> 우리들의 곳곳마다의 작업장(作業場) 속에 집합소(集合所)에
> ××××주의(主義) 미테 다가치 ××당하는 수천만 대중(大衆)속에
> 동지(同志)야 너는 잇다

　　백림(伯林), 파리, 우인, 모스코, 치카코, 봄베이, 상해(上海)
　　똑가튼 목적(目的)을 가진 똑가튼 미래(未來)를 가진 전세계(全世界) 푸로
레타리아 속에
　　동지(同志)야 너는 잇다
(중략)
　　그런데
　　동지(同志)야 너는 왜 우울(憂鬱)한 얼골을 하고 잇느냐
(중략)
　　그러타
　　우리들의 신문(新聞)은 나오지를 못하엿스며
　　우리들의 ×합(合)은 ××만 당하엿다
　　우리들의 ×열(列)에선 비겁(卑怯)한 만은 놈들이 ×압(壓)이 겁이 나서 다
러낫다
　　그리고 멧번재 멧번재 우리들의 용감(勇敢)한 ××는 모조리 ×앗기어 버
리엇다
(중략)
　　그러나 동지(同志)야
　　우리들의 신문(新聞)은 ×들의 눈을 ×이며 또 나오지 안느냐
　　"노동자 농민(農民) 제군(諸君)! ×××을 ××라!"라는 ×××가 공장(工場)속에
또다시 히터지지 안느냐
　　이러케 우리들의 헐니엇든 조직(組織)은 오오 보다 더 강대(强大)하게 대
중(大衆) 속에 뿌리를 박고 잇지 안느냐
　　동지(同志)야
　　너는 대중(大衆) 속에 있다 너는 노동자 농민(農民) 속에 있다. 수억만 전
세계(全世界) 푸로레타리아 속에 잇다
(중략)
　　동지(同志)야 오즉 우리들은 용감(勇敢)히 전진(前進)하자!

● ● ● 안막, 〈백만(百萬) 중(中)의 동지(同志)〉(『카프시인집』, 1931. 11)

　　안막의 시에서 보이는 것처럼, 1920년대 이래 경향시가는 이상에서 본
대로 서정에서 서술로의 양식적 전이를 이루면서 프로시가 형식의 완성을
꾀했던 것이 그 주종으로 보인다. 그러나 앞서 밝혔듯이 무릇 시를 창작
하게 주체가 몰각되고 그 능동성이 소멸되며 오히려 외적인 어떤 것 속에

서 그것을 해소시키고자 할 때, 더욱이 그 같은 방식이 고정화되어 시 창작의 유연성마저 상실하게 될 때, 시적 진실이라든가, 내부 세계와 외부 세계의 대응성 문제는 해결될 가능성조차 없기가 십상이다.

그 문제는 시를 창조하는 주체가 생활 현실의 본질을 인식함과 아울러 시를 수용하는 사람들의 내적 체험이 참여하는 감염과 교화의 참된 내용을 형상화해 나갈 때 비로소 그 해결의 실마리를 잡아갈 수 있을 것이다. 결국 외부 세계와 내부 세계의 마주침, 그리고 그것의 상호침투 속에 존재하는 의미 있는 간극으로서의 서정적 순간은 그러한 근거 위에서 서사적 태도와 극적 태도를 자신과 관계시킴으로써 시를 형성한다 할 수 있는 것이다.

이 글에서는 이러한 독자 대중의 수용 문제와 관련하고 아지프로의 개념적 교술시가 고정화되어 가는 데에 대한 문학사적 반성으로 제기된, 아울러 서정적·서사적·극적 태도가 복합적으로 구성되었던 것이 바로 단편서사 양식으로 보았다. 그것은 프로시가의 내적 형식이 완성된 것이라기보다는 그 가능태 혹은 지향태로 기술될 것이지만, 형상화의 방식, 창작 주체의 태도, 서술 구조 등등에서 개념적 교술시와는 근본적으로 변별되는 새로운 서술시적 양식이었다. 그와 연결된 것이 비평사상으로는 대중화론이었음은 두루 아는 바 그대로이다.

4. 대중화론 이후 프로시의 변모 과정

(1) 1930년대 프로시의 방향 모색

단편서사시는 기존의 서정시에 비해 볼 때 비교적 선명한 서사적 골격을 지닌 일종의 이야기시, 아울러 극적 태도를 지닌 배역시의 일종이라고 말할 수 있다. 단순한 기존의 서정시 양식으로는 급변해가는 서사적 현실의 복잡성을 반영하는 것이 아무래도 역부족이라는 양식적 자각, 또한 정서적 감염에 의해서가 아니라 교술적인 형태로 일정한 의식을 강요하는 아지프로의 서술시의 경우도 그것으로는 아직 미급한 인식 수준의 일반 독자들로부터 대중성을 확보해 나가기에 상당한 난점이 뒤따른다는 인식 등이 작용하여, 그 결과로 나타났던 것이 이른바 단편서사시이다. 그러나 이 단편서사시가 직접적으로 부각되기 시작한 것은 바로 팔봉의 대중화론에 의한 것이었다.

종래의 목적의식론이 예술운동 및 예술을 대중으로부터 유리시키는 결과를 초래하였다는 점에 주목하여 예술의 대중화 문제를 제기했다는 점에서 팔봉의 주장은 올바른 것이었다. 그러나 팔봉의 예술대중화론이 창작방법론의 자리에서 논의된 변증적 사실주의까지 포함하여 거의 수준 미달의 것이었음은 이미 잘 알려진 바이다.

하지만 창작방법론을 문제 삼으면서 시를 논의하는 일은 드물거나 거의 없는 것이 프로문학의 일반적 현상이었음을 고려할 때 팔봉이 여기서 예외적 존재이었음은 지적할 만하다. 즉 그는 한편으로는 대중소설론을 전개하면서 다른 일변으로는 「프로시가(詩歌)의 대중화」(『문예공론』, 1929. 6)와 「단편서사시의 길로」(『조선문예』, 1929. 5)를 써 나갔던 것이다.

먼저 전자만을 논의의 대상으로 삼을 때, 이 글은 자신의 대중소설론과 꼭 같은 발상법에 의해 서술된 것이라는 지적을 면하기 어렵게 되어 있다. 예컨대 종래의 프로시가가 대중에게 섭취되지 못한 이유에 대해 소위 조직된 노동자마저도 아리랑, 육자배기 등 재래의 별별 잡가 등속에 의해 사로잡혀 있는 점을 들면서 재래 시가의 성격을 여섯 항목에 걸쳐 제시하고 있는 장면은 대중소설론에서 육전소설류의 흥미의 근거를 검토한 것과 조금도 다름이 없다. 말하자면 문학적 인습을 바꾸기가 쉽지 않으니, 그저 익숙해져 있는 과거의 인습으로 돌아가자는 순진한 발상법이 그 밑에 모두 깔려있는 것이다.

하지만 똑같은 내용이나 발상법이라 하더라도 그것이 소설에 적용되는 경우와 시가에 적용되는 경우는 그 장르적 성격의 차이로 말미암아 사뭇 다른 양상을 띨 수도 있는 바, 이 사실은 '우리의 시의 양식 문제에 대하야'라는 부제를 단 「단편서사시의 길로」가 잘 말해 주고 있다 하겠다. 그는 임화의 <우리 옵바와 화로(火爐)>를 세밀히 분석하면서 이것이야말로 프로시가가 나아갈 '단편서사시'라 하고 이 양식은 프로시가의 참된 모습이자 동시에 대중화의 길이기도 하다는 것을 논증하고자 하였으니 팔봉에 의해 임화의 단편서사시가 부각되었다는 것은 거꾸로 말하자면 임화란 존재가 없이는 팔봉의 시가대중화론은 가능하지 않았다는 것을 말해 주는 것이기도 하다. 이에 이 시의 전편을 인용하는 것은 그 값어치가 충분할 것이다.

사랑하는 우리 옵바 어적게 그만 그러케 위하시든 옵바의 거북문(紋)이 화로(火爐)가 깨어졋서요.

언제나 옵바가 우리들의 「피오닐」 족으만 기수(旗手)라 부르는 영남(永男)이가 지구(地球)에 해가 비친 하로의 모든 시간(時間)을 담배의 독기(毒氣) 쏙에다 어린 몸을 잠그고 사온 그 거북문(紋)이 화로(火爐)가 깨어졋서요.

그리하여 지금은 화(火)적가락만이 불상한 영남(永男)이하고 저하고처럼 똑 우리 사랑하는 옵바를 일흔 남매(男妹)와 가치 외롭게 벽(壁)에 가 나란히 걸렷서요.

옵바……
저는요 저는요 잘 알엇서요.
웨 그날 옵바가 우리 두 동생을 떠나
그리고 드러가실 그날 밤에
연겁허 말는 권연(卷煙)을 세 개식이나 피우시고 게섯는지
저는요 잘 아럿세요 옵바

언제나 철없는 제가 옵바가 공장(工場)에서 도라와서 고단한 저녁을 잡수실 때 옵바 몸에서 신문지(新聞紙) 냄새가 난다고 하면 옵바는 파란 얼굴에 피곤한 우슴을 우스시며…… 네 몸에선 누에 똥내가 나지 안니 하시든 세상(世上)에 위대(偉大)하고 용감(勇敢)한 우리 옵바가 웨 그 날만

말 한 마듸 없시 담배 연기(煙氣)로 방(房) 속을 메워 버리시는 우리 우리 용감(勇敢)한 옵바의 마음을 저는 잘 알엇세요

천정(天箏)을 향(向)하여 기여 올라가든 외줄기 담배 연기 속에서— 옵바의 강철(鋼鐵) 가슴속에 백힌 위대(偉大)한 결정(決定)과 성(聖)스러운 각오(覺悟)를 저는 분명(分明)히 보앗세요

　　그리하여 제가 영남(永男)이의 버선 한아도 채 못 기엇슬 동안에
　　문(門) 지방을 때리는 쇳소리 마루를 밟는 거치른 구두소리와 함께 가버
리지 안으섯서요
　　그러면서도 사랑하는 우리 위대(偉大)한 옵바는 불상한 저희 남매(男妹)
의 근심을 담배 연기(煙氣)에 싸두고 가지 안으섯어요
　　옵바! 그래서 저도 영남(永男)이도
　　옵바와 또 가장 위대(偉大)한 용감(勇敢)한 옵바 친구들의 이야기가 세상
을 뒤줄을 때 저는 복사기(複絲機)를 떠나서 백(百) 장의 일전(一錢)짜리 봉
통(封筒)에 손톱을 뚜러트리고
　　영남(永男)이도 담배 냄새 구렁을 내쫓겨 봉통(封筒) 꽁문이를 뭅니다
　　지금(只今) 만국지도(萬國地圖) 같은 누더기 미테서 코를 고을고 잇습니다
　　옵바! 그러나 염려는 마세요
　　저는 용감(勇敢)한 이 나라 청년(靑年)인 우리 옵바와 핏줄을 가치 한 게
집애이고
　　영남(永男)이도 옵바도 늘 칭찬하든 쇠가튼 거북문(紋)이 화로(火爐)를 사
온 옵바의 동생이 아니애요
　　그리고 참 옵바 악가 그 젊은 남어지 옵바의 친구들이 왔다 갓습니다
　　눈물 나는 우리 옵바 동모의 소식(消息)을 전(傳)해 주고 갓세요
　　사랑스런 용감(勇敢)한 청년(靑年)들이엇습니다
　　세상(世上)에 가장 위대(偉大)한 청년(靑年)들이엇습니다
　　화로(火爐)는 깨어저도 화(火)적갈은 기(旗)ㅅ대처럼 남지 안엇세요
　　우리 옵바는 가섯서도 귀(貴)여운 「피오닐」 영남(永男)이가 잇고 그러고
모든 어린 「피오닐」의 따뜻한 누이 품 제 가슴이 아직도 더웁습니다.

　　그리고 옵바……
　　저뿐이 사랑하는 옵바를 일코 영남(永男)이뿐이
　　굿세인 형(兄)님을 보낸 것이겟습닛가
　　슬지도 안코 외롭지도 안습니다
　　세상(世上)에 고마운 청년(靑年) 옵바의 무수(無數)한 위대(偉大)한 친구가
잇고 옵바와 형(兄)님을 일흔 수(數)없는 게집아희와 동생
　　저의들의 귀(貴)한 동무가 잇습니다
　　그리하야 이 다음 일은 지금(只今) 섭섭한 분(憤)한 사건(事件)을 안꼬잇
는 우리 동무 손에서 싸와질 것입니다
　　옵바 오늘밤을 새어 이만(二萬) 장을 부치면 사흘 뒤엔 새 솜옷이 옵바

의 떨니는 몸에 입혀질 것입니다

　　이러케 세상(世上)의 누이동생과 아우는 건강(健康)히 오늘 날마다를 싸
홈에서 보냄니다

　　영남(永男)이는 엿해 잡니다 밤이 느젓세요.
　　－누이 동생－

　　　　　　　● ● ● 임화, 〈우리 옵바와 화로(火爐)〉(『조선지광』, 1929. 2)

　　팔봉에 의하면 위의 시는 막연한 감정, 단순한 심리상 충동의 노래가
아니라 "현실적 구체적 사실의 묘사요, 그것에 의한 감정의 전달이요, 독
자의 정서에의 호흡"이라 평가된다. 나아가 팔봉은 작품 평에 그치지 않
고 이를 단편서사시란 명칭으로 양식화하기를 주장하였는데 이때 그가 말
하는 단편 서사시란 다음과 같은 조건을 갖춘 시가의 양식 또는 형식이다.
첫째, 그 소재가 '사건적·소설적'일 것, 될 수 있는 대로 그 소재에서 시
적으로 필요한 부분만 추려 압축하여야 하며 그렇지 못하면 소설처럼 길
어질 것이지만 요컨대 사건적 소설적인 조건만은 떠나서는 안 된다는 것
이다. 둘째, 시어는 민중의 언어, 생경하고 '된 그대로의 말'이어야 하며
리듬은 낭독에 알맞게끔 창조되어야 한다는 것, 즉 심하게 "연마조탁(鍊磨
彫琢)하여 아로새길 필요는 없다."고 하나 문장이 소설같이 둔해서는 안 된
다는 것이다.
　　그가 말하는 단편서사시에 관한 설명은 이상이 전부이어서 그가 창작
방법론으로 내세운 변증법적 사실주의와 마찬가지로 거의 공허한 개념이
되고 말았지만 단편서사시가 프로예술의 참된 방향성의 모색이면서 동시
에 대중화론을 겸할 수 있는 가능성을 보였다는 점은 특기할 성질의 것이
다. 여기서는 다만 팔봉이 본래 서정시인이었다는 점,[14] 그에 반해 프로
시의 본래적인 길은 사건적·소설적 소재로 기울지 않을 수 없었다는 점,

---

14) 애당초 팔봉의 <한 개의 불빛>도 단편서사시와 같은 극적인 태도를 지니고 있었고 단
　　편서사시론을 개진한 이후 팔봉 스스로도 이 단편서사시 형식을 실제 시도해 보게 된다
　　는 점은 흥미로운 사실이다.

동시에 문학성이냐 정치성이냐의 해묵은 논쟁이 전개되어 왔었다는 앞서
의 지적을 기억하도록 하자.

　이렇게 본다면 그 같은 대립적 갈등―본질적으로는 예술과 정치의 갈
등―에 대한 문학사적 반성이 팔봉의 시가 대중화론을 구성한다고 할 수
있겠다. 그러나 그러기에 또한, 단편서사시의 예술성으로 팔봉에게 비쳤
던 것은 아마도 그 시에 내포된, 거기에다 앞서 확인했던 팔봉 자신의 예
술적 경향과도 연관된, 감상성이었기가 쉬울 듯하며, 그 시 양식의 서사적
요소 또한 팔봉에게는 자신이 대중화론에서 내세웠던 소설적 흥미로 간주
되었기에 그것이 곧 대중화의 방향이라 결론짓게 된 것으로 보아야 할 것
이다. 이는 장르의 본질에 대한 고려는 없었던 터이고 결국엔 세계관 및
계급적 원칙과의 관련이 결여된 창작기술상의 방법론만을 획득하게 되었
던 것임을 의미하는 것이다.

　하지만 정작 임화 자신에게 있어 '사건적·소설적'소재란 시에서의 객
관적 태도, 당대의 소설적 성과에 대한 대응으로서의 시적 사실주의를 의
미하는 창작방법론의 일환이었던 바, 이는 장르 및 계급적 독자성에 대한
나름대로의 고려를 기초로 한 창작적 성과이었다. 이는 임화의 단편서사
시 양식으로 하여금 프로예술의 참된 방향성이자 대중화의 방향이라는 위
치를 준 것이 팔봉의 득의의 영역이었음에도 불구하고 정작 임화가 팔봉
에 대해 대대적인 반발을 드러내게 된 임화 대중화론의 핵심이 무엇인가
를 묻는 문제에 다름 아니다.

　「탁류(濁流)에 항(抗)하야」(『조선지광』, 1929. 8)에서 드러낸 임화의 쟁점은
무엇이었는가. 그것은 적어도 창작방법론상으로는 부르주아 문학유산의
계승 문제였다.[15] 즉 목적의식의 과도한 강조를 부정 극복함과 아울러 예

---

15) 이에 관해서는 임화가 팔봉에 대해 대대적인 반발을 드러낸 대중화론의 논쟁 과정을 이
　　해해야만 한다. 흔히들 그 논쟁의 쟁점은 '극도로 재미없는 정세에 있어서 우리들의 연
　　장으로서의 문학은 그 정도를 수그리어야 한다.'라는 구절에 집중된 것으로 알려져 있지
　　만, 그보다 더 중요한 것은 논쟁을 가능케 한 원칙의 대립이란 측면이라 할 때 이 논쟁
　　의 숨겨진 쟁점은 적어도 창작방법론상으로는 부르주아 문학 유산 계승 문제이었던 것
　　이다. 즉 창작의 부진을 타개하는 방법에 있어 전대의 문학 유산을 섭취해야 한다는 점
　　에선 일치하면서도 그 중 무엇을 어떻게 받아들이나에 관해서는 원칙적으로 대립해 있
　　었던 것이다.

술을 대중화시키고자 하는 문제에 처해 팔봉이 주장한 것이 예술의 기술 문제, 부르주아 문학유산의 무원칙적인 수용이었음에 반하여 과거의 시민 계급이 지녔던 현실에 대한 객관적 태도로서의 사실주의를 엄정한 계급적 독자성의 원칙 하에서 계승하자는 것이 임화의 견해였던 것이다.16)

팔봉의 분석은 확실히 이 계급적 원칙을 놓치고 있었다. 그것이 결여되어 있었기에 팔봉은 예술 창작의 원칙을 '극도로 재미없는 정세'라는 외적 조건에 복속시키고, 연장으로서의 문학의 포기를 주장하였던 것이다. 그리고는 다만 감상성을 대중성으로, 나아가 예술성으로까지 전치시키는 오류를 낳았던 것이고 반면에 정작 단편서사시를 담당했던 임화에게 있어서는 자기 시의 바탕에 흐리는 감상성이야말로 통렬한 자기비판의 대상으로 구성되기에 이르고 말았던 것이다.

「시인이여! 일보 전진하자」(『조선지광』, 1930. 6)에서 임화는 "네거리의 순이를 부르고 꽃구경 다니며 동지를 생각했다. 이러한 프롤레타리아가 사실로 있을 수 있는가?"라고 스스로를 비판했다. 물론 <우리 옵바와 화로>는 이 <네거리(街里)의 순이(順伊)>(『조선지광』, 1929. 1)보다 진전한 것으로 임화의 말마따나 리얼리스틱한 작품이며 이는 당시 소설계에 나타난 사실주의의 제창과 동궤의 것이었지만, 이 또한 아무리 다소 리얼리스틱한 시가라 할지라도 "그 시의 소부분의 사실성은 감상주의 비××적 현실의 예술화로 전화(轉化)"되고 말았다는 것이다. 요컨대 여태 자신이 써 온 이른바 단편서사시가 '소시민적 흥분'에 지나지 못한 것이라 할 때, 흥분 또한 사태에 대한 과도한 반응이기는 마찬가지란 점에서 백조파와 마찬가지로 센티멘털리즘의 일종일 수밖에 없었다는 얘기다. 그렇다면 단편서사시도 참된 프로시가, 프로시가의 내적 형식의 완성에로까지는 나아가지 못했음을 의미하는 셈이 된다.

---

16) "그리하야 팔봉의 말과 갓치 우리는 뿌루조아적 예술이 일즉이 가젓든 그 리아리즘의 객관적인 태도를 계승한다고 하얏섯다. 그러나 문제는 실로 여기에서 붓허인 것이고 이 자신 속에서 임의 해결된 것은 결코 아니다. (중략) 그것은 언제나 우리가 기존한 전통적 유물을 계승섭취하는 째 잇서서 언제든지 일어나는 자신의그 계급적 독자성의 생기하는 의식적 혹은 무의식적인 오류 그것이다." 임화, 「탁류에 항하야」, 『조선지광』, 1929. 8, p.94.

　그러나 이 자기비판의 중요한 또 하나의 근거는 볼세비키 방침과의 관련에서 찾아볼 수가 있다. 볼세비키 방침이란 볼세비키적 대중화론이라 할 수 있다. 실제 볼세비키화의 방침은 임화가 「탁류에 항하야」를 쓰기 3개월 전인 1929년 5월 동경 무산자사의 간부인 김두용에 의해 이미 그 윤곽이 드러난 바 있었다.

　「정치적 시각에서 본 예술투쟁」(『무산자』, 1929. 5)이라는 논문에서 김두용은 정치투쟁의 외부에서 행해지는 일체의 예술투쟁은 관념적 공식주의를 넘어서지 못한다고 보고 있다.[17] 그러면 진실한 의미의 프로예술은 어떤 것인가? 김두용에 의하면 그것은 프로의 생활을 관찰하는 것이 아니라 그들의 생활에 동참하여 정치투쟁을 하는 가운데 그 정치투쟁의 예술적 측면을 담당하는 데서 나온다는 것이다. 그러므로 프로의 생활로부터 유리되어 관념적으로 공식에 따라 제작된 작품을 가지고 노동대중을 아지프로하고자 했던 종래의 예술투쟁은 종식되지 않으면 안 된다는 것이다.

　이러한 입장은 일단 과거 목적의식기의 공식주의적 관념적 예술을 비판하는 점에서는 올바르다. 예술은 관념이나 공식만으로 될 수는 없는 것이며 그 속에 생활의 산 자태가 있어야 함은 당연한 것이다. 하지만 김두용의 주장은 프롤레타리아의 정치적 입장만을 강조한 나머지 직접적인 프롤레타리아 정치투쟁이 아닌 일체의 투쟁 방식을 부정하기에 이른 점에서 그 또한 관념론적 오류를 범하고 있다. 아울러 김두용은 예술을 정치투쟁의 한 기능으로만 이해함으로써 예술의 가능성을 편협하게 축소시키고 있다. 이것은 예술을 정치로부터 떼어 내어 생각하는 입장만큼이나 위험한 극단적 태도이다.

---

17) 김두용은 이 글에서 자신의 논지를 다음의 세 가지로 요약하고 있다. "일(一). 참으로 푸로레타리아 예술(藝術)의 생산(生産)이 업는 곳에 예술운동(藝術運動)이 가능(可能)하다는 환상(幻想) 단연(斷然) 벌이지 안하면 안 된다. 이(二). 푸로 예술(藝術)이 생산(生産)되여도 지금의 정치적(政治的) 부자유(不自由)의 밋헤서는 '공장(工場)의 중(中)', '농촌(農村)의 속'으에 주입(注入)할 수 잇다고 생각하는 환상(幻想)은 벌이지 안하면 안 된다. 삼(三). 그러함으로 일반(一般)으로 '예술투쟁(藝術闘爭)은 정치투쟁(政治鬪爭)의 일부분(一部分)이다.'는 등(等)의 오만(傲慢)은 벌이지 안하면 안 된다. 진실(眞實)히 예술투쟁(藝術鬪爭)이 정치투쟁(政治鬪爭)의 일부분(一部分)으로 되랴면 그는 정치투쟁(政治鬪爭)의 한 가운대에 서지 안하면 안 된다."

김두용의 「우리는 어떻게 싸울 것인가」(『무산자』, 1929. 7)는 이 같은 사상의 구체적 전개이다. 여기에서 그는 예술이란 프롤레타리아트의 조직 사업을 조력하는 데 그 역할이 있는 바 구체적으로 그것은 당(黨)의 사상적·정치적 영향의 촉진 확대라고 주장한다. 물론 예술은 감정과 사상을 사회화하는 힘이 있고 그것으로써 생활을 조직하는 힘이 있는지도 모른다. 그러나 이것은 예술이 가진 제 능력의 한 측면일 뿐이며, 더 나아가 예술과 당을 무매개적 직접적으로 결부 짓는 것은 예술의 참된 역량을 축소시키는 결과를 초래할 것이다.

여기서 우리의 관심을 끄는 것은 볼셰비키적 대중화론에 있어 예술의 형식 문제에 관한 그들의 견해이다. 김두용은 앞에서 인용한 바 있는 적포탄의 <메-데-는 준비되었느냐>와 전맹의 <잊지 말아라>를 예로 들어 이들은 삐라적이며 생활 감정이 박약하나 오히려 선전 선동적이어서 혁명적 노동자·농민에게 환영받을 것이라고 쓰고 있다.

이로부터 우리는 팔봉의 대중화론과 볼셰비키 대중화론에 있어 가장 큰 차이 중의 하나가 곧 대중화의 대상에 관한 것임을 알 수가 있다. 일반 대중과 혁명적 대중, '있는 대중'과 '있어야 할 대중'의 차이가 그것이며 그 틈바구니에 낀 존재가 임화였던 것이다. 임화가 스스로를 비판하는 글에서 "이러한 프롤레타리아가 사실로 있을 수 있는가."라고 강변하였을 때 그것은 이미 대중에 대한 시각의 변모를 의미하는 것임에 다름 아니었으며, 그에 따라 단편서사시라는 양식마저 잠시 철회될 수밖에 없었던 것이다. 그러나 그와 동시에 우리는 이 대목에 이르러 「탁류에 항하야」에서의 임화의 문제의식을 상기하게 된다. 당시 임화는 문학유산의 이용에 있어 계급적 원칙에 입각하여 비판적 태도를 취할 것을 주장하였다. 이러한 계급적 원칙의 강조는 임화와 김두용에 있어 공통된 것이지만 예술의 형식 문제에 관한 한은 김두용의 그것이 훨씬 더 폭력적 관념적인 것이었다. 그럼에도 불구하고 김두용의 논리가 볼셰비키화에 강한 영향력을 행사하게 됨은 운동사적 측면 및 한국 프로문학사의 특수성을 감안하지 않으면 거의 해명하기가 곤란해진다는 것이다(장원유인, 앞의 책, 34쪽).

예술사적 반성이라는 측면에서 볼 때 대중화론은 그 임무의 수행에 관한 중요한 갈림길이었다. 그런데 문화유산을 고려하고 그로부터 사실주의의 시적 실천을 시도한 임화의 단편서사시는 팔봉의 대중화론과 관련되는 것이면서도 볼셰비키 대중화론에 이르러서는 김두용의 이론이 임화, 권환 안막의 논리에 짙은 영향을 끼침으로써 종래의 공산주의적 예술 이론이 끝내 극복되지 못한 채, 아지프로 서술시가 이후 프로시의 한 줄기를 다시금 잇도록 만들었던 것이다. 그렇다고 단편서사시 양식이 완전히 불식된 것은 아니었다. 그것은 스스로를 비판한 임화 자신에게도 마찬가지였고 그 이후 수많은 동료시인들이 참여함으로써 1930년대 프로시의 굳건한 한 경향으로 자리 잡게 되었던 것이다. 이 두 가지 태도가 어느 정도 공존해 있었는지는 프로시의 정리라 할 수 있는 『카프시인집』을 훑어보는 것만으로도 충분할 것이다. 아지프로 서술시에 대해서는 이미 검토한 바 있으므로 이에 단편서사시 양식의 전개과정을 알아보도록 하겠다.

(2) 단편서사시의 전개 과정

단편서사시 양식의 전개에 있어 임화라는 존재의 의의는 아무리 강조해도 지나치지가 않다. 이제껏 단편서사시를 경향시의 발전 과정 속에서 그리고 대중화론과의 관련 하에서 그 대두가 이루어진 것으로 살펴보았지만 임화의 개인적 기질 및 편력이 고려되지 않으면 그 같은 설명이란 불충분한 것일 수밖에 없다.

그러나 이 자리에서 그의 전 생애를 추적할 수는 없는 일일 터, 여기서는 다만 그가 낭만주의적 문학관에서 출발하여 아나키즘, 미래파, 구성주의, 영화, 다다이즘과 같은 서구의 전위적 모더니즘의 영향권 아래에 놓여 있었다는 점만 지적하도록 하자. 이같이 전위적인 신흥문예에 몰두하고 있었던 임화가 프로문학으로 방향을 전환하게 되었으니 그 직접적인 움직임은 1927년 이른바 아나키즘 논쟁선상에 위치하는 「분화와 전개—목적의식 문예론의 서론적 도입」을 발표하는 과정에서 확연히 드러난다. 이 글에서 그는 조선의 신흥문예도 초기인 자연발생기에는 일체의 반항 의식을 가진 각 파의 운동자가 공동전선으로 모여 있었던 것, 곧 개인주의적 무정부주의자, 절망적인 허무주의자 등이 단순한 정신적 결합 하에서 반항 의식적인 투쟁 형태를 지지해 왔을 뿐이므로 조직적이고 적극적인 새로운 전개를 위하여 지금 분열을 일으키고 있는 귀족적인 개인주의의 아나키즘 문예론자들과는 분화가 필연적인 사실이라고 주장하면서 당시 자신의 주된 문학경향이었던 전위예술에 대한 부인을 다음과 같이 드러내었던 것이다. "이 극단의 개인주의자 스칠넬(M. Stirner)의 '유일자와 그 소유'에 있는 '따따'의 개인혼과 그 원시적 '펄텍쓰'(Vorrtex파, 곧 소용돌이파를 의미함－인용자)의 혼을 요구하는 '아나키즘'의 문예는 필경 부르조아지의 악경향에 불과하는 것이다."(임화, 「분화와 전개」)

아울러 임화는 앞으로의 예술 기능을 정치적 이데올로기에로 합치시킬 연구나 새로운 시적 정신의 무장이 이루어져야 한다고 주장하였다. 그러나 그와 같은 정신이 실제의 실천적 시작으로 반영되어 나타난 것은 <담(曇)－1927> 발표 이후 1년 남짓 손을 떼고 난 뒤의 일이었으니, <젊은 순라의 편지> 및 <네거리의 순이>가 그 첫 모습이었던 것이다.

이렇게 본다면 단편서사시를 선도한 임화의 개인적 기질 및 정신사적 윤곽은 대략 다음과 같이 떠올릴 수 있다. 우선 초기 시에서 단편서사시에 이르기까지 임화가 대면한 서구문학에의 경도에 대하여 그것이 그 이전의 선배들 낭만파 혹은 데카당스로 불리는 백조파 등의 정신 구조와 거의 동질적임이 문제로 제기된다. 달리 말하면 서구적 인간성 해방을 서책 속에서만 발견한 세칭 화려한 백조파가 붕괴되면서 같은 뿌리의 서구 사조가 두 가닥으로 나뉘어졌던 바, 그 하나가 예술지상주의의 연속이었다면 다른 하나가 사회주의 문학이었으며 이 두 가닥이 갈라지는 접점에 임화가 놓여 있는 것이다. 적어도 인간성 해방이란 면에서 그 둘은 같은 뿌리였고 서구적이라는 점에서 또한 그러한다. 그러나 여기서 보다 중요한 것은 바로 그 접점에 놓여 있었기에 적어도 시인으로서의 임화는 양 극단 어느 쪽으로도 함몰되지 않았다는 점이며, 바로 여기에 시인 임화의 공과가 함께 놓이는 것이다. 이때 단편서사시 형식은 임화의 개인적 기질과 대중화라는 논리적 세계간의 정합에 의해 대두된 것이라 결론지을 수 있다.

단편서사시에 관한 한, 이러한 양극 사이를 요동하는 시인으로서의 임화의 낭만적 개성이 현실과 가장 절실하게 관계하는 경우가 아마도 '이별'이었을 것이다. '이별'에는 과거의 추억과 현실 및 미래 사이의 긴장, 패배에 대한 감상과 미래의 승리에 대한 논리적 확신이 함께 놓이는 순간, 서정적 태도와 서사적 태도가 극적인 태도를 기반으로 결합하는 순간이므로 그의 시의 주도적 모티브가 될 수 있었던 것이다. 따라서 그의 단편서사시의 대표작인 <우리 옵바와 화로>와 <우산 밧은 요코하마의 부두>가 모두 이별을 제재로 삼고 있는 것도 우연은 아니다.

그러나 이별은 감상적 정조를 피하기가 어렵다. 그리하여 '거리의 서정적 결핍'으로 인해 서사적 지향성은 약화된 채 감상적 정서 자체의 표현에 몰두하는 경향으로 빠져들기가 쉬웠던 것이다. 그런 점에서 이 같은 계열의 단편서사시가 볼셰비키파의 비판 대상으로 떠오르게 된 것은 충분히 이해가 가는 일이다. 그러나 이는 그만큼 당대의 프로시에 비해 이 작품의 서정성이 돋보였다는 얘기로도 된다.

임화는 여기서 더 나아가질 못하고 그 감상성 및 볼셰비키 방침과의 갈등 사이에서 자신의 단편서사시계열 작품들을 자기비판의 대상으로 삼게 된다. 하지만 자기비판에도 불구하고 단편서사시 제작에서 완전히 손을 뗀 것이 아니었음은 주목할 만하다. 실제 그것은 <오늘 밤 아버지는 퍼렁 이불을 덮고>(1933)를 거쳐 <다시 네거리에서>(1935)에까지 뻗어 있는 것이다. 자기비판에도 불구하고 그가 다시 원점회귀를 보였다는 것은 이 시 양식이 그만큼 자신의 개인적 기질과 관련이 깊은 것이었음을, 혹은 조직이 소멸되어가는 과정에서 개성의 세력 회복을 의미한다고 판단해도 좋을 듯하다. 그러나 강화되어 가는 일제의 탄압 밑에선 그나마 그 접점에 서는 것마저 용납되지 않았고 이 단계에 이르러 결국 임화는 단편서사시 양식을 버리게 된다.

이러한 원점회귀와 자기반성의 순환은 근본적 감각과 세계사적 논리, 시가적 세계와 마르크스주의 이론, 즉 이질적인 것의 결합에서 비롯되는 갈등의 직접적인 표현이었다. 아울러 바로 이 갈등이 단편서사시로 하여금 팔봉의 대중화론과 볼셰비키적 대중화론 사이에서 서로 엇갈린 평가를 받게 되는 것으로 나타났던 것이다.

중요한 것은 단편서사시 양식이 임화만의 전유물로 끝나지 않았다는 점이다. 그것은 창작의 고정화라는 카프의 질식 상태를 파기하는 계기가 되면서 여러 시인들에게 직접적인 영향을 발휘하였던 바 김기진, 김병호, 김용호, 김우철, 김창술, 김해강, 민공영, 박세영, 박아지, 박완식, 백철, 안함광, 양운한, 유적구, 윤곤강, 이규원, 이정구, 이주홍, 이찬, 정용산 등등이 이와 같은 유형의 이야기시 제작에 참여를 하게 된다.

하지만 이러한 양적인 의미에도 불구하고 임화 이후 단편서사시 양식의 전개 과정이 발전적인 것이었다고는 말할 수 없다. 몇몇 작품을 제외하고는 거의가 임화의 것을 그대로 답습한 경우라 할 수 있기 때문이다. 예컨대 도입부에서 돈호법을 사용한다든가, 결말에서 결의의 형식을 취한다든가, 여성 편향을 보인다든가 하는 것이 그것이다.

가령 『카프시인집』에 실린 박세영(朴世永)의 <누나>를 보자.

누나! / 그날은 또 엇더케 지내셋수 / 유황(硫黃)가루 어더 마진 것 가튼 세 자식을 데리고 / 돌려가며 밥달라는 굶은 어린 것들을 데리고 / 허나 누나를 보고 오는 나의 마음은 / 비스듬한 고개가 갑자기 깍가 질러 보이고 / 내려다 뵈는 도시(都市)를 향(向)하야 가슴을 멧 번이나 두다럿소.
(중략)

누나! / 십년(十年)을 공부하고 나온 몸이라 / 언제나 중환자(重患者) 가튼 여공(女工)들을 볼 때는 / 개나 가치 생각하지 안엇수만은 / 누나도 사흘 굶고 공장(工場)에로 안나스셋수 / 그럴 때 ×들은 누나가 늙엇다고 거절(拒絶)을 하지 안엇수 / 나희 삼십(三十)이 넘은 누나가 늙엇다는 것은 / 자본주의 시대의 솔직한 말이 아니유 / ×들은 조금이라도 우리의 힘을 더 ××슬 생각박게
누나! / 그러면서도 또 무슨 생각을 하시유 / 인제는 북평(北平)으로 가 버린 남편(男便)도 기다릴 게 없수 / 그저 새 생각을 먹고 나스시유 / 다른 공장(工場)에라도 가보시유 / 그래 가튼 여공(女工)의 ××가 되야 / 우리들의 ××을 위하야 ××나갑시다.
(하략)

• • • 박세영, 〈누나〉(『카프시인집』, 1931. 11)

임화의 단편서사시 방식을 그대로 답습하고 있지만 긴장이 풀리기 쉬운 장시의 약점을 극복하고자 하는 어떠한 장치도 이 시에서는 읽을 수가 없다. 이렇게 평면적이고 직선적인 서술로는 이 형식이 프로시사에서 차지했던 의의를 감당해 내기 어렵다. 스토리를 굳이 시에 담고자 할 때는 이미 다른 장르에 기대하는 바와는 다른, 시 장르만의 특수한 효과를 기대하는 것이어야 하기 때문이다.

박세영의 또 다른 단편서사시 <바다의 여인(女人)>(『음악과 시』, 1930. 8)도 사정은 마찬가지다. 이 시는 우선 내용상의 특이성으로, 바다를 배경 삼음으로써 시적 분위기를 꾀하고 소위 부르주아의 도덕적 타락상을 극적 구성으로 제시하고자 한 점을 들 수 있으나 결과적으로는 구조상의 부조화를 야기하고 말았을 뿐만 아니라 내용상으로도 계급적 독자성의 인식을 우연성에 의존시키는 오류를 낳았던 것이다.[18] 또한 이 작품뿐만 아니라 이 당시 프로시에서는 남녀의 애정 문제가 시의 소재로 적잖이 원용되었던 바, 이 또한 일종의 대중화 문제와 연결되어 있었던 것은 아닌지 검토해 볼 필요가 있다. 말하자면 통속화를 통한 선전 선동시 경향에 대한 검토가 필요한 것이다.

> 바다의 바람은 송림(松林)을 울니고 / 갈맥이 밎칠 듯이 날나헤매는 구름 씬 낫은 / 세상을 모르는 젊은 놈의 가슴을 우울(憂鬱)하게 맨들어 / 구름이 버서지기를 기다리는지 나체(裸體)의 연인(戀人)과 가티 한울을 처다 본다 / 도시(都市)의 ××××× 아들들은 / 한 녀석 두 녀석식 나와서ー
>
> 구름은 검은데 더 검어 바다는 금방에 폭풍우(暴風雨)가 날어들어 / 길맥 이도 쫏겨든다 숩으로 한 놈식 두 놈식 / 그리하야 저들의 향락장(享樂場)은 대포(大砲)를 맛는 도시(都市)와도 가티 깨어진다 문허진다 / 저기압(低氣壓)에 눌여 호흡(呼吸)조차 할 수 업는 이 바다에 바다를 갈느랴는 소리 송림(松林)을 쓸어트리는 소리 파도(波濤)의 쫏기는 소리 이 어지러운 움직임은

---

18) 이후 박세영은 「슈프레히 콜」을 제작한다. 이는 일단의 사람들이 한 대사를 노래 부르는 것이 아니라 억양과 곡조를 붙여 낭창하는 표현 형식으로, 이를 국내에 도입한 백철의 번역어로 하자면 '대중낭독시'라 이름 할 수 있을 것이다.

우리의 마음과 이 가티도 갓단 말이냐

그러나 어부(漁夫)의 안해가 어제까지도 바다ㅅ가 해당화(海棠花) 덤불에 숨어 / 그 녀석의 꼬임에 빠저 이가티 말하엿단다 / 『서울손님 나는 당신이 그리워요』 / 그럴 째마다 여인(女人)의 아름다움에 취(醉)하야 / 『바다의 시악씨여 어엽분 시악씨여』 / 그 녀석은 외첫단다.

(중략)

『배불쓰기 그 녀석은 속임쟁이 / 나는 붓그럽다 엇지 쏘 내 사나히를 보랴 / 그 녀석의 말을 참으로 알엇든 나는 / 차라리 바다 저 깁히 빠질가 보다 / 그 놈은 내 몸을 휘청거리고 다라낫스니 / 아! 분하구나 / 그러나 나는 목숨이 잇슬 째까지 싸호리라 / 그 놈들을 개로 알리라 / 저이들은 그ㅈ시 세상에서 길니워지고 쏘 익숙해저서 / 가는 곳 삭위는 곳마다 그짓을 정말로 행세하는 놈들이구나 / 내 한번 속앗지 쏘 속으랴 / 오! 저기서 흰 돗단배가 오는구나 낫익은 저 배! / 아마도 나의 사나희가 도라오는 게다 / 타는 볏에 지지리 탄 내 사나희 / 그리고 그짓이란 깨알만콤도 몰으는 씩씩한 사나희를 / 나는 왜 차려 들엇나 / 저 배에서 노도(怒濤)와 싸우며 / 집이라고 안해라고 도라오는 그 이가 오직 내 사나힐 뿐이다 / 세상에 가난한 게집은 잇째까지 얼마나 그 놈들에게 짓밟히엇늬 / 나는 마지리라 깨끗한 마음 불타는 마음으로 나의 남편(男便)을 마지리라』

(하략)

● ● ● 박세영, 〈바다의 여인〉(『음악과 시』, 1930. 8)

한편, 일본에서 귀국하며 시인과 비평가로 데뷔한 백철(白鐵)도 주목할 만하다.[19] 특히 그는 시에 대한 창작방법론을 문제 삼기도 하였는데[20] 여기서 그는 임화의 <우산 밧은 요꼬하마의 부두>와 김창술의 <가신 뒤>가 애정 문제의 기계적인 고정화에서 벗어나지 못한 것이라 보면서 유물변증법적 창작방법을 그 극복책으로 제안한 바 있다. 그렇다면 자신의 실

---

19) 백철이 귀국하여 발표한 시에는 다음의 작품들이 있다. <그 날의 풍경(風景)>(『조선일보』, 1932. 5. 27), <염천(炎天) 아래서> 및 <가을밤>(『제일선』, 1932. 10), <날은 추어오는데>(『제일선』, 1932. 11). 아울러 「슈프레히 콜」로는 <대도(大道)를 걷는 무리>(『제일선』, 1932. 9), <재건(再建)에!>(『제일선』, 1933. 1) 등이 있다.

20) 백철, 「창작방법문제―계급적 분석과 시의 창작 문제」(『조선일보』, 1932. 3. 6~20) 이 논문은 장원유인의 「예술적 방법에 대한 감상」을 나름대로 개작하여 『카프시인집』에 실린 시들을 분석하고 있다.

제 시작을 통해 드러내고자 했던 소위 유물변증법적 시 창작 방법은 무엇
이었던가.

　　작년 이 째다! / 뜰압헤 오동입새가 쩌러지기 시작하고 / 밤하늘이 저와
가티 놉다라지든 째 / 너는 북으로 / 기침자즌 폐(肺)를 안고 도라가고 / 남어
잇는 우리들은 닥치는 캄× 준비에 한창 배밧뿐 그 째엇다 / 하야 네가 혼자
쩌나는 룡산역두에 너를 사랑하는 남자는 전송도 못가섯고……

　　추억은 일 년 전의 그째! / 너는 신임을 한데 모은 「베레스」부의 ×구 /
가두에 직장에 그리고 ×합에 너는 엇서나 「우리들의 히로인!」이엇다 / 하
나 「베레스」부에 네 모양이 보이지 안키도 만 일년간 / 그리고 오오 지금은
사내 마음도 쓸쓸한 가을밤 / 북에서 나라오는 기러기 소리에 잠도 못일으
면서 / 나는 너의 햇슥해진 모양을 / 북극의 시어진 병상에 그리어 본다 / 그
리고 이어서 / 두어번 네 일흠을 외어 보노라 / 네가 활동하든 대의 모든 추
억과 함께

　　어느 날 저녁이든가 / 오늘밤과 가티 희미한 달밤 / 전신때에서 전신때를
줍고 / 벽(壁)에서 벽을 더듬어 가면서 / 풀칠을 하고 단단히 붓치는 우리들 /
민활하게 움직이는 두 개의 그림자! / 앞선 너의 날카로운 휫파람 소리에 /
네 뒤를 따라 언덕 저 편으로 도망치든 그 밤 / 오오 너는 그 때 / 둘도 업는
용감한 피켓터－엇다

　　그리고 또 어느 째든가 / 「베레스」부 엽헤 어득한 창고 안에서 / 일천오
백매(一千五百枚)의 ××를 단김에 박어내고 / 책임을 다한 만족에 마주 웃는
우리들 / 그리고 다음 순간! 너의 자즌 숨결은 나의 품 안에 가늘게 썰고 잇
섯다 / 「나는 남자답운 당신이 조와요!」 / 그 순간의 열정에 타오르는 네 눈,
그리고 네 입술…… / 그러나 너는 그것째문에 중요한 일을 닛지 아넛다 /
빨리 가 보아야지! 그리고 ×× 뭉치를 끼고 뒷문을 나가든 네 모양 / 너는
그 만치 네 남자를 사랑하얏고 / 너는 그러케도 네 임무를 닛지 아넛다

　　그러나 네가 간 지도 일 년 간 / 지금의 베레스부는 만은 것이 변해젓다
/ 네 손에 된 부인부도 이젠 큰 힘이 되어 움직이고 / 전 공장엔 무척 일이
만하젓다 / 그리고 지금은 그날의 준비에 배 밧분 가을! / 공장과 베레스부의

동무들에겐 / 무척 네 얼굴이 그립어지는 이 때다! / 멀니 한업시 소사잇는
하늘! / 애(愛)이여! 새찬 이 가을밤에 / 행여나 네 기츰도 시나 잣지 아는지!

● ● ● 백철, 〈가을밤〉(『제일선』, 1932. 10)

이 같은 백철의 시는 김창술의 〈가신 뒤〉에 표현된 애정 문제와는 다
른 차원의 것으로, 김창술의 시에 보였던 기계적으로 고정화된 콜론타이
즘적 애정, 격화된 투쟁의 현장에서만 프로시의 제재를 찾던 현상을 어느
정도 극복하고자 한 시도로 볼 수 있다. 그러나 이것 역시 임화의 시와 다
름없이 감상성으로부터 결코 자유로운 것은 아니었다. 이들이 모두 전향
축에 걸리는 쪽이었음은 우연일까? 실제로 백철의 비판과는 먼 자리에서
단편서사시 형식은 전개되어 가고 있었다. 여성편향의 전통에서 벗어나지
못하면서 그와 동시에 감상주의에서 벗어나는 길은 기실 백철이 비판한
내용을 계속 써 나가는 것이 기계주의적일지언정 조직의 요구에 따르는
가장 쉽고도 안전한 길이었기 때문이다. 김해강의 〈몸을 밧치는 최초의
그 밤〉(『시대공론』, 1932. 1)이나 박아지의 〈숙아〉(『형상』, 1934. 2) 등이 그
것이다.

나아가 볼셰비키화 단계에 이르러서는 격한 직선적 서술이 늘어난 작
품들도 상당수 발견되는 바, 이는 단편서사시의 발전이라고 볼 수준으로
나아간 것이 아니라 오히려 후퇴된 것으로까지 보이는 것들이었다. 즉 서
술성만이 골자로 남을 때 단편서사시의 의미는 삭감될 수밖에 없는 것이
다. 적어도 시 장르의 특수성을 몰각한 자리에서 시적 긴장이 유발되지
않는 스토리의 단순성이란 대중화의 길도, 프로시가 나아가야 할 길도 아
닌 것으로 되어 버린 경우가 많았다.

이는 물론 시인들의 개별적, 질적 차이에만 기인하는 것이 아니라 단편
서사시 양식의 장르미정상태 자체에 그리고 예술운동이라는 특수성과의
관련 속에서 발생한 결과였다. 즉 전체성을 바탕으로 한 공동체 지향의
서사 양식과 개성을 바탕으로 한 서정 양식을 연결하고자 하면서, 아울러
대상성으로서의 '너'를 요구하는 극적인 태도가 결부된 이 중간 단계적
지방성 장르로서의 단편서사시 양식은 바로 그 자체가 장점을 지니면서

동시에 언제든지 한계로 전화될 수도 있는 미정형의 상태였던 것이므로, 그것이 시가적 특성을 한껏 활용하게 되지 못할 때는 긴장을 잃어버린 지루한 줄글, 혹은 산문양식의 하위에 속하는 것으로 떨어져 버리기 마련이었던 것이다.

또한 예술운동과의 관련에 있어 지적되어야 할 사항은 본래 이 양식이 동반자적 경향의 시인들 속성에 잘 부합될 수 있었고, 실제 시 작품의 생산도 그 같은 호응도를 어느 정도 반영하고 있는 것으로 알려져 있지만, 볼셰비키화의 방침은 다시금 이들의 자유주의적 체질을 억압시킴으로써 단편서사시의 형식은 그대로 유지된 채, 거기에다 내용 혹은 주체를 강화시키는 방향을 취하게 만들었던 작품이 상당수 발견되는 바, 그 같은 시도는 결국 내적구조의 파탄을 초래한 것으로 끝나버리고 말았다는 점이다. 그리하여 때로는 볼셰비키적 시가와 단편서사시 양식이 구분될 수 없을 만큼 혼융된 작품이 존재하기까지 했다. 그러나 카프가 해체되면서 이들 시가 양식은 어느 것도 가능하지 않게 되었음은 물론이다. 이후 시인들이 갈 길은 내성화의 서정적 세계로 돌아가 회상, 불안, 우울, 자기연민, 미래에의 의지 등을 표출해내거나 암시, 비유, 우화의 세계로 들어서거나 그렇지 않으면 붓을 꺾는 길뿐이었다.

5. 경향시의 시사적 의의

이제까지 우리가 경향시가의 전개 과정이 대체적으로 보아 서정시에 서술적 요소를 도입하는 서사 지향성을 보였고, 1930년대에 이르러서는 아지프로의 개념적 서술시와 단편서사시 양식이 그 주류를 차지하게 되었음을 보았다. 이 둘은 모두 당대 현실에 대응하기 위한 시적 노력의 성과이었거니와 그들에게 있어 이러한 시양식의 제작 경험은 카프 해체 이후에도 소중한 시적 성과를 거두게 만들었다. 1930년대 후반기 이야기시의 등장과 성공은 이러한 문학사적 유산에 대한 검토 없이는 제대로 평가하기 힘들다.

이 글은 또한 오늘날까지도 작용되고 있고 또한 작용되어야만 하는 우리 시사의 그 모델, 그 제도를 드러내기 위해 쓰였다고 해도 지나침이 없다. 경향시가가 당대 문단에 얼마만한 비중을 차지하고 있었느냐에 대해서는 한 줄도 적지 않았다. 그런 것은 상식 차원으로 돌리면 된다. 그러나 개별 작품, 작가론은 물론이요, 동반자 작가의 처리 문제를 비롯한 모더니즘과의 관계, 비교문학 특히 일본 프로시와의 관계, 그리고 동요·민요 운동 등 수많은 문제가 산재해 있음에 눈을 돌려야 할 것이다 우리 앞에 열려진 그 문들을 하나하나 통과해 나갈 때, 그런 연후에 오늘날과의 연계성을 확보해낸 우리 시사(詩史)가 다시 쓰여야 할 것이다.

제 2 장

리얼리즘 시론을 위한 문학사적 반성

1. 리얼리즘 시 논쟁의 쟁점

1990년대 벽두 우리 시단을 장식한 이른바 '리얼리즘 시 논쟁'은 그 대략이 한 권의 단행본[1]으로 발간될 정도로 외견상으로는 하나의 매듭을 맺은 듯이 보인다. 하지만 이 논쟁을 통해 "향후 '시와 리얼리즘' 논의의 올바른 지향으로 확인된 것"이 "진정한 리얼리즘 시론은 정통의 단형 서정시에서 새롭게 구축되어야 한다는 것, 부분적 궤도 수정으로는 결코 해결될 수 없는 까닭에 그 논의 구도가 원천적으로 재검토되어야 한다는 것"[2]이라면, 결국 이 논쟁의 매듭이 논쟁의 완결이라기보다 중단에 가까

---

[1] 이은봉 엮음, 『시와 리얼리즘』, 공동체, 1993.

[2] 윤영천, 「한국 '리얼리즘 시론'의 역사적 전개와 지향」, 위의 책, p.230. 윤영천은 1980년대 후반 이래 전개되어 온 리얼리즘 시론의 흐름을 엥겔스주의적 반영론의 입장과 그에

운 것임을 미루어 짐작할 수가 있게 된다. 사실상 이 말은 "의견이 다름에 일치했다."라는 식의 외교적 수사처럼 들리기도 한다.

그럼에도 불구하고 이 논쟁의 생산성 자체가 부인될 수는 없다. 이 논쟁이 문제의 수렴에서 확산 쪽으로 나아간 것도 결코 부정적으로 볼 일이 아니다. 다만, 리얼리즘 시론의 문제가 시 자체에 대한 이론의 정립을 요구하는 것으로 나아간 것은, 그 원론적인 타당성에도 불구하고, 적잖은 공소함이 느껴지는 대목이라 아니할 수 없다. '시의 경지(境地)'를 논해야 하는 원론의 어려움은 차치하고서라도, 과연 이 매듭이 새로운 논의를 낳기 위한 충분한 매듭이 되어줄 수 있을까 하는 의문, 다시 말해 리얼리즘 시 논쟁의 현 유산이 이대로라면 과연 이것이 진정한 리얼리즘 시 혹은 시론의 개화(開花)를 위한 자양분으로 작용할 수 있을까 하는 의구심이 쉽사리 떨쳐지지 않기 때문이다. 논쟁의 의의를 문제의 해결이 아니라 문제의 제기라는 점에서 구했으면서도 정작 '향후'의 논의가 이어지지 못하고 있는 작금의 현실이 새삼 이를 증명하는 바이다.

그러니까 원론이나 일반론으로의 회귀가 논의의 매듭은 아닌 것이다. 가령, 항상 논쟁의 복판을 차지했던 최두석의 '이야기 시론'이 그의 말대로 자신의 "창작방법론으로 제출한 것이지 리얼리즘 시에 관한 일반론이 아니라는 사실", 따라서 "이야기시와 리얼리즘 시의 범주가 같지 않은 이상 이야기 시론이 리얼리즘적 형상화 방법의 새로운 광맥을 찾아가는 것"으로 볼 수도 있을 것이라면, 나아가 "그것이 왜 리얼리즘적 형상화 방법의 협애화인가"[3]라는 그의 항변을 인정하게 된다면, 설령 그것이 '부분적 궤도 수정'이라 할지언정, 바로 그 '부분적'인 의미에서나마 그 궤도가 갖는 리얼리즘적 성격에 관한 한, 충분한 숙의가 진행되었다고 보기는 어렵다.

또한, 이은봉의 지적대로, "민족문학 위기론에 대한 시적 대응의 한 형태로 추구된 것이 '리얼리즘 시 논쟁'이 포괄하는 내면적 의미일 수도 있다"면, 주목해야 할 것은 "'리얼리즘 시 논쟁'이 처음부터 이 리얼리티를

대해 일정한 비판의 시각을 견지하는 '열려 있는 리얼리즘'의 관점으로 대별하여 정리하고 있다.

3) 최두석, 「리얼리즘 시론」, 위의 책, pp.104~105.

획득하기 위한 효과적인 방법 탐구의 하나로 대두되었던 점"이요, 요컨대 "시인의 창작 기량을 향상시키는 데 시에서의 리얼리즘 논의의 핵심이 있었다."라고 할진대, 설령 이 논쟁이 "세계관을 강조하는 경향이 대세를 얻은 채 대강 종결되고 있다."[4] 하더라도, 그것은 다분히 창작방법론으로 시작된 논쟁이 중심 이동을 행하였다는 것, 그 결과 이 논쟁은 시인의 측면에서 제기되었던 문제가 비평가의 축으로 회전하게 되는 과정을 겪게 되었음을 의미한다.

결국 앞서 지적한 공소함이란 작가의 측면에서 응당 느끼게 되는 성질에 속한다. 이 논쟁이 "이른바 '민족민중시' 일반에 '시란 무엇인가', '시란 무엇을 할 수 있는가' 하는 등의 원론적인 질문을 곱씹게 했고", "민족민중시라고 하는 언어형식에 시적 경지를, 시적 품격을, 이른바 작품성을 획득할 수 있도록 일종의 채찍질로 작용했다."[5]손치더라도, 예컨대 시인으로서의 최두석 같은 입장에서 보자면, 창작 행위를 통해 작품성을 의식하지 않은 적이 없겠고 오히려 그 작품성을 위해 문제를 던진 것이라 함이 온당할 터인데, 따라서 그 같은 '채찍질'이란 적어도 시인으로서의 그(들)에게 있어서는 일종의 허탈감마저 들게 했을 가능성이 배제될 수 없는 것이다.

이렇듯 시를 쓰는 것과 시를 논하는 것 사이, 즉 시인의 입장과 비평가의 입장 사이의 논쟁적 측면 외에, 사실 그와 맞물린 문제로서 논쟁의 과정에서 필자에게 또 한편으로 흥미로웠던 바는 비평가 간의 세대론을 상기하는 일이었다. 어떤 의미에서 이 논쟁은 비평가로서의 최두석을 포함하여 오성호와 윤여탁 등이 기대고 있는, 또한 그들의 그 같은 생각을 키워 온 모델과, 백낙청, 김종철, 염무웅 등이 공유하는 모델 간의 충돌을 논쟁 과정의 또 하나의 중요한 양상으로 내포하고 있었던 것이다.[6]

---

4) 이은봉, 「리얼리즘 시의 내일을 위하여」, 위의 책, 서문.
5) 위의 글, 같은 곳.
6) 물론 이들 사이의 논쟁이 논쟁 과정상의 표면적인 중핵을 구성하는 것은 아니다. 논쟁의 초기는 최두석과 오성호 및 김형수의 대립으로 전개되었고, 후반에 다가설수록 이들 모두에 대해 백낙청, 황정산 등이 비판을 가하는 방식으로 이어졌다. 후술하겠지만, 황정산 같은 존재에서 보듯, 반드시 이런 대립이 세대를 둘러싼 가운데 진행되었다고 말할 수는

전자의 경우, 그들은 모두 카프로 대표되는 일제 강점기하 혹은 해방기 진보적 시문학을 1980년대에 대학과 대학원에서 전공한 자들로서, 나름대로 우리의 문학 유산으로부터 사유를 이끌어 내고, 따라서 역사적으로 경험된 사실로부터 스스로의 정당성을 획득코자 했던 것이라는 점에서 동일한 담론의 공유자들이라 할 수 있다. 그들 간에 의견의 대립이 뚜렷이 노정될 때조차도 그들은 정확히 하나의 담론 내에 위치하고 있었던 것이다. 그들은 1920년대 그리고 1930년대 초반 낭만주의와 카프의 대립을 보았고, 카프 내에서 소위 '뼈다귀 시'와 '단편서사시'를 보았으며, 그 발전적 계승으로서의 안용만과 이용악과 김상훈을 보았던 것이며, 바로 그와 동시에 그들은 1980년대 '민족민중시'를 바라보아야 했던 것이다. 따라서 그들이 품고 있는 이 땅의 문학사와 1980년대 대학과 대학원에서 문학을 공부한다는 그 아우라를 헤아리지 않고서는 그들의 논쟁이 갖는 성격을 제대로 이해했다고 말할 수가 없는 것이다.[7]

반면, 후자의 공통항은 바로 김수영이었다. 백낙청이 "'리얼리즘적 특성'이 좁은 의미의 시에서 어떻게 관철되느냐라는 문제보다는, 주어진 운문 작품이 과연 시의 경지에 이르렀는지, 그리고 어떻게 그 경지에 이른 것인지가 항상 더 근본적인 문제"라고 지적하거나, "전형성이란 것도 어디까지나 작품의 유기적 일부로서만 주어지며 그 성패는 바로 작품이 '시

결코 없을 것이다. 다만 이러한 측면이 내포되어 있었던 것만큼은 향후의 논의를 위해서도 주목할 값어치가 있을 것이다. 이 점을 놓친다면 최두석과 오성호의 대립이 실상 어느 면에서는 하나의 담론 테두리에 놓여 있다는 점을 간과하기 쉽다. 백낙청 등이 간파한 것은 바로 그러한 세대론적 감수성일 것이다. 그런 점에서 염무웅의 다음과 같은 글은 저간의 사정을 잘 말해주는 것이라 하겠다. "70년대 남한의 대다수 리얼리즘론이―백낙청 씨의 경우를 아마 유일한 예외로 친다면―30년대의 논의 수준보다 어느 면에서 더 소박하고 제한된 지평에 갇혀 있었을 뿐만 아니라 (중략) 상당한 정도 낙후해 있었던 것은 실로 탄식을 금치 못하게 한다. (중략) 다만 그래도 위안을 삼을 것이 있다면 당시 우리의 리얼리즘론은 (중략) 일종의 '자생적 이론'으로서의 생동성과 건강함을 지니고 있었던 점이라고 생각된다. 이 '자생성'은 (중략) 오늘의 시점에 있어서도 아직 효력을 탕진하지 않았다고 믿어지는 것이다." 염무웅, 「'시와 리얼리즘'에 대하여」, 위의 책, p.164.

7) 그들이 논쟁에 임하는 기반은 다음과 같은 표현에서 명백히 드러난다. "이 글의 입론의 근거는 주로 김소월 이래 씌어진 우리의 근대시 혹은 현대시이다. 우리의 근대시 혹은 현대시에서 리얼리즘적 경향을 발견하여 추스르고 그러한 경향을 발전적으로 계승할 시사적 맥락을 함께 감안하고 있다." 최두석, 앞의 글, p.106.

의 경지'에 다다르는 데 성공했느냐는 문제 그 자체와 불가분인 것"이라고 할 때, 또한 결국 이 논쟁이 "어떤 한 편의 시를 두고 그것이 어째서 '좋은 시'인지를 묻는, 더없이 낯익으면서도 늘상 새로운 작업으로 돌아오는 것"[8]이라고 할 때, 우리가 김수영의 음성을 듣게 되는 것은 결코 이상한 일이 아니다. 그들은 공히 시는 "온몸으로 바로 온몸을 밀고 나가는 것"이라는 김수영의 표현을 인용하고 그 명제로 귀착하기에 이른다.

그러나 이러한 대비를 통해 이를 세대 간의 논쟁 일반으로 비약시키는 것은 온당치 못한 일이다. 물론 롤랑 바르트의 후기 저작에서처럼, 문학이란 우리가 문학이라고 배운 것일 뿐일지도 모르며,[9] 그런 면에서 이들이 문학이라고 생각하는 것 역시 어디까지는 일치하고 어디서부턴가는 모습을 달리할 것이다. 하지만 각 세대의 다른 구성원들 간의 관계에 비해 비교적 이들의 관계는 친화적이다. 심지어 동일한 세대의 서로 다른 그룹들보다 더 많은 동질성이 이들 사이에는 존재하고 있다. 넓은 의미에서 이들은 동문수학의 선후배 사이요, 사제 관계이기까지 한 것이다.

이 점은 김수영에 관해서도 마찬가지이다. 최두석이 "이 글을 쓰는 필자의 입장은 시를 논하는 자가 될 수밖에 없지만 그 논리의 바탕에는 시를 쓰는 자이기에 형성된 생각들이 깔려 있을 것"이라면서, "시를 쓰는 자에게 리얼리즘이란 사회현실에 대한 창작적 대응력을 갖추는 문제와 이어지고 시를 논하는 자에게 리얼리즘이란 객관적 현실의 반영이란 관점에서 시를 보는 이론과 관련된다."[10]라고 했을 때, 이 말은 곧 김수영의 번역이라고 해도 별로 지나침이 없을 것이다. 알다시피, "시인은 시를 쓰는 사람이지, 시를 논하는 사람이 아니며, 막상 시를 논하게 되는 때에도 그는 시를 쓰듯이 논해야 할 것"이며, "시를 쓴다는 것-즉 노래-이 시의 형식으로서의 예술성과 동의어가 되고, 시를 논한다는 것이 시의 내용으

---

8) 백낙청, 「시와 리얼리즘에 관한 단상」, 앞의 책, pp.126~128.

9) "Literature is what gets taught : Period." Roland Barthes, "Réflexions sur un manuel" in L'Enseignrment de la littérature(Paris, 1971), p.170. 여기서는 Lionel Gossman, "Literature and education", *Between History and Literature*(Harvard Univ. Press, 1990), p.31에서 재인용함.

10) 최두석, 앞의 글, p.103.

로서의 현실성과 동의어가 된다.”[11]는 것은 김수영의 말이다. 김수영에 대한 이 같은 공유가 없었던들, '온몸의 시학'에서 새로이 시사점을 찾고자 했던 선배 세대들의 논의가 그렇게 선뜻 논쟁의 중심부를 형성하기란 아마도 어려웠을 것이다.[12]

결국 이상에서 보듯, 1990년대 리얼리즘 시 논쟁은 그 자체의 유산 말고도 우리로 하여금 우리 시사의 유산을 되새겨 보도록 하는 결과를 낳았던 셈이다. 역으로 이는 또한 1990년대 리얼리즘 시 논쟁에 대한 정당한 이해를 위해서는 논쟁의 당사자들이 기대고 있는 모델과 그 담론에 대한 상호 이해가 필요함을 말해주고 있는 것이다. 그것은 크게 보아 임화로 대표되는 1930년대 시와 시론에 대한 이해, 그리고 1960년대 김수영의 시와 시론에 대한 이해로 일단 정리될 수 있을 것이다. 향후 리얼리즘 시 논의는 오히려 이러한 역사적 유산에 대한 보다 적극적인 논의로부터 다시 출발함이 옳을 듯하다. 아울러 시를 '쓰는' 쪽에서의 문제의식이 더욱 개발되어야 할 필요가 있을 것 같다. 주목해야 할 것은 이 논쟁의 귀결이 원론적 문제를 제기함으로써 그 출구를 광대히 열어 놓은 듯하지만, 이 상황을 정면 돌파할 원론이 마련되기 어렵다는 점을 어느 정도 공감하고 있는 한, 실제적으로는 논의가 봉쇄되고 있다는 감을 떨치기 어려우며, 더욱이 제반 현실적 이유로 해서 전략적 사고로서의 창작방법론에 대한 논의마저 다소 지루해져 감으로써 당분간은 논의의 활성화를 기대하기 힘든 것이 사실이라는 점이다.

이제 이 글은 1930년대 시론의 유산과 1960년대 김수영 시론의 그것을 1990년대 리얼리즘 시 논쟁의 시점에서 되짚어 보고자 한다. 그런 점에서라면 이 글 역시 한갓 우회에 지나지 않을는지도 모른다. 다만 이러한 방

---

11) 김수영, 「시여, 침을 뱉어라—힘으로서의 시의 존재」, 『김수영 전집2』(민음사, 1981), p.249. 이하 『전집』으로 표기.

12) 여기서 한 가지 짚고 넘어가야 할 것은 김수영의 논리에 최두석의 견해를 대입해 볼 때, 리얼리즘 시를 쓴다는 것은 결국 사회현실에 대한 창작적 대응력, 즉 형식의 문제를 모색하는 것으로 되기가 십상이었던 점이다. 따라서 이것이 시인의 자리를 떠나 리얼리즘 시 일반론으로 해석될 경우, 이를 '형식주의'로 규정하는 황정산의 비평은 피하기 어렵게 마련이다. 황정산, 「'시와 현실주의' 논의의 진전을 위하여」(이은봉 엮음, 앞의 책), p.187.

식의 논의가 오히려 논의의 생산성에 보탬이 되기를 바랄 따름이다.

2. 1930년대 리얼리즘 시론의 유산

백낙청의 올바른 지적대로, "시라는 구성물의 세부사항과 그것이 독자의 심신에 미치는 효력"[13]을 젖혀둔 채 벌어지는 리얼리즘 시론이란 그 자체가 관념주의일 뿐이다. 이 말은 동시에, 비록 그 강조점은 다소 달라진다 하더라도,[14] 독자에 대한 영향력을 떠난 자리에서 리얼리즘 시 논의란 성립하지 않음을 일컫는 것이 되기도 한다. 따라서 1990년대 리얼리즘 시 논쟁이 시 자체의 위기론에서 촉발되었음을 인정할 때, 1930년대 리얼리즘 시론 또한 이른바 대중화론을 배경으로 발생하고 단편서사시라는 이야기시 형식을 쟁점으로 벌어지게 된 사연은 전혀 우연한 일치가 아니었던 것이다. 서사지향성 혹은 서사성의 강화[15]라는 문제의식은 대중으로부터의 시의 소외 현상에서 비롯된 것이기 때문이다. 우리는 이미 논쟁의 과정에서 단편서사시에 대한 충분한 소개를 보았다.[16] 하지만 단편서사시 또는 서사지향의 의의를 검출하기 위해서는 오히려 그 반대편의 논리를 들어 봄이 더욱 효과적이다. 그것은 최두석 등의 문제의식, 즉 그들이 기대는 유산이 어디에 놓여 있는가를 확연히 드러내 줄 터이기 때문이다.

주지하는 바와 같이 1930년대 카프 소장파의 대중화론은 임화의 시에

---

13) 백낙청, 앞의 글, p.128.

14) 백낙청의 강조점은 '구성물의 세부 사항' 쪽에 있는 것이었다. 여기서 그는 시의 형식상 세목들에 대한 관심을 촉구하고 있다.

15) 최두석, 앞의 글, pp.109~111 및 졸고, 「1920~30년대 한국 경향시의 서사지향성 연구」(서울대 석사학위논문, 1987) 참고 바람. 이 논문은 필자의 학문 초기에 이루어진 것일 뿐만 아니라, 학위논문으로서도 당시에는 이른 시기에 다루어진 주제이어서 미숙한 논의가 발견되는 것이 사실이다. '서사지향성'이란 용어도 그 가운데 하나인 바, 이는 1920~30년대 프롤레타리아 시의 추이를 정리하고자 한, 다분히 기술적이고 경험론적인 명명일 따름이었는데, 이에 관해서는 그 후 그 연장선상에서, 혹은 비판적 입장의 논문들에서 많은 검토가 행하여졌다.

16) 윤영천, 앞의 글, pp.207~209.

'단편서사시'라는 명칭을 부여한 장본인인 김기진의 대중화론을 비판하는
자리에서 출발한다. 소장파는 김기진의 대중화론이 대중화해야 할 이데올
로기 및 계급적 원칙을 명확히 하지 못했다는 점, 대중화의 대상을 당이
조직해야 할 광범한 노동자 농민으로 하지 않고 막연한 독자 대중으로 삼
았다는 점에 비판을 가한다.

　이러한 견해는 1929년 5월 동경 무산자사의 간부인 김두용에 의해 이
미 그 윤곽이 드러난 바 있다. 「정치적(政治的) 시각(視覺)에서 본 예술 투쟁
(藝術鬪爭)」[17]이라는 글에서 김두용은 정치투쟁의 외부에서 행해지는 일체
의 예술 투쟁은 관념적(觀念的) 공식주의(公式主義)를 넘어서지 못한다고 보
고 있다. 그에 의하면 진정한 의미의 프롤레타리아 예술은 프롤레타리아
의 생활을 관찰하는 것이 아니라 그들의 생활에 동참하여 정치 투쟁을 하
는 가운데 그 정치 투쟁의 예술적 부면을 담당하는 데에서 나오는 것이므
로 그들의 생활로부터 유리되어 관념적으로 공식에 따라 제작된 작품을
가지고 노동대중을 아지프로하고자 했던 종래의 예술 투쟁은 종식되지 않
으면 안 된다는 것이다.

　여기서 우리의 관심을 끄는 것은 볼셰비키적 대중화론에 있어 예술의
형식문제에 관한 그들의 견해이다. 김두용은 미술에 있어서는 '포스타, 만
화, 캇트' 등을 권장하고 있고, 문학에서는 적포탄(赤砲彈)의 <메-데-는
준비되었느냐>와 전맹(全猛)의 <잇디 말어라>를 예로 들어, 이들은 "삐라
적이며 생활감정이 박약하나 오히려 선전선동적이어서 혁명적 노동자 농
민에게 환영받을 것"이라고 쓰고 있다. 이쯤 되면 우리는 팔봉의 대중화
론과 볼셰비키 대중화론에 있어 가장 큰 차이 중의 하나가 곧 대중화의
대상에 관한 것임을 알 수 있다. 일반대중과 혁명적 대중, '있는 대중'과
'있어야 할 대중'의 차이가 그것이다.

　권환 또한 '있어야 할 대중'을 향한 선상에 위치한다. 예술은 당(黨)의
이념(理念)을 전달하는 것에 그 존재의의가 있다고 파악하고, 완결된 예술
형식보다는 대중이 감동받기 쉬운, 그들의 수준에 적합한 단순한 형식을

---

17) 김두용, 「정치적 시각에서 본 예술투쟁」, 『무산자』, 1929. 5.

취해야 한다고 역설하면서 "투쟁·르포, 세계정세의 수집·설명하는 간명한 문예형식"18)을 높이 평가하고 있는 것이다.

계급적 필요의 집중적 표현이 정치이고 정치의 집중적 표현이 슬로건이며 예술은 이 같은 슬로건과 결부되어야 한다고 파악하는 권환이나 김두용 등이 이같이 직접적으로 아지프로적인 형식에 호소할 수밖에 없었던 것은 어찌 보면 당연한 귀결이라 할 수도 있을 것이다.

그러나 선동 선전이 필요하다는 것과 그것을 문학으로 대치하거나 문학이 그것을 대치해야 한다는 것은 전혀 다른 문제이다. 아지프로 시 형식은 문학예술의 고유한 특성과 그에서 비롯되는 고유한 임무를 망각한, 정치적 급진성의 소산에 지나지 않는다.

물론 아지프로시는 시사적(時事的)인 사건을 표출해내는 데에 발이 빠른 장점을 갖추게 된다. 더구나 이런 형식은 대상과의 거리가 부족한 독백적 표현 양식의 서정시적 경향에 대해, 대상과의 일정한 거리를 두고 묘사하는 어느 정도의 객관성을 띨 수도 있었다. 그러나 그 객관성이라 하는 것이 집단 속의 구체적 전형적인 개인의 형상화로 이룩되지 못하고 한갓 개념전달의 수준으로 떨어질 때 독자에의 감염과 교화는 기대되기 힘들다.

이렇듯 현실이 매개되지 않은 미래에의 지향이 보일 때 전망의 과장이 일어난다. 이는 토대가 되는 이론과 일상생활, 일상적인 정치활동의 필요성 사이의 복잡한 관계를 변증법적 관계로 파악하지 못하고, 마르크스주의를 직접적으로 실천적 일상적 문제에 적용할 때 발생한다. 그 결과 전망과 현실의 조정자적(調整者的) 요소를 무시하고 그릇되게 단순화할 경우 개별적 사실을 전체적인 연관 속에서 볼 수 없게 되며 문학은 추상적 진리를 해설하는 존재로 되고 만다. 아울러 이러한 경향은 현실 분석, 선전, 선동의 올바른 관계를 역전시켜 선동이 문학을 규제하는 원리, 선전과 현실 분석의 지침이 되어버리기까지 하는 것이다.

권환의 아지프로시가 갖는 이 같은 양면성은 임화의 단편서사시가 갖는 장단점을 뒤집어 놓은 형국이라 할 수 있다. 단편서사시의 이야기성이

---

18) 권환, 「조선예술운동의 구체적 과정」, 『중외일보』, 1930. 9. 12.

시의 소외를 극복하고 대중화를 획득하기 위한 수단이 될 수 있는 근거는, 그것이 객관적 흥미를 가진 사건에 기초할 때만이 가능한 것이었다. 즉 청자로 하여금 이야기 속에 살게 하고 인물들과 함께 느끼게 하고 인물들의 모험을 대리 경험토록 함으로써 이야기가 서술자와 청자 사이에 살아 있어야 했던 것이다. 그러나 단편서사시는 어느 정도 서사시의 길을 개진하고 있었음에도 불구하고 그 스토리의 단순성으로 말미암아 충분한 서사적 공간이 확보되지 못하였었다. 즉 시에다 사건적 소설적 소재를 도입한 점이 인정된다 하더라도 그것은 그 소재 자체에 대한 인식을 전해주기 위해 설정된 것이라기보다는 오히려 작품의 서정성을 강화시키기 위한 방향, 정서 유발에 필요한 일반적 공감대의 형성을 위한 장치로 기울어져만 갔던 것이다. 따라서 텍스트 지향성보다는 화자의 표현기능을 추구하게 되고 그나마 감정의 전형성을 유지해내지 못한 채 감상성으로 떨어질 위험을 내포하게 되었던 것으로서, 혁명성 고조의 문제가 부각되면서는 결국 이 양식을 포기하는, 자기비판의 길을 걸어갈 수밖에 없었던 셈이다.

최두석과 그의 세대들이 기대고 있던 지점이 바로 여기이다. 그들은 두 개의 극복을 준비해야 했다. 권환 등의 '뼈다귀 시'뿐만 아니라 임화 등의 '단편서사시' 또한 그들의 극복대상이었던 것이다. 그들이 이용악이나 김상훈에 주목하고 있는 것이 그 대표적 증좌라 할 수 있다. 말하자면, 그들은 이러한 역사적 유산을 전범(典範)으로 삼는 것이었는데, 이는 어떠한 논의보다 더 구체성과 실천성을 담보하는 것이라 확신했던 것이다. 따라서 이 점을 이해하지 않고서는 그 논의의 유효성을 이해할 수가 없는 법이다. 다시 말해 그들 입장에선 자신들의 논의가 역사적 유산에 대한 비판적 이해로부터, 즉 이른바 목적의식성뿐만 아니라 작품성 또한 충분히 고려해야 한다는 인식으로부터 이루어진 소산이라 할진댄, 반면 논쟁의 과정은 점차 이러한 논의의 전통과 직접적으로 관계되지 않는 방향으로 흘러갔다고 할 수 있는 것이다.

이러한 논쟁의 비교에는 다소간 흥미로운 구석이 있다. 범박하게 비유해서 최두석의 이야기시론이 임화를 의식한 가운데 이루어진 것이라면, 정작 그 상대자여야 할 권환은 1990년대에는 부재해 있는 형편이었던 것이다. 한 번 더 비유하건대, '권환 류의 시'는 이전에 존재했지만, '권환 류의 주장'은 설 자리를 이미 잃고 있었던 것, 여기서 1990년대의 논쟁은 1930년대의 단순 순환을 벗어나고 있었던 것이다.

논쟁의 상대방들은 단형 서정시를 주장했다. 그러나 양쪽 모두 '권환 류'를 비판하는 점에선 일치했다. 그러니 '권환 류'의 극복으로 '임화'를 상정한 최두석의 논의는 그 의의가 삭감될 수밖에 없는 처지에 놓이고 말았던 것이다. 또한 '권환 류'의 극복으로서 현실에 대응하는 전략적 문제 제기의 의미를 지녔던 이야기시라는 시 '형식'의 문제가 시 '원론'의 견지에서 다루어지게 되고, 아울러 자신의 창작방법으로서의 문제가 리얼리즘 시 일반에 관한 것으로 전치되었을 뿐만 아니라, 끝내는 '시를 쓰는 일'이 아닌 '시를 논하는 일'로 논쟁이 진행되어 갔기에, 최두석으로서는 기대했던 논쟁의 성과를 거두기가 어렵게 되었을 법하다. 그로서는 논쟁이 의외의 방향으로 흘러간다는 생각이 들었을지도 모른다.

하지만 그들도 과거 역사에서 놓치고 있는 부분이 적지만은 않은 듯하다. 가령 권환은 과거의 시들이 너무도 구체성이 없는 추상적 시, 그저 '막연한 명일(明日)의 동경(憧憬)'으로만 이루어져 '서사시의 길로'라는 말이 제창된 듯하다고 그 배경을 설명한 뒤,19) 그러나 반드시 서사라야만 구체성을 가진 시가 되는 건 아니라는 것, 즉 "어떤 사실을 소설적으로 서사적으로 순서 있게 서술치 않더래도 그 사실이 구체적 사실인 이상 그것으로 인하야 일어나는 감정―비록 폭발적이라도―을 표현하는 시는 얼마든지 구체적인 것"이라 주장하기도 하였던 바, 이에 주목하였더라면, 리얼리즘 시 논쟁에서 더욱 변증법적인 대화가 가능했으리라 판단되는 것이다.

권환과 임화는 적대적 대립 관계가 아니었다. 단지 권환은 "같은 서사에도 어떤 서사인가가 보다 중요한" 것이고, "센티멘탈한 동정심"보다는 "강렬한 ××(혁명―인용자)적 고취"가 더 소중한 것으로 되는 법이라 하였을 뿐이다. 그 또한 "아지프로할 만한 서사이라도 표현방식의 여하에 의하여" 효과가 좌우되리라는 것만은 틀림없이 알고 있었다. 다만 "시란 가

---

19) 이하 권환의 논의는 「시평과 시론」(『대조』, 1930. 6)을 참고할 것.

장 단축(短促)하고 간약(簡約)한 말 가운데 가장 강렬한 감정을 담아 그것을 다른 대중에게 전달 취입 ××시킬 수 있는 것"인데 "조선 대중의 수준상 보다 더 대중화시키기 전에는 아지프로 역할 이행이 불가"하기 때문에, 시의 비속화(卑俗化)와는 구분되는 의미에서, 보다 노동대중의 수준에 맞는 시의 대중화(大衆化)가 필요하다고 하였던 것이다.

비록 그 방향성은 다르지만 이러한 측면에 더 천착하였더라면, 1930년대 논쟁으로부터 유산을 획득한 최두석 등의 논의는 훨씬 더 세련되었을 가능성이 크다. 즉 권환을 다룰 때 그것을 단지 완결된 문제로 처리할 것이 아니라, 그가 제기했던 단형 서정시의 문제에서 더욱 적극적인 의의를 검토했더라면, 논쟁을 더 풍부하게 이끌 수 있었으리라는 것이다. 어쩌면 그로서는 다소 급했는지도 모른다. 1980년대를 돌아 나오는 시점에서 부닥친 민족문학 위기론에는 사실상 다음과 같은 목소리가 여전히 들려오고 있었기 때문이다.

> 시가 예술의 한 범주라고 할 때 일리치의 이 말에는 시의 원리가 밝혀져 있습니다. 그것은 대중성의 원리입니다. 이것을 혁명과의 관계에서 고찰하면, 시에 있어서 대중성이란 시가 혁명의 편에 서서 대중의 이익을 옹호한다는 뜻입니다. 그것은 대중의 생활현실과 투쟁을 당파성의 원리에 입각해서 표현함으로써 가능합니다. 그것은 대중에 의해 쉽게 이해되고 사랑받음으로써, 대중의 감정과 사고와 의지를 혁명적으로 통일시켜 주고 고양시켜 줌으로써 혁명을 이데올로기적으로 도와주는 것입니다.[20]

여기서 김남주가 말하는 대중성이란 계급적인 개념임과 동시에 전투적인 개념이다. 특히 전투적인 개념으로서의 시의 대중성은 대중으로 하여금 진취적이고 혁명적인 정서를 배양하도록 하는 것을 의미한다. 그래서 시는 생활의 궁핍과 고달픔에서 오는 대중의 자포자기적인 감정의 산물인 푸념과 넋두리 따위를 대중의 정서에서 없애야 할 뿐만 아니라 그 대신 대중들이 가지고 있는 다른 감정, 다른 정서를 주도적으로 표현하고, 그것

---

20) 김남주, 「시는 혁명을 이데올로기적으로 준비하는 문학적 수단」(윤여탁 편, 『나의 시, 나의 시학』, 공동체, 1992), p.59.

을 다른 방향으로, 즉 대중의 진보적이고 전투적인 측면으로 유도, 고양시켜야 하는 것이며, 이런 의미에서 시는 투쟁을 호소하는 나팔소리가 되어야 한다는 것이다. 시가 계급적이고 전투적이어야 하는 이유는 매우 명쾌하다. 그것은 혁명 자체가 그러하기 때문이라는 것이다. 시를 시인의 소유로 바라보는 것이 아니라 철저히 독자 쪽으로 규정하는 이 태도는 문학을 오로지 인민에게 복무하는 것으로 볼 때만 가능한 것이다. 그러고 보면 대중성의 기준은 해당 작품 자체의 장절(章節) 속에서만 탐색할 것이 아니라 그 작품이 대중에게 미치는 긍정적 영향의 결과에서 판단해야 할 것으로 된다.

한편 그가 시의 형식문제에 관해 제출했던 기본사항은 다음과 같다. 시의 형식은 민족적 형식을 취해야 한다는 것, 이와 관련해서 시는 또한 민족적 정서와 문화유산, 사고와 관습 등을 비판적인 자세로 수용하여야 한다는 것이 그 첫째이다. 둘째는 긴장과 압축을 잃어서는 안 되겠다는 것, 그래서 혁명의 적과 혁명의 원동력인 노동대중의 관계에 대한 전략적인 고려에서, 구체적으로 말하면, 혁명의 적의 노동대중에 대한 착취와 탄압의 강도, 그리고 노동대중의 궁핍과 여가 시간의 부족을 고려해서 시는 가능하면 짧아야 한다는 것, 요컨대 시는 촌철살인의 풍자여야 하고 백병전의 단도여야 하고, 밤에 써서 붙였다가 아침에 떨어지는 벽시여야 하고, 치고 달리는 유격전의 형식이어야 한다는 것이다. 셋째는 시의 난이도 문제로서, 글의 이해의 난이도는 반드시 표현 기법의 다름이나 문장의 장단에만 있는 것이 아니라는 것, 그러므로 반드시 상투적이고 일상적인 말투나 어법을 고집할 필요는 없고, 대중은 자기의 계급적 이해관계를 다루는 글이면 표현 기법이 조금 낯설고 문장 구성이 복잡하여도 어렵지 않게 이해하리라는 것이다. 요컨대 그가 제기한 시의 형식 문제는, 시는 대중에게 긍정적 영향력을 끼쳐야 한다는 대원칙에서 비롯되어 나타난 것이며, 그것을 통해 시를 진정 대중의 것으로 만들고자 하는 성실한 노력의 일환이었다는 점에서 사실은 대단히 지적인 통제 전략이었던 것이다. 김남주가 생각하는 작품성이란 오히려 작품 너머에 존재하고 있다. 그것은 곧 대중에의 영향력이다.

그런데 이상에서 우리는 또다시 1930년대 리얼리즘 시 논쟁의 한 목소리를 듣게 된다. 이번에도 역시 이러한 원칙론에 대해 가해진 비판은—1990년대에나 가능한 비판이었긴 하지만, 거의 예외 없이 구체적 형상화의 문제에 가해졌다. 하지만 김남주에게 중요한 것은 전술의 다양성이었을 따름이다. 그의 시가 취한 주된 전술 가운데 하나가 풍자라는 것이었고, 그때 풍자는 현실을 돌려 말하는 형식이나 기법 정도를 가리키지 않는다. 오히려 풍자적 현실의 적확한 반영과 폭로에 가깝다는 점에서 그것 역시 시적 리얼리즘의 한 성취로 기록되어야 할 것이다. 물론 그것은 그가 옥중에서 시를 써야 했던 조건을 고려해 볼 때, 현실의 풍부하고도 구체적인 반영 문제로부터 비교적 자유로울 수 있었던, 그러면서도 정확성을 유지할 수 있었던 확실한 방법 가운데 하나였다고 볼 수도 있을 것이다. 그의 다음 시들을 보도록 하자.

> 그리하여 학식과 덕망이 / 선착으로 통대에 당선되어 / 서울에 가 체육관에 가 99% 찬성으로 / 박통인가 전통인가를 대통령으로 뽑아내니 / 고무신 한 켤레 값으로 막걸리 한 사발 값으로 선달이와 그 마누라는 / 대통령이 친애하는 국민 여러분이 되었다네 / 어절씨구 좋아라 밤샌 줄도 모르고 / 선달이와 그 마누라는 / 아랫목 뜨뜻한 방에서 떡방아를 찧었다네.
>
> • • • 김남주, 〈친애하는 국민 여러분〉 일부

> 전쟁이 터지고 나는 / 쌈터로 끌려갔다 / 앞장 세워져 맨 앞 부자들의 총알받이가 되었고 / 사람들은 그런 나를 두고 / 나라 국경 지키는 용사라 했다 //
>
> 쌈질이 끝나고 고향은 쑥밭이 되고 / 나는 건설대로 끌려 갔다 / 소나 말이 되어 게거품을 흘렸고 / 사람들은 그런 나를 두고 / 나라살림 일으키는 역군이라 했다 //
>
> 겨울이 오고 한파가 밀어닥치고 / 굶주림과 추위 혹사에는 더는 못견뎌 / 에헤라 가더라도 내일 삼수갑산 들고 일어섰다 / 그러자 이번에는 감옥으로 끌려갔고 / 사람들은 그런 나를 두고 / 나라 팔아먹은 역적이라 했다. //
>
> • • • 김남주, 〈읽을 줄도 쓸 줄도 모르는 어느 백성 이야기〉 일부

대중들은 '친애하는 국민 여러분'으로, '용사'로, '역군'으로 호출(呼出)된다. 이러한 호출을 통해 구성된 주체들, 가령 '선달이와 그 마누라'는 자신들에게 주어지는 이미지에 자유롭게 동의하는 '착한 주체'들이라 할 수 있다. 이러한 지배이데올로기 실천은 계속해서 대중들을 지배하고 대중 각자가 무엇보다도 '역적'으로 호출되기까지는 자기 자신의 정체성을 소유하고 있는, 자유롭고 책임 있는 주체라고 주장하게 되는 것이다. 시인은 앞질러 이 담론의 이데올로기를 폭로하고자 한다. 그것은 교묘하기에 더욱 폭로되어야 한다. 우리는 누구나 이 시의 결정적 풍자 대상이 '선달이와 그 마누라'가 아님을 안다. 그들이야말로 사실은 개인화를 통한 지배 등, 온갖 절차를 통해 지배 규범에 종속되도록 구성된 존재들이다. 현실에 대한 일정한 지식을 내면화시키도록 강요하는 권력의 힘, 이를테면 학교 교육 같은 것이 그 대표적 규율이라 할 만하다. 시인은 이제 독자 대중들이 '나쁜 주체'가 되기를 희망하고 있는 것이다.

여기서 우리는 앞서 거론한 바 있는 권환 또한 풍자시에 집중한 바 있음에 유념할 필요가 있다. 그것은 우연이라기보다는 시가 '가장 단촉하고 간약한 말 가운데 가장 강렬한 감정을 담아 그것을 다른 대중에게 전달 취입시킬 수 있는 것'으로, '대중의 진보적이고 전투적인 측면으로 유도, 고양시켜야 하는 것'으로 여겨질 때 도달하는 자연스런 방식임에 연유한다. 그와 동시에 우리는 김남주 역시 다음과 같은 단서를 달고 있음에 또한 주목하게 된다. "물론 이것은 적의 탄압이 최악의 상태일 때이고 혁명적 분위기가 최고의 절정에 달하는 때입니다. 혁명의 퇴조기, 침체기, 준비기에는 또 그에 상응하는 시의 형태가 있겠습니다."

하지만 김남주 또한 '혁명의 퇴조기'에 상응하는 시의 형태가 무엇인지는 보여주질 못하고 말았다. 그리고 최두석의 이야기시론은 김남주의 시론을 포괄하지 못한다. 그런 의미에서 권환의 교술적 시와 임화의 단편서사시가 넓은 의미에서의 이야기성을 전제로 할 때 분명한 구분이 어렵듯 김남주의 위 시들도 이야기성을 내포한다 할 텐데, 고로 최두석의 시론은 더 큰 변증법적 발전과 더 명확한 개념화의 길을 남겨 두고 있는 셈이라 할 것이다. 그런데 논쟁은 바로 그 시점에서 멈춰 서고 말았다.

시의 리얼리즘 문제가 현실 및 현실 대중의 성장과 밀접한 관련을 맺고 있음은 상식에 속한다. 1930년대의 '있어야 할 대중'이 1980년대에는 '있는 대중'이 되었다. 바로 그 점에 1930년대 논의와 차별점이 놓이게 된다. 그러나 1980년대 후반에 접어들면서 '전망'이 사라지게 되었을 때, 그와 함께 동시 퇴장의 운명에 먼저 놓이게 되었던 것이 곧 '저질의 민중시'[21]들이었다. 1990년대 리얼리즘 시 논쟁은 그래서 '민족민중시 계열의 문학적 작업이 어떤 심각한 한계에 직면해 있음을 인정하는 자기반성적 노력의 하나'[22]로 이해되고, 민족민중시에 일종의 채찍질로 작용한 것으로 평가된다.

하지만 이미 문학사적 유산에 대한 일정한 반성에서 출발하고 그로부터 그 대안을 획득하고자 했던 최두석의 창작방법으로서의 정당한 문제제기가 희석되어 가면서, 논쟁은 1960년대 김수영에 의해 제출된 바 있던 '온몸의 시학'으로 정리되기에 이르렀던 것, 다시 말해 아직껏 우리 시사에는 김수영의 시론 이상의 것이 제출된 적이 없다는 결과에 이르고 말았던 것이다. 그러면서도 가장 본질적인 작업이어야 할, 창작적 측면에서의 김수영 시론에 대한 본격적인 접근은 이루어지질 못했다. 그의 시론이 한갓 수사학으로 떨어지지 않기 위해서 이번엔 결국 시인으로서의 그의 시론에 대한 검토를 행하지 않으면 안 될 차례인 것이다.

3. 1960년대 김수영 시론의 재해석

시인 김수영의 용어로 하면, 문학은 온몸으로 하는 것이라는 말이겠지요. 여기서 온몸이라고 하는 것은 물론 이 껍데기 육신을 말하는 것일 리 없습니다. 단순한 두뇌작용도, 성실하고자 하는 의지도, 실존적인 선택도 모두 문학적 진정성에 이르기 위해서는 아직 부족합니다. 그야말로 온몸,

---

21) 윤영천, 앞의 글, p.206.
22) 김종철, 「인간, 흙, 상상력」, p.132.

온 마음으로 전 인격이 투입됨으로써만, 그래서 상투적인 윤리나 세계관을 넘어서는 진실이 드러날 때, 문학은 비로소 진정한 것이 되고 설득력을 갖게 되는 것이라고 할 수 있습니다.[23]

김종철의 이 말은 김수영에 대한 일반적 이해를 대표한다. 이는 김수영이 "'머리'로 하는 것이 아니고, '심장'으로 하는 것도 아니고, '몸'으로 하는 것이다. '온몸'으로 밀고 나가는 것이다. 정확하게 말하자면, 온몸으로 동시에 밀고 나가는 것이다."라고 토를 달아준 바에 따른 온당한 해석일 것이다.

그럼에도 불구하고 그냥 이대로라면 김수영의 이 말은 지나칠 정도로 온당한 것이 될 뿐이다. 여하튼 김수영은 왜 이리도 온당한 말을 해야 했을까. 그리고 1990년대 리얼리즘 시 논쟁에서 선배 비평가들이 김수영을 떠올린 것이 과연 그 온당함 자체 때문이었을까. 그들이 김수영을 통해 정작 말하고자 했던 것, 혹은 그들도 의식하지 못한 가운데 말하게 되었던 것은 무엇일까.

먼저 우리는 김수영의 이 말이 '시를 쓴다는 것', 곧 시작(詩作)에 해당되는 말이라는 것에 유념해야 한다. 아울러 그가 이 말 뒤에 붙인 다음 구절에 주목할 필요가 있다 : "그런데 시의 사변에서 볼 때, 이러한 온몸에 의한 온몸의 이행이 사랑이라는 것을 알게 되고, 그것이 바로 시의 형식이라는 것을 알게 된다."[24]

그가 말하는 '사랑'이 무엇인지는 다소 분명치 않다. 시를 쓰는 데 있어 사랑이란 무엇을 말하는가. 이때 우리는 '사랑'의 함축적 의미에 대립하는 것으로서 '배제'나 '압제'를 떠올려 봄 직하다.[25] 따라서 그의 말대로 맞

---

23) 김종철, 앞의 글, p.145.

24) 김수영, 앞의 글, p.250.

25) 김수영에게 있어 '사랑'은 '혼란'과 동의어며, 그것은 곧 비구속성을 가리키는 것 같다. 다음 대목은 그런 점에서 유의미한 부분이다. "그리고 보면 <혼란>이 없는 시멘트회사나 발전소의 건설은, 시멘트회사나 발전소가 없는 혼란보다 조금도 나을 게 없는 것 같은 생각이 든다. 이러한 자유와 사랑의 동의어로서의 <혼란>의 향수가 문화의 세계에서 싹트고 있다는 것은, 그것이 아무리 미미한 징조에 불과한 것이라 하더라도, 지극히 중대한 일이다." 앞의 글, p.253.

취 보자면 '머리'든가, '심장'이든가, 혹은 다른 무엇이든가 간에, 시를 씀에 있어 다른 여하한 목적을 위해 그 무언가를 배제한다는 것은 곧 사랑 혹은 혼란의 원칙에서 어긋나는 일이라는 의미로 된다.

또한 시를 쓴다는 것은 결국은 시의 형식을 쓰는 일일 수밖에 없다. 그런데 그는 "시를 쓴다는 것—즉 노래—이 시의 형식으로서의 예술성과 동의어가 되고, 시를 논한다는 것이 시의 내용으로서의 현실성과 동의어가 된다는 것"26)이라 하였으니, 그렇다면, 단순논리로 말하자면, 이 말은 시를 쓰는 입장에서, 형식의 입장에서, 곧 예술성을 지향하는 입장에서, 일체의 목적의식성이란 배제되어야 한다는 의미로 비교적 선명히 풀이될 수 있다. 바로 여기에 김수영의 온당함이 자리 잡고 있었던 것이며, 김수영을 통해 1990년대 선배 비평가들이 은연중에 드러내고 있는 비판 의식이 발견되는 것이다. 하지만 아직도 우리는 왜 이렇듯 온당한 말을 해야 하는가에 대한 해답은 발견하지 못한 셈이다. 더구나 미리 말해두자면 그 해답을 찾아감에 따라 이 해석의 선명함은 그리 단순한 것이 아님을 알게 될 것이다.

논의의 편의를 위해 우선 「시여, 침을 뱉어라」의 그 다음 내용을 정리해 두는 것이 낫겠다. 그것은 다음과 같이 요약될 수 있다.

시를 논한다는 것은 현실성의 편에 서는 것으로 곧 산문의 의미이고, 모험의 의미라는 것, 그리고 그것은 세계(世界)의 개진(開陳)이라는 것, 예술성의 편에서는 하나의 시작품은 자기의 전부이고, 산문의 편, 즉 현실성의 편에서도 하나의 작품은 자기의 전부이며, 시의 본질은 이러한 개진(開陳)과 은폐(隱蔽)의, 세계(世界)와 대지(大地)의 양극의 긴장 위에 서있다는 것, 그런데 "내용의 면에서 완전한 자유를 누리고 있다."라는 말은 사실은 '형식'이 하는 혼잣말로서 이 말은 밖에 대고 해서는 아니 될 말이며, '내용'은 언제나 밖에다 대고 "너무나 많은 자유가 없다."라는 말을 해야 한다는 것, 그래야지만 "너무나 많은 자유가 있다."는 형식을 정복할 수 있고, 그때에 비로소 하나의 작품이 간신히 성립된다는 것, 그리고 이런 기

---

26) 앞의 글, p.249.

적이 한편의 시를 이루고, 그러한 시의 축적이 진정한 민족의 역사의 기점이 되는 바, 그런 의미에서는 참여시의 효용성을 신용하는 사람의 한 사람이라는 것.

이상에서 보듯 실상 김수영은 시의 본질적 존재성 혹은 존재 이유를 형식과 내용, 대지와 세계, 예술성과 현실성의 긴장 위에서 올바르게 파악하고 있었다. 핵심은 긴장(緊張)이라는 단어에 놓여 있다. 따라서 이것은 예술성이나 현실성의 일방 강조가 아닌, 순수시론도 참여시론도 아닌, 시론 그 자체일 따름인 것이다. 예술성과 현실성, 형식과 내용, 시와 산문이 긴장을 거쳐 이루어내는 기적으로 한 편의 시가 이루어진다는 것, 논리 범주 상의 오해를 피하기 위해 다시 설명하자면, 예술성으로서의 시만으로는 진정한 시가 이루어지지 않는다는 것, 또한 산문성, 현실성만으로도 진정한 시가 이루어지지는 않는다는 것이 그의 시론의 요체인 것이다. 다만 이 양날을 가진 칼이 어느 쪽을 향하느냐에 따라 쟁론상의 무게중심이 변할 따름인 것이다.

앞서 필자는 1990년대 리얼리즘 시 논쟁에 있어 김수영적 전통은 선후배 세대 간에 공유하는 것이라고 지적하였던 바, 하지만 그 무게중심이 각기 어디에 놓이는지는 다소간 의문스럽다. 그것은 과연 일치하는가. 그렇지 않은 것 같다.

선배들은 혹여 후배들의 논의에서 산문성, 곧 현실성으로의 경사 현상을 발견하였던 것이 아니었겠는가. 그것이 비록, 그야말로 긴장을 거치지 않은 왜곡된 예술성에 대한 반발과 반성으로부터 전개되어 온 역사라 하더라도, 어느 시점에서 역으로 긴장을 상실해 가지 않았는가 하는 비판을 선배들은 제기하고 있었던 것이다.

그 비판은 타당하다. 예술적 창조는 이념을 확립하기 위한 투쟁이 아니라 관념과 실체 및 보편 개념으로 인해 사물이 은폐되지 못하도록 하는 투쟁이기 때문이다. 하지만 선언적 의미로서의 긴장이란 말이 능사가 될 수는 없다. 긴장이란 어느 쪽으로부터 일어나고 있는가 하는 문제야말로 본질에 어울린다. 예술성 반, 현실성 반은 이미 긴장이 아니기 때문이다.

긴장은 일단 현실성으로부터 온다. 김수영의 말대로라면 자유가 없는 쪽은 현실성이기 때문이다. 최두석이 형식 문제를 제기했다는 것부터가 그만큼 그가 현실성의 측면에서 자유가 부족했음을 토로한 것, 다시 말해 새로운 긴장의 요구를 내비친 것이라 할 수 있다. 그라면, 김수영의 다음과 같은 말에서 커다란 공감을 갖고 있었을 것이다 : "나는 소설을 쓰는 마음으로 시를 쓰고 있다. 그만큼 많은 산문을 도입하고 있고 내용의 면에서 완전한 자유를 누리고 있다. 그러면서도 자유가 없다. 너무나 많은 자유가 있고, 너무나 많은 자유가 없다."[27]

그러므로 여기까지의 김수영만으로는 우리가 제기한 문제의 해결을 볼 성싶지 않다. 김수영의 무게중심은 어디에 있었을까. 김수영은 일단 모호한 태도를 보인다. 하지만 앞서 요약한 김수영의 글 마지막 부분 가운데 '그런 의미에서는'이란 한정어에서 보듯, 그는 참여시로써 참여 시인이 되고자 했던 것이 아니라 시로써 참여한다는 의미에서의 참여 시인을 신용하였을 따름임을 알 수가 있다. 그가 "참여시의 옹호자라는 달갑지 않은, 분에 넘치는 호칭을 받고 있다."[28]라고 자조어린 표정을 지어야 했던 것 역시 같은 맥락에서라 할 것이다.

사실 그는 이 시론을 남기기 훨씬 전부터 이미 그런 조짐을 보인 바 있다. 1961년 4월 14일 그의 일기를 보면 <4·19시(四·一九詩)>를 쓰고 난 후, "소위 행사시를 본격적으로 쓰기는 이것이 난생 처음"이라면서 이런 것은 "다 아무것도 아니다. 정말 문학을 해야겠다. 생활에 여유와 윤택을 가져야겠다는 것을 진심으로 느낀다."[29]라는 고백이 발견된다. 이처럼, 혁명이 가져온 자기 시의 변모에 대해 그는 내심 불만이 많았던 것으로 보인다.

그런 점에서 그가 「시여, 침을 뱉어라」에서 시의 본질을 세계와 대지의 양극의 긴장 위에 서있는 것이라고 한 뒤에 바로 이어 "여기에서 중요한 것은 시의 예술성이 무의식적이라는 것"이라고 한 것은 쉽사리 지나칠 부분이 아니다. 그것은 혁명이 가져온 목적의식성, 그 강박으로부터 '여유와

---

27) 앞의 글, p.251.
28) 앞의 글, p.250.
29) 김수영, 『전집』, p.344.

윤택'을 얻고자 한 뒤에 발견하게 된 창작상의 비밀과 연결되는 것이기 때문이다. 하지만 그는 "이 시론은 아직도 시로서의 충격을 못 주고 있는 것이다. 그 이유는 여직까지의 자유의 서술이 자유의 서술로 그치고, 자유의 이행을 하지 못한 데에 있다."고 했다. 따라서 이 점을 설명하기 위해서는 우린 다시 그의 「반시론(反詩論)」을 검토해야만 한다. 「반시론」은 그가 어느 정도의 자유의 이행을 실천한 뒤에 남긴 창작상의 비밀을 드러내고 있는 것으로 보이기 때문이다. 먼저 그 글의 몇 대목을 인용해 보자.

① 이제는 애를 써서 책을 읽으려고 하지 않는다. 책을 안 읽는다는 것은 거짓말이지만, 책이 선두가 아니다. 작품이 선두다. 시라는 선취자가 없으면 그 뒤의 사색의 행렬이 따르지 않는다. 그러니까 어떤 고생을 하든지 간에 시가 나와야 한다. 그리고 책이 그 뒤의 정리를 하고 나의 시의 위치를 선사해준다. 정신에 여유가 생기면, 정신이 살이 찌면 목의 심줄에 경화증이 생긴다. (중략) 하는 수 없이 경화증에 걸린 채로 시를 썼다. 배부른 시다. 그것이 <라디오 계(界)>라는 작품이었다. 그 후 <먼지>, <성(性)>, <미인(美人)> 등의 3편을 썼는데 아직도 경화증은 풀리지 않고 있다. 만성경화증인 모양이다. 이대로 나가면 부르좌의 손색없는 시도 쓸 수 있을 것 같다.

② 여편네의 친구들 중에는 상류사회의 레이디나 매담들이 많다. 그중에서도 졸작 「미인(美人)」의 주인공은 그중 세련된 교양 있는 미인이라고 해서 같이 회식을 하러 갔다. 과연 미인이다. 나는 미인을 경멸하는 좋지 못한 습성이 뿌리깊이 박혀 있는데, 이 Y여사는 여간 인상이 좋지 않다. 여유 위에 여유를 넓히려고 활짝 열어놓은 마음의 창문에 때 아닌 훈기가 불어 들어온 셈이다. 우리들은 화식집 2층의 아늑한 방에 앉아 조용히 세상애기를 하고 있었는데 Y여사는 내가 피운 담배연기가 자욱해지자 살며시 북창문을 열어준다. 그것을 보고 내가 일어나서 창문을 조금 더 열어놓았다. 그때에는 물론 담배연기가 미안해서 더 열어놓았다. 집에 와서 그날 밤에 나는 그 들창문을 열던 생각이 문득 나고 그것이 실마리가 돼서 7행의 단시(短詩)를 단숨에 썼다.
이 작품을 쓰고 나서, 나는 노상 그러하듯이 조용히 운산(運算)을 해

본다. 그리고 내가 창을 연 것은 담배 연기 때문이 아니라 그녀의 천사 같은 훈기를 내보내려고 연 것이라는 것을 알았다. 됐다! 이 작품은 합격이다. 창문…담배·연기…바람 그렇다, 바람. 내 머리에는 릴케의 유명한 <올페우스에 바치는 송가(頌歌)>의 제3장이 떠오른다.

참다운 노래가 나오는 것은 다른 입김이다.
아무것도 바라지 않는 입김. 신의 안을 불고 가는 입김.
바람.

또한 하이데거의 「릴케론」속에 인용된, 요한 고트프리드 헤르더의 「인류의 역사철학적 고찰」에서 따온 다음의 문구가 밀어(密語)처럼 울린다.

이 글은 스타일리스트로서의 김수영이 때론 약간의 경박기마저 느끼게 할 정도로 '혼란'을 불러일으키는 글이다. 하지만 그 '혼란'은 매우 의식적인 것이어서, 어느 면에선 치밀함을 엿보이게도 한다.

이 글에서 ①과 ②는 서로 연결해서 읽을 수 있게끔 그 관계가 명시적으로 드러나 있지가 않다. 하지만 ②가 ①의 부연인가 하면, ①이 ②의 부연이 되기도 한다. ①에서 그가 말하고 있는 바는 작품이 먼저이고 책이 나중이라는 것, 하지만 작품이 있고 난 연후에 시의 위치를 선사해 주는 것이 또한 책이라는 것으로 요약될 수 있다. 그것은 ②에서 보듯 <미인(美人)>이 먼저이고 릴케, 또는 하이데거나 헤르더가 나중이라는 얘기와 똑같은 말이 된다.

그러나 사실 그는 같은 글 안에서 "요즘의 강적은 하이데거의 「릴케론(論)」이다. 이 논문의 일역판을 거의 안 보고 외울 만큼 샅샅이 진단해 보았다."라고 하고 있으며, 글의 말미 부분에선 "나는 아까 <이제는 애를 써서 책을 읽으려고 하지 않>아도 될 것 같은 말을 했지만, 이것도 결과적으로는 반어가 되고 말았다. 때로는 책도 선두에 세우고 가야 한다."고까지 하고 있다.

이렇듯 이 글에서 명시성이라든가 체계성을 기대하기는 어렵다. 아니,

오히려 기대해서는 안 될 일이다. 그의 태도는 「시여, 침을 뱉어라」에서 그가 말한 대로 '모호성'일 따름인 것이다. 이 모호성이 아니라면, 시작은 '온몸'으로 할 필요가 없어진다.

그렇다면 그가 이 글에서 말하고 있는 '책'이라는 단어 역시 하나의 비유일 것이다. 그 의미는 제법 자명하다. 김수영 식으로 말하자면 그것은 '온몸'의 이행을 배반하게 하는, 곧 '심장'이거나 '머리'의 비유에 해당할 것이다. '시를 쓰는 일'과 '시를 논하는 일'은 다르다. '시'를 쓰는 데 '책'은 방해가 된다. '시를 쓰는 일'은 '혼란'이어야 하는데 '책'은 '정리'를 해주는 것이기 때문이다. 하지만 '책'을 의식하지 말아야 한다는 것 역시 '혼란'이 아니라 또 하나의 '정리'가 되고 만다. 그러기에 굳이 그는 "책도 선두에 세우고 가야 한다."라고 해야 했던 것이다.

이것이야말로 '혼란'이다. 하지만 그것은 '자유'고 또한 '사랑'이다. 그것이 곧 "온몸을, 바로 온몸으로 밀고 나가는 것"의 참의미이다. 창작의 비밀은 거기에 있는 것이다. 따라서 <미인>은 릴케나 하이데거가 쓴 것이 아니지만, 또 한편으론 그렇다고 말할 수도 있다. 릴케를 염두에 두고 <미인>을 쓰진 않았지만 릴케는 이미 그의 온몸 가운데 하나였으니 말이다.

그렇다면 그가 '여유 위에 여유를 넓히려고' 한 결과로 나온 '배부른 시', <미인>은 어떤 시인가. 그의 해설과 함께 인용해 보자.

> 미인(美人)을 보고 좋다고들 하지만
> 미인(美人)은 자기 얼굴이 싫을 거야
> 그렇지 않고야 미인일까
>
> 미인(美人)이면 미인일수록 그럴 것이니
> 미인과 앉은 방에선
> 무심코
> 따놓은 방문이나 창문이 담배연기만 내보내려는 것은
> 아니렷다.

이 시의 맨 끝의 '─아니렷다'가 反語이고, 동시에 이 시 전체가 반어가 돼야 한다. Y여사가 미인이 아니라는 의미의 반어가 아니라, 천사같이 아름답다는 것을 강조하기 위한 반어이고, 담배 연기가 '신적(神的)'인 '미풍(微風)'이라는 것을 암시하기 위한 반어다. 그리고 나의 이런 일련의 배부른 시는 도봉산 밑의 돈사(豚舍) 옆의 날카롭게 닮은 부삽날의 반어가 돼야 할 것이다. 그럴 때 우리의 시에서는 남과 북이 서로 통일된다.

지금 우리의 관심은 이 시의 작품성이 아니라 이 작품이 만들어진 창작 과정에 있다. 왜 '이 시 전체가 반어'일까. 왜 그는 '그녀의 천사 같은 훈기를 내보내려고' 창을 열었다고 말할까. 그것은 시창작과 무슨 의미를 지닐까.

우선 우리는 "미인을 보고 누구나 좋다고들 하는데 오히려 미인의 훈기를 내보내려고 창을 열었다."라는 데에서 반어의 의미가 있음을 발견할 수 있다. 여기서 '미인'은 '뮤즈'의 다른 말로 해석할 수 있다. 뮤즈를 그저 붙잡아 두려고 하는 한 오히려 예술적 성취는 이루어지지 않는 법이다.

디드로(Diderot)는 감정의 성공적인 묘사는 아주 강렬한 감정과의 결합 상태보다는 오히려 일정한 감정의 간격을 전제한다는 것을 인식했고, 표현하고 있는 감정이 강렬하고 진실될수록 예술적 표현은 흔히 그만큼 약해진다는 주장을 기탄없이 밝혔다.[30] 대체로 아마추어가 실제 예술 작가보다 더 감정이 풍부하고 진실한 법이다. 작품의 진실치(眞實値)와 작가의 진실성(眞實性)이 무조건 반비례 관계에 있는 것은 아니지만 허구적 감정을 지닌 문학이, 어쨌든 간에 현실 감정을 가진 문학보다는 더 확고한 토대 위에 서 있는 것이다. 작가의 진실성이 도덕적(道德的) 가치이지 미학적(美學的) 가치는 아니라는 사실은 거의 의심의 여지가 없다. 예술가가 관계하는 것은 감정이 아니라 감정에 대한 상상과 표상이며 자기 감정을 시에 투사하는 것이 아니라 형식화된 감정을 투사하는 것이기 때문이다.

김수영은 '미인의 훈기'를 내보냄으로써, '미인'에 대한 욕망을 버림으로써 '미인'을 획득하는 '시의 기적', '남과 북이 서로 통일되는' 기적을 이루어낼 수 있었던 것이다.[31] 시에 대한 욕망을 버림으로써 시가 완성되

---

30) 아놀드 하우저(한석종 역), 『예술과 사회』, 홍성사, 1985, p.43.

었으니, 그리고 그것을 시라고 발표하게 되었으니 이 시 전체가 반시가
아니고 또 반어가 아니고 무엇이겠는가. 그러니 그가 릴케의 다음 시를
인용하고 있음은 매우 자연스런 일이다.

> 참다운 노래가 나오는 것은 다른 입김이다.
> 아무것도 바라지 않는 입김. 신의 안을 불고 가는 입김.
> 노래는 욕망이 아니라는 것을 곧 알게 될 것이다.
> 그것은 급기야는 손에 넣을 수 있는 사물(事物)에 대한 애걸(哀乞)이 아
> 니라는 것을 알게 될 것이다.
> 노래는 존재(存在)다. 신(神)으로서는 손쉬운 일이다.
> 하지만 우리들은 언제 존재(存在)할 수 있겠는가? 그리고 우리들은 언제
> 신(神)의 명령으로 대지(大地)와 성좌(星座)로 다시 돌아갈 수 있게 되겠
> 는가?
> 젊은이들이여, 그것은 뜨거운 첫사랑을 하면서 그대의 다문 입에
> 정열적인 목소리가 복받쳐오를 때가 아니다. 배워라.
>
> 그대의 격한 노래를 잊어버리는 법을. 그것은 아무짝에도 소용없는 것
> 이다.

  이 한 편의 시가 김수영이 보내는 시창작의 교훈이다. 시를 완성할 수
만 있다면, '책'은 없어도 좋고 있어도 좋은 것이다.
  이러한 그의 <미인> 체험은 무엇을 말하고 있는가. 평화와 조화는 예
술의 부산물일 수는 있지만, 그것이 예술의 원천으로 되는 일은 드물다.
예술은 흔히 선의의 설득이나 평화로운 회유보다는 기만과 현혹, 기습과
격정적인 제압을 방편으로 취한다. '책'이 만드는 '격한 노래'란, 사실은
'혼란'이 없는 고로, 오히려 평화와 조화일 뿐인 것이다. 예술은 결코 사

---

31) 「시여, 침을 뱉어라」와 「반시론」의 상응 관계는 다음 인용문에서도 확인된다. "이것을
  계속해서 지껄이는 것이 이를테면 38선을 뚫는 길인 것이다. 낙수물로 바위를 뚫을 수
  있듯이, 이런 시인의 헛소리가 헛소리가 아닐 때가 온다. 헛소리다! 헛소리다! 헛소리다!
  하고 외우다 보니 헛소리가 참말이 될 때의 경이, 그것이 나무아미타불의 기적이고 시
  의 기적이다. 이런 기적이 한 편의 시를 이루고, 그러한 시의 축적이 진정한 민족의 역
  사의 기점이 된다." 김수영, 「시여, 침을 뱉어라」, 『김수영 전집』, p.252.

물을 단순히 수용하거나 사물에 수동적으로 귀의하는, 순전한 명상적 행위의 산물이 아니다. 오히려 예술은 힘과 교묘한 수단을 통해 세계를 소유하기 위한 하나의 방편이다.

'격한 노래', '욕망'만 있고 '입김'이 없는 노래, 그 입김을 얻기까지의 혼란과 긴장이 없는 노래야말로 김수영에게 있어서는 오히려 명상적 행위로 비쳐졌을 것이다. 그럴 때 도리어 세계는 소유될 수가 없는 노릇이다. 그 '입김'을 김수영은 '책'을 버림으로써, 욕망을 버림으로써, 다시 말해 '심장'이나 '머리'를 버림으로써, 그리고 창문을 여는 기습적 수단에 의해서 얻을 수 있었다고 생각했던 것이다.

그렇다면 그 '입김'이란 무엇인가. 시인의 내적 충동과 그것을 현실화하고 객관화시켜 주는 동기 사이의 근본적인 관계는 대체로 불투명하고 시인 자신에게도 수수께끼 같은 일이라 할 것이다. 확실히 예술적 창조에는 궁극적으로 그 근원을 유도할 수 없는 부분이 남아 있고, 단지 자기 발생적(自己發生的)이라고 밖에는 달리 표현할 수 없는 자발적인 요소들이 내포되어 있는 것이 사실이다. 예술 작품에서는 예술 외적인 자극이 결정적인 중요성을 갖고 있긴 하지만, 그것은 대체로는 대립되는 두 가지 사실, 즉 물질적 사회적 객관적 현실에서 나온 예술 외부의 사실과, 철저히 창조적 자발적인 예술 내재적 사실로서만 설명될 수 있다. 외부로부터 제약되고 유도되는 동기는 예술의 자발성의 역할을 억압할 만큼 큰 영향을 결코 미치지 못한다. 자발성과 인과율, 주관적 원칙과 객관적 원칙, 또는 적극적 원칙과 타성적 원칙의 이원성(二元性)은 현실에 연관된 모든 의식이 그러하듯 예술적 창조의 근본 정형이다.

김수영이 세계와 대지의 긴장으로서의 시작 행위, 산문과 시의 긴장으로서의 시작 행위를 말할 때, 그는 바로 이 점을 염두에 두고 있었던 것이다. 자발성이 결여된 산문, 즉 현실성으로부터의 요구만으로는 노래가 얻어질 수 없다는 것, 그 인과율과 자발성을 맺어주는 매개항이 필요하다는 것, 그것이 곧 '미인의 훈기'며 '다른 입김'임을 김수영은 보여주었던 것이다.

하지만 자발성이란 외적인 동기가 전혀 없어 보이는, 어떤 불가사의한 착상의 원천을 가리키는 영감(靈感) 같은 것이 아니다. 의식 그 자체가 아닌, 오로지 어떤 대상에 대한 의식만이 하나의 존재에 대한 의식을 가능하게 하는 것처럼, 저절로 그리고 스스로 움직이며 떠돌아다니는 예술적 자발성이란 상상할 수 없는 일이다. 오로지 물질적인 외계의 현실에 의해 촉발된 자발성만이 있을 수 있는 것이다. 독자적인 능력으로서의 자발성은 순전한 허구다.

　김수영의 경우, 그것이 릴케에 의해 촉발되었는지, '미인'에 의해 촉발되었는지는 나눌 수도 없고 또 그럴 필요도 없다. 우리에게 중요한 것은 그 자발성이 곧 저항에 부딪치게 된다는 것, 바로 그 점에서 온몸의 시론이 필요했다는 것을 아는 일이다. 이 과정은 말 그대로 변증법적이다. 자발성과 저항, 창의성와 관습, 형식을 타기하고자 하는 체험 충동과 타성적으로 고착된 형식은 서로를 제약하고 방해하는 동시에 서로에게 촉진작용을 한다.

　이것이 바로 칸트의 비둘기에 대한 수수께끼이다. 즉 비둘기의 비상을 어렵게 만들 것처럼 보이는 기압이 바로 그것을 가능하게 만든다는 것이다. 예술적 표현은 그것이 관습적인 형식 속에서 부딪치는 저항에도 불구하고가 아니라, 바로 그 저항의 힘을 입어 완성되는 것이다. 그것이야말로 기적이다. '내용'이 밖에다 대고 '너무나 많은 자유가 없다'는 말을 계속해서 지껄여댄 어느 한 순간, 그 헛소리가 참말이 되는 경이, 그것이 바로 시의 기적인 것이다.

　기나긴 우회를 거쳐 우리가 도달한 가장 중요한 교훈이 바로 여기에 있다. 1990년대 리얼리즘 시 논쟁에서 선배 비평가들이 던진 비판의 핵심은 이야기시와 같은 형식주의에 의존할 것이 아니라 정통적인 단형 서정시의 저항을 통해 리얼리즘이 성취되어야 하고 또 성취될 수 있다는 것이었다. 다시 말해 그것을 단지 피해야 할 저항이라고만 인식하는 미망(迷妄)에서 벗어나야 한다는 것이, 알게 모르게 그들이 김수영으로부터 배운 교훈이었던 것이다. 그들은 그 전범(典範)으로 김수영을 갖고 있었다. 이 <미인>과 「반시론」의 뒤에 이어진 작품이 곧 <풀>이었음에 우리는 유의할 필요가 있다. 김수영이 '온몸의 시'의 시범으로 <풀>에서 보여준 산문성의 시로서의 높은 완성도(完成度), 그에 대해 '산문'만으로, '현실성'만으로, '책'만으로, '욕망'만으로 시를 만들어낼 때의 허망함, 그 대비의 실감 자체와 그리고 리얼리즘 시가 '시'보다 윗길에 설 수는 없다는 자명함 그 자체에 선배 비평가들의 입지점이 놓여 있었던 것이다.

하지만, 이 글이 이 긴 우회를 통해 말할 수 있는 것 역시, 임화와 김수영, 이 거목들의 유산이 완전히 정리되지 않는 한, 그 둘 사이의 대화에 귀를 닫을 수 없다는 당위의 확인이다.

4. 논쟁의 수렴과 발산

미리 말하거니와 이 글은 종합적인 결론을 마련해 두지 않았다. 결론은 임화와 김수영의 가상 대담을 통해 우리 각자가 구성하면 된다. 리얼리즘 시 논쟁이 발산적이었지만 생산적이었다고 함은 우리가 가야 할 길이 어떤 정답을 찾아가는 길이 아니라 다양한 정답들을 구성해가는 길일 터이기 때문이다.

반면에 리얼리즘 시 논쟁이 제대로 매듭을 맺지 못한 것이 논의의 수렴을 이루지 못했기 때문이라는 지적도 유효한데 이는 의사소통상에 모종의 장애가 있었음을 암시한다. 이 글은 논쟁의 활성화를 위한 새로운 전제로 그러한 의사소통의 장을 마련하였다는 데서 의의를 찾고자 한다.

1930년대와 1960년대, 그리고 1990년대 아니 21세기를 넘어서까지 이어지는 문학사적 대화가 논의의 수렴을 이끌면서 리얼리즘 시론에 관한 새로운 다양한 대안들을 발산적으로 마련해 주게 되리라 기대해 본다.

제 3 장

운율 이론의 향방

1. 운율 이론의 회고

대부분의 다른 주제와 마찬가지로, 운율도 그 자체의 '역사'와 '이론'을 갖는 것처럼 여겨지기 쉽다. 하지만 만일 역사가 어떤 이론을 갖는다면, 이론도 역사를 갖게 되는 셈이다. 흔히 어떤 현상에 대해 주어질 수 있는 이론, 우리는 그것이 역사 속의 어떤 시점에도 적용되리라 생각하지만, 실상은 그렇지 않다. 이는 이론 그 자체가 불가능함을 말하고자 하는 것은 아니다. 다만 모든 역사는 그 시대 각각의 이론을 내포하며, 그 역도 참이라고 하는 것이 사실에 부합한다는 점을 강조하고자 할 따름이다. 이러한 국지적(localizing) 이론관은 19세기 작시법이 스스로를 과학이라 여겼던 신화와 필연적으로 맞부딪게 된다. 근대 서구 율격 이론의 불행은, 고대 작시법 이래의 권위가 거의 아무런 도움이 되지 못한다는 점, 그럼에도 불구하고 거의 모든 이론이 바로 그것으로부터 나왔다는 데 있다.

현대의 운율 이론은 1920년대 초 전성기를 구가한 러시아 형식주의의 공헌으로부터 시작된다 해도 지나치지 않다. 형식주의의 개념들은 운율 이론 분야에서 가장 그 성가(聲價)를 높이 인정받는다. 이들 유파는 1960년대에 또다시 러시아, 폴란드, 체코의 율격론자들에 의해 그 맥이 이어져 율문 분석을 위한 정교한 통계적 방법을 개발하기도 하였거니와, 하지만 그 성과물들은 넓은 범위에서의 비평 이론에 기여한 바는 드물었다.

실증적 접근은 한계를 갖는다. 그 이유 가운데 하나는 연구자가 율격적 자료를 분류하고 셈하기 위해서는 그 이전에 이미 단어들의 강세를 범주적으로 혹은 절대적으로 규정해야만 한다는 데에 기인한다. 그 같은 방법은 상대적 강세 원리로부터 끌어낼 수 있는 통찰력을 스스로에게서 박탈한 셈이 되는 것이다. 다른 하나는, 그 방법이 자료의 단순 집적에 지나지 않는다는 점에 놓인다. 가령 셰익스피어 희곡에서 매 100행 중 어느 특정 자질이 25회 일어나며 30회는 다른 자질이 발생한다는 식인 것이다. 이는 유의미할 수도 있고 그렇지 않을 수도 있다. 그것을 결정하는 것은 여전히 비평가의 몫인 것이다.

한편, 신비평은 형식주의와 상호관련을 맺으면서도, 운율 연구를 그 현학적 상태에서 벗어나게 해 주는 데 기여했다. 그들의 운율 분석은 표현성(expressiveness)에만, 즉 운율 분석을 통해 시행의 의미론적 구조를 밝히고 그럼으로써 시의 해석에 도움이 되는 측면에만 거의 전적으로 관심을 한정하였다. 그러나 이러한 비평적 지향의 운율론이 갖는 공과(功過)는 형식주의 운율론의 이론 지향이 보였던 공과를 뒤집어 놓은 형국이라 할 수 있다.

20세기 중반, 구조주의 언어학의 발흥에 고무된 구조주의 율격론은 율격 연구에 신선한 바람을 가져다주었다. 이들의 한계는 그들이 기댄 언어학이, 당시는 물론이려니와, 아직도 너무나 어린 학문이라는 점에 기인하는 것이었다. 이들 작업은 1940년대 말부터 1966년 사이에 활기찬 모습을 보여준다. 1966년은 생성율격론이 등장한 시기다. 하지만 변형 생성 구문론의 개념과 방법을 시의 율격―즉 문학적 관습에 지배되는 음성적 환경-에 적용한다는 것은 그 열의에 비해 생산적인 성과를 거둘 수가 없었다. 그 결과 이들 작업은 1980년대 초반에 이미 희미해지게 된다. 현대의 운율학자들은 모든 언어학적 신이론을 옹호하고 그로 인해 고통을 겪어야 했던 셈인 것이다.

한편, 1970년대와 1980년대 영미 비평에 있어 새로운 이론의 출현은 문화 연구를 향한 광범한 운동을 예고하고 있다. 이들은 언어중심주의, 의미의 안정성, 정확한 해석의 가치 등, 즉 운율 이론이 정당화시키고자 했던 거의 모든 시도를 부정하고 있다. 현대는 확실히 운율론의 위기, 곧 위험과 기회의 시기다.

이상에서 거칠게 살펴본 바, 일반적으로 말해 현대의 운율 연구는 고래(古來)의 율격 개념을 부단히 와해시켜 왔다고 할 수 있다. 하지만, 우리와 마찬가지로, 서구의 경우에도, 율격적 실현의 발전 과정에 관한 포괄적이고 믿을 만한 역사는 아직 존재하지 않는다. 이는 그 '역사'를 설명할 만한 적절한 '이론'이 개발된 적도 없고, 현재 존재하지도 않기 때문이다. 고래(古來)의 율격이론은 대기 속으로 녹아 가고 있지만, 그러나 그 자리에 다른 어떤 견고한 것이 주어지지는 않았다. 과거는 사라져 갔지만, 새 시대는 아직 시작되지 않은 것이다.

이 시점에서 '온고지신(溫故知新)'이란 말을 떠올린다면, 지나치게 상투적인 것일까. 서구의 운율 이론을 정리 소개하는 차원에서, 이에 필자는 앞서의 역사적 개관에서 보인 바대로, 러시아 형식주의 및 구조주의의 운율 연구를 옛것으로, 문화연구(Cultural Studies)의 그것을 새것으로 삼아 그 각각을 개괄해 보는 방책을 택하기로 하였다.

2. 형식주의와 구조주의의 운율 이론

형식주의가 가장 인상 깊은 공헌을 한 곳은 바로 작시법(versification)에 관한 이론 분야였다. 그들에 따르면, 시란 일상 언어에 음보, 각운, 또는 두운과 같은 외부적 장식물들을 단순히 부가하는 문제가 아니다. 그것은 질적으로 산문과 다르며 그 자체의 내적 법칙들 및 구성 요소들 간에 위계질서가 있는 통합된 담화의 형태인 것이다. 즉 일상적 또는 정보 전달적 언어는 미학적으로 중성적이므로 언어로 구성된 기호의 소리나 결에 주의를 기울이지 않는 반면에, 시는 미학적 효과를 위해서 철저하게 조직된 담화이므로 발화음들을 신중하게 사용하며 언어의 음성적 결을 드러내 준다는 것이다.

이는 본질적으로 음성 에너지의 해방이라는 측면으로 이해될 수 있다. 이는 형식주의가 특히 시 언어와 이미저리를 동일시하는 태도에 대해 강하게 반발했던 점과 맥락을 같이한다. 시가 환기시켜 주는 시각적 이미지들은 개별 독자의 감수성과 연상 작용에 좌우되기 때문에 모호하고 주관적인 바, 시는 분명히 회화보다 못하다고 그들은 주장했던 것이다. 문학과 시각적 예술 간에 명백한 구분을 지음으로써, 그들은 시각적 재현의 문제에서 시적 화법(poetic diction)의 문제로 시학의 방향을 바꾸어 놓게 되었던 것이다. 형식주의가 운율 연구사에 획기적인 공헌을 할 수 있게 되었던 것은 바로 이러한 전제에서 비롯된 것이다.

결과적으로, 이제 시에 있어서의 구성적 요인은 곧 리듬의 패턴이 된다. 형식주의가 리듬에 관해 내린 가장 광범한 정의 속에는, 실제로 지각할 수 있는 음성 현상들의 전체, 즉 시 속에 존재하며 또한 미학적으로 조직·된 모든 음성적 요소들이 포괄된다. 리듬의 이러한 폭넓은 개념은 분명 시적 담론의 유기적 통일성을 강조하는 형식주의적 태도로 볼 때 당연한 결과였다. 리듬이라는 지배소의 구성력에 의해 직간접으로 영향을 받는 시 언어의 모든 층위들을 시 연구의 범위 내에 포함시키기 위해서는 리듬 분석의 영역이 현저하게 확대되어야만 했던 것이다.

물론 리듬 또는 리듬을 지향하는 경향이 정보 전달적인 산문 속에서도 발견할 수 있다는 것을 형식주의자들은 부인하지 않았다. 그러나 그들은 시의 차별성을 단순히 어느 한 요소의 존재 여부에서가 아니라 그것이 차지하는 위상에서 보았다. 다시 말해 일상담론이나 과학적 담화에서의 리듬은 이차적 현상, 즉 생리학상의 방편이거나 통사구조의 부산물에 지나지 않지만, 시에서는 그것이 근본적인 현상으로서, 자기가치적인 특성을 갖는다고 그들은 주장하였던 것이다. 더욱 중요한 것은 산문적 담화에서는 소위 등시성(等時性)을 지키려는 경향이 법칙이라기보다는 예외적이라는 점이다. 반면에 시에서의 시간은 구조적으로 기대되는 시간인 것이다.

　형식주의자들은 시가 율격 없이 존재할 수는 있어도 리듬 없이는 존재할 수 없다는 점을 잘 알고 있었다. 발화는 율격적 패턴을 보이지 않고도 시처럼 들릴 수 있기 때문이다. 따라서 율격적 도식은 시적 언어의 유기적 특질을 표명해 주는 보조적 기법의 위치로 격하되기에 이르렀다. 이는 상징주의 이론가 안드레이 벨리가 내린 이상적인 율격 패턴과 시의 실제 리듬간의 구별을 상기시킨다. 벨리처럼, 그들도 역시, 심지어는 가장 정형적인 시에서도 일어나는, 규범으로부터의 일탈들을 리듬의 요체로 보았다. 하지만 상징주의와 형식주의의 입지점은 서로 달랐다. 벨리가 리듬의 다양성을 역설하는 반면, 형식주의자들은 슈클로프스키의 탈자동화의 원리에 의존하는 경향을 보였던 것이다. 인위적으로 부여한 등시간성도 규범으로부터의 우연한 일탈, 야콥슨 식으로 말한다면, 좌절된 기대의 순간들이 없었다면, 다시 자동화로 돌아갔을 것이라고 그들은 말한다. 예컨대 지배적인 운율체계 내에서 응당 기대되는 강세 악센트가 부재하게 될 때 이같은 리듬의 변이는 일상 언어와 미학적 규범 간에 긴장을 초래해서 리듬의 역동적이며 기교적인 특성을 강조하게 된다는 것이다. 이러한 견해는 분명히 로트만을 예견하고 있었던 것으로 평가될 수 있다.

　형식주의자들이 비정형적 자유시를 장려했다는 점은 명백한 것으로 보인다. 하지만 그들은 벨리의 독단론을 피하고 있다. 벨리에게 리듬은 율격을 정복한 것, 또는 율격으로부터 이탈한 곳에서의 균형을 의미했다. 반면에 형식주의자들은 율격과 리듬의 이 실제적인 관련을 일련의 규범 위반형으로 단순하게 취급하지 않고, 규범에 이러한 위반들이 합친 것으로, 즉 일종의 대위법적 긴장―웰렉과 워렌의 용어―으로 보았던 것이다.

　형식주의 연구는 음성학에서 의미론으로, 좀 더 정확히 말해 소리와 의미 간의 상호 관계에 관한 연구 쪽으로 방향이 전환되기에 이른다. 이는 곧 음성 기호에 대한 보다 성숙한 개념에 그들이 도달하였음을 보여주는 것이었다. 언어의 음성 구조는 무엇보다도 먼저 단어의 의미들을 구별지어 주는 음소 대립의 체계로 지각된다. 그래서 그들은 운율학이 음성학을 지향할 것이 아니라, 음소론을 지향해야 한다고 주장하였던 것이다. 음소론적 접근법의 좋은 예는 야콥슨에게서 찾아볼 수 있다. 일반적으로 언어는 리듬적 신호를 실현하는 세 가지 방법, 즉, 강약, 고저, 장단을 가지고 있다고 그는 주장한 바 있다. 실제로, 특정한 시대에 각각의 언어는 작시법의 조직 원칙으로서 이 세 가지 요소들 중에 어느 하나를 특히 지지한다.

이는 곧 이러한 선택이 세 개의 운율 요소들의 상대적인 음소 지위에 의해 항상 영향을 받는다는 것을 의미한다. 가령 러시아 시의 역사가 악센트 패턴을 향해 점차적으로 전향하였다는 사실은 우연이 아니다. 즉 단어의 의미가 종종 강세 위치에 의해 결정되는 러시아어에서는 악센트가 작시법 상의 유일한 음소적 요소로 될 수밖에 없었던 것이며, 따라서 장단은 강세의 단순한 부산물에 지나지 않게 되는 것이다.

음소와 단어의 차원으로부터 형식주의는 문장으로 발전해 나아갔다. 그들은 리듬 운동은 율격적 요소들뿐만이 아니라 어순에 의해서도 결정된다고 주장하였다. 그리고 구문은 리듬으로부터 다시 형태를 부여받는다. 브리크는 이 현상을 리듬과 구문의 병치성(pararellism)이라 불렀다. 의미와 율격 간의 상호작용은 결코 조화의 양상을 띠지 못한다. 시행은 두 가지 별개의 힘, 즉 리듬 충동과 구문 패턴의 합성 운동의 결과인 것이다.

이상에서 본 바와 같이 음소론적 운율학, 리듬과 구문의 병치성 같은 것들은 전통적 율격론의 관심사와는 거리가 먼 것이었다. 본디 형식주의의 입장은 청각적 반응과 감정적 반응 간의 조응 이론과는 거리가 멀다. 그들은 모음이나 자음이 천성적으로 슬프거나 기쁜 특징을 가질 수 있다는 점을 의심했으며, 소리를 모방하는 기법들을 중히 여기는 태도에 대해 거부감을 표시하였다. 의성어는 시에 있어서 주변적 현상에 지나지 않는다. 일반적으로 말해서 형식주의자들은 기호와 지시물 간의 유기적 유사성에 입각한 모든 이론들을 불신하였다. 그들에게는 소리와 의미를 서로 연관시킨다는 것은 시의 음악성과 현실 간의 조응이 아니라 시 언어의 여러 충돌 간의 조응을 이룩하는 것을 의미했던 것이다.

이와 같은 형식주의의 유산은 프라그 학파에 의해 계승된다. 프라그 학파는 러시아 형식주의에서 구조주의로의 이행을 보여주는 존재이다. 형식주의와 마찬가지로 이들은 시 텍스트를 기표와 기의들이 일련의 복합적 관계에 의해 통제되는 기능적 구조로 파악했다. 하지만 기호와 지시대상, 단어와 사물 간의 관계가 지닌 자의성에 대한 강조는, 형식주의자들이 '낯설게 하기'라는 개념에 의해 유지하고 있었던 문학작품과 세계와의 관련마저 넘어서게 만들었고, 결과적으로 시 작품의 폐쇄된 체계성, 구조적 통일성이 더욱 강조되기에 이르렀다. 그들의 경우, 구조주의라는 용어는 기호학이라는 말과 대체로 동일하게 되었다.

유리 로트만의 기호학적 시학의 기치는 우선 야콥슨과 밀접하게 대응함을 보여준다. 언어의 시적 기능은 기호들의 감각성을 증진시키고 기호를 단지 의사소통의 도구로 사용하는 것만이 아니라 그 물질적 특질에 주의를 모은다는 생각이 그러하다. 시에 있어서 의미를 결정하는 것은 일단 시니피앙의 성격 즉 소리와 리듬의 패턴이라는 로트만의 주장은, 따라서 전혀 낯설지 않다. 하지만 그는 시적 텍스트를 유사성과 대립들에 의해 지배되는 다층적인 체계, 즉 어의적, 상형적, 운율적, 음성적 체계 등으로 이루어져 있다고 보고, 이 체계들 사이의 부단한 충돌과 긴장을 통해 그 효과를 얻는다고 주장한다. 각 체계들은 다른 체계들이 깨뜨리게 되는 기대의 규약을 설정하면서 다른 체계들이 그로부터 이탈하는 규범을 나타내게 된다는 것이다. 예를 들어 운율은 시작품의 구문이 위반하고 파괴하는 어떤 패턴을 만들어내며, 이런 방식으로 텍스트의 각 체계는 다른 체계들을 낯설게 하고 그들의 규칙성을 깨뜨리며 또 그들이 생생하게 돋보이도록 만든다. 두 단어가 소리의 유사함이나 운율상의 비슷한 위치 때문에 함께 연관된다면, 이는 그들의 의미의 유사성이나 차이를 날카롭게 인식시켜 줄 것이다. 하나의 개별 단어는 어떤 단어와는 유운(類韻)을 통해서, 또 어떤 단어와는 구문적 등가를 통해서 또 다른 단어와는 어형상의 유사성을 통해서 연결될 수 있다. 각개 기호는 여러 가지 다른 연합적 체계들에 동시에 관련되며 이런 복합성은 기호가 편입되는 통합적 구조들에 의해 더욱더 복잡해진다는 것, 이것이 로트만의 이른바, "시적 텍스트는 체계들의 체계요, 관계들의 관계”라는 주장의 의미이다.

로트만에 의하면 우리가 텍스트 안에서 인식하게 되는 모든 것은 대조와 구별에 의해 인식되는 것이다. 심지어 어떤 기법의 부재(마이너스 장치)가 의미를 산출해낼 수도 있다. 나아가 로트만은 시나 문학이 내재적인 언어적 특질에 의해서만 규정된다고 생각하지는 않았다. 그것은 또한 텍스트가 더 폭넓은 의미 체계들과 맺고 있는 관계, 즉 문학과 사회 전체에 존재하는 다른 텍스트들 혹은 약호와 규범들과 맺고 있는 관계 안에도 들어있다는 것이다. 텍스트의 의미는 독자의 기대범위에 따라서도 또한 상대적이다. 즉 기법은 내적 양상일 뿐만 아니라 특정 약호와 텍스트의 특정한 배경을 통해 인식되는 것이기도 하다는 것이다. 그러므로 이제 운율은 운율만의 층위나 체계로 이해될 수도 설명될 수도 없으며, 문학 체계의 관습뿐만 아니라 사회의 약호 체계 전반에 관한 이해를 요구하고 있는 셈이라 할 것이다.

그러나 형식주의와 구조주의의 연관은 후기구조주의에 이르러 점차적으로 희미해지고 말았다. 다음 장에서 우리는 탈구조주의적 문제틀과 연관된 문화 연구의 한 경향으로서 이스트호프(Anthony Easthope)의 『담론으로서의 시(Poetry as Discourse)』를 통하여, 비교적 순수형식적인 존재라 여겨졌던 율격조차 이데올로기의 혐의에서 벗어나지 못한 채, 해체되는 모습, 혹은 해체시키고자 하는 시도를 보게 될 것이다.

3. 운율에 대한 문화 연구적 접근

사회구성체를 표현적 총체성으로 보는 헤겔적 개념에 반대하여 이스트호프는 이데올로기적 의미는 항상 기표의 특정한 작용에 따라 좌우된다고 주장한다. 그에 의하면 시는 시행에 기초한 의미화 실천으로 정의될 수 있는데, 우리는 종종 각기 다른 언어와 다른 역사적 시기에 따라 상이한 운율 혹은 특정한 시행 조직 방식이 발생하는 것을 발견하곤 하는 바, 단순히 형식적인 것으로만 보일 수도 있는 이 결과가 실은 이데올로기적이라는 것이 그의 주장의 핵심이다. 특히 이는 분명하게 드러나지 않고 은폐된다는 점에서 시의 내용보다도 더욱 강력하게 이데올로기적인 것이라고 그는 주장한다. 이는 운율과 언어 체계의 관계에 대한 앞장의 설명과는 명백히 대립되는 것이다.

그의 문제틀은, 만일 시의 물질적 토대가 '기표의 병렬성'이라는 운율로 인식된다면, 어떻게 상이한 운율들이 역사적으로 특정한 것으로 되는가 하는 의문에서 시작한다. 전통적 율격론에서는 약강5음보율이 영어라는 언어 체계 자체에서 자연스럽게 생겨난 것이어서 현대 영어에서도 정상적이라고 언제나 결론을 맺는다. 즉 모든 언어 체계에는 그것에 상당하는 율격이 있는 법이어서 약강률은 영어에 있어 고유한 리듬에 상응한다는 것이다.

이스트호프에 따르면, 이러한 언어결정론에 대해서는 두 가지 방법으로 반론이 가능하다. 첫째, 어떤 언어가 그것에 상당하는 율격을 갖고 있다는 것이 설혹 옳다 하더라도, 다른 율격이 영어에 좀 더 자연스러울 수 있다고 주장할 수도 있다는 것, 즉 약강5보율 말고도 고대 영시에서 물려받은, 더 오래된, 네 개의 강세로 이루어지는 악센트율이 존재하고 있다는 것, 둘째, 약강5보율은 단순하게 언어체계에서 생겨난 것이 아니라 역사상의 창안이었다고 반론할 수도 있다는 것, 즉 5보율은 새로운 궁정문화에 의해 촉진되어 지배적인 것으로 된, 다시 말해 역사적으로 제정된 제도에 지나지 않는다는 것이 그것이다. 따라서 이는 영시에 본래적으로 자연스러운 운율이 아니라 바로 특정한 문화현상이라고 할 수 있는 담론 양식이 되는 것이다.

물론 이스트호프는 운율에 대해 언어가 행사하는 결정력을 모두 부인할 필요는 없다고 제안한다. 현대 영어에는 명백히 5보율을 위한 전제조건이 있다. 현대 영어에서 중요한 언어적 자질은 바로 강세인데, 5보율은 이를 잘 활용하고 있는 것이다. 즉 5보율은 등시성의 경향과 현대 영어 간의 교호적인 선택을 활용하고 있다는 것이다. 그러나 5보율의 예전 경쟁자인 네 개의 강세를 갖는 시행도 그 점에서는 마찬가지라는 점에 주목할 필요가 있다. 오히려 사실상 이 악센트율은 5보율보다 더 명시적으로 손쉽게 영어 체계를 활용하고 있다. 그러므로 현대 영어란 약강 5보율에 대한 하나의 결정조건일 따름이지 유일한 결정조건은 아닌 것이다.

따라서 그는 5보율은 이데올로기적으로도 결정된다고 주장하기에 이른다. 5보율이란 정확히 말해서 시 그것과의 등가물로 거의 눈에 띄지 않게 자리 잡으려고 하는, 바르트적인 의미에서의 '신화'의 한 예라는 것이다. 5보율의 기능이란 행 경계를 결정지으려는 필요성에 불과한 것인데, '이런 담론이 바로 시'라고 하는 기의를 가리키는 기표로서 5보율이 널리 읽혀지게 되었다는 것, 아울러 이런 담론에는 5보율은, 다른 형식들도 있지만, 역사적으로 결정된 행 조직 형식의 하나라는 사실이 생략되어 있거나 혹은 감추려고 하는 경향이 내재해 있다는 것이다. 따라서 운율을 시적인 필연성으로 인한 중립적 형식으로 볼 것이 아니라 어떤 의미는 만들어 내고 다른 의미는 배제하는 작용을 하는 특정한 역사적 형식으로 보아야 할 것이라고 그는 주장한다.

그렇다면 물론 이런 의미들은 이데올로기적인 것이다. 그것은 운율이 확립되는 시기인 르네상스 시대에 가장 명확하게 표면화되었다. 약강 5보율은 희랍어와 라틴어의 음량율, 그리고 음보로 배열되는 이항대비적인 음절형으로 소급된다. 그러므로 자국어를 이같이 특정한 방식으로 실천하는 것은 고대성이라는 의상을 입힐 수 있는 것이며, 또한 부르주아의 민족에 대한 열망이라는 보편적인 문화의 형태로 스스로를 표현하는 것일 수도 있었다는 것이다. 이렇듯 일찍이 국가적인 시적 제도로 제정되었던 5보율은 이제 헤게모니를 장악한 형식으로 되었다.

그로 인해 계속 조장되어 오고 있는 의미로 이스트호프가 들고 있는 예를 정리하면 다음과 같다.

   (1) 추상화 : 관례적인 시에서는 "인간을 모순된 존재로 다루는 것"을 금지하고 있다고 이스트호프는 판단한다. 5보율에는 보편화되거나 본질화되려는 성향이 있다는 것이다.

   (2) 은폐된 생산행위 : 언제나 일상적인 말에 나타나는 얼핏 자연스럽게

보이는 억양곡선과 연관되어, 약강률에서는 그 규칙적인 리듬이 자연스럽게 받아들여지는 것처럼 여겨지기 때문에 이른바 "귀를 스쳐서 미끄러져가는" 매끄러움이 영시의 전통상 바람직한 현상으로 환영받아 왔다는 것, 그 결과 작품을 운율상의 생산 행위로 파악하는 것―그래서 시를 고안해서 구성하는 인공물로 파악하는 것―은 시를 자연발생적으로 생성되는 산물로 보려는 견해를 위해 억제되어 왔다는 것이다.

(3) 필연성과 자유 : 이는 대위법의 개념과 연관된다. 이스트호프는 대위법을 사회와 개인 사이의 이데올로기적 대립에 상응하는 것으로 파악하는바, 여기서의 대립이란 개인이 맞서가면서 그 안에서 자기의 '자유'를 찾아야 하는 '필연적인 것'으로 사회를 상상하는 데에서 비롯되는 그런 류의 것을 의미한다.

(4) 표준적 발화 : 5보율의 의미 효과는 시를 특히 부르주아적 규범인 표준영어의 표준발음과 병존할 수 있게 해주는 데에도 존재한다.

여기에서 더 나아가 이스트호프는 5보율과 주체성의 문제를 거론한다. 다른 담론형식에 비해, 시는 모두 다 기표를 전경화하는 것으로 볼 수 있다. 그런데 5보율은 4강세의 악센트율과 대조적으로 자체의 운율성을 부정하고 기표의 활동을 억제하려고 한다. 여기에 5보율의 핵심적인 결과가 가로놓여 있다. 언술내용의 주체와 언술내용에 대한 주체라는 차원의 위치와, 언술행위의 주체와 언술행위에 대한 주체라는 차원의 위치에서는 언제나 필연적으로 주체의 분열이 일어난다. 즉 시 한 줄을 읽을 경우, '나'는 언술행위(시 읽기)의 전개과정에서 주체로 되어서, 단지 언술내용(시의 내용)의 주체라는 위치를 어쩌다 차지하게 될 따름인 것이다. 문제는 언술내용의 주체라는 위치를 위해 언술행위의 주체라는 입장을 거부하도록 약강5보율이 작용한다는 것이다. 말하자면 시에 재현되어 있는 목소리에 편들어서, 시를 읽고 있는 즉 시가 말하려는 바를 말하고 있는 목소리를 거부하게 된다는 것이다. 왜냐하면 자연스러운 말하기의 율격을 위해 운율성을 제거해버림으로써 5보율은 시적 담론을 투명하게 만들어서 시를 낭독하는 것과 재현된 화자나 서술자가 행하는 말하기를 일치시키려고 했기 때문이다. 그러므로 5보율은 독자가 이 재현된 현존성인 단일한 목소리와 상상적으로 동일시하도록 하고 있다고 이스트호프는 주장하는 것이다.

이상에서 본 바와 같이, 이스트호프의 운율연구는 본격적인 운율학을 지향한다기보다는, 사실상 시를 일종의 담론으로 설명하기 위해 선택된 전략으로 이해된다. 가장 형식적인 것으로 보이는 것 속에서 이데올로기성을 드러내는 것이야말로 효과적일 것이기 때문이다. 그것을 통해, 그는 시의 생산자로서의 독자에게 시를 되돌려 주는 데 의도를 두고 있었을 것이다. 하지만 그 정확성의 여부야말로 그 같은 의도의 달성에 관건이 된다 할 터인데, 그 자신의 말대로 "대비책을 너무 과신한 나머지 축성도 허름하고 방어도 허술한" 일면이 노출됨은 사실로 보인다. 그럼에도 불구하고 이 같은 시도는, 러시아 형식주의자들처럼 시행의 구조를 지배소로 정의하는 것이 어느 특정의 장르나 유형들을 추상적으로 영속화하는 결과를 낳을 우려가 있다는 점에서 볼 때, 문제 제기로서의 충분한 의의를 지닌다 할 것이다.

4. 운율 이론의 전망

운율론은 어디로 나아가야 하는가 하는 문제보다 더욱 본질적인 것은 아마도 운율론이란 것이 가능한 것인가 하는 질문이 되어야 할 것이다. 율격론(metrics)의 이상(理想)에 한정해 본다 하더라도 우리는 최소한 다음의 여섯 가지 기준을 제시할 수 있다.

> (1) 세계의 모든 율격 체계들을 기술하는 데 적용될 수 있는 불편부당한 범주, 개념, 용어를 개발해야만 한다.
> (2) 율격적 체계와 의사―율격적 및 비율격적 작시법과의 연관을 그려 낼 수 있어야 한다.
> (3) 순전히 율격적인 장치 및 요소와 순전히 언어적인 것 사이를 엄격하게 구분해야 한다.
> (4) 율격을 기술하기 위해, 그리고 율격이 시인, 장르, 시대에 따라 어떻

　　게 변화하는지를 보여주기 위해, 단순 명쾌하면서도 강력한 형식화
　　를 제공해야만 한다.
　(5) 전혀 다른 언어로 번역, 개작, 또는 모방되었을 때 율격에 무슨 일이
　　　일어나는지를 설명해야 한다.
　(6) 율격구조와 효과가 의미를 변형하고 창조해 내는 방식의 유형학을
　　　보여주어야 한다.

　이것이 가능할 것인가. 시행의 리듬 패턴을 다룸에 있어 그것을 구성 요소로 분할하고, 그리고 나선 거기에 이름을 붙이고 셈하였던 전통적 율격론은 행－흐름과 흐름－효과로서의 리듬론에 대한 기계론적 설명을 결코 넘어서지 못했다. 사고의 흐름과 율문의 구조는 다르다. 모든 고대 이래의 율격론자들은 그 흐름을 구조의 견지에서 묘사하거나 설명하려고 애써 왔다. 중요한 사실은, 그럼에도 불구하고 그 어느 이론도 그 이론을 구현하기 위해 쓰이지는 않은 시행의 구조는 설명할 수 없다는 점이다. 즉 율문의 법칙은 현실적인 것이지 이론적인 것이 아니다. 또한 비평가들은 종종 율격론의 좁은 범위 대신에 다른 예술, 다른 발화 양식, 심지어는 인지 과정에까지도 적용될 수 있는 폭넓은 리듬의 이론을 원한다. 물론 율문의 제 현실을 포괄하고, 리듬성에 관한 일반 이론적 장을 마련한다는 것은 현재로서 꿈에 지나지 않는다.

　그러나 틀림없이 아직껏 개발되지 않은 채로 남아 있는 다른 방식이 있을 것이다. 서구의 경우, 4세기 이래로 시인과 독자들이 시 속에서 느껴지는 것을 기술하기 위한 기술적(記述的)인 어휘가 개발된 것은 18세기가 되어서의 일이며, 언어학이 그것을 과거의 것으로 돌려버린 일은 20세기의 일이며, 20세기 중반 이후 운율학은 비교 시학 및 '이론'에 대한 비판적 사유의 맥락 속에서 그 가능성을 새로이 보일 수 있었던 것이다. 그리고 20세기 말에 이르러 컴퓨터는 가설의 증명에 도움이 될 거대한 자료 더미를 학자에게 안겨 주게 되었다. 이 모든 것이 온고지신의 노력 덕택이었다. 언어학, 텍스트, 이론 그리고 자료, 심지어 해체주의적 반성까지를 포함하여 이들은 모두 새로운 운율 이론의 모색을 위한 필수불가결한 전제가 된다.

제 4 장

신비평 수용의 맥락과 논리 : 백철을 중심으로

1. 백철과 신비평

우리나라의 신비평 도입에 있어서 문제적 인물은 단연 백철(白鐵)이라 할 수 있다.[1] 일찍이 그는 「뉴크리티시즘에 대하여」(『문학예술』, 1956. 11)

[1] 신비평에 대한 연구는 1969년에 발표된 김윤식의 「한국문학연구방법론 : 뉴우 크리티시 즘에 대하여」(『근대한국문학연구』, 일지사, 1973에 재수록됨)를 통해 본격적으로 이루어 진 이후, 이상섭(『복합성의 시학—뉴크리티시즘 연구』, 민음사, 1987 및 『자세히 읽기로 서의 비평』, 문학과지성사, 1988)에 의해 완결된 느낌이나, 최근 예일학파의 해체주의 등 과 연관하여 활발히 재검토되고 있다. 특히 『현대비평과 이론』은 장경렬, 「신비평, 무엇 이 여전히 문제인가」(1994년 봄호)를 비롯하여, 신비평 특집호(1995년 가을·겨울호)를 마련한 바 있다. 한편 신비평의 수용 과정 내지 문학 연구 및 문학 교육에 대한 신비평의 영향에 대해서는 정재찬, 「신비평과 시교육의 관련에 대한 비판적 검토」(『선청어문』 20, 서울대학교국어교육과, 1992), 김상욱, 「신비평과 소설 교육 방법의 재검토」(『국어교육』 79·80호, 한국국어교육연구회, 1993), 김동환, 「1950년대 문학의 방법적 대상으로서의 외국문학이론」(『문학과 논리』 3집, 태학사, 1993), 김정자, 「뉴크리티시즘과 한국적 수용

를 발표함으로써 신비평 소개에 선편(先鞭)을 쥐기도 하였거니와, 무엇보다도 중요한 사실은 1957년 미국 국무성 초청의 교환교수 케이스로 도미(渡美)하여 약 10개월을 머무는 동안, 브룩스를 비롯하여, 웰렉, 리차즈, 테이트, 블랙머, 윈터스, 버크 등을 직접 만나고, 이들과의 대화와 주요 이론을 「클리언스 브룩스―비평정신의 모색」(사상계, 1957. 11), 「이보르 리차아즈―비평가의 임무」(1958. 2), 「분석비평의 의의―비평문학의 원형질로서의 방법론」(1958. 3), 「이보르 윈터즈―현대비평의 새로운 경향」(1958. 5), 「뉴크리티시즘의 제문제」(1958. 11) 등등의 글을 통하여 소개하였다는 점이다.

미국에 갈 수 있었고 또한 거기서 당대의 신비평가들을 직접 대하고 대화와 강의를 함께 할 수 있었다는 것, 이것은 분명코 대단한 행운이자 특권이었을 것임에 틀림없다. 그러기에 김병철과 공역한 웰렉과 워렌의『문학의 이론』후기에 그는 이렇게 적고 있었던 것이다.

그런데 그 뒤 이 저서를 번역하는데 행운이 오게 된 것은 우연히도 그 해 가을에 내가 교환교수의 케이스를 얻어 미국에 10개월간 체재할 기회를 갖게 된 일이며, 다시금 우연한 일은 그 체재 기간의 거의 절반을『문학의 이론』의 원저자의 한 분인 르네 웰렉 교수가 있는 예일대학에 체재하게 된 일이다. 일부러 원해도 되기 어려운 일이 스스로 내 앞에 실현된 셈이다.[2]

하지만 이 같은 특권 의식이 1960년대 중반에 이르러서는 어느덧 부채

현상」(구인환 외,『한국전후문학연구』, 삼지원, 1995), 우한용, 「신비평이 한국 문학 연구에 미친 영향」(『현대비평과 이론』 10호, 한신문화사, 1995 가을·겨울) 등을 들 수 있다. 이 가운데 우한용의 논문은 백철을 중심으로 하여 신비평의 수용을 문화 생산의 장 개념을 통해 바라 본 점에서 주목된다. 이러한 견지에서 필자 또한 신비평과 문학교육 간의 연관에 주목하여, 「문학교육의 지배적 담론과 신비평」(『현대비평과 이론』 10호, 한신문화사, 1995 가을·겨울) 및 「현대시 교육의 지배적 담론에 관한 연구」(서울대학교 대학원 박사학위논문, 1996. 2) 등을 발표한 바 있는데, 이 글은 그 연장선상에서 비평가 백철을 본격적으로 다룸으로써 신비평 수용의 비평사적 맥락을 점검해 보고자 한다. 부분적으로나마 백철의 신비평 도입을 비평사적 맥락에서 다룬 연구로는 전기철,『한국 전후 문예비평 연구』(국학자료원, 1994)를 들 수 있다.
2) 르네 웰렉·오스틴 워어렌(백철·김병철 공역),『문학의 이론』, 신구문화사, 1959, p.395.

의식의 일종으로 변해 버리고 있음을 우리는 다음의 글에서 쉽게 확인할
수 있다.

> 우리 문단에 뉴크리티시즘이 단편적으로 소개되기 시작한 것은 1956년
> 무렵부터라고 기억하고 있다. 그러나 뉴크리티시즘이 더 우리 비평계와 독
> 자의 주목을 끌게 된 것은 1957년 말에 내가 미국에서「클리언스 브룩스
> 와의 인터비유기(記)」뒤 이어서 1958년 초에 분석비평의 의의라는 뉴크리
> 티시즘을 소개하는 논문이 국내에서 발표된 것이 더 구체적인 계기로 된
> 것 같다. 그런 일들로 해서 **뉴크리티시즘을 도입한 책임을 나도 모르는 동**
> **안에 지게 된 듯하다.** (중략) **뉴크리티시즘이 이제 와서 기성의 것으로서**
> **비판을 받고 있는 것이 저쪽 비평계의 현실이라는 것을 보고 있으면서도**
> 나로선 어디까지나 한국 비평계의 딴 현실에 서 있는 입장에서 뉴크리티
> 시즘은 한번 우리 문단에 소개하면서 그 세례를 받게 하는 것이 유익함이
> 되리라는 것을 믿었던 것이다.(강조 - 인용자)3)

한국에서의 신비평 도입을 둘러싸고 불과 10년도 채 안되어 벌어진 이
같은 대조적인 모습은 발신자로서의 미국 내 신비평의 추이를 수동적으로
따라간 데 기인한 것이었다. 하지만 1960년대 중반에서도 백철은 신비평
수용의 명분을 다음과 같이 주장하고 있는 바, 이는 비평을 흔히 입법비
평(立法批評)과 기술비평(記述批評)으로 구분할 경우 우리의 신문학 비평계를
지배해 온 것이 민족주의 및 계급주의 등 주로 전자에 속하는 것이었음을
감안할 때 충분히 납득이 가는 성질의 것이라 할 수도 있을 것이다.

> 그러나 우리 비평의 기정사실과 대조해 볼 때에 이 실제적인 분석의 비
> 평방법이 우리에게 큰 반성을 주는 것은 사실이다. 지금까지 우리가 해 온
> 비평이란 사실 디렛탄트 이상을 가지 못한 점이었다. 그런 막연하기만 하
> 던 비평이란 유독 비평가라는 전문가의 입장을 자처하지 않은 독자로서도
> 말할 수 있는 것이다. 비평가가 작품을 감상하는 전문가라면 그는 좀 더
> 전문가다운 지식과 함께 감정분석을 하는 전문적인 분석방법을 활용해야
> 할 것이다.4)

---

3) 백철,「뉴크리티시즘의 행방」,『세대』, 1966. 2, pp.86~88.

이에 따르면 신비평은 무엇보다도 우리 비평계 자체 내에서 분비되는 필요성에 따라 도입되었던 것으로 보인다. 물론 신비평은 훗날 국문학계, 특히 현대문학 분야를 통해 그 영향력이 적극적으로 발현되었고, 이는 다시 학문계와 긴밀한 연관관계를 갖는 교육계에까지 강력한 영향을 끼치게 되었던 바, 이러한 결과는 전자의 경우 국문학 연구가 대학이라는 제도 속에서 느끼지 않을 수 없었던 학문적 위상과 정체성의 위기, 즉 과학성 콤플렉스라는 측면과 관련하여 볼 때, 후자의 경우는 지식 위주의 교육과정 및 대학 입시라는 현실 문제를 고려해 볼 때 각각 이해될 수 있을 것이다.5)

그러나 엄밀히 말한다면, 신비평은 일차적으로 비평계의 층위에서 도입되었던 것이고, 그 영향으로 인해 대학에서 비평(criticism)이 하나의 학문(discipline)으로 존재하게 되었다고 말하는 것이 옳을 것이다. 실제로 신비평은 초기 수용 단계에서는 비평 활동에서 강단비평(講壇批評)의 양상을 띠고 우선적으로 원용되었고, 이어 강단비평은 자연스럽게 대학의 문학 연구 쪽으로 이어지게 되었던 것이다.6)

백철의 신비평 도입과정을 구체적으로 알아보기에 앞서, 비평가로서의 백철을 문제 삼아야 하는 이유가 여기에 있다. 즉 신비평 도입에는 비평가로서의 모종의 자의식(自意識)이 반영되고 있었던 것이다. 후술되겠지만, 신비평과 국문학 연구의 관계는 다른 여하한 비평 방법론과는 달리, 외국문학 전공자들의 참여가 두드러진 경우라 하겠는데, 외국문학 전공자들의 신비평 수용과 백철의 그것은 다소 차질을 보여주거니와, 그것은 한마디로 전자가 실제비평(實際批評)에 더 관심을 기울인 반면, 후자는 신비평의 이론적 태도에 더 주목한 경우로 설명될 수 있다. 요컨대 백철은 세세한 방법론보다는 비평의 원칙으로서 신비평을 높이 사고 있었던 것이다. 그렇다면 비평의 원칙이 왜 새삼 문제가 되었는가. 이를 설명하기 위해서는

---

4) 위의 글, p.88.
5) 이에 관해서는 정재찬, 「문학교육의 지배적 담론과 신비평」, 『현대비평과 이론』 10, 한신문화사, 1995 가을·겨울호 참조 바람.
6) 김동환, 앞의 글, p.67.

그가 걸어온 비평계의 역사를 되밟아 가는 우회의 길을 걷지 않으면 안 된다.

2. 지식인 비평가로서의 신비평 수용 맥락

잘 알려진 것처럼, 시인으로 출발한 백철은 1931년 「문예시평」(『혜성』 1권 9호), 「농민문학문제」(『조선일보』, 1931. 10. 1~9) 등을 통하여 평론가로 변신하여 카프에 가담하다가 전주 사건을 계기로 전향, 카프의 퇴조로 인한 문단의 전형기를 맞아 인간론, 휴머니즘론, 풍류론 등을 제출하면서 꾸준히 주류 모색을 시도하였으나 끝내 일제 파시즘에 함몰되고 만, 지식인 비평가의 전형이라 할 수 있다. 한편 해방 후 그는 좌우익 어느 편으로부터도 거리를 두고자 하는 중간파의 입장을 취하는 동시에, 문단의 소용돌이 속에서 빠져 나와 『조선신문학사조사』로 대표되는 국문학사 연구에 주력하다가, 정부 수립 이후 한국문학가협회 결성 당시 평론 분과 위원장직을 맡게 되며, 이후 줄곧 대학에 몸담으면서 강단 비평의 일익을 담당하게 된다. 이 다채로운 경력 가운데 신비평의 도입과 관련하여 주목해야 할 대목은 전향 이후와 해방 이후 그가 보여준 행적이라 할 수 있다.

1935년 12월 「출감소감-비애의 성사」를 통하여 카프로부터 전향한 이후 그가 펼친 휴머니즘론은 사실상 전주 사건으로 투옥되기 이전부터 그가 제출한 인간론에 연결된 것이었다.[7] 이때 이미 임화는 백철이 비평

---

7) 이 점에 대해 백철 자신은 다음과 같이 회고하고 있다. "이렇게 인간론(人間論)을 들고 나선 데는 몇 가지 이유가 있었다고 할 수 있다. 첫째는 정세의 문제였다. 1936년 하면 이른바 세계 전쟁의 위기설(危機說)이 떠돌고 있던 시기로서, (중략) 이런 때에 내가 감옥에서 나온 신분으로서, 곧장 현실 비판(現實批判)의 제목 같은 것을 내세울 수가 없었기 때문에 비교적 보편적인 논제를 택한 것이 인간론이 되었다. 둘째는 입옥(入獄) 전의 내 개인적인 문학론과 관련되어 있었다. (중략) 셋째는 내 인간론이 세계문단의 동태와 호응한다고 생각한 일이다.(이하 강조-인용자)" 백철, 『진리와 현실』, 박영사, 1975, p.344. 강조한 부분에서 보듯, 여기서 그는 항상 상황론에 입각한, 일종의 처세를 문제 삼고 있었다는 점에 먼저 주목해야 하겠다. 해방공간에서도 그는 당시의 상황과 자신의 신분(친일

가로서의 정치적 무관심자이며 멘셰비크이며 우익적 일탈적이며 투항주
의적이며 부르주아 철학의 아류8)로 지적하였거니와, 「인간묘사시대」(조선
일보, 1933. 9. 1)에서 백철은 프로문학도 인간의 묘사에 주력해야 한다고
하면서, 인간묘사론의 구체적 방법으로는 "하나는 사회주의적 리얼리즘이
라는 창작방법을 갖고 또 한편은 심리주의적 리버랄리즘이라는 문학적 수
법"을 내세웠던 것이다. 한편 1934년 백철은 인간묘사론에 상응하는 비평
방법론을 모색하기에 이르렀으니, 그것이 곧 '기준비평과 감상비평의 결
합'이라는 주장이었다. 과거 프로문학의 기준비평의 결핍을 통박하고 이
를 극복하기 위해 감상비평을 이 기준비평에 종합시켜야 한다는 것이다.
　이상의 간략한 기술에서 보이듯, 프롤레타리아 문학과 부르주아 문학의
종합을 시도하고 그를 통하여 끊임없이 주류를 형성코자 한 백철의 의욕
은 그의 행적에서 매우 주목되어야 할 사실이다. 여기서 이미 해방직후
그가 중간파로 남아야 했던 이유가 엿보이는 것이 사실이라 할 텐데, 특
히 신비평과 관련하여서는, 한때 적극적으로 가담하였던 프로문학으로부
터 전향한 그가 줄곧 프로문학의 기준 비평, 공식 비평을 공박하고 나섰
다는 점을 기억해 두어야 할 필요가 있겠다.
　이 같은 그의 성향이 단적으로 표현된 것이 1937년에 제기된 휴머니즘
론이라 할 수 있다. 「웰캄! 휴만이즘!」(『조광』 3권1호, 1937)을 통해 그는 첫
째, 무주류 그것이 곧 주류인 시대에 있어서는 이 시대성과 지극히 무성
격적인 휴머니즘이 상부한다는 것, 둘째 정치적 바바리즘에 대항하는 의
미로서 문학은 모럴리티와 행동성을 속성으로 해야 한다는 것을 주장한
다.9) 이것은 결국 미래의 새로운 인간형 탐구를 전형기 한국문학의 주류
로 이룩하는 계기로 삼아야 한다는 주장에까지 이어지게 되는데, 이러한
무주류 시대의 처세 방법에 있어 그는 항상 상황 구속적인 인식, 곧 현실
에의 적극적 대응 방식보다는 미래를 향한 윤리적 관점과 같은 관념적인

　경력)을 문제 삼으면서 중간파라는 '비교적 보편적인 논제'를 택하였던 것이다. 아울러
유념해야 할 것은 그는 꾸준히 세계 문단의 동태를 의식하고 있었다는 점이다. 이 모든
것은 식민지 내지 문화적 주변국에 처한 지식인의 한 속성으로 이해될 수 있을 것이다.
8) 임화, 「동지백철군을 논함」, 조선일보, 1933. 6. 14~6. 17.
9) 김윤식, 『한국근대문예비평사연구』, 일지사, 1976, pp.223~224.

인식 태도를 선택하게 된다. 그것은 곧 리버럴리즘과 문화주의로 요약될 수 있다.[10]

나아가 백철은 이 같은 휴머니즘을 조선적인 것으로 정착시키고자 노력했으니 풍류적 인간형의 모색이 그것이다. 휴머니즘의 본질을 개성의 옹호에서 찾았고 이를 문화적 차원에서 해석할 경우 휴머니즘은 곧 외래문화에 대한 지방문화라는 뜻으로 파악될 수 있음을 밝힌 바 있었던 백철이 전통적이고 지방적인 풍류적 인간형을 모색하고자 한 것은 조금도 이상한 일이 아니다. 이는 물론 당시의 고전론(古典論), 동양문화론(東洋文化論)과 더불어 전개된 일종의 지방성 탐구와 무관하지 않은 것으로, 물론 이것이 일제 파시즘에 대한 지식인의 현실 도피로 볼 때는 문장파(文章派)의 경우처럼 그 의의가 발견될 수 있는 것이겠지만, 이같이 이상화된 동양적 인간형은 결국 대동아 공영권(大東亞共榮圈)으로서의 인간형으로 탈바꿈할 소지가 다분했던 것이다. 다만 그가 국민문학(國民文學)으로 나아가기 직전 보여준 이 같은 전통론은, 비록 이 역시 시류의 한 일종이었다 할 터이나, 그럼에도 불구하고 항상 근대주의자로서의 모습만을 보여주었던 백철에게 있어서는 주목되어야 할 현상이라 할 것이다. 특히 이 점은 훗날 그가 신비평을 전통론과 결부짓게 된다는 점에서 매우 유의미한 대목인 것이다.

해방 후 그는 일단은 문건(文建)에 가담하면서 과거를 속죄하는 입장에서 스스로 '진보적 문학운동의 잡역부'가 되고자 했다. 실제로 그는 문건 집행위원회 구성시 서기장 자리를 고사하였던 것으로 전해진다.[11] 대신

---

10) 오세영, 『20세기한국시연구』, 새문사, 1989, p.185.

11) 그 저간의 사정을 백철은 다음과 같이 상당히 솔직하게 기록한 바 있다. "뒤이어 집행위원회가 재구성되면서 임화의 추천으로 집행위원회의 가장 중추적인 자리인 서기장 자리에 내 이름을 써내고 있었다. (중략) 그러나 이 순간 나로선 자기양심의 가책이라 할까, 스스로 자기를 비판하는 모럴이라 할까, 도저히 이 자리에 주어지는 대로 그 자리를 차지할 수 없다는 생각이 왔다. 그것은 순간적으로 일어난 마음의 충격이었다. 나는 즉석에서 그 서기장의 자리를 사퇴하는 신상발언을 하였다. (중략) 어떤 이유에서든 간에 『매일신보』의 특파원으로 북경주재를 한 내가 이렇게 속히 지도적 자리에 설 수는 없다는 발언을 했다. (중략) 그때 이원조가 발언을 하며 「정말 백형의 뜻이 그러시다면 사퇴 의사를 존중합시다.」고 하며 결말을 지었다. 그런 이원조의 말을 들을 때 내 마음은 갑자기 허전해졌다. 차라리 아무 말 없이 받아들였으면 하는 큰 아쉬움이 없을 수 없었다. 그러나 뒤에 생각하면 역시 이때 내 처신은 잘한 것이었다." 백철, 『속(續) 진리와 현실』, 박

그는 임화로부터 「문화전선」의 책임을 맡아달라는 제안을 받아들이게 되는데, 그 또한 2호까지 편집 책임을 맡게 되는 것으로 끝이 난다. 그 이유는 비록 친일 경력으로 인해 그 스스로 서기장직을 고사하긴 하였으나 공명심에 대한 그의 욕망이 결국 「문건」의 구성 과정에서 자신으로 하여금 상대적인 열등감을 느끼게 만들었다는 점에 있으며, 또 다른 이유는 해방 이전 프롤레타리아 문학운동 시절과 마찬가지로 문학운동에 대한 생리가 문건 측과는 맞지 않았던 데 있었다.[12]

결국 그는 문건(文建)에서 문맹(文盟)으로 변모하는 사이에 좌익으로부터 멀어지게 되면서 이른바 중간파에 가담하게 된다. 당시 정치계의 정당 분포가 "세칭 한민 한독을 우익이라 하고, 공산당(남로당)은 좌익이라 하며, 신진 신한국민 민주통일 민중동맹 등은 중간파"[13]라 했던 것에 문단을 대응시켜 보자면, 문단의 중간파 인사로는 주로 문건이 문맹으로 확대되는 과정에서 그 조직을 탈퇴한 백철, 김광균, 장만영, 이봉구, 박영준, 이무영, 박계주, 정비석 등과 만주에서 귀국한 염상섭을 들 수 있다. 물론 그들은 우익측의 전문협에도 가담하지 않았으며 그렇다고 해서 나름의 조직을 결성하지도 않았다. 이들은 문단의 조직이 좌우익의 정치노선에 따라 양분되는 동안, 문학의 정치주의적 오염을 문제 삼는 입장을 취하였고 이러한 다소간의 불분명한 문학적 태도는 좌우문단의 비난의 대상이 되고 있었다.[14]

중간파의 주장은 일단 백철에 의해 시작된다. 그는 진보적 경향과 '운명을 같이 할 결의'를 하기도 하였지만, 그에 대해 회의를 나타내기도 하였던 바, 이 역시 백철 특유의 상황론에 입각한 것임은 말할 나위 없다.

영사, 1975, pp.300~302. 다만 그의 고사(固辭)가 순전히 자발적이었다고만 볼 수는 없을지도 모른다. 왜냐하면 이 사건이 있기 바로 직전 그 자리에서 이태준과 김남천에 의한 친일 경력 시비로 인해 Y와 L이 퇴장하는 일이 벌어졌기 때문이다. 만일 그러하다면 이 역시 상황의 윤리에 다름이 없다.

12) 백철, 앞의 책, pp.324~325.

13) 함상훈, 「중간파에 대한 시비」, 『신천지』, 1947. 10.

14) 권영민, 『해방직후의 민족문학운동연구』, 서울대학교출판부, 1986, 제2장 참조. 배경열, 「해방공간의 민족문학론과 그 이념적 실체」, 『국어국문학』 112, 국어국문학회, 1994, p.257.

그러기에 그는 문건과 예맹의 통합을 기대하면서도 그 자신은 '일개의 관찰자'임을 유독 강조하였던 것이고 여기에 백철의 상황 감각이 갖는 예민성이 있었던 것이다.[15] 하지만 적어도 이 당시 백철의 기본 태도는 우익 측의 생각과는 상당한 거리가 있는 것이었고, 그러므로 그로서는 좌우익 사이에 위치하는 수밖에 없었던 셈이다.

> 정치를 떠나서 문학이 있을 수 있는가 하는 반문이 나올 수 있다. 그러나 나는 두 개 사이의 관련성 유무를 묻고 있는 것이 아니고 진실을 추구하는 문학답게 그때마다 정치현실을 객관적으로 보고 파악해야 한다는 것이다. 먼저 설명한 바와 같이 오늘의 국내 정세가 역사적으로 보아 결코 일주류에 의한 일방적 통일이 성립될 수 없고 양주류의 연립을 위하여 중간에서 키를 중류로 전환할 필요가 있다면, 문학단체는 가급적 일방의 정치와 배치되는 실정을 민중 앞에 보일 필요도 있지 않을까 한다. 적어도 무관심한 태도를 가지고 서 있을 수 있는 경우가 있어야 하지 않을까. 만일 신탁통치 반대의 태도를 취하는 것이 어렵다고 한다면 문학단체는 이 사건에 한하여 당분간 침묵을 지킬 필요가 있을 줄 안다.[16]

문단의 정치 편향은 신탁통치 문제가 거론되면서 우심해져 갔다. 여기서 그는 '당분간 침묵을 지킬 필요'를 주장한다. 지식인으로서는 신중할 필요가 있다는 것, 더구나 그는 지식인이 섣불리 시대정신에 휩쓸렸을 때의 결과를 뼈저린 체험을 통해 알고 있었던 것이다.[17] 이러한 사태 관망은 일제하 파시즘의 계절에서 그가 무주류의 주류론을 들었던 것과 일맥상통하는 모습이라 할 것이다. 따라서 그 시절에 그가 휴머니즘을 들고 나왔음을 상기한다면 해방 공간에서 신윤리의 문학을 제창한 것 역시 하등 이상한 일이 아니다. 정치가 앞을 비쳐주지 못할 때 기댈 것은 윤리라

---

15) 신형기, 『해방직후의 문학운동론』, 제3문학사, 1988, p.177.

16) 백철, 「정치와 문학의 우정에 대하여」, 『대조』 1권 2호, 1946. 7, p.117.

17) "도대체가 현상으로 봐서 문학자가 너무 다변하다. 다변은 정수만을 택하는 문학의 정신과 배치된다. 그리고 또 한 가지 문학자의 모든 행위는 반성의 과정 위에서 진행되어야 한다고 본다. 한번 발을 내딛어서 경솔했다고 반성되는 순간 문학자는 얼마동안이라도 그 장소에 머물러서 고요히 생각하는 과정을 가져야 할 것이 아닌가." 백철, 「정치와 문학의 우정에 대하여」, 『대조』 2호, 1946. 7.

는 보편성뿐이라는, 이러한 리버럴리스트로서의 생리와 문화주의의 입장
이 여기서 다시 나타나게 되는 것이다.

> 윤리의 문학은 동시에 금일까지의 편벽된 문학경향을 반성 수정하는 의
> 미가 된다. 금일까지의 문학엔 사정적인 것이 주조였다. 무비판의 정치추
> 수가 이미 사정(私情)을 위주한 편중의 태도다. 그 정치를 배경한 문학인들
> 이 서로 무조건 하고 타를 배격하고 자기파를 옹호하는 것은 하나의 사정
> 이요 결코 합리성의 객관적인 태도는 아니다. (중략) 이러한 문학현상에 대
> 하여 건국이라는 일층 고도한 목표를 전제하고 윤리의 문학을 세우는 것
> 은 현대문학이 합목적인 것을 향하여 새 출발하는 의미가 강하게 부동(附
> 同)되어 있다.18)

문학의 무비판적 정치추수는 '무조건 상대편을 배격하고 자기파를 옹
호하는'19) 사정(私情)의 차원으로 문학을 떨어지게 하였거니와, 이는 정당
한 문학정신이 수립되지 못한 데서 기인한 현상이라고 그는 주장했다. 그
의 이른바 신윤리문학은 이렇듯 방황하고 있는 문학 정신의 재건을 목적
으로 하는 것이었다. 그렇다면 도대체 이 신윤리문학이란 무엇이며 그것
이 어떻게 현대문학의 정신이 될 수 있는가.

백철은 건국의 과정과 일치되는 방향에서 민족문학의 존재 의미를 설
정해야 한다는 전제 아래, 건국이념의 합목적성과 이에 따르는 문학의 윤
리성을 강조하고 있다. 그는 문학 정신의 방황과 상실의 시대에 직면하여
신윤리로써 상실된 문학 정신을 재건해야 한다고 하였다.

백철에게 윤리성이란 일단 휴머니즘적인 지성을 요구하는 개념이었다.
좌우익의 주장이 모두 지성과는 거리가 먼 주관주의의 미혹에 빠져 있고
이러한 현상은 정치의 양극화 경향을 추수한 데서 빚어진 것인 만큼 문학
은 정치와 결별해야 하며, 그러기 위해선 먼저 문맹과 전문협이 해체되어
야 한다고 그는 주장했다. 그러나 이러한 탕평책(蕩平策)은 좌익측에게는
탕평을 앞세워 문학주의를 창도하는 기만적 술책에 불과한 것20)으로 비

---

18) 백철, 「문학과 윤리」, 『민성』, 1948. 4.
19) 백철, 「신윤리문학의 제창」, 『백민』 4권 2호, 1948. 3, p.8.

판되고, 우익측에게도 무주견적인 한낱 시류적 주장이며 시기 편승적인
태도에 지나지 않는 것으로 후일의 결정적 대세에 타협하기 위한 구실에
지나지 않는 것으로 치부되기에 이른다.[21]

정부 수립 이후 백철은 중간파라는 이름 대신에 신현실주의파라고 불
리길 원하기도 하였으나,[22] 이 당시 그로서는 사태가 이같이 전개됨에 따
라 문단으로부터 전적으로 소외될 수밖에 없는 처지였다. 그러나 이러한
처지야말로 훗날 그의 행정(行程)에 결정적인 영향을 미치게 되는 신문학
사 서술을 가능케 하였음은 특기할 만한 일이다.

> 이런 때마다 내가 자기의 처지를 생각하여 독백을 한 것은 「역시 나는
> 무대 앞에 나서서 연기를 할 때가 아니다. 누구 하나 내가 외는 대사에 귀
> 나 기울이느냐!」하는 고독감이었다. 관중 없는 텅 빈 극장 안의 무대에 선
> 외로운 연기자! 그런 생각이 들었다.[23]
> 내가 실제로 당시 문단현실로 보면 무대 뒤의 일인「문학사나 써보자—」
> 하는 생각을 굳힌 것은 이때부터의 일이었다. (중략) 실은 1939년에 임화가
> 「신문학사」를 조선일보에 연재하기 시작할 때에 나는「내가 하고 싶었던
> 일인데 임화가 선수를 썼구나」하고 일자릴 빼앗긴 생각을 한 일이 있는데
> 그런 생각이 되살아 왔다. 결국 임화가 써낸 것은 초기의 신소설시대로서
> 중단이 된 것이다. 그렇다면 신문학사 전체에 걸친 본격적인 정리 작업이
> 필요치 않은가!![24]

결국 그는 계용묵의 주선으로 수선사(首善社)라는 출판사의 힘을 입어

---

20) 현인, 「문학탕평의 반동성(1)」, 조선중앙일보, 1948. 2. 12.
21) 조연현, 「해방문단 5년의 회고」, 『신천지』, 1949. 10. 한편 임긍재는 그가 지적 유행에
    무주견하게 휩쓸려 온 부화한 지식인이라면서, 백철의 이같은 제3노선이란 이러한 무주
    견성으로 인하여, 혹은 친일의 전력 때문에, 이제 어느 편에서도 설 수 없게 된 그가 공
    명심에서 고안해 낸 교활한 제스추어, 사기심, 허위심일 뿐이라고 맹박하였다. 임긍재,
    「허망과 아부」(『평화일보』, 1948. 3. 25) 및 「제3문학관의 정체—백철론」(『해동공론』 7
    호, 1948. 4) 참조.
22) 백철, 「소위 중간파의 진출」, 『세계일보』, 1949. 1. 1.
23) '이런 때마다'라는 표현에서 보듯, 전향 소감문 「출감의 소감—비애의 성사」에서도 그
    가 예의 그 연기론을 펼친 바 있음은 비평가로서의 백철론을 기술할 때 유념할 대목이
    라 할 것이다.
24) 백철, 『속(續) 진리와 현실』, 박영사, 1975, p.346.

'주야를 가리지 않고'신문학사 서술에 전념하게 된다.25) 이 작업은 「문화
전선」을 떠나면서 시작된 것인데, 그로서는 매우 마음이 편한 성격의 일
이었다. 현실로부터의 거리감을 확보해 줄 수 있다는 것, 그리고 실제로
현실로부터 거리를 두고 나서 보니, 자신의 판단이 옳았다는 느낌을 안겨
다 주었기 때문이다.26)

　일제 말기 임화가 신문학사 서술에 몰두한 것도 그와 같은 이유에서였
으며, 또한 백철이 신문학사를 집필하고 있던 순간, 그보다 앞서 역시 신
문학사를 쓰고 있었던 회월(懷月) 역시 사정은 마찬가지였다고 할 수 있다.
이렇듯 백철이 '주야를 가리지 않고' 집필에 몰두하고 서둘러 상권을 먼
저 상재해야 했던 이유는 임화 콤플렉스에서 벗어나고자 한 데에서도 발
견되는 동시에 실질상으로는 회월에게 선편을 빼앗기지 않으려는 동기에
서 비롯된 것으로 보인다. 그러나 회월의 문학사는 그의 친일경력으로 인
해 출판 사정이 여의치 못하였던 터, 끝내 빛을 보지 못하게 된다. 반면에
백철의 「조선신문학사조사」(상권)의 초고가 완료된 것은 1947년 8월말의
일이며, 「조선신문학사조사」(하권)은 설정식의 알선으로 백양당에서 출간
되기에 이른다.27)

　이 신문학사 서술 체험은 현실로부터의 거리 확보 외에도 적어도 백철
에게는 두 가지의 의미가 더 있었던 것으로 보이는데, 그 하나는 "문학사
를 처음 써보는 초심의 저자로선 문학사적인 방법론도 확실한 것이 서지
못하고 그저 모아진 자료를 연대순으로 나열해 보는 식의 미숙한 편술의
것"이 되고 말았다는 자각이다. 계용묵과의 출판 계약시 처음에는 자료
수집에 대해 걱정하는 수준이었던 그가 집필 과정에서 실제로 겪어야 했

---

25) 위의 책, pp.346~347.

26) "이렇게 해서 나는 다시 「문건」에서 손을 떼고 집으로 돌아왔는데 그렇게 되니까 마음
　　은 한결 편안해졌다. 실지로 나가보니 정세는 문학을 할 수 있는 때가 아니라는 느낌이
　　들었던 것이다. 그렇다면 이제부터 밖에 활동은 단념을 하고 집에 들어앉아서 자기 나
　　름의 할 일을 착수해 보자고 뜻을 새롭게 하기도 하였다. 사실 내가 해방 뒤 초기에 조
　　잡한 대로 신문학사를 「조선신문학사조사」란 이름으로 내어 조그만 실적을 거두었지만
　　그 문학사의 정리작업에 착수하게 된 것도 내가 「문화전선」을 물러나와 마음을 다시 잡
　　고 착수를 한 일이 된다." 위의 책, p.326.

27) "하권은 4·6판 반양장 제본으로, 초판 2천부가 1개월 반 만에 매진이 되고, 재판 1천
　　5백부가 같은 해 11월 초에 나온 것으로 기록되어 있다." 위의 책, p.372.

던 것은 방법론의 문제였던 것이다. 이 점은 특히 임화의 신문학사와는 극히 대비가 되는 형편이었다. 아울러 이 과정에서 그 역시 신문학사의 전통단절론에 철저히 의거해 있었다는 점도 훗날 자성(自省)의 한 요인이 된다.[28]

둘째는 이 신문학사 집필 경력이 그로 하여금 대학의 강단에 진출케 하는 주요한 계기로 작용하게 되었다는 점이다. 그가 처음 강단에 서게 된 것은 용두동 소재의 경성여자사범대학의 교무처장으로 있던 임학수의 권유에 의한 것이었는데, 임학수는 신문학사를 구체적인 과목으로까지 지적하면서 그를 설득하였고, 그 전까지는 "암만해도 대학교수라는 이름이 자신에게 어울리지 않아서 어색하고 실제로 대학에 나가서 가르칠 실력도 없어서 전혀 엄두가 나지" 않았던 그가 그 설득 앞에서는 상당한 호의를 보였던 것이다.[29] 이는 그의 전문가 의식이 발동한 대목이라 할 수 있다. 비록 임화에게 선수는 빼앗겼을지언정 신문학사를 본격적으로 정리하는 작업은 자신의 몫이라고 그는 항상 여겨왔던 터이다. 이를 계기로 그는 강단에 진출하게 되는데[30] 이 또한 문학사 서술과 아울러 현실 문단으로부터 거리를 갖게 해주는 것이었음에는 다름이 없다.

물론 이러한 일종의 도피가 그리 오래 갈 일은 아니었다. 중간파의 생리가 결국엔 어느 한 편으로 흡수되고 말 운명이었기에 정부 수립 후 한국문학가협회가 결성될 때 그는 선언문을 낭독하고 평론분과 위원장직을 맡게 되었던 것이다. 하지만 문협은 세대나 유파간에 내분의 조짐을 안고 있었고 문단의 구세대에 속한 그는 문단의 중심에서 소외되어 결국 실제

---

28) 『조선신문학사조사』는 브란데스의 문학사 기술방법론에 영향을 받아 저술된 것으로서 해방 후 문학사에 선구적인 위치를 차지하기에 부족하지 않았으나 서구적 시각과 방법론을 도식적으로 재단하여 적용함으로써 이 땅의 문학사가 마치 서구문학을 이식 모방한 것으로 인식시켰으며 동시에 식민지사관의 굴레에서 크게 벗어나지 못했다는 점에서 근본적인 결함이 발견되는 것으로 평가된다. 김재홍, 「백철, 마르크스에서 리챠즈까지」, 『향천김용직박사화갑기념논문집 : 한국현대시론사』, 모음사, 1992, pp.222~223.

29) 하지만 당시에는 1학년생밖에 없어서 결국 백철은 영어과목을 가르치게 된다. 백철, 앞의 책, pp.350~352.

30) 이후 그는 서울대 사범대, 동국대, 서울대 문리대 등의 강의를 맡으면서 1950년대 중반 이후 중앙대 교수로 재직하게 된다. 김재홍, 앞의 글, p.223.

비평보다는 강단비평에서 자신의 몫을 찾게 된다. 그리고 나서 신비평 수용에 나서게 되었던 것이다.

여기까지의 그의 변모에 대하여 김윤식 교수는 지식인 비평의 한 전형이라 표현한 바 있다. 이때 지식인이란 뿌리가 없는 족속이라는 것, 그것은 계층의 명칭이 아니며, 다만 지식을 밑천으로 하여 이 계층 저 계층에 기생함을 속성으로 하는 존재라 전제된다. 즉 부르주아 저널리즘에 기생하면서 시류에 편승하는 저널리즘적 성격을 두고 지식인이라 한다면 백철이 얻는 지식의 원천이란, 창의적인 것이 아니라 동경 사상계에서 흘러들어온 것에 한정되어 있으며, 이러한 지식을 문제 삼을진대, 그것은 여지없는 계몽주의적 성격을 띤다는 것이다. 그것은 곧 근대에 대한 자의식 없이 벌어지는 후진국 지식인의 운명과도 같은 것으로, 그의 파시즘에로의 경도 과정 역시 그같은 맥락에서 설명될 수 있다는 것이다. 말하자면 지식인 비평가로서 백철이 할 일은 근대 즉 과학으로 보이는 것들을 앞장세우고, 그것이 허상으로 무너지면, 새로운 다른 것을 여지없이 받아들여 또 과학이라 내세울 것이며, 이러한 일의 무한한 반복이 있을 뿐이라는 지적인 것이다.31)

이제까지 확인해 온 그의 성향으로 보건대 이 같은 지적은 타당성을 갖는다. 이데올로기로부터 벗어나 소위 과학이라는 것을 향해 달려가는 것, 그것이 백철의 좌표라 잠정적으로 결론지을 수 있음도 그러한 연유에서이다. 마르크시즘을 과학이 아니라 이데올로기란 이유로 거부한 이후 그가 내세운 논리들은 결코 과학일 수 없었던 것, 한결같이 주관적이고 관념적인 방향으로 흐르거나, 상황논리를 들어 침묵하거나 타협하는 것 외에 다른 것이 아니었다. 그래도 그것은 비평을 유지하는 현실적 방책이었다. 그가 비평계는 물론이려니와, 아예 현실로부터 거리를 두었던 문학사 서술 기간과 강단으로의 진출 기간은 그의 생애에서 예외적인 것이었다. 그러던 중 그는 신비평과 만나게 된다. 이것 역시 그의 운명의 일종이었는데, 그것은 곧 전향(轉向)의 논리적 완성이 이룩되는 순간이었기 때문이다.32)

---

31) 김윤식, 「우리 근대문학교육의 어떤 좌표」, 『한국문학의 근대성 비판』, 문예출판사, 1993,
　　p.57.

적어도 마르크시즘에서 벗어나기 위해서는 그에 대적할 만한 과학이 필요했던 것, 그것을 비로소 미국 진영에서 만들어 주고 있었던 것이다. 신비평은 그가 달려가야 할 새로운 과학이었다. 그리고 그로 인해 드디어 기술비평이 가능해지고 탈정치적인 문화주의가 가능하게 되리라고 그에겐 여겨졌을 것이다.

3. 신비평 수용 과정과 그 의의

신비평과 관련하여 먼저 눈여겨 볼 것은 그가 보인 미국 대망론(美國 待望論)과 대학 대망론(大學 待望論)이라 할 것이다. 미국 대망론은 문학의 보편성 획득에 관한 논의의 축에서 발견된다. 먼저 백철은 정부 수립 이후 남한에 있어 민주주의가 궤도에 오르기 위해서는 미국의 본을 필요로 할 수밖에 없다고 주장하였는데, 그 이유는 "그저 지방주의적인 데 편중을 해 보았자 이 땅의 근세가 정치적으로나 문학상으로 한 번도 민주주의의 실적과 전통을 가져보지 못한 이상 거기서 어떤 민주주의의 광맥을 얻어낼 수는 없기 때문"이라는 것이었다. 여기서 그는 문학상의 민주주의 실현이 곧 우리 문학의 세계적 보편화를 의미하는 것이라 주장하면서 그 보편성의 모델로 미국을 제안 내지 상정하고 있었던 것이다.

그래서 문학상의 민주주의적 실현이란 우리 문학의 하나의 세계적인 보편권을 획득하는 일이다. (중략) 그러나 문제는 우리가 그 이론을 모르는 것이 아니다. 우리들은 민족문학을 논의하는 데 있어 지드 등의 국민문학론을 빌어서 지방적인 동시에 세계적인 보편성과 통하는 문학 과제로 논

---

32) 백철은 한국 전쟁 중 부역문인에 가담하여 사상을 의심받는다. 이에 그는 「문학자로서 나의 처세와 그 모랄」(『신천지』, 1953. 11)이라는 해명서를 쓰지 않을 수 없었다. 전기철 교수는 백철이 이렇듯 사상 의심을 받게 되자 모더니즘에 적극성을 보여 자신의 문학적 안주처를 찾지 않으면 안 되었다고 주장한다. 이에 대해서는 전기철, 앞의 책, p.188 참조 바람.

의한 일도 있으며, 나아가선 그것이 금일과 같이 민족적인 위기 때문에 민
주주의에 민족적인 의미가 강해야 할수록 더한층 급격하게 세계성을 추구
해야 할 책임을 강조할 수도 있는 일이다. (중략) 우리들은 민주주의를 재
비판하고 민주주의적인 문학을 재건하는 데 있어 역시 선진국인 구미의
민주주의와 그 문학을 직접적인 표본으로 삼고 하나씩 소화, 섭취해야 할
것이다.

　　우선 이 현재에선 미국의 현대문학과 밀접한 관계를 갖고 그 민주주의
성을 터득해 보는 것이다. 서부지대에서 오늘과 같이 세계문학의 패권을
쥐게 된 미국 문학을 근본에서 이해하고 파악할 때 우리는 지지한 반만의
정신사에 그들로부터 어떤 발화점을 받을 수 있지 않을까 기대할 수 있는
것이다.[33]

이 같은 백철의 시대 인식에 대해 그 같은 인식의 당대적 보편성을 인
정하지 않고 섣불리 비난만 하는 것은 분명 그릇된 처사일 것이다. 미국
에 대한 이 같은 물신화(物神化) 수준의 발언은 비단 문학계에만 해당하는
것이 아니라 사회 전반에 널리 유포되어 있는 것이었기 때문이다. 그것은
일종의 문화생산 장(場) 내의 역학 변동을 의미하는 것이었다.

따라서 다음과 같은 대학 대망론이 백철에게 왜 필요했는가 하는 점 역
시 이해하기 어렵지만은 않다. 그는 그 당시 김동리 등이 지배하고 있었
던 문협의 문단 헤게모니에 대한 하나의 저항과 견제 수단을 바로 대학에
서 구하고 있었던 것이다.

　　그러나 금후의 우리 문단은 대학과의 관계와 그 영향에서 큰 변성을 보
이게 될 것이라 생각한다. 1945년 이후 사회적으로 역사적으로 모든 것에
큰 변성을 보였거니와 그 중에서 대학의 신수립과 그 수의 격증은 문화면
에 있어 가장 현저한 변성과 발전상이라 할 수 있다. (중략) 이 대학의 격
증은 필연적으로 우리 문단의 신조건을 제공할 큰 배경적인 신환경이다.
(중략) 현재까지 우리 문단의 내용이 빈곤했던 주이유의 하나는 우리 문학
인이 체계적인 학문의 교육을 갖지 못한 사실이다. 세계적인 문학동향에
눈이 어두운 것도 현재 우리 문단의 맹점이다. 이것은 우리 문학인의 지적

---

33) 백철, 「민주주의와 문학」, 1957. 2. 여기서는 『백철 문학 전집』 3(신구문화사, 1968),
pp.151~152에서 재인용. 이하 『전집』으로 표기.

수준과 관련되는 이야기가 아니겠는가. 또하나 문단내부적으로 독선과 자기 취미에 도취하는 점 등 모두 우리 문학인의 소박한 감정에서 기인된 사실이다. 이러한 문단의 결점들은 금후 문과대학과 그 졸업생이 직접 배경으로 되고 문단의 신인으로서 그것을 신구성하게 될 때에 극복 지양될 것이라고 생각하는 것이다.[34]

이러한 사실이 의미하는 것은 문화 자본을 둘러싼 쟁투, 문화생산 장의 재편성에 대한 기도에 다름 아니다. 가령 문학 비평 혹은 문학 연구에 있어 이 같은 모델의 전회가 갖는 의미에 대해 생각해 보자. 학문의 성립과 관련하여 정작 중요한 문제는 앎 자체를 위한 앎의 근대적 제도화가 앎을 추구하는 인간 행위의 목적 연관과 관련하여 단순하지 않은 문제를 제기한다는 점에 있다. 자기목적적이며 따라서 그 자체로서 가치 있다고 이야기되는 앎의 추구가 개인적 차원에서 이루어지기는 하지만 이 추구를 가능하게 하는 외적인 틀로서의 대학은 이 제도가 속해 있고 그것을 유지하는 사회의 유용성의 요구 아래 놓이게 됨으로써 그 자체로서 가치 있다고 이야기되는 이론적 앎과 탐구에 다시 그 가치를 규율하는 또 하나의 심급(審級)이 형성되게 된 것이다. 그리고 이 상위의 심급은 진리보다는 유용성이나 기타 다른 목적에 의해 인도되므로 제도 안의 앎의 추구 행위는 이 외적 목적에 종속되게 되며, 진리를 추구하는 행위에 귀속되었던 내재적 가치는 이 외적 목적과 그것이 추구하는 가치에 의해 매개된 수준에서나 이야기될 수 있는 부차적인 위치로 떨어지게 되는 것이다.[35]

그러므로 현대문학 연구가 학문의 범주 속으로 편입해 들어간 것은 국문학 연구 자체 내의 요구에 의한 것만이 아니라 그 같은 상위 심급의 변

---

34) 백철, 「아카데미즘과 저어널리즘」, 1953. 2(『전집』 3, pp.331~332). 이러한 견해는 자주 피력된다. "나는 우리 문단의 새 저수지로서 오늘의 각 문과 대학을 중시한다. 순수하게 학문과 창작을 지향하는 젊은 문학도의 집단이 문단에 대한 정예(精銳)한 보충부대로서 대기 상태에 있다. 여기선 외국의 대학에서와 같이 각각 자기 대학의 지성적인 전통을 수립하는 것과 함께 문단에 대해선 신세대적인 재료들이다. 우리 문단을 정비 재건해 나가는 데 있어서 이런 문과대학의 젊은 지성군은 중요한 대상으로 되어야 할 것이다." 백철, 「문단재건의 과제」, 1955. 3(『전집』 3, p.245).
35) 이성규, 「동양의 학문 체계와 그 이념」(소광희 외, 『현대의 학문체계』, 민음사, 1994), p.9.

화를 반영한 것으로 보아야 옳다. 즉 해방공간에서 정부 수립 초기까지 지배적 담론으로 요구되었던 신민족주의는 어느덧 시대성을 소진하게 되고 한국 전쟁 이후 전개된 냉전체제와 미국을 모델로 삼는 근대화의 요구는 더 이상 고전을 통한 민족적인 것의 추구에 국문학 연구가 만족할 수 없도록 만들었던 것이다. 중요한 것은 이제 시대정신의 중심축이 서구화 내지 근대화에 가까운 쪽으로 전회되어 갔고, 이 같은 시대정신은 과학성에 대한 요구 혹은 전문화의 요구와 근친관계에 서 있었다는 점이다.36)

사실 해방 직후부터 우리의 학문과 사상 역시 동서 냉전 체제의 틀 속에 집어넣어진 셈이며, 이 상황에서는 동구 내지 서구 어느 쪽이든 간에 서양 문명의 절대적 우위관이 지배하는 세계가 펼쳐지고 있었던 것이다. 이 가운데 동구의 학문과 사상 경향이 제거되기에 이르렀고, 이렇게 될 경우 학문적인 것은 곧 자율성을 바탕으로 하는 서구적인 것을 의미하게 마련이었다. 더구나 사회의 지배적 담론이 근대화 내지 서구화로 변질되고 그 대사격(大使格)이자 본질적인 것이 미국으로 대표되는 한, 미국의 학문은 일종의 물신화(物神化) 과정을 겪을 수밖에 없었던 바, 바로 이때 현대문학 비평과 연구에 하나의 구원처럼 등장한 것이 바로 미국의 신비평이었던 것이다.37)

---

36) 전문화란 곧 국문학 연구를 고전문학과 현대문학으로 나누어 별개로 관리하는 방식을 낳았다. 대학의 교수진 구성 방식부터가 그러하고 교과과정 또한 그러하다. 고전문학과 현대문학을 별개의 지식으로 간주하는 이러한 제도 속에는 국문학 자체 내에 혹은 국문학을 둘러싼 사회의 지배적 담론 자체가 이른바 전통단절론을 승인하는 자리에 있음을 선명히 대변해 주고 있는 것이다. 이 전통단절론이 근대화의 산물임은 부인할 길이 없다. 아울러 이러한 전문화에 대한 지향은 곧 이데올로기에 대한 불신과 직결된다. 전문주의의 융성이 과학에 대한 강한 신념을 갖게 된 사회적 분위기에 의해 강화된 것인지, 혹은 학자들이 자신들의 사회적 권위를 확보하려는 노력의 일환으로 이루어진 것이든지 간에, 분명한 것은 전문주의와 이데올로기는 대립되는 현상처럼 이해되기에 이르렀다는 점이다. 정재찬, 「현대시 교육의 지배적 담론에 관한 연구」, 서울대 대학원 박사학위논문, 1996, p.69.

37) 이와 연관하여 다음과 같은 한 연구자의 술회에 주목해 보자. "도미 전부터 백교수가 「뉴크리티시즘에 대하여」(1956. 11)를 썼지만 직접 그 이론가들을 만난 보고서가 나왔을 때, 이를 접한 독자들은 다음 두 가지 기묘한 체험을 하지 않았을까. 책으로만 접했던 이들 석학을 한국학자도 만날 수 있다는 생각이 그 하나. 이를 두고 전후세대가 안고 있는 외국(서양) 이론에 대한 물신사상에 젖어 있음이라 하면 안될까. 다른 하나는, 이점이 중요하거니와, 뉴크리티시즘이 대학 중심으로 전개되고 있다는 사실, (중략) 왜냐하

그렇다면 이러한 대망론을 안고 미국에 건너가 신비평의 대가들을 직접 만나게 되매, 백철이 얻은 것은 무엇이었을까. 먼저 그는 브룩스를 만나 이렇게 질문하였다.

> 백　철 : 우선 현대 비평가로서 문학에 대한 이해인데, 가령 십구세기적 비평관과 현대적 비평관에는 어떤 차이가 있다고 보는가?
> 브룩스 : 먼저 나는− 그리고 이것은 나만이 아니고 적지 않은 수의 미국 사람들이 그렇다고 보는데, 문학 작품이란 고금을 막론하고 19세기 것이건, 20세기 것이건 본질로선 아무것도 다른 점이 없이 작품을 대하고 있다고 본다. 한국에서는 어떻게 보는지 몰라도…….
> 백　철 : 적어도 내가 생각하고 있는 것과는 크게 어긋난다.
> 브룩스 : 그럼 문학을 어떻게 보는가?
> 백　철 : 내가 보기엔 시대의 조건이 문학에 크게 작용하지 않나 생각한다. 시대적인 어떤 질적 변동은 동시에 어떤 의미로든 문학에도 변질을 가져온다고 확신한다.[38]

여기까지 백철은 일단은 역사주의(歷史主義)에 서 있음을 알 수 있다. 이것은 한국의 경우 보편적인 인식 형태라 할 것인데, 특히 전통단절론을 승인한 가운데 신문학사를 기술한 백철의 입장으로서는 브룩스의 견해가 낯설 수밖에 없었으며, 무엇보다도 이는 자국의 문학 전통이 다른 데서 기인하는 현상으로 파악되기에 이른다.

그러나 백철의 이 같은 반론은 실상 신비평에 무지해서라기보다는 좋은 해답을 얻고자 한 전략적이고 수사적인 태도로 보인다. 그의 신비평에 관한 정보는 꽤나 상세한 축에 속하는 것이었다. 그가 보여준 다음의 질문은 대단히 도전적이라 할 만하다.

면 대학에서 문학공부하기란 학문으로 문학을 다루는 것이며, 따라서 (중략) 뉴크리티시즘 곧 학문이라는 생각이 굳어졌던 것입니다. 뉴크리티시즘이 뭔지 잘 알지는 못하나, 좌우간 분석비평의 일종이며, 이것만이 학문이라는 일종의 물신적인 생각에 사로잡혔던 것으로 기억됩니다." 김윤식, 『근대문학사상연구2』, 아세아문화사, 1994, p.380.

38) 백철, 「클린드 브룩스−비평정신의 모색」, 1957. 11(『전집』 3, pp.356~357).

백　철 : 그렇지만 <잘된 작품 *The Well Wrought Urn*>의 서론에서 너무
시의 역사적인 배경을 무시한 것에 사과하면서 시가 그 시대의
표현이라 말하고 싶다고 했는데 그것은 뭣을 의미하는가. 지금
의 말과는 틀리지 않는가.

브룩스 : 내가 그 점을 수정한 것은 사실이다. 그러나 근본적인 문학관이
변한 것은 아니고 또 그 두 가지 이야기가 모순되는 것도 아니
다. 왜냐하면 역사라든가 시대의 조건을 문학작품 내부의 조건
으로 계산하지 않고 그 작품에 대한 하나의 배경, 하나의 분모
로 보는 데 중요성을 두었을 따름이다.

(중략)

백　철 : 그럼 작품 내부의 조건만을 분석 감정해서 그 비평이 완수되는
경우도 있다는 것인가?

브룩스 : 그렇다. 많은 경우는 그렇다.

(중략)

백　철 : 그럼 한 가지 의문이 생긴다. 그렇게 하다가는 뉴우크리티시즘
이 아주 근거를 버리고 19세기적 비평 방법으로 퇴보하지 않겠
는가.[39]

이 날카로운 질문의 답변을 그는 브룩스에게서 뿐만이 아니라 윈터즈를
통해 다시 듣게 된다. 백철은 "현대비평가가 되기 위하여 독서로서 그 자
격을 갖출 일은 뭣일까. 우선 이렇게 묻는 것은 현대의 비평문학이 하나의
학문으로서 군림하기 때문이다."라는 질문으로 대담을 시작하였고 윈터즈
는 "한국에서도 미국의 경우처럼 교수가 비평가를 겸하고 있는 실정이냐"
고 묻기도 했다. 그러나 정작 백철이 노린 질문은 다음의 것이었다.

백　철 : 물론 당신도 분석비평가의 일원임은 사실이지만 뉴우크리티시
즘에 대해서는 어떻게 생각하는가? 랜섬은 당신을 뉴우크리티
시즘과 비겨서 비순수하다고 은근히 비난했는데……

윈터즈 : 나를 공격했다고 해서 하는 말이 아니라 실제 랜섬 등의 뉴우
크리틱이란 풍세가 사나우면서도 실상 비평사적으론 미풍에 지
나지 않는 것이다. 역시 하나의 고질과 같은 편향이다. 그러나

---

39) 위의 글, p.358.

한 사람을 들라면 브룩스 같은 비평가가 주목되지 않을까 한다.
백　철 : 가령 어떤 점이—
윈터즈 : 그가 근래의 자기 비평관을 수정해서 역사적인 배경을 중요시
　　　　한 점이 그렇다고 본다.[40]

백철이 신비평에 대해 무한포옹현상을 보였으리라는 추정은 여기서 오류임이 드러난다. 그가 보고 배워야 할 신비평은 이미 예전의 그 엄격하고 완고한 성질의 것이 아니었기 때문이다. 도리어 그는 신비평과 역사주의와의 모종의 화해에 주목하고자 한 것으로 보인다. 그리고 이것은 항상 종합적인 것을 선호하던 그로서는 오히려 다행한 일이었다. 즉 자신의 자산을 완전히 버릴 필요 없이 새로운 자산을 취득할 수 있는 형편이었던 것이다.

신비평에 대한 이 같은 백철의 안목이 어떻게 가능했겠는가. 그것은 단지 그의 미국행이 1957년에서 1958년 사이에 벌어진 일임을 지적하는 것만으로도 족하다. 1957년은 노드롭 프라이가 그의 기념비적인 저서 『비평의 해부』를 출간한 해에 해당한다. 그리고 그 1년 후 머리 크리거는 그의 저서 『시의 새로운 옹호자들』에서 신비평과 관련된 입장을 요약하고 그것이 지닌 이론적인 모순과 막다른 길에 다다른 상황임을 밝힌 다음, 신비평이 미국의 문학비평가들(과 미국의 문학교육)을 위해서 할 수 있는 모든 것을 다했기 때문에, 보다 새로운 비평운동이 중심무대에 그 모습을 드러내도록 옆으로 비켜 기다리고 있었다고 기술하였던 것이다.[41]

신비평의 수용에 있어 이러한 사태는 그것이 절대적인 권위를 지니던 시기에 비해 볼 때 뚜렷한 장단점을 갖는 것이었다. 신비평의 전반적 구도가 정리되고 이론의 세련화에 도달한 시점이란 점에서 그것은 분명코 장점이라 할 수 있다. 신비평에 대한 비판이 존재하고 있었다는 것 역시 결코 단점으로만은 볼 수 없다. 그만큼 진정한 면모를 파악할 기회가 되기 때문이다.

---

40) 백철, 「이보르 윈터즈— 현대비평의 새로운 경향」, 1958. 5(『전집』 3, p.343).
41) 프랭크 렌트리키아(이태동 · 신경원 공역), 『신비평 이후의 비평 이론』, 문예출판사, 1994, p.17.

하지만 문제는 1957년이 거의 신비평의 사망기로 묘사된다는 점에 있다. 그래도 수용해야 할 것인가. 수용해야 한다면 그 이유는 무엇인가.

백철은 신비평 자체에 대단한 집착을 보이지는 않는다. 그보다는 신비평을 위시한 미국의 현대비평적 경향, 곧 분석적 태도가 소중한 것이었다. 실제로 그는 역설이니 아이러니니 하는 것들을 비평에 원용한 적이 없다. 이 점은 송욱, 김종길, 김용권 등의 신비평 수용 태도와는 대조적인 것이다. 그로서는 다만 언어에 대한 강조, 작품 자체의 중시, 문학사의 연속적 파악 같은 원칙적 태도가 문제될 따름이었던 것이다. 그의 강조점이 아카데미시즘 자체에 놓여 있었음은, 따라서 전혀 이해 못할 바가 아니다. 기실 비평의 태도와 그것이 낳은 제도적 측면이야말로 그에게는 유용했던 것으로, 이것이 한국 문단의 신질서 형성을 염두에 둔 소산임은 다음의 글로 미루어 볼 때 어느 정도 추측이 가능해진다.

> 미국 비평계에서 주목되는 것은 저명한 비평가들이 대학교수로 있다는 사실이다. 그것은 저명한 문학교수가 많이 문단의 비평가로 활약하고 있다고 보는 것이 옳을 것이다. 다시 말하면 현대 미국의 비평사조와 그 방법 등은 대학교수가 비평가를 겸하고 있다는 사실에서 우선 특징을 잡을 수 있다. 그 특징은 실용적이며 그 방법은 소위 분석적인데 이것은 유독 미국의 뉴우크리틱만을 지적한 것이 아니라 현대비평의 전체적인 경향으로 파악해서 잘못이 아닐 것이다.[42]

미국이 당시 우리의 모델 체계였음은 말할 것도 없다. 따라서 그의 이같은 보고는 대단한 권위로 우리 문학계와 학문계에 작용했다고 보아 틀림이 없을 것이다. 이 말은 신비평이 그 도입 초기부터 장차 비평계와 학문계의 지배적 담론으로 자리 잡기에 충분한 권위를 갖고 들어 왔다는 것을 의미한다. 이로부터 강단비평의 헤게모니화가 이루어지고 비평의 학문화가 가능해지며 현대문학 연구의 학문적 위상이 강화될 수 있었음은 물론이다. 이것은 또한 그가 도미 이전에 보여 주었던 미국 대망론과 대학 대

---

42) 백철, 「분석비평의 의의─비평문학의 원형질로서의 방법론」, 1958. 3(『전집』 3, p.370).

망론이 강력하게 결합하게 되었음을 의미하는 것이기도 하다. 그로서는 미국 체험이 그야말로 기대와 실질이 부합하는 의미를 안겨다 주었던 바, 결과적으로 그는 한국의 대학과 문단에 다음과 같이 반성을 촉구하게 된다.

> 미국의 문학계에서 내가 주목한 것은 각 대학을 중심으로 해서 유력한 문학 운동이 전개되고 있다는 점이었다. 우선 문학지의 간행만 보더라도 대부분 계간으로 나오고 있으며, 그 계간 문학지의 대부분이 대학을 중심으로 발행되고 있었다.(중략) 대학을 근거로 해서 유력한 문학운동이 있다는 또 하나의 증거는 미국문단의 절반 이상을 대학교수들이 차지하고 있는 점이다. (중략) 우리 문단 구성으로 봐선 실지 대학에서 가르치는 사람은 많으면서도 그 대학들이 순문학운동의 근거지로 되어 있지 못한 사실, 또는 대학에서 발간되는 학술지들이 전부 학생의 교내적인 시작(試作) 동인지(同人誌)를 넘어서지 못하여 문단에 아무 실질적인 영향을 미치지 못하고 있는 사실이 지적되면서 여기에 대한 또 하나의 반성이 있어야 할 줄 믿는다.43)

다시 말하거니와, 백철은 신비평의 한계에 대해 상당 정도 인지하고 있었다. 그는 신비평을 소개하는 자리에서 "우리의 비평문학과 결부해 볼 때 정말 이와 같은 비평 방법이 작품 해석에 가장 효과적일까 하는 의구심과 함께 문학의 전통이 다른 우리 문학의 입지에서도 과연 뉴우크리티시즘의 비평 방법이 유효하게 적용될 것인가 하는 반문과 재검증"의 필요성을 인정하고 있다. 어떤 경우에는 그것이 "교수비평가로서의 특질이지 결코 일반문학비평가의 방법이 아니며 또 너무 필요 이상의 분석과 주석에 빠진 나머지 비평 본래의 임무를 등지고 고답파적 관념유희에 탐닉하는 경우도 있다"는 것, 그리고 이것은 그의 개인적 인상이 아니라 미국 내에서, 또한 런던 PEN대회에서도 발견되는 비판이라는 것을 그는 밝히고 있는 것이다. 그러므로 백철은 "뉴우크리티시즘에 대하여는 맹목적인 수입보다 비판적인 내용 검증이 있어야 할 것"이라 하였는데, 문제는 그 이

---

43) 백철, 「미국문학계의 활동상─한국문단사회와 관련하여」, 1959. 2(『전집』 3, pp.385~389).

유가 "더 솔직히 말한다면 우리들로서는 그렇게 전문적인 분석방법을 따를 수도 없거니와 동시에 그렇게까지 할 필요도 없다는 점"이라는 데에서 발생한다. "그렇게까지 할 필요도 없"는 것을 우리는 왜 받아들여야 하는가. 그것은 오로지 우리 문단의 비평사에 던져줄 반성적 의미에 기인하는 것인 바, 여기서 우리는 그의 계몽주의적 시각과 함께 입법비평에 대한 생리적 거부감을 다시 한 번 발견하게 되는 것이다.44)

분석비평이 이른바 외재적 비평에 대한 거부의 자리에 서는 것이라면, 백철을 비롯한 당대 지식인의 탈이데올로기 지향성에 이 신비평의 비평적 원칙 내지 태도가 가져다주었을 매력이란 상상하기 어렵지 않다. 이때 외재적인 것이 물론 정치적인 이데올로기만을 의미하는 것은 아니지만 백철과 김병철이 공역한 『문학의 이론』 가운데 <한국어판에의 서문>에서 웰렉이 다음과 같이 언급하고 있는 것은 당시의 시대상황을 고려할 때 일종의 긴장을 내포하고 있는 것이라 할 만하다. 동서 냉전체제에 있어서는 미국과 한국은 동시적인 긴장 관계를 형성하고 있었기 때문이다.

> 이 책의 진수는 대상 그 자체에 대한 고려에 있다. 우리들의 경우에 있어선, 그러나, 그 본질과는 분리될 수 없는 예술적인 문학작품에 대한 고려에 있다. 그 본질이란 가치, 인간의 가치, 양의 동서를 가릴 것 없이 고풍숭상의 쓸데없는 '조사(調査)'로 해서 망각되었고, 문학과 모든 예술을 다른 목적에 종속시키고 싶어 하는 방법으로 해서 왜곡되는 수가 많은 중심적인 사실을 의미한다. 이러한 목적이란 과거는 종교적 내지 도덕이었던 것처럼 현대에 있어선 정치적이다. 예술 작품이란 그 대상에 몰두하고 상상에 의하여 그것에 관심을 두는 자유로운 상상력과 참된 학문에 의하여 창조되며 자유분위기 내에서만 오로지 번영할 수 있는 것이다. 그러나 이와 같은 자유란 그 얻어지는 방법이 양양된 의식과 문학의 여러가지 효용 및 문학연구의 각종각양의 방법으로 해서만 가능한 것이다. 퇴폐적인 방법을 내포하고 있는 인위적인 기반(羈絆)으로부터의 자유, 편견과 협소한 국부

---

44) "이 점에서 오늘의 문학비평은 우선 종래의 것에 그 분석과정을 추가해서 개편할 필요를 부득이 느끼게 된다. 그것이 비록 뉴우크리티시즘과 같은 것이 아니라도 앞서 말한 바 현대비평의 특질로서 그 분석비평의 과정을 중요하게 채용해야 할 것을 느끼는 것이다." 백철, 「분석비평의 의의」, 1958. 3(『전집』 3, p.372).

적인 퍼스펙티브로부터의 자유, 정치적 및 그 밖의 외부적인 통제로부터
의 자유는 문학도뿐이 아니라 모든 한국학도의 이상인 것처럼 우리들의
이상이기도 하다고 우리들은 확신하는 바이다.[45] (강조 - 인용자)

신비평이 '외부적 통제로부터의 자유'를 가져다주리라는 것, 그것이
"모든 한국학도의 이상인 것처럼 우리들의 이상이기도 하다."라는 이 당
연한 투의 언급이야말로 신비평이 분석비평으로서의 객관성에 그치는 것
이 아니라 이데올로기적 속성을 갖는다는 것을 새삼 보여주는 예라 아니
할 수 없다. 정치적 요구로부터 자유롭고자 하는 주장 역시 정치적 효과
를 갖는 것이 되기 때문이다. 따라서 신비평이 이 땅에 적용되었을 때, 그
담론이 공평무사하기는커녕 작품 해석이나 가치 평가에 있어 이데올로기
적 효과를 발휘하게 되리라는 것은 자명한 일인 것이다.

한편 이러한 분석적 태도에 대한 강조만큼, 어쩌면 그보다 더욱 백철이
주목하고 있는 것은 바로 브룩스와의 인터뷰에서 그를 당황케 했던 신비
평가들의 전통관이라 할 것이다. 분석비평이 약화되어 가는 과정에 있음
을 목도한 그로서는 브룩스의 변신이야말로 요체로 비쳐지지 않을 수 없
었을 것이다. 변신은 곧 수정이고 또한 대립의 종합을 의미하는 것으로
보였을 법하기 때문이다.

지금은 어느 면에서는 이 분석비평이 약화되고 있는 경향이지만 (중략)
여기서 또 하나 주목할 것은 이들 뉴우크리틱이 대상하는 문학작품은 먼
저 말한 바와 같이 현대의 그 인틸렉튜얼한 작품만이 아니고 과거의 모든
가치 있는 작품에 일률적으로 적용하고 있는 사실이다. 재미있는 것은 그
들의 문학관인데 문학을 예나 지금이나 본질적으로 다름없는 통일적 연속
관념으로 보고 있는 것이다.[46]

통일적 연속 관념으로서의 문학에 대한 관점은 그에게 매우 중요한 의
미를 가져다준다. 그것은 1960년대의 전통논의에 있어 비로소 그의 신비

---

45) 르네 웰렉·오스틴 워어렌, 앞의 책, 서문.
46) 백철, 「분석비평의 의의」(『전집』 3, p.376).

평 체험이 역량을 발휘하게 된다는 사실과 연관되어 있다. 즉 신비평의 영향은 백철에게 있어 실제비평의 장면에서가 아니라 강단비평이나 학문적 수준에서 발휘되고 있었던 것이다. 그는 신비평의 연속성 개념을 통해 전통단절론을 극복하고자 하였다. 이는 일찍이 신문학사 서술 과정에서 스스로 인식하게 된 문제의식이기도 한데, 당시에는 그저 현상적인 사실로 간주되고 만 데 대해 신비평을 접한 이후는 그 극복이 당위의 문제로 전화되기에 이른 것이다. 이 같은 그의 인식변화는 다음 글에서 잘 드러나 있다.

> 그런데 근간에 와서 우리가 현대문학 운동을 위하여 불가피하게 우리 과거와 연락의 관계를 재검토하게 된 데는 주로 두 가지의 내외의 조건이 개재되어 있다. 하나는 우리 문학이 현대화 과정을 진행시키려고 할 때에 우리가 지금 갖고 있는 그대로의 문학사적인 현실 조건으로서는 그것을 더 앞으로 끌고 나갈 수 없는 슬럼프에 빠져 버린 것을 알게 된 때문이다. 말하자면 우리는 더 앞으로 나갈 수 있는 문학사적인 동력을 갖고 있지 못하다. (중략)
> 또 한 가지 우리가 현재의 문학사적인 반성을 하게 된 동기는 근간에 와서 우리가 좀 더 선진한 외국문학의 발전과정과 그 이론에 대한 정확한 지식을 얻게 된 때문이다. 그 중에서도 특히 영미의 현대문학이론으로서 전통론이 크게 중요시되고 있는 지식이 우리 문학의 이론의 배경이 되고 있는 사실인 줄 안다.[47]

그러나 그가 전통단절론의 극복을 내세우게 된 사연은 막연한 고전 숭상의 취미가 아니라 오로지 현대문학의 발전을 위한 조건으로서였다는 점을 명확히 해 둘 필요가 있다. 이러한 견해는 일제 말기에 처해 내세웠던 막연한 풍류론과는, 관심의 뿌리를 연장할 수는 있을지언정, 거리는 먼 것이었다. 하지만 이 속에는 서구문학에 대한 콤플렉스가 여전히 존재하고 있음을 우리는 감지하게 된다. 전통단절론의 극복을 승인하고서도 그는 "한국에 무슨 과거와 전통이 계승할 만한 것이 있느냐?" 하는 문제가 제

---

47) 백철, 「한국고전에 나타난 비평」(『전집』 1, pp.142~143).

기됨을 사실로 인정한다. "서구의 나라들이 갖고 있는 고대의 전통, 그런 작품에 해당하는 과거와 고전을 우리가 소유하지 못하고 있은 것은 부인할 수 없"다고 그는 본다. 거기에 대해 그는 역설적인 대응방식을 취하게 되는데, 사정이 그러하므로 우리 문학운동의 경우에 있어서는 '의식적으로 그 전통을 찾고 계속하는 뜻의 것'이 되어야 한다는 것이다. 그 때의 이론적 근거가 바로 신비평의 연속성(continuity) 개념이 된다.

> 여기에 더 교시적인 문학이론은 고전론보다도 문학은 결국 좋든 나쁘든, 크든 작든 간에 자기의 과거 문학에 대한 계속의 것이며 일관성의 것이라는 뜻의 해석이다. 근대 및 현대의 문학이론으로선 참고적인 것이 두 가지 있는데, 하나는 현대문학의 이론으로서 문학은 계속성(continuity)의 것이라고 파악하고 있는 사실이다. 내가 예일대학에서 한 학기를 묵는 동안에 미국의 뉴우크리틱의 한 사람이면서 실제 작품분석보다는 이론을 다루고 있는 윔새트 교수가 대학에서 하고 있는 시의 이론을 들어 봤는데 그는 문학의 이론이 처음 시작된 그리이스의 플라토나 아리스토텔레스 등의 설로부터 20세기의 현대문학이론까지를 고찰하는 데서 문학이론이 발전한 원칙을 문학을 하나의 콘티뉴이티로 보면서 그러나 그 계속은 주로 어떻게 이어지고 있었나 하는 주요한 대목들을 돌다리와 같이 밟고 넘어가는 방법을 썼다.[48]

그러나 이러한 입장의 전통계승론이 언제나 맞닥뜨리게 되는 딜레마는 그 같은 재구성이 효과적이지 못할 경우 또다시 전통단절론을 승인할 수밖에 없게 된다는 점에 있다. 더구나 현대문학의 관점, 그것도 서구의, 또한 신비평적 관점에서 과거의 문학을 바라본다는 것은 또 하나의 재단비평(裁斷批評)으로 변질될 가능성이 항존해 있는 것이다. 가령 시조의 당대적 본질보다는 언어의 조직만을 문제 삼게 될 때 이는 필연적으로 왜곡의 흔적을 갖게 될 수밖에 없는 것이다. 문학사의 방법론이 문제로 제기되는 것이 바로 이러한 사유 때문이며 그로 인해 임화의 신문학사에 대해 우리로선 항시 애증의 감정을 동시에 갖게 되는 것이 아니겠는가. 실제 백철

---

48) 백철, 「전통론을 위한 서설」(『전집』 1, pp.108~109).

스스로 고전 비평의 역사로부터 비평의 전통론을 탐구해 보고자 했지만 시도에 값할 뿐 별다른 의의를 거둘 수 없었던 것 또한 무리가 아니었던 것이다. 심지어 그는 가령 시조를 다룸에 있어 시조 전부를 대상으로 할 것이 아니라 "그 가운데서 백 편 내외를 추려 그것들을 좀 더 과학적인 작품분석을 통해 시조의 단형시적인 패턴, 또는 그 언어적인 표현상의 특질을 해명하여 우리 현대시를 개조하는 뜻의 일로 전진 돌입할" 것을 제안하기에 이르니, 이쯤 되면 전통계승론의 목적과 방법론이 전도되는 수준에 도달하고만 형국이라 할 것이다.

이러한 입장은 결국 문학사에 유기체론을 도입하는 결과를 빚게 만든다. "한 나라의 문학예술은 그 전체가 하나의 작품적인 조직이라고도 볼 수 있어서 과거와 현재가 하나의 유기성을 띤 견고한 조직체이며, 문학예술사적으로 그때마다 시대적인 현실적인 조건이 가해지고 또 외국의 유력한 문학의 영향이 들어와서 가해진다고 해도 그것은 어디까지나 자기의 과거부터 연달아 내려온 일관성의 신축성 있는 줄로 꿰매지는 수정염주알과 같은 것"들이라는 것, "그리해서 그것은 생명이 이어진 발전"이라는 견해에 다다르게 되었던 것이다.

이렇듯 백철이 신비평을 통해 전통계승론의 입장을 취한 것은 매우 명민하였거나 아니면 정반대의 경우라 할 수 있다. 사실 신비평은 어떤 맥락에서는 신비평가들 자신의 문학을 포함한 미국문학을 옹호하기 위한 일종의 국수주의적 움직임으로 이해될 수도 있다. 이에 관해서는 신비평적인 형식주의 비평운동이 영국과 같은 곳에서는 미국에서만큼 적극적으로 수용되지 않았다는 점이 주목될 수 있을 것이다. 풍요로운 문학 유산을 지닌 영국의 비평계가 미국의 비평계와 같이 조바심을 보일 필요는 없었던 것이다.[49]

만일 그가 신비평의 이러한 의도를 간파하고 있었다면 명민하다고 할 수 있을 것이다. 하지만 그로선 미국문학과 서구문학을 구분하지 않았기에 미국문학 역시 풍부한 문학유산과 전통 속에서 행복해 하는 존재로만

---

49) 장경렬, 앞의 글, pp.121~122.

비쳐졌던 것 같다. 반면에 만일 신비평이 저들의 문학유산에 가치를 부여하는 자[尺]로 기능하는 측면을 간파하였더라면, 그로선 미국의 신비평에 대응하는 우리의 문학 이론을 수립하는 편이 나았을 것이다. 신비평적 관점을 계속적으로 취하게 되는 한, 항상 우리의 고전이라든가 문학유산은 현재에 기여하는 바가 없는 것으로 되고 말 것이기 때문이다. 그러나 이 점을 그가 감당할 수는 의당 없었으려니와, 창의성이란 원래 지식인 비평가로서의 그가 담당할 몫이 아니었던 것이다.

4. 신비평 수용의 공과

이상에서 검토한 바를 요약하면 다음과 같다.

첫째, 백철의 신비평 도입은 그의 비평가적 행적의 측면에서 일차적으로 이해될 수 있다는 점. 이것은 전향 이후 휴머니즘론을 거쳐 해방공간에서 중간파로 처신하기까지 그를 억압하고 있었던 입법비평으로서의 마르크시즘에 대해 효과적으로 맞서는 과학의 일종이었던 바, 이로써 그의 전향이 최종적으로 완성될 수 있었다는 점에서 개인사적 의미와 함께 당대 지식인 비평가의 한 전형으로서의 의미를 우리에게 보여주고 있는 것이다. 여기에는 물신화된 미국 문화의 권위와 동서 냉전체제의 속성이 바닥에 깔려 있었던 덕택이라고 할 수 있다. 즉 미국의 신비평은 냉전체제에 있어 그 자체로 권위를 지닌 것이었으며, 신비평은 이데올로기라기보다는 객관적 과학으로 비쳐짐으로써 실제상으로는 그야말로 이데올로기적 기능을 수행하게 되었던 바, 지식인 비평가로선 그 수용이 매력적일 수밖에 없었던 것이다.

둘째, 백철은 신비평 수용의 명분과 의의를 당대 비평계에 대한 반성의 측면에서 획득하고자 하였거니와, 이는 비평계라는 문화 생산의 장 속에서 벌어진 일종의 헤게모니 쟁투의 의미를 갖는 것이기도 하였다. 즉 기존 비평 담론간의 필연적인 충돌을 야기하면서 신비평적 담론은 처음엔 하나의 반담론으로서 제기되어 점차 헤게모니를 획득하게 되었던 것이다. 특히 이것은 강단비평의 형태를 거쳐 학문으로서의 문학 연구를 가능케 하는 데 기여하고 대학에서의 현대문학 내지 현대문학 비평에 학문적 위상을 부여해 주었던 점에서 주목해야 할 사항이다. 이러한 결과에 물론 첫째 항이 관련되어 있음은 말할 나위 없다.

셋째, 백철의 신비평 도입은 신비평의 후기에 해당하는 시기에 이루어진 일로서 신비평의 무한포옹적 현상보다는 현대비평적 특성의 일환으로서 분석적 태도의 원칙론이 강조되었다는 점을 하나의 특징으로 들 수 있다. 이는 달리 말하면 태도만이 강조되고 그 방법론의 실질에 부합치 못하게 됨으로써 작품 자체를 대상으로 하고 단순한 언어 분석 정도만 행하면 신비평이요, 객관적 접근이라 오해될 소지가 그 도입의 조건에서 이미 분비되어 있었다는 점을 의미한다. 신비평의 방법론이 갖는 참된 의미와 서구문학의 전통에서 차지하는 이론상의 의의가 몰각되고, 세계관과 분리된 채 단지 용어와 지식의 형태로 이론을 받아들이게 된 이러한 현상은, 물론 왜곡의 요소를 다분히 내포한 것이지만, 반면에 시―시인 비분리의 전통이 주류로 존재하는 우리의 문학적 패러다임 속으로 수용됨에 있어, 역설적으로 그같은 엄밀성의 결여가 오히려 거부감을 최소화하는 데 도움이 되었다는 추론도 가능할 것이다.

넷째, 백철의 경우 신비평이 효력을 발휘한 것은 현대문학이라기보다는 오히려 전통론과 연관되어서의 일이거니와, 이는 해방 전의 전통 탐구와 해방 이후 그 자신의 신문학사 서술 체험과 무관하지 않다는 점이다. 하지만 전통단절론은 신비평의 수용으로서는 결코 해결의 길을 찾을 수 없는 것이었다.

여기까지 백철의 신비평 도입과 관련하여 신비평의 한국적 수용이 갖는 특수성에 대해 밝혀 본 셈이다. 하지만 신비평의 담론 효과를 밝히기 위해서는 역시 신비평 자체의 담론적 특성을 드러내지 않으면 안 될 것이다. 이 두 가지가 동시에 고려될 때, 비로소 우리의 문학에 끼친 신비평의 의미화 실천이 온전히 밝혀질 수 있을 것이다.

제 5 장

현대시 교육의 방향

1. 현대시 교육의 전제

오늘날 현대시 교육이 제법 다양한 양상으로 전개되고 있지만, 그럼에도 불구하고 현대시 교수 학습의 가장 전형적인 모습을 꼽으라면 어떤 것일까? 그것은 곧 정전의 섭렵(coverage)과 주해(exegesis) 체제로 요약될 수 있을 것이다.[1]

교육과정의 변천에도 불구하고 여전히 위세를 차지하고 있는 현실 교육과정의 원칙은 섭렵과 주해에 다름 아니다. 섭렵의 원칙에 따르면 학생들은 가능한 한 많은 주요 작품과 작가를 망라해야 한다. 한편 주해의 원칙은 학생들로 하여금 정전 가운데 그 어느 작품이라도 꼼꼼하게 대할 수

---

1) 이에 대해서는 정재찬, 『문학교육의 사회학을 위하여』, 역락, 2003, p.108 및 p.157 참고할 것.

있을 것을 요구한다. 두루두루 읽고 또 꼼꼼히 읽는 것처럼 바람직한 것은 없어 보인다. 하지만 거기에는, 즉 텍스트와 텍스트 사이, 해석과 해석 사이에는 별다른 갈등과 논쟁이 없다. 다만 상대적으로 안정된 전통과 강요된 화해, 무원칙한 나열과 무기력한 다원주의가 터를 잡고 있을 뿐이다.

이는 섭렵과 주해를 통해 다양하고 상충된 견해들이 갈등과 통합의 과정을 거치고 그로 인해 전망(perspective)의 확대가 이루어지기는커녕, 제한된 특정한 견해들이 그 과정을 통해 재생산될 뿐만 아니라 오히려 상승작용하고 강화되기에 이르고 만다는 사실을 지적하고자 하는 것이다. 섭렵의 원칙이 텍스트 능력의 신장을 목적으로 삼는 하나의 수단으로 작용되기보다는 확정된 정전의 섭렵 그 자체를 목적으로 하는 경향이 농후하기 때문이며, 아울러 주해는 적극적이고 비판적인 읽기 방식이라기보다는 학생들로 하여금 수동적이고 수용적인 주체 위치에 이르도록 하는 방식으로 되어 버리기 때문이다.

그렇다면 어떻게 해야 할까? 이에 이 글은 학습 주체가 적극성을 띠고 즐거움을 누릴 수 있는 시교육의 모습을 실체 중심, 속성 중심, 활동 중심별로 나누어 간략히 살펴보고자 한다.[2] 이를 위해 먼저 우리 현대시 교실의 현재 모습을 살펴보자. 그런 다음, 좀 더 비교를 명확하게 하려는 취지에서 실체, 속성, 활동 중심 각각의 경우 모두에 김광균의 <설야>를 공통 텍스트로 삼는 방식을 택하여 논해 보도록 하겠다.

2. 현대시 교수 학습의 현실

어느 머언 곳의 그리운 소식이기에
이 한밤 소리 없이 흩날리느뇨

---

[2] 물론 이러한 구분은 잘 알려진 대로 김대행 외, 『문학교육원론』(서울대학교출판부, 2000)에 근거한 것이지만, 정작 이에 입각하여 구체적인 문학 교수 학습 방법을 다룬 글이 별로 발견되지 않는다는 점도 이 글의 집필 동기 가운데 하나에 해당한다.

처마 끝에 호롱불 야위어가며
서글픈 옛 자취인 양 흰 눈이 내려

하이얀 입김 절로 가슴이 메어
마음 허공에 등불을 켜고
내 홀로 밤 깊어 뜰에 내리면

머언 곳에 女人의 옷 벗는 소리

희미한 눈발
이는 어느 잃어진 추억의 조각이기에
싸늘한 추회(追悔) 이리 가쁘게 설레이느뇨.

한 줄기 빛도 향기도 없이
호올로 차단한 의상을 하고
흰 눈은 내려 내려서 쌓여
내 슬픔 그 위에 고이 서리다.

　　　　　　　● ● ● 김광균, 〈설야(雪夜)〉

　이제 이 시를 둘러싸고 전개되는 전통적인 교실의 모습을 보이면 아마
도 다음과 같을 것이다. 먼저 선생님은 건조하게 시를 읽는다. 혹은 학생
을 지명하여 읽힌다. 물론 그 역시 건조하게 읽는다. 시는 더 이상 노래가
아니다. 교실에서 시는 향유되어야 할 것이 아니라 해결해야 할 하나의
과업에 지나지 않는다. 선생님은 판서와 강해를 시작한다. 물론 그 전에
학생들에게 느낌을 물어볼 수도 있다. 하지만 피차간에 별 신통한 답변은
기대하지 않는다. 그래서 많은 경우 선생님은 곧바로 분석에 들어가 하나
하나 주해를 가하게 된다. 물론 이해와 감상이 분석보다 중요하다고 여기
는 선생님의 경우, 비평가의 견해를 빌어 시 전반에 관한 해설부터 시작
할 수도 있다. 그러나 '나무'에서 '숲'을 향하든, '숲'에서 '나무'를 향하든
그것은 단지 시간의 선후만 다를 뿐, 분석과 종합의 틀은 변함이 없으며,
그 해설은 명징하고 자명한 외관을 취하게 마련이다. 아마도 그 '숲'은 다

음과 같은 해설의 틀에서 벗어나지 않을 것이다.

> 이 작품은 눈 내리는 밤의 정경 속에 피어오르는 추억과 환상을 그린 시다. 마지막 두 줄 '흰 눈은 내려 내려서 쌓여 / 내 슬픔 그 위에 고이 서리다'에서 확인되는 것처럼 눈은 정화(淨化)된 슬픔을 가리킨다. 눈이 억누를 수 없는 슬픔처럼 마구 쏟아지지 않고 정화된 슬픔처럼 차분하게 내리는 것은 시인의 슬픔이 과거의 추억으로 은은하게 되살아오기 때문이지. 여기서 눈이 '그리운 소식', '서글픈 옛 자취', '잃어진 추억의 조각', '차단한 의상'으로 비유되어 있음에 유의해야 해. 눈은 과거의 추억을 환기시켜 주고, 그 추억은 현재의 나를 슬픔에 젖게 한다는 것. 그렇다면 '나'를 슬프게 하는 추억, 과거의 경험 내용은 무엇일까? 아마도 '여인'과 관계된 거겠지? '여인'은 '나'의 추억의 중요한 부분이다. 그런데 여인은 지금 내 앞에 있지 않고 '머언 곳'에 있으며, '차단한 의상'에서 암시되듯이 여인은 나에게 냉정해. 그래서 그것은 현재가 아니라 슬픈 추억이지만, 여인은 여전히 나에게 신비로운 존재인 것 같지 않니?[3]

이 정도면 최상의 해설이라 해도 지나치지 않다. 학생들은 자자(字字)이 비점(批點)이요, 구구(句句)이 관주(貫珠)인 격으로 밑줄을 그어 가며 받아 적는다. 의문이 있어도 물론 질문은 하지 않는다. 그 결과, 학생들의 교재에는 누구나 할 것 없이 갈래, 성격, 표현상 특징, 제재, 주제 같은 것들이 똑같이 적혀 있게 된다. 뿐만 아니라 행 하나하나 아래에는 각주처럼 해설이 달리고, 연 하나하나의 우측에는 내용과 구성상 특징이 적히게 되고, 무엇보다도 몇몇 시어들은 동그라미가 쳐진 채 직선과 곡선으로 연결되어 그 끝에 '눈'이라는 글자와 연접하게 될 것이다.

많은 변화와 개선이 이어지고 있지만, 적어도 고등학교에서는 이런 식의 수업이 여전히 전형적일 것으로 보인다. 그렇다고 이것이 나쁘다고만 보지는 않는다. 여기에는 이러저러한 해석에 동의하지 않거나 숙달하지 않게 되면 (문화적이라기보다는) 사회적으로 낙오자가 될지 모른다는 현실적 이해도 깔려 있을 뿐만 아니라, 단언하건대 이러한 문화유산의 전수

---

3) 실제 이 진술은 시중의 문학 참고서와 인터넷 등의 <설야>에 관한 해설을 필자가 한데 모아 엮어 본 것이다.

도 문학교육의 매우 중요한 목표요, 덕목 가운데 하나이기 때문이다. 무릇 같은 것을 알고 있는 사람끼리는 동류의식을 느끼게 마련이다. 실체 중심의 문학교육은 동일한 세대는 물론 세대와 세대 간에도 사회적 문화유산을 공유한다는 동질감을 바탕으로 우리 사회 구성원 간에 인간적 사회적 유대가 형성될 수 있게 하는 데 기여함을 하나의 목적으로 삼는다.[4]

아닌 게 아니라, 우리 문학교육 현장은 세대 차이를 느끼지 못할 정도로 예전에 배운 내용과 형식을 오늘날에도 되풀이하고 있다. 그런 의미에서 문화유산은 확실히 전수되고 있는 셈이다. 하지만 그리하여 세대 간에 그 문화를 공히 사랑하고 향유하게 되었느냐면 그것은 결코 아니라는 점에 커다란 문제가 있다. 우리의 동류의식은 동일한 사회적 문화유산에 대한 애정과 존경을 공유한다는 동질감에서 오는 것이 아니라 오로지 책무감에서 그것을 접해야 했다는 고통과 반감, 심지어 증오를 공유하는 데에 기인하는 것이기 때문이다. 물론 이러한 담론에는 우리 교육 현실에 대한 불만이 늘 어느 정도 과장된 형태로 담겨져 있게 마련이지만, 그렇다고 무시할 것은 더욱 아니다.

3. 현대시 교수 학습의 방향

(1) 실체 중심 현대시 교육의 방향

우리의 교실은 한 마디로 종교적이고 제의적이다. 이곳에서 교사는 제사장 노릇을 맡는다. 교실은 제사를 지내는 듯한 경건함과 엄숙함이 지배하고, 그리하여 산 자보다 죽은 자가 우위를 점하게 된다. 교사와 학생 모두 경전을 대하듯 주석을 가하고 그 정통적 주석을 받들며 암송하는 데 진력한다. 새롭거나 주관적인 해석은 이단으로 처벌되며, 이 신성함을 지

---

4) 김대행 외, 앞의 책, p.12.

키기 위해서는 부득불 개인적인 호오나 이해관계 역시 투사되어선 안 된다. 수고는 우리가 하고, 영광은 죽은 시인들에게 바쳐진다. 하지만 이 제사가 바람직하지 않은 가장 큰 이유는 이 제사에 참여하는 이들이 이 제사와 이 제사를 통해 영광 받는 이를 사모하지 않으며, 스스로도 고통스러워하면서 그 제사의 임무를 다음 세대에 그대로 떠넘긴다는 데 있다. 이렇게 되면 죽은 시인들조차 인간을 고통스럽게 만들며 군림하는 한갓 우상으로 전락하게 될 따름이다.

잘못된 것은 실체 중심 시교육이 아니라, 우상 중심 시교육이 잘못된 것이다. 실체 중심 교육을 제대로 한다면, 그래서 실체로서의 문학을 사랑하고 향유하며 존경하고 존중할 줄 아는 지혜와 마음이 싹튼다면 그 교육은 대단히 바람직한 교육이 될 수 있다. 이른바 실체 중심의 문학관이란 문학을 가시적인 어떤 대상으로 보아 그 존재와 가치를 설명함으로써 문학을 이해하고 문학에 접근하는 관점을 말한다. 이러한 실체 중심의 문학관에 근거하여 문학교육을 하게 되면 사실 자체를 아는 지식의 교육에 중점이 놓이고, 그것도 체계적으로 알게 되는 장점이 있다. 나아가 사실 자체에 대한 앎을 구체적으로, 그리고 풍부하게 지닌다는 것은 곧 교양인으로서의 자질을 갖추게 된다는 것을 의미하는 바, 이는 인문주의 교육의 이상이기도 하다.[5]

그러나 이렇게 되면 문학교육은 작품이든 그 작품에 대한 해석이나 그와 연관된 여하한 지식이든 이미 역사적으로 있었던 것만이 관심사가 되어 문학 교수 학습은 정전의 이해 일변도로 진행되기 쉽고 문학적인 글을 쓰는 일조차도 보통 사람에게는 불필요한 일처럼 오해될 우려가 없지 않다. 우리 교육에서 이미 그러한 폐단을 보인 바 있다.

또한 실체 중심 문학교육이라 하여 반드시 교사의 해설 중심으로 교수 학습이 이루어져야 한다는 것은 아니다. 이럴 경우 교사를 비롯한 문학교육의 모든 주체는 문학계의 담론에 종속되고 만다.[6] 그런데 문학계의 담

---

5) 위의 책, pp.10~14.
6) 구속과 지배를 피한다 하여 소위 교육 내용학에 해당하는 국문학적 연구 결과나 지식을 멀리하라는 것이 아니다. 오히려 적극적으로 반영하고 갱신을 거듭해야 옳다. 하지만 내

론은 언제나 논쟁적일 수밖에 없는 고로, 문학교육계에서는 이른바 정설이라는 차원에서 상대적으로 안정된 담론을 선택하게 되고는 하지만, 그 정설이란 것도 실은 지식과 담론과 권력의 관계 속에서 파악하지 않으면 안 된다.

그래서 필요한 것이 대화주의(dialogism)다. 과연 어떤 시 텍스트가 정전이 되느냐 하는 문제뿐만 아니라, 어떤 시 텍스트에 관해 과연 어떤 해설 텍스트가 어떤 과정을 통해 해설적 정전, 곧 주류로서의 정본과 표본으로 자리 잡게 되는지 몹시 궁금한 터, 모르긴 몰라도 거기에 문화 권력 혹은 교육 권력이라는 요소도 중요하게 작동할 것만은 분명하다 할 것이다.7)

사실상 우리는 모든 텍스트는 서로 경쟁적이고 갈등적이고 논쟁적이며 그러기 때문에 대화적인 관계에 있다는 데 동의할 것이다. 그럼에도 불구하고 참고서와 인터넷을 뒤져 보면 그 많은 책과 사이트에 담긴 해석이 대동소이하다는 데 실로 놀라지 않을 수 없다. 획일화가 되면 개인의 목소리는 증발되고, 따라서 대화가 사라질 수밖에 없다. 그러므로 우리는 무엇보다도 먼저 다양한 목소리(voice)를 복원해야 한다. <설야>에 관한 다양한 비평적 목소리가 충돌해야 하고, 거기에는 반드시 학생들의 목소리도 섞여야만 한다. 남학생과 여학생이 다를 수 있고, 학생과 선생님, 청소

용 지식(content knowledge)과 교수학적 내용 지식(pedagogical content knowledge)은 다르다. 문학교육계가 생산해야 할 지식은 후자에 해당한다. 후자에 관한 설명으로는 조영달, 「한국 교과 교실 수업 연구(질적)의 반성과 지향─미시기술적 수업 연구를 중심으로」(『교과교육학연구』 제4권 제1호, 한국교과교육학회, 2000)를 참고할 것.

7) 가령, 여기에서 다루는 김광균의 경우를 생각해 보자. 그의 작품은 김학동·이민호 편, 『김광균전집』(국학자료원, 2002)에 체계적으로 정리되었고 생애에 관한 전기적 접근 역시 김학동 외, 『김광균 연구』(국학자료원, 2002)를 통해 실증적으로 이루어진 바 있다. 그에 관한 연구사 또한 조동민, 「김광균론」, 『30년대의 모더니즘』(범양출판부, 1987)에 의해 잘 정리된 바 있는 것처럼 1980년대까지만 해도 그 양이 상당하다. 물론 그 이후에도 연구는 부단히 이어져 각종 학위논문 이외에도 김창원, 「김광균과 소멸의 시학」(『선청어문』, 서울대학교 사범대학 국어교육과, 1991), 이숭원, 「모더니즘과 김광균 시의 위상」(『현대시와 지상의 꿈』, 시와시학사, 1996), 유성호, 『한국현대시의 형상과 논리』(국학자료원, 1997), 이명찬, 「김광균론」(『한성어문학』, 한성대학교, 1998), 김유중, 『김광균』(건국대학교 출판부, 2000) 등 주목할 성과가 있었다. 하지만 이 중에 어떤 설명이 어떻게 교육계에 접합되고 지배하게 되는지 그 과정은 잘 알려져 있지 않다. 이는 매우 실증적인 작업을 요하는 사회과학적 테마이다.

년과 중년의 목소리가 다르게 울려야 한다. 그 다양함 속에서 자기가 즐겨 섬기고자 하는 위인을 주체적으로 선택해야 하는 것이다.

이를 위해 필자는 '반응·기술하기 - 분석·심화하기 - 비교·확장하기 - 대화·자기화하기'를 제안한 바 있다.[8]

먼저 <설야>에 대한 학생들의 반응에서 시작해야 한다. 무지한 대로, 주관적인 대로, 인상 단계에 머문다 해도, 학생들은 반드시 자기 목소리를 내 보도록 격려 받아야 한다. '머언 곳에 여인의 옷 벗는 소리'에 대해 자기 나름대로 말할 수 있어야 하는 것이다. 도대체 시인의 추억은 어떤 것일까 상상할 수 있어야 하며, 무엇을 후회하는지에 대해서도 구체적으로 말할 수 있어야 한다. '머언 곳'은 공간적 거리일 수도 있지만, 시간적 거리일 수도 있다. '여인의 옷 벗는 소리'가 '머언 곳의 그리운 소식'이요, '잃어진 추억의 조각'이라 하면 더욱 그러하다. 그녀는 먼 과거에 벗었나, 지금 먼 곳에서 벗고 있나? 후술하겠지만, 이 표현이 관능적 이미지와 연관된다면 이처럼 아주 도발적인 사고도 마땅히 허용되어야 한다. 만일 시인의 추억이 여인과 관계된 것이라면, 그들의 관계는 어느 정도였을까? 깊었던 관계를 후회하는 것인가, 깊어지지 못했던 것을 후회하는 것인가? 상상(imagination)은 격려되고 검열(censorship)은 최소화되어야 한다. 그렇게 하지 않을 거라면 애당초 이 작품을 교과서에 실어선 안 된다.

이러한 여러 반응들은 대략 몇 가지 범주로 묶일 수 있을 것이다. 특히 교사는 학생들의 반응이 주로 어떻게 나오는지 경험을 통해 잘 축적해 두어야 한다. 범주화가 이루어지면 - 범주화를 거부하는 소수의 목소리를 억압하지 않은 채로 - 우리는 다음 단계로 넘어갈 수 있다. 즉 유사한 범주에 속하는 학생들끼리 모둠을 구성하여, 자신들의 그 같은 반응을 지지하기 위해 텍스트를 분석해 보는 것이다. 여기서는 막연한 느낌만으로는 대응하기 어려워진다. 텍스트 내에서 논거를 찾아야 하는 것이다. 가령 시인의 추억을 어떻게 상상했느냐에 따라 '여인의 옷 벗는 소리'와 '싸늘한 추회' 혹은 '차단한 의상'과의 의미 연관이 달라질 수 있다.

---

8) 정재찬, 『문학교육의 현상과 인식』, 역락, 2004, pp.189~212.

모둠 안에서의 토의가 이루어지고 나면, 교사는 상호텍스트성을 고려한 자료를 제시해 준다. 그 자료는 자신들의 주장에 강한 논거가 될 수도 있고 불리한 것이 될 수도 있다. 이는 물론 텍스트 자체보다 텍스트 능력을 신장하게 하고자 하는 데 목적이 있는 활동이다. 김광균의 다른 텍스트와 비교할 수도 있고, 이 텍스트의 분석 결과를 다른 텍스트에 확장하여 적용해 볼 수도 있으며, 김광균이 아닌 다른 시인의 텍스트, 가령 김수영의 〈눈〉과 대비해 보도록 할 수도 있을 것이다.[9]

최종적으로 학생들은 대화와 토론을 통해 자신의 견해와 다른 사람의 견해를 비교해 가면서 주체적으로 텍스트를 자기화할 수 있도록 한다. 여기서는 상호주관성의 확립이 중요해진다. 고집을 버리고 열린 마음으로 대화를 하면서 때로는 설득하고 때로는 기꺼이 설득당하는 체험을 쌓아야 한다. 설령 그 결론이 앞서 살펴본 바의 전통적 견해에 귀착된다 하더라도 그 결과와 의의는 앞의 경우와 전혀 다르다. 그것은 전통을 주체적 적극적으로 받아들인 것이기 때문이다.

이러한 교실은 아마도 소란스러울 것이다. 그러나 그 소란스러움은 즐거운 제사, 곧 카니발의 소란함에 가깝다. 사이와 차이에 주목하는 교실은 대화주의를 기반으로 하게 되거니와, 바흐친이 말한 바 대화주의와 카니발리즘의 관계를 생각해 보면, 이제 새로운 교실은 시끌벅적해질 수밖에 없다. 그리고 거기에 바로 삶의 활기와 사랑이 있다. 거기에 갈등만 있을 리는 없다. 대화는 차이의 제거보다는, 본질적으로 차이에 대한 이해를 통해 관용(tolérance)에 이르는 것을 지향하기 때문이다.

(2) 속성 중심 현대시 교육의 방향

이 시의 꽃은 역시 "머언 곳에 여인의 옷 벗는 소리"에서 찾아야 할 것이다. 이 한 구절을 위해 이 시가 존재했다 해도 과언은 아닐 정도다. 이 표현 때문에 이 작품이 교과서에 들어오기 힘든 것이 아니라 오히려 이

---

9) 김수영의 〈눈〉에 관한 교육적 해설로는 정재찬, 위의 책 참고 바람.

표현 때문에라도 교과서에 들어와야 한다고 생각한다. 필자는 이 시가 우리 고등학교 청소년의 직간접적 경험 세계와 그리 멀다고 생각하지 않는다. 물론 중년 이후에야 이 시를 더욱 깊게 이해할 수 있겠지만, 십대이기 때문에 도리어 시의 황홀함을 경험할 수도 있을 것이다. 그러나 안타깝게도 이 대목은 주로 기법적인 측면에서 논의와 지도가 집중된다.

그 대표적인 예가 이 대목을 두고, 바로 '시각의 청각화', '공감각적 이미지', '관능적 이미지' 등을 운위하는 것이다. 그런데, 다시 후술하겠지만, 필자의 경우 '관능적 이미지' 외에 앞의 말은 잘 이해가 가지 않는다. 아니, '관능적 이미지'도 그렇게 객관적이거나 자명한 것은 아니다. 적어도 필자에게 그것은 관능적이면서 동시에 매우 슬픈 이미지로 다가온다. 그만큼 이 이미지 문제가 쉽지는 않은데, 그럼에도 불구하고 우리 교실은 '공감각적 이미지'라고 개념화하고 화석화하며 넘어간다. 이는 몹시 안타까운 일이다. 감각적 이미지 가운데 이처럼 우리 십대에게 매혹적인 것도 드문데, 여기서조차 이미지는 생동감을 잃고 그저 무기력하고 따분한 존재로 전락하고 마는 것이다. 이런 경우를 두고, 속성 중심 문학교육의 잘못된 사태라 지적할 수 있을 것이다.

속성 중심의 문학관이란 문학을 설명하는 중점을 문학의 특수한 성질에 두는 관점이다. 시를 시답게 하는 요소로 율격이나 이미지를 설명하는 경우, 즉 요소 분석적인 경우가 이에 해당한다. 문학의 속성에 대한 인식은 문학의 이해 또는 표현과 관련하여 심화되고 체계적인 지식으로 작용함으로써 대상을 보다 깊이 있게 천착할 수 있게 해 주는 강점이 있고, 그렇게 함으로써 수준 높은 교양인으로서 사회생활을 영위할 수 있게 해 주는 이점을 가지기도 한다. 그러나 우리의 문학교육 역사가 증명하듯 이러한 문학관에 입각한 문학교육 역시 매우 무미건조한 지식 교육으로 문학교육을 몰아가거나, 문학의 속성이란 것에 지나치게 집착하여 오히려 문학을 신비화시키는 데 일조할 우려가 있다.[10]

물론 이미지란 시의 중요한 속성 가운데 하나다. 하지만 시의 속성인

---

10) 김대행 외, 앞의 책, pp.14~17.

비유나 이미지는 단순한 기교 따위가 아니며, 바꿔 말해 비유나 이미지 같은 시어들은 그저 모호한 말이 아니다. 우리가 감정과 사상의 섬세한 결에 주목하게 될 때, '배고프다', '사랑하다' 같은 일상 언어야말로 뭉툭하기 그지없다. 그것처럼 부정확한 표현도 없다. 그런 면에서 비유와 이미지는 정확한 일상 언어를 괜히 애매하고 어렵게 만드는 것이 아니라 오히려 일상 언어보다 훨씬 정확히 감정과 사상의 결을 표현해 주고, 나아가 새로운 감정과 사상의 결을 인식하게 해 주는 도구인 것이다.[11] 백보 양보해 시어가 모호하다 하더라도 우리는 이렇게 이해해야 옳다. 우리 삶과 현실이야말로, 특별히 귀중한 순간이야말로 모호하기 짝이 없노라고. 사랑, 죽음, 아름다움, 슬픔, 이런 것이야말로 소중하면서 동시에 모호한 것이요, 그러기 때문에 이들에 관한 시가 그토록 많고, 그래도 부족한 것이라고 말이다. 그러니 모호한 것을 모호하게 말하는 것이 모호한가, 분명하게 말하는 것이 모호한가? 사실이 이러함에도 불구하고 이런 것은 정작 학생들에게 잘 알려져 있지 않다. 다만 비유와 이미지와 상징을 텍스트 속에서 사냥하도록 훈련 받았을 뿐이기 때문이다.

요컨대 이미지 교육은 표현과 체험, 표현과 발상, 표현과 인식의 문제로 압축되어야 한다. 그것을 두고 표현과 이해라 이름 한다면, 이는 결과적으로 국어교육의 핵심 영역으로 들어서는 셈이 되기도 한다. 특히, 단순한 표현 기교를 의미하는 것이 아니라 표현과 인식, 상상력, 창의력이 문제된다면 사고 교육으로서 국어교육이 어찌 이미지 문제를 지나칠 수 있겠는가? 시인은 상투화나 관습화를 막기 위해서 기지(旣知)의 것과 미지(未知)의 것을 고도의 유추 작용을 통해 결합함으로써 개성적이고 창조적인 체험을 가능케 해주고 언어에 실감을 부여하는 이가 아닌가? 또한, 이미지는 가장 정확한 언어이자 가장 다의적인 언어이니 이보다 풍부한 언어 활동이 또 어디에 있겠는가? 뿐만 아니라 시 수업에서는 언어활동 영역 수업 시간보다 오히려 언어 자체에 주목을 하게 될 터이니 시교육은 국어교육의 핵심이 될 수밖에 없는 것이다. 따라서 속성 중심의 시교육은 이

---

11) 정재찬, 앞의 책, pp.240~242.

러한 이미지가 단순한 기교가 아니며 동시에 시만의 전유물이 아님을 강조해야 한다. 그것은 학생들의 언어적 능력과 시적 능력을 동시에 고양하는 데 이바지해야 하는 것이다.

그런데 과연 김광균이 그 표현으로 드러내고자 한 것은 무엇인가? '머언 곳에 여인의 옷 벗는 소리'는 무엇을 형상화한 것인가? 참고서처럼 그것이 만일 사각사각 내리는 눈을 육감적으로 표현한 것이라면 사각사각하는 소리를 형상화하고자 한 것이니 청각적 이미지는 될 수 있어도 시각적 이미지는 될 수 없고, 반면에 눈 내리는 시각적 정경을 청각적 이미지로 드러낸 것이어서 공감각적 이미지라고 한다면 청각적 이미지가 전경화되어야 할 텐데 도무지 귀에 들리는 소리가 없는 듯하니 이해가 잘 닿지 않는다.

상식적으로 생각해 보자. 먼 곳에서 여인의 옷 벗는 소리가 귀에 들리겠는가? 왈가닥 처녀 아이도 아니고 여인이, 그것도 옆방에서가 아니라 먼 곳에서 옷을 벗는데 그 소리가 들릴 수 있겠는가? 김광균이 주목한 것은 바로 눈의 이러한 속성, 곧 '소리 없음', '고요함'이었던 것이다. 하지만 소리가 나는 것은 청각적 이미지로 표현할 수 있겠으나 소리가 없는 것은 과연 어찌 표현할까? 바로 이 지점에 이 표현의 묘미가 숨어 있는 것이다.

앞서 이미지가 시의 전유물이 아니라고 보는 것이 중요하다 하였거니와, 이번 경우에도 그런 예를 찾아보자. 지면 사정상, 자세한 것은 후고를 기약하고, 우리가 익히 잘 알고 있는 광고의 예를 두 가지만 들겠다. 먼저 <용각산> 광고. 용각산은 소리가 나지 않는다는 것을 전하기 위해 스푼이 달그락거리는 잡소리가 동원되었음을 상기하라. 둘째, <레간자> 광고. 레간자가 소리가 나지 않는다는 것을 강조하기 위해 개구리가 울고 벌이 날았음을 기억하라. 그러니까 '여인의 옷 벗는 소리'는 소리 없음을 표현하기 위해 동원된 소품, 곧 스푼이나 개구리 소리, 벌의 윙윙거림 같은 것이 아니었을까?

하지만 사실, 문학의 속성이란 것을 문학만이 지닌 특별하고 우월한 자질로 보게 함으로써 문학을 삶과 유리시켜 생각하게 만드는 것이야말로 속성 중심 문학교육의 결정적 약점이라 할진대,[12] 그리하여 이처럼 광고를 동원하여 시어의 이미지라는 속성을 일상생활과 결부 짓는다 하더라도 허전함은 여전하다. 반짝이는 그것은 때로 위트 이상을 넘기가 힘들다. 인간의 가치 있는 체험보다는, 그와 무관한 혹은 기교에만 매달리는 듯한 느낌에서 자유로울 수 없기 때문이다. 그래서 우리는 다음 절의 논의가 필요해진다.

(3) 활동 중심 현대시 교육의 방향

문학 능력은 거칠게 말해 문학의 생산과 수용 등 문학적 행위에 관한 일체의 능력을 의미한다. 그런데 실체 중심의 문학교육에서 상정하는 주요한 문학 능력의 신장은 사실적 지식을 함양하는 것이고, 속성 중심 문학교육에서는 개념적 지식 또는 명제적 지식을 기르는 것이다. 반면에 활동 중심 문학교육에서는 할 줄 아는 방법적·절차적 지식을 강조한다. 이 세 가지 능력은 따로따로 존재하는 별개의 것이 아니라 상호 보완적으로 존재하면서 유기적으로 연결되고 통합되어야 한다. 이런 의미에서 지금까지 이 글은 기왕의 실체 중심 시교육과 속성 중심 시교육을 논하면서도 그와 동시에 그것을 개선하고자 활동성을 강화했기 때문에 활동 중심 시교육은 따로 논할 필요가 없을지도 모른다.

하지만 '시'와 '시적인 것'은 어떻게 다른가? 우리가 가르쳐야 하는 것은 문학(literature)인가, 문학성(literariness)인가? 이런 질문은 필경 문학이란 무엇인가, 또는 문학성이란 것이 존재한다고 말할 수 있는가 하는 아포리아와 만나게 된다. 이는 나름대로의 확고한 의의를 지니면서도 실체 중심 교육과 속성 중심 교육이 입론의 한계를 드러내는 부분이기도 하다. 그래서 활동 중심 교육은 이 양자를 지양하고자 하나, 이 가운데 속성 중심 교육과 상대적으로 친화적인 관계에 있는 것으로 보인다.[13] 실제로 개념적

---

12) 김대행 외, 앞의 책, p.17.
13) 많은 사람들이 속성 중심 문학교육과 활동 중심 문학교육의 경계가 모호하다는 지적을 하고, 필자 역시 그 같은 지적에 일정 정도 동의하지만, 그래도 구분할 가치는 충분하다

명제적 지식과 방법적 절차적 지식의 관계는 지난 날 교육과정에서 운위
되던 지식과 기능의 관계에 가깝기 때문이다. 활동 중심 교육의 예를 보
더라도 문학보다는 문학성 쪽인 경우가 많은 것도 사실이다. 그래서 속성
중심 시교육의 개선 방향을 논하게 되면 자연스럽게 활동 중심 교육으로
넘어오게 되는 것도 이러한 사정에 기초한다.

　일단 다음 텍스트를 읽어보라.

　　　　한밤중에 눈이 내리네 소리도 없이
　　　　가만히 눈감고 귀 기울이면
　　　　까마득히 먼데서 눈 맞는 소리
　　　　흰 벌판 언덕에 눈 쌓이는 소리

　　　　당신은 못 듣는가 저 흐느낌 소리
　　　　흰 벌판 언덕에 내 우는 소리
　　　　잠만 들면 나는 거기엘 가네
　　　　눈송이 어지러운 거기엘 가네

　　　　눈발을 흩이고 옛 얘길 꺼내
　　　　아직 얼지 않았거든 들고 오리다
　　　　아니면 다시는 오지도 않지

　　　　한밤중에 눈이 나리네 소리도 없이
　　　　눈 내리는 밤이 이어질수록
　　　　한 발짝 두 발짝 멀리도 왔네.
　　　　한 발짝 두 발짝 멀리도 왔네.

고 본다. 속성 중심 문학교육이 기교와 장치에 관한 지식 쪽에 가깝다면, 활동 중심 문
학교육은 결국 사람이 중심이 되어 그런 일련의 문학적 활동을 하는 것 자체가 문학이
라고 보는 관점에 터해 문학을 교육하는 것이다. 그보다 오히려 필자가 보기에 김대행
외, 앞의 책에서 경계 구분이 명료하지 않은 것은 활동 중심 문학교육과 포괄적 시각(실
체, 속성, 활동 중심을 포괄하는 의미에서) 사이의 차이이다. 활동 중심과 포괄적 시각의
문학교육이 별개의 것이 아니라, 필자가 판단하기에는, 포괄적 시각에서 활동 중심으로
문학교육을 하자는 것이 궁극적인 결론이 아닌가 싶다.

이 텍스트는 시가 아니다. 물론 이때 시가 아니라는 것은 단지 매체가 다르고 장르가 다르다는 데 기인한다. 하지만 그러한 사실을 모른다면 이 텍스트는 시로 간주되는 것이 마땅하다. 그렇다면 시는 시인데 썩 좋지 않은 시라고 해야 할까? 하지만 그 평가 기준은 무엇인가?

사실을 밝히자면, 이 텍스트는 가수 송창식이 부른 〈밤눈〉이라는 노래의 가사이다.[14] 그리고 이 가사는 소설가 최인호가 쓴 시에 바탕을 둔 것으로 전해진다.[15] 〈밤눈〉과 〈설야〉는 실질상 동일한 제목이나 다름없다. 둘 다 저마다 '슬픔'과 '흐느낌'이 있고, '옛 자취'와 '옛 얘기'가 들어 있다. 그런가 하면 둘 다 모두 눈이 소리 없이 고요히 내리는 점에 착안하고 있다. 실제로 눈은 소리 없이 내릴 뿐만 아니라, 눈 내리는 밤은 평소보다 더 고요하기까지 하다. 이는 과학적으로도 설명이 가능한데, 눈의 입자가 육각형 흡음 구조라서 밤에 눈이 쌓이면 사위가 고요하게 된다고 한다. 그렇다면 '머언 곳에 여인의 옷 벗는 소리'가 들릴 정도로 설야는 고요하거나, 눈 내릴 때 나는 소리는 그처럼 거의 소리가 나지 않는다는 뜻이거나 둘 중의 하나가 될 것이다. 이렇게 유사한 지경인데도 그 중 하나는 시고, 다른 하나는 노래인가?

오로지 예술적 갈래와 언어적 조직이란 견지에서 본다면 〈설야〉가

---

14) 배문성, 「안도현은 '그의 노래'에 왜 가슴을 칠까 : 대중가요로 풀어낸 한국의 서정-1」, 『문화일보』, 2004. 6. 29. 이 기사에서 송창식은 인터뷰를 통해 〈밤눈〉의 창작 배경을 이렇게 털어놓았다. "〈밤눈〉은 통기타 가수로 가수 인생을 끝맺겠다고 마음먹고 만든 노래다. 입대 영장을 받았는데, 군대 갔다 와서도 노래를 부를 수 있을까 싶기도 하고 심란하던 시절이었다. 마침 그때 소설가 최인호 씨가 주변의 통기타 가수들에게 노랫말을 줘서 곡을 붙이게 됐는데, 내게 배당된 노랫말이 '밤눈'이었다."

15) 최인호는 자신의 『감성 에세이』에서 〈밤눈〉의 창작 배경을 이렇게 회고한 바 있다. "고등학교 3학년 졸업식 전날 밤 나는 빈 방에서 홀로 앉아 강산처럼 내리는 어지러운 눈발을 바라보고 있었다. 학교 다닐 때에는 어떻게 해서든 빨리 졸업하기만을 손꼽아 기다리던 나는, 그러나 막상 내일로 졸업식이 박두하자 설레이는 불안과 미래의 공포로 할 수만 있다면 다시 어린 날로 되돌아가고 싶을 정도였다. 내일부터는 마음 놓고 담배를 피울 수 있을 것이다. 내일부터는 마음대로 다방에도 들어가고 술집에도 들어가고 영화관에도 들어갈 수 있을 것이다. 내일부터는 모든 것이 자유로울 것이다. 머리도 마음 놓고 기를 수 있으며 신사복도 입을 수 있을 것이다. 그러나 막상 졸업식을 하루 앞둔 내 가슴은 벅찬 기대와는 달리 불확실한 공포와 두려움으로 갈팡질팡 흔들리고 있었다. 그때 나는 밤을 새우면서 시를 쓰기 시작했다. 그 시는 아직도 내게 소중한 기억으로 남아 있다."(http://cafe.naver.com/folksong70/139)

<밤눈>보다 더 '시적'이라 할 수 있다. 이런 견해는 실체 중심과 속성 중심을 대변하는 것이기도 하다. 하지만 우리가 만일 눈 내리는 밤의 정경과 거기서 빚어지는 인간의 정서에 주목한다면, 노래를 동반한다는 점에서, 특히나 그 노래의 음악적 성취가 뛰어나다면, 노래의 위력이 더해짐으로 인해 후자가 훨씬 더 '시적'일 수도 있다. 이 점은 애절하게 흐르는 위 노래를 직접 들어보면 더욱 잘 느낄 수 있을 것이다. 시라는 장르보다 더 중요한 것은 시적인 감동의 가치를 사랑하는 사람이다.

　마찬가지로, 우리가 만일 식민지 시대 우리 민중의 '애수'를 이해하고자 한다면, 예컨대 유치환의 <깃발>(1936)을 통해 '노스탤지어의 손수건'을 읽어야 할 것인가, 남인수의 <애수의 소야곡>(1937)을 통해 '바람도 문풍지에 싸늘하고나' 하는 대목을 들어야 할 것인가 하는 문제를 제기해 볼 수 있다. 전자는 비록 그곳에 갈 수 없음을 알면서도 '푸른 해원'을 향해 손을 흔들어야 하고, 후자 역시 '운다고 옛사랑이 오리요만은' 눈물로 구슬픔을 달래야 하는 아이러니에 처해 있다. '시'가 아니라 '시적'인 것이 중요하다면, 예술보다 사람이 더 중요하다면, 유치환의 <깃발>이라는 실체를 사랑하는 필자 또한 적어도 우리 아버지 세대를 이해하는 것과 관련되는 한은, 후자를 택하는 데 인색할 필요는 없을 것이다. 아버지 세대의 대부분은 유치환은 몰라도 남인수는 알았거니와, 문학과 문화, 고급문화와 대중문화의 경계를 무너뜨리고자 하는 해체주의자의 외양을 빌자면, 당대 감수성의 현실을 이해하고 공감하는 문제에 있어 후자가 더 진실에 가깝다고 보는 것이 옳기 때문이다. 그와 같은 이유에서 어쩌면 미래 세대의 연구자들은 1970~1980년대 청춘 세대의 정서를 이해하는 데 김지하, 신경림, 황동규 등등보다 어쩌면 김민기, 송창식, 양희은 등의 노랫말을 꼽게 될지도 모르는 일이다.16)

---

16) 다음과 같은 진술에 주목해 보라. "40대인 중견 소설가 신경숙씨와 시인 조은 씨가 몇 년 전에 나왔던 이명세 감독의 영화 '첫사랑' 삽입곡으로 송창식 씨의 노래 '밤눈'을 추천했다는 사실은 문단에도 잘 알려지지 않은 사연이다. (중략) 그(송창식―인용자)는 '한밤중에 눈이 나리네. 소리도 없이… 한 발자욱 두 발자욱 눈길을 가네.'란 서정적인 노랫말로 허탈한 젊음의 가없는 심정을 담았던 노래 <밤눈>에 대해서는 '다시는 만들 생각도 없고 그렇게 부를 수도 없는 노래'라고 흘러가버린 세월을 이야기 했다. (중략) 그

어디 그뿐인가. 비록 영화이긴 하지만 실화에 바탕을 둔 <위험한 아이들(Dangerous Minds)>에서 루앤 존슨 선생님(미셸 파이퍼 분)는 딜런 토마스(Dylan Thomas)의 시를 가르치기 위해 포크 음악계의 기수 밥 딜런(Bob Dylan)이 만들고 노래한 그의 노랫말을 과감히 동원한다.[17] 물론 이미 우리 교실에도 대중가요와 영화 등이 자주 등장하고 있다. 하지만 좀 더 급진적으로 말한다면, 이 또한 경계의 완전한 해체라고 볼 수는 없다. 우리 교실에서 대중문화는 고급문화로 가기 위한 징검다리 구실, 즉 동기유발용 제재로 그 역할을 다할 따름이기 때문이다. GOD의 <어머니>는 그 자체로 시의 지위를 갖는 것이 아니라 시에 근접한, 혹은 본격적인 시를 접하게 하기 위한 도구적 지위를 지닐 뿐이다.

이처럼 교실과 현실은 여전히 분리되어 있고, 고급문화와 대중문화의 경계는 여전히 완고하게 자리 잡고 있다. 아니, 대중문화가 교실 속으로 들어오되 동기유발용 제재로만 머물게 되면, 대중문화가 고급문화보다 저열하다는 인식은 오히려 더 강화될 수도 있다. 이때 문화교육은 문화능력(Cultural Literacy)의 신장으로 이어지지 못한다.[18] 활동 중심 문학교육이 문화교육으로 이어지는 맥락은 이와 무관하지 않다.

하지만, 반면에 그 경계가 해체될 경우, 문화능력이란 것이 결국 문화산업에 기여하는 능력으로 변질되기 쉽다는 우려도 잊어서는 안 된다.[19] 사실 문화 자체가 교양 및 인간 형성의 기능을 담당하리라는 믿음을 상실한 지 이미 오래다. 그보다는 이제 시장 및 가치 증식의 법칙만 따르는 자본주의 산업화의 결과, 문화 부문 또한 상품화되는 지경에 처해지고 있는

러나 저 70년대적 정서, 적당히 허탈하고 감상적이면서도 포기할 수 없는 삶에의 의지를 담고 있는 곡 <밤눈>이 자신의 음악 인생 첫 시기를 대표하는 곡이면서도 그 시대 한국인의 정서를 대변하고 있다는 점에서는 동의한다. <밤눈>에 등장하는 어디론가 떠나고 있는 인생처럼, 그때 팍팍한 70년대를 견뎌냈던 한국의 40대들이 지금 그 시절의 노래를 들으면서 다시금 힘든 시대를 견디고 있는 것이다." 배문성, 앞의 글.

17) 밥 딜런의 본명은 Robert Allen Zimmerman이다. 실제로 그는 Dylan Thomas의 시를 좋아해서 그 이름을 자신의 예명으로 삼게 된 것이다.

18) 이런 점에서 문화연구를 제창하는 이스트호프의 지적은 여전히 호소력이 있다. 이스트호프(임상훈 역), 『문학에서 문화연구로』, 현대미학사, 1994.

19) 정재찬, 「국가 경쟁 시대의 국어교육과 문화교육」, 『국어교육』 117호, 한국어교육학회, 2005.

것이다. 심지어 교육 역시 이 사회의 생산력 고양에만 봉사하고 있는 것이 아닌가 하는 비판의 대상이 된 지 오래다. 활동 중심 시교육의 궁극에는 이런 문제들이 도사리고 있다.

4. 현대시 교육과 현대시가 교육

오늘날 시교육은 무엇을 할 수 있는가? 실체 중심 교육은 정전급의 시를 암송하고 그 지식을 소유했다가 시험에 소비하는 것 외에 별로 기여하는 바가 없어 보인다. 속성 중심 교육은 '손가락'만 가르치고 정작 '달'은 못 가르치고 있는 것 같다. 그래서 이 글은 실체 중심에 활동 중심을 결합하여 적극적이고 주체적인 인문주의 교양 교육을 그 방향으로 제시하고, 속성 중심에 활동 중심을 결합하여 문학과 일상의 건강한 관계 회복을 꿈꾸기도 하였다. 활동 중심 교육은 시와 삶의 연관, 그 관계성을 회복해 주고자 하는 것이다. 물론 지나간 패러다임에서도 이 과제는 동일한 것이었다. 그러나 새로운 패러다임에서 의미하는 '삶'이란 초월적인 그 무엇이 아니다. 그것은 구체로서의 '문화'이다. 하지만 그 문제 또한 간단치 않음을 우리는 따져 본 셈이다.

우리 학생들이 시교육을 통해 어떤 능력을 갖게 할 수 있는가? 시교육이 어떤 문화를 향유하게 하는 데 어떤 기여를 할 수 있을 것인가? '문학의 위기' 담론도 이제는 사그라지고 있지만 이 시대가 문학, 특히 시에 유리하지 않은 환경인 것만은 분명해 보인다. 비록 우리나라처럼 시집이 많이 팔리는 나라도 드물다고 하지만, 지금은 확실히 서사의 시대이다. 오늘날 시를 실어주는 각종 출판물들조차 시가 서정시이어야 할 여백만을 남겨두고 있다. 거칠게 말해, 시는 십자 낱말 맞추기 만큼의 의미를 갖고 있다. 서정시에 관한 제도적 관심이 점점 더 특수화되고 이론적으로 복잡해지면서 시는 점점 더 하찮은 문화적 위치를 갖게 되어서 오늘날은 시대정신에 대해 아무런 말도 하지도 않는 '고도의 예술양식'을 대표하고 있는 것이다.

시가 서사의 흉내를 낼 수는 없는 노릇이다. 하지만 무릇 시에서 표현되는 사상과 감정은 집단적인 것이다. 그것은 한 인간에 의해서가 아니라 주어진 순간에 동일한 경험을 통하여 직접적으로 관련되고, 하나의 보편적인 감정에 따라 결합된 전 집단에 의해서 경험된 것이다. 다만 인간적인 개성의 발달과 함께 집단적이거나 합창적인 서정시에서 떨어져 나온 개인적 서정시가 주도적 위치를 탈환하여 오늘날에까지 이르고 있을 뿐이다. 그러기에 '시(詩)'가 아닌 '시가(詩歌)'의 세계가 오늘날에는 오히려 낯설게 되고 말았다.

시(詩)와 가(歌)가 분리되면서 시는 형식의 자유를 얻었지만 끊임없이 시는 노래로 불리어지길 원하고 노래는 시가 되길 원했다. 그래서 노래가 사라진 시대에 노래의 회복을 꿈꾸는, 노래의 소멸에 대한 형식적 대체를 노래의 집단적 의미로 시도한 현대시도 적지 않았다. 거기에는 고답한 언어의 장식이 있을 수 없고, 폭력에 의한 형식의 인위성이 있을 수 없으며, 억압된 호흡의 전개가 있을 수 없었다. 여기에 노래이자 시를 꿈꾸는 대중가요까지 포함하면 우리의 자산은 무척이나 커진다. 동요와 가곡은 물론, 트로트에서 힙합에 이르기까지 현대 시가의 세계는 우리 앞에 풍부하게 펼쳐져 있다. 고로, 이제 우리는 현대시 교육(現代詩 敎育)이 아니라 현대 시가 교육(現代詩歌 敎育)을 꿈꾼다. 말할 것도 없이 노래는 즐겁다.

요컨대 앞으로의 시교육은 개인과 집단, 개성과 전통이 대화하는 시교육, 지식을 바탕으로 이해하고 표현할 수 있는 능력을 제공해 주는 시교육, 삶과의 관계를 회복시켜 주는 시교육, 노래하듯 시를 대하고 시를 대하듯 노래하는 시교육 등을 그 방향으로 삼아야 할 것이다. 나아가 이러한 지향들이 따로 또 같이 어우러질 때, 비로소 시교육은 역동적인 다원주의를 이룩할 수 있으리라 기대해 본다.

저자 정재찬

1962년 서울에서 태어나 서울대학교 국어교육과 및 동 대학원 국어국문학과
(문학석사)와 국어교육과(교육학박사)를 나와 1997년부터 청주교육대학교 교
수로 재직 중이며 2006~2007년 미국 남가주 대학(USC) 교환교수를 지냈다.
현대시와 현대시교육을 전공하면서 문학교육 현장 개선을 위한 실천적 연구
에 주력하고 있다.
주요 저서로는 『문학교육의 사회학을 위하여』, 『문학교육의 현상과 인식』을
비롯하여, 『문학교육원론』(공저), 『문학교육과정론』(공저) 등이 있다.

현대시의 이념과 논리

인 쇄 2007년 6월 15일
발 행 2007년 6월 26일
지은이 정재찬
펴낸이 이대현
편 집 이소희
펴낸곳 도서출판 역락
    서울 서초구 반포4동 577-25 문창빌딩 2층
    전화 3409-2058, 3409-2060 I FAX 3409-2059
    이메일 youkrack@hanmail.net
    등록 1999년 4월 19일 제303-2002-000014호
ISBN 978-89-5556-563-8-93810

정 가 20,000원